华夏英才基金学术文库

自然发酵乳制品中乳酸菌生物多样性

张和平 主编

U0141042

科学出版社

北京

内 容 简 介

本书的内容由内蒙古农业大学"乳品生物技术与工程"教育部重点实验室十多年的研究成果和国际上乳酸菌方面最新的研究前沿技术汇编而成。全书以内蒙古农业大学乳酸菌菌种资源库 3388 株乳酸菌的分离、鉴定为基础数据，结合近几年微生物和分子生物学领域出现的新技术和新方法在乳酸菌研究中的应用，以新颖的研究思路和方法，系统阐述了中国少数民族地区自然发酵乳制品（酸马奶、酸牛奶、酸羊奶、酸驼奶、酸牦牛奶等）和其他自然发酵食品（酸粥、酸面团、发酵泡菜等）中乳酸菌的生物多样性。

本书的读者对象主要为乳酸菌相关产业、乳品工业、益生菌领域的本科生、研究生及广大科研工作者和研究技术人员。

图书在版编目(CIP)数据

自然发酵乳制品中乳酸菌生物多样性 / 张和平主编 . —北京：科学出版社，2012

（华夏英才基金学术文库）

ISBN 978-7-03-032916-5

Ⅰ.①自… Ⅱ.①张… Ⅲ.①发酵食品：乳制品－乳酸菌发酵－生物多样性－研究 Ⅳ.①TS252.54

中国版本图书馆 CIP 数据核字（2011）第 246764 号

责任编辑：吴兆东 罗 静 / 责任校对：林青梅
责任印制：钱玉芬 / 封面设计：陈 敬

科 学 出 版 社 出版
北京东黄城根北街 16 号
邮政编码：100717
http://www.sciencep.com

源海印刷有限责任公司 印刷

科学出版社发行 各地新华书店经销

*

2012 年 1 月第 一 版 开本：B5（720×1000）
2012 年 1 月第一次印刷 印张：21 3/4 插页：8
字数：452 000

定价：88.00 元
（如有印装质量问题，我社负责调换）

《自然发酵乳制品中乳酸菌生物多样性》
编写人员名单

主　　编　张和平
参编人员　刘文俊　孙志宏　张文羿
　　　　　　　陈永福　包秋华

前　言

　　自然发酵乳制品和其他自然发酵食品的制作是经过乳酸菌和酵母菌的共同发酵过程实现的。乳酸菌是影响其风味和成品质量的关键因素。中国少数民族地区自然发酵乳制品的制作和食用已有几千年的历史，经过几千年的自然选择和驯化，一些具有优良发酵特性和益生作用的乳酸菌保留下来。但是，随着我国经济和工业文明的发展，少数民族几千年沿袭的游牧生活日渐式微，自然发酵乳制品的制作和食用在其日常生活中的地位越来越显得不十分重要。随着传统发酵乳制品制作的减少，蕴藏在其中珍贵的乳酸菌资源也必将减少，最终甚至丢失。因此，及时发掘、收集、保藏我国少数民族几千年流传下来的自然发酵乳制品中的乳酸菌资源，建立乳酸菌菌种资源库，使这一宝贵的资源得到保护，对今后我国乳酸菌资源可持续利用及提升我国乳品工业的核心技术有着重要的战略意义。

　　内蒙古农业大学"乳品生物技术与工程"教育部重点实验室从 2001 年开始，围绕少数民族地区自然发酵乳制品（及其他发酵食品）的制作工艺、微生物成分分析和我国乳品工业所需的核心技术，在乳酸菌菌种分离、鉴定、收集及菌种资源库的建设、乳酸菌生物多样性研究等方面取得了一批创新性研究成果。

　　本书以内蒙古农业大学"乳品生物技术与工程"教育部重点实验室近十年的乳酸菌菌种资源库建设和乳酸菌基础研究为背景，以中国自然发酵乳制品和其他发酵食品中 3388 株乳酸菌分离、鉴定及多样性研究数据为材料，结合近几年微生物和分子生物学领域出现的新技术和新方法在乳酸菌研究中的应用，以新颖的研究思路和方法，阐述中国自然发酵乳制品和其他发酵食品中乳酸菌的生物多样性。辅以详实的科研数据、大量的实物描述和图片展示，对中国少数民族地区自然发酵乳制品及其他发酵食品中乳酸菌的生物学种属归类、形态特征、生理生化特点以及遗传多样性做详细论述。

　　全书分为 4 章，第一章乳酸菌的分类及生理生化特性由张和平博士撰写，第二章自然发酵乳中乳酸菌的物种多样性由刘文俊博士撰写，第三章自然发酵乳中乳酸菌的遗传多样性研究方法由孙志宏博士撰写，第四章自然发酵乳（及其他发酵食品）中乳酸菌分离株目录由刘文俊博士、孙志宏博士、张文羿博士、陈永福博士和包秋华博士等撰写，全书由张和平博士统稿。

　　本书中的研究成果是在农业部现代农业产业技术体系建设项目（nycytx-0501）、

"973"计划前期研究专项（2010CB134502）、"十一五"国家科技支撑计划重点项目（2009BADC1B01）、"863"计划（2006AA10Z345、2011AA100902）、国家自然科学基金（30560097、30760156、30800861和31025019）、教育部创新团队发展计划（IRT0967）、教育部新世纪优秀人才支持计划（NCET-06-0269）、国家自然科技资源共享平台项目子项目（2005DKA21208-12）和内蒙古自治区自然科学基金重点项目（20080404ZD05）等资助下完成的，在此我们表示感谢。

　　除本书署名作者外，内蒙古农业大学"乳品生物技术与工程"教育部重点实验室的孟和毕力格教授、孙天松教授、吉日木图教授、王俊国副教授、钟智助理研究员，以及曾经在本实验室学习过的众多博士研究生和硕士研究生都参与过乳酸菌的分离鉴定及生物多样性研究，在此一并表示感谢。

编　者

2011 年 9 月于内蒙古

目　录

第一章　乳酸菌的分类及生理生化特性

1.1　乳酸菌的分类

1.1.1　乳酸菌的概述

乳酸菌（lactic acid bacteria）是一群形态、代谢和生理特征不完全相同，发酵多种碳水化合物生成乳酸的细菌的总称。一般来讲，对乳酸菌的描述都是从其形态、运动性和生理生化特征等方面进行的。这类微生物共有的特征为革兰氏染色呈阳性，过氧化氢酶呈阴性，不形成芽孢，不运动或很少运动，细胞呈球形或杆状，糖类发酵的最终产物主要为乳酸。从前，人类在还不知道乳酸菌存在的情况下，就已将它广泛应用于食物制作、保存和风味改善等方面，为人类生产、生活发挥着重要作用。自从发现乳酸菌，并逐步认识到诸多可利用的优良性状后，人类对乳酸菌研究和利用的浓厚兴趣不亚于对任何其他新鲜事物。乳酸菌是一类分布极广的微生物，在乳制品和其他传统发酵食品中作为优势菌群较为多见。乳酸菌从发现到广泛应用于乳制品等发酵食品和医药保健制品中已有一个多世纪的历史。

荷兰科学家 Antony Van Leeuwenhoek 于 1667 年发明了显微镜，成为第一位观察并描述微生物的人。1857～1863 年，法国科学家 Louis Pasteur 在关于乳酸发酵过程的研究中发现了乳酸菌的存在。随后他通过乙酸发酵和丙酸发酵等一系列的研究工作，提出发酵是由特定微生物在"无空气的"状态下引起的现象。十年之后的 1873 年，·无菌手术的创始者英国外科医生 Joseph Lister 博士，将酸奶经过反复稀释培养后纯化分离到了乳酸菌的第一个纯培养物"*Bacterium lactis*"。也正是这一年，Hansen 分离获得酵母菌纯培养物。1884 年，Hueppe 首次将"酸奶细菌"命名为乳酸菌。而乳酸菌作为干酪和酸奶发酵剂的应用，早在 1890 年就有所报道。1889 年，巴斯德研究院的 Tissier 从人肠道中发现了 *Bacillus bifidus*，即双歧杆菌。1900 年，澳大利亚儿科医生 Moro 从婴儿粪便中分离到乳酸菌新种嗜酸乳杆菌（*Bacillus acidophilus*），后来被重新命名为 *Lb. acidophilus*。这两种肠道细菌的发现，对后来的肠道微生物区系的研究以及微生态制剂的开发、应用产生了重要作用。特别是，梅契尼科夫和他的同事 Louden Duglas 分别出版了乳酸菌相关的《长寿说》和《长寿杆菌》等著作，为益生菌的认识、研究和应用奠定了重要基础。现在双歧杆菌作为主要的益生菌，广泛应用于人类肠道菌群调整和抗病能力的增强等各个方面，创造了不可估量的价值。乳酸菌的分类学经过近半个世纪的发展和积淀，到 20 世纪 60 年代，在 Tittsler、Rogosa、Sharpe 和光冈知足等研究人员的共同努力下，才逐渐确立了乳酸菌的分类方法。从此，乳酸菌的分类、研究和应用进入了快速发展时期。

1.1.2 乳酸菌的分布及种属

乳酸菌的分布较广泛，通常存在于营养丰富的乳、肉、蔬菜等食品和植物体中，也有部分种类和一定数量的乳酸菌存在于人类和其他哺乳动物的口腔、肠道和阴道等环境中，是构成特定区域正常微生物菌群的重要成员。

人和动物体中的乳酸菌主要分布于消化系统、呼吸系统、泌尿系统、皮肤和粪便等。口腔是人体与外界相通的重要部位，有研究表明口腔中包含有 600 多种不同的细菌、病毒和真菌微生物（Nasidze et al.，2009），这些微生物包括有好氧、兼性厌氧、专性厌氧和微需氧等类群。口腔中发现的乳酸菌有乳杆菌属、双歧杆菌属和链球菌属，其中乳杆菌属有：唾液乳杆菌（*Lb. salivarius*）、旧金山乳杆菌（*Lb. sanfranciscensis*）、口乳杆菌（*Lb. oris*）、干酪乳杆菌（*Lb. casei*）、嗜酸乳杆菌（*Lb. acidophilus*）、鼠李糖乳杆菌（*Lb. rhamnosus*）、发酵乳杆菌（*Lb. fermentum*）、短乳杆菌（*Lb. brevis*）、植物乳杆菌（*Lb. plantarum*）、纤维二糖乳杆菌（*Lb. cellobiosus*）、齿龈乳杆菌（*Lb. uli*）等；双歧杆菌属乳酸菌有：*B. eriksonii*、牙双歧杆菌（*B. dentinum*）；链球菌属乳酸菌有：唾液链球菌（*S. salivarius*）、缓症链球菌（*S. mitis*）等。

从目前已发表的文献来看，人体消化道和粪便中的乳酸菌主要有乳球菌属（*Lactococcus*）、链球菌属（*Streptococcus*）、乳杆菌属（*Lactobacillus*）、肠球菌属（*Enterococcus*）、双歧杆菌属（*Bifidobacterium*）等乳酸菌种属（Rogosa et al.，1953；张刚，2007）。人体肠道和粪便中检测到的乳杆菌属（*Lactobacillus*）乳酸菌有：嗜酸乳杆菌（*Lb. acidophilus*）、发酵乳杆菌（*Lb. fermentum*）、唾液乳杆菌（*Lb. salivarius*）、乳乳杆菌（*Lb. lactis*）、干酪乳杆菌（*Lb. casei*）、植物乳杆菌（*Lb. plantarum*）、短乳杆菌（*Lb. brevis*）；双歧杆菌属（*Bifidobacterium*）乳酸菌有：两歧双歧杆菌（*B. bifidum*）、长双歧杆菌（*B. longum*）、婴儿双歧杆菌（*B. infantis*）、短双歧杆菌（*B. breve*）、青春双歧杆菌（*B. adolescentis*）、角双歧杆菌（*B. angulatum*）、小链双歧杆菌（*B. catenulatum*）等。

近年来，随着研究手段的进步和乳酸菌分离源研究范围的扩大，不同的研究机构从人体消化道和粪便中发现了大量新种，其中乳杆菌（*Lactobacillus*）新种有：胃窦乳杆菌（*Lb. antri*）、链状乳杆菌（*Lb. catenaformis*）、胃乳杆菌（*Lb. gastricus*）、卡利克斯乳杆菌（*Lb. kalixensis*）、罗氏乳杆菌（*Lb. rogosae*）等。

人体泌尿系统中乳酸菌的优势菌群是乳杆菌（*Lactobacillus*），主要包括：嗜酸乳杆菌（*Lb. acidophilus*）、发酵乳杆菌（*Lb. fermentum*）、短乳杆菌（*Lb. brevis*）、植物乳杆菌（*Lb. plantarum*）、干酪乳杆菌（*Lb. casei*）、乳乳杆菌（*Lb. lactis*）、纤维二糖乳杆菌（*Lb. cellobiosus*）、德氏乳杆菌（*Lb. delbrueckii*）、布氏乳杆菌（*Lb. buchneris*）、鼠李糖乳杆菌（*Lb. rhamnosus*）、瑞士乳杆菌（*Lb. heleveticus*）、加氏乳杆菌（*Lb. gasseri*）、詹氏乳杆菌（*Lb. johnsonii*）、阴道乳杆菌（*Lb. vaginalis*）、近茎轴乳杆菌（*Lb. fornicalis*）等。另外，还有双歧杆菌属的部分菌种。

动物体中的乳酸菌主要存在于动物的消化道、体表和粪便中。Smith（1965）、Contrepois 和 Gouet（1973）证实了在小牛胃和上部肠道中乳酸菌是优势菌群。从动物消化道及粪便中检测到的乳杆菌（*Lactobacillus*）有：乳乳杆菌（*Lb. lactis*）、发酵乳杆菌（*Lb. fermentum*）、嗜酸乳杆菌（*Lb. acidophilus*）、唾液乳杆菌（*Lb. salivarium*）、德氏乳杆菌（*Lb. delbrueckii*）、罗伊氏乳杆菌（*Lb. reuteri*）、动物乳杆菌（*Lb. animalis*）、鸟乳杆菌（*Lb. aviarius*）、鸟乳杆菌不解棉籽糖亚种（*Lb. aviarius* subsp. *araffinosus*）、瘤胃乳杆菌（*Lb. ruminis*）等。近年来，从动物消化道和粪便中发现的乳杆菌（*Lactobacillus*）新种的描述如下：2006 年，*Osawa* 等从野生小鼠粪便中发现了一个新种田鼠乳杆菌（*Lb. apodemi*）；1984 年，Fujisawa 等从小鸡肠道和粪便中分离到了另一个乳杆菌新种——鸟乳杆菌（*Lb. aviarius*），这个种包括两个亚种，即鸟乳杆菌鸟亚种（*Lb. aviarius* subsp. *aviarius*）和鸟乳杆菌不解棉籽糖亚种（*Lb. aviarius* subsp. *araffinosus*）；2003 年，Mukai 等从小鸡肠道中分离到了新种卡氏乳杆菌（*Lb. kitasatonis*）。此外，鲸乳杆菌（*Lb. ceti*）是从突吻鲸上发现的一个乳杆菌新种（Vela *et al.*，2008）；马乳杆菌（*Lb. equi*）是从马的粪便中分离到的一个乳杆菌新种（Morotomi *et al.*，2002）。*Lb. equicursoris* 也是从马粪便中分离到的一个新种（Morita *et al.*，2010）。另一个研究小组，也是从良种赛马粪便中发现了另一个乳杆菌新种——驯马乳杆菌（*Lb. equigenerosi*）（Endo *et al.*，2008）。1988 年，Mitsuoka 和 Fujisawa 从仓鼠肠道中分离到新种——哈氏乳杆菌（*Lb. hamsteri*）。近十年来，人们从许多动物肠道和粪便中分离、发现了大量的乳杆菌新种，例如，贲门乳杆菌（*Lb. ingluviei*）分离于鸽子肠道（Baele *et al.*，2003）；黏液乳杆菌（*Lb. mucosae*）分离于猪肠道（Roos *et al.*，2000）；虎豹乳杆菌（*Lb. pantheris*）分离于美洲虎粪便（Liu and Dong，2002）；神话猪乳杆菌（*Lb. saerimneri*）分离于猪粪便（Pedersen and Roos，2004）；*Lb. sobrius* 分离于乳猪肠道（Konstantinov *et al.*，2006）；耐热乳杆菌（*Lb. thermotolerans*）分离于小鸡粪便（Niamsup *et al.*，2003）。

乳制品中的细菌种类多、数量大并且活力强，尤其是在生乳中，常见的细菌有链球菌属（*Streptococcus*）、乳杆菌属（*Lactobacillus*）、假单孢杆菌属（*Pseudomonas*）、芽孢杆菌属（*Bacillus*）、埃希氏菌属（*Escherichia*）、产碱杆菌属（*Alcaligenes*）、变形杆菌属（*Proteus*）和微球菌属（*Micrococcus*）等，除这些细菌外还包括有多种致病菌。对乳制品生产不利的菌种会在乳制品的制作和成熟过程中大量减少。一部分由于不同的制作工艺（如加热杀菌）而除掉，另一部分在发酵过程中由于乳酸菌产酸和产生的抑菌物质的抑制作用而大量减少。乳制品成熟后，留在其中的主要是对产品品质和特性有益的菌种。

1.1.3　乳酸菌的分类

1.1.3.1　一般性描述

19 世纪后期，随着巴斯德微生物体系的形成和 R. Koch 的细菌分离培养技术的建立，新的细菌不断被发现和报道。对于乳酸菌来说，由于概念外延性较大，分类和命名多从各自实用的角度出发进行，使乳酸菌的分类和命名出现了一时混乱的局面。在这种情况下，Orla-Jensen 于 1919 年发表了乳酸菌的分类鉴定结果，这是一个具有里程碑意义的事件，该论文为乳酸菌的全盘分类奠定了基础，虽然其中的一些内容经过了多次很大程度的修订，但其分类基础仍被保留了下来，对乳酸菌的分类系统有着深远的影响。在论文中，Orla-Jensen 将以下生物学特性作为分类的基础：细胞形状（球状或杆状，是否形成四连体）、葡萄糖发酵模式（同型或异型发酵）、在特定温度下可否生长（如 10℃、45℃）、可利用糖的种类等（表 1-1）。随后，在 Tittsler、越智、光冈、Rogosa、Sharpe 等许多研究者的不懈努力下，直到 1960 年乳酸菌的分类才步入了正规。《伯杰氏系统细菌学手册》（第二版）（*Bergey's Manual of Systematic Bacteriology*，2ed）是一部传承 Orla-Jensen（1919 年）以来乳酸菌历史工作的重要著作，当我们试图介绍乳酸菌的时候，这一部著作是最好的开篇。

关于什么是乳酸菌的问题，该领域内的科学家们或许能给出一个整齐划一的答案。然而，乳酸菌涵盖的具体范围目前仍存在很多争议。根据其发展历史，业内人士一致认为乳杆菌属（*Lactobacillus*）、明串珠球菌属（*Leuconostoc*）、片球菌属（*Pediococcus*）、链球菌属（*Streptococcus*）是乳酸菌的核心组成。因此，乳酸菌具有宽泛的生理学特性。根据食品生物学家的观点，乳酸菌的主要成员还包括：气球菌属（*Aerococcus*）、肉杆菌属（*Carnobacterium*）、肠球菌属（*Enterococcus*）、乳球菌属（*Lactococcus*）、酒球菌属（*Oenococcus*）、四联球菌属（*Tetagenococcus*）、漫游球菌属（*Vagococcus*）、魏斯氏菌属（*Weissella*）、双歧杆菌属（*Bifidobacterium*）等。

对于典型的乳酸菌比较贴切的描述是"革兰氏阳性、不形成芽孢、触酶阴性、

表 1-1　乳酸菌不同属的生理生化特性描述

特性	细胞杆状		细胞球状								球状和杆状
	Carnobacterium	*Lactobacillus*	*Aerococcus*	*Enterococcus*	*Lactococcus*	*Vagococcus*	*Leuconostoc Oenococcus*	*Pediococcus*	*Streptococcus*	*Tetagenococcus*	*Weissella*[a]
四联体形态	-	-	+	-	-	-	-	+	-	-	-
代谢葡萄糖产 CO_2[b]	-[c]	±	-	-	-	-	+	-	-	+	+
10℃生长	+	±	+	+	+	+	+	±	-	+	+
45℃生长	-	±	+	+	-	-	±	±	±	+	±
6.5% NaCl 生长	ND[d]	±	+	+	-	-	±	+	-	+	-
18% NaCl 生长	-	-	-	-	-	-	-	-	-	+	±
pH4.4 生长	ND	±	-	+	±	±	±	+	-	-	-
pH9.6 生长	-	-	+	+	-	-	-	-	-	+	-
乳酸构型[e]	L	D、L、DL^f	L	L	L	L	D	L、DL^f	L	L	D、DL^f

注："+"表示阳性；"-"表示阴性；"±"表示属内种和种可变；"ND"表示未测试。a: *Weissella* 属内菌种有杆状形态；b: 用于区分葡萄糖的同型发酵和异型发酵，阳性为同型发酵，阴性为异型发酵；c: 在某些培养基上产生少量 CO_2；d: 已报道在 8% NaCl 下不能生长；e: 代谢葡萄糖产生乳酸的构型；f: 属内不同种产生的乳酸构型存在差异

细胞色素缺失、生活在厌氧环境中但对氧有一定的耐受性；营养要求苛刻、耐酸；对可利用的糖类发酵有严格的发酵方式，其终产物以乳酸为主的细菌"。但其中绝大多数性状会随着生活环境的变化产生一定的改变，唯一无可争议的是它们都为革兰氏阳性菌。随着人们对乳酸菌认识的深入和生命科学研究手段的进步，乳酸菌的分类经历了四个主要的发展时期，分别是经典分类时期、化学分类时期、数值分类时期和分子分类时期。在乳酸菌的经典分类模式中，将乳酸菌分成不同属的依据主要是形态学特征、葡萄糖发酵方式、生长温度特性、所产生乳酸的立体构象（D-、L-或DL-）、在不同浓度NaCl中的生长能力，以及对酸、碱的耐受能力等特性（表1-1）。在乳酸菌的化学分类时期，一些化学分类指标如代谢产物中脂肪酸的组成、细胞壁的组成等在乳酸菌的分类中发挥了非常重要的作用。20世纪80年代以后，乳酸菌的正确分类越来越依赖于分子生物学技术，从而迎来了乳酸菌的分子分类时期。

1.1.3.2　属水平的分类

从乳酸菌发现和发展的历史来看，将乳酸菌划分为不同的属，仍然延续了Orla-Jensen的工作。主要通过细胞学形态、生长温度、糖发酵类型，将乳酸菌分为不同的类群。20世纪80年代以前，乳酸菌学术界一直认为乳杆菌属（*Lactobacillus*）、明串珠球菌属（*Leuconostoc*）、片球菌属（*Pediococcus*）、链球菌属（*Streptococcus*）是乳酸菌的核心组成，后来的许多属和种都是从这4个基本属中划分而来的。例如，乳球菌属（*Lactococcus*）、肠球菌属（*Enterococcus*）就是从链球菌属分出来的。随着乳酸菌研究的深入和先进的分类手段的应用，属水平上的分类逐步得到修订，许多新属被建立。在《伯杰氏系统细菌学手册》（第九版）中，除描述了符合典型乳酸菌的4个属［气球菌属（*Aerococcus*）、乳杆菌属（*Lactobacillus*）、明串珠球菌属（*Leuconostoc*）、片球菌属（*Pediococcus*）］外，还把原来的链球菌属划分为肠球菌属（*Enterococcus*）、乳球菌属（*Lactococcus*）和严格意义上的链球菌属（*Streptococcus*）。随后，某些可以运动的乳酸菌从乳球菌属中划分出来形成了漫游球菌属（*Vagococcus*）。乳杆菌属（*Lactobacillus*）中某些细胞形态为杆状的种被划分出来形成了肉杆菌属（*Carnobacterium*）。嗜盐片球菌（*P. halophilus*）被提升为属的水平，形成了四联球菌属（*Tetragenococcus*）。随着16S rRNA基因序列在乳酸菌系统发育亲缘关系中的应用，更为精细的分类得以实现，从而也带来了乳酸菌新的分类体系。由于乳杆菌属和明串珠球菌属中的一些异型发酵乳酸菌形成了一个能明显区分的系统发育树分支，因此建立了魏斯氏菌属（*Weissella*）。

随着乳酸菌研究手段的更新和一些新属的建立，根据张刚2007年的著作以及目前发表于微生物分类学杂志 *International Journal of Systematic and Evolutionary*

Microbiology 上的文献报道，乳酸菌已经有 43 个属。由于篇幅所限，本书中主要讨论来源于乳制品的乳酸菌的种属，主要包括：肠球菌属（*Enterococcus*）、乳杆菌属（*Lactobacillus*）、明串珠球菌属（*Leuconostoc*）、片球菌属（*Pediococcus*）、乳球菌属（*Lactococcus*）、链球菌属（*Streptococcus*）、魏斯氏菌属（*Weissella*）和双歧杆菌属（*Bifidobacterium*）。

1.1.3.3　种水平的分类

乳酸菌分布广泛、种属繁多，在过去相当长一段时间内它的分类多依据表型和生化特性进行。然而，在实际的菌株鉴定工作中，难以提供准确、充分的表型和生化特性数据将一个菌株鉴定为特定的种。在细菌分类中，细胞学形态能否作为关键特性仍存在疑问，但在乳酸菌的分类描述中却很重要。乳酸菌在形态上分为杆状（乳杆菌属和肉杆菌属）和球状（其他属），一个例外是建立时间不长的魏斯氏菌属，这是乳酸菌类群中第一个既含有杆状，又含有球状形态菌种的属。从 20 世纪 90 年代开始，有报道采用 16S rRNA 序列建立乳酸菌的系统发育，从而开发出广泛用于不同生境乳酸菌种，甚至亚种水平鉴定的 DNA 探针。目前，随着快速、自动化 DNA 测序技术的出现和日臻完善，对 16S rRNA 基因测序和 16S-23S rRNA 间区序列分析已成为乳酸菌鉴定的一个简单、快速、有力的方法。随着分子生物学的发展，一些基于对微生物遗传物质进行分类鉴定的分子生物学方法取得很大进展，近些年来出现的分子标记技术，如限制性片段长度多态性分析（restriction fragment length polymorphisms，RFLP）、肠道细菌基因间重复序列分析（enterobacterial repetitive intergenic consensus，ERIC）、随机扩增多态性 DNA 技术（random amplified polymorphic DNA，RAPD）、扩增片段长度多态性（amplification fragment length polymorphism，AFLP）、单链构象多态性分析（single-strand conformation polymorphism，SSCP），以及变性梯度凝胶电泳（denaturing gradient gel electrophoresis，DGGE）技术和管家基因序列分析手段用于乳酸菌分类和鉴定，可以更准确地将乳酸菌鉴定到种和亚种的水平。由于这些新技术在乳酸菌分类学上的应用，也使其产生了许多新的种。

1.1.3.4　乳酸菌的系统发育

原核生物拥有简单的形态，没有个体发育，缺乏个体发育的化石记录。因此，系统发育进化关系的研究只能借助于保守序列的比较研究和同系之间广泛分布的大分子的比较来推断。目前虽然有很多分子生物学手段，如 RFLP、RAPD、DGGE 和管家基因（*recA*、*pheS*、*hsp*60 和 *tuf*）等序列分析，用于乳杆菌属（*Lactobacillus*）近缘种的鉴定。但有关乳酸菌种系发育关系的知识主要还是来源于 16S rRNA 序列同源性研究（Woese，1977）。16S rRNA 基因作为细菌分类鉴定的有效手段是基于以下几点考虑的（Felis and Dellaglio，2007）：①核糖体基因是非常保守的，这是因为核糖体在蛋白质合成中发挥着根本性作用，它是在微生物进化的早期发展而来的；②基因水平转移现象在核糖体基因中很少发生；③不同个体核糖体基因序列的同源性程度反映了它们基因组的变化，基于 16S rRNA 基因序列分析可把乳酸菌分为最少 12 个主要株系的后代，即所谓的 12 个门。其他保守大分子如 23S rRNA，延伸因子 Tu 或 ATP 酶的 β 亚基的序列比较分析可支持 16S rRNA 的数据。rRNA 序列比对是目前确定细菌系统发育关系的最快速和常用的方法，在该技术刚开始用于细菌分类鉴定时，序列比对通过 DNA-rRNA 杂交或寡核苷酸法（对 rRNA 的酶切产物进行测序）进行。现在，分子生物学技术的发展可以使我们对很长的 rRNA 片段测序，可以直接对 RNA 基因序列进行 PCR 扩增并测序。已开发出来能大规模处理高通量的序列数据，并能够建立具有很高正确性的系统发育树的软件，对大到整个细菌界，小到微生物种的聚类，都可以进行处理（Hamilton-Miller *et al.*，1999）。

　　从寡核苷酸法或 rRNA 序列获得的数据，均显示革兰氏阳性菌具有相对紧密的系统发育关系。在真细菌的 12 个主要门中，革兰氏阳性菌聚集在其中的 2 个门内，但这 2 个门中的某些细菌并不具有典型的革兰氏阳性菌细胞壁。这两个革兰氏阳性菌聚集的门，根据 DNA 的（G + C）mol%，分为高 G + C 部分和低 G + C 部分，理论分界点是 50%，事实上为 53% ~ 55%。某些种，例如，发酵乳杆菌（*Lb. fermentum*）和桥乳杆菌（*Lb. pontis*）明显属于低 G + C 部分，但其 DNA 的（G + C）mol% 却大于分界点。高 G + C 部分也称为放线菌门，包括以下几个主要的属：双歧杆菌属（*Bifidobacterium*）、节杆菌属（*Arthrobacter*）、微球菌属（*Micrococcus*）、丙酸杆菌属（*Propionibacterium*）、细杆菌属（*Microbacterium*）、棒状杆菌属（*Corynebacterium*）、放线菌属（*Actinomyces*）、链霉菌属（*Streptomyces*）（Woese，1987；Stackebrandt *et al.*，1988）。低 G + C 部分也称为梭菌部分，涵盖了全部的乳酸菌，以及好氧或兼性厌氧的属（如 *Bacillus*、*Staphylococcus*、*Listeria*）、厌氧的属（如 *Clostridiu*、*Peptococcus*、*Ruminococcus*）。利用反转录酶和 PCR 技术，Collins 及其同事对乳酸菌各属间，乳酸菌各属与低 G + C 含量部分菌的其他属间的系统发育关系作了详细研究（Collins *et al.*，1990；Wallbanks *et al.*，1990；Collins *et al.*，1993；Platteeuw *et al.*，1995；de Felipe *et al.*，1998）。乳酸菌在系统发育上形成一个"超级簇"，位于严格厌氧的种（如梭菌）和兼性或严格好氧的种（如葡萄球菌和芽孢杆菌）之间，与其"处在厌氧和好氧之间的门槛上"的生活方式一致（Kandler and Weiss，1986），情况大致如此，但也存在某些例外。乳酸菌类群的系统发育树见图 1-1，这一部分内容主要基于 Collins 及其同事的研究。

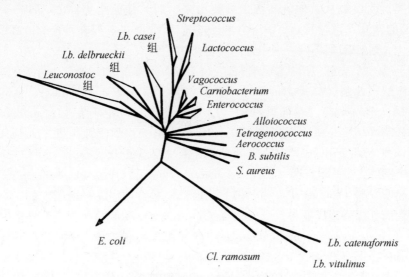

图 1-1　乳酸菌属 16S rRNA 系统发育进化树
（Wood 和 Holzapfel，1995）

　　从图 1-1 可以看出，根据系统发育亲缘关系的研究，大多数乳酸菌的属可以得到明确的区分，例如，气球菌属（*Aerococcus*）、肉杆菌属（*Carnobacterium*）、肠球菌属（*Enterococcus*）、乳球菌属（*Lactococcus*）、严格意义上的明串珠菌属（*Leuconostoc*）、酒球菌属（*Oenococcus*）、严格意义上的链球菌属（*Streptococcus*）、四联球菌属（*Tetracoccus*）、漫游球菌属（*Vagococcus*）、魏斯氏菌属（*Weissella*），每个属都形成一个内聚的系统发育单元。在这些属中，可以看到明显的集簇，例如，肉杆菌属、肠球菌属、漫游球菌属形成一个彼此紧密的簇，而同其他属的关系则较远，气球菌和四联球菌处于该簇的外围。此外，该簇在系统发育上更接近低 G＋C 部分的好氧和兼性厌氧的某些属，同其他乳酸菌的关系反而较远。

　　乳球菌属和链球菌属在系统发育上关系紧密，但其程度不及肠球菌所在的聚类簇。"明串珠菌样"乳酸菌，例如，魏斯氏菌和严格意义上的明串珠菌，系统发育关系密切。酒球菌属也处于这个分支，但该属的进化距离很大，可能是一个快速进化的例子（Dicks *et al.*，1995；Yang *et al.*，1989；Martínez-Murcia *et al.*，1990）。在系统发育和生理特性上与酒球菌属最为接近的是"明串珠菌样"乳酸菌。其他的乳球菌属、乳杆菌属和片球菌属，形成了一个超级簇，该超级簇分为两个亚簇，每个亚簇大致相当于属的水平。

　　基于详细的 16S rRNA 数据分析，Collins 及其同事通过不同的方法（距离矩阵法、简约性法、最大相似性法）对乳杆菌及其近缘属的研究做出了巨大的贡献，将乳杆菌与其相关的属细分为三个亚类（Collins，1991）。这些分析表明，肠球菌类群明显地从其他乳酸菌中分离出来，而其他两个类群 *Lb. delbrueckii* 和 *Lb. casei* 的亲缘关系非常近，几乎不能把它们区分开来。而在 Wood 和 Holzapfel 的著作中，乳杆菌则是以三个单独的类群来讨论的。

（1）第一个类群包括：德氏乳杆菌（*Lb. delbrueckii*）和其他专性同型发酵乳杆菌，如嗜酸乳杆菌（*Lb. acidophilus*）、嗜淀粉乳杆菌（*Lb. amylophilus*）、食淀粉乳杆菌（*Lb. amylovorus*）、卷曲乳杆菌（*Lb. crispatus*）、鸡乳杆菌（*Lb. gallinarum*）、加氏乳杆菌（*Lb. gasseri*）、瑞士乳杆菌（*Lb. helveticus*）、詹氏乳杆菌（*Lb. jensenii*）、约氏乳杆菌（*Lb. johnsonii*）和马乳酒样乳杆菌（*Lb. kefiranofaciens*）（图 1-2）。其中有两个例外，耐酸乳杆菌（*Lb. acetotolerans*）和哈氏乳杆菌（*Lb. hamsteri*），它们是兼性异型发酵（Collins *et al.*，1991）。德氏乳杆菌（*Lb. delbrueckii*）的三个亚种也就是德氏乳杆菌德氏亚种（*Lb. delbrueckii* subsp. *delbrueckii*）、德氏乳杆菌保加利亚亚种（*Lb. delbrueckii* subsp. *bulgaricus*）和德氏乳杆菌乳酸亚种（*Lb. delbrueckii* subsp. *lactis*），既不能通过 16S rRNA 序列分析，也不能通过 DNA-DNA 杂交来将它们区分开来，因为它们有 80% 的相似性。嗜酸乳杆菌（*Lb. acidophilus*）和其相关的乳杆菌曾经被分为两个基因型类群，类群 A 和类群 B（Johnson *et al.*，1980），每一个类群都由几个亚类组成。后来，研究表明模式株嗜酸乳杆菌（*Lb. acidophilus*）属于 DNA 类群 A 中的亚类 A1（Lauer and Kandler，1980），亚类 A2 包括卷曲乳杆菌（*Lb. crispatus*）（Cato *et al.*，1983），亚类 A3 是指嗜淀粉乳杆菌（*Lb. amylovorus*），亚类 A4 是鸡乳杆菌（*Lb. gallinarum*）（Fujisawa *et al.*，1992）。亚类 B1 是加氏乳杆菌（*Lb. gasseri*）（Lauer and Kandler，1980），亚类 B2 是指约氏乳杆菌（*Lb. johnsonii*）（Fujisawa *et al.*，1992）。*Lb. delbrueckii* 类群包括了大部分专性同型发酵菌。然而，也有些专性同型发酵菌在系统发育上属于 *Lb. casei-Pediococcus* 亚类，如动物乳杆菌（*Lb. animalis*）、马里乳杆菌（*Lb. mali*）、瘤胃乳杆菌（*Lb. ruminis*）、唾液乳杆菌（*Lb. salivarius*）和沙氏乳杆菌（*Lb. sharpeae*）。

（2）第二个类群就是所谓的 *Lb. casei-Pediococcus* 类群，是这三个类群中最大的

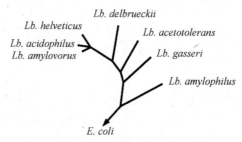

图 1-2　*Lb. delbrueckii* 类群乳杆菌系统发育进化树
（Wood 和 Holzapfel，1995）

一个，由30多个乳杆菌属的种和5个片球菌属的种组成。它们中的大部分成员都是兼性异型发酵菌。然而，有些种是专性异型或专性同型发酵的。在 *Lb. casei-Pediococcus* 类群中的各个种中。大家最熟悉的种是植物乳杆菌（*Lb. plantarum*）和干酪乳杆菌（*Lb. casei*）。DNA-DNA 杂交研究表明，植物乳杆菌（*Lb. plantarum*）在基因型上并不是同质性的，可以有不同的遗传类群。例如，*Lb. casei* 类群也是由几个基因型类群组成的。DNA-DNA 杂交结果显示，大多数干酪乳杆菌干酪亚种（*Lb. casei* subsp. *casei*）和其他亚种（subsp. *alactosus*、subsp. *pseudoplantarum* 和 subsp. *tolerans*）之间的亲缘关系非常接近，但与其模式菌株 *Lb. casei* subsp. *casei* ATCC393 的关系并不是很近，于是前面这些菌被定名为一个新种副干酪乳杆菌（*Lb. paracasei*）。而干酪乳杆菌鼠李糖亚种（*Lb. casei* subsp. *rhamnosus*）被列为鼠李糖乳杆菌（*Lb. rhamnosus*），因为它与 *Lb. casei* 类群中其他成员的 DNA 相似性很低。与植物乳杆菌（*Lb. plantarum*）亲缘关系相近的是戊糖乳杆菌（*Lb. pentosus*）。在 16S rRNA 序列层面上，它们之间几乎无法区分开来。瘤胃乳杆菌（*Lb. murinus*）和动物乳杆菌（*Lb. animalis*）显示出相同的 16S rRNA 序列，或者至少有一些菌株系统亲缘关系很近。当然，这些观点随着新的分类技术的应用和乳杆菌分类研究的深入，都受到不同程度的质疑和修改。对 16S rRNA 的研究发现，5个片球菌属中的4个形成一个进化单位。然而，糊精片球菌（*P. dextrinicus*）则与一些乳杆菌属的亲缘关系更近。如它与棒状乳杆菌（*Lb. coryneformis*）和双发酵乳杆菌（*Lb. bifermentans*）的亲缘关系比与其他片球菌属的关系更近。在 Wood 和 Holzapfe 的著作中，两个片球菌戊糖片球菌（*P. pentosaceus*）和嗜酸片球菌（*P. acidilactici*）与沙氏乳杆菌（*Lb. sharpeae*）和干酪乳杆菌（*Lb. casei*）的亲缘关系非常接近（图1-3）。

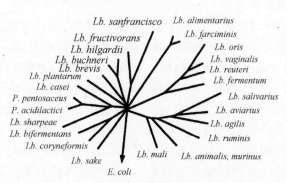

图 1-3 *Lb. casei-Pediococcus* 类群乳杆菌的系统发育树
（Wood 和 Holzapfel，1995）

（3）第三个类群由明串珠球菌属（*Leuconostoc*）的所有成员组成，属专性异型发酵乳杆菌。即所说的 *Leuconostoc* 类群，可被明晰地分为两个亚类（图1-4）。一个亚类由除类肠膜明串珠球菌（*Leuc. paramesenteroides*）的所有明串珠球菌属和果糖乳杆菌（*Lb. fructosus*）组成。而另一个亚类则包括专性异型发酵乳杆菌和 *Leuc. paramesenteroides*。

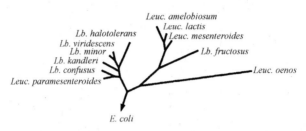

图 1-4 *Leuconostoc* 类群乳酸菌的系统发育树
（Wood 和 Holzapfel，1995）

（4）有一些菌被错误地放在了 *Lactobacillus* 属中。链状乳杆菌（*Lb. catenaformis*）与一些 *Closridia* 属菌株（*Cl. Ramosus*、*Cl. innocuum*）和丹毒丝菌属 *Erysipelothrix rhusiopathiae* 的亲缘关系要比与乳杆菌属中的任何一个种的关系更近。同样的现象也存在于犊乳杆菌（*Lb. vitulinus*）中。然而，链状乳杆菌（*Lb. catenaformis*）和犊乳杆菌（*Lb. vitulinus*）的亲缘关系却并不接近，以至于不能把它们放在一个系统聚类分支上。明登乳杆菌（*Lb. minustus*）、裂乳杆菌（*Lb. rimae*）、齿龈乳杆菌（*Lb. uli*）和小链链球菌（*S. parvulus*）与高（G + C）% 含量的革兰氏阳性菌的亲缘关系要比与低（G + C）% 含量的革兰氏阳性菌的近得多，所以后来又把它们重新划分为一个新属——*Atopobium*。木糖乳杆菌（*Lb. xylosus*）和 *Lb. hordniae* 也曾经被错误分类，而今又被重新分为 *Lactococcus lactis*。

从 20 世纪 90 年代以后，尤其是近些年来，由于新分类方法的建立和对乳酸菌分离源研究的扩大，越来越多的乳酸菌属新种被鉴定和报道，2007 ~ 2011 年，乳杆菌属就有 42 个新种被发现和报道，仅 2009 年就有 14 个乳杆菌的新种在 *International Journal of Systematic and Evolutionary Microbiology* 上登记发表。对乳酸菌的系统发育的研究也早已不是 Collin 和 Woese 的时代了，乳酸菌的种属更多，系统发育关系研究得更细致。据 Felis 和 Dellaglio（2007）报道，仅乳杆菌属及其相关的近缘属的不同种的系统发育就可划分为 14 个类群（表 1-2），此外还有几个种不能与乳杆菌属其他种聚类到系统发育类群上，各自形成一个独立的分支。从 2007 年以后，有关乳杆菌属乳酸菌的系统发育未见有综述性的报道，在本书中我们将 2007 年以后发现的新种和已经有效发表的乳杆菌种的 16S rRNA 数据整合在一起，重新构建了乳杆菌属的 16S rRNA 系统发育进化树图（图 1-5）。

表1-2　乳杆菌系统发育聚类

分组	Hammes 和 Hertel (2003)	Dellaglio 和 Felis (2005)	Giovanna 和 Dellaglio (2007)
L. delbrueckii 组 (delb)	Lb. acetotolerans, Lb. acidophilus, Lb. amylolyticus, Lb. amylophilus, Lb. amylovorus, Lb. crispatus, Lb. delbrueckii, Lb. fornicalis, Lb. gallinarum, Lb. gasseri, Lb. hamsteri, Lb. helveticus, Lb. iners, Lb. intestinalis, Lb. jensenii, Lb. johnsonii, Lb. kefranofaciens, Lb. kefirgranum, Lb. psittaci	Lb. acetotolerans, Lb. acidophilus, Lb. amylolyticus, Lb. amylophilus, Lb. iners, Lb. amylovorus, Lb. crispatus, Lb. delbrueckii, Lb. fornicalis, Lb. gallinarum, Lb. gasseri, Lb. hamsteri, Lb. helveticus, Lb. intestinalis, Lb. jensenii, Lb. johnsonii, Lb. kalixensis, Lb. kefranofaciens, Lb. psittaci, Lb. kitasatonis, Lb. kefirgranum, Lb. suntoryeus, Lb. ultunensis	Lb. acetotolerans, Lb. acidophilus, Lb. amylolyticus, Lb. amylophilus, Lb. amylotrophicus, Lb. amylovorus, Lb. crispatus, Lb. delbrueckii, Lb. fornicalis, Lb. gallinarum, Lb. gasseri, Lb. hamsteri, Lb. helveticus, Lb. iners, Lb. intestinalis, Lb. jensenii, Lb. johnsonii, Lb. kalixensis, Lb. kefranofaciens, Lb. kitasatonis, Lb. psittaci, Lb. sobrius, Lb. ultunensis
L. salivarius 组 (sal)	Lb. acidipiscis, Lb. aglis, Lb. algidus, Lb. animalis, Lb. aviarius, Lb. cypricasei, Lb. equi, Lb. mali, Lb. murinus, Lb. nagelii, Lb. ruminis, Lb. salivarius	Lb. acidipiscis, Lb. agilis, Lb. algidus, Lb. animalis, Lb. aviarius, Lb. cypricasei, Lb. equi, Lb. mali, Lb. murinus, Lb. nagelii, Lb. ruminis, Lb. saerimneri, Lb. salivarius, Lb. satsumensis	Lb. acidipiscis, Lb. agilis, Lb. algidus *, Lb. animalis, Lb. apodemi, Lb. aviarius, Lb. equi, Lb. mali, Lb. murinus, Lb. nageli, Lb. ruminis, Lb. saerimneri, Lb. salivarius, Lb. satsumensis, Lb. vini
L. reuteri 组 (reu)	Lb. coleohominis, Lb. durianis, Lb. fermentum, Lb. frumenti, Lb. ingluviei, Lb. mucosae, Lb. oris, Lb. panis, Lb. pontis, Lb. reuteri, Lb. suebicus, Lb. vaginalis, Lb. thermotolerans, Lb. vaccinostercus	Lb. antri, Lb. coleohominis, Lb. fermentum, Lb. frumenti, Lb. gastricus, Lb. ingluviei, Lb. mucosae, Lb. oris, Lb. panis, Lb. pontis, Lb. reuteri, Lb. thermotolerans, Lb. vaginalis (Lb. reuteri 类群-a) 和 Lb. durianis, Lb. vaccinostercus, Lb. suebicus, Lb. rossii (Lb. reuteri 类群-b)	Lb. antri, Lb. coleohominis, Lb. fermentum, Lb. frumenti, Lb. gastricus, Lb. ingluviei, Lb. mucosae, Lb. oris, Lb. panis, Lb. pontis, Lb. vaginalis, Lb. reuteri, Lb. secaliphilus

续表

分组	Hammes 和 Hertel (2003)	Dellaglio 和 Felis (2005)	Giovanna 和 Dellaglio (2007)
L. buchneri 组 (buch)	Lb. buchneri, Lb. diolivorans, Lb. hilgardii, Lb. ferintoshensis, Lb. fructivorans, Lb. homohiochii, Lb. kefiri, Lb. kunkeei, Lb. lindneri, Lb. parabuchneri, Lb. parakefiri, Lb. sanfranciscensis	Lb. buchneri, Lb. diolivorans, L. hilgardii, Lb. ferintoshensis, L. kefiri, Lb. parakefiri, Lb. parabuchneri, (Lb. buchneri 类群-a), 和 Lb. fructivorans, L. lindneri, L. homohiochii, Lb. sanfranciscensis (Lb. buchneri 类群-b)	Lb. buchneri, Lb. diolivorans, Lb. kefiri, Lb. hilgardii, Lb. farraginis, Lb. parakefiri, Lb. parabuchneri, Lb. parafarraginis, 和 Lb. acidifarinae, Lb. namurensis, Lb. spicheri 和 Lb. zymae 形成单独的一个分支
L. alimentarius-L. farciminis 组 (al-far)	—		Lb. alimentarius, Lb. farciminis, Lb. kimchii, Lb. mindensis, Lb. nantensis, Lb. paralimentarius, Lb. tucceti, Lb. versmoldensis
L. casei 组 (cas)	L. casei, L. manihotivorans, L. pantheris, L. paracasei, L. rhamnosus, L. sharpeae, L. zeae	L. casei, L. paracasei, L. rhamnosus, L. zeae (这些菌形成 L. casei 类群-a) L. manihotivorans, L. pantheris, L. sharpeae (这些菌形成 L. casei 类群-b) 且这些菌呈现出单独的聚类, 而非常具有紧密的联系	L. casei, Lb. paracasei, L. rhamnosus, Lb. zeae
L. sakei 组 (sakei)	L. curvatus, L. fuchuensis, L. graminis, L. sakei	Lb. curvatus, Lb. fuchuensis, Lb. graminis, Lb. sakei	Lb. curvatus, Lb. fuchuensis, Lb. graminis, Lb. sakei
L. fructivorans 组 (fru)	—	—	Lb. fructivorans, Lb. homohiochii, Lb. lindneri, Lb. sanfranciscensis
L. coryniformis 组 (cor)	—	—	Lb. bifermentans, Lb. coryniformis, Lb. rennini 这些菌单独形成遗传分支, 而不是彼此具有紧密的关联

续表

分组	Hammes 和 Hertel (2003)	Dellaglio 和 Felis (2005)	Giovanna 和 Dellaglio (2007)
L. plantarum 组 (plan)	L. alimentarius, L. arizonensis, L. collinoides, L. farciminis, L. kimchii, L. malefermentans, L. mindensis, L. paralimentarius, L. paraplantarum, L. pentosus, L. plantarum, L. versmoldensis	L. arizonensis, L. collinoides, L. paraplantarum, L. pentosus, L. plantarum（这些菌形成 L. plantarum 类群-a）与 L. plantarum 类群-b（L. alimentarius, L. farciminis, L. kimchii, L. mindensis, L. paralimentarius, L. versmoldensis）具有一定的联系, 而它们与 L. collinoides 之间的关系却没有足够的证据支持	Lb. plantarum, Lb. paraplantarum, Lb. pentosus
L. perolens 组 (per)	—	—	Lb. perolens, Lb. harbinensis, Lb. paracollinoides
L. brevis 组 (bre)	—	Lb. acidifarinae, Lb. brevis, Lb. hammesii, Lb. spicheri, Lb. zymae	Lb. brevis, Lb. hammesii, Lb. parabrevis
Single species (ss)	Lb. bifermentans, Lb. brevis, Lb. coryniformis 和 Lb. perolens	Lb. algidus, Lb. kunkeei, Lb. perolens, Lb. malefermentans, Lb. paracollinoides, Lb. selangorensis	Lb. kunkeei, Lb. malefermentans, Lb. pantheris, Lb. sharpeae, Paralactobacillus selangorensis

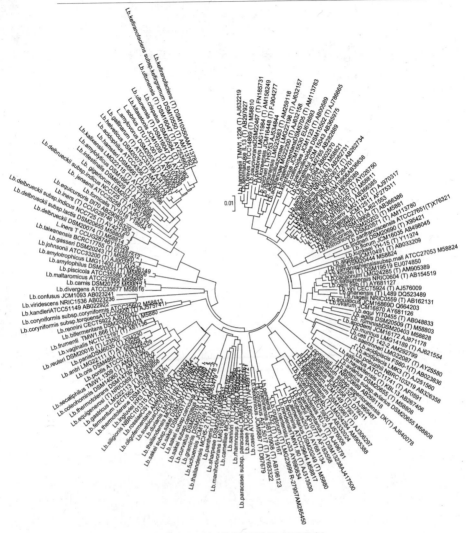

图 1-5　乳杆菌属系统发育进化树

由于绘图软件原因，故此图中拉丁名保留正体

1.2　乳酸菌的生理生化特性

1.2.1　乳酸菌的基本生理生化性状

细胞学形态、革兰氏染色、过氧化氢酶、生长温度和糖类发酵类型等特性构成了乳酸菌的生理生化特性。在经典的乳酸菌分类鉴定体系中，以下几个方面是乳酸菌分类鉴定的重要参考依据：

（1）细胞学形态

细胞学形态在乳酸菌的分类鉴定上虽然不作为决定性指标，但它是乳酸菌描述的重要内容，根据细胞学形态（杆状、球状）分为不同的属。当然，随着乳酸菌属的增加和乳酸菌定义的外延，形态学指标在乳酸菌的分类和鉴定中已不具有关键性作用。而且有些属既有杆状又有球状菌，如魏斯氏菌属乳酸菌。

（2）培养特性

培养特性主要包括：培养温度（10℃、45℃），尤其是在片球菌属和明串珠球菌属的鉴定中，生长温度具有重要的意义；耐盐特性（6.5%、18%的 NaCl），耐酸碱特性（pH4.4、pH9.6）。

（3）生理生化特性

主要包括的性状有：葡萄糖产气特性、过氧化氢酶、明胶液化、甲基红、柠檬酸盐利用、石蕊牛乳实验特性。

（4）糖类发酵谱

利用不同的糖类产酸是乳酸菌属和种间区别的重要特性，在过去相当长的时间内乳酸菌的分类鉴定都是依据糖发酵类型进行的。

以上所有描述的乳酸菌的表型特征和生理生化特性以及糖类发酵类型，其种属水平所表现出来的差异，都能从生物化学与分子生物学水平找到其理论依据，其不同的代谢类型是解释这些差异的根本途径。

1.2.2　乳酸菌的糖代谢类型

乳酸菌代谢的基本特征是与糖类发酵偶联的底物水平磷酸化产生的 ATP 随后被用于生物合成。作为一个包括多个种属的大类群，乳酸菌能够代谢多种碳水化合物及其衍生物。一般情况下，主要代谢终产物是乳酸。但已明确知晓的是，乳酸菌在不同生活环境下，代谢途径也会发生相应改变，其代谢终产物的组成会有明显差异。本章节将对一些广为人知的代谢途径和不同糖类的发酵过程进行描述，同时介绍一些较独特的代谢特性，而这些特性对乳酸菌在其天然生境中的生存往往很重要。

乳酸菌根据其糖类发酵途径的不同，可分为三种类型。第一种类型即专性同型发酵，只能通过糖酵解途径发酵糖类。这一类型包括了 2.1.2.2 中将要描述的乳杆菌属中类群 A 和其他属中的个别种。第二种类型包括了明串珠球菌、酒球菌、魏斯氏菌、乳杆菌类群 C，特征为专性异型发酵类型。只能通过 6-磷酸葡萄糖酸/磷酸酮糖酶（6-PG/PK）途径发酵糖类。这两种发酵类型的差别体现为细胞内是否存在 6-PG/PK 途径的关键酶：1,6-二磷酸果糖醛缩酶。专性同型发酵乳酸菌有组成型的 1,6-二磷酸果糖醛缩酶，缺乏磷酸酮糖酶，而专性异型发酵乳酸菌恰恰相反。第三种类型包括剩余的乳酸菌，例如，乳杆菌类群 B、大部分的肠球菌、乳球菌、片球菌、链球菌、四联球菌、漫游球菌。这种类型好似中间派，有组成型的 1,6-二磷酸果糖醛缩酶，通过糖酵解途径发酵己糖，类似专性同型发酵乳酸菌；当戊糖存在时，可诱导产生磷酸酮糖酶进行异型乳酸发酵。即通过同型发酵代谢己糖，通过异型发酵代谢戊糖及相关底物，因此被称为兼性异型发酵。

1.2.3　乳酸菌的主要糖类发酵途径

1.2.3.1　己糖发酵

正如上文所述，乳酸菌发酵己糖的代谢途径主要有两种（图 1-6）。以葡萄糖为例，关于葡萄糖的运输和磷酸化过程在这里仅作略述。某些乳酸菌通过依赖ATP 的葡萄糖激酶进行游离葡萄糖的运输，而某些乳酸菌则利用磷酸烯醇式丙酮酸（PEP）–糖磷酸转移酶系统（PTS）进行己糖的转运，在该系统中，磷酸烯醇式丙酮酸作为磷酸供体。无论哪种情况，糖的活化即磷酸化，都需要消耗高能磷酸键。除了明串珠球菌和属于类群 Ⅲ 的乳杆菌（Collins et al.，1961）、酒球菌、魏斯氏菌，所有的乳酸菌都具有糖酵解途径，该途径以形成 1,6-磷酸二果糖（FDP）为特征，随后在 FDP 醛缩酶的作用下分解为磷酸二羟基丙酮（DHAP）和 3-磷酸甘油醛（GAP），磷酸二羟基丙酮可以转化为 3-磷酸甘油醛。3-磷酸甘油醛在随后的代谢途径中，通过两次底物水平磷酸化生成丙酮酸。在正常情况下，即在充足糖类和有限氧气的情况下，丙酮酸被还原为乳酸，反应由依赖NAD$^+$ 的乳酸脱氢酶（NLDH）催化，使在糖酵解早期步骤中产生的 NADH 被重新氧化，从而建立起氧化还原的平衡，而乳酸是唯一终产物，这条代谢途径被称为同型乳酸发酵 [图 1-6（A）]。

除葡萄糖外，很多乳酸菌可以代谢其他的己糖，例如，甘露糖、半乳糖、果糖等。这些糖类通过异构化或磷酸化以 6-磷酸葡萄糖或 6-磷酸果糖的形式进入代谢途径。一个重要的例外是能进行半乳糖代谢的某些乳酸菌，例如，乳酸乳球菌（Lc. lactis）、粪肠球菌（E. faecalis）、干酪乳杆菌（Lb. casei）等通过 PTS 途径摄取半乳糖并形成 6-磷酸半乳糖，随后进入 6-磷酸塔格糖途径（Bissett et al.，1974），见图 1-6（A）。塔格糖是果糖的同分异构体，但塔格糖衍生物的代谢需要额外的酶，该途径在 GAP 代谢上与糖酵解途径相同。某些乳酸菌菌株可通过透过酶运输半乳糖并将其转化为 6-磷酸葡萄糖，被称为 Leloir 途径，见图 1-6（B）（Thomas et al.，1979）。该途径在一些缺乏半乳糖 PTS 系统而通过透过酶运输半乳糖的乳酸菌中很常见（Konings et al.，1989；Fox et al.，1990；Kandler，1983）。

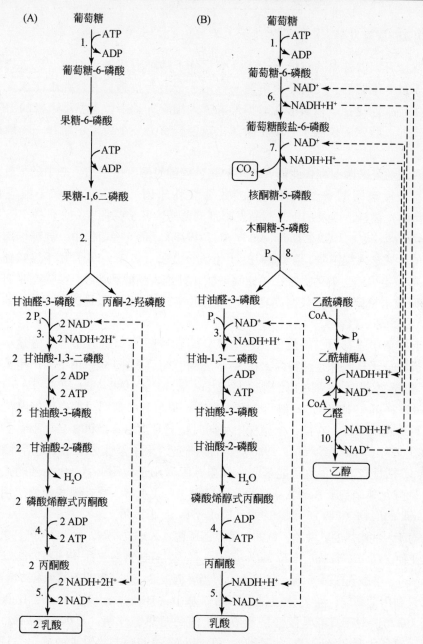

图1-6　葡萄糖的主要代谢途径（Salminen *et al.*，2004）

（A）同型乳酸发酵（糖酵解途径，EMP）；（B）异型乳酸发酵（6-磷酸葡萄糖酸/磷酸酮糖酶途径）。数字代表特定的酶，1. 葡萄糖激酶；2.1,6-二磷酸果糖醛缩酶；3.3-磷酸甘油醛脱氢酶；4. 丙酮酸激酶；5. 乳酸脱氢酶；6.6-磷酸葡萄糖脱氢酶；7.6-磷酸葡萄糖酸脱氢酶；8. 磷酸酮糖酶；9. 乙醛脱氢酶；10. 乙醇脱氢酶

1. 2. 3. 2　双糖发酵

双糖可以以游离的双糖分子或磷酸化分子两种形式进入细胞。以游离的双糖分子进入细胞后，在特定水解酶的作用下分解为单糖，并进入 1. 2. 3. 1 中所述的主要代谢途径。以磷酸化双糖形式进入细胞，是由负责糖类运输的 PTS 系统完成的，特定的磷酸水解酶将磷酸化双糖分解为一个游离单糖和一个磷酸化单糖。

目前对乳酸菌双糖代谢研究最多的是乳糖的发酵。由于与生产中的牛乳发酵工艺有关使该问题备受关注，大多数乳酸乳球菌（*Lc. lactis*）和干酪乳杆菌（*Lb. casei*）菌株，以及用于乳制品发酵剂的菌株，几乎都拥有一个乳糖 PTS 系统（Lawrence *et al.*，1979；Thompson *et al.*，1979）。在这些菌株中，乳糖以磷酸化乳糖的形式进入细胞质，在磷酸-β-D-半乳糖苷酶（P-β-gal）作用下生成葡萄糖和 6-磷酸半乳糖。葡萄糖被己糖激酶磷酸化并进入糖酵解途径。6-磷酸半乳糖通过 6-磷酸塔格糖途径被代谢。乳糖 PTS 酶系和 P-β-gal 一般是诱导酶并被葡萄糖阻遏（Kandler，1983）。

乳酸菌中还有另一条乳糖代谢途径，即乳糖载体（通透酶）运输途径，该酶将乳糖分子从胞外运至胞内，在 β-半乳糖苷酶（β-gal）作用下，产生葡萄糖和半乳糖并进入主要的代谢途径（Fox *et al.*，1990；Premi *et al.*，1972；Bhowmik *et al.*，1990）。一些研究报告指出：很多乳酸菌同时拥有乳糖 PTS 系统和乳糖通透酶系统，在同一个菌株中可同时检测到 P-β-gal 和 β-gal 活性（Premi *et al.*，1972；Hickey *et al.*，1986）。目前研究结果一般认为 P-β-gal 活性较低，而 β-gal 活性较高，但这可能是一个假象，因为用于检测 P-β-gal 活性的人造底物（磷酸化邻硝基苯基半乳糖）也有可能被 β-gal 水解，或在磷酸化酶作用下成为 β-gal 的底物（Fox *et al.*，1990；Hickey *et al.*，1986）。

对于一些嗜热的乳酸菌，例如，嗜热链球菌（*S. thermophilus*）、德氏乳杆菌保加利亚亚种（*Lb. delbrueckii* subsp. *bulgaricus*）、德氏乳杆菌乳酸亚种（*Lb. delbrueckii* subsp. *lactis*）、嗜酸乳杆菌（*Lb. acidophilus*），当乳糖被 β-gal 分解为葡萄糖和半乳糖后，它们只利用葡萄糖，半乳糖被排出到培养基中（Hickey *et al.*，1986；Hutkins *et al.*，1987）。对于具有重要经济和应用价值的嗜热链球菌（*S. thermophilus*），其乳糖运输和代谢已经研究得比较彻底（Poolman，1993）。半乳糖的排出与较低的半乳糖激酶活性有关（Hutkins *et al.*，1987；Thomas *et al.*，1985），同时也有节省能量的效果，并且是乳糖运输蛋白的固有特性（Poolman，1993）。

乳酸菌的麦芽糖代谢研究主要在乳球菌中进行。已经发现了一个用于运输的通透酶系统（Konings *et al.*，1989；Sjöberg *et al.*，1989）。有关麦芽糖代谢的一个有趣现象是在乳酸乳球菌（*Lc. lactis* 65.1）菌株中发现的，麦芽糖被麦芽糖磷酸化酶分解为葡萄糖和1-磷酸-β-葡萄糖，只有葡萄糖进入糖酵解途径，而1-磷酸-β-葡萄糖可能是作为细胞壁合成的前体物质而被细胞所利用（Sjöberg *et al.*，1989）。

蔗糖的运输一般是由通透酶系统完成的，随后被蔗糖水解酶分解为葡萄糖和果糖，并进入代谢途径。在某些乳球菌中，蔗糖由蔗糖 PTS 系统运输，以6-磷酸蔗糖的形式进入细胞，被6-磷酸蔗糖水解酶水解为6-磷酸葡萄糖和果糖。蔗糖 PTS 系统和6-磷酸蔗糖水解酶由培养基中蔗糖所诱导产生活性，促进蔗糖的发酵和利用（Thompson *et al.*，1981）。对于某些特定的乳酸菌，蔗糖也可作为合成胞外聚糖的单糖供体，例如，在肠膜明串珠菌（*Leuc. mesenteroides*）合成葡聚糖的过程中，蔗糖被细胞壁锚定的蔗糖-6-葡萄基转移酶分解，产生的葡萄糖基团用于葡聚糖的合成，果糖则被发酵利用（Cerning *et al.*，1990）。

对其他双糖的发酵，例如，纤维二糖、蜜二糖、海藻糖等，还没有进行过深入研究。不同乳酸菌利用双糖的能力也大不相同，一般推测认为，这些双糖的代谢需要特定的运输系统和水解酶，并被分解为相应的单糖或磷酸化单糖，而后单糖进入共同的代谢途径。

除了上述的同型发酵外，乳酸菌还有另一个主要的代谢途径，这个途径有很多个名称，例如磷酸戊糖途径、戊糖磷酸酮糖酶途径、己糖单磷酸支路，还有Kandler 和 Weiss 在《伯杰氏系统细菌学手册》（Schleifer *et al.*，1983）中使用的6-磷酸葡萄糖酸途径等名称。我们使用6-磷酸葡萄糖酸－磷酸酮糖酶途径（6-PG/PK），之所以只用这个名称，是因为名称中包含代谢途径中的关键步骤（磷酸酮糖酶催化的裂解），而且能够和双歧途径区分开，双歧途径中也包含磷酸酮糖酶，但6-磷酸葡萄糖酸不是中间产物。6-PG/PK 途径的特征是早期的脱氢反应，以产生6-磷酸葡萄糖酸，随后进行脱羧反应，产生的5-磷酸戊糖被磷酸酮糖酶裂解为磷酸甘油醛（GAP）和磷酸乙酰，磷酸甘油醛随后的代谢与 EMP 途径相同，即产生乳酸（图 1-7）。当环境中没有额外的电子受体时，磷酸乙酰通过乙酰辅酶 A 和乙醛两个中间体被还原为乙醇。在 6-PG/PK 中，除乳酸外，还有大量的乙醇、CO_2 等其他终产物，因此被称为异型乳酸发酵。

这些代谢途径的术语以及用代谢途径描述的不同乳酸菌很容易混淆，需要再强调一下，所谓的"同型发酵乳酸菌"是指利用糖酵解途径代谢葡萄糖的乳酸菌，"异型发酵乳酸菌"是指利用6-PG/PK 途径代谢葡萄糖的乳酸菌。但需要注意的是，某些情况下糖酵解途径也会产生异型乳酸发酵的现象，即终产物中除乳酸外还有大量其他成分，某些同型发酵乳酸菌会利用 6-PG/PK 途径代谢特定底物。

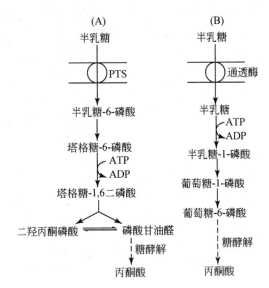

图 1-7　乳酸菌的半乳糖代谢途径

(A) 6-磷酸塔格糖代谢途径；(B) Leloir 途径 (Salminen *et al.* , 2004)

理论上，同型乳酸发酵每消耗 1 mol 葡萄糖，产生 2 mol 乳酸，净获得 2 mol ATP；异型乳酸发酵每消耗 1 mol 葡萄糖，产生 1 mol 的乳酸、乙醇、CO_2，净获得 1 mol ATP。但在实际中很难达到理论转化率，测量表明，实际上从糖到终产物的碳转化系数只有 0.9，说明部分碳源用于生物量的合成，测量是在富含氨基酸、核酸、维生素等生长因子的富营养培养基中进行的。这种富营养培养基有利于其他代谢支路的平衡和终产物的形成，特别是乙酸。一些培养基成分，例如有机酸、氨基酸、糖等都能显著影响代谢途径 (Kandler，1983)。氧气的存在也可对代谢产生显著影响。

1.2.3.3　乳酸的构型

乳酸根据旋光性可分为 D-乳酸和 L-乳酸。不同的乳酸菌发酵糖类，可能只产生 D-乳酸或 L-乳酸，也可能两者都产生，各占一定的比例 (Schleifer *et al.* , 1986; Kandler *et al.* , 1986; Garvie, 1980)。乳酸的构型与特定的 NAD^+-乳酸脱氢酶 (nLDH) 是否存在及其相对活性有关，D-乳酸和 L-乳酸分别由 D-nLDH 和 L-nLDH 催化产生。少数几种乳酸菌，如弯曲乳杆菌 (*Lb. curvatus*) 和清酒乳杆菌 (*Lb. sakei*)，能产生一种消旋酶，能将 L-乳酸转化为 D-乳酸 (Garvie, 1980)，在这些例子中，一开始只产生 L-乳酸，并诱导消旋酶的合成，最终导致 D-乳酸、L-乳酸的混合物产生。产生 D-乳酸、L-乳酸混合物的原因或可能的益处尚不清楚。1994 年，Ferain 等通过突变将一个植物乳杆菌 (*Lb. plantarum*) 菌株的 L-nLDH 失活，其在实验室条件下的生长速率和不同阶段的乳酸总产量都没有影响，L-乳酸的减少由 D-乳酸的增加弥补。研究表明，将丙酮酸还原为乳酸并非糖酵解中的限速步骤。值得一提的是巴伐利亚乳杆菌（*Lb. bavaricus*）在遗传上可能是由清酒乳杆菌（*Lb. sakei*）变异而来，不具有消旋酶活性，只产生 L-乳酸（Kagermeier-Callawa *et al.*，1995）。戊糖片球菌（*P. pentosaceus*）和很多乳杆菌在培养过程中乳酸的旋光构型比例会发生变化，一般情况下，在生长早期主要产生 L-乳酸，在稳定期后期，主要产生 D-乳酸。作者认为 pH 和胞内丙酮酸浓度对不同 LDH 活性有影响，因此导致不同生长阶段乳酸构型比例不同（Garvie，1980），但这一观点尚缺乏更多学者的认同和确证。*Lb. casei* 和乳球菌的 L-nLDH 为变构酶，可被 1,6-磷酸二果糖激活，肠球菌和链球菌也具有同样的 LDH 酶活性。

1.2.3.4　丙酮酸的去向

已经为大家所熟知的是乳酸菌可以调整代谢途径以适应环境变化，而代谢途径的调整必然导致代谢终端产物有所不同。在大多数情况下，终端产物的不同是由于丙酮酸代谢或额外电子受体导致的，或由二者共同作用，因为很多情况下二者相互关联。绝大多数细菌发酵的本质是底物经氧化产生富含能量的中间体，随后通过底物磷酸化产生 ATP。底物的氧化使 NAD^+ 转化为 NADH，而 NADH 必须通过其他反应再生为 NAD^+ 使发酵过程延续下去。在很多发酵过程中，丙酮酸作为 NAD^+ 再生过程的电子（或氢化）受体而处在代谢的关键位置，在乳酸菌代谢中，这一点极其明显（图 1-8）。在特定情况下，乳酸菌通过其他途径代谢丙酮酸而非还原为乳酸，这些途径在图 1-8 中可以明显看到。这些途径并非存在于一种乳酸菌当中，而是乳酸菌代谢途径的总结（Kandler，1983）。根据所处环境和产生酶的能力，不同的菌种进行不同的代谢。而且值得注意的是这些代谢途径并非只用于分解代谢，某些情况下也是合成代谢的一部分，例如产生的乙酰辅酶 A 就被用于脂质的合成（Cogan，1989）。

1.2.3.4.1　双乙酰－乙偶姻途径

双乙酰－乙偶姻途径在乳酸菌中十分常见（Kandler，1983），并且在乳制品发酵上具有很高的应用价值（Lawrence，1979；Congan *et al.*，1985）。但只有当细胞内丙酮酸的量超过 NAD^+ 再生需要量的时候，细胞才会通过此途径产生大量的双乙酰（具有奶油香味）和乙偶姻（或者 2,3-丁二醇）（图 1-8）。过量的丙酮酸可以由以下途径产生：①生长介质中存在的除了通过糖类发酵产生的丙酮酸；②其他化合物作为电子受体，从而节约了从糖类的发酵而形成丙酮酸。前者的一个例子是牛奶，牛奶中的柠檬酸含量相当高可达 1.5 mg/mL，柠檬酸降解产

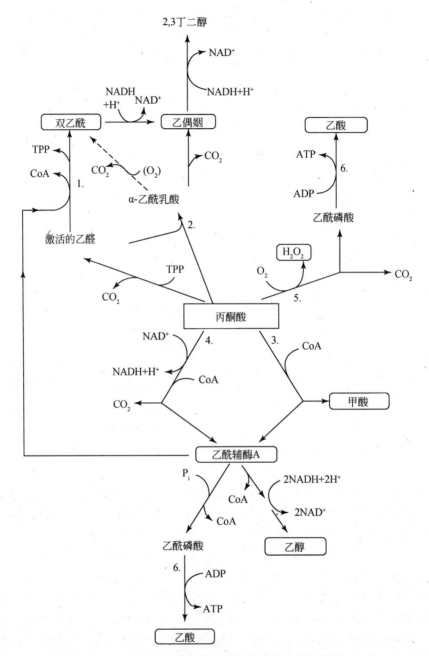

图 1-8　丙酮酸代谢的其他途径。虚线表示非酶促反应。
重要的代谢中间产物和终产物用方框标示。(Salminen *et al.*, 2004)
1. 双乙酰合成酶；2. 乙酰乳酸合成酶；3. 丙酮酸 – 甲酸裂合酶；4. 丙酮酸脱羧酶；5. 丙酮酸
氧化酶；6. 乙酸激酶

生额外的丙酮酸。这个问题的阐述已进行得比较深入，Hugenholtz 等的一篇综述详尽地论述了乳酸菌的柠檬酸代谢和双乙酰 - 乙偶姻形成的主要内容（Hugenholtz，1993）。柠檬酸在柠檬酸通透酶的作用下被运进细胞，被柠檬酸裂合酶分解为草酰乙酸和乙酸，草酰乙酸在草酰乙酸脱羧酶作用下降解为丙酮酸和 CO_2。在乳品工业中，用于产生双乙酰的菌种主要是 *Lc. lactis* subsp. *lactis*（或者生物型 *diacetylactis*）和 *Leuc. mesenteroides* subsp. *cremoris*（以前的名称是 *Leuc. cremoris* 或 *Leuc. citrovorum*）。但对乳酸菌种内菌株，在柠檬酸降解酶系所需的诱导物和酶最适作用 pH 上几乎各不相同（Congan *et al.*，1985；Cogan *et al.*，1981；Marshall，1987）。一般情况下，低糖浓度和低 pH 有利于双乙酰 - 乙偶姻的形成。但在实际的研究过程中，对双乙酰通过哪一条代谢途径产生目前仍存在争论。在图 1-8 中列出了两条途径。现在的证据清楚显示是通过 α- 乙酰乳酸产生的，在培养介质中已检测出 α- 乙酰乳酸，并且在某些乳酸菌上已鉴定出 α- 乙酰乳酸合酶（Hugenholtz，1993）。α- 乙酰乳酸经过非酶促的化学降解过程产生双乙酰，通气（接触氧气）和低 pH 有利于该反应的进行。乙偶姻及 2,3- 丁二酮的产量远高于双乙酰，但这两种物质对风味毫无贡献（Marshall，1987）。

近些年来，对该途径的生物化学和分子生物学以及基因方面的认识已大为提高，这些知识被用于通过代谢工程策略来控制双乙酰的产量（Platteeuw *et al.*，1995；de Felipe *et al.*，1998；Curic *et al.*，1999）。在 1. 2. 3. 4 中提到的丙酮酸过量是产生双乙酰的条件，而通过使用其他电子受体使丙酮酸过量的方法也是十分重要的一条途径。具体方法为使菌株过量表达 NADH 氧化酶，从而使 O_2 取代丙酮酸作为电子受体，剩余的丙酮酸则可用于产生双乙酰（de Felipe *et al.*，1998）。

1. 2. 3. 4. 2 丙酮酸 - 甲酸裂合酶系统

丙酮酸代谢的另一个分支是丙酮酸 - 甲酸裂合酶系统（图 1-9）。丙酮酸 - 甲酸裂合酶催化丙酮酸为甲酸和乙酰 CoA。乙酰 CoA 可以作为电子受体并最终生成乙醇，也可以作为底物磷酸化的前体产生磷酸乙酰，或二者兼而有之。在几种乳酸菌中，该系统中的部分代谢通路正在基因水平上进行调控，以增加某些产物的含量（Kandler，1984）。值得注意的是，干酪乳杆菌（*Lb. casei*）和乳酸乳球菌（*Lc. lactis*）的一些菌株在限制底物浓度和厌氧连续培养的条件下，可利用该途径生长，从而导致从同型乳酸发酵向异型乳酸发酵的转变（de Vries *et al.*，1970；Thomas *et al.*，1979），在这种情况下，终产物包括乳酸、乙酸、乙醇和甲酸。随着丙酮酸 - 甲酸裂合酶途径产物（乙酸、甲酸、乙醇）的大量产生，生长速率同时下降，表现为连续培养系统中稀释速率的降低（Thomas *et al.*，1979）。某些乳酸乳球菌（*Lc. lactis*）的菌株在发酵半乳糖或麦芽糖时也具有相似的终产物生成（Thomas *et al.*，1980；Sjöberg *et al.*，1989）。

目前认为这些菌株进行异型乳酸发酵，原因在于糖酵解速率的降低，从而导致糖酵解中间产物浓度发生变化，进而影响了乳酸脱氢酶、丙酮酸－甲酸裂合酶的活性，二者均以丙酮酸为底物，因此存在竞争关系。乳酸乳球菌（*Lc. lactis*）和干酪乳杆菌（*Lb. casei*）的乳酸脱氢酶是一种变构酶，其活性需要二磷酸果糖，这是糖酵解途径中的关键中间产物（图 1-6）。一般情况下，当乳酸乳球菌（*Lc. lactis*）进行异型乳酸发酵时，其细胞内二磷酸果糖的浓度低于进行同型乳酸发酵的细胞（Thomas *et al.*, 1979）。与此类似的是磷酸丙糖，丙酮酸－甲酸裂合酶的抑制剂，在进行异型乳酸发酵的细胞内浓度较低（Takahashi，1982）。因此，在底物限制或底物种类不适合的原因而导致的细胞半饥饿状态下，细胞通过调整这些酶的活性来减少丙酮酸还原为乳酸的通量，取而代之的是丙酮酸－甲酸裂合酶途径。该途径含有一个由乙酸激酶催化乙酰磷酸的底物水平磷酸化，可以产生更多能量（图 1-8）。事实表明，在低底物浓度的连续培养系统上，以葡萄糖为底物的摩尔生物量（Yglc）反而更高，说明在异型发酵模式下，发酵葡萄糖产生了更多 ATP。然而，有一些研究对二磷酸果糖在发酵模式转变中所起的作用提出了质疑，认为 $NADH/NAD^+$ 才是主要因素，$NADH/NAD^+$ 影响 3-磷酸甘油醛脱氢酶和乳酸脱氢酶活性（Garrigues *et al.*, 1997；Even *et al.*, 1999）。但二磷酸果糖仍作为一种激活物质在碳源代谢的整体调控中起到非直接作用。丙酮酸－甲酸裂合酶系统只能在厌氧条件下发挥作用，该酶对氧气极度敏感，当细胞暴露于空气中时该酶将失活（Takahashi *et al.*, 1982；Thomas *et al.*, 1985）。

1.2.3.4.3　丙酮酸氧化酶途径

氧气对乳酸菌的丙酮酸代谢有十分显著的影响。这种影响可以是直接参与酶促反应，如丙酮酸氧化酶（图 1-8）。这种影响也可以是间接的，例如含有黄素的 $NADH: H_2O_2$ 氧化酶和 $NADH: H_2O$ 氧化酶。丙酮酸氧化酶催化丙酮酸为 CO_2 和乙酰磷酸，并伴有 H_2O_2 形成。植物乳杆菌（*Lb. plantarum*）在有氧条件下生长时通过该酶产生大量乙酸。在 Sedewitz 等的研究中，丙酮酸氧化酶在稳定期早期活性最高，当细胞在乳糖和葡萄糖中生长时，前者导致更高的丙酮酸氧化酶活性，而研究所用的植物乳杆菌（*Lb. plantarum*）菌株在乳糖中的生长速率远低于在葡萄糖中的生长速率。这种酶活性的提高可能是由于糖酵解中间产物的浓度通过某种途径对酶的合成进行了调节（Sedewitz *et al.*, 1984）。这种调节同上文描述的乳酸乳球菌（*Lc. lactis*）的丙酮酸－甲酸裂合酶活性调节有所相似。

1.2.3.4.4　丙酮酸脱氢酶途径

研究表明在乳球菌中存在具有活性的丙酮酸脱氢酶复合体（Cogan *et al.*, 1989；Broome，1980；Smart *et al.*, 1987）。该酶体系代谢丙酮酸产生乙酰 CoA（图 1-8），与丙酮酸－甲酸裂合酶途径类似。1989 年，Cogan 等报道，在好氧条件下，丙酮酸脱氢酶的作用是为脂类合成提供乙酰 CoA；在厌氧条件下，则由丙酮酸－甲酸裂合酶负责该功能，其优势在于无需还原 NAD^+。当细胞暴露在空气中时，丙酮酸－甲酸裂合酶遇氧气失活，转而由丙酮酸脱氢酶负责产生乙酰 CoA，该酶产生的过量 NADH 可被 NADH 氧化酶重新氧化。与丙酮酸－甲酸裂合酶相似，丙酮酸脱氢酶也在分解代谢中发挥作用，但主要是在有氧条件下，其效果可能更为突出。在限制底物的情况下，处于非生长状态的乳酸乳球菌（Lc. lactis）在有氧条件下进行同型乙酸发酵（Smart et al.，1987）。在这种情况下，糖酵解途径产生的丙酮酸在丙酮酸脱氢酶的作用下转化为乙酸（有推测认为还可能有 CO_2）。nLDH 在限制底物的状态下活力很低，无法有效竞争丙酮酸。这种代谢方式的前提是在糖酵解和丙酮酸脱氢酶途径中产生的 NADH 必须被 NADH 氧化酶重新氧化。

1.2.3.5　乳酸菌的蛋白酶解系统

　　氨基酸是乳酸菌生长发育过程中必需的营养元素之一，乳酸菌普遍缺乏用无机氮源合成氨基酸的能力，因此需要从营养丰富的培养基中摄取小肽和氨基酸，用以蛋白质的合成、代谢能的储存和产生以及辅助因子的循环使用。乳酸菌不同种以及种内亚种对氨基酸的需求有很大的差异，乳酸乳球菌乳酸亚种（Lc. lactis subsp. lactis）的部分菌株并不需要大多数氨基酸，而乳酸乳球菌乳脂亚种（Lc. lactis subsp. cremoris）和瑞士乳杆菌（Lb. helveticus）的菌株需要 13～15 种氨基酸（Chopin，1993）。对某种特定氨基酸的需求往往是氨基酸合成相关基因的变异或相关合成酶活性下调的结果（Morishita et al.，1981）。对该领域研究最为深入的是乳制品中乳酸菌的蛋白酶解系统，尤其是乳酸乳球菌（Lc. lactis）。由于其在乳品发酵中的重要性引起了人们的高度重视，研究得也比较深入，研究结果表明蛋白酶解系统对乳酸菌在乳中快速生长是必不可少的。已有很多文献对该问题进行了深入探讨（Kunji et al.，1996；Christensen et al.，1999）。

　　用于乳品发酵酸化的乳球菌（如用于奶酪生产的菌株）都具有蛋白酶解活性，已经确认的能产生蛋白酶解活性的是一种胞外细胞膜锚定丝氨酸蛋白酶（PrtP）。实验表明该蛋白编码基因的失活变异株在牛乳中生长时菌体浓度非常低。乳球菌中的 PrtP 至少存在两种异构体，它们在降解牛乳酪蛋白的特异性上有所差异。在乳球菌中还鉴定出多种具有不同特异性的肽酶，但截至目前，所有详细研究过的肽酶都是胞内肽酶。

　　早期的研究认为在蛋白酶解系统中存在"缺失的一环"，因为 PrtP 水解产生的肽段分子质量过大而不能被已鉴定的运输系统运进细胞内。当时已鉴别出氨基酸运输系统，二肽/三肽运输系统（Foucaud et al.，1995），运输 4～8 个氨基酸残基多肽的寡肽运输系统（Opp）（Tynkkynen et al.，1993）。1989 年，Smid 等利用菌株突变的方法证实了一种具有广泛底物特异性的二肽/三肽运输系统对酪蛋白的利用是必须的。因此产生的问题就是：PrtP 降解产生的肽段太大而不能通过二肽/三肽运输系统进入胞内，因此该系统中需要存在一种胞外肽酶来水解大肽段。然而在当时的研究背景下，如上文所提，从未有确切证据表明存在这样一种胞外肽酶。随着分析方法的改善和对该系统基因的认识不断深入，人们可更精确的分析 PrtP 的酪蛋白降解产物，最终解决了这个问题。第一，PrtP 的降解程度高于原有认识，其降解产生的大部分寡肽的长度小于 9 个氨基酸残基（Juillard *et al.*，1995a）。第二，通过精确构建突变株的方法，确认了 Opp 系统对可利用酪蛋白生长是必需的，而二肽/三肽运输系统不是必需的（Kunji *et al.*，1995）。第三，通过观察乳球菌在乳中生长时的肽成分变化规律发现寡肽长度足够小，可以通过寡肽运输系统来满足细胞 98% 的氮源需求（Juillard *et al.*，1995b）。第四，Opp 系统可运输长达 18 个氨基酸残基的寡肽，加强了对该系统重要性的认识（Detmers *et al.*，1998）。至此，一个完整的蛋白酶解途径被建立起来，其模型见图 1-9。

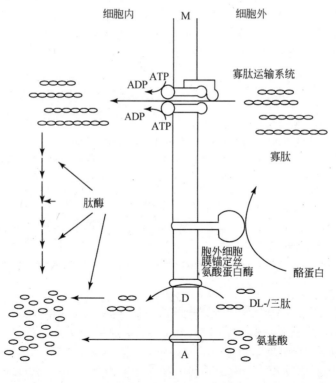

图 1-9　*Lc. lactis* 蛋白酶解途径模型图（Salminen *et al.*，2004）

包括二肽/三肽和游离氨基酸的运输，但其对乳球菌在乳中生长的作用十分有限。PrtP. 膜锚定蛋白酶；Opp. 寡肽运输系统；D. 二肽/三肽运输系统；A. 氨基酸运输系统；M. 细胞膜

　　从1-9图中可以看出，外界环境中的酪蛋白可被固定在细胞膜上的膜锚定蛋白酶（PrtP）水解成寡肽，然后才可由细胞膜上的寡肽运输系统（Opp）转运至胞内；细胞外的二肽和三肽可被二肽/三肽运输系统（D）直接运入细胞内；而氨基酸则由氨基酸运输系统（A）运入细胞。运入细胞后的寡肽和小肽，可在细胞内肽酶的催化下，全部水解成氨基酸供菌体用作合成蛋白质的原料。

参 考 文 献

张刚. 2007. 乳酸细菌——基础、技术和应用. 北京：化学工业出版社：15，55，392-409

Baele M, Vancanneyt M, Devriese L A, et al. 2003. Lactobacillus ingluviei sp. nov., isolated from the intestinal tract of pigeons. Int J Syst Evol Microbiol, 53：133-136

Bhowmik T, Marth E H. 1990. Peptide-hydrolsing enzymes of Pediococcus species. Microbios, 62, 197-211

Bissett D L, Anderson R L. 1974. Lactose and D-galactose metabolism in group N Streptococci：presence of enzymes for both the d-galactose 1-phosphate and D-tagatose 6-phosphate pathways. J Bacteriol, 117, 318-320

Broome M C, Thomas M P, Hillier A J, et al. 1980. Pyruvate dehydrogenase activity in group N Streptococci. Aust J Biol Sci, 33：15-25

Cato E P, Moore W E C, Johnson J L. 1983. Synonymy of strains of "Lactobacillus acidophilus" group A2 (Johnson et al., 1980) with the type strain of Lactobacillus crispatus (Brygoo and Aladame, 1953：Moore and Holdeman 1970) Int J Syst Evol Microbiol, 33 (2)：426-428

Cerning J. 1990. Exocellular polysaccharides produced by lactic acid bacteria. FEMS Microbiol Rev, 87：113-130

Chopin A. 1993. Organization and regulation of genes for amino acid synthesis in lactic acid bacteria. FEMS Microbiol Rev, 12：21-38

Christensen J E, Dudley E G, Pederson J A, et al. 1999. Peptidases and amino acid catabolism in lactic acid bacteria. Antonie van Leeuwenhoek, 76：217-246

Cogan J F, Walsh D, Condon S. 1989. Impact of aeration on the metabolic end-products formed from glucose and galactose by Streptococcus lactis. J Appl Bacteriol, 66：77-84

Cogan T M, O'Dowd M, Mellerick D. 1981. Effects of pH and sugar on acetoin production from citrate by Leuconostoc lactis. Appl Environ Microbiol, 41：1-8

Cogan T M. 1985. The Leuconostocs：milk products. In：Gilliland S E. Bacterial starter cultures for foods. Boca Raton, Florida：CRC Press：25-40

Collins E B, Speckman R A. 1974. Influence of acetaldehyde on growth and acetoin production by Leuconostoc citrovorum. J Dairy Sci, 57：1428-1431

Collins M D, Rodrigues U M, Ash C, et al. 1991. Phylogenetic analysis of the genus Lactobacillus and related lactic acid bacteria as determined by reverse transcriptase sequencing of 16S rRNA. FEMS Microbiol Lett, 77：5-12

Collins M D, Samelis J, Metaxopoulos J, et al. 1993. Taxonomic studies on some leuconostoc-like organisms from fermented sausages：description of a new genus Weissella for the Leuconostoc paramesenteroides group of species. J Appl Bacteriol, 75：595-603

Collins M D, Williams A M, Wallbanks S. 1990. The phylogeny of Aerococcus and Pediococcus as determined by 16S rRNA sequence analysis：description of Tetragenococcus gen. nov. FEMS Microbiol Lett, 70：255-262

Contrepois M, Gouet P H. 1973. Ann. Rech. wdi'r, 4：161

Curic M, Stuer-Lauridsen B, Renault P, et al. 1999. A general method for selection of α-acetolactate decarboxylase-deficient *Lactococcus lactis* mutants to improve diacetyl formation. Appl Environ Microbiol, 65: 1202-1206

de Felipe F L, Kleerebezem M, de Vos W M, *et al.* 1998. Cofactor engineering: a novel approach to metabolic engineering in *Lactococcus lactis* by controlled expression of NADH oxidase. J Bacteriol, 180: 3804-3808

Detmers F J M, Kunji E R S, Lanfermeijer F C, *et al.* 1998. Kinetics and specificity of peptide uptake by the oligopeptide transport system of *Lactococcus lactis*. Biochemistry, 37: 16671-16679

de Vries W, Kapteijn W M C, Van der Beek E G, *et al.* 1970. Molar growth yields and fermentation balances of *Lactobacillus casei* 13 in batch cultures and in continuous cultures. J Gen Microbiol, 63: 333-345

Dicks L M T, Dellaglio F, Collins M D. 1995. Proposal to reclassify *Leuconostoc oenos* as *Oenococcus oeni* [corrig.] gen. nov. , comb. nov. Int J Syst Bacteriol, 45: 395-397

Dicks L M T, van Vuuren H J J, Dellaglio F. 1990. Taxonomy of *Leuconostoc* species, particularly *Leuconostoc oenos*, as revealed by numerical analysis of total soluble cell protein patterns, DNA base compositions, and DNA-DNA hybridizations. Int J Syst Bacteriol, 40: 83

Endo A, Roos S, Satoh E, *et al.* 2008. *Lactobacillus equigenerosi* sp. nov. , a coccoid species isolated from faeces of thoroughbred racehorses. Int J Syst Bacteriol, 58: 914-918

Even S, Garrigues C, Loubiere P, *et al.* 1999. Pyruvate metabolism in *Lactococcus lactis* is dependent upon glyceraldehyde-3-phosphate dehydrogenase activity. Metab Eng, 1: 198-205

Felis G E, Dellaglio F. 2007. Taxonomy of *Lactobacilli* and *Bifidobacteria*. Curr Issues Intestinal Microbiol, 8: 44-61

Foucaud C, Kunji E R S, Hagting A, *et al.* 1995. Specificity of peptide transport systems in *Lactococcus lactis*: evidence for a third system which transports hydrophobic di- and tripeptides. J Bacteriol, 177: 4652-4657

Fox P F, Lucey J A, Cogan T M. 1990. Glycolysis and related reactions during cheese manufacture and ripening. Crit Rev Food Sci Nutr, 29: 237-253

Fujisawa T, Shirasaka S, Watabe J, *et al.* 1984. *Lactobacillus aviarius* sp. nov. : a new species isolated from the intestine of chickens. Syst Appl Microbiol, 5: 414-420

Garrigues C, Loubiere P, Lindley N D, *et al.* 1997. Control of the shift from homolactic acid to mixed-acid fermentation in *Lactococcus lactis*: predominant role of the NADH/NAD ratio. J Bacteriol, 179: 5282-5287

Garvie E I. 1980. Bacterial lactate dehydrogenases. Microbiol Rev, 44: 106-139

Hamilton-Miller J M, Shah S, Winkler J T. 1999. Public health issues arising from microbiologicaland labelling quality of foods and supplements containing probiotic microorganisms. Public Health Nutr, 2: 223-229

Harvey R J, Collins E B. 1961. Role of citratase in acetoin formation by *Streptococcus diacetilactis* and *Leuconostoc citrovorum*. J Bacteriol, 82: 954-959

Hickey M W, Hillier A J, Jago G R. 1986. Transport and metabolism of lactose, glucose and galactose in homofermentative *lactobacilli*. Appl Environ Microbiol, 51: 825-831

Hueppe. 1884. Mittheil aus dem Kais. Gesundheitsamte, 2: 309

Hugenholtz J. 1993. Citrate metabolism in lactic acid bacteria. FEMS Microbiol Rev, 12: 165-178

Hutkins R W, Morris H A. 1987. Carbohydrate metabolism in *Streptococcus thermophilus*: a review. J Food Prot, 50: 876-884

Johnson J L, Phelps C F, Cummins C S, *et al.* 1980. Taxonomy of the *Lactobacillus acidophilus* group. Int J Syst Bacteriol, 3053-3068

Juillard V, Laan H, Kunji E R S, *et al.* 1995a. The extracellular P1-type proteinase of *Lactococcus lactis* hydrolyzes b-casein into more than one hundred different oligopeptides. J Bacteriol, 177: 3472-3478

Juillard V, Le Bars D, Kunji E R S, *et al.* 1995b. Oligopeptides are the main source of nitrogen for *Lactococcus lac-*

tis during growth in milk. Appl Environ Microbiol, 61: 3024-3030

Kagermeier-Callaway A S, Lauer E. 1995. *Lactobacillus sake* Katagiri, Kitahara, and Fukami 1934 is the senior synonym for *Lactobacillus bavaricus* Stetter and Stetter 1980. Int J Syst Bacteriol, 45: 398-399

Kandler O. 1983. Carbohydrate metabolism in lactic acid bacteria. Antonie van Leeuwenhoek, 49: 209-224

Kandler O, Weiss N. 1986. Regular, non-sporing gram-positive rods. In: Sneath P H A, Mair N S, Sharpe M E, et al. Bergey's Manual of Systematic Bacteriology, Vol. 2. Baltimore: Williams & Wilkins: 1208-1234

Konings W N, Poolman B, Driessen A J M. 1989. Bioenergetics and solute transport in *lactococci*. Crit Rev Microbiol. 16, 419-476

Konstantinov S R, Poznanski E, Fuentes S, *et al.* 2006. *Lactobacillus sobrius* sp. nov. , abundant in the intestine of weaning piglets. Int J Syst Evol Microbiol, 56: 29-32

Kunji E R S, Hagting A, de Vries C J, *et al.* 1995. Transport of b- casein- derived peptides by the oligopeptide transport system is a crucial step in the proteolytic pathway of *Lactococcus lactis*. J Biol Chem, 270: 1569-1574

Kunji E R S, Mierau I, Hagting A, *et al.* 1996. The proteolytic systems of lactic acid bacteria. Antonie van Leeuwenhoek, 70: 187-221

Lauer E C, Helming C, Kandler O. 1980. Heterogeneity of the species *Lactobacillus acidophilus* (Moro) Hansen and Moquot as revealed by biochemical characteristics and DNA-DNA hybridisation. Zentralbl. Bakteriol. Parsitenkd. Infektionskr. Hyg Abt 1 Orig Reihe C 1: 150-268

Lawrence R C, Thomas T D. 1979. The fermentation of milk by lactic acid bacteria. In: Bull T, Ellwood D, Ratledge C. Microbial Technology: Current State, Future Prospects. Cambridge: Cambridge University Press: 187-219

Lister J. 1873. A further contribution to the natural history of bacteria and the germ theory of fermentative changes. Quart J Microbiol Sci, 13: 380-408

Liu B, Dong X. 2002. *Lactobacillus pantheris* sp. nov. , isolated from faeces of a jaguar. Int J Syst Evol Microbiol, 52: 1745-1748

Marshall V M. 1987. Lactic acid bacteria: starters for flavour. FEMS Microbiol Rev, 46: 327-336

Martínez-Murcia A J, Collins M D. 1990. A phylogenetic analysis of the genus *Leuconostoc* based on reverse transcriptase sequencing of 16S rRNA. FEMS Microbiol Lett, 70: 73-84

Metchnikoff E. 1908. The prolongation of life. G P Putnam: 4

Mitsuoka T, Fujisawa T. 1987. *Lactobacillus hamsteri*, a new species from the intestine of hamsters. Proc Jpn Acad Ser B Phys Biol Sci, 63: 269-272

Morishita T, Deguchi Y, Yajima M, *et al.* 1981. Multiple nutritional requirements of *Lactobacilli*: genetic lesions affecting amino acid biosynthetic pathways. J Bacteriol, 148: 64-71

Morita H, Shimazu M, Shiono H, *et al.* 2010. *Lactobacillus equicursoris* sp. nov. , isolated from the faeces of a thoroughbred racehorse. Int J Syst Evol Microbiol, 60: 109-112

Moro E. 1990a. Über die nach Gram-färbbaren Bacillen des Säuglingsstuhles. Wien Lin Wschr, 13: 114

Morotomi M, Yuki N, Kado Y, *et al.* 2002. *Lactobacillus equi* sp. nov. , a predominant intestinal *Lactobacillus* species of the horse isolated from faeces of healthy horses. Int J Syst Evol Microbiol, 52: 211-214

Mundt J O. 1986. Enterococci. In: Sneath P H A, Mair N S, Sharpe M E, et al. Bergey's Manual of Systematic Bacteriology. Vol. 2. Baltimore: Williams & Wilkins: 1063-1065

Nasidze I, Li J, Quinque D, *et al.* 2009. Global diversity in the human salivary microbiome. Genome Res, 19: 636-643

Niamsup P, Sujaya I N, Tanaka M, *et al.* 2003. *Lactobacillus thermotolerans* sp. nov. , a novel thermotolerant species isolated from chicken faeces. Int J Syst Evol Microbiol, 53: 263-268

Orla-Jensen S. 1919. The lactic acid bacteria. Copenhagen: Anhr Fred. Host and Son. Koeniglicher Hof Boghandel, Copenhagen

Osawa R, Fujisawa T, Pukall R. 2006. *Lactobacillus apodemi* sp. nov. , a tannase-producing species isolated from wild mouse faeces. Int J Syst Evol Microbiol, 56: 1693-1696

Pasteur L. 1857. Mémoire sur la fermentation appelee lactique CR Séances'Académiques de Sciences, 45: 913-916

Pedersen C, Roos S. 2004. *Lactobacillus saerimneri* sp. nov. , isolated from pig faeces. Int J Syst Evol Microbiol, 54: 1365-1368

Platteeuw C, Hugenholtz J, Starrenburg M, *et al.* 1995. Metabolic engineering of *Lactococcus lactis*: influence of the overproduction Alpha-acetolactate synthase in strains deficient in lactate dehydrogenase as a function of culture conditions. Appl Environ Microbiol, 61: 3967-3971

Poolman B. 1993. Biochemistry and molecular biology of galactoside transport and metabolism in lactic acid bacteria. Lait, 73: 87-96

Premi L, Sandine W E, Elliker P R. 1972. Lactose-hydrolyzing enzymes of *Lactobacillus* species. Appl Microbiol, 24: 51-57

Rogosa M, Wiseman R F, Mitchell J A, *et al.* 1953. Species differentiation of oral *Lactobacilli* from man including descriptions of *Lactobacillus salivarius* nov. spec. and *Lactobacillus cellobiosus* nov. spec. J Bact, 65: 681-699

Roos S, Karner F, Axelsson L, *et al.* 2000. *Lactobacillus mucosae* sp. nov. , a new species with in vitro mucus-binding activity isolated from pig intestine. Int J Syst Evol Microbiol, 50: 251-258

Salminen S, von Wright A, Ouwehand A. 2004. Lactic Acid Bacteria: Microbiological and Functional Aspects, 3rd Revised and Expanded. New York: Marcel Dekker: 1-78

Sandine W E, Elliker P R. 1970. Microbially induced flavors and fermented foods. Flavor in fermented dairy products. J Agric Food Chem, 18: 557-562

Schleifer K H, Kraus J, Dvorac C, *et al.* 1985. Transfer of *Streptococcus lactis* and related *Streptococci* to the genus *Lactococcus* gen. nov. Syst Appl Microbiol, 6: 183-195

Schleifer K H, Stackebrandt E. 1983. Molecular systematics of procaryotes. Annu Rev Microbiol, 37: 143-187

Sedewitz B, Schleifer K H, Götz F. 1984. Physiological role of pyruvate oxidase in the aerobic metabolism of *Lactobacillus plantarum*. J Bacteriol, 160: 462-465

Sjöberg A, Hahn-Hägerdahl B. 1989. b-Glucose-1-phosphate, a possible mediator for polysaccharide formation in maltose-assimilating *Lactococcus lactis*. Appl Environ Microbiol, 55: 1549-1554

Smart J B, Thomas T D. 1987. Effect of oxygen on lactose metabolism in *lactic Streptococci*. Appl Environ Microbiol, 53: 533-541

Smid E J, Driessen A J M, Konings W N. 1989. Mechanism and energetics of dipeptide transport in membrane vesicles of *Lactococcus lactis*. J Bacteriol, 171: 292-298

Smith R H A. 1965. Physiological difference among beetles of *Dendroctonus ponderosue* (*D. monticolae*) and *D. ponderosae* (*D. jeffreyi*) . Ann Entomol Soc Am, 58: 440-442

Stackebrandt E, Teuber M. 1988. Molecular taxonomy and phylogenetic position of lactic acid bacteria. Biochimie, 70: 317-324

Takahashi S, Abbe K, Yamada T. 1982. Purification of pyruvate formate-lyase from *Streptococcus mutans* and its regulatory properties. J Bacteriol, 149: 672-682

Mukai T, Arihara K, Ikeda A, et al. 2003. *Lactobacillus kitasatonis* sp. nov. , from chicken intestine. Int J Syst Evol Microbiol, 53: 2055-2059

Thomas T D, Ellwood D C, Longyear V M C. 1979. Change from homo- to heterolactic fermentation by *Streptococcus lactis* resulting from glucose limitation in anaerobic chemostat cultures. J Bacteriol, 138: 109-117

Thomas T D, McKay L L, Morris H A. 1985. Lactate metabolism by *Pediococci* isolated fromcheese. Appl Environ Microbiol, 49908-49913

Tissier H. La Poutré Faction intestinale. 1923. Bull Inst Pasteur, 21, 361, 409, 577, 625

Fujisawa T, Benno Y, Yaeshima T, et al. 1992. Taxonomic Study of the *Lactobacillus acidophilus* Group, with Recognition of *Lactobacillus gallinarum* sp. nov. and *Lactobacillus johnsonii* sp. nov. and Synonymy of *Lactobacillus acidophilus* Group A3 (Johnson et al. 1980) with the Type Strain of *Lactobacillus amylovorus* (Nakamura 1981). Int J Syst Bacteriol, 42: 487-491

Tynkkynen S, Buist G, Kunji E, et al. 1993. Genetic and biochemical characterization of the oligopeptide transport system of *Lactococcus lactis*. J Bacteriol, 175: 7523-7532

Vela A I, Fernandez A, Espinosa de Los Monteros, et al. 2008. *Lactobacillus ceti* sp. nov. , isolated from beaked whales (Ziphius cavirostris) . Int J Syst Evol Microbiol, 58: 891-894

Wallbanks S, Martínez-Murcia A J, Fryer J L, et al. 1990. 16S rRNA sequence determination for members of the genus *Carnobacterium* and related lactic acid bacteria and description of *Vagococcus salmonarium* sp. nov. Int J Syst Bacteriol, 40: 224-230

Woese C R. 1987. Bacterial evolution. Microbiol Rev, 51: 221-271

Woese C R, George E F. 1977. Phylogenetic structure of the prokaryotic domain: The primary kingdoms. Proc Natl Acad Sci USA, 74: 5088-5090

Wood B J B, Holzapfel W H. 1995. The genera of lactic acid bacteria. London: Blackie Academic & Professional: 1-51

Yang D, Woese C R. 1989. Phylogenetic structure of the *"Leuconostocs"*: an interesting case of a rapidly evolving organism. Syst Appl Microbiol, 12: 145-149

第二章 自然发酵乳中乳酸菌的物种多样性

2.1 乳源乳酸菌的种属

2.1.1 肠球菌属

2.1.1.1 一般性描述

对肠球菌（*Enterococcus*）的描述最早始于 1899 年，当时 Thiercelin 描述了一个新的革兰氏阳性双球菌。后来这个菌被作为一个新的属进行确认，即 *Enterococcus*。1903 年，Thiercelin 和 Jouhaud 描述了肠球菌的第一个种 *Enterococcus proteiformis*。然而，1906 年，Andrewes 和 Horder 依据它可以形成或长或短的链，将其重新命名为链球菌（*Streptococcus*）。从此之后很长一段时间，肠球菌就没有成为一个独立的属从链球菌中分离出来。1930 年，随着 Lancefield 血清分型系统的建立，肠球菌被分类为 D 群链球菌。直到 1984 年，Schleifer 和 Kipper-Bälz 根据 DNA印迹结果，将肠球菌从链球菌属中分离出来，建立了真正意义上的肠球菌属，当时该属由 2 个种组成，即粪肠球菌（*E. faecalis*）和屎肠球菌（*E. faecium*）。随后，研究者们通过化学分类和系统发育研究，将肠球菌属的种增加到 18 个（Wood，1995；凌代文，1999）。从 2000 年之后，肠球菌属又有 9 个新种被发现和报道（张刚，2007）。

肠球菌属细菌为兼性厌氧、过氧化氢酶阴性、链状排列的革兰氏阳性球菌，其中 DNA 的 G + C 含量为 37~45mol%。多数菌产生 D 抗原，有些菌可产生 Q 抗原。作为人和其他动物肠道的正常菌群之一，可引起抵抗力低下宿主的多种机会性感染。肠球菌属在食品工业中的应用并不重要，因为其中的某些种，特别是粪肠球菌（*E. faecalis*）是条件致病菌，一般情况下不应存在于食品中。而且粪便中的肠球菌具有抗生素抗药性倾向，如万古霉素抗药性，并能通过可移动基因元件将该抗药性传递给其他细菌（Franz *et al.*，1999；Teuber *et al.*，1999）。但是随着益生乳酸菌研究的深入，事实上一些屎肠球菌（*E. faecium*）即原屎链球菌（*S. faecium*）和粪肠球菌（*E. faecalis*）菌株已被作为益生菌（Fuller *et al.*，1986；Tournt *et al.*，1989）和青贮饲料发酵剂（Seale *et al.*，1986）使用。肠球菌作为益生菌并非牵强附会，因为很多菌株的原始生境就是人和其他动物的肠道

（Mundt *et al.* , 1986）。南欧地区一些特产奶酪也含有多种肠球菌（van den Berg *et al.* , 1993）。

2.1.1.2　生理生化特性

在乳酸菌的多个属中，只有肠球菌属的菌株可以只依靠表型数据较为准确地鉴定到种的水平，不同种之间的主要差异为糖类发酵谱、精氨酸和马尿酸水解特性，以及是否含有甲基萘醌和所含甲基萘醌的类型（Schleifer *et al.* , 1967）。若将肠球菌属与革兰氏阳性菌，接触酶阴性菌，兼性厌氧球菌的其他属从表型特征上鉴别开，尚缺乏相应的明确指标。依据已知肠球菌属原种和属的描述，有些鉴别特征是通用的：能在 10℃ 和 45℃ 生长，可在 6.5% 的 NaCl 培养液及 pH 9.6 生长，并具有 Lancefield D 群抗原（Schleifer and Kilpper- Bälz, 1984, 1987）。而某些种如盲肠球菌（*E. aecorum*）、鸽肠球菌（*E. columbae*）、异肠球菌（*E. colfureus*）、解糖肠球菌（*E. saccharolyticus*）、耐久肠球菌和鸟肠球菌（*E. avium*）都不能与 Lancefield D 群抗血清起反应；异肠球菌（*E. colfureus*）和硫磺肠球菌（*E. sulfurous*）不能在 45℃ 生长，而盲肠肠球菌和鸽肠球菌不能在 10℃ 生长。盲肠肠球菌、鸽肠球菌和鸟肠球菌及有关种在 6.5% NaCl 培养液中常不生长或微弱生长。2007 年，张刚等对近些年出现的肠球菌属新种进行了归纳。本书对肠球菌属的生理生化和鉴别特征进行描述（表 2-1）。

2.1.2　乳杆菌属

2.1.2.1　一般性描述

乳杆菌属（*Lactobacillus*）是革兰氏阳性菌，不形成芽孢，细胞呈杆状或链杆状，DNA 中（G + C）mol% 含量通常低于 50 mol%。具有严格的糖类发酵类型，厌氧或兼性厌氧菌，耐酸或微耐酸，有复杂的营养要求（如糖类、氨基酸、多肽、脂肪酸、盐、核酸衍生物和维生素）。它们不能合成卟啉类化合物，完全没有血红素依赖活性，它们当中的有一些菌株可从环境中利用卟啉类物质，呈现出过氧化氢酶活性和亚硝酸盐降解活性，甚至细胞色素类物质活性。例如，在马里乳杆菌（*Lb. mali*）中表现出拟过氧化氢酶活性。以葡萄糖为碳源，乳杆菌属细菌既可通过同型发酵产生 85% 的乳酸也可通过异型发酵产生等摩尔的乳酸、CO_2 和乙醇。在有氧或其他氧化物存在的条件下可消耗乳酸和乙醇增加乙酸盐的量，借此通过乙酸激酶反应获得额外的 ATP。因此，各种化合物（如柠檬酸、苹果酸、酒石酸、喹啉酸、亚硝酸盐等）会作为能源或电子受体被代谢，会有不同的代谢终产物出现。

表2-1 肠球菌属生理生化特性和种间鉴别特征

特征	E. avium	E. casse-lifavus	E. ceco-rum	E. dis-par	E. dur-ans	E. fae-calis	E. fae-cium	E. galli-narum	E. hirae	E. malo-doratus	E. mun-diii	E. pseu-doavium	E. raffi-nosus	E. saccha-rolyticus	E. serio-licide
运动	-	+	-	-	-	(-)	-	+	-	-	-	-	-	-	-
生长温度															
45℃	+	+	+	-	+	+	+	+	+	-	+	+	+	+	+
50℃	-	-	ND	-	-	(-)	(-)	+	+	-	-	ND	ND	-	-
生长条件															
6.5% NaCl	+	+	-	+	+	+	+	+	+	+	+	-	+	+	+
0.04% 亚硝酸盐	-	+	ND	ND	-	+	-	(+)	-	-	-	ND	ND	ND	+
0.01% 四唑	ND	ND	ND	ND	-	+	-	+	ND	ND	ND	ND	ND	ND	+
0.1% 甲基蓝牛乳	d	ND	ND	ND	+	+	ND	d	ND	ND	ND	ND	ND	ND	+
黄色素	-	+	d	-	-	-	-	-	ND	-	+	ND	-	-	-
溶血	α	ND	α	ND	α, β	(β)	(α)	α, β	-	ND	-	α	ND	ND	α
H₂S	+	-	ND	-	-	ND	ND	+	ND	+	ND	ND	ND	ND	-
精氨酸产氨	ND	ND	-	-	+	+	+	+	+	-	-	-	-	-	+
精氨酸双水解酶	-	(+)	-	+	+	+	+	+	-	-	+	+	+	+	+
马尿酸水解	d	-	-	d	d	(+)	+	+	-	d	+	+	+	+	+
V-P反应	-	+	+	ND	ND	ND	ND	ND	+	ND	+	+	+	-	+

续表

特征	E. avium	E. casse-lifavus	E. ceo-rum	E. dis-par	E. dur-ans	E. fae-calis	E. fae-cium	E. galli-narum	E. hirae	E. malo-doratus	E. mun-dii	E. pseu-doavium	E. raffi-nosus	E. saccha-rolyticus	E. serio-licide
糖发酵															
D-木糖	-	+	-	-	-	-	-	+	-	d	+	ND	ND	-	-
L-鼠李糖	+	(+)	+	-	-	d	-	-	+	+	(+)	ND	ND	-	-
蔗糖	+	+	+	+	-	+	-	+	+	+	+	-	+	+	-
乳糖	+	+	+	+	+	+	d	-	+	+	+	+	+	+	+
蜜二糖	-	+	+	+	+	+	d	+	+	+	-	-	+	+	-
棉籽糖	-	+	+	+	-	-	-	+	+	+	+	-	+	+	+
松三糖	+	+	-	ND	-	(+)	-	+	(-)	-	d	-	ND	+	-
甘油	+	+	-	+	+	+	+	+	(-)	d	d	-	+	+	+
阿东醇	+	-	-	ND	-	+	+	+	+	+	d	ND	ND	+	-
山梨醇	+	+	+	+	-	+	-	+	-	+	d	+	+	+	+
甘露醇	+	+	+	-	(-)	+	(+)	+	-	+	+	+	+	+	+
Lancefield 血清型	Q(D)	D	非 D	非 D	D	D	D	D	D	D	D	ND	(D)	非 D	非 D

注:"+"表示阳性;"-"表示阴性;"ND"表示未测定;"d"表示部分菌株呈阳性;"α"、"β"表示溶血性;"D"、"Q"表示血清型(该表源自 Wood and Holzapfel, 1995;张刚, 2007)

2.1.2.2　生理生化分组

1986 年，Kander 和 Wiss 将乳杆菌属细菌分为 Ⅰ、Ⅱ、Ⅲ 三个类群，然而 Kander 和 Wiss 对乳杆菌的分组过分依赖于生理生化指标而忽略经典的 Orla-Jensen标准，如形态和生长温度等许多传统的分类标准。为了将 Kander 和 Wiss (1986) 的分类概念和系统进化亲缘关系分类联合应用，对乳杆菌进行更准确的分类和鉴定，Wood 和 Holzapfel (1995) 又将乳杆菌分成了 A、B、C 三个类群。

A 类群：专性同型发酵乳杆菌

己糖几乎全部 (85%) 通过 EMP (Embden-Meyerhof-Parnas) 途径唯一地发酵为乳酸。这个类群中的乳酸菌有 1,6-二磷酸果糖醛缩酶，但没有磷酸酮醇酶，因此既不能发酵葡萄糖也不能发酵戊糖。

B 类群：兼性异型发酵乳杆菌

己糖通过 EMP 途径唯一地发酵为乳酸。这个类群的菌株既有醛缩酶又有磷酸酮醇酶，因此既可发酵己糖也可发酵戊糖 (通常为葡萄糖酸钠)，在有葡萄糖时磷酸葡萄糖酸盐酶被抑制。

C 类群：专性异型发酵乳杆菌

己糖通过磷酸葡萄糖酸盐途径发酵为等摩尔的乳酸、乙酸和 CO_2，戊糖进入这个途径也可被发酵。

在这三个类群中的所有种属可通过它们的系统发育进行组合。字母 a 代表 *Lb. delbrueckii* 类群，b 代表 *Lb. casei-Pediococcus* 类群，c 代表 *Leuconostoc* 类群。所以，Aa 组合这个种属于专性同型发酵乳杆菌中的 *Lb. delbrueckii* 类群。而 Cb 组合表示这个种属于专性异型发酵类群，系统发育分类属于 *Lb. casei-Pediococcus* 类群。

乳杆菌属是乳酸菌中最大的一个属，该属内的种在表型、生理、生化特性上具有广泛的多样性，是一个差异性很大的属。对乳杆菌属内不同种进行区分的经典依据是糖类发酵模式、乳酸构型、精氨酸水解、生长营养需求和在特定温度下能否生长等特性。Hammes 等 (1991) 和 Pot 等 (1994) 对有关乳杆菌的分离、生理生化特性、鉴定和应用都做了详细的阐述。这些方法虽然目前仍在使用，但由于其在准确性和操作过程中的局限性，在乳杆菌的快速、准确鉴定中已失去其应有的优势。近些年来，随着新的分类方法，如 DNA 或 RNA 组成 (杂交或测序)、16S rRNA 基因序列分析、全细胞蛋白的 SDS-PAGE 的广泛应用，以及对更多来源材料的研究，新的乳酸菌种属一直在增加。到目前为止，本书对已报道和公开发表的乳杆菌属进行了详细统计，结果显示出现和报道过的种和亚种共包括 184 个 (表2-2)，当然这其中包括了已经发表，但未得到国际微生物学会的系统名录收录的菌种，而且有一些菌种已经进行了重新命名和归类。更重要的是，随着新的生物技术和分子生物学方法在分类学上的应用，对已经鉴定的种属进行了更准确的定位。

表2-2　乳杆菌的种及其主要生理生化性状和来源

序号	种及亚种名称、命名者和时间	代谢[a]类型	系统发[b]育类群	G+C含量/%	细胞壁成分	乳酸类型	来源
1	*Lb. acetotolerans*，Entani *et al.*，1986	B	delb	35~37	Lys-D-Asp	DL	醋发酵液
2	*Lb. acidifarinae*，Vancanneyt *et al.*，2005	C	buch	51	ND	DL	酸面团
3	*Lb. acidipiscis*，Tanasupawat *et al.*，2000	B	sal	38~41	Lys-D-Asp	L	泰国腌鱼
4	*Lb. acidophilus*，hansen and Mocquot，1970	A	delb	34~37	Lys-D-Asp	DL	人肠道
5	*Lb. agilis*，Weiss *et al.*，1982	B	sal	43~44	DAP	L	冰岛温泉
6	*Lb. agidus*，Kato *et al.*，2000	B	sal-ss	36~37	DAP	L	真空包装的牛肉
7	*Lb. alimentarius*，Reuter，1983	B	al-far	36~37	Lys-D-Asp	L-DL	
8	*Lb. amylolyticus*，Bohak *et al.*，1999	A	delb	39	Lys-D-Asp	DL	啤酒麦芽
9	*Lb. amylophilus*，Nakamura and Crowell，1981	A	delb	44~46	Lys-D-Asp	L	玉米发酵废渣
10	*Lb. amylotrophicus*，Naser *et al.*，2006	A	delb	43.5	ND	L	玉米发酵废渣
11	*Lb. amylovorus*，Nakamura，1981	A	delb	40~41	Lys-D-Asp	DL	玉米发酵废渣
12	*Lb. animalis*，Dent and Williams，1983	A	sal	41~44	Lys-D-Asp	L	动物消化道
13	*Lb. antri*，Roos *et al.*，2005	C	reu	44~45	Lys-D-Asp	DL	人胃黏膜
14	*Lb. apodemi*，Osawa *et al.*，2006	B	sal	38.5	L-Lys-D-Asp	L	野生小鼠粪便
15	*Lb. aquaticus*，Mañes-Lázaro *et al.*，2009						湖水
16	*Lb. arizonensis*，Swezey *et al.*，2000	A		48	ND	DL	jojoba 食物
17	*Lb. aviarius*，Fujisawa *et al.*，1985	无效的命名已被分为该表中19和20两个种						鸡肠道
18	*Lb. aviarius* subsp. *araffinosus*，Fujisawa *et al.*，1986	A	sal	39~43	Lys-D-Asp	DL（D<15%）	鸡肠道
19	*Lb. aviarius* subsp. *aviarius*，Fujisawa *et al.*，1986	A	sal	39~43	Lys-D-Asp	DL	鸡肠道

续表

序号	种及亚种名称、命名者和时间	代谢[a]类型	系统发育类群[b]	G+C含量/%	细胞壁成分	乳酸类型	来源
20	*Lb. bavaricus*, Stetter, 1980			*Lb. sake* 的同物异名			
21	*Lb. bifermentans*, Kandler *et al.*, 1983	B	cor	45	Lys-D-Asp	DL	
22	*Lb. bobalius*, Mañes-Lázaro *et al.*, 2008	C		34	L-Lys-D-Asp	DL	葡萄汁
23	*Lb. brevis*, Bergey *et al.*, 1934	C	bre	44~47	Lys-D-Asp	DL	
24	*Lb. buchneri*, Bergey *et al.*, 1923	C	buch	44~46	Lys-D-Asp	DL	
25	*Lb. bulgaricus*, Rogosa and Hansen, 1971			*Lb. bulgaricus* subsp. 的原始名			
26	*Lb. cacaonum*, De Bruyne *et al.*, 2009	A		34.5	ND	DL	可可发酵物
27	*Lb. camelliae*, Tanasupawat *et al.*, 2007	A		51.9	L-lysine-Asp	DL	发酵茶叶
28	*Lb. capillatus*, Chao *et al.*, 2008	A		37.5	mDAP	L	卤水豆腐
29	*Lb. carnis*, Shaw and Harding, 1986			已经划为肉杆菌			真空包装的冻肉
30	*Lb. casei*, Hansen and Lessel, 1971	B	cas	45~47	Lys-D-Asp	L	
31	*Lb. catenaformis*, Moore and Holdeman, 1970	A	See text	31~33	Lys-Ala	D	人类粪便
32	*Lb. cellobiosus*, Rogosa *et al.*, 1953			*Lb. plantarum* 的同物异名			
33	*Lb. ceti*, Vela *et al.*, 2008			ND	Lys-L-Ser	L	突吻鲸
34	*Lb. coleohominis*, Nikolaitchouk *et al.*, 2001	B	reu	ND	mDAP	DL	人
35	*Lb. collinoides*, Carr and Davies, 1972	C	couple3	46	Lys-D-Asp	DL	发酵苹果汁
36	*Lb. composti*, Endo and Okada, 2007	B	cor	48	无 mDAP	DL	堆肥
37	*Lb. concavus*, Tong and Dong, 2005	A	Pdex	46~47	mDAP	DL (D 5%)	酒发酵池
38	*Lb. confusus*, Sharpe *et al.*, 1972			已划归为魏氏斯菌属			
39	*Lb. coryniformis*, Abo-Elnaga and Kandler, 1965			分为以下: 40, 41 两个亚种			

序号	种及亚种名称、命名者和时间	代谢[a]类型	系统发[b]育类群	G+C含量/%	细胞壁成分	乳酸类型	来源
40	*Lb. coryniformis* subsp. *coryniformis*, Abo-Elnaga and Kandler, 1965	B	cor	45	Lys-D-Asp	DL	
41	*Lb. coryniformis* subsp. *torquens*, Abo-Elnaga and Kandler, 1965	B	cor	45	Lys-D-Asp	D（L<15%）	
42	*Lb. crispatus*, Moore and Holdeman, 1970	B	delb	35~38	Lys-D-Asp	D	
43	*Lb. crustorum*, Scheirlinck et al., 2007	A		35~36	ND	L	小麦酸面团
44	*Lb. curvatus*, Abo-Elnaga and Klein et al., 1996	A	sakei	42~44	Lys-D-Asp	DL	
45	*Lb. curvatus* subsp. *curvatus* Abo-Elnaga and Kandler, 1965			上面45的亚种			
46	*Lb. curvatus* subsp. *melibiosus*, Torriani et al., 1996			是 *Lb. sakei* subsp. *carnosus* 的同物异名			
47	*Lb. cypricasei*, Lawson et al., 2001			是 *Lb. acidipiscis* 的同物异名			Halloumi 干酪
48	*Lb. delbrueckii* subsp. *bulgaricus*, Weiss et al., 1984	A	delb	49~51	Lys-D-Asp	DL	
49	*Lb. delbrueckii* subsp. *delbrueckii*, Beijerinck., 1901	A	delb	49~51	Lys-D-Asp	D	
50	*Lb. delbrueckii* subsp. *indicus*, Dellaglio et al., 2005	A	delb	ND	ND	D	
51	*Lb. delbrueckii* subsp. *lactis*, Weiss et al., 1984	A	delb	49~51	Lys-D-Asp	D	
52	*Lb. dextrinicus*, Haakensen et al., 2009			被重新划分为 *Pediococcus dextrinicus*			
53	*Lb. diolivorans*, Krooneman et al., 2002	C	buch	ND	ND	ND	玉米发酵液
54	*Lb. divergens*, Holzapfel and Gerber, 1984						
55	*Lb. durianis*, Leisner et al., 2002	B		43.2~43.3	ND	DL	调味品

序号	种及亚种名称、命名者和时间	代谢[a]类型	系统发育类群[b]	G＋C含量/%	细胞壁成分	乳酸类型	来源
56	*Lb. equi*，Morotomi *et al.*，2002	A	sal	38～39	ND	DL	马粪
57	*Lb. equicursoris*，Morita *et al.*，2010						马粪
58	*Lb. equigenerosi*，Endo *et al.*，2008	B		42		DL	马粪
59	*Lb. fabifermentans*，De Bruyne *et al.*，2009	A		44.9	ND	DL	可可发酵物
60	*Lb. farciminis*，Reuter，1983	A	al-far	34～36	Lys-D-Asp	L	
61	*Lb. farraginis*，Endo and Okada，2007	B	buch	40～41	无 mDAP	L（D＜15%）	
62	*Lb. ferintoshensis*，Simpson *et al.*，2002			没有得到正式认可			发酵威士忌
63	*Lb. Fermentum*，Dellaglio *et al.*，2004	C	reu	52～54	ND	DL	
64	*Lb. fornicalis*，Dicks *et al.*，2000	B	delb	37	Orn-D-Asp	DL	阴道
65	*Lb. florum*，Endo *et al.*，2010						花
66	*Lb. fructivorans*，Charlton *et al.*，1934	C	fru	38～41	Lys-D-Asp	DL	坏掉的沙拉
67	*Lb. fructosus*，Kodama，1956			*Leuconostoc fructosum* 的同物异名			
68	*Lb. frumenti*，Müller *et al.*，2000	C	reu	43～44	Lys-D-Asp	L	Rye-bran发酵液
69	*Lb. fuchuensis*，Sakala *et al.*，2002	B	sakei	41～42	ND	L（D＜40%）	真空包装的牛肉
70	*Lb. gallinarum*，Fujisawa *et al.*，1992	A	delb	36～37	Lys-D-Asp	DL	
71	*Lb. gasseri*，Lauer and Kandler，1980	A	delb	33～35	Lys-D-Asp	DL	
72	*Lb. gastricus*，Roos *et al.*，2005	C	reu	41～42	L-Orn-D-Asp	DL	人胃黏膜
73	*Lb. ghanensis*，Nielsen *et al.*，2007	A		37.8	D-meso-acid	DL	发酵可可粉
74	*Lb. graminis*，Beck *et al.*，1989	B	sakei	41～43	Lys-D-Asp	DL	青贮饲料
75	*Lb. hammesii*，Valcheva *et al.*，2005		bre	ND	L-Lys-D-Asp	DL	酸面团
76	*Lb. hamsteri*，Mitsuoka and Fujisawa，1988	B	delb	33～35	Lys-D-Asp	DL	仓鼠肠道
77	*Lb. harbinensis*，Miyamoto *et al.*，2006	B	per	53～54	ND	DL	发酵蔬菜

续表

序号	种及亚种名称、命名者和时间	代谢[a]类型	系统发育类群[b]	G+C含量/%	细胞壁成分	乳酸类型	来源
78	*Lb. hayakitensis*, Morita et al., 2007	A		34.3	ND	L	动物肠道
79	*Lb. helveticus*, Orla-Jensen, 1919; Bergey et al., 1925	A	delb	38～40	Lys-D-Asp	DL	
80	*Lb. heterohiochii*, Kitahara et al., 1957			后归为 *Lb. fructivorans*			
81	*Lb. hilgardii*, Douglas and Cruess, 1936	C	buch	39～41	Lys-D-Asp	DL	葡萄酒
82	*Lb. hordei*, Rouse et al., 2008	A		36.5	mDAP	ND	大麦芽
83	*Lb. homohiochii*, Kitahara et al., 1957	B	fru	35～38	Lys-D-Asp	L	
84	*Lb. iners*, Falsen et al., 1999	A	delb	34～35	Lys-D-Asp	ND	人
85	*Lb. ingluviei*, Baele et al., 2003	C	reu	49～50	ND	DL	鸽子肠道
86	*Lb. intestinalis*, ex Hemme 1974; Fujisawa et al., 1990	B	delb	33～35	Lys-D-Asp	D	鼠肠道
87	*Lb. jensenii*, Gasser et al., 1970	B	delb	35～37	Lys-D-Asp	DL	
88	*Lb. johnsonii*, Fujisawa et al., 1992	A	delb	33～35	Lys-D-Asp	DL	
89	*Lb. kalixensis*, Roos et al., 2005	A	delb	35～36	Lys-D-Asp	DL	人胃黏膜
90	*Lb. kandleri*, Holzapfel and van Wyk, 1983			归为魏氏斯菌属			
91	*Lb. kefiranofaciens*, Fujisawa et al., 1988			分为以下91，92两个亚种			腐败谷粒
92	*Lb. kefiranofaciens* subsp. *kefiranofaciens*, Fujisawa et al., 1988	A	delb	34～38	ND	DL	
93	*Lb. kefiranofaciens* subsp. *kefirgranum*, Vancanneyt et al., 2004	A	delb	34～38	ND	DL	
94	*Lb. kefirgranum*, Takizawa et al., 1994			被重新划分为 *Lb. kefiranofaciens* 的一个亚种			腐败的谷物
95	*Lb. kefiri*, Kandler and Kunath, 1983	C	buch	41～42	Lys-D-Asp	DL	
96	*Lb. kimchicus*, Liang et al., 2011						韩国泡菜
97	*Lb. kimchii*, Yoon et al., 2000	B	al-far	35	ND	DL	韩国泡菜
98	*Lb. kisonensis*, Watanabe et al., 2009	B		38.8	mDAP	DL	日本酸菜

续表

序号	种及亚种名称、命名者和时间	代谢[a]类型	系统发育类群[b]	G+C含量/%	细胞壁成分	乳酸类型	来源
99	*Lb. kitasatonis*, Mukai *et al.*, 2003	B	delb	37~40	ND	DL	小鸡肠道
100	*Lb. koreensis*, Bui *et al.*, 2011			49	L-Lys-D-Asp		朝鲜泡菜
101	*Lb. kunkeei*, Edwards *et al.*, 1998	C	ss	ND	Lys-D-Asp	L	葡萄汁
102	*Lb. lindneri*, Back *et al.*, 1997	C	fru	35	Lys-D-Asp	DL	
103	*Lb. malefermentans*, Farrow *et al.*, 1989	C	ss	41~42	Lys-D-Asp	ND	
104	*Lb. mali*, Kaneuchi *et al.*, 1998	A	sal	32~34	DAP	L	
105	*Lb. maltaromicus*, Miller *et al.*, 1974			归为肉食杆菌属			
106	*Lb. manihotivorans*, Morlon-Guyot *et al.*, 1998	A	couple3	48~49	ND	L	木薯发酵
107	*Lb. mindensis*, Ehrmann *et al.*, 2003	A	al-far	37~38	Lys-D-Asp	DL	黑麦面酸面团
108	*Lb. minor*, Kandler *et al.*, 1983			归为魏氏斯菌属			
109	*Lb. minutus*, Moore and Holdeman, 1972			被重新划为其他属			
110	*Lb. mucosae*, Roos *et al.*, 2000	C	reu	46~47	Orn-D-Asp	DL	猪肠道
111	*Lb. murinus*, Hemme *et al.*, 1982	B	sal	43~44	Lys-D-Asp	L	
112	*Lb. nagelii*, Edwards *et al.*, 2000	A	sal	ND	ND	DL	发酵酒
113	*Lb. namurensis*, Scheirlinck *et al.*, 2007	C	buch	52	ND	DL	酸面团
114	*Lb. nantensis*, Valcheva *et al.*, 2006	B	al-far	38.6	ND	DL	酸面团
115	*Lb. nodensis*, Kashiwagi *et al.*, 2009	A		40.6	L-lys-D-Asp	DL	水稻糠皮
116	*Lb. odoratitofui*, Chao *et al.*, 2010						发酵豆腐
117	*Lb. oeni* Mañes-Lázaro, *et al.*, 2009						酒
118	*Lb. oligofermentans*, Koort *et al.*, 2005	C	Pdex	35.3~39.9	ND	DL（D<30%）	坏的家禽肉
119	*Lb. oris*, Farrow and Collins, 1988	C	reu	49~51	Orn-D-Asp	DL	口腔
120	*Lb. otakiensis*, Watanabe *et al.*, 2009	B		39.6	无 mes-DAP	DL	日本泡菜
121	*Lb. panis*, Wiese *et al.*, 1996	C	reu	49~51	Lys-D-Asp	DL	日本泡菜
122	*Lb. pantheris*, Liu and Dong, 2002	A	ss	52~53	ND	D	美洲虎粪便
123	*Lb. parabrevis*, Vancanneyt *et al.*, 2006	C	bre	49	ND	DL	

序号	种及亚种名称、命名者和时间	代谢[a]类型	系统发[b]育类群	G+C含量/%	细胞壁成分	乳酸类型	来源
124	*Lb. parabuchneri*，Farrow *et al.*，1989	C	buch	44	Lys-D-Asp	ND	
125	*Lb. paracasei*，Collins *et al.*；1989				分为以下126，127两个亚种		
126	*Lb. paracasei* subsp. *paracasei*，Collins *et al.*，1989	B	cas	45~47	Lys-D-Asp	L	
127	*Lb. paracasei* subsp. *tolerans*，Collins *et al.*，1989	B	cas	45~47	Lys-D-Asp	L	
128	*Lb. paracollinoides*，Suzuki *et al.*，2004	C	per	44~45	ND	D	小麦
129	*Lb. parafarraginis*，Endo and Okada，2007	B	buch	40	无 mDAP	DL（D<70%）	堆肥
130	*Lb. parakefiri*，Takizawa *et al.*，1994	C	buch	41~42	ND	L	谷物
131	*Lb. paralimentarius*，Cai *et al.*，1999	B	al-far	37~38	ND	ND	酸面团
132	*Lb. paraplantarum*，Curk *et al.*，1996	B	plan	44~45	DAP	DL	
133	*Lb. paucivorans*，Ehrmann *et al.*，2010			466			酒厂环境
134	*Lb. pentosus*，Zanoni *et al.*，1987	B	plan	46~47	DAP	DL	
135	*Lb. perolens*，Back *et al.*，2000	B	per	49~53	Lys-D-Asp	L	软饮料
136	*Lb. piscicola*，Hiu *et al.*，1984						鲑鱼
137	*Lb. plantarum*，Bergey *et al.*，1923	B	plan	44~46	DAP	DL	
138	*Lb. plantarum* subsp. *argentoratensis*，Bringel *et al.*，2005	B	plan	44~46	ND	DL	
139	*Lb. pobuzihii*，Chen *et al.*，2010						中国台湾发酵食品
140	*Lb. pontis*，Vogel *et al.*，1994	C	reu	53~56	Orn-D-Asp	DL	
141	*Lb. psittaci*，Lawson *et al.*，2001	C	delb	ND	ND	ND	鹦鹉
142	*Lb. rapi*，Watanabe *et al.*，2009	B		40.3	无 mes-DAP	DL	日本泡菜
143	*Lb. rennini*，Chenoll *et al.*，2006	B	cor	ND	L-Lys-D-Asp	DL	凝乳酶及坏掉的干酪
144	*Lb. reuteri*，Kandler *et al.*，1982	C	reu	40~42	Lys-D-Asp	L	
145	*Lb. rhamnosus*，Collins *et al.*，1989	B	cas	45~47	Lys-D-Asp	DL	

序号	种及亚种名称、命名者和时间	代谢[a]类型	系统发[b]育类群	G+C含量/%	细胞壁成分	乳酸类型	来源
146	*Lb. rimae*, Olsen *et al.*, 1991			重新划分为链球菌属			人的伤口
147	*Lb. rogosae*, Holdeman and Moore, 1974	NA	NA	NA	NA	NA	人粪便
148	*Lb. rossiae*, Corsetti *et al.*, 2005	C	couple1	44~45	Lys-Ser-Ala₂	DL	酸面团
149	*Lb. ruminis*, Sharpe *et al.*, 1973	A	sal	44~47	DAP	DL	牛粪便
150	*Lb. saerimneri*, Pedersen and Roos, 2004	A	sal	42~43	DAP	DL	猪粪便
151	*Lb. sakei corrig*, Katagiri *et al.*, 1934			重新划分为亚种			
152	*Lb. sakei* subsp. *carnosus*, Torriani *et al.*, 1996	B	sakei	42~44	ND	DL	
153	*Lb. sakei* subsp. *sakei*, Klein *et al.*, 1996	B	sakei	42~44	ND	L	
154	*Lb. salivarius*, Rogosa *et al.*, 1953 emend by Li *et al.*, 2006	A	sal	34~36	Lys-D-Asp	DL	人口腔
155	*Lb. sanfranciscensis*, Weiss and Schillinger, 1984	C	fru	36~38	Lys-Ala	L	人口腔
156	*Lb. satsumensis*, Endo and Okada, 2005	A	sal	39~41	DAP	L（D<5%）	发酵大米
157	*Lb. secaliphilus*, Ehrmann *et al.*, 2007	B	reu	48	L-Lys-D-Asp	L	酸面团
158	*Lb. senmaizukei*, Hiraga *et al.*, 2008	B		46	L-Lys-D-Asp	DL	日本泡菜
159	*Lb. sharpeae*, Weiss *et al.*, 1982	A	ss	53	DAP	ND	
160	*Lb. siliginis*, Aslam *et al.*, 2006	C	couple1	44.5	L-Lys-D-Glu-	DL	酸面团
161	*Lb. similis*, Kitahara *et al.*, 2010						发酵甘蔗糖蜜
162	*Lb. sobrius*, Konstantinov *et al.*, 2006	B	delb	35~36	L-Ala	DL	乳猪肠道
163	*Lb. spicheri*, Meroth *et al.*, 2004	B	buch	55	Lys-D-Asp	DL	米粉酸面团
164	*Lb. sucicola*, Irisawa and Okada, 2009						橡树
165	*Lb. suebicus*, Kleynmans *et al.*, 1989	C	couple2	40~41	DAP	DL	水果酱
166	*Lb. sunkii*, Watanabe *et al.*, 2009	B		39.2	无 mes-DAP	DL	日本泡菜
167	*Lb. suntoryeus*, Cachat and Priest, 2005	A		ND	ND	DL	威士忌酒厂

续表

序号	种及亚种名称、命名者和时间	代谢ᵃ类型	系统发ᵇ育类群	G+C含量/%	细胞壁成分	乳酸类型	来源
168	*Lb. taiwanensis*，Wang *et al.*，2009						青贮饲料
169	*Lb. thailandensis*，Tanasupawat *et al.*，2007	A		49	L-lysine-Asp	DL	发酵茶叶
170	*Lb. thermotolerans*，Niamsup *et al.*，2003		是 *Lb. Ingluviei* 的同物异名				小鸡粪便
171	*Lb. trichodes*，Fornachon *et al.*，1949		是 *Lb. fructivorans* 的同物异名				
172	*Lb. tucceti*，Chenoll *et al.*，2009	A	al-far	ND	L-Lys-Gly-D-Asp	DL	香肠
173	*Lb. uli*，Olsen *et al.*，1991			45			人牙龈
174	*Lb. ultunensis*，Roos *et al.*，2005	A	delb	35~36	Lys-D-Asp	ND	
175	*Lb. uvarum*，Mañes-Lázaro *et al.*，2009						葡萄汁
176	*Lb. vaccinostercus*，Kozaki and Okada，1983	C	couple2	36~37	DAP	ND	牛粪
177	*Lb. vaginalis*，Embley *et al.*，1989	C	reu	38~41	Orn-D-Asp	L	阴道
178	*Lb. versmoldensis*，Kröckel *et al.*，2003	A	al-far	40~41	ND	L	粗发酵香肠
179	*Lb. vini*，Rodas *et al.*，2006	B	sal	39.4	L-Lys-D-Asp	DL	葡萄酒
180	*Lb. viridescens*，Niven and Evans，1957		裁定为不合理的命名已重新划为魏氏斯菌属				
181	*Lb. vitulinus*，Sharpe *et al.*，1973	A	see text	34~37	mDAP	D	牛瘤胃
182	*Lb. xylosus*，Kitahara，1938						奶制品
183	*Lb. yamanashiensis*，Nonomura，1983		分为以下 184，185 两个亚种				酒糟
184	*Lb. yamanashiensis* subsp. *mali*，Nonomura，1983						
185	*Lb. yamanashiensis* subsp. *yamanashiensis*，Nonomura，1983						
186	*Lb. zeae*，Dicks *et al.*，1996	B	cas	48~49	Lys-D-Asp	L	
187	*Lb. zymae*，Vancanneyt *et al.*，2005	C	buch	53~54	ND	DL	

注："a" 代表糖发酵类型，分类依据是 Hammes and Vogel（1995）和 Hammes and Hertel（2003）关于乳酸菌糖发酵类型的描述，分别以 "A" 代表专性同型发酵，"B" 代表兼性异型发酵，"C" 代表专性异型发酵；"b" 代表表 1-2 中关于乳杆菌在系统发育中的分类的缩写。"NA" 表示该菌还未有效发表。"ND" 表示该指标没有测定或报道

2.1.3　乳球菌属

2.1.3.1　一般性描述

乳球菌是革兰氏染色呈阳性的球菌，一般成链状或成对出现，经常从一个方向延伸而形成链状。在过去的文献中一般被称作嗜热乳链球菌。在 20 ~ 30℃条件下，自然发酵牛奶 10 ~ 20 h 能形成 L（+）- 乳酸。现在，人们越来越倾向于认为最早从化学实体描述的产生于乳球菌的乳酸是在 1780 年被瑞典的科学家 Carl Wihelm Scheele 从酸牛奶中分离鉴定的，这一重要发现为酸奶和发酵乳制品的生产加工奠定了重要基础。乳酸发酵的微生物性状是在 1857 年被 Louis Pasteu 认识的。乳酸乳球菌也是世界上第一个被认识和科学描述的细菌纯培养物（Joseph，1873），当时被称为"乳酸细菌"。1890 年，哥本哈根的 Storch 和德国基尔的 Weigmann 从自然发酵的冰淇淋、酸牛奶和干酪中分离到了嗜热乳链球菌，并开启了将其作为发酵剂在乳品工业上应用的大门。基于这些菌株是从发酵乳品中分离到的，1909 年，Lòhins 重新将乳酸细菌命名为嗜热乳链球菌。1919 年，Orla-Jensen 在其所作的关于乳酸菌的系统分类研究中，嗜温乳链球菌 [包括乳酸链球菌（*Steptococcus lactis*）和乳脂链球菌（*Steptococcus cremoris*）] 取得了非常稳固的分类学地位和历史命名。1933 年，Lancefield 根据链球菌属的血清学分类标准将乳酸链球菌放到了 N 组中，以区别于作为抗原链球菌的 A、B、C 组和属于肠球菌属的 D 组。遗憾的是，自从 1933 年链球菌的 N 抗血清在巴黎巴斯德研究院应用以后，就再也没在市场上出现过。

2.1.3.2　生理生化分类和系统发育

链球菌属这个混乱的分类单位维持了很长一段时间。这是因为当时仅仅通过形态学上的相似性就将两个本来没有关系的菌属（即链球菌和肠球菌）放在一个分类单位。这种分类学混乱状态，直到现代化学分类手段在乳酸菌分类上的成功运用才宣告结束。基于核酸杂交和超氧化物歧化酶的免疫调节关系，1985 年，Schleifer 实验室将嗜温乳酸链球菌和真正意义的嗜热链球菌属（*Streptococcus*）和肠球菌属（*Enterococcus*）分离开来成为一个新属：乳球菌属（*Lactococcus*）。这个名字是对这类细菌功能和形态的简要描述。当然，这个名字的出现也是受已经存在的乳杆菌属的影响，乳杆菌属包括了当时绝大部分杆状的乳酸菌。随后，分析细菌 rRNA 寡核苷酸相似性作为细菌进化的证据，开启了乳酸菌分类的新篇章。乳球菌属作为一个聚类在细菌进化树的位置是处在低（G+C）含量的梭菌属的亚类上。乳球菌不能形成芽孢、没有鞭毛，不能运动。能运动的链球菌曾经被认为属于乳球菌属，但由于它具有的 N 抗原，因而重新将其进行了分类，代表了独特的一个属——漫游球菌属（*Vagococcus*）（Collins，1989）。然而，rRNA 序列同源性分析显示，这个属与肠球菌的亲缘关系很近。

在《伯杰氏系统细菌学鉴定手册》中该属没有被列入其中，直到 1995 年，Schleifer 等才将乳酸乳球菌、棉籽糖乳球菌和一些过去的乳杆菌种归在一起，新成立了乳球菌属。从此乳球菌属的生理生化特性成为该属内种间鉴定的主要依据（表 2-3）。

2.1.3.3　应用

乳球菌属的两个亚种乳酸乳球菌（*Lc. lactis*）和乳脂乳球菌（*Lc. cremoris*）代谢牛奶的组分（乳糖、酪蛋白、柠檬酸和其他成分）是自然发酵和工业生产上将牛奶发酵为酸奶、酸和各种奶酪的基础。尽管乳球菌不具有柠檬酸循环和呼吸链，却是真正的厌氧微生物。它们能在有氧的条件下生长是由于一些氧代谢酶类，如超氧化物歧化酶和 NADH 氧化酶的氧化还原作用，导致微生物表现出微好氧表型，这种微好氧表型对于乳酸菌在工业上的大量使用是非常有利的。历史上，作为商品化使用的可培养发酵剂在乳品工业上的应用开始于 1905～1908 年。Weigman 报道的新鲜发酵培养物的应用一直延续到二战之后，直到出现了各种冻干粉发酵剂。发展到今天，发酵剂的应用到达了它的巅峰时代，市场上已开发出适合于直投式发酵使用的发酵剂，包括各种灌装的深度冻干培养物和每毫升含有 10^{10} 活菌数的片剂发酵剂。

2.1.3.4　遗传工程

乳球菌属的遗传学和基因工程开始于 McKay 实验室和其他研究人员在所研究的菌株中检测到质粒。他们发现了两个有助于此项研究的快速进步的重要事实：①质粒重要功能的发现（如乳糖利用、干酪素降解、柠檬酸吸收、细菌素生成、噬菌体抗性、slime 形成）；②通过细菌结合和转导进行自然基因转移机制的阐释。

2001 年，法国的 Bolotin 等公布了第一个完整的乳酸菌基因组 DNA 序列，其研究对象正是 *Lc. lactis* subsp. *lactis* IL 1403。该菌基因组染色体 DNA 共有 2 365 589 bp，（G+C）mol% 含量为 35.4 mol%，含有 43 个插入片段和 6 个原噬菌体 DNA，已知基因 2310 个。该菌基因组学研究也开启了乳酸菌基因克隆、遗传工程研究的新阶段。

表 2-3　乳球菌属不同种生理生化特性

特征	Lc. lactis subsp. lactis	Lc. lactis subsp. cremoris	Lc. lactis subsp. hordniae	Lc. plantarum	Lc. raffinolactis	Lc. piscium	Lc. garviae
10℃	+	+	+	+	+	+	+
40℃	+	+	-	ND	ND	-	+
45℃	-	-	-	-	-	ND	-
耐热 (60℃, 30 min)	V	V	v	ND		V	ND
4% NaCl	-	+	-	+	-	ND	+
6.5% NaCl	+	+	+	ND	-	ND	ND
pH 9.2	+	+	-	ND		ND	
40% 胆盐	+	+	-	ND		-	ND
精氨酸产氨	+	+	-	-	-	-	+
柠檬酸产气	-	-	-	ND	-	-	ND
美兰牛乳	-	+	-	-		ND	+
双乙酰/乙偶姻	-	+	-	ND	-	ND	+
淀粉水解	-		-	ND		-	
(G + C) mol % 含量	33.8~36.9	33.6~34.8	35.0~36.2	36.9~38.1	40~43	38.5	38.3~38.7
麦芽糖	+	+	+	+	+	ND	+
半乳糖	+	+	-	-	+	+	+
乳糖	+	+	-	-	+	+	V
蜜二糖	-	+	-	+	v	+	V
松三糖	-	-	-	+	+	+	-
棉籽糖	-	-	-	+	+	+	-
核糖	+	-	-	+		-	-

注：数据来源于 Teuber et al., 1991；Wood and Holzapfel, 1995；"+" 阳性；"-" 阴性；"V" 不确定；"ND" 代表为未测定

2.1.4　明串珠球菌属

2.1.4.1　一般性描述

明串珠球菌属（*Leuconostoc*）细菌是兼性厌氧菌，细胞革兰氏染色呈现阳性，不产孢子，不能运动。细胞形态随生长条件的变化呈现多样性，不会形成真正的细胞荚膜（Garvie，1986）。但特定菌株（如 *Leuc. mesenteroides*）产生细胞膜外的葡聚糖，可在细胞表面形成一个高电子密度的外衣（Brooker，1977），形同荚膜。在葡萄糖培养基中生长时细胞是伸长的，形态上更接近于乳杆菌而不是链球菌。在牛奶中培养时，菌体细胞形成球形。细胞是单个或成对存在的，形成的链比在培养基中生长形成的链短。当在固体培养基中生长时细胞伸长，因此经常被误判成杆状。

明串珠球菌属在表型上与乳杆菌和片球菌属有一定的相关性（Stackebrandt *et al.*，1983；Stackebrandt and Tellber，1988），并且和同型发酵乳杆菌属有许多共同特性。在关于明串珠球菌属 16S rRNA 序列同源性分析和系统发育关系研究中证实：该属细菌与混淆乳杆菌（*Lb. confusus*），耐盐乳杆菌（*Lb. halotolerans*），坎氏乳杆菌（*Lb. kandleri*），微小乳杆菌（*Lb. minor*）和绿色乳杆菌（*Lb. viridescens*）形成一个自然种系发育聚类（Yang and Woese，1989）。

2.1.4.2　生理生化特性

明串珠球菌属细菌有复杂的营养需求，该属细菌生长需要烟碱、硫胺素（VB_1）和生物素。特别是泛酸及其衍生物是其生长所必需的（Garvie，1986）。然而，Kole 等（1983）曾经报道过酒明串珠球菌（*Leuc. oenos* 44.40）菌株——一株产生苹果酸的发酵剂菌种被应用于酿酒工业，该菌株的生长不需要烟碱。许多酒明串珠球菌（*Leuc. oenos*）菌株的生长需要泛酸的葡糖衍生物（Amachi *et al.*，1970），一般指番茄汁因子（Garvie and Mabbitt，1967）。明串珠球菌（*Leuconostoc*）的生长不需要钴胺素或 p-氨基苯甲酸（Garvie，1986）。在氨基酸需求方面，明串珠球菌属菌株生长不需要丙氨酸，而所有菌株生长都需要谷氨酸和缬氨酸（Garvie，1967b）。在培养基中加入 0.05% 的半胱氨酸会促进生长。菌种对氨基酸的要求存在着种间差别。据报道，酒明串珠球菌（*Leuc. oenos*）和类肠膜明串珠球菌（*Leuc. paranesenteroides*）对于它们生长需要的氨基酸是特别挑剔的（Garvie，1967b）。

该属内所有种的生长都需要含有复杂生长因子和丰富氨基酸的培养基（Reiter and Oram，1962；Garrie，1986）。根据所使用培养基的不同，非嗜酸种的最适生长

pH 为 6.0~7.0。当内部 pH 为 5.4~5.7 时，肠膜明串珠球菌 (*Leuc. mesenteroides*) 停止生长 (McDonald *et al.*, 1990)。然而，酒明串珠球菌 (*Leuc. oenos*) 是嗜酸菌，在 pH 为 4.2~4.8 的酸性培养基上生长良好 (Garvie, 1986)。关于该属细菌的富集和分离培养基，Holzapfel 和 Schillinger (1992) 的综述做了很好的描述。

在液体培养基中，除了形成一长串的细胞沉淀物外，菌体细胞生长是均匀一致的。穿刺培养时，菌体细胞主要集中在低于试管的 2/3 处，菌落光滑，呈现圆形、灰白色，直径极少超过 1 mm。在平板培养基上生长不好 (Garvie, 1986)，但是当培养基在限制条件下培养时，会刺激细胞生长，尤其是生长在混合气体中 (19.8% CO_2, 11.4% H_2, 其余为 N_2 作为平衡剂)。

菌种最佳生长温度是 20~30℃。大多数种的最低生长温度是 5℃。然而，曾报道从肉类分离出的菌株硬明串珠球菌 (*Leuc. gelidum*) 和 *Leuc. carnosum* 可以生长在 1℃ 的条件下 (Shaw and Harding, 1989)。肠膜明串珠球菌肠膜亚种 (*Leuc. mesenteroides* subsp. *mesenteroides*) 有一个相对短的传代时间，最适生长条件是：30℃下培养 24 h 以内。而肠膜明串珠球菌乳脂亚种 (*Leuc. mesenteroides* subsp. *cremoris*) 可能需培养 48 h，尤其是在 22~30℃。与非嗜酸性明串珠球菌 (*Leuconostoc*) 相比，酒明串珠球菌 (*Leuc. oenos*) 生长缓慢，在培养基中 22℃下需要培养 4~5 d。然而大多数 *Leuc. oenos* 菌株在含酸葡萄的液体培养基中，在 30℃下培养 48 h 可达到对数生长 (Dicks *et al.*, 1990)。*Leuc. oenos* 的最佳生长温度在 20~30℃ (Garvie, 1986)。

明串珠球菌属细菌含有 6-磷酸葡萄糖脱氢酶，而不含有果糖-1,6 二磷酸醛缩酶，因此所有的明串珠球菌属均能发酵葡萄糖，但对果糖的利用是有选择性的。肠膜明串珠球菌葡聚糖亚种 (*Leuc. mesenteroides* subsp. *dextranicum*) 和乳明串珠球菌 (*Leuc. lactis*) 两个种的所有菌株均能发酵利用乳糖 (Garvie, 1986)，明串珠球菌属细菌不同种和亚种的生理生化和糖发酵鉴定特性列于表 2-4。

2.1.4.3　应用

尽管明串珠球菌属广泛存在，并在发酵过程中起着重要作用，但是这些菌并不像乳杆菌和其他乳酸菌在实际应用上的研究达到那样的广度和深度。只是在 20 世纪 90 年代，才有学者开始更多的注意到明串珠菌实际应用的重要性，尤其是它在发酵食品 (如牛奶、奶油、奶酪和肉) 的生产中，在改变感官质量和质地上所起的作用。许多明串珠球菌属菌种在生面团的发酵中也同样起作用。明串珠球菌属的一些菌株在低 pH 下，在可诱导性柠檬酸裂合酶的作用下，会从柠檬酸或柠檬酸盐的代谢中产生双乙酰和乙偶姻 (Cogan *et al.*, 1981)，从而形成一些食品的特殊风味，尤其是乳制品。这些菌株经常用于黄油、奶酪和冰淇淋的生

表 2-4　明串珠球菌属不同种和亚种生理生化和糖发酵产酸鉴定特性（Wood and Holzapfel，1995；张刚，2007）

特征	Leuc. mesenteroides mesenteroides	dextranicum	cremoris	Leuc. para-mesenteroides mesenteroides	Leuc. lactis	Leuc. oenos	Leuc. gelidum	Leuc. carnosum	Leuc. pseudomesenteroides	Leuc. citreum	Leuc. argentinum argentinum	Leuc. argentinum argentinum	Leuc. fallax
糖类发酵													
阿拉伯糖	+	d	-	d	-	d	+	-	d	+	+	d	-
熊果苷	d	-	-	-	-	ND	+	-	d	+	ND	-	-
纤维素	d	d	-	(d)	-	d	ND	ND	ND	ND	ND	ND	ND
纤维二糖	d	-	-	d	+	d	+	d	d	d	+	d	-
果糖	+	+	+	+	+	+	+	+	+	-	+	+	+
半乳糖	+	d	d	+	+	d	+	-	d	-	ND	+	-
乳糖	d	+	+	d	+	+	+	-	+	+	ND	ND	-
麦芽糖	+	+	+	+	+	-	+	-	+	+	+	+	+
甘露糖	d	-	d	-	d	d	d	-	d	d	-	d	-
蜜二糖	d	+	d	d	d	d	+	d	+	+	ND	+	+
棉籽糖	d	d	d	d	d	d	d	-	d	-	-	+	-
核糖	d	d	d	+	+	d	+	-	d	-	-	+	-
水杨苷	d	ND	-	-	d	d	d	d	d	d	ND	-	(d)
蔗糖	d	-	-	+	d	d	+	+	d	+	+	+	+

续表

特征	*Leuc. mesenteroides* *mesenteroides*	*dextranicum*	*cremoris*	*Leuc. para-mesenteroides*	*Leuc. lactis*	*Leuc. oenos*	*Leuc. gelidum*	*Leuc. carnosum*	*Leuc. pseudomesenteroides*	*Leuc. citreum*	*Leuc. argentinum*	*Leuc. argentinum*	*Leuc. fallax*
海藻糖	+	+	-	+	+	+	+	+	+	+	+	d	(d)
木糖	d	+	-	-	-	d	+	-	+	-	-	d	-
七叶灵水解	+	d	-	d	-	+	+	d	d	+	ND	-	ND
形成葡聚糖	+	d	-	-	-	-	+	+	ND	ND	+	-	ND
生长特性													
pH 4.8	-	+	-	-	-	+	ND	ND	ND	ND	-	ND	ND
TJF 需求	-	-	-	-	-	d	-	-	-	-	-	-	-
10% 乙醇	-	-	-	-	-	+	+	ND	ND	ND	ND	ND	ND
依赖 NAD 的 G6PDH	+	-	+	+	+	-	-	ND	ND	ND	ND	ND	ND
37℃	d	+	-	d	+	d	-	-	+	d	ND	+	+
肽聚糖类型	Lys-Ser-Ala$_2$	Lys-Ser-Ala$_2$	Lys-Ser-Ala$_2$	Lys-Ala$_2$	Lys-Ala$_2$	Lys-Ser$_2$-Ala-Ser	ND	ND	Lys-Ser-Ala$_2$	ND	Lys-Ala$_2$	ND	Lys-Ala$_2$

注："+"表示阳性;"-"表示阴性;"d"表示部分菌株呈阳性;"ND"表示未测定

产中（Sandine and Elliker，1970；Collins and Speckman，1974；Garvie，1984；Sozzi and Pirovano，1993）。

然而，由于它们的生理生化特性，明串珠球菌属经常被认为是引起酸败的细菌。因此，明串珠球菌与其他乳酸菌在混合发酵剂中的联合应用需经认真研究，错误的使用可导致不希望的品质出现，或者引起产品的酸败。

2.1.5　片球菌属

2.1.5.1　一般性描述

片球菌属（*Pediococcus*）细菌符合典型乳酸菌的基本特性。它们能利用葡萄糖产乳酸，但不产气，也不像明串珠球菌属细菌具有延长的特点。在单一的培养基上生长时，菌落大小比较均匀，直径约为 0.36～1.34 μm（Gunther and White，1961a）。当在营养丰富的培养基（如 MRS 培养基）中生长时，典型的菌落直径为 1～3 mm，一般边缘光滑并且通常没有颜色（Back，1978a）。在穿刺培养基中，细胞沿着穿刺线生长，几乎不在表面生长。在肉汤培养基中生长时，菌体细胞在培养基各处生长均匀（Nakagawa and Kitahara，1959）。

片球菌属包括多个不同的种，包括可以在啤酒中生长的微生物体和在酱油生产中有活性的微生物体。大量的文章对这个属的不同方面进行了描述（Pederson，1949；Nakagawa and Kitahara，1959；Sakaguchi and Mori，1969；Garvie，1974，1986a；Eschenbecher and Back，1987；Weiss，1991；Teuber，1993）。目前它包括 8 个种，随着新的分类手段的应用和人们对菌株的深入了解，有一些菌株已被重新划分，其中 *P. utinae-equi* 显然属于气球菌属，此外 Collins 等已经建议将耐盐片球菌（*P. halophilus*）作为一个新的属，命名为"*Tetratogenococcus*"（Collins *et al.*，1990）。如果采纳了从这些属中排除酸敏感种的建议，那么对"片球菌"的一般性描述可能变为专一嗜酸的、同型发酵的，可以在两个垂直方向上形成四联体的乳酸菌。

2.1.5.2　片球菌属的分裂方式

片球菌的分裂方式一直是人们争论的话题，它是唯一交替地在水平和垂直两个方向上分裂形成四联体的乳酸菌。1984 年，Balcke 指出细胞从一个平面分裂，并据此从希腊文字"pedium"（代表一个表面）和"coccus"（代表浆果的意思）衍生出了 *Pediococcus* 这个名字。随后通过对四联球菌的描述人们认为它们是在两个平面上分裂，而不是如 Balcke 描述的一个平面（Gunther，1959；Herrmann，1965），这可以将它们的分裂方式同形成链状的链球菌区分开来。此外，值得注意的是，Shimwell 等的研究认为片球菌四联体的形成是细胞以不寻常方式分裂的结果，即细胞通常先分裂为链状，然后重排成四联体。但事实上，时差显微成像技术显示四联体的形成并不是细胞重排的结果（Gunther，1959），而在一个平面进行分裂也是有理论依据的。在每两个分裂物的任意点要形成四联体，所有细胞的中心必须共面。片球菌呈球状，因此在只有两个细胞分裂的过程中不可能从不同的平面上分裂（Simpson，1994），而是两个细胞分别在水平和垂直两个方向上进行分裂。

2.1.5.3 生理生化特性

在厌氧条件下，片球菌发酵葡萄糖产生没有旋光性的（DL）或右旋（L〔＋〕）乳酸盐。大量的碳水化合物可以被不同的种利用（表2-5），包括五碳糖（如阿拉伯糖、核糖和木糖）、己糖（如果糖和甘露糖）、二糖（如麦芽糖）、三糖（如麦芽三糖）以及聚合体（如淀粉）。除 *P. urinae-equi* 外，所有的种都不能在缺乏碳源下生长（Deibel and Niven，1960）。戊糖片球菌（*P. pentosaceus*）利用磷酸烯醇丙酮酸－磷酸转移酶系统运输葡萄糖，并通过 EMP 途径进行代谢（Romano *et al.*，1979）。其他片球菌的葡萄糖代谢未见报道。在特定环境下，代谢产物不单形成乳酸盐。举例来说，戊糖片球菌（*P. pentosaceus*）利用戊糖产生等摩尔的乙酸和乳酸混合物（Fukui *et al.*，1957）。1978 年，Back 的研究表明，乳糖构型不同是由于不同乳糖脱氢酶的活性造成的。实际上这些酶的不同电泳特性对片球菌的分类是很有帮助的。

戊糖片球菌（*P. pentosaceus*）分解葡萄糖为 D（－）和 L（＋）乳酸盐，转化苹果酸为 L-乳酸盐（Radler *et al.*，1975）。Kanbe 和 Uchida 已经对耐盐片球菌（*P. halophilus*）代谢有机酸如苹果酸、柠檬酸的能力进行了测定（Kanbe，1982；Uchida，1987b）。这种菌对柠檬酸的代谢与其他乳酸链球菌不同。乙酸盐和甲酸盐是柠檬酸的主要代谢产物。许多 *P. damnosus* 菌株都能产生丁二酮（Shimwell and Kirkpatrick，1939）。

所有的葡聚糖明串珠球菌（*P. dextrinicus*）菌株可发酵利用淀粉。到目前还不清楚淀粉降解的详细机理，但有人推测可能是由于 α-淀粉酶、葡萄糖糖化酶或其他酶的活力在起作用，又或者有胞外酶被分泌于培养基中，或者位于细胞表面而作用。同时，片球菌可利用某些底物。例如，*P. pentosaceus* 在有氧情况下可利用甘油产生乳酸、乙酸、3-羟基丁酮和二氧化碳（Dobrogosz and Stone，1962a）。同样，它能将乳酸盐氧化为乙酸盐和二氧化碳（Thomas *et al.*，1985）。

片球菌属所有菌株的生长都需要烟酸、泛酸和生物素。VB_1、p-氨基苯甲酸和 VB_{12} 不是必需的。部分菌株需要核黄素、VB_6 和叶酸才能生长（Sakaguchi and Mori，1969）。VB_6 可以刺激大部分 *P. damnosus* 菌株的生长，且对于某些菌是必

表 2-5　片球菌属的生理生化特性

特性		P. acidilactici	P. damnosus	P. dextrinicus	P. halophilus	P. inopinatus	P. parvulus	P. pentosaceus	P. pentosaceus subsp. intermedius	P. urinae-eque
生长温度	35℃	+	-	+	+	+	+	+	+	+
	40℃	+	-	+/-(弱)	+/-(弱)	+/-(弱)	+	+/-(弱)	+/-(弱)	+/-(弱)
	45℃	+	-	+/-(弱)	+/-(弱)	+/-(弱)	-	+/-(弱)	+/-(弱)	+/-(弱)
	50℃	+	-	-	-	-	-	-	-	-
最大 NaCl 耐受性		10 %	5 %	6 %	>18 %	8 %	8 %	10 %	10 %	10 %
不同 pH	4.5	+	+	+/-	+	+	+	+	+	-
	5.0	+	+	+	+	+	+	+	+	-
	7.5	+	-	+	+	+/-	+/-	+	+	+
	8.0	+	-	-	+	+	-	+	+	+
	8.5	+/-	+/-	-	+	+	-	+/-	+/-	+
过氧化氢酶		-	-	-	-	-	-	+/-	+/-	+/-
葡萄糖产气		-	-	-	-	-	-	-	-	-
精氨酸水解		+	+	+/-	+/-	+/-	-	+	+	-
马尿酸水解		-	-	+/-	-	+/-	-	-	-	-
乙偶姻形成		+/-	+/-	-	+/-	+/-	-	+/-	+/-	-
乳酸构型		DL	DL	L (+)	L (+)	DL	DL	DL	DL	L (-)
石蕊牛乳实验	产酸	+/-	+/-	+/-	+/-	+/-	-	+/-	+	ND
	脱色	+/-	+/-	+/-	+/-	+/-	-	+	+	ND
	凝乳	+/-	-	+/-	-	+/-	-	+/-	+	ND
糖类发酵	阿拉伯糖	+/-	-	-	+	-	-	+/-	-	+/-
	核糖	+	-	+	+	-	-	+/-	+	ND
	木糖	+	-	-	-	-	-	+	+	+/-

续表

特性	P. acidilactici	P. damnosus	P. dextrinicus	P. halophilus	P. inopinatus	P. parvulus	P. pentosaceus	P. pentosaceus subsp. intermedius	P. urinaeeque
果糖	+	+	+	+	+	+	+	+	+
鼠李糖	+/-	-	-	-	-	-	+	-	ND
葡萄糖	+	+	+	+	+	+	+	+	+
甘露糖	+	+	+	+	+	+	+	+	+
半乳糖	+	+/-	+	+/-	+	+/-	+	+	+
麦芽糖	-	+/-	+	+	+	+/-	-	+	+
海藻糖	+/-	+/-	+/-	+	+	+	+	+/-	+/-
纤维二糖	+	+	+	+	+	+	+/-	+	ND
蔗糖	+/-	+/-	+/-	-	-	-	+/-	+/-	+
乳糖	+/-	+/-	+/-	+	+/-	-	+/-	+	+/-
蜜二糖	-	-	-	+	+/-	-	+/-	+/-	ND
松三糖	-	+/-	-	+/-	-	-	-	+/-	ND
棉籽糖	+/-	-	-	-	-	-	-	-	+
麦芽三糖	-	+/-	+	+/-	+/-	+/-	+/-	+/-	ND
糊精	+/-	+	+	+/-	+/-	+/-	+/-	+/-	+/-
淀粉	-	-	+/-	-	-	-	-	-	-
菊糖	-	-	-	+	+	-	+	+/-	-
甘油	+/-	-	-	+/-	-	-	-	+/-	-
甘露醇	+/-	-	-	+	-	-	+	+/-	+/-
山梨醇	-	-	-	+	+/-	-	-	-	+/-
水杨苷	-	+/-	+/-	+	+/-	-	+	-	ND
苦杏仁苷	+/-	+/-	+	+	+/-	+	-	+/-	+

注："+"代表阳性；"-"代表阴性；"ND"代表未测定

需的（Solberg and Clausen，1973b）。大部分菌株不需要合成有机酸。在已知成分培养基中添加腺嘌呤、鸟嘌呤、尿嘧啶和胸腺嘧啶不会刺激片球菌的生长（Sakaguchi and Mori，1969）。

片球菌在营养丰富的培养基中生长得最好，大部分菌株需要大量氨基酸，如丙氨酸、天门冬氨酸、谷氨酸、精氨酸、组氨酸、异亮氨酸、苯丙氨酸、脯氨酸、酪氨酸、缬氨酸、色氨酸、胱氨酸、甘氨酸和亮氨酸。部分菌株需要赖氨酸、甲硫氨酸、丝氨酸（Jensen and Seeley，1954；Sakaguchi，1960）。许多菌株在没有复合氮源如蛋白胨的条件下生长很少或不生长。某些菌株可产生氨基肽酶。例如，Tzanetakis 和 Litopolou-Tzanetaki（1989）用 API 微生物鉴定试剂盒显示 *P. pentosaceus* 产生亮氨酸氨基肽酶和缬氨酸氨基肽酶。

Bhowmilk 和 Marth（1990b）检测了六株戊糖片球菌（*P. pentosaceus*）和两株嗜酸片球菌（*P. acidilactici*）的胞内蛋白酶、肽链内切酶、二肽酶、二肽氨基肽酶和羧肽酶的活性。所有菌株产生蛋白酶、二肽酶、二肽氨基肽酶和氨基肽酶，但不产生肽链内切酶和羧肽酶。大部分菌株的无细胞提取液可部分水解 α_{s1}-酪蛋白。戊糖片球菌（*P. pentosaceus* ATCC 996）却可完全水解 α_{s1}-酪蛋白。β-酪蛋白可被某些菌株完全水解，但是其他的却是部分水解。

关于其他的片球菌的蛋白水解活性的报道，除了 Davis（1988）做过的报道外，现有资料很少。他表明 *P. parvulus* 不具有蛋白水解活性。Uhl 和 Kuhbeck（1969）的研究表明，*P. damnosus* 在啤酒中的生长与内切短肽酶水解短肽和外切酶水解多肽有关。

2.1.6　链球菌属

2.1.6.1　一般性描述

链球菌属（*Streptococcus*）是革兰氏阳性菌，扁球形或卵圆形，以链状或成对出现。链球菌为兼性厌氧菌，不形成芽孢，过氧化氢酶呈阴性，同型发酵，并且有复杂的营养要求。所认识的大部分种都是人或其他动物的寄生菌，有一些是重要的病源微生物（Jones，1978；Hardie，1986；Cloman，1990）。能形成链状的球菌起先是由 Billroth 于 1874 年在伤口上发现的，他将这类生物命名为"*Strepococcos*"用来描述它的形态特征（Jones，1978）。多年以后，Rosenbach（1884）首先用 *Streptococcus* 作为分类学意义上的词汇描述"*Strepotococcus pyogenes*"这个种，这也就形成了现在沿用的这一模式种。这个属的细菌最初是从人化脓的伤口中分离到的，也有从患有乳房炎的牛和患有肺炎的马和人的体内分离得到的（Nocard and Mollereau，1887；Schytz，1887，1888；Talamon，1883）。在19 世纪末到 20 世纪初，链球菌与多种人畜共患病之间的关系逐渐建立起来。在这一段时间内，形态学上相似的细菌都被划分成为链球菌属，随后链球菌属在乳品工业上为人们所熟识。到 20 世纪 30 年代，大量与链球菌相似的细菌被人们描述、报道，许多细菌的名字在发表的刊物中大量出现。在许多年前，尽管人们对链球菌属的应用和研究进行了许多的努力，但在实际应用上，还是那些在临床上和工业上比较重要的细菌能够被人们广泛的接受。

链球菌属的细胞一般呈扁球形或鹅卵形，但在特定的培养条件下也有一些种的细胞呈短杆状，大部分情况呈链状或成对出现，链状能在培养基上清晰地看到。单个细胞直径大小为 0.8 ~1.2 μm，链长变化幅度较大，从几个细胞到超过 50 个细胞，主要依靠菌种和培养条件的不同而改变。在陈旧的培养基上生长，有少数的菌株的细胞革兰氏染色呈现变化，而有些菌株与原始分离株相比呈现多形性。有一些菌能产生芽孢，有一些种能产生透明质酸，如酿脓链球菌（*S. pyogenes*）。而另一些特异性种则产生多糖，如肺炎链球菌（*S. pneumoniae*）。但对整个属的每个种来讲，这也并不是恒定的性状。有一些种，当在含蔗糖培养基上生长时能产生胞外多糖，包括葡聚糖和果聚糖。不同链球菌属的表面物质种类和附属物组成已被发现和报道，其中包括了菌毛和纤维。这就是为什么一些菌种表面有黏性的原因（Handley，1990；Hogg，1992）。

2.1.6.2　分类

在过去的很多年，链球菌的分类和命名一直相当混乱。能用来对链球菌属进行分类和鉴定最有效的方法是该菌在含有血液的培养基上生长时菌落的溶血特性，但这并不是一个可靠的分类学依据，因为有一些菌对红细胞不产生任何变化。早在 1978 年，就有学者发表过一篇综述，很好的揭示了链球菌的分类。1906 年，Andrewes 和 Horder 综合生化，生理和形态特征对从人、动物、牛奶和环境等介质中分离到的大量链球菌进行了分类。它们揭示了 7 个组，分别是酿脓链球菌（*S. pyogenes*）、马乳链球菌（*S. equinus*）、温和链球菌（*S. mitis*）、唾液链球菌（*S. salivavlus*）、咽峡类链球菌（*S. anginosus*）、粪链球菌（*S. faecalis*）和肺炎链球菌（*S. pneumococci*）。Orla-Jersen（1919）扩展了对乳酸菌的研究范围。包括在不同环境中的生长情况、温度变异范围、盐浓度。另外还有发酵反应和形态特征。他描述了 9 个链球菌，当然这其中一些菌种现在已经被认定属于乳球菌属，如 *Lactococcus*（*S. lactis* 和 *S. cremoris*）或肠球菌属（*S. faecium* 和 *S. liquefaciens*）。

链球菌分类上的重大突破还是在血清学方法作为一系列特异细胞壁抗原方法被引入之后。最早有关细胞壁抗原是指群体抗原。Lancefield 首先发现了特殊碳水化合物抗原存在于 *S. pyogenes*（它被分配到 A 组中），随后，这一分组框架被应用到其他链球菌即 B、C、G 组。经过对这几个抗原的免疫化学特性详细的研究，D

组被发现是磷壁酸。在一些例子中，包括 A 组（*S. pyogengs*）和 B 组（*S. agalactiae*）也做过进一步有关基于血清学亚型的分型（例如，M、T 和 Lancefield 群组 A 中 R 蛋白），最终这种方法被证明对于流行病分类调查是很有用的。

尽管检测 Lancefield 组抗原对于鉴定和分离大部分人和其他动物的抗原有很重要的应用价值，但是要将血清学方法作为分类手段将链球菌鉴定到属的水平还不是很成功。有研究表明，并不是所有的链球菌都拥有一个唯一的抗原组。而已经认识的抗原也并不应被确定为一个单一的种。于是在大多数情况下，有限的特殊抗原组并不能将链球菌鉴定到种的水平，除非有其他方面的证据的支持。在一定程度上，对乳酸菌系统分类做出具有预言性的贡献的是 Sherman，他把链球菌分为四个主要的组，即 *pyogenic*、*viridans*、*lactic* 和 *Enterococcus*（Sherman，1937）。这些亚种的分类证据是它们在 10℃ 和 45℃ 下的生长能力和在 60℃ 下培养 30min 后的生存能力，以及在 pH 9.6 和 0.1% 的美蓝和不同浓度的氯化钙溶液中的生长情况。目前，仅有前两个组当前仍在 *Streptococcus* 属内，而乳球菌（*Lactococcus*）和肠球菌（*Enterococcus*）已被描述为一个新的属。

对于链球菌群组中的"viridans"和"oral"组中有些成员，Ardrewes 和 Horde 在 20 世纪初已经描述过，在过去很多年都存在好多混乱的方面，该组内有些种的定义在 20 世纪 60~70 年代都得到了很大的完善，这要归功于 colman 和其他工作者，他们将现代许多数字和化学分类的方法用于对链球菌属的研究。在 20 世纪 90 年代，有关分子生物学的方法如 DNA 印迹和核酸序列分析的应用，对以前的一些模糊分类进行了澄清，使一些种的分类更具合理性，也使其他一些种属的概述得到了重新修订和证实。

在《伯杰氏系统细菌学手册》（第二版）的准备阶段，人们使用分子生物学和化学方法对链球菌属进行了调整。并将一些种进行了合并和重新划分，如以前的 *S. faecalis* 改为 *E. faecalis*，以前的 *S. lactis* 改为 *Lc. Lactis*。这就导致了两个新属的出现，即肠球菌属和乳酸菌属。关于链球菌属的定义，现在有了更严格的界定，形成了真正意义上的链球菌属，同时也形成了许多新的种和亚种。

2.1.6.3 培养特性

链球菌属细菌在固体培养基上生长一般都需要丰富的血液血清或葡萄糖，在含血的培养基上于 7℃ 生长 24 h，大部分种的菌落直径不会超过 1 mm，通常没有鞭毛，呈现轻微透明。在含有蔗糖的培养基上生长，产生的胞外多糖表现出各种菌落，从这一点上可以很容易地辨别出一些种，如变异链球菌（*S. mutens*）和 *S. lalivrius*。尽管链球菌属兼性厌氧微生物，许多菌株在微氧或无氧（有 CO_2）条件下比在空气下生长情况好，尤其是在分离的初始阶段。有一些菌株则需要严格

的 CO_2 环境。绝对厌氧菌如小链链球菌（*S. parvulus*）、汉氏链球菌（*S. hansenil*）和多型链球菌（*S. pleonorphus*），这三个与 *clostridia* 属的亲缘关系非常接近，现在已被重新划分到其他菌属。在液体培养基中生长，添加葡萄糖或一些其他易发酵的碳水化合物能增强其生长。除非培养基有很好的缓冲作用（如在 Todd-Hewitt 培养基中），否则一旦 pH 下降菌种就会失去生长能力。

2.1.6.4　生理生化特性

正如前面提到过的，人们对链球菌属了解得最清楚，并且在种间鉴定上最主要的判断依据是它能够在含有血液的培养基中生长时出现不同的血清型（表2-6），最初这些变化是从链球菌倾倒培养基上观察到的。后来人们也可以从含血液的分层培养皿和穿刺培养基上观察到各种系列的不同血清型，也就是完全 β 型、部分 α 型或 γ 型。这主要取决于不同的微生物种群或血液来源，如马血、羊血、人血等，或是基础培养基的成分和气体条件。在一些菌中，菌落周围出现绿色——α-血清型，这可能是由于产生过氧化氢造成的。

链球菌在有碳水化合物存在时快速发酵葡萄糖或其他糖类得到 L-乳酸作为最终产物。而在葡萄糖限制性条件或低浓度完全培养基中，其最终产物也能检测到甲酸、乙酸、乙醚等产物，这主要是由于不同的发酵途径产生的。链球菌可以利用不同种类的碳水化合物，从而形成链球菌属的糖发酵谱，可用来作为链球菌分离和鉴定的主要判断依据。

表 2-6　链球菌属种间血清学标记和细胞壁成分

种	血清学标记	胞壁质	细胞壁多肽组成
口腔链球菌			
S. mutans	血清型 c, e, f	Lys-Ala$_{2-3}$	Rha, Gluc
S. sobrinus	血清型 d, h, g	Lys-Thr-Ala	Rha, Gluc, Gal
S. cricetus	血清型 a	Lys-Thr-Ala	Rha, Gluc, Gal
S. rattus	血清型 b	Lys-Ala$_{2-3}$	Rha, Gluc, Glyc
S. macacae	血清型 c	ND	ND
S. downei	血清型 h	Lys-Thr-Ala	ND
S. ferus	血清型 c	Lys-Ala$_{2-3}$	ND
S. salivarius	Lancefield k, –	Lys-Ala$_{2-3}$ Lys-Thr-Ala	Rha, Gluc, Gal, GalNAc
S. vestibularis	–	Lys-Ala$_{2-3}$	ND
S. themophilus	–	Lys-Ala$_{1-3}$	Rha, Gluc

续表

种	血清学标记	胞壁质	细胞壁多肽组成
S. intermedius	–	Lys-Ala$_{1-3}$	Rha, Gluc, Gal
S. constellatus	–（或 Lancefield F, A, C）	Lys-Ala$_{1-3}$	Rha, Gluc
S. anginosus	–（或 Lancefield F, A, C, G）	Lys-Ala$_{1-3}$	Rha, Gluc
S. sanguis	Lancefield H	Lys-Ala$_{1-3}$	Rha, Gluc
S. gordonii	Lancefield H	Lys-Ala$_{1-3}$	Rla, Glyc
S. parasanguis	–（或 Lancefield F, G, C, B）	ND	ND
S. crista	ND	ND	ND
S. oralis	–	Lys-direct	Gluc, Gal, GalNAc, (Rha), Rtl
S. mitis	–（Lancefield K, O）	Lys-direct	(Rha), Rtl
S. pneumoniae	C-polysaccharide	Lys-Ala$_2$ (Ser)	Gluc, Gal, GalNAc, (Rha), Rtl
S. adjacens	–	ND	ND
S. defectivus	–（或 Lancefield H）	ND	ND
病原链球菌			
S. pyogenes	Lancefield A	Lys-Ala$_{1-3}$	Rha
S. canis	Lancefield G	Lys-Ala$_{1-3}$ (Ser)	Rha, Gal, Glucitol
S. agalactae	Lancefield B	Lys-Ala$_{1-3}$	Rha, GalNAc
S. dysgalactiae	Lancefield C, G, L	ND	ND
S. parauberis	–（或 Lancefield E, P）	Lys-Ala$_{1-3}$	Rha, Gluc
S. uberis	–（或 Lancefield E, P, G）	Lys-Ala$_{1-3}$	Rha, Gluc
S. porcinus	Lancefield E, P, U, V	Lys-Ala$_{2-4}$	ND
S. iniae	–	Lys-Ala1-3	Rha, GalNAc
S. equi subsp. *equi*	Lancefield C	Lys-Ala$_{1-3}$	Rha, GalNAc
S. equi subsp. *zooepidemicus*	Lancefield C	Lys-Ala$_{2-3}$	ND
S. hyointestinalis	–	Lys-Ala$_{1-3}$ (Ser)	ND
其他链球菌			
S. alactolyticus	Lancefield D	ND	ND
S. bobis	Lancefield D	Lys-Thr-Ala	Rha, Gluc, Gal

续表

种	血清学标记	胞壁质	细胞壁多肽组成
S. equinus	Lancefield D	Lys-Thr-Ala	ND
S. suis	Lancefield R, S, RS, T		Rha, Gluc, (Gal), (GalNAc)
S. acidominimus	-	Lys-Ser-Gly	Rha, Gal
S. intestinalis	- (或 Lancefield D)	ND	ND
S. caprinus	ND	ND	ND

注："-"表示没有数据可参考;"ND"表示未测定

2.1.7 双歧杆菌属

2.1.7.1 一般性描述

对于双歧杆菌层(*Bifidobacterium*)的描述最早始于 1900 年,法国巴斯德研究所的 Tissier 首次从母乳喂养的婴儿粪便中分离获得了一株分叉状、不产气、厌氧的革兰氏阳性杆菌,并命名为 *Bacillus bifidus*。20 世纪初,Orla-Jensen 在一篇关于产乳酸细菌的论文中把双歧杆菌(*Bacillus bifidus*)归到乳酸菌这个大家庭。1924 年,他尝试把双歧杆菌作为一个单独的种,因为双歧杆菌不同的种很明显地形成了单独的类群。虽然关于双歧杆菌菌群的研究在过去的一段时间内有下降的趋势,但由于 1950 年后有大量的新研究成果出现,所以,《伯杰氏手册》(第二版)(Breed *et al.*,1957)中首次列出 *Lactobacilus bifidus*。到 1986 年,《伯杰氏系统细菌学手册》(第九版)(Scardovi,1986)出版时,已经列出 24 个种。从那以后又增加 5 个种:高卢双歧杆菌(*Bifidobacterium. gallicum*)、鸡胚双歧杆菌(*Bifidobacterium. gallinarum*)、反刍双歧杆菌(*Bifidobacterium. ruminantium*)、瘤胃双歧杆菌(*Bifidobacterium.* merycicum)、世纪双歧杆菌(*Bifidobacterium. saeculare*)。

导致双歧杆菌从乳酸杆菌中分离出的最初研究之一,是由 Dehnert 于 1967 年发表的一篇论文。在此论文中他建议依据糖类发酵能力(戊糖发酵阴性和戊糖发酵阳性)把双歧杆菌分为 5 个种群。1963 年,Ruters 发表了关于双歧杆菌更详细的研究。他从婴儿、青少年、成人的粪便中分离了 7 个种,依据分离源、发酵特性、血清型等,将这些菌命名为:婴儿双歧杆菌(*Bifidobacterium infantis*)、小鸡双歧杆菌(*Bifidobacterium pullorum*)、短双歧杆菌(*Bifidobacterium breve*)、*Bifidobacterium liberorum*、*Bifidobacterium lactentis*、青春双歧杆菌(*Bifidobacterium adolescentis*)、长双歧杆菌(*Bifidobacterium longum*)。1969 年,日本 Mitsuoka 证实了 Ruter 的工作,并且又增加了 2 个新种：长双歧杆菌动物亚种 a 和 b（*Bifidobacterium longum animalis a and b*），并且第一次从猪、鸡、牛犊、鼠的粪便中分离了嗜热双歧杆菌（*Bifidobacterium thermophilum*）和假长双歧杆菌（*Bifidobacterium pseudolongum*）。与此同时，意大利 Scardovi 从牛瘤胃中分离了反刍双歧杆菌（*Bifidobacterium ruminale*）、球状双歧杆菌（*Bifidobacterium globosum*）；从蜜蜂肠道中分离了星状双歧杆菌（*Bifidobacterium asteroides*）、蜜蜂双歧杆菌（*Bifidobacterium indicum*）、棒状双歧杆菌（*Bifidobacterium coryneforme*）。

到目前为止，所描述的双歧杆菌的来源可以归到四个不同的微生态环境：人的肠道、阴道和口腔、其他动物的肠道（如昆虫的肠道）和污水。肠道微生物群落是最复杂的微生态环境之一，到目前为止，其全部的微生物群落仍没有完全弄明白，在肠道内许多兼性厌氧细菌生活在一起，相互影响。宿主发展的主要年龄段、不同种类的营养品，以及每个种类的适应能力都会影响肠道内微生物群落的构成。因此，肠道被认为是生存环境中最复杂和最多样的环境。在生命的第一个星期后或者更晚些，大肠内建立的微生物群落将伴随着宿主长久存在（Fooks *et al.*，1999）。婴儿出生后几小时，双歧杆菌在肠道内开始出现，而且数量高达婴儿肠道内所有细菌总数的 99%，1~2 周后便形成绝对优势，这就是婴儿免疫力增强的原因之一。但是在幼儿时期就锐减为 10%，随着年龄增长双歧杆菌的数量随之减少（Bakker-Zierikzee *et al.*，2005）。

牛乳喂养和母乳喂养的婴儿第一天粪便中都含一些特定细菌类群，建立菌群的 5~7d 的时间里，双歧杆菌成为母乳喂养的婴儿的粪便中的优势细菌（Mitsuoka *et al.*，1973；Biavati *et al.*，1984），而被牛乳喂养的婴儿粪便中却没有这种优势。母乳喂养或牛乳喂养的婴儿肠道微生物菌群组成的差异性是由于前者有促进双歧杆菌的繁殖的特殊生长因子。对于 B. *bifidum* var. *pennsylvanicus* 来说，生长因子是包含 N-乙酰氨基葡萄糖、葡萄糖、半乳糖和果糖组成的寡糖混合物（Gyorgy，1953；Gauche *et al.*，1954）。Biavati 等（1986）报道，在成人的肠道内占优势的双歧杆菌种类是假长双歧杆菌（*Bifidobacterium pseudocatenulatum*）和长双歧杆菌（*Bifidobacterium longum*）。双歧杆菌也生存在口腔中，其中最普遍的是牙双歧杆菌（*Bifidobacterium dentium*），它和牙斑的形成有关。

在兔、鸡、牛、小鼠、猪等动物的粪便中发现的许多种类的双歧杆菌，有些似乎是宿主专一的。如大双歧杆菌（*Bifidobacterium magnum*）和兔双歧杆菌（*Bifidobacterium cuniculi*）只存在于兔的粪便中。小鸡双歧杆菌（*Bifidobacterium pullorum*）和高卢双歧杆菌（*Bifidobacterium gallinarum*）只存在于鸡的肠道内。猪双歧杆菌（*Bifidobacterium suis*）只在猪的粪便中存在。星状双歧杆菌

（*Bifidobacterium asteroides*）是唯一一种在产蜜蜜蜂肠道内发现的双歧杆菌。而蜜蜂双歧杆菌（*Bifidobacterium indicum*）是在菲律宾和马来群岛 *Apis cerana* 蜜蜂和 *Apis dorsata* 蜜蜂中发现的（Scardovi and Trovatelli，1969）。在早期的一些研究中，当人们普遍认为双歧杆菌是限制肠道生态环境中的典型菌群的时候，却在污水中发现了这个属的 12 个种，其中最小双歧杆菌（*Bifidobacterium minimum*）和纤细双歧杆菌（*Bifidobacterium subtile*）除了在污水中，还没有在其他环境中发现（Biavati *et al.*，1982），因此人们认为这很可能是粪便污染水而引起的。

2.1.7.2　生理生化特性

双歧杆菌的细胞呈二叉的或多叉的棒状，并且呈现同质异型现象。在不利的生长条件下，它的形态改变后会形成一个有更大分歧的细胞。在缺乏 β-甲基-D-葡萄糖氨（β-methyl-D-glucosamine）的培养基中双歧杆菌细胞呈现出更多分支的形态；在基础培养基中增加某些氨基酸（如丝氨酸、丙氨酸、天冬氨酸），具有最小分支的双歧杆菌细胞会变成弯曲的棒状。双歧杆菌属一般特征可以总结为：革兰氏阳性、不形成孢子、无运动、厌氧（有些在有 CO_2 存在的情况下可以耐氧）、过氧化酶阴性［除了星状双歧杆菌（*B. asteroies*）和蜜蜂双歧杆菌（*B. indicum*）］、在添加或没有添加血晶素的空气培养下为过氧化氢酶阳性、发酵糖类（除了葡萄糖酸盐的降解过程，产生乙酸和乳酸摩尔比为 3∶2，不产生二氧化碳），也会产生小量的甲酸、乙醇和琥珀酸，但是从来不产生丁酸和丙酸。葡萄糖降解需要 6-磷酸果糖酶，它把 6-磷酸果糖分解为乙酰磷酸盐和 4-磷酸赤藓糖。DNA 中（G + C）mol% 的含量变化在 55 ~ 67 mol%。

和所有的革兰氏阳性菌一样，双歧杆菌的细胞壁也包含三种高分子结构：肽聚糖（胞壁质）、多糖和磷壁酸脂。Kandler 和 Lauer（1974）以及 Lauer 和 Kandler（1983）都详细地研究了肽聚糖的结构，肽聚糖是由 *N*-乙酰胞壁酸和 *N*-乙酰氨基葡萄糖组成的，它们是通过低聚糖键连接成的低聚糖复合体，此复合物内部的肽键连接在种内与种间有所不同，因此提出它们可作为双歧杆菌分类学的依据。

分别来自荷兰和德国的两个研究小组都对脂磷壁酸的结构进行了研究，但两个研究小组却产生了有争议性的结论。荷兰 Veerkamp 等从化学角度分类，它的亲水端 1，2-磷酸甘油低聚物包含半乳糖或葡萄糖的聚合物链，并且在它的疏水端包含 1-磷酰基半乳糖成分。德国的 Fischer 指出脂磷壁酸的化学结构是 galactor-furanose-gluco-pyranose 高聚物，是由磷酸、甘油残基粘贴到半乳糖残基上形成的高聚物。

2.1.7.3　双歧杆菌的糖发酵

双歧杆菌能发酵多种不同类型的糖。许多双歧杆菌能代谢像乳糖、半乳糖、蔗糖, 但是其他的碳水化合物, 如甘露醇或山梨醇只能被某些特定种类的双歧杆菌发酵, 双歧杆菌属各个种的发酵特性见表2-7。双歧杆菌分泌到细胞外的酶或细胞表面酶均能催化水解一些复杂多糖, 如直链淀粉、支链淀粉、木聚糖和阿拉伯胶 (Salyers et al., 1978)。1985 年, Hoskins 等报道两歧双歧杆菌 (Bifidobacterium bifidum)、婴儿双歧杆菌 (Bifidobacterium infantis)、长双歧杆菌 (Bifidobacterium lonfum) 的部分胞外酶和与细胞有关的部分酶能够降解猪的胃黏蛋白。右旋糖苷被葡聚糖酶代谢, 而葡聚糖酶似乎是胞外分解酶 (α-1,6 葡糖苷酶)。

双歧杆菌的糖类代谢研究工作开展得较早, 而且研究得也较深入。1965 年, Scardovi 和 Trovatelli 最先发现了果糖-6-磷酸转移途径 (frucose-6-phosphate shunt pathway)。此途径通常被认为是双歧杆菌特有的, 称为"双歧途径", 许多学者把它作为双歧杆菌属的标记。此途径的关键酶是果糖-6-磷酸酮基磷酸化酶 (phosphoketolase fructose-6-phosphate phosphoketolase), 它把己糖磷酸分解为赤藓糖-4-磷酸和乙酰基磷酸, 然后通过下一步的转醛酶和转酮酶的作用将丁糖和己糖磷酸化生成了戊糖磷酸盐, 通常它通过大概 2 或 3 步降解才形成乳酸和乙酸, 在理论上乳酸和乙酸的增加量比率为 1:1.5。果糖-6-磷酸是糖酵解的关键酶, 在属的识别上可以作为分类学特性, 但在种水平不具有区分能力。为了采用生化方法区分不同的种类, 1979 年, Scardovi 等应用电泳技术研究转醛醇酶和 6-磷酸葡萄糖脱氢酶 (6-phosphogluconate dehydrogenase, 6-PGD), 并且识别了 14 种转醛醇酶的同工酶和 19 种 6-PGD。脲酶的活性几乎在 Bifidobacterium suis 所有菌株都有, 而仅在短双歧杆菌 (Bifidobacterium breve)、Bifidobacterium magnum 和 Bifidobacterium subtile 的一些菌株中发现了其活性。有些菌株可以在缺乏尿素的环境中生长, 这使人们不得不认为脲酶可以不被诱导 (Craciani and Matteuzzi, 1982)。和氨的同化有关的谷氨酸脱氢酶和谷氨酸胺合成酶只在两歧双歧杆菌 (Bifidobacterium bifidum)、婴儿双歧杆菌 (Bifidobacterium infantis)、短双歧杆菌 (Bifidobacterium breve)、青春双歧杆菌 (Bifidobacterium adolescentis)、嗜热双歧杆菌 (Bifidobacterium thermophilum)、长双歧杆菌 (Bifidobacterium longum) 和假长双歧杆菌 (Bifidobacterium pseudolongum) 等种中发现 (Hatanaka et al., 1987)。因此, 这些酶的研究对于双歧杆菌特定种的区分和分类研究具有重要的应用价值。

双歧杆菌 DNA 的 (G+C) mol% 在 55～68 mol%, 显著高于其他乳酸菌, 当然也有某些例外, 如异形双歧杆菌 (Bifidobacterium inopinatum) DNA 的 GC 含量只有 45 mol%, 有关双歧杆菌系统发育研究的报道较少。16S rRNA 序列同源性分析表明双歧杆菌是亲缘关系很密切的一群菌, 具备一个独立属的特征 (Leblond-Bourget et al., 1996)。由于系统发育研究表明双歧杆菌与放线菌的亲缘关系较为密切, 应考虑为"原始放线菌"(Olsen and Woese, 1994), 在《伯杰氏系统细菌学鉴定手册》

表 2-7　双歧杆菌属乳酸菌糖类发酵特性

	L-阿拉伯糖	棉籽糖	D-核糖	淀粉	乳糖	菊粉	纤维二糖	松三糖	葡萄糖酸盐	木糖	甘露糖	果糖	半乳糖	蔗糖	麦芽糖	海藻糖	蜜二糖	甘露醇	水杨苷	山梨醇
B. bifidum	-	-	-	-	+	-	-	-	-	-	-	+	+	d	+	-	+-	-	-	-
B. longum	+	+	+	-	+	-	-	+	-	d	d	+	+	+	+	-	+	-	-	-
B. infantis	-	+	+	-	+	d	-	+	-	d	d	+	+	+	+	-	+	-	-	-
B. breve	-	+	+	+	+	d	d	d	-	-	+	+	+	+	+	-	-	d	+	d
B. adolescentis	+	+	+	+	+	d	+	d	+	+	d	+	+	+	+	d	-	d	+	d
B. angulatum	+	+	+	-	+	+	-	-	d	+	-	+	+	+	+	d	-	-	-	d
B. catenlatum	+	+	+	+	+	d	+	-	d	+	-	+	+	+	+	-	+	+	-	+
B. pseudocatenulatum	+	+	+	+	+	-	d	-	d	+	+	+	+	+	+	d	-	+	-	-
B. dentium	+	+	+	+	+	-	+	+	+	d	+	+	+	+	+	+	-	-	-	-
B. globosom	d	+	+	+	+	-	-	-	-	+	-	+	+	+	+	-	+	-	-	-
B. cuniculi	+	-	-	+	d	-	-	d	-	+	+	+	+	+	+	-	+	-	-	-
B. choerinum	+	+	+	+	+	-		-	-	-	-	+	+	+	+	-	+	-	-	-
B. animalis	-	+	-	+	+	-	-	-	-	+	-	+	+	+	+	d	+	-	-	-
B. thermophilum	-	+	-	+	d	-		d	-	-	d	+	+	+	+	d	+	-	+	-
B. boum	+	+	+	-	d	d	d	d	-	-	-	+	+	+	+	d	+	-	d	-
B. magnum	+	+		+	d	+	-	-	ND	+	-	+	+	+	+	+	+	-	d	-

续表

种	山梨醇	L-阿拉伯糖	棉籽糖	D-核糖	淀粉	乳糖	菊粉	纤维二糖	松三糖	葡萄糖酸盐	木糖	甘露糖	果糖	半乳糖	蔗糖	麦芽糖	海藻糖	蜜二糖	甘露醇	水杨苷
B. pullorum	-	-	+	+	-	+	-		-	-	+	-	+	+	+	+	-	-	-	-
B. gallinarum	-	+	+	+	-	-	+		-	-	+	+	+	+	+	+	+	+	-	+
B. suis	-	+	+	+	-	+	+		d	-	+	d	+	+	+	+	+	+	-	+
B. minimum	+	+	-	-	+	+	-		-	-	-	d	d	-	+	+	-	+	-	-
B. subtile	+	+	+	+	+	-	-		-	+	-	-	+	+	+	+	-	+	-	-
B. coryneforme	-	-	+	+	+	-	d		+	-	+	-	+	ND	+	+	d	-	-	d
B. asteroides	-	-	+	+	-	-	ND		-	d	+	-	+	d	+	d	d	+	-	+
B. indicum	-	-	+	-	+	+	-		-	-	-	-	+	d	+	d	+	+	-	+
B. gallicum	-	-	+	+	+	-	-		-	-	+	d	+	+	+	+	+	+	-	+
B. ruminantium	-	+	+	+	+	+	-		-	-	-	-	+	+	+	+	-	-	+	+
B. merycicum	-	+	+	+	+	+	-		-	-	+	-	+-	+-	+	+	-	-	-	+-
B. seaculare	-	+	+	+	-	+-	+		+	-	+	-	+	+-	+	+	+	+	-	-

注："+"表示阳性;"-"表示阴性;"d"表示某些菌株为阳性(21%~79%);ND表示未测定

（第八版）中将双歧杆菌作为正式的属名列入放线菌目的放线菌科。

2.2 不同乳源自然发酵乳中乳酸菌多样性

2.2.1 自然发酵酸马奶中乳酸菌多样性

2.2.1.1 酸马奶介绍

酸马奶是亚洲大陆游牧民族流传下来的酒精性发酵马乳，亦称马奶酒，在英语中称 Koumiss、Kumiss、Kumys 或 Coomys，在蒙古语中，酸马奶也称为 Airag、Arrag（艾日格）或 Chige（chegee）、Chigo（策格），意为"发酵马奶子"。酸马奶是以新鲜马奶为原料，经乳酸菌和酵母菌等微生物共同自然发酵形成的酸性低酒精含量乳饮料。目前，酸马奶仍流行于东欧和中亚地区、东南俄罗斯、蒙古国以及中国的内蒙古、新疆、青海等区域的蒙古族、维吾尔族、哈萨克族等游牧民族中。

传统酸马奶的制作一般用木桶或皮囊，现在大多用陶瓷缸，在通风良好的蒙古包中或室外把缸的底部 30 cm 左右埋入土中。通常把两个缸并排放在那里，发酵温度一般能保持在 20℃左右。每天挤下的鲜马奶经过过滤后添加到发酵缸里，发酵过程为自然发酵，在发酵过程中要经常不停地搅拌，正如古籍中所描述的"以马乳为酒，撞桐乃成也"。搅拌可以使发酵过程中产生的 CO_2 挥发，同时溶入更多的氧气，有利于酵母的发酵，产生酒精。饮用酸马奶时只取一个缸里的酸马奶饮用，另一个缸则作为发酵缸使用。也就是说，先用一个缸发酵最初的第一缸酸马奶，发酵结束后把一部分作为发酵剂转移到另一个缸里，然后陆续添加当天挤出的新鲜马奶，这个缸就成为当天的发酵专用缸。而第一个缸中只留下少量的酸马奶，剩下的都可饮用。第二天，可以喝前一天发酵专用缸中的酸马奶，再把另一个缸作为下一次的发酵缸（孙天松，2006），如此反复形成了酸马奶中特定微生物群落。用于酸马奶制作的发酵剂蒙语称"horongo"，有其特殊的保存方法。通常用以下的几种方法可以保存到第二年（孙天松，2006）。

1）小布袋里装入小米，将酸马奶加入布袋，待酸马奶充分渗透后冷冻或冷藏保存。

2）将发酵容器中剩余的极少量酸马奶放在罐中直接保存。

3）把最后剩余的酸马奶倒入小缸中埋在地下保存。

4）把搅拌棒上沾的酸马奶作为发酵剂直接保存。

5）用干净的毡块蘸吸酸马奶，干燥后保存。

酸马奶制作历时悠久，由以上传统方法保存下来的发酵剂中蕴藏了非常丰富的微生物资源，特别是其中的乳酸菌和酵母菌。

由于酸马奶在蒙医和藏医的药典中有着特殊的应用，特别是近些年来有关乳酸菌益生特性的深入研究，使人们认识到其中的微生物组分可能发挥着重要的作用。因此，有关酸马奶中的微生物，特别是乳酸菌和酵母菌组分的研究一直是世界乳品科学家研究的热点。不少学者在酸马奶中乳酸菌的分离鉴定和乳酸菌群落多样性研究等方面做了大量的工作。典型的酸马奶中乳酸菌的活菌数为 5×10^7 个（Berlin，1962）。Ishii 于 2002 年对蒙古国游牧民族 3 个地区酸马奶的微生物进行了测定，乳酸菌数为 $1.26 \times 10^7 \sim 7.94 \times 10^8$ cfu/mL。随着地理位置的不同和酸马奶制作工艺的差异，其中乳酸菌的活菌数有一定的差异。

2.2.1.2　酸马奶中乳酸菌的多样性

随着少数民族地区游牧生活的减少，马的数量在逐年减少。目前，酸马奶的制作和饮用主要流传于蒙古国以及我国的内蒙古、新疆、青海等地区，所以本书以这些地区的酸马奶为例讨论其中乳酸菌的多样性。

从近些年来国内外发表的文献来看，酸马奶中的乳酸菌主要包括乳杆菌属、肠球菌属、乳球菌属、链球菌属、明串珠球菌属和魏斯氏菌属等 6 个属的 28 个种和亚种，其中乳杆菌属为分离频率最高的一类乳酸菌。不同地区的酸马奶中分离鉴定的乳酸菌中，大致包含了乳杆菌属的 22 个种和亚种。由于样品采集地的不同，以及不同的研究者运用分离鉴定手段的不同，从酸马奶中分离的乳酸菌种属有一定的差异，但也有许多共性。不同的研究者认为瑞士乳杆菌（*Lb. helveticus*）、干酪乳杆菌（*Lb. casei*）、植物乳杆菌（*Lb. plantarum*）、戊糖乳杆菌（*Lb. pentosus*）、马乳酒样乳杆菌（*Lb. kefiranofaciens*）是酸马奶中的优势菌群。其中为多数研究者证实的是：乳杆菌属是酸马奶中乳酸菌最主要的分离株，其中的瑞士乳杆菌是优势菌群。

早在 1997 年，Ishii 等就对蒙古国地区酸马奶样品中的乳酸菌和微生物组分进行了研究。作者对分离自蒙古国酸马奶中的 43 株乳酸菌进行了鉴定，在这些样品中乳酸菌组成以鼠李糖乳杆菌（*Lb. rhamnosus*）和干酪乳杆菌副干酪亚种（*Lb. casei* subsp. *paracasei*）为优势菌群。

2007 年，孙天松等对新疆地区自然发酵酸马奶中乳酸菌的生物多样性进行了研究。他们从 30 份酸马奶中分离出 152 株乳杆菌，采用传统分类鉴定方法对其进行鉴定。结果表明：新疆地区酸马奶中的主要乳酸菌为瑞士乳杆菌（*Lb. helveticus*），占总分离株的 51.3%，其次为嗜酸乳杆菌（*Lb. acidophilus*），占总分离株的 18.4%。干酪乳杆菌假植物亚种（*Lb. casei* subsp. *pseudoplantarum*）占总分离株的 8.6%。此外，还分离到加氏乳杆菌（*Lb. gasseri*）、干酪乳杆菌干酪亚种（*Lb. casei* subsp. *casei*）、弯曲乳杆菌（*Lb. curvatus*）、旧金山乳杆菌（*Lb. sanfrancisco*）、棒状乳杆菌棒状亚种（*Lb. coryniformis* subsp. *coryniformis*）、短乳杆菌（*Lb. brevis*）、植物乳杆菌（*Lb. plantrum*）、同型腐酒乳杆菌（*Lb. homohiechill*）、发酵乳杆菌（*Lb. fermentum*）、德氏乳杆菌保加利亚亚种（*Lb. dellbrueckii* subsp. *bulgaricus*）、瘤胃乳杆菌（*Lb. ruminis*）、卷曲乳杆菌（*Lb. crispatus*）、*Lb. farciminis* 等乳杆菌，但其数量较少。

2007 年，Uchida 等运用 RAPD 技术对蒙古国不同地区的酸马奶（"Airag"）和其他乳源酸奶（"Tarag"）样品中乳酸菌多样性进行了研究。结果表明：瑞士乳杆菌（*Lb. helveticus*）、高加索酸奶乳杆菌（*Lb. kefiri*）是 "Airag" 中的优势菌群，而在 "Tarag" 样品中检测到瑞士乳杆菌（*Lb. helveticus*）、高加索酸奶乳杆菌（*Lb. kefiri*）、发酵乳杆菌（*Lb. fermentum*）、副干酪乳杆菌（*Lb. paracasei*）、耐酸乳杆菌（*Lb. acetotolerance*）、德氏乳杆菌保加利亚亚种（*Lb. delbrueckii* subsp. *bulgaricus*）等乳酸菌菌种。

2008 年，赵蕊等从新疆 15 份酸马奶中分离出 71 株乳酸菌，通过生理生化和 16S rRNA 测序将这些乳酸菌鉴定为 5 个属 11 个种和亚种，其中瑞士乳杆菌（*Lb. helveticus*）是优势菌种。

2009 年，王英等从新疆地区自然发酵酸马奶中分离到 25 株乳酸细菌，经形态特征、生理生化特性和 16S rRNA 序列同源性分析，将这些菌株鉴定为：肠膜明串珠球菌（*Leuc. mesenteroide*）、植物乳杆菌（*Lb. plantarum*）和嗜热链球菌（*S. thermophilus*）。

2010 年，Sun 等对新疆地区自然发酵酸马奶中乳酸菌多样性进行了研究，结果表明：瑞士乳杆菌（*Lb. helveticus*）和植物乳杆菌（*Lb. plantarum*）等是其优势菌群。Hao 等（2010）运用 DGGE 和种属特异性引物 PCR 的方法对新疆地区酸马奶中乳酸菌多样性进行了研究。其中优势菌群为：嗜酸乳杆菌（*Lb. acidophilus*）、瑞士乳杆菌（*Lb. helveticus*）、发酵乳杆菌（*Lb. fermentum*）、马乳酒样乳杆菌（*Lb. kefiranofaciens*）。

比较不同地区自然发酵酸马奶中乳酸菌组成，我们从表 2-8 中可以看出，嗜酸乳杆菌（*Lb. acidophilus*）类群在蒙古国（孟和毕力格，2004）、内蒙古（孟和毕力格，2004）、新疆（孙天松，2007；赵蕊，2008）等地区的样品中都检测到了。瑞士乳杆菌（*Lb. helveticus*）作为优势菌群同样出现在蒙古国、内蒙古、新疆三个地区的自然发酵酸马奶中。不同的研究者都认为瑞士乳杆菌（*Lb. helveticus*）是酸马奶中乳酸菌的优势菌群（孟和毕力格，2004；孙天松，2007；Uchida *et al.*，2007；Watanabe *et al.*，2008；Sun *et al.*，2010）。不同的研究者从蒙古国地区自然发酵酸马奶中都分离到了干酪乳杆菌（*Lb. casei*），例如，Burentegusi（2002）、孟和毕力格（2004）、Watanabe 等（2008）、Yu 等（2011）都在其研究中报道了干酪乳杆菌在自然发酵酸马奶中的存在。在内蒙古地区酸马奶样品中干酪乳杆菌（*Lb. casei*）也是不同研究者分离频率最高的菌群（An *et al.*，2004；Wu. *et al.*，2009；Sun *et al.*，2010）。另外，不同的研究者分别从蒙古国、内蒙古、新疆等三个地区的酸马奶中都检测到了棒状乳杆菌棒状亚种（*Lb. coryniformis* subsp. *coryniformis*）、马乳酒样乳杆菌（*Lb. kefiranofaciens*）、弯曲乳杆菌（*Lb. curvatus*）等乳杆菌。可见这三种乳杆菌也是自然发酵酸马奶中的常见菌群。自然发酵酸马奶中分离的球菌主要包括乳球菌属、肠球菌属、明串珠球菌属、链球菌属等乳酸菌。不同研究者报道的肠球菌属有：耐久肠球菌（*E. durans*）（赵蕊等，2008），屎肠球菌（*E. faecali*）（熊索玉等，2007），粪肠球菌（*E. faecium*）（Watanabe *et al.*，2008）。乳球菌属有：乳酸乳球菌乳酸亚种（*Lc. lactis* subsp. *lactis*）（赵蕊等，2008；Watanabe *et al.*，2008）、乳酸乳球菌乳脂亚种（*Lc. lactis* subsp. *cremoris*）（An *et al.*，2004）；明串珠球菌属有：肠膜明串珠球菌（*Leuc. mesenteroides*）（熊索玉等，2007；赵蕊等，2008；Watanabe *et al.*，2008）；链球菌属有：嗜热链球菌（*S. thermophilus*）（熊索玉，2007；赵蕊等，2008；Watanabe *et al.*，2008）。

表 2-8　不同地区酸马奶中乳酸菌的组成及分布

地区	样品数量	分离株数量	乳酸菌组成	数量	优势菌群	参考文献
蒙古国	3	—	*Lb. helveticus*	—	*Lb. helveticus*	Uchida *et al.*，2007
			Lb. kefiri			
			Lb. paracasei			
			Lb. plantarum			
			Lb. farciminis			
			Lb. curvatus			
	22	184	*Lb. helveticus*	93	*Lb. helveticus*	Watanabe *et al.*，2008
			Lb. kefiranofaciens	35	*Lb. kefiranofaciens*	
			Lb. casei	13		
			Lb. diolivorans	1		
			Lb. farciminis	1		
			Lb. higardii	1		
			Lb. kefiri	4		
			Lb. parafarranginis	1		
			Lb. plantarum	8		

续表

地区	样品数量	分离株数量	乳酸菌组成	数量	优势菌群	参考文献
			Lc. lactis subsp. *lactis*	7		
			Leuc. mesenteroides	13		
			Leuc. pseudomesenteroides	2		
			Lb. fermentum	1		
			Lactococcus	2		
			S. thermophilus	1		
			E. faecium	1		
	5	30	*Lb. acidophilus group*	20	*Lb. acidophilus group*	孟和毕力格，2004
			Lb. casei	1		
			Lb. plantarum	9		
			Lb. paracase subsp. *paracase*	—		Burentegusi，2002
			Lb. coryniformis subsp. *coryniformis*	—		
			Lb. curvatus			
			Lb. kefiranofaciens			
内蒙古	16	48	*Lb. casei*	17	*Lb. casei*	Wu *et al.*，2009
			Lb. helveticus	10		
			Lb. plantarum	8		
			Lb. coryniformis subsp. *coryniformis*	5		
			Lb. paracasei	3		
			Lb. kefiranofaciens	2		
			Lb. curvatus	1		
			Lb. fermentum	1		
			W. handleri	1		
			Lb. kefiranofaciens	2		
		117	*Lb. plantarum*	48%	*Lb. plantarum*	An *et al.*，2004
			Lb. pentosus	33%		
			Lc. lactis subsp. *cremoris*	19%		

续表

地区	样品数量	分离株数量	乳酸菌组成	数量	优势菌群	参考文献
	16	41	*Lb. casei*	14	*Lb. casei*	Sun *et al.*, 2010
			Lb. helveticus	12		
			Lb. plantarum	10		
			Lb. diolivorans	2		
			Lb. kefiri	1		
			Lb. reuteri	2		
		43	*Lb. pacracasei* subsp. *casei*	81%	*Lb. pacracasei* subsp. *casei*	Ishii, 1997
			Lb. rhamnosus	10%		
			Lb. paracasei subsp. *tolerans*	2%		
			Lb. curvatus	7%		
	15	53	*Lb. casei*			贺银凤等，2002
	16	50	*Lb. casei*	16		孟和毕力格，2004
			Lb. plantarum	6		
			Lb. acidophilus group	10		
			Lb. paracasei subsp. *paracase*	3		
			Lb. coryniformis subsp. *corniformis*	5		
			Lb. curvatus	1		
			Lb. kefiranofaciens	2		
			Lb. fermentum	1		
			W. kandleri	1		
			W. paramesenteroides	1		
		12	*Lb. casei*	3	*Lb. casei*	李少英，2002
			Lb. acidophilus	6		
新疆	28	119	*Lb. helveticus*	99	*Lb. helveticus*	Sun *et al.*, 2010
			Lb. plantarum	10		
			Lb. casei	4		
			Lb. kefiranofaciens	2		

地区	样品数量	分离株数量	乳酸菌组成	数量	优势菌群	参考文献
			Lb. fermentum	1		
			Lb. pontis	1		
	30	152	*Lb. helveticus*	51.3%	*Lb. helveticus*	孙天松，2007
			Lb. acidophilus	18.4		
			Lb. casei subsp. *pseudoplantarum*	8.6%		
			Lb. casei subsp. *casei*			
			Lb. curvatus			
			Lb. sanfrancisc			
			Lb. coryniformis subsp. *coryniformis*			
			Lb. gasserio			
			Lb. brevis			
			Lb. plantrum			
			Lb. homohiechill			
			Lb. fermentum			
			Lb. dellbrueckii subsp. *bulgaricus*			
			Lb. ruminis			
			Lb. crispatus			
			Lb. farciminis			
			Lb. hilgardii			
	15	71	*Lb. helveticus*	26	*Lb. helveticus*	赵蕊，2008
			Lb. fermentum	10		
			Lb. plantarum	3		
			E. durans	3		
			E. hirae	1		
			S. thermophilus	8		
			S. bovis	2		
			Lc. lactis subsp. *lacis*	2		
			Leuc. mesenteroides subsp. *dextranicum*	3		

续表

地区	样品数量	分离株数量	乳酸菌组成	数量	优势菌群	参考文献
			Leuc. lactis	3		
	8	27	*Lb. casei*	2	*Lb. pentosus*	熊索玉，2007
			Lb. alimentarius	1		
			Lb. jensenii	2		
			Lb. acetotolerans	2		
			Lb. pentosus	5		
			Lb. delbrueckii	2		
			Lb. plantarum	3		
			Lb. zeae	1		
			E. faecali	2		
			S. thermophilus	1		
			Lc. plantarum	3		
			Leuc. mesentaroides	1		
青海	2	11	*Lb. plantarum*	7	*Lb. plantarum*	Sun *et al.*，2010
			Lb . helvetics	3		
			Lb. debrueckii	1		

2.2.2 自然发酵酸驼奶中乳酸菌多样性

2.2.2.1 骆驼及驼奶介绍

骆驼（*Camelidae*）分为单峰驼和双峰驼，主要生活在荒漠和半荒漠地带。由于其特殊的生理特性如：能耐饥渴、能在沙漠中行走等，被看作是沙漠里的重要"交通工具"，素有"沙漠之舟"的美称。主要分布在苏丹等非洲国家、阿拉伯国家、印度、蒙古国和我国的西北地区。据联合国粮农组织（FAO）1987年统计，全世界约有骆驼1908万头，其中索马里的骆驼数量居全世界第一，约为685.5万头，同时它也是世界上最大的驼乳生产国；苏丹位列第二，约有280万头；印度第三，约为145万头。我国的骆驼主要生活在内蒙古、新疆、青海、甘肃、宁夏等偏远地区。我国是世界上双峰驼的主要分布区域之一，目前全国约有骆驼25万头（吉日木图等，2009）。

骆驼为古代东西方文明的沟通做出了巨大的贡献，为人们所熟知。而酸驼奶却并不为太多数的人熟悉，主要原因是骆驼数量少，分布范围窄，大多生活在一些发展中和不发达国家，而且骆驼种群数量在急剧减少。以我国为例，1993 年骆驼数量为 40.1 万头，10 年后就减少到 26.4 万头。另一方面，驼乳产量非常有限，这主要是由于泌乳量受到母驼品种、营养状况、环境、繁殖、泌乳阶段、母乳期、有无幼驼等综合因素的影响。事实上，酸驼奶是一种营养丰富、医药价值高、有抗菌活力的饮料。Mehaia 等（2006）报道，驼奶中主要含有 5 种矿物元素和 4 种微量元素，例如，100 g 驼乳中平均含有钙 116 mg、镁 12.3 mg、磷 87.4 mg、钠 67.7 mg、钾 14.4 mg、铜 0.14 mg、铁 0.23 mg、锰 0.08 mg、锌 0.59 mg。驼奶与牛奶的成分相似，含有人体所有必需的营养元素。驼奶中的乳糖含量比牛奶低，而钾、镁、铁、铜、锰、钠和锌含量比牛奶高。脂肪球比牛奶小。驼奶中的 V_C 含量为牛奶的 3 倍。另外，驼奶的营养成分会因品种、季节、饲养系统、产奶条件的不同而有所差异。

2.2.2.2　酸驼奶中乳酸菌多样性

酸驼奶在哈萨克语中称为"Shubat"，在蒙古语中称为"Hogormag"，它是以新鲜驼奶为原料，加入传统发酵剂，经乳酸菌和酵母菌自然发酵而形成的一种酸性乳饮料。由于骆驼数量少，分布范围窄等原因，有关酸驼奶中微生物成分研究的报道较少。在国外，非洲和阿拉伯地区有关酸驼奶中乳酸菌的多样性研究有以下报道：

2006 年，Sulieman 等发表的一篇论文从 20 份苏丹传统发酵酸驼奶（Garris）样品中分离到了 100 株乳酸菌。通过生理生化和糖发酵实验这些乳酸菌被鉴定为乳杆菌属（占总分离株的 74%），乳球菌属（占总分离株的 12%），肠球菌属（占总分离株的 10%）和明串珠球菌属（占总分离株的 4%）。在乳杆菌属中，数量最多的是副干酪乳杆菌副干酪亚种（*Lb. paracasei* subsp. *paracasei*），包括 64 株。其次是发酵乳杆菌（*Lb. fermentum*，包括 7 株）。在这项研究中乳杆菌的另一个种是植物乳杆菌（*Lb. plantarum*）。乳球菌属乳酸菌全部鉴定为：乳酸乳球菌（*Lc. Lactis*）。

2008 年，Watanabe 等对蒙古国地区自然发酵酸驼奶中乳酸菌组成进行了研究，他们从 5 份样品中分离到 15 株乳酸菌，通过传统生理生化鉴定和分子生物学方法将这些乳酸菌鉴定为：干酪乳杆菌（*Lb. casei*）、瑞士乳杆菌（*Lb. helveticus*）、马乳酒样乳杆菌（*Lb. kefiranofaciens*）、清酒乳杆菌（*Lb. kefiri*）、植物乳杆菌（*Lb. plantarum*）等。

2009 年，Rahman 等对哈萨克斯坦传统发酵酸驼奶（shubat）中乳酸菌群落结构进行了研究：从 7 份样品中分离到 48 株乳酸菌，通过分子生物学方法将这些乳酸菌鉴定到短乳杆菌（*Lb. brevis*）、清酒乳杆菌（*Lb. sakei*）、瑞士乳杆菌

（*Lb. helveticus*）、乳明串珠球菌（*Leuc. Lactis*）、粪肠球菌（*E. feacalis*）、屎肠球菌（*E. faecium*）和赫伦魏斯氏菌（*W. hellenica*）等菌种。

2009 年，Ashmaig 等从 12 份苏丹传统发酵酸驼奶（Garris）样品中分离到了 24 株乳酸菌，通过表型特征和生理生化特性研究将这些菌株分为 11 个类群，然后进行了种属鉴定，其中数量最多的是植物乳杆菌（*Lb. plantarum*），占总分离株的 66.6%。其次为棉籽糖乳球菌（*Lc. raffinolactis*），占总分离株的 33.3%。另外，还分离到了动物乳杆菌（*Lb. animalis*）、短乳杆菌（*Lb. brevis*），广布乳杆菌（*Lb. divergens*），鼠李糖乳杆菌（*Lb. rhamnosus*），格氏乳杆菌（*Lb. gasseri*）、副干酪乳杆菌（*Lb. paracasei*）、发酵乳杆菌（*Lb. fermentum*）、消化乳球菌（*Lc. alimentarium*）等一些菌种。

国内对自然发酵酸驼奶中乳酸菌的研究也比较少，仅有对内蒙古地区酸驼奶中乳酸菌的分离鉴定作过一些有限的报道，这些数据大部分来源于内蒙古农业大学"乳品生物技术与工程"教育部重点实验室的研究。

2001 年，孟和毕力格从内蒙古西部地区采集 11 份自然发酵双峰驼酸奶，从中分离到 30 株乳酸菌。经形态学特征、生理生化以及糖类发酵特性的研究，这些乳酸菌分别归属于乳杆菌属、乳球菌属、肠球菌属和明串珠菌属 4 个属的 14 个种。乳杆菌属中有 1 株德氏乳杆菌乳酸亚种（*Lb. delbrueckii* subsp. *Lactis*），5 株干酪乳杆菌干酪亚种（*Lb. casei* subsp. *casi*），4 株植物乳杆菌（*Lb. plantarum*）。另外，干酪乳杆菌假植物亚种（*Lb casei.* subsp. *pseudoplanlrum*）、发酵乳杆菌（*Lb. ferrmentum*）、弯曲乳杆菌（*Lb. curvafus*）、香肠乳杆菌（*Lb. farciminis*）和嗜酸乳杆菌（*Lb. acidophilus*）群的菌株各 1 株。乳酸乳球菌乳亚种（*Lc.* subsp. *lactis*）2 株；粪肠球菌（*E. faecalis*）2 株，鸟肠球菌（*E. avium*）1 株和耐久肠球菌（*E. durans*）2 株；肠膜明串珠球菌葡聚糖亚种（*Leuc. mesenteroides* subsp. *dextranium*）2 株和肠膜明串珠球菌肠膜亚种（*Leuc. mesenteroides* subsp. *mesenteroides*）1 株。

2004 年，Shuangquan 等从内蒙古酸驼奶中分离鉴定出 55 株乳酸菌和 22 株酵母菌，其中乳酸菌分离数量最多的是屎肠球菌（*E. faecium*）。还分离鉴定出了的乳酸乳球菌乳脂亚种（*Lc.* subsp. *cremoris*）和乳明串珠球菌（*Leuc. lactis*）两种球菌，以及嗜酸乳杆菌（*Lb. acidophilus*）、瑞士乳杆菌（*Lb. helveticus*）、干酪乳杆菌（*Lb. casei*）等三种主要乳杆菌。

从现有的文献资料来看，自然发酵酸驼奶中，乳酸菌组成主要包括乳酸菌的 5 个属，总包括 32 个种和亚种（表 2-9）。其中优势菌群为：植物乳杆菌（*Lb. plantarum*），干酪乳杆菌（*Lb. casei*），粪肠球菌（*E. faecium*）和清酒乳杆菌（*Lb. sakei*）。由于不同的国家和地区，以酸驼奶为原料制作的乳制品其制作工艺有较大的差别，所以不同地区自然发酵酸驼乳制品中乳酸菌的多样性有一定的区别，而且优势菌群的种类也有很大的差别。

表 2-9　自然发酵酸驼奶中乳酸菌多样性

乳酸菌种属	数量/株	优势菌群	样品名称及来源地
E. avium	1[d]		酸驼奶 中国
E. durans	2[d]		酸驼奶 中国
E. faecalis	−[b]；2[d]		Shubat 印度；酸驼奶 中国
E. Faecium	−[b]；−[e]	优势菌群	Shubat 印度；酸驼奶 中国
Lb. casei. subsp. pseudoplanlrum	1[d]		酸驼奶 中国
Lb. acidophilus	1[d]；−[e]		酸驼奶 中国
Lb. animalis			
Lb. brevis	1[a]；−[b]		Gariss 苏丹；Shubat 印度
Lb. casei subsp. casei	5[d]		酸驼奶 中国
Lb. casei	−[e]		酸驼奶 中国
Lb. curvafus	1[d]		酸驼奶 中国
Lb. delbrueckii subsp. lactis			
Lb. divergens	1[a]		Gariss 苏丹
Lb. farcimini	1[d]		酸驼奶 中国
Lb. fermentum	1[a]；7[c]；1[d]		Gariss 苏丹
Lb. gasseri	1[a]		Gariss 苏丹
Lb. helveticus	−[b]；−[e]		Shubat 印度；酸驼奶 中国
Lb. kefiranofaciens			
Lb. kefiri			
Lb. paracasei subsp. paracasei	64[c]	优势菌群	Garris 苏丹
Lb. paracasei	1[a]		Garris 苏丹
Lb. plantarum	7[a]；3[c]；4[d]	优势菌群 a	Garris 苏丹；酸驼奶 中国
Lb. rhamnosus	1[a]		Garris 苏丹
Lb. sakei	−[b]	优势菌群	Shubat 印度
Lc. alimentarium	1[a]		Garris 苏丹
Lc. lactis	−[b]；2[d]		Shubat 印度；酸驼奶 中国
Lc. raffinolactis	6[a]		Gariss 苏丹
Lc. subsp. cremoris	−[e]		酸驼乳 中国
Leuc. lactis	−[b]；−[e]		Shubat 印度；酸驼奶 中国

续表

乳酸菌种属	数量/株	优势菌群	样品名称及来源地
Leuc. mesenteroides subsp. *dextranium*	2[d]		酸驼奶 中国
Leuc. mesenteroides subsp. *mesenteroides*	1[d]		酸驼奶 中国
W. hellenica	—[b]		Shubat 印度

注："a"代表数据来源于文献 Ashmaig *et al.*，2009；"b"代表数据来源于文献 Rahman *et al.*，2009；"c"代表数据来源于 Sulieman *et al.*，2006；"d"代表数据来源于文献孟和毕力格，2004；"e"代表数据来源于 Shuangquan *et al.*，2004

2.2.3　自然发酵酸牛奶及其制品中乳酸菌多样性

2.2.3.1　牛奶及酸奶制品

　　牛奶是一种营养物质均衡的全价食品，是除人乳和羊乳之外最富营养的食品之一。牛奶中含有优质的蛋白质、多种维生素、充足的钙和乳糖。牛奶经过乳酸菌发酵后，除含有原有的营养物质外，其氨基酸和维生素的含量也进一步增加。一些矿物元素如铁、钾、钙、磷等的含量也比发酵前明显增加，同时酸牛奶含有的乳酸菌等有益微生物还会抑制人体肠道中的腐败菌，有促进营养物质的消化吸收等功效。在我国，少数民族地区人民运用牛奶制作各种乳制品，其中包括酸奶、发酵性奶酪、发酵奶油、奶皮子、奶豆腐和云南乳扇等。这其中大部分乳制品的制作是经过自然发酵制作而成的，其中微生物组分尤其是乳酸菌和酵母菌在这些产品的品质和风味形成的过程中起着决定性作用。

　　目前我国市场上销售的酸奶及其制品，以牛奶为原料乳的主导产品。近年来，随着亚太地区经济的快速发展，人们消费日益提升，益生菌酸奶在亚太地区开始流行。据 2011 年 5 月 25~26 日在杭州召开的"第六届乳酸菌与健康国际研讨会暨 2011 年 CIFST 乳酸菌分会年会"报道：即饮型和勺食型益生菌酸奶占全球酸奶三分之一的零售额，而在亚太地区，这一比例高达 54%。2010 年亚太地区即饮型益生菌酸奶零售额同比上一年增长 4%，勺食型酸奶增长 9%。不仅如此，2010 年亚太地区益生菌膳食补充剂的销售额约占全球总销售额的四分之一。中国大陆在该地区中销售增长最快，销售额在 2005~2010 年期间增长了 73%。其次是韩国增长了 71%，印尼增长 45%，中国台湾地区增长 38%。中国乳酸菌产业一直保持着快速增长的势头。2010 年，中国发酵乳及乳酸菌饮料市场已突破 300 亿元人民币。随着肯德基、麦当劳等西方快餐广泛进入平常百姓的生活中，其重要配料——奶酪也被我国消费者所广泛接受。我们本土的奶酪及其他乳制品必然有其广阔的发展空间。所以说自然发酵乳制品中丰富的乳酸菌资源给了我们宝贵的资源和无限的商机。

讲到我国本土的传统奶酪，乳扇是不可或缺的重要主题。乳扇是云南大理白族地区的一种具有民族特色和较高营养价值的乳制品。邓川奶牛是我国南方唯一的乳用黄牛品种。洱源县邓川一带早年因产地方奶牛品种，并用牛奶制作乳扇而闻名，据史料记载邓川在清代以前就以乳制品"乳扇"和"酥油"而闻名于世。

乳扇的传统制作方法主要是利用酸乳清凝乳，然后经揉搓、拉伸等工艺制作。乳扇的制作过程如下：①原始酸浆经过一夜的放置和发酵，酸浆的 pH 为 2.5~3.0，并将酸浆提前加热到 40~50℃；②在酸浆中加入原料乳，并逐渐加热，使其凝块；③排出乳清；④凝乳块经揉搓、拉伸，然后形成条形；⑤将制作好的乳扇缠在木架上放在太阳下晾晒；⑥乳扇成品。

乳扇酸乳清，也称酸浆，相当于酸奶生产中的发酵剂。它的形成是将制作乳扇后剩下的乳清盛入清洁的瓦罐中，让其自然发酵，在各种乳酸菌的作用下，经过 3~5 天的自然发酵，pH 为 3.45~3.87 时即可用于制作乳扇。酸浆的原始种往往都会长时间保存，作为种子发酵剂使用。新鲜乳扇及酸乳清中含有一定数量的乳酸菌，赋予乳扇特有的风味和质地。国内不少学者和研究机构对乳扇和制作乳扇所用酸乳清中乳酸菌的多样性做了大量的研究工作。

2.2.3.2　酸牛奶中乳酸菌多样性

乳酸菌资源不仅给企业带来了巨大的商业利润，促进了企业的持续发展和品牌价值的不断提升，而且是未来乳业技术竞争的核心。随着人们对肠道微生物与健康关系研究的深入，乳酸菌越来越受到人们的重视。我国少数民族地区和蒙古国牧区由于仍然保留最为古老的传统乳制品制作工艺和原生态的微生物区系。这些地区其发达的畜牧业和丰富的乳酸菌资源受到越来越多乳品科学家和乳酸菌研究者的重视。不少学者对这些地区自然发酵乳制品中乳酸菌多样性和群落结构进行了研究。

2008 年，Watanabe 等对蒙古国地区的自然发酵乳制品中乳酸菌进行了较为系统的研究。他们从蒙古国不同地区采集 Tarag 样品（包括自然发酵酸马奶、酸驼奶、酸牦牛奶、酸山羊奶、酸牛奶）共计 53 份，运用纯培养和分子生物学方法对其中乳酸菌多样性和群落结构进行了研究。结果表明：干酪乳杆菌（*Lb. casei*）、马酒样乳杆菌（*Lb. kefiranofaciens*）、乳酸乳球菌乳酸亚种（*Lc. lactis* subsp. *lactis*）和肠膜明串珠球菌（*Leuc. mesenteroides*）在酸马奶中的分离频率要显著高于在其他乳源乳制品频率。而德氏乳杆菌保加利亚亚种（*Lb. delbrueckii* subsp. *bulgaricus*），发酵乳杆菌（*Lb. fermentum*）和嗜热链球菌（*S. thermophilus*）在其他乳源乳制品中的分离频率要显著高于酸马奶。其他乳源乳制品中的优势菌群德氏乳杆菌保加利亚亚种（*Lb. delbrueckii* subsp. *bulgaricus*），发酵乳杆菌（*L. fermentum*）和嗜热链球菌（*S. thermophilus*）要显著高于酸马奶中。另外，在这一研究中作者还比较了不同地理位置对酸马奶和其他自然发酵乳制品（酸牛奶、酸羊奶、酸驼奶）中乳酸菌和酵母菌组成的影响。酸马奶中乳酸菌组成不受地理位置的影响。而其他乳源乳制品中乳酸菌组成会随着不同地理来源而有一定的变化。例如，马酒样乳杆菌（*Lb. kefiranofaciens*）仅能从沙漠来源的山羊奶中分离到，而不能从森林草原来源的山羊奶中分离到。而嗜热链球菌（*S. thermophilus*）仅能从森林草原的牛奶和酸牦牛奶样品种分离到。基于分离乳酸菌菌株数量的有限性和作者对研究结果的客观性和科学性的考虑，作者认为：不同的乳源对自然发酵乳制品中的乳酸菌组成的影响要显著高于不同地理位置对乳酸菌群落结构的影响，所以乳源是影响自然发酵乳制品中乳酸菌多样性的主要因素。

在国内也有不少研究机构和学者对少数民族地区自然发酵酸牛乳中乳酸菌多样性进行了研究。其中研究得最为系统的是内蒙古农业大学"乳品生物技术与工程"教育部重点实验室，其从事近10多年的乳酸菌菌种资源库建设和多样性研究工作。其中自然发酵酸牛奶及其制品中乳酸菌多样性研究工作如下：

2010年，Airidengcaicike等从西藏地区采集的44份自然发酵酸牛乳中分离乳酸菌171株，并对西藏地区不同样品中乳酸菌多样性进行了系统研究。西藏地区不同乳源中分离到的171株乳酸菌被鉴定为4个属，12个种和亚种。不同乳源中所分离的乳酸菌的属的类型是一样的。作者认为：西藏藏南和藏北地区由于气候特征不同，乳酸菌种属有一定的差异，藏南地区属于谷地，气候较为暖和，而藏北地区属高原，气候较为寒冷。所以在寒冷的地区分离到的乳酸菌以中温性乳酸菌〔如乳球菌（*Lactococcus*）和明串珠球菌（*Leuconostoc*）〕为主。而较为温暖的地区则以高温型乳酸菌为主，如乳杆菌（*Lactobacillus*）和嗜热链球菌（*S. thermophilus*）。在本次研究中，从藏南和藏北地区采集的发酵乳中分离的乳酸菌种属和优势菌群结构如表2-10所示。

表2-10　西藏藏南谷地和藏北高原自然发酵牛乳中乳酸菌的种类及数量

菌种名称	不同地区	
	藏南谷地（日喀则地区）	藏北高原（拉萨、那曲地区）
E. faecium	3	1
E. durans	7	9
Lb. fermentum	1	52
Lb. casei	24	25
Lb. plantarum	10	2

续表

菌种名称	不同地区	
	藏南谷地（日喀则地区）	藏北高原（拉萨、那曲地区）
Lb. helveticus	2	4
Lb. curvatus	2	0
Lc. lactis subsp. *latis*	7	4
Lc. lactis subsp. *cremoris*	3	5
Lc. garviea	1	0
Leuc. mesenteroides	0	5
Leuc. pseudomesenteroides	0	0
总计	60	107

同时作者也分析到，由于气候不同藏南和藏北地区饲养的牛畜种也不同，因而乳源也不同，导致乳酸菌的优势菌群略有差异。藏南的日喀则地区乳酸菌以干酪乳杆菌（*Lb. casei*）和植物乳杆菌（*Lb. plantarum*）为主，而藏北的那曲，拉萨地区则以发酵乳杆菌（*Lb. fermentarum*）和干酪乳杆菌（*Lb. casei*）为主。

2011 年，Liu 等报道从我国内蒙古东部地区采集自然发酵酸牛奶样品 198份，从中分离乳酸菌 790 株。经过生理生化分析、16S rRNA 基因序列分析和DGGE 等手段分析，将所有乳酸菌鉴定到种和亚种水平。790 株分离株共包括乳酸菌的 31 个种和亚种。其中瑞士乳杆菌（*Lb. helveticus*）总数为 153 株，占总分离株的 19.4%；乳酸乳球菌乳酸亚种（*Lc. lactis* subsp. *lactis*）共计 132 株，占总分离株的 16.7%；干酪乳杆菌（*Lb. casei*），共计 106 株，占总分离株的 11.0%。这三种乳酸菌是内蒙古东部地区自然发酵酸牛乳中的优势乳酸菌。

经过近十年的科学研究和工作积累内蒙古农业大学"乳品生物技术与工程"教育部重点实验室，对我国西部少数民族地区和蒙古国牧区自然发酵酸牛乳中乳酸菌生物多样性作了最为详细的研究，发表了一系列的科研论文，详细阐述了不同地区，不同制作工艺下自然发酵酸牛奶中乳酸菌的生物多样性（Liu *et al.*，2009；Sun *et al.*，2010a，2010b；Yu *et al.*，2010；Airidengcaicike *et al.*，2010；Liu *et al.*，2011）。内蒙古酸牛奶及其制品中，干酪乳杆菌（*Lb. casei*）、瑞士乳杆菌（*Lb. helveticus*）、乳酸乳球菌、肠膜明串珠球菌是乳酸菌的优势菌群。而甘肃、四川藏族居住地区自然发酵酸牛奶及其制品中，瑞士乳杆菌、干酪乳杆菌、肠膜明串珠球菌和嗜热链球菌是其优势菌群。云南特产乳扇中，瑞士乳杆菌和发酵乳杆菌是其优势菌群。而蒙古国自然发酵酸牛乳中，以瑞士乳杆菌、德氏乳杆菌保加利亚亚种、嗜热链球菌为优势菌群（表 2-11）。

表 2-11　不同地区自然发酵酸牛奶中乳酸菌种属及数量比较

乳酸菌种属	内蒙古	西藏	云南	甘肃及四川藏区	蒙古国
E. durans	10	7	1	9	3
E. faecalis	6	2			1
E. faecium	5			1	
E. italicus	1				
Lb. acetotolerans	1				
Lb. brevis	4			4	3
Lb. casei	106			31	16
Lb. crispatus	1				
Lb. crustorum		1			
Lb. curvatus	1				
Lb. delbrueckii subsp. *bulgaricus*	4			11	129
Lb. diolivorans	68			1	15
Lb. fermentum	5	1	10	10	42
Lb. helveticus	153	2	56	88	169
Lb. hilgardii	4		1	1	
Lb. kefiranofaciens subsp. *kefiranofaciens*	3				
Lb. kefiranofaciens subsp. *kefirgranum*	9		5		
Lb. kefirgranum	10		8		
Lb. kefiri	27		1		7
Lb. parabuchneri	15				
Lb. plantarum	68	8	1	4	7
Lb. pontis	5				
Lb. reuteri	11				
Lb. rhamnosus	4				
Lc. garvieae		1	2		
Lc. lactis subsp. *cremoris*	6	3		6	
Lc. lactis subsp. *lactis*	132	9	4		6
Lc. raffinolactis	3			13	
Leuc. lactis	2	1		1	22
Leuc. mesenteroides	6				38
Leuc. mesenteroides subsp. *mesenteroides*	97	3		49	16
Leuc. pseudomesenteroides	5				
S. thermophilus	18			38	182

2.2.4　自然发酵酸羊奶中乳酸菌多样性

2.2.4.1　羊奶及其产品介绍

羊奶在国际营养学界被称为"奶中之王"，羊奶蛋白质含量较牛奶高，其中酪蛋白占75%，α-S1酪蛋白占总蛋白的1%～3%，β-乳球蛋白的含量比牛奶低。羊奶的脂肪球小，只有牛奶的1/3。羊奶中矿物质较多，总含量为0.85%，钙、磷含量较牛奶多20%。羊奶中含有和人乳一样的活性因子——上皮细胞生长因子。羊奶中的维生素及微量元素明显高于牛奶。美国和欧洲的部分国家均把羊奶视为营养佳品，欧洲鲜羊奶的售价是牛奶的7倍。然而，由于羊的泌乳量小，羊奶产量较少，国内以羊奶开发的产品极少。

我国羊奶的重要产地在云南省，云南省路南彝族自治县是全国的奶山羊基地之一。其草场广阔，畜牧业发达，尤以放牧奶山羊为特色。乳饼是云南特产，也是云南省贫困山区和半山区畜产品的重要组成部分，资源分布广，产量十分可观。仅林县年产乳饼就达60余万千克。

乳饼是彝族人民在长期生产和生活实践中自制出来的一种风味独特、营养丰富的美味食品，是云南西北各民族常食用的一种乳酪（cheese），白语称为"yond bap"，是用羊奶制成的。乳饼的加工方法简单，风味纯正、营养价值很高，其中蛋白质含量高达20.4%，必需氨基酸占氨基酸总量的41%以上，且含各种微量元素，其中钙、磷含量较高，是补充钙的理想优质营养食品（吴少雄等，2005；Liu *et al.*，2011）。乳饼的制作过程如下：乳饼以新鲜羊奶为原料，用洁净的纱布过滤后倒入锅中，以文火煮至微沸，再按一定比例加进卤水或者是一种名叫奶藤的野生植物提取液（pH为2.5），山羊奶的pH达到5.0左右，酸化后混合均匀，静置30 min，使之凝结为絮状物，再用纱布包住进行挤压，滤去酸水，即成四方形0.5～1 kg乳白色的乳饼，一般5 kg奶可制1 kg乳饼（Zhang *et al.*，2009）。其工艺原理和工序与制作豆腐有异曲同工之妙，用山羊奶制成的乳饼质量最好，白色块状可为上品。

云南大多数山区和半山区具有饲养奶山羊和制作乳饼的传统习惯，且自然条件优越，饲料资源丰富。但由于保质期短，不便运输，使市场销售受到很大限制，开发保存期长、质量稳定的保鲜包装乳饼很有潜力可挖，其市场开发潜力极大。我国其他地区（如内蒙古自治区、青海省）也有一定数量的山羊、绵羊。在这些地区也有制作羊乳发酵乳制品的传统，但产量都有限。值得一提的是：这些传统羊乳发酵制品中蕴藏着丰富的微生物资源，尤其是乳酸菌，是未来乳品工业和益生菌产业发展的宝贵资源和核心竞争力。

2. 2. 4. 2　酸羊奶及其制品中乳酸菌多样性

羊奶由于其特殊的营养成分，可以作为婴幼儿的母乳代替品，一直是营养学家和乳品科学家关注的对象。近些年来其发酵乳制品也受到各国微生物学家和乳品科学家的重视，在国外，已有一些研究机构和学者对自然发酵羊乳制品中的微生物组分，特别是对乳酸菌群落结构和多样性进行了研究报道。

2004 年，Guessas 和 Kihal 对阿尔及利亚地区酸羊乳中乳酸菌进行了分离、鉴定和多样性研究。他们认为乳球菌属乳酸菌是该地区酸羊乳中的优势菌群。

2000 ~ 2002 年，Tserovska 等对保加利亚首都索菲亚地区自然发酵酸羊乳中乳酸菌进行了分离鉴定和特性研究。结果表明，嗜酸片球菌（*P. acidilactici*）、戊糖片球菌（*P. pentosaceus*）、德氏乳杆菌保加利亚亚种（*Lb. delbrueckii* subsp. *bulgaricus*）、瑞士乳杆菌（*Lb. helveticus*）、植物乳杆菌（*Lb. plantarum*）是其乳酸菌组成成分。

2008 年，Watanabe 等对蒙古国地区自然发酵乳制品中乳酸菌多样性进行了研究，其中酸羊奶中乳酸菌组成主要包括：干酪乳杆菌（*Lb. casei*）、发酵乳杆菌（*Lb. fermentum*）、瑞士乳杆菌（*Lb. helveticus*）、德氏乳杆菌保加利亚亚种（*Lb. delbrueckii* subsp. *bugaricus*）、马乳酒样乳杆菌高加索酸奶粒亚种（*Lb. kefiranofaciens* subsp. *kefirgranum*）等种属。

2010 年，Colombo 对意大利自然发酵酸羊奶及其奶酪中的乳酸菌进行了研究。作者在乳制品制作的不同阶段，分析了其乳酸菌群落结构和优势菌群组成。结果表明，乳球菌属是鲜乳中的优势菌群，在产品成熟过程中这一菌群数量在下降，而在成熟的产品中肠球菌属是最主要的菌群。同时也分离到了肠膜明串珠球菌（*Leuc. mesenteroides*）、乳明串珠球菌（*Leuc. lactis*）、植物乳杆菌（*Lb. paraplantarum*）等菌种。

在国内，也有不少学者对羊奶及其制品，如发酵乳、乳饼中乳酸菌多样性进行研究的报道。

内蒙古农业大学"乳品生物技术与工程"教育部重点实验室，对我国云南少数民族地区自然发酵羊奶及其制品中乳酸菌多样性进行了详尽的研究，发表了一系列的研究论文（Liu *et al.*，2009；Sun *et al.*，2010；Yu *et al.*，2011）。从相关的研究者报道来看，酸羊乳制品中乳酸菌组成和数量如表 2-12 所示。从表中可以看出，乳杆菌属的干酪乳杆菌（*Lb. casei*）、瑞士乳杆菌（*Lb. helveticus*）、发酵乳杆菌（*Lb. fermentum*）是酸羊乳制品中分离频率较高的菌种。另外，乳球菌属和肠球菌属的一些种也是其中较常见的菌种。

表 2-12 不同地区自然发酵酸羊乳及制品中乳酸菌数量及种属

地域	内蒙古	云南	青海	蒙古国	苏丹
乳源	酸羊乳	乳饼[e]	酸羊奶	酸山羊奶[d]	酸山羊奶[c]
E. durans	7[a]	3	1		
E. faecium					
E. saccharominimus		3			
Lb. acidophilus					2.18%
Lb. brevis					5.49%
Lb. bulgaricus					5.49%
Lb. casei	13[b]			1	7.68%
Lb. curvatus					25.25%
Lb. fermentum				2	
Lb. plantarum	15[b]				9.89%
Lb. helveticus		2		4	10.98%
Lb. delbrueckii subsp. *bugaricus*		1	12	3	
Lb. hilgardii					
Lb. kefiranofaciens subsp. *kefirgranum*				3	
Lb. kefigraunm					
Lb. kefiri					
Lc. garieae		8			
Lc. lactis subsp. *lactis*		55			76.16%
Lc. lactis subsp. *cremoris*		2			
Leuc. sp.					8.6%
S. thermophilus		1	19	1	14.78%

注："a"代表数据来源于贾旭，2001；"b"代表数据来源于袁清珠，2002；"c"代表数据来源于 Guessas and Kihal，2004；"d"代表数据来源于 Watanabe *et al.*，2008；"e"代表数据来源于 Liu *et al.*，2009

2.2.5 自然发酵酸牦牛奶中乳酸菌多样性

2.2.5.1 牦牛、酸牦牛奶介绍

牦牛是我国古老而原始的牛种之一，它是唯一能在青藏高原生态环境下生存的牛种，也是世界上生活在海拔最高处的哺乳动物。主要生活于我国的青藏高原海拔 3000 m 以上地区，分布于我国的青海、西藏、甘肃、四川等地区。

另外在蒙古国、俄罗斯、不丹、阿富汗、巴基斯坦等国有少量的分布。由于其对高原地区极端环境的超强适应性，被称为"高原之舟"。据1980年12月测定，母牦牛一般泌乳期为150～180 d，年产乳量270 kg。由于青藏高原特殊的地理环境和气候特征，绿叶蔬菜极度缺乏，牦牛乳和乳制品成为牧民们营养物质的主要来源。

酸奶——藏语称"xiuer"，最原始的酸奶是将牛奶、山羊奶或马奶等原料乳置布袋、皮袋或木制的容器中自然发酵而成。酸牦牛奶（Kurut）是青藏高原地区少数民族，特别是藏族人民常食用的乳制品，酸牦牛奶还可制作为奶豆腐、奶皮子、曲拉等食品。西藏牧民一直沿袭传统而古老的方法制作发酵乳，具体制作过程是：先将新鲜原料乳煮沸后冷却至室温，然后接种上次制作预留的发酵乳（接种量一般在3%～5%），通过用传统木桶搅打或牧民自行改良的搅打方法（如用洗衣机或发动机搅拌）尽量将酸奶的组成变得均匀，然后置于室内较为暖和的地方（约25℃），隔夜发酵即成风味独特、口感纯正、略带醇香味的发酵乳。酸牦牛奶的制作过程与酸马奶等其他少数民族发酵乳相似，在整个发酵过程中乳酸菌和酵母菌发挥着重要的作用。

2.2.5.2　酸牦牛奶中乳酸菌多样性

由于全世界牦牛的数量少，分布范围窄，有关自然发酵酸牦牛奶中乳酸菌研究的报道较少。近些年来，由于人们对牦牛的关注，有关牦牛乳制品及其中微生物群落结构的研究逐渐多了起来，国内有不少研究单位和学者对我国青海、西藏、甘肃、四川等地区的自然发酵酸牦牛奶中乳酸菌及酵母菌组成进行了有价值的研究。

2007年，Zhang等对我国青海地区自然发酵酸牦牛奶中化学成分和微生物组分进行了研究，报告指出，青海地区自然发酵酸牦牛奶中乳酸菌含量为9.128 ± 0.8151 cfu/mL，而酵母菌含量为8.33 ±0.624 cfu/mL。

2010年，Sun等对青海地区自然发酵酸牦牛奶中乳酸菌组分进行了研究。作者从青海地区采集43份酸牦牛奶样品，平板计数结果表明：青海地区酸牦牛奶中乳酸菌含量如下：海南州地区样品中，乳酸菌含量为7.74 ±0.92 cfu/mL，酵母菌7.90 ±1.15 cfu/mL；海西州地区样品中乳酸菌含量为8.98 ± 0.32 cfu/mL，酵母菌含量为：7.48 ± 0.57 cfu/mL；海北州地区样品中乳酸菌为9.05 ± 0.7 cfu/mL，酵母菌为7.37 ± 0.52 cfu/mL。从这些样品中，共分离到148株乳酸菌，通过生理生化和16S rRNA序列分析进行了种属鉴定。结果表明，青海地区自然发酵酸牦牛奶中，乳酸菌组分中乳杆菌主要包括：德氏乳杆菌保加利亚亚种（*Lb. delbrueckii* subsp. *bulgaricus*）23株、瑞士乳杆菌（*Lb. helveticus*）13株、植物乳杆菌（*Lb. plantarum*）12 株、*Lb. suntoryeus* 1 株、发酵乳杆菌（*Lb. fermentum*）3 株。球菌分离株中主要包括：嗜热链球菌（*S. thermophilus*）51 株、乳酸乳球菌乳酸亚种（*Lc. lactis* subsp. *Lactis*）15 株、耐久肠球菌（*E. durans*）7 株、粪肠球菌（*E. faecalis*）5 株、屎肠球菌（*E. faecium*）1 株、乳酸乳球菌乳脂亚种（*Lc. lactis* subsp. *cremoris*）5 株、乳明串珠球菌（*Leuc. lactis*）8 株、肠膜明串珠球菌肠膜亚种（*Leuc. mesenteroides* subsp. *mesenteroides*）4 株。

2008 年，陈兰芝等从我国西藏地区采集自然发酵酸牦牛奶样品 5 份，从中分离乳酸菌 19 株，其中乳杆菌 15 株、乳球菌 4 株，主要包括副干酪乳杆菌（*Lb. paracasei*）、发酵乳杆菌（*Lb. Fermentum*）、短乳杆菌（*Lb. Brevis*）、路氏乳杆菌（*Lb. reuteri*）、德氏乳杆菌保加利亚亚种（*Lb. delbrueckii* subsp. *bulgaricus*）、乳酸片球菌（*P. acidilactici*）等种属。其中优势菌群为副干酪乳杆菌（*Lb. paracasei*）。

2008 年，内蒙古农业大学"乳品生物技术与工程"教育部重点实验室从我国西藏地区采集新鲜牦牛奶和发酵酸牦牛奶样品 54 份，对其中乳酸菌和酵母菌组分进行了研究，在该研究中指出：发酵乳杆菌（*Lb. fermenttum*）、瑞士乳杆菌（*Lb. helveticus*）和弯曲乳杆菌（*Lb. curvatus*）为西藏地区自然发酵酸牦牛奶中的主要乳酸菌类群（Airidengcaicike *et al.*，2009；Sun *et al.*，2010；Yu *et al.*，2011）。

2009 年，内蒙古农业大学"乳品生物技术与工程"教育部重点实验室从甘肃省甘南地区和四川省红原大草原的牧民居住区采集自然发酵酸牦牛奶和曲拉等样品 152 份，从中分离乳酸菌 534 株。同时较为系统地研究了不同地区、不同乳源及不同乳制品中乳酸菌的多样性。其中自然发酵酸牦牛奶样品中乳酸菌种属如表 2-13 所示。不同地区样品中乳酸菌组成有一定的差异。有一些乳酸菌，如乳杆菌属的发酵乳杆菌（*Lb. fermentum*）、瑞士乳杆菌（*Lb. helveticus*）、乳球菌属的乳酸乳球菌乳脂亚种（*Lc. lactis* subsp. *cremoris*），以及肠膜明串珠球菌肠膜亚种（*Leuc. mesenteroides* subsp. *mesenteroides*）在所研究的 5 个地区中都分离到了。而其他菌种随着地理位置的不同其多样性和丰富度有很大的不同。

从四川地区采集的样品中分离到乳酸菌 214 株，包括乳酸菌的肠球菌属、乳杆菌属、链球菌属、肠膜明串珠球菌属、嗜热链球菌属和魏斯氏菌属 6 个属的 17 个种和亚种（表 2-14）。瑞士乳杆菌（*Lb. helveticus*）、肠膜明串珠球菌（*Leuc. mesenteroides*）和嗜热链球菌（*S. thermophilus*）是该地区的主要乳酸菌群落。自然发酵酸牦牛奶中乳酸菌以嗜热链球菌（*S. thermophilus*）为优势菌群，而曲拉样品中以瑞士乳杆菌（*Lb. helveticus*）为优势菌群。肠膜明串珠球菌肠膜亚种（*Leuc. mesenteroides* subsp. *mesenteroides*）在所有的样品中均有分布。在酸牦牛奶、鲜乳和曲拉中都检测到干酪乳杆菌（*Lb. casei*）和发酵乳杆菌（*Lb. fermentum*）。

表 2-13　四川省藏区不同发酵乳制品中乳酸菌分布及数量

乳酸菌种	酸牦牛乳	鲜乳	曲拉	乳清	黄油	总计
E. hormaechei subsp. *steigerwaltii*			1			1
E. faecium	1		1			2
Lb. buchneri		1				1
Lb. casei	7	1	7	1		16
Lb. delbrueckii subsp. *bulgaricus*	5		4	2		11
Lb. fermentum	1		5	2		8
Lb. helveticus	7	4	22	8		41
Lb. plantarum		5				5
Lb. uvarum				1		1
Lc. lactis subsp. *cremoris*		1				1
Lc. lactis subsp. *lactis*	5	1	1	1		8
Lc. raffinolactis		1	1	1		3
Leuc. citreum		2		1		3
Leuc. lactis	5	13	3	2		23
Leuc. mesenteroides subsp. *mesenteroides*	4	29	19	8	1	61
S. thermophilus	20	1	7			28
W. cibaria			1			1
总计	55	59	72	27	1	214

从甘肃省甘南藏族居住地区采集了酸牦牛奶、鲜乳、曲拉、乳清和发酵黄油等乳制品样品，从中分离乳酸菌319株，包括乳酸菌的肠球菌属、乳杆菌属、链球菌属、肠膜明串珠球菌属、嗜热链球菌属和魏斯氏菌属6个属的22个种和亚种（表2-14）。其中干酪乳杆菌（*Lb. casei*）、瑞士乳杆菌（*Lb. helveticus*）和肠膜明串珠球菌肠膜亚种（*Leuc. mesenteroides* subsp. *mesenteroides*）为优势菌群。在所有的不同种类的样品中都分离到干酪乳杆菌（*Lb. casei*）、乳明串珠球菌（*Leuc. lactis*）、肠膜明串珠球菌肠膜亚种（*Leuc. mesenteroides* subsp. *mesenteroides*），而德氏乳杆菌保加利亚亚种（*Lb. delbrueckii* subsp. *bulgaricus*）只在酸牦牛奶样品中分离到，在其他乳制品中没有检测到。短乳杆菌（*Lb. brevis*）、棒状乳杆菌扭曲亚种（*Lb. coryniformis* subsp. *torquens*）、*Lb. diolivorans*、稀氏乳杆菌（*Lb. hilgardii*）、*Lb. rapi*、*Lb. uvarum* 等乳杆菌以及乳球菌属的棉籽糖乳球菌（*Lc. raffinolactis*）在

来源于四川地区的自然发酵乳制品中没有分离检测到。

表 2-14　甘肃省甘南藏区不同自然发酵乳制品中乳酸菌种属及数量

乳酸菌种及亚种	酸牦牛乳	曲拉	鲜乳	乳清	黄油	总计
Lb. brevis	1	1			2	4
Lb. casei	17	5	1	6	2	31
Lb. coryniformis subsp. *torquens*					2	2
Lb. delbrueckii subsp. *bulgaricus*	11					11
Lb. diolivorans				1		1
Lb. fermentum	6	1	1	1	1	10
Lb. helveticus	50	23	4	10		87
Lb. hilgardii				1		1
Lb. kefiri	4			2		6
Lb. plantarum		2	2			4
Lb. rapi	1					1
Lb. uvarum	4					4
W. viridescens			1	1		2
Lc. lactis subsp. *cremoris*	4			2		6
Lc. lactis subsp. *lactis*	9		8	2		19
Lc. raffinolactis	5		8			13
Leuc. citreum				1		1
Leuc. lactis	6	6	4	2	1	19
Leuc. mesenteroides subsp. *mesenteroides*	21	1	21	5	1	49
S. thermophilus	26	7	4	2		39
E. durans	1	4	1		2	8
E. faecium			1			1
总计	166	50	56	36	11	319

牦牛是高原气候特有的优势畜种，被称为"高原之舟"。具有独特的环境适应性和较高的经济价值。我国是世界牦牛的主要产区，其主要分布在青藏高原地区，集中在西藏自治区、青海省、甘肃省和四川的部分高原地区。牦牛是青海地区地方畜种的主体，现有牦牛数量约 500 多万头，数量几乎占全国的一半，占世界的 30%。

牦牛乳制品的生产和消费也主要集中在以上这些地区。在这里我们对我国牦牛乳制品主要产区的酸牦牛乳及其制品中乳酸菌多样性做了汇总，其中乳酸菌多样性如表2-15所示。

表2-15　自然发酵酸牦牛奶样品中分离的乳酸菌种属

乳酸菌种属	西藏	青海	四川	甘肃	蒙古
E. durans	+	+	−	+	+
E. faecium	+	−	+	+	−
Lb. buchneri	−	−	+	−	−
Lb. brevis	−	−	−	+	+
Lb. casei	+	−	+	+	+
Lb. coryniformis subsp. *torquens*	−	−	−	+	−
Lb. delbrueckii subsp. *bulgaricus*	−	+	+	+	+
Lb. diolivorans	−	−	−	+	+
Lb. fermentum	+	+	+	+	+
Lb. helveticus	+	+	+	+	+
Lb. hilgardii	−	−	−	+	−
Lb. kefiri	−	−	−	+	+
Lb. plantarum	+	+	−	+	+
Lb. rapi	−	−	−	+	+
Lb. uvarum	−	−	+	+	−
Lc. lactis subsp. *cremoris*	−	−	+	+	+
Lc. lactis subsp. *lactis*	+	+	+	+	+
Lc. raffinolactis	−	−	+	+	−
Leuc. citreum	−	−	+	+	−
Leuc. lactis	+	+	+	+	+
Leuc. mesenteroides subsp. *mesenteroides*	+	+	+	+	+
S. thermophilus	−	+	+	+	+
W. viridescens	−	−	+	−	−

注："−"表示该地区没有该菌种；"+"表示该地区有该菌种

　　自然发酵乳制品中是一个较为复杂的微生态环境，其微生物群落组成既有其样品特异性，也有优势菌群存在的共性，如乳酸菌和酵母菌在几乎所有自然发酵乳制品都是主要的微生物菌群，并且在制作工艺和品质形成过程中都发挥着重要作用。然而，这些自然发酵乳制品由于其乳源、地理位置、制作工艺的不同，造成乳酸菌群落结构和生物多样性有很大的差异。样品之间不仅在种属丰富度上有明显的不同，乳酸菌不同种的个体丰度和优势菌群结构也随样品种类和地理来源有很大的差异。客观、深入地研究这些传统发酵食品中微生物，特别是乳酸菌多样性，不但能为这些自然发酵乳制品的品质改良和工业化生产提供重要的理论依据，而且能为未来乳酸菌产业和乳品工业提供重要的生物资源。

参 考 文 献

陈芝兰，程池，马凯，等.2008. 西藏地区牦牛发酵乳制品中乳酸菌的分离与鉴定. 食品科学，29：408-412

郭本恒.2004. 益生菌. 北京：化学工业出版社：2-16

吉日木图，陈钢粮，云振宇.2009. 双峰驼与双峰驼乳. 北京：中国轻工业出版社：6-8

凌代文.1996. 乳酸菌分类鉴定及实验方法. 北京：中国轻工业出版社

孟和毕力格，乌日娜，王立平，等.2004. 不同地区酸马奶中乳杆菌的分离及其生物学特性的研究. 中国乳品工业，32（11）：6-11

孟和毕力格.2001. 内蒙古双峰驼乳及乳制品中乳酸菌生物学特性研究. 硕士论文. 内蒙古农业大学，内蒙古，呼和浩特

孙天松，王俊国，张列兵，等.2007. 中国新疆地区酸马奶中乳酸菌生物多样性研究. 微生物学通报，(3)：451-454

吴少雄，王保兴，郭祀远，等.2005. 云南白族传统乳扇的研制及营养学评价. 食品营养，3：170-171

杨洁彬，郭兴华，张篯，等.1996. 乳酸菌—生物学基础及应用. 北京：中国轻工业出版社

袁清珠，李少英，周丽霞，等.2001. 都尔伯特半荒漠草原牧区绵山羊乳及乳制品中乳杆菌生物学特性研究. 内蒙古农业大学学报，22（3）：23-27

张刚.2007. 乳酸细菌——基础、技术和应用. 北京：化学工业出版社

赵蕊，霍贵成.2008. 新疆酸奶子中乳酸菌多样性分析. 山东大学学报（理学版），43（7）：1-6

Abdel Moneim EI-hadi sulieman, Abdalla adam Ilayan, Ahmed EI-awad EI faki. 2006. Chemical and microbiological quality of Garris, Sudanese fermented camel's milk product. Int J Food Sci Technol, 41（3）：321-328

An Y , Adachi Y, Ogawa Y. 2004. Classification of lactic acid bacteria isolated from chigee and mare milk collected in Inner Mongolia. Anim Sci J, 75（3）：245-252

Andrewes F W, Hordr J. 1906. A study of the *Streptococci* pathogenic for man. Lancet, 2：708-713

Ayman Ashmaig, Alaa Hasan, Eisa El Gaali. 2009. Identification of lactic acid bacteria isolated from traditional Sudanese fermented camel's milk（Gariss）. African J. Microbiol Res, 3（8）：451-457

Back W. 1978. Zur Taxonomie der Gattung *Pediococcus*. Brauwiss, 31：237-250, 312-320, 336

Bakeer-Zierkzee A M, Alles M S, Knol J, *et al.* 2005. Effects of infant formula containing a mixture of galacto-and fructo-oligosaccharides or viable *Bifidobacterium animalis* on the intestinal microflora during the first 4 months of life. The Brit J Nutr, 94（5）：783-790

Balcke J. 1884. Über haufig vorkommende Fehler in der Bierbereitung. Wochenschrift für Brauerei, 1181-1184

Berlin P J. 1962. Koumiss. International Dairy Federation, Annual Bulletin, Part Ⅳ, Section A, Brussels, 4-16

Bhowmik T, Marth E H. 1990. Peptide-hydrolsing enzymes of *Pediococcus* species. Microbios, 62：197-211

Billroth A W. 1874. Untersuchungenüber die Vegetations-formen von Coccobacteria septica. Berlin：Georg Reimer

Brooker B E. 1977. Ultrastructural surface changes associated with Dextran Synthesis by *Leuconostoc mesenteroides*. J Bacteiol, 131：288-292

Burentegusi M T, Nakamura S, *et al.* 2002. Identification of lactic acid bacteria isolated from fermented mare's milk "chigee" in Inner Mongolia, China. Anim Sci Technol, 73: 441-448

Cogan T M, Dowd M O, Mellerick D. 1981. Effects of pH and sugar on acetoin production from citrate by *Leuconostoc lactis*. Appl Environ Microbiol, 41: 1-8

Collins M D, Williams A M, Wallbanks S. 1990. The phylogeny of *Aerococcus* and *Pediococcus* as determined by 16S rRNA sequence analysis: description of *Tetragenococcus* gen. nav. FEMS Microbial Lett, 70: 255-262

Collinsa E B, Speckman R A. 1974. Influence of acetaldehyde on growth and acetoin production by *Leuconostoc citrovorum*. J Dairy Sci, 57: 1428-1431

Colman G. 1990. *Streptococcus* and *Lactobacillus*. In: Parker M T, Collier L H. Topley and Wilson's Principles of Bacteriology, Virology and Immunity. Vol. 2. London: Edward Arnold: 119-115

Colombo E, Franzettil, M Frusca, Scarpellini M. 2010. Phenotypic and genotypic characterization of lactic acid bacteria isolated from artisanal italian goat cheese. J Food Protect, 73 (4): 657-662

Craig R D, Djoko W, Graham H F, *et al.* 1988. Properties of wine lactic acid bacteria: Their potential enological significance. Am J Enol Vitic, 39 (2): 137-142

Dicks L M T, van Vuuren H J J, Dellaglio F. 1990. Taxonomy of *Leuconostoc* species, particularly *Leuconostoc oenos*, as revealed by numerical analysis of total soluble cell protein patterns, DNA base compositions and DNA-DNA hybridizations. Int J Syst Bacteriol, 40: 83

Dobrogosz W J, Stone R W. 1962. Oxidative metabolism in *Pediococcus pentosaceus*. II. Factors controlling the formation of oxidative activities. J Bacteriol, 84: 724-729

Eschenbecher F, Back W. 1976. Erforschung und Nomenklatur der bierschadlichen Kokken. Brauwissenschaft, 29 (5): 125-131

Fooks I J, Fuller B, Gibson G B. 1999. Prebiotics, probiotics and human gut cicrobiology. Intern Dairy J, 9 (1): 53-61

Franz C, Holzapfel W H, Stiles M E. 1999. *Enterococci* at the crossroads of food safety? Int J Food Microbiol, 47: 1-24

Fuller R. 1986. Probiotics. J Appl Bacteriol. Symp, (61): 1-7

Garvie E I. 1967a. *Leuconostoc oenos* sp. nov. J Gen Microbiol, 48: 431

Garvie E I. 1967b. The growth factors and amino acid requirements of the species genus *Leuconostoc* including *L. paramesenteroides* sp. nov. and *L. oenos*. J Gen Microbiol, 48: 439

Garvie E I. 1986. *Genus Leuconostoc*. In: Sneath P H A, Mair N S, Sharpe M E, et al. Bergey's Manual of Systematic Bacteriology. Vol. 2. Baltimore: Williams & Wilkins: 1071-1075

Guessas B, Kihal M. 2004. Characterization of lactic acid bacteria isolated from Algerian arid zone raw goats' milk. Afr J Biotechnol, 3 (6): 339-342

Gunther H L, White H R. 1961. Serological characters of the *Pediococci*. J Gen Microbiol, 26: 199-205

Gunther H L. 1959. Mode of division of *Pediococci*. Nature, 183: 903-904

Hammes W P, Vogel R F. 1995. The genus *Lactobacillus*. In: Wood B J B, Holzapfel W H. The Genera of Lactic Acid Bacteria. London: Chapman & Hall: 19-54

Handley P S. 1990. Structure, composition and function of surface structures on oral bacteria. Biofouling, 2: 239-264

Hao Y, Zhao L, Zhang H, *et al.* 2010. Identification of the bacterial biodiversity in koumiss by denaturing gradient gel electrophoresis and species-specific polymerase chain reaction. J Dairy Sci, 93 (5): 1926-1933

Hardie J M. 1986. *Genus Streptococcus*. In: Sneath P H A, Mair N S, Sharpe M E, et al. Bergey's Manual of Determinative Bacteriology. Baltimore: Williams & Wilkins: 1043-1071

Herrmann C. 1965. Morphologie der Biersarcina. European Brewery Convention (Proceedings of the 10th Congress, stockholm). Amsterdam: Elsevier: 454-459

Hogg S D. 1992. The lactic microflora of the oral cavity. In: Wood B J B. The lactic acid bacteria. Vol. 1. London: Elsevier: 115-148

Holzapfel W H, Schillinger V. 1992. The genus *Leuconostoc*. In: Barlows A. The prokaryotes. Berlin: Springer: 1509-1534

Hueppe. 1884. Mittheil aus dem Kais Gesundheitsamte, 2: 309

Ishii S, Kikuchi M, Takao S. 1997. Isolation and identification of lactic acid bacteria and yeasts from "chigo" in Inner Mongolia, China. Anim Sci Technol, 68 (3): 325-329

Ishii S, Konagaya Y. 2002. Beneficial role of kumiss intake of Mongolian Nomads. J Jpn Int Econ, 55 (5): 281-285

Jensene M, Seeleyh W. 1954. The nutrition and physiology of the genus *Pediococcus*. J Bact, 67: 484

Jones D. 1978. Composition and differentiation of the genus *Streptococcus*. Soc Appl Bacteriol Symp, 7: 1-49

Kanbe C, Uchida K. 1982. Diversity in the metabolism of organic acids by *Pediococcus halophilus*. Agric Biol Chem, 46: 2357-2359

Kander O, Weiss N. 1986. Regular, non-sporing Gram-positive rods. In: Sneath P H A , Mair N S, Sharpe M E, et al. Bergey's Manual of systematic Bacteriology. Vol. 2. Baltimore: Williams & Wilkins: 1208-1234

Kenji U, Hirata M, Motoshima H, *et al.* 2007. Microbiota of 'airag', 'tarag' and other kinds of fermented dairy products from nomad in Mongolia. Anim Sci J, 78 (6): 650-658

Kole M M, Duck P, Altosaar I. 1983. Effect of vitamin supplements on growth of *Leuconostoc oenos* 44-40. J Food Sci, 48: 1380-1381

Lancefield R C. 1933. Serological differentiation of human and other groups of haemolytic *Streptococci*. J Experimental Medicine, 57: 571-591

Lansing M P, John P H, Donald A K. 2003. 微生物学 (第5版). 沈萍, 彭珍荣 译. 北京: 高等教育出版社: 1-16

Leblond-Bourget N, Philippe H, Mangin I, *et al.* 1996. 16S rRNA and 16S to 23S internal transcribed spacer sequence analyses reveal inter-and intraspecific *Bifidobacterium* phylogeny. Int J Syst Bacteriol, 46 (1): 102-111

Lister J. 1873. A further contribution to the natural history of bacteria and the germ theory of fermentative changes. Quart J Microbiol Sci, 13: 380-408

Litopolou-Tzanetaki E, Graham D C, Beyatli Y. 1989. Detection of *Pediococci* and other nonstarter organisms in American Cheddar cheese. J Dairy Sci, 72: 854-858

Liu W J, Sun Z H, Zhang J C, *et al.* 2009. Analysis of microbial composition in acid whey for dairy fan making in Yunnan by conventional method and 16S rRNA sequencing, Curr Microbiol, 59 (2): 199-205

McDonald L C, Fleming H P, Hassan H M. 1990. Acid Tolerance of *Leuconostoc mesenteroides* and *Lactobacillus plantarum*. Appl Environ Microbiol, 56 (7): 2120-2124

Moro E. 1990a. Über die nach Gram-färbbaren Bacillen des Säuglingsstuhles. Wien Lin Wschr, 13: 114

Moro E. 1990b. Über *B. acidophilus*. J b Kinderheilk, 52: 38

Mundt J O. 1986. *Enterococci*. In: Sneath P H A , Mair N S, Sharpe M E, et al. Bergey's Manual of Systematic Bacteriology. Baltimore: Williams & Wilkins: 1063-1065

Nasidze I, Li J, Quinque D, *et al.* 2009. Global diversity in the human salivary microbiome. Genome Res, 19 (4): 636-643

Nurgul R, Chen X H, Feng M Q, et al. 2009. Characterization of the dominant microflora in naturally fermented camel milk shubat. World J Microbiol Biotechnol, 25 (11): 1941-1946

Olsen G J, Woese C R, Overbeek R. 1994. The winds of (evolutionary) change: breathing new life into microbiology. J Bacteriol, 176 (1): 1-6

Pasteur L. 1857. Mémoire sur la fermentation appelee lactique CR Séances' Académiques de Sciences, 45: 913-916

Pederson C S. 1949. The genus *Pediococcus*. Bact Revs, 13: 225-232

Pot B, Ludwig W, Kersters K, et al. 1994. Taxonomy of lactic acid bacteria. In: de Vuyst L, Van damme E J. Bacteriocins of Lactic Acid Bacteria. London: Chapman & Hall: 13-90

Pot B, Van damme P, KerstersK. 1994. Analysis of electrophoretic whole – organism protein fingerprints. In: Goodfellow M, O'Donnell A G. Chemical Methods in Prokaryotic Systematics. UK: Wiley: 493-521

Radler F. 1975. The metabolism of organic acids by lactic acid bacteria. In: Carr J G, Cutting C V, Whiting G C. Lactic Acid Bacteria in Beverages and Food. London: Academic Press: 17-27

Reiter B, Oramj D. 1962. Nutritional studies on cheese starters, Vitamin and amino acid requirements of single strain starters. J Dairy Res, 29: 63-77

Rosenbach F J. 1884. Micro-organismen bei den Wund-Infections-Krankheiten des Menschen. J. F. Bergmann, Wiesbaden, Germany

Sakaguchi K, Mori H. 1969. Comparative study on *Pediococcus halophilus*, *P. soyae*, *P. homari*, *P. urinae-equi* and related species. Ge Appl Microbiol, 15: 159-167

Sakaguchi K. 1960. Vitamin and amino acid requirements of *Pediococcus* soyae and *Pediococcus acidilactici*. Kitahara's strain. Bull. Agricult Chem Society of Japan, 24: 638-643

Sakaguchki K, Mori H. 1969. Comparative study on *Pediococcus halophilus*, *P. soyae*, *P. homari*, *P. urinae-equi* and related species, J Gen Appl Microbiol, 15: 159

Salminen S, von Wright A, Ouwehand A. 2004. Lactic Acid Bacteria: Microbiological and Functional Aspects, 3rd Revised and Expanded. New York: Marcel Dekker

Sandine W E, Elliker P R. 1970. Microbially induced flavors and fermented foods. Flavor in fermented dairy products. J Agric Food Chem, 18 (4): 557-562

Schleifer K H, Kilpper-Bälz R. 1987. Molecular and chemotaxonomic approaches to the classification of *Streptococci*, *Enterococci* and *Lactococci*: a review. Syst Appl Microbiol, 10: 1-19

Schleifer K H, Kraus J, Dvorac C, et al. 1985. Transfer of *Streptococcus lactis* and related *Streptococci* to the genus *Lactococcus* gen. nov. Syst Appl Microbiol, 6: 183-195

Schleifer K H, Kilpper-Bälz R. 1984. Transfer of *Streptococcus faecalis* and *Streptococcus faecium* to the Genus *Enterococcus* norn. rev. as *Enterococcus faecalis* comb. nov. and *Enterococcus faecium* comb. nov. Internal. J Syst Bcacteriol, 34: 31-34

Seale D R. 1986. Bacterial inoculants as silage additives. J Appl Bacteriol Symp, (61): 9-26

Shaw B G, Harding C D. 1989. *Leuconostoc gelidum* sp. nov. and *Leuconostoc carnosum* sp. nov. from Chill-Stored Meats. Int J syst Bacteriol, 39: 217-223

Shmwell J L. 1948. A rational nomenclature for the brewing lactic acid bacteria. J Inst Brewing, 54, or N. S. 45: 100-104

Smmwell J L. 1940. Brewing Science and Practice, Hind, J L John Wiley and Sons, 37: 658-675

Solberg O, Clausen O G. 1973. Classification of certain *Pediococci* isolated from brewery products. J Inst Brew, 79: 227-230

Sozzi and Pirovano. 1993. Bacteriophages of *Leuconostoc* spp. In: Proceedings of the Symposium on Biotechnology and Molecular Biology of Lactic acid bacteria fro the Improvement of Foods and Feeds Quality (eds Zamorani A, Manachini PL, Bottazzi V, Coppola S) . Rome, Italy/ Istituto Poligrafico e Zecca dello Stato: 252-263

Srinivasan A, Dick J D, Perl T M. 2002. Vancomycin resistance in *Staphylococci*. Clin Microbiol Rev, 15: 430-438

Stackebrandt E, Fovvler V J, Woese C R. 1983. A phylogenetic analysis of *Lactobacilli*, *Pediococcics pentosaceus* and *Leuconostoc mesenteroides*. Syst Appl Microbiol, 4326-4337

Stiles M E, Holzapfel W H. 1997. Lactic acid bacteria of foods and their current taxonomy. Int J Food Microbiol, 36: 1-29

Sun Z H, Liu W J, Gao W, *et al.* 2010. Identification and characterization of the dominant lactic acid bacteria from kurut: the naturally fermented yak milk in Qinghai, China, J Gen Appl Microbiol, 56: 1-10

Sun Z H, Liu W J, Zhang J C, *et al.* 2010. Identification and characterization of the dominant lactic acid bacteria isolated from traditional fermented milk in Mongolia, Folia Microbio, 55 (3): 270-276

Sun Z H, Liu W J, Zhang J C, *et al.* 2010. Identification and characterization of the dominant lactobacilli isolated from koumiss in China, J Gen Appl Microbiol, 56: 257-265

Teuber M, Meile L, Schwarz F. 1999. Acquired antibiotic resistance in lactic acid bacteria from food. Antonie van Leeuwenhoek, 76: 115-137

Thiercelin E, Jouhaud L. 1903. Reproduction de l'énterocoque ; taches centrales ; granulations periphreiques et microblastes. Comptes Rendues des Sèances de la Sociètè de Biologie paris, 55: 686-688

Thiercelin E. 1899. Sur un diplocoque saprophyte de l'intestin susceptible á devenir pathogène. Comptes Rendues des Sèances de la Sociètè de Biologie, 51: 269-271

Thomas T D, McKay L L, Morris H A. 1985. Lactate metabolism by *Pediococci* isolated from cheese. Appl Environ Microbiol, 49 (4): 908-913

Tissier H. 1905. Repartition des microbes dans l'intestin du nourisson. Ann Inst Pasteur (Paris), 19: 109

Tissier H. 1923. La putre? faction intestinale. Bull Inst Pasteur, 21, 361, 409, 577, 625

Tournut J. 1989. Applications of probiotics to animal husbandry. Rev Sci Tech Off Int Epiz, 8: 551-566

Tracey R P, Britz T J. 1989. Freon II extraction of volatile metabolites fonned by certain lactic acid bacteria. Appl Environ Microbiol, 55: 1617-1623

Tserovska L, Stefanova S, Yordanova T. 2000-2002. Identification of lactic acid bacteria isolated from katyk, goat's milk and cheese. Journal of Culture Collections, 3: 48-52

Uhl A, Kuhbeck G. 1969. Conditions, especially nitrogen utilization, for *Pediococcus cerevisiae* growth in beer. Brauwissenschaft, 22, 121-129, 199-208, 248-254. Abstracted in J Institute of Brewing, 75, 487

Van den Berg D J C, Smits A, Pot B, *et al.* 1993. Isolation, screening and identification of lactic acid bacteria from traditional food fermentation processes and culture collections. Food Biotechnol, 7: 189-205

Wang W H, Chen X, Du X H, *et al.* 2010. Isolation and identification of cultivable lactic acid bacteria in traditional fermented milk of Tibet in China. Int J Dairy Techol, 63 (3): 437-444

Watanabe K, Fujimoto J, Sasamoto M, *et al.* 2008. Diversity of lactic acid bacteria and yeasts in Airag and Tarag, traditional fermented milk products of Mongolia. World J Microbiol Biotechnol, 24: 1313-1325

Weigmann H Versuch einer Einteilung der Milchsaurebakterien des Molkereigewerbes. Zentralblatt fur Bakteriologie, Parasitetenkunde, Infektionskrankheiten und Hygiene (2. Abteilung Originale) 1899, 5, 825-831, 859-870

Weiss N. 1991. The genera *Pediococcus* and *Aerococcus*. In: Barlows A. The prokaryotes. New York: Springer-Verlag: 1502-1507

Wu R, Wang L P, Wang J C, et al. 2009. Isolation and preliminary probiotic selection of *Lactobacilli* from koumiss in Inner Mongolia. J Basic Microbiol, 49 (3): 318-326

Wu X H, Luo Z, Yu L, et al. 2009. A survey on composition and microbiota of fresh and fermented yak milk at different Tibetan altitudes. Dairy Sci Technol, 89: 201-209

Yang D, Woese C R. 1989. Phylogenetic structure of the "leuconostocs": an interesting case of a rapidly evolving organism. Syst Appl Microbiol, 12: 145-149

Yu J, Sun Z H, Liu W J, et al. 2009. Rapid identification of lactic acid bacteria isolated from home-made fermented milk in Tibet. J Gen Appl Microbiol, 55 (3): 181-190

Zhang H P, Xu J, Wang J G, et al. 2008. A survey on chemical and microbiological composition of kurut, naturally fermented yak milk from Qinghai in China. Food Control, 19: 578-586

Zhang W Y, Yun Y Y, Sun T S, et al. 2008. Isolation and identification of dominant microorganisms involved in naturally fermented goat milk in Haixi Region of Qinghai, China. Ann Microbiol, 58 (2): 213-217

第三章　自然发酵乳中乳酸菌的遗传多样性研究方法

生物多样性（biodiversity）是生物及其与环境形成的生态复合体，以及与此相关的各种生态过程的总和。生物多样性包括四方面的内容：遗传多样性（genetic diversity）、物种多样性（species diversity）、生态系统多样性（ecosystem diversity）和景观多样性。遗传多样性是生物多样性的重要组成部分。广义的遗传多样性是指地球上所有生物的遗传信息的总和，是生态系统多样性和物种多样性的基础。这些遗传信息储存在生物个体的基因之中。因此，遗传多样性也就是生物的遗传基因的多样性。一个物种所包含的基因越丰富，它对环境的适应能力越强。基因的多样性是生命进化和物种分化的基础。狭义的遗传多样性是指种内的遗传多样性或称遗传变异，由生物体内遗传物质发生变化而造成的一种可以遗传给后代的变异。正是这种变异导致生物在不同水平上体现出不同的遗传多样性，如种群水平（population，又译为居群、群体）、个体水平、细胞和组织水平以及分子水平。

在生物的长期演化过程中，遗传物质的改变（或突变）是产生遗传多样性的根本原因。遗传多样性就是指每一物种种内基因和基因型的多样性，因此，遗传多样性是一个用种、变种、亚种或品种的遗传变异来衡量其内部变异性的概念。

我国地域辽阔，地形、气候、土壤和植被等自然条件极为复杂，这为各类生物的生存、生长和繁殖提供了非常特殊的条件，形成了独特而且十分重要的生物体系。因此也造就了我国是世界上生物多样性最丰富的国家。在乳酸菌的使用和食用方面我国更是有着悠久的历史。几千年来，我国少数民族地区由于特有的生活习俗和常年缺乏蔬菜，以奶为原料的各类乳制品成为了牧民日常生活中必不可少的部分，自然发酵乳制品更是深受喜爱的一种食品，其制作工艺和食用传统有着悠久的历史，蕴含着珍奇的微生物物种和丰富的乳酸菌资源，因此，我国乳酸菌资源也具有丰富的遗传多样性。

人类对乳酸菌的认识和利用已经有久远的历史，并积累了丰富的经验和知识。多年来，对乳酸菌的分类、鉴定以及遗传多样性分析一直沿用着传统方法，包括形态特征、生理生化反应特征及血清学反应等。近些年，由于分子生物学的飞速发展，从分子和基因水平来认识乳酸菌的遗传结构、组成和分类已成为可能，许多新的分子生物学技术被用来进行乳酸菌的分类、鉴定和多态性研究分析，诸如早期的蛋白分型、16S rRNA 基因、16S-23S rRNA 基因内转录间区（internal transcribed spacers，ITS）以及 recA 等管家基因序列分析和基于 PCR 技术的分子标记技术等。

3.1　基于核糖体 DNA 分析方法

3.1.1　16S rDNA 序列同源性分析

原核生物核糖体 rRNA 含有 3 种类型：23S、16S、5S rRNA，它们分别含有约 2900、1540 和 120 个碱基。rDNA 或 rRNA 序列既具有保守性，又具有高变性，同时在细菌基因组中至少含有一个拷贝。20 世纪 60 年代末，Woese 采用寡核苷酸编目法对生物进行分类，通过比较各类生物细胞的核糖体 RNA 特征序列，认为 16S rDNA 及其类似的 rDNA 基因序列作为生物系统发育指标最为合适。无论是全长还是部分 16S rDNA/rRNA 序列，都可以提交到国际互联网 GenBank，采用 BLAST 和 RDPP（ribosomal database project program）与已知序列进行相似性对比，然后进行系统发育分析。rRNA 序列分析可以作为整个分子分类的基础，截至 1991 年，大约 2500 个种的 16S rRNA 全序列已经被报道。随着核酸测序技术的发展，越来越多的微生物的 16S rDNA 序列被测定并收入国际基因数据库中，这样用 16S rDNA 作为目的序列进行微生物群落结构分析变得更为快捷方便。

在国内，近几年研究者们采用 16S rDNA 序列分析与传统的分离鉴定相结合的方法来鉴定乳酸菌得到普遍认可，并得到广泛地应用。2005 年，乌日娜等采用 16S rDNA 测序和同源性分析的方法，将分离自自然发酵酸马奶中的 L. casei zhang 和 ZL12-1 分别鉴定为 L. casei subsp. casei 和 L. gallinarum。2008～2011 年，Zhang、Wang、Liu、Wu、Sun、Yu 等采用传统生理生化分析与 16S rDNA 序列分析相结合的方法，对分离自中国内蒙古、新疆、青海、西藏、云南、四川、甘肃等少数民族居住地区以及蒙古国的 14 个省市自然发酵乳制品以及自然发酵酸粥、发酵泡菜和酸面团中 3388 株乳酸菌进行了系统分析，将其准确地鉴定为 7 个属（ Enterococcus、Lactobacillus、Lactococcus、Leuconostoc、Pediococcus、Streptococcus 和 Weissella）58 个种和亚种。

但 16S rDNA 序列分析也存在着它的缺点。该方法不能对一系列分类相近的 Bifidobacterium 和 Lactobacillus 等进行有效区分，即不能在种或亚种的水平完成对部分菌株的鉴定与区分，特别是近几年来在 16S rDNA 序列水平上的分类对 Lb. acidophilus、Lb. casei、Lb. plantarum 和 Lb. delbrueckii 四个菌群的界定争论不休。

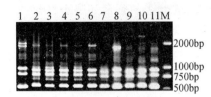

图 3-1　乳杆菌 16S-23S rDNA 间区
扩增片段电泳图谱（孙天松，2006）

注：1~11 为不同乳杆菌菌株 ITS 扩增产物；
M 为 DL 2000 Marker

3.1.2　rRNA 转录间隔区序列分析

　　转录间隔区序列（internally transcribed spacer sequences，ITSS）是指 rRNA 操纵子中位于 16S rRNA 和 23S rRNA，23S rRNA 和 5S rRNA 之间的序列。近年来，人们发现不同菌种的 16S-23S rRNA 基因间隔区具有相当好的保守性，较 16S rRNA 具有更强的变异性，它不但可以用于菌种间的鉴别，还可用来分辨 16S rRNA 不能鉴别的同源性高的菌种。其应用于种以下水平的分类鉴定，对 16S-23S rRNA 基因的基因间隔区进行扩增所用的引物往往是根据 16S rRNA 和 23S rRNA 基因两侧高度保守的区域进行设计的，通用引物扩增出不同 rRNA 操纵子 ITS 片段。如图 3-1 所示，呈不同长度的扩增片段，即 16S-23S rDNA 长间隔区（long ISR）和 16S-23S rDNA 短间隔区（short ISR）。

　　2006 年，孙天松采用 16S-23S rDNA 短间隔区序列分析的方法将 8 株未能鉴定到种的乳杆菌进行了鉴定。通过 short ISR 序列构建系统发育树，如图 3-2 所示，将其分别归为干酪乳杆菌干酪亚种（*Lb. casei* subsp. *casei*）、瑞士乳杆菌

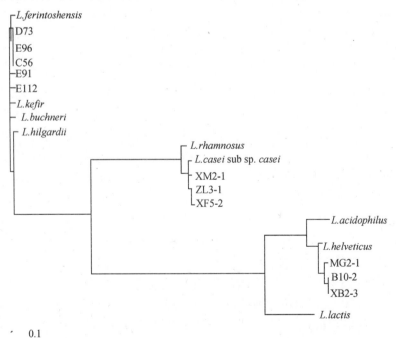

图 3-2　16S-23S rDNA 短间隔区序列建立的系统发育树（孙天松等，2006）

（*Lb. helveticus*）、开菲尔乳杆菌（*Lb. kefiri*）和 *Lb. ferintoshensis*。16S-23S rDNA 短间隔区序列分析可以识别 *Lb. rhamnosus* 和 *Lb. casei*，而对于 *Lb. ferintoshensis*、*Lb. kefir*、*Lb. buchneri* 和 *Lb. hilgardii* 的区分效果不明显，但是仍有助于将未知乳杆菌归入这一群。

3.1.3　16S rRNA 扩增片段的碱基差异分析

1991 年，Neefs 等研究发现，原核生物 16S rRNA 基因内部存在着多个可变区域，如图 3-3 所示，即 Vl、V2、V3 等 9 个多变区域。由于不同菌株的 16S rRNA 基因的碱基组成不同，通过 PCR 扩增这些可变区，得到相同大小的 DNA 片段，经过温度梯度凝胶电泳（temperature gradient gel electrophoresis，TGGE）、瞬时温度梯度凝胶电泳（temporal temperature gradient gel electrophoresis，TTGE）和变性梯度凝胶电泳（denaturing gradient gel electrophoresis，DGGE）后会被分离开来。

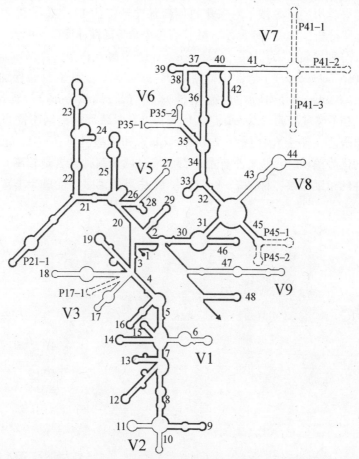

图 3-3　16S rRNA 二级结构示意图（Neefs *et al.*，1991）

其基本原理是 DNA 分子中 4 种碱基的组成和排列差异，使不同序列的双链 DNA 分子具有不同的解链温度。当双链 DNA 分子在含梯度变性剂（尿素、甲酰胺）的聚丙烯酰胺凝胶中进行电泳时，因其解链的速度和程度与其序列密切相关，所以当某一双链 DNA 序列迁移到变性凝胶的某一位置，并达到其解链温度时，即开始部分解链。部分解链的 DNA 分子的迁移速度随解链程度增大而减小，从而使具有不同序列的 DNA 片段滞留于凝胶的不同位置。结束电泳时，形成相互分开的带谱。理论上认为，只要选择的电泳条件如变性剂梯度、电泳时间、电压等足够精细，存在着一个碱基差异的 DNA 片段都可以被区分开。

自 1993 年 Muzyer 等首次将 DGGE 技术应用于微生物研究，并证实这种方法用于微生物种属鉴定十分有效以来，DGGE 和 TGGE 被广泛用于检测食品和其他环境样品中的乳酸菌。目前 DGGE 技术在肠道乳酸杆菌、双歧杆菌以及自然发酵乳制品、发酵酸面团等食品以及其他益生菌制剂的菌群多样性研究中都有成功报道。张家超等应用 DGGE 技术对采集自西藏那曲地区的 12 份发酵乳中乳酸菌的多样性进行了分析。如图 3-4 所示，M 代表各个参考菌株在该凝胶中的位置，自上而下，a～h 分别代表植物乳杆菌（*Lb. plantarum*、发酵乳杆菌（*Lb. fermentum*）、瑞士乳杆菌（*Lb. heleveticus*）、弯曲乳杆菌（*Lb. curvatus*）、德氏乳杆菌保加利亚亚种（*Lb. delbrueckii* subsp. *bulgaricus*）、嗜热链球菌（*S. thermophilus*）、乳酸乳球菌（*Lc. lactis*）和干酪乳杆菌（*Lb. casei*）。1～12 代表西藏那曲地区不同自然发酵乳样品。结果表明，瑞士乳杆菌（*Lb. heleveticus*）和乳酸乳球菌（*Lc. lactis*）是这些样品中的优势菌种，几乎每个样品中都含有这两个菌种且含量较高。如果从乳酸菌多样性的角度考察，样品 7、9、10 和 11 中乳酸菌多样性最为丰富。

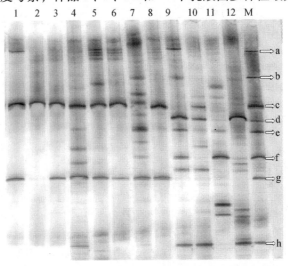

图 3-4　西藏那曲地区自然发酵乳中乳酸菌多样性的 DGGE 指纹图谱

2010 年，Hao 等采用 DGGE 技术分析了 10 份新疆自然发酵酸马奶中乳酸菌多样性，发现优势乳酸菌为嗜酸乳杆菌（*Lb. acidophilus*）、瑞士乳杆菌（*Lb. helveticus*）、发酵乳杆菌（*Lb. fermentum*）和马乳酒样乳杆菌（*Lb. kefiranofaciens*），与采用传统方法分析结果一致。粪肠球菌（*E. faecalis*）、乳酸乳球菌（*Lc. lactis*）、副干酪乳杆菌（*Lb. paracasei*）、卡氏乳杆菌（*Lb. kitasatonis*）和开菲尔乳杆菌（*Lb. kefiri*）也在自然发酵酸马奶样品中频繁出现，而嗜热链球菌（*S. thermophilus*）、肠膜明串珠菌（*Leuc. mesenteroides*）、布氏乳杆菌（*Lb. buchneri*）和詹氏乳杆菌（*Lb. buchneri*）出现较少。其中布氏乳杆菌（*Lb. buchneri*）、詹氏乳杆菌（*Lb. buchneri*）和卡氏乳杆菌（*Lb. kitasatonis*）首次在自然发酵酸马奶中发现。

3.2　DNA 指纹图谱技术

3.2.1　限制性片段长度多态性分析

1980 年，Botesin 提出的限制性片段长度多态性分析（restriction fragment length polymorphisms，RFLP）是最早应用的分子标记技术。其原理是用限制性内切酶将细胞基因组 DNA 进行切割，然后在琼脂糖凝胶上电泳分离，通过指纹图谱来检测分析基因组中内切酶限制性切点的变化，从而比较不同基因组之间的核苷酸差异，以显示不同种群基因组 DNA 的限制性片段长度多态性。近年来，RFLP 多与 PCR 技术结合起来进行应用，即 PCR-RFLP 技术。此技术可以使图谱的带型简单化，易于分析，在菌种鉴定中具有特异、敏感、快速、准确等特点。但很大一个缺点是对于混杂样品必需进行优化，选择合适的特异性引物。RFLP 产生的指纹图谱适用于细菌种间及种内菌株间的分型鉴定。

Giraffa 等使用 16S rRNA 基因全序列和 16S rRNA-RFLP 分析方法对干酪中的乳酸菌进行分析，证明 RFLP 标记技术可以用来区分菌株，且为描述瑞士乳杆菌的微生物生态系提供了基础。2009 年，Yu 等对不同乳酸菌模式株 16S rDNA 序列采用模拟酶切和电泳的方法，筛选出 3 种适合乳杆菌的限制性核酸内切酶（*Hae*III、*Hinf*I 和 *Alu*I），2 种适合于乳球菌的限制性核酸内切酶（*Tsp*RI 和 *Bsma*I）。采用选定的限制性核酸内切酶对分离自西藏自然发酵乳中的 124 株乳杆菌和 47 株球菌进行 16S rDNA-RFLP 分析，除部分肠球菌属菌株不能进行种的鉴定，其他 151 株乳酸菌分离株被准确鉴定为发酵乳杆菌（*Lb. fermentum*）、干酪乳杆菌（*Lb. casei*）、植物乳杆菌（*Lb. plantarum*）、瑞士乳杆菌（*Lb. helveticus*）、乳酸乳球菌乳酸亚种（*Lc. lactis* subsp. *lactis*）、乳酸乳球菌乳脂亚种（*Lc. lactis* subsp. *cremoris*）和肠膜明串珠菌明串亚种（*Leuc. mesenteroides* subsp. *mesenteroides*）（图3-5）。研究表明，采用该方法可以准确区分乳酸乳球菌乳酸亚种（*Lc. lactis* subsp. *lactis*）和乳酸乳球菌乳脂亚种（*Lc. lactis* subsp. *cremoris*）。艾日登才次克、于洁、高娃等先后也采用同样方法对分离自蒙古国、西藏自然发酵乳中乳酸菌进行分析，除肠球菌外不能鉴定到种的水平，将其他分离株快速准确地鉴定到种和亚种的水平。

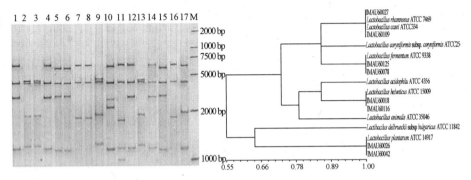

图 3-5　部分菌株和参考菌株限制性核酸内切酶
Hae Ⅲ 16S rDNA RFLP 指纹图谱（Yu *et al.*，2009）

2008 年，Blaiotta 等对 *Lactobacillus* 的 43 个种共 116 株乳杆菌的 *hsp*60 基因序列进行系统分析，发现多变区的鉴别区分能力显著高于 16S rDNA，通过生物信息学手段采用了 *Alu*I 和 *Tac*I 分别完成了电子 RFLP 图谱，发现除植物乳杆菌（*Lb. plantarum*）和戊糖乳杆菌（*Lb. pentosus*）外，其余 41 个种的 113 株乳杆菌均有很好的分离效果，由此，采用 *Alu*I 限制性核酸内切酶 RFLP 和 *Hsp*60-PCR 相结合的技术对 110 株乳杆菌进行多态性分析。结果表明，该方法比经典的 16S rDNA 分析方法分辨率高，可适用于大量乳酸菌的分离鉴定研究，并指出运用内切酶可以区分植物乳杆菌（*Lb. plantarum*）和戊糖乳杆菌（*Lb. pentosus*）。

3.2.2　扩增核糖体 DNA 限制性片段长度多态性分析

扩增核糖体 DNA 限制性片段长度多态性分析（amplified rDNA restriction analysis，ARDRA）技术是美国最新发展起来的基于 PCR 和 RFLP 技术相结合的一种 rDNA 限制性片段长度多态性生物鉴定技术。它依据原核生物 rDNA 序列的保守性，将扩增的 rDNA 片段进行酶切，然后通过酶切图谱来分析菌间多样性。ARDRA 更适合细菌种和亚种水平的鉴定。由于此法无需分纯试样，加之是对某一基因进行 RFLP 分析，因此产生的条带较少，结果较易分析。

2001 年 Miteva 等采用 ARDRA 技术对德氏乳杆菌（*Lb. delbrueckii*）三个亚种进行分类研究。完成了菌株 16S rDNA、23S rDNA，以及 ITS 区域扩增，选取 *Eco*RI 等 8 个限制性核酸内切酶进行多态性分析，通过图谱分析构建 UPGMA 聚类图（图3-6）。结果表明，采用限制性核酸内切酶 *Eco*RI 酶切核糖体 DNA 扩增片段的方法可以明确地区分德氏乳杆菌的三个亚种（*Lb. delbrueckii* subsp. *delbrueckii*、subsp. *lactis* 和 subsp. *bulgaricus*）。

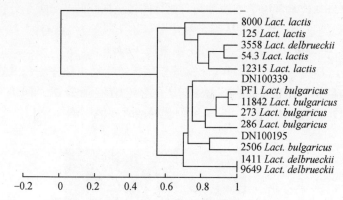

图 3-6　德氏乳杆菌 ARDRA 的 UPGMA 聚类图（Miteva *et al*.，2001）

　　2003 年，Guan 等采用 ARDRA 技术，对嗜酸乳杆菌群（*Lb. acidophilus* group）菌株进行准确的分类研究。如图 3-7 所示，采用限制性核酸内切酶 *Mse*I 酶切 16S rDNA 以及 ITS 扩增片段，嗜酸乳杆菌（*Lb. acidophilus*）、卷曲乳杆菌（*Lb. crispatus*）、约氏乳杆菌（*Lb. johnsonii*）和鸡乳杆菌（*Lb. gallinarum*）均可呈现特异性条带，便于准确区分嗜酸乳杆菌群的乳杆菌。

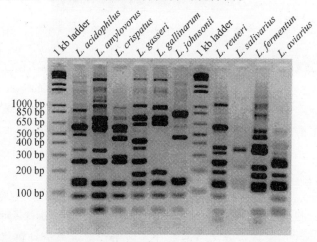

图 3-7　*Mse*I-ARDRA 琼脂糖凝胶电泳图谱（Guan *et al*.，2003）

3.2.3　随机扩增多态性 DNA 技术

　　随机扩增多态性 DNA（random amplified polymorphism DNA，RAPD）标记技术

是由 Williams 和 Welsh 同时发明的一种分类鉴定方法。它的基本原理是利用随机引物（一般为 8~10 bp）通过 PCR 反应非特异性扩增 DNA 片段，然后应用凝胶电泳分析扩增 DNA 片段，呈现出一定形式的谱带，即通过 DNA 指纹图谱来完成其进化遗传分析。RAPD 技术常用于细菌种间、亚种间乃至株间的亲缘关系分析。

　　Schillinge 等采用该技术对从酸乳酪中分离出 20 株益生菌与 11 株模式菌株的电泳图谱进行比对分析，鉴定出这 20 株菌属于嗜酸乳杆菌（*Lb. acidophilus*）和干酪乳杆菌（*Lb. casei*）。2007 年 López 等应用传统生理生化方法和 RAPD-PCR 技术对 120 株植物乳杆菌中的 46 株进行了遗传学特征分析，研究结果表明，RAPD-PCR 技术更能显示出这 46 株植物乳杆菌之间的同源性。

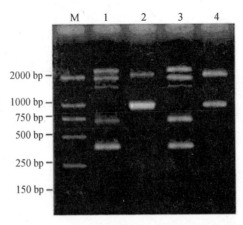

图 3-8　乳酸乳球菌 RAPD 琼脂糖凝胶电泳图谱（张家超等，2010）

　　2010 年，张家超等选用引物 M13，通过 PCR 扩增、琼脂糖凝胶电泳对乳酸乳球菌乳酸亚种（*Lc. lactis* subsp. *lactis*）和乳酸乳球菌乳脂亚种（*Lc. lactis* subsp. *cremoris*）进行区分。如图 3-8 所示，泳道 1 和 3 为乳酸乳球菌乳酸亚种，泳道 2 和 4 为乳酸乳球菌乳脂亚种。可以清晰地区分乳酸乳球菌（*Lc. lacti*）的这 2 个亚种。

3.2.4　扩增片段长度多态性分析

　　扩增片段长度多态性（amplification fragment length polymorphism，AFLP）分析最早是由荷兰科学家 Zabeau 和 Vos 提出并发展建立起来的一种 DNA 多态性分析新方法。该方法是 RFLP 技术和 PCR 技术相结合发展形成的一种新型 DNA 指纹图谱技术，被认为是迄今为止最有效的分子标记技术。该技术在鉴定遗传多样性和物种的亲缘关系中也显示出较大的优越性。目前，扩增片段长度多态性分析是一种经常使用的细菌分类和鉴定的方法。

　　AFLP 的基本原理（图 3-9）就是利用 PCR 技术选择性扩增基因组 DNA 双酶切的限制性片段。基因组 DNA 经限制性内切核酸酶消化后，将一双链 DNA 接头连接于限制性片段的两端。然后根据接头序列和限制位点邻近区域的碱基序列，设计一系列 3′末端含数个随机变化的选择性碱基的 PCR 引物，进行特异性扩增。只有那些限制位点的侧翼序列与引物 3′末端选择碱基相匹配的限制片段才能得以扩增。扩增产物经变性聚丙烯酰胺凝胶电泳显示其多态性。

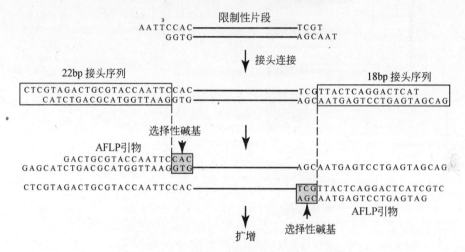

图 3-9　AFLP 原理示意图（Vos *et al.*，1995）

　　AFLP 技术包括三个步骤：①限制性内切核酸酶消化基因组 DNA 和连接寡核苷酸接头；②用选择性引物对限制性片段进行 PCR 扩增；③凝胶电泳分析扩增片段。

　　AFLP 技术通过特异性 PCR 引物设计和内切酶组合的选择，来调整 AFLP 图谱中限制性片段的适宜数目，具有一定的灵活性。严格的 PCR 条件和高分辨率的聚丙烯酰胺凝胶电泳使 AFLP 重复性好，分辨率高。而且 AFLP 标记具有比 RFLP、RAPD 标记更为可靠、有效地揭示微生物多态性水平的能力，为研究微生物属以下物种之间的亲缘关系，乃至菌株间差异提供了有效手段。1995 年 7 月 30 日，在加拿大召开的第 92 届美国园艺学会（ASHS）年会上，专家一致认为当今世界上四大标记系统综合效用大小排序应该是 AFLP ＞ SSR ＞ RAPD ＞ RFLP。然而，该方法对操作人员素质及 DNA 质量要求较高，这一点影响了它的广泛应用。

　　利用 AFLP 技术可对遗传学上亲缘接近的菌种如戊糖乳杆菌、植物乳杆菌和类植物乳杆菌进行种水平的区分。孙志宏采用 AFLP 分子标记方法对自然发酵酸马奶中的乳杆菌进行 DNA 多态性研究。如图 3-10 所示，依据 AFLP 指纹图谱分析构建 UPGMA 聚类树，将供试菌株归为 7 个类群，其中瑞士乳杆菌（*Lb. helveticus*）、棒状乳杆菌棒状亚种（*Lb. coryniformis* subsp. *coryniformis*）和马乳酒样乳杆菌（*Lb. kefiranofaciers*）较为接近，形成一个大类群，副干酪乳杆菌副干酪亚种（*Lb. paracasei* subsp. *paracasei*）、干酪乳杆菌（*Lb. casei*）和植物乳杆菌（*Lb. plantarum*）菌株分别形成各自的类群。

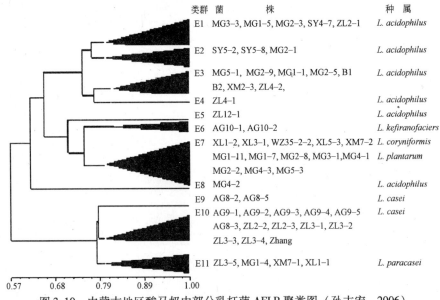

类群	菌株	种属
E1	MG3-3, MG1-5, MG2-3, SY4-7, ZL2-1	*L. acidophilus*
E2	SY5-2, SY5-8, MG2-1	*L. acidophilus*
E3	MG5-1, MG2-9, MG1-1, MG2-5, B1	*L. acidophilus*
	B2, XM2-3, ZL4-2,	
E4	ZL4-1	*L. acidophilus*
E5	ZL12-1	*L. acidophilus*
E6	AG10-1, AG10-2	*L. kefiranofaciers*
E7	XL1-2, XL3-1, WZ35-2-2, XL5-3, XM7-2	*L. corniformis*
	MG1-11, MG1-7, MG2-8, MG3-1, MG4-1	*L. plantarum*
	MG2-2, MG4-3, MG5-3	
E8	MG4-2	*L. acidophilus*
E9	AG8-2, AG8-5	*L. casei*
E10	AG9-1, AG9-2, AG9-3, AG9-4, AG9-5	*L. casei*
	AG8-3, ZL2-2, ZL2-3, ZL3-1, ZL3-2	
	ZL3-3, ZL3-4, Zhang	
E11	ZL3-5, MG1-4, XM7-1, XL1-1	*L. paracasei*

0.57　　0.68　　0.79　　0.89　　1.00

图 3-10　内蒙古地区酸马奶中部分乳杆菌 AFLP 聚类图（孙志宏，2006）

在前人的研究中，很少有涉及不同地理来源对乳酸菌的种群多样性和基因多样性影响的报道。但受牧民居住的自然环境、生活习惯，以及存放容器等的影响，自然发酵乳制品中微生物群落必然有所差异，因而乳酸菌生物多样性与自然发酵乳制品的不同地理来源也是人们普遍关心的问题。2009 年，剧柠选用了分离自西藏、新疆和云南不同地区自然发酵乳中的优势菌——105 株瑞士乳杆菌（*Lb. helveticus*，其中西藏 6 株、新疆 58 株、云南 41 株），并对其进行种内遗传多样性分析。

从图 3-11 可以看出，105 株瑞士乳杆菌（*Lb. helveticus*）被分为 6 个大的 AFLP 基因型。所有来自云南地区的 40 株瑞士乳杆菌（*Lb. helveticus*）都被聚类在 I 型中。II 型由 1 株来自云南大理市的瑞士乳杆菌（*Lb. helveticus*）构成。III 型包括 35 株来自新疆地区的瑞士乳杆菌（*Lb. helveticus*），占所有新疆地区瑞士乳杆菌（*Lb. helveticus*）的 60.35%。IV 型包括 10 株来自新疆的瑞士乳杆菌（*Lb. helveticus*）。V 型含有 13 株来自新疆的瑞士乳杆菌（*Lb. helveticus*），占新疆地区瑞士乳杆菌（*Lb. helveticus*）的 22.41%。VI 型含有 6 株瑞士乳杆菌（*Lb. helveticus*），全部分离自西藏地区的传统发酵乳制品。比较 ERIC-PCR 和 AFLP 指纹图谱结果，所有瑞士乳杆菌（*Lb. helveticus*）供试菌株都表现出丰富的遗传多样性，但大部分与其分离源相关。

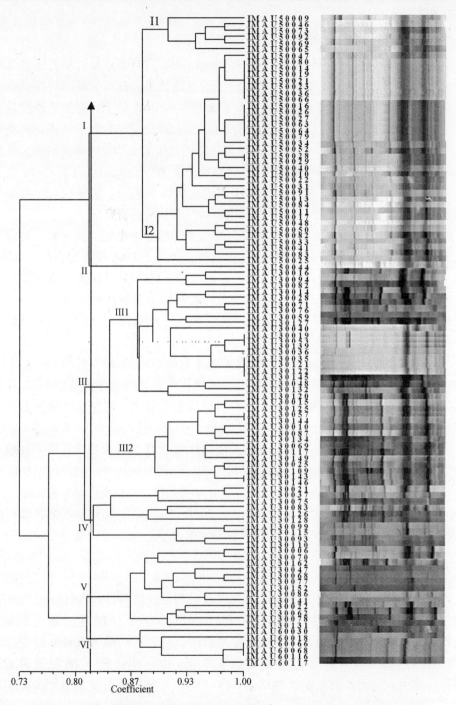

图 3-11　西藏、新疆和云南地区瑞士乳杆菌 AFLP 指纹聚类图（剧柠，2009）

3.2.5　脉冲场凝胶电泳分析

脉冲场凝脉电泳（pulsed field gel electrophoresis，PFGE）是近年发展起来的一种重要的分离大分子质量线性 DNA 分子的电泳技术。普通的琼脂糖凝胶电泳分离 DNA 分子的上限是 50 kb，对于大于该极限的 DNA 分子，常规的琼脂糖凝胶便失去了其分子筛的作用，导致电泳带型无法分辨。PFGE 的发明正好解决了这一问题。1984 年，Schwartz 和 Cantor 首次使用此技术成功分离得到酿酒酵母菌（*Saccharomyces cerevisiae*）细胞的 16 条完整染色体 DNA。此后，随着 PFGE 技术的不断改进，其现已具有分辨出高达 10 Mb 级 DNA 的能力。这一独有的高分辨力使 PFGE 的应用范围扩大到几乎所有生物基因组结构的研究。

PFGE 的基本原理是在琼脂糖凝胶上外加交变的脉冲电场，其方向、时间和电流大小交替改变，每当电场方向发生改变时，大分子 DNA 便滞留在凝胶孔内，直至沿新的电场轴重新定向后才能继续向前泳动。DNA 分子越大，这种重新定向需要的时间就越长，当 DNA 分子改变方向的时间小于脉冲时间时，DNA 就可以按照其分子质量大小分开，经 EB 染色后在凝胶上出现按 DNA 大小排列的电泳带型。

脉冲场凝胶电泳的具体操作包括将细菌染色体 DNA 包埋在胶块中，经蛋白酶水解，稀有酶切位点的限制性核酸内切酶酶切位点对细菌染色体组 DNA 进行消化，脉冲场电泳，从而细菌 DNA 大片段得以有效分离，依据电泳图谱区分鉴定菌株。

2004 年，McLeod 等采用脉冲场凝胶电泳技术对 27 株乳源德氏乳杆菌乳酸亚种（*Lb. delbrueckii* subsp. *lactis*）进行基因型多样性研究，通过限制性内切核酸酶 *Not*I 酶切基因组 DNA、脉冲场电泳、成像、聚类分析，得到 UPGMA 聚类树（图 3-12）。结果表明，除分离株 SiO2 和 SiO5 不能区分，其他 25 株德氏乳杆菌乳酸亚种（*Lb. delbrueckii* subsp. *lactis*）都有较明确的差异。

3.2.6　基因简单重复序列 PCR 标记

基因组简单重复序列 PCR 标记首先要设计特异性的引物，然后通过 PCR 反应扩增细菌 DNA 重复元件，如 ERIC、BOX 或者（GTG）$_5$ 等序列。该技术由于引物序列是固定的，与相似的 RAPD 技术相比，其分析结果的重复性较好。目前，在细菌基因组中已发现存在 10 种以上可用于 DNA 指纹分析鉴定的简单重复序列，其中研究较多的主要有 BOX 序列、（GTG）$_5$ 序列、重复基因外回纹序列（repetitive extragenic palindromic，REP）和肠细菌重复基因间基准序列（enterobacterial repetitive intergenic consensus，ERIC）。

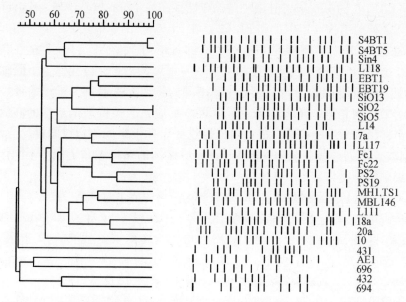

图 3-12 德氏乳杆菌乳酸亚种的 PFGE UPGMA 聚类图 (McLeod *et al.*, 2008)

重复非基因回文序列 PCR (repetitive extragenic palindrome-PCR, REP-PCR) 的基本原理是利用 LAB 基因组上短小、高度保守且重复序列作为 PCR 扩增的模板, PCR 扩增后产生一些 DNA 片段的图谱, 通过电泳获得 REP 指纹图谱, 据此来断定细菌间的亲缘关系。其可用于乳酸菌亲缘关系的分类, 当前主要用于菌种水平的鉴定, 如乳酸乳球菌 (*Lc. lactis*)、海格乳杆菌 (*Lb. hilgardii*) 和短乳杆菌 (*Lb. brevis*)。

2003 年, Antonio 等采用 REP-PCR 技术成功地完成了对 10 株卷曲乳杆菌 (*Lb. crispatus*) 的分型研究, 如图 3-13 所示, 菌株条带均呈现多样性, 其中菌株 *Lb. crispatus* CTV-05 (泳道 2) 具有与其他 9 株卷曲乳杆菌 (*Lb. crispatus*) 明显的特异性条带, 可以清晰地辨别菌株 *Lb. crispatus* CTV-05。

ERIC (IRU) 是 Sharples 等首先在大肠杆菌中发现的, 被命名为基因间重复单位 (intergenic repetitive unit, IRU)。由于该序列主要存在于肠杆菌科, 故称之为 "肠道细菌基因间重复序列" (enterobacterial repetitive intergenic consensus,

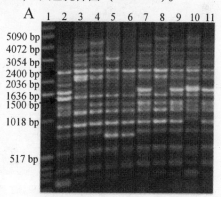

图 3-13 卷曲乳杆菌 REP-PCR
凝胶电泳图谱 (Antonio *et al.*, 2003)

ERIC）。ERIC 长约 126 bp，其中心是保守性很高的 44 bp 核心序列。Hulton 根据核心序列设计的引物（ERIC1 和 ERIC2）在 ERIC-PCR 中得到了广泛应用。该技术用于基因分型，其原理是根据 ERIC 的核心序列设计反向引物（ERIC1/ERIC2），经 PCR 扩增，在凝胶电泳上形成一系列的谱带，以此作为不同细菌的 DNA 标记，得到不同的图谱来区分检测不同的细菌。一般每个扩增条带可以看作是一个微生物类群，条带的染色强度可以反应这个类群数量水平的高低。因此，一个样品的微生物种群组成就可以通过一组条带组成的指纹图谱反应出来。由于 ERIC 在不同种属甚至同一种内不同菌株之间的拷贝数和定位都不同，所以可用于细菌的分类与鉴定。

2006 年，孙志宏等采用了 ERIC-PCR 标记技术完成了对分离自蒙古国和内蒙古地区酸马奶中 51 株乳杆菌遗传多样性的研究（图 3-14）。依据 ERIC-PCR 指纹图谱遗传距离将供试菌株分为 E1 ~ E11 共 11 个类群。其中，瑞士乳杆菌（*Lb. helveticus*）组成 6 个类群，5 株棒状乳杆菌棒状亚种（*Lb. coryniformis* subsp. *coryniformis*）、8 株植物乳杆菌（*Lb. plantarum*），以及模式菌株形成 1 个大的类群。干酪乳杆菌（*Lb. casei*）菌株分为两个类群；4 株副干酪乳杆菌副干酪亚种（*Lb. paracasei* subsp. *paracasei*）构成一个独立的类群，揭示了这一地区酸马奶中乳杆菌有着复杂的遗传多样性。

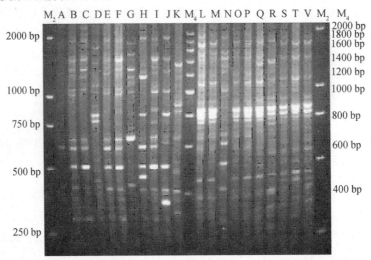

图 3-14　内蒙古地区酸马奶中部分乳杆菌 ERIC-PCR 指纹图谱（孙志宏，2006）

2009 年，剧柠采用 ERIC 标记技术分析西藏、新疆和云南不同地区 105 株瑞士乳杆菌（*Lb. helveticus*）分离株的遗传多样性。从图 3-15 可以看出，分离自新疆地区的菌株 IMAU30162、IMAU30149 和 IMAU30010 与其他菌的相似性系数较低，各自单独为一个 ERIC 型；菌株 IMAU30122 和菌 IMAU30145 组成一个型，

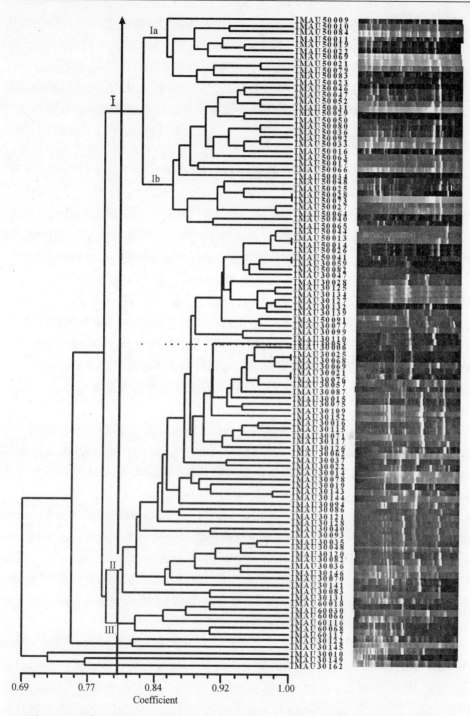

图 3-15　西藏、新疆和云南地区瑞士乳杆菌 ERIC-PCR 指纹聚类图（剧柠，2006）

这些可能是瑞士乳杆菌（*Lb. helveticus*）的特异基因型。除此之外是 3 个大基因型，I 型包括 34 株瑞士乳杆菌，全部来自云南地区。群 II 含 60 株瑞士乳杆菌，包括 52 株新疆地区瑞士乳杆菌和 8 株云南地区瑞士乳杆菌。群 III 包括 6 株瑞士乳杆菌，全部来自西藏地区。这些结果表明，分离自不同地区的瑞士乳杆菌菌株呈现出较为接近的基因型，这可能是由于菌株长期适应当地气候，以及制作工艺等因素而形成不同的遗传多样性。

3.3　多位点序列分型

多位点序列分型（multilocus sequence typing，MLST）是从多位点酶电泳（multilocus enzyme electrophoresis，MLEE）方法衍生出来的一种新的分子分型方法。该方法具有很高的分辨能力，可用于分子遗传、进化领域及分子分型的研究。

MLST 是一种以核酸序列分析为基础的细菌分子分型方法，主要通过对单拷贝管家基因（或功能基因）序列的多态性进行分型。它的分型原理是选择某一菌属的一组基因作为分型目标基因，分别设计引物扩增 400～800 bp 的基因序列进行测序，根据菌株每个基因的序列信息分配等位基因序号（allelenumber），把该菌株所有基因的等位基因序号合并在一起组成一个等位基因谱（allelicprofile），并给这个等位基因谱分配一个唯一的编号作为该分离株的核酸型或序列型（sequence type，ST）。

2007 年，Cai 等采用 6 个等位基因的 MLST 技术分析了 40 株分离自植物、人肠道、人血液及不同地区干酪中的干酪乳杆菌（*Lb. casei*），共形成 36 个序列型（图 3-16），结果表明，分离自不同环境中的菌株，由于特定的环境使其发生了特定的遗传进化，即遗传特性与分离环境相关。

孙志宏等采用 *dna*A、*pyr*G、*gro*EL、*mur*C、*pyr*A、*dna*K、*uvr*C、*clp*X、*rec*A、*mur*E 10 个管家基因和 *pep*N、*pep*X 2 个功能基因对分离自中国内蒙古、新疆、甘肃、西藏以及蒙古国自然发酵乳中的 249 株瑞士乳杆菌（*Lb. helveticus*）进行 MLST 分型研究。通过对 12 个等位基因扩增、测序，将供试菌株分为 14 个组群，共 132 个 ST 型（图 3-17）。结果表明，大部分菌株 ST 型与分离地相关，这可能是由于分离株长期适应环境而进行了细微的进化。

刘文俊等同样采用上述 12 个等位基因，对分离自自然发酵乳、酸粥和酸面团的 209 株发酵乳杆菌进行了种内遗传多样性的研究。根据等位基因序列突变点，建立 MLST 集群图，并重构系统发育树（图 3-18）。209 株发酵乳杆菌形成 7 个组，包括 72 个 ST 型。从系统发育树中清楚地看出，分离源不同的发酵乳杆菌形成不同的组，即不同分离源确立了不同 ST 型。这些充分说明了发酵乳杆菌长时间在特定环境下发生了特定的微进化。

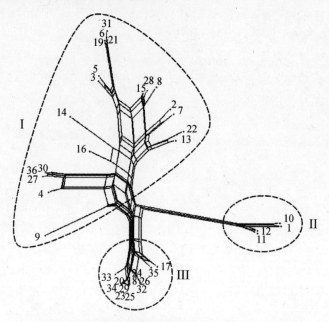

图 3-16　40 株 *Lb. casei* 序列型分布图（Cai *et al.* , 2007）

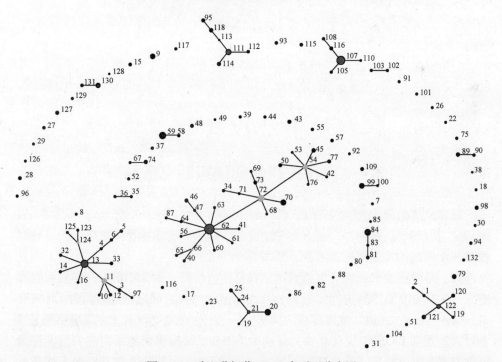

图 3-17　瑞士乳杆菌 MLST 序列型分布图

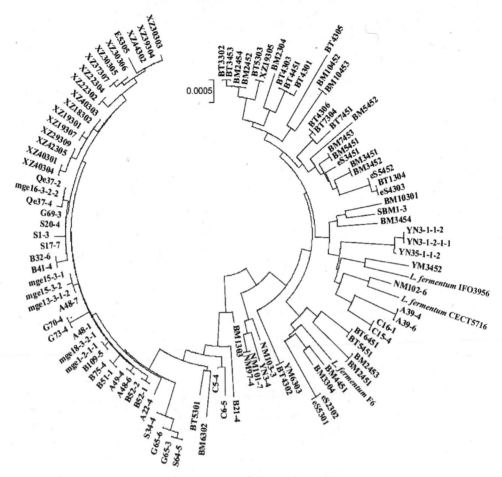

图 3-18　12 个等位基因重构发酵乳杆菌系统发育树

3.4　规律成簇的间隔短回文重复

　　规律成簇的间隔短回文重复（clustered regularly interspaced short palindromic repeats，CRISPR）是一种广泛分布于细菌与古菌中高度多样性的遗传结构。该结构以连续相同的重复序列为特征，重复序列一般长 21~48 个碱基，由于具有回文序列，可形成发卡结构，在基因组中重复次数最高可达 250 次，同时在每两个重复序列间含有高度特异性的插入短片段，两端的侧翼区域中经常出现 CRISPR-associated（cas）基因。重复序列之间被 26~72 bp 间隔序列隔开，间隔序列长度与细菌种类和 CRISPR 位点有关，在一个 CRISPR 结构中所有重复序列几乎完全一致且具有回文性质。重复序列间的插入片段是整个 CRISPR 结构中最多样化的部分，已有研究表明这些片段均来自外源遗传组分，且只有极少数是通过复制产生的。因其具有两端严格保守性和中间插入序列多样性的特点。所以近年来该区域常被用于细菌和古菌的遗传多样性分析。

2009 年，Horvath 等分析了 102 株完成了草图的乳酸菌全基因组序列，包括硬壁菌门（Firmicutes）和放线菌门（Actinobacteria）在内的 11 个属，发现了 66 个 CRISPR 区域，并采用该区域序列重构系统发育树。进一步研究发现在双歧杆菌属（*Bifidobacterium*）、乳杆菌属（*Lactobacillus*）和链球菌属（*Streptococcus*）等中都含有多个 CRISPR 基因家族，并且在分化较远的物种中也发现类似 CRISPR 的基因。因而采用该家族基因构建的系统发育树与经典系统发育树不相同，推测 CRISPR 位点可能是基因水平转移和早期自主进化选择谱系而形成的，也有一部分是由于选择压力而从噬菌体获得。通过分析 CRISPR 位点的起源及进化，也可以从其他角度为乳酸菌的进化和遗传多样性提供新的思维和见解。

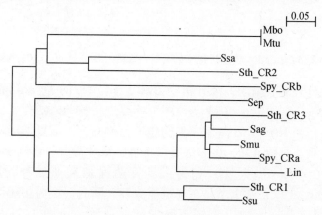

图 3-19　CRISPR 位点分析 *Streptococcus* 聚类关系（Horvath *et al.*，2009）

Sth，*S. thermophilus* LMD-9. CR1，CRISPR1；CR2，CRISPR2；CR3，CRISPR3

3.5　基因网络构建系统进化树

构建系统进化树是一种非常有效和常用的研究微生物进化的方法。目前常用的建树方法都是基于基因序列信息，如 16S rRNA、管家基因、直系同源基因等序列信息。这种方法的优点是快速高效，通过一个或几个基因的序列就可以完成。缺点是只利用了基因序列这一个信息。我们都知道在序列测定时会不可避免的出现系统误差，因此常常会由于基因序列中一个或几个碱基的错误导致构建的进化树不准确。鉴于此，Ding 等提出了基于基因组基因网络构建系统进化树的方法。他认为除了基因序列信息、基因相互之间的关系（种系发生关系、基因在基因组中的位置、临近基因，以及基因融合）等特征都可以反映物种的进化关系

（图 3-20），并将这一系列特征定义为基因关系网络（gene relationship network，GRN）。利用 GRN 构建进化树不但可以避免测序错误和进化速率差异等问题导致的系统误差，而且可以将水平基因转移的影响降低到一个很低的水平。

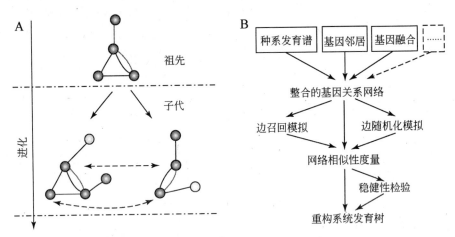

图 3-20　GRN 构建进化树的策略及原则（Ding *et al.*，2011）

2011 年，Hao 等利用该方法分析了分属于 12 个种的 17 株乳酸菌的进化关系，并将该方法与利用 16S rRNA 基因序列构建进化树的方法作了比较。结果表明，该方法较利用 16S rRNA 基因序列构建进化树的方法能更加清晰地表明物种之间的进化关系，由图可知，该方法可以将嗜热链球菌（*S. thermophilus*，3 株），乳酸乳球菌（*Lc. Lactis*，2 株）和德氏乳杆菌保加利亚亚种（*Lb. delbrueckiil* subsp. *bulgaricus*，3 株）这 3 个分支清楚地分开。同时，该方法还可以在种和亚种的水平做到区分，如德氏乳杆菌保加利亚亚种，由图 3-21B 可知，菌株 *Lb. delbrueckiil* subsp. *bulgaricus* ATCC 11842 和 ATCC BAA-365 相比于菌株 *Lb. delbrueckiil* subsp. *bulgaricus* 2038 具有更近的亲缘关系。

2005～2006 年，以美国能源部基因联合研究所和加州州立科技大学、日本岐阜大学生命科学研究室、法国国家序列研究中心和农业研究所为代表的一些发达国家的实验室相继公布了包括约氏乳杆菌（*Lb. johnsonii* NCC533）、嗜酸乳杆菌（*Lb. acidophilus* NCFM）和清酒乳杆菌（*Lb. sakei* 23K）等 39 株乳杆菌（*lactobacilli*）的全基因组数据。近年来，由于第二代高通量测序技术包括 Roche 454、Solexa 和 ABI SOLiD 测序平台的投入使用极大地推动了乳酸菌基因组学的发展进程，目前就乳杆菌而言，共有 39 株提交了基因组完成图，84 株乳杆菌提交了基因组草图。可以预见，随着这些测序平台的不断升级和广泛使用，乳酸菌基因组学的研究将会发生新的转变，掀起新的高潮，快速基因组测序时代即将来临，从基因组水平进行乳酸菌的遗传多样性研究已成为可能。

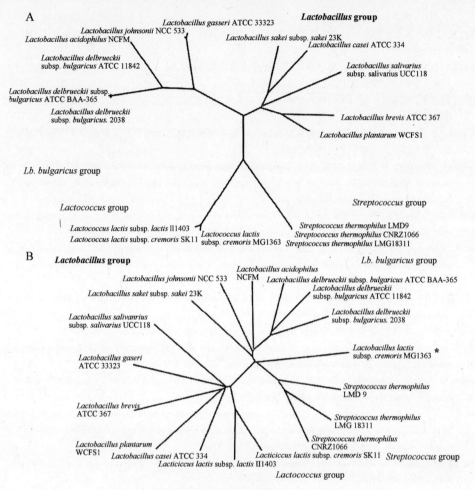

图 3-21　部分乳酸菌系统发育树（Hao *et al.* 2011）

A. 基于 16S rRNA 构建；B. 基于 GRN 构建

* ：采用两种方法分析，该菌株进化距离发生较大偏移

参 考 文 献

艾日登才次克，于洁，杜晓华，等.2009.16S rDNA-RFLP 法快速鉴定蒙古国传统乳制品中的乳酸菌.中国农业科技导报，11（2）：63-68

高娃，于洁，乌兰，等.2010.蒙古国传统发酵乳中部分乳杆菌 16S rRNA-RFLP 分类研究.中国乳品工业，38（1）：4-7

剧柠.2009.西藏，新疆和云南地区传统发酵乳制品中乳杆菌的生物多样性研究.内蒙古农业大学博士学位论文.内蒙古，呼和浩特

孙天松，乌日娜，靳烨，等.2006.16S-23S rDNA 间区序列测定在乳杆菌鉴定中的应用.食品与发酵工业，32（9）：1-4

孙天松.2006.中国新疆地区传统发酵酸马奶的化学组成及乳酸菌生物多样性研究.内蒙古农业大学博士学

位论文. 内蒙古, 呼和浩特

孙志宏. 2006. 自然发酵酸马奶中乳杆菌的 DNA 多态性性研究. 内蒙古农业大学硕士学位论文. 内蒙古, 呼和浩特

乌日娜, 张和平, 孟和毕力格, 等. 2005. 酸马奶中乳杆菌 *Lb. casei* Zhang 和 ZL12-1 的 16S rDNA 基因序列及聚类分析. 中国乳品工业, 33 (6): 4-9

于洁, 孙志宏, 张家超, 等. 2009. 16S rDNA-RFLP 技术鉴定西藏地区乳制品中的乳杆菌. 食品与生物技术学报, 28 (6): 804-810

张家超, 王芳, 徐海燕, 等. 2010. 6 种区分乳酸乳球菌亚种和乳酸乳球菌乳脂亚种的分子生物学方法比较. 微生物学报, 50 (12): 1670-1676

Blaiotta G, Fusco V, Ercolini D, et al. 2008. *Lactobacillus* strain diversity based on partial *hsp*60 gene sequences and design of PCR-restriction fragment length polymorphism assays for species identification and differentiation. Appl Environ Microbiol, 74: 208-215

Botstein D, White R L, Skolnick M, et al. 1980. Construction of a genetic linkage map in man using restriction fragment length polymorphisms. Am J Hum Genet, 32: 314-331

Cai H, Rodriguez B T, Zhang W, et al. 2007. Genotypic and phenotypic characterization of *Lactobacillus casei* strains isolated from different ecological niches suggests frequent recombination and niche specificity. Microbiol, 153: 2655-2665

Carle G F, Olson M V. 1984. Separation of chromosomal DNA molecules from yeast by orthogonal-field-alternation gel electrophoresis. Nucleic Acids Res, 12: 5647-5664

Ding G, Yu J, Zhao Z, et al. 2008. Tree of life based on genome context networks. PLoS One, 3: 3357

Giraffa G, Andrighetto C, Antonello C, et al. 2004. Genotypic and phenotypic diversity of *Lactobacillus delbrueckii* subsp. *lactis* strains of dairy origin. Int J Food Microbiol, 91: 129-139

Giraffa G, Gatti M, Rossetti L, et al. 2000. Molecular diversity within *Lactobacillus helveticus* as revealed by genotypic characterization. Appl Environ Microbiol, 66: 1259-1265

Guan L L, Hagen K E, Tannock G W, et al. 2003. Detection and identification of *Lactobacillus* species in crops of broilers of different ages by using PCR-denaturing gradient gel electrophoresis and amplified ribosomal DNA restriction analysis. Appl Environ Microbiol, 69: 6750-6757

Hao P, Zheng H J, Yu Y, et al. 2011. Complete sequencing and Pan-Genomic analysis of *Lactobacillus delbrueckii* subsp. *bulgaricus* reveal its genetic basis for industrial yugurt production. PLoS ONE 6 (1): e15964

Hao Y, Zhao L, Zhang H, et al. 2010. Identification of the bacterial biodiversity in koumiss by denaturing gradient gel electrophoresis and species-specific polymerase chain reaction. J Dairy Sci, 93: 1926-1933

Horvath P, Coute-Monvoisin A C, Romero D A, et al. 2009. Comparative analysis of CRISPR loci in lactic acid bacteria genomes. Int J Food Microbiol, 131: 62-70

Horvath P, Romero D A, Coute-Monvoisin A C, et al. 2008. Diversity, activity and evolution of CRISPR loci in *Streptococcus thermophilus*. J Bacteriol, 190: 1401-1412

Hulton C S, Higgins C F, Sharp P M. 1991. ERIC sequences: a novel family of repetitive elements in the genomes of *Escherichia coli*, *Salmonella typhimurium* and other enterobacteria. Mol Microbiol, 5: 825-834

López I, Torres C, Ruzz-Larrea F, et al. 2008. Genetic typification by pulsed-field gel electrophoresis (PFGE) and randomly amplified polymorphic DNA (RAPD) of wild *Lactobacillus plantarum* and *Oenococcus oeni* wine strains. Eur Food Res Technol, 227: 547-555

Liu W J, Bao Q H, Jirimutu, et al. 2011. Isolation and identification of lactic acid bacteria from Tarag in eastern Inner Mongolia of China by 16S rRNA sequences and DGGE analysis. Microbiol Res, 10.1016/j. micres. 2011. 05. 001

Liu W J, Sun Z H, Zhang J C, et al. 2009. Analysis of microbial composition in acid whey for dairy fan making in

Yunnan by conventional method and 16S rRNA sequencing. Curr Microbiol, 59 (2): 199-205

Maiden M C, Bygraves J A, Feil E, et al. 1998. Multilocus sequence typing: a portable approach to the identification of clones within populations of pathogenic microorganisms. Proc Natl Acad Sci U S A, 95: 3140-3145

McLeod A, Nyquist O L, Snipen L, et al. 2008. Diversity of Lactobacillus sakei strains investigated by phenotypic and genotypic methods. Syst Appl Microbiol, 31: 393-403

Miteva V, Boudakov I, Ivanova-Stoyancheva G, et al. 2001. Differentiation of Lactobacillus delbrueckii subspecies by ribotyping and amplified ribosomal DNA restriction analysis (ARDRA). J Appl Microbiol, 90: 909-918

Muyzer G, de Waal E C, Uitterlinden A G. 1993. Profiling of complex microbial populations by denaturing gradient gel electrophoresis analysis of polymerase chain reaction-amplified genes coding for 16S rRNA. Appl Environ Microbiol, 59: 695-700

Neefs J M, Van de Peer Y, De Rijk P, et al. 1991. Compilation of small ribosomal subunit RNA sequences. Nucleic Acids Res, 19: 1987-2015

Schillinger U, Yousif N M, Sesar L, et al. 2003. Use of group-specific and RAPD-PCR analyses for rapid differentiation of Lactobacillus strains from probiotic yogurts. Curr Microbio, 147: 453-456

Schwartz D C, Cantor C R. 1984. Separation of yeast chromosome-sized DNAs by pulsed field gradient gel electrophoresis. Cell, 37: 67-75

Sharples J G, Lloyd R G. 1990. A novel repeated DNA sequence located in the intergenic regions of bacterial chromosomes. Nucleic Acids Res, 18: 6503-6508

Sun Z H, Liu W J, Gao W, et al. 2010. Identification and characterization of the dominant lactic acid bacteria from kurut: the naturally fermented yak milk in Qinghai in China, J Gen Appl Microbiol, 56: 1-10

Sun Z H, Liu W J, Zhang J C, et al. 2010. Identification and characterization of the dominant lactic acid bacteria isolated from traditional fermented milk in Mongolia. Folia Microbiol, 55 (3): 270-276

Sun Z H, Liu W J, Zhang J C, et al. 2010. Identification and characterization of the dominant Lactobacilli isolated from Koumiss in China. J Gen Appl Microbiol, 56: 257-265

Vos P, Hogers R, Bleeker M, et al. 1995. AFLP: a new technique for DNA fingerprinting. Nucleic Acids Res, 23: 4407-4414

Wang J G, Chen X, Liu W J, et al. 2008. Identification of Lactobacillus from Koumiss by conventional and molecular methods, Eur Food Res Technol, 227 (5): 1555-1561

Wang W H, Chen X, Du X H, et al. 2010. Isolation and identification of cultivable lactic acid bacteria in traditional fermented milk of tibet in China. Int J Dairy Techol, 63 (3): 437-444

Welsh J, McClelland M. 1990. Fingerprinting genomes using PCR with arbitrary primers. Nucleic Acids Res, 18: 7213-7218

Williams J G K, Kubelik A R, Livak K J, et al. 1990. DNA polymorphisms amplified by arbitrary primers are useful as genetic markers. Nucleic Acids Res, 18: 6531-6535

Woese C R, Magrum L J, Gupta R, et al. 1980. Secondary structure model for bacterial 16S ribosomal RNA: phylogenetic, enzymatic and chemical evidence. Nucleic Acids Res, 8: 2275-2293

Wu R, Wang L P, Wang J C, et al. 2009. Isolation and preliminary probiotic selection of Lactobacilli from Koumiss in Inner Mongolia, J Basic Microbiol, 49: 1-9

Yu J, Sun Z H, Liu W J, et al. 2010. Rapid identification of lactic acid bacteria isolated from home-made fermented milk in Tibet, J Gen Appl Microbiol, 55 (3): 181-190

Yu J, Wang W H, Menghe B L G, et al. 2011. Diversity of lactic acid bacteria associated with traditional fermented dairy products in Mongolia. J Dairy Sci, 94 (7): 3229-3241

Zhang W Y, Zhang H P. 2011. Fermentation and koumiss. In: Hui Y H. Handbook of animal – based fermented foods and beverages. 2ed. Florida: CRC Press

第四章　自然发酵乳（及其他发酵食品）中乳酸菌分离株目录

4.1　肠球菌属

Enterococcus casseliflavus（ex Vaughan et al., 1979；Collins et al., 1984）

IMAU10148 ←LABCC WH15-3-3. 分离源：内蒙古巴彦淖尔盟乌拉特后旗 酸山羊奶. 分离时间：2002 年. 培养基 0005, 37℃ GenBank 序列号 FJ915804

Enterococcus durans（87 株）（ex Sherman and Wing, 1937；Collins et al., 1984）
耐久肠球菌

IMAU10054 ←LABCC WZ5-1. 分离源：内蒙古巴彦淖尔盟乌拉特中旗 酸牛奶. 分离时间：2002 年. 培养基 0005, 37℃ GenBank 序列号 FJ915710

IMAU10055 ←LABCC WZ11-1. 分离源：内蒙古巴彦淖尔盟乌拉特中旗 酸山羊奶. 分离时间：2002 年. 培养基 0005, 37℃ GenBank 序列号 FJ915711

IMAU10077 ←LABCC WZ4-1-2. 分离源：内蒙古巴彦淖尔盟乌拉特中旗 酸牛奶. 分离时间：2002 年. 培养基 0005, 37℃ GenBank 序列号 FJ915733

IMAU10081 ←LABCC WZ6-1. 分离源：内蒙古巴彦淖尔盟乌拉特中旗 酸牛奶. 分离时间：2002 年. 培养基 0005, 37℃ GenBank 序列号 FJ915737

IMAU10083 ←LABCC WZ9-3. 分离源：内蒙古巴彦淖尔盟乌拉特中旗 酸牛奶. 分离时间：2002 年. 培养基 0005, 37℃ GenBank 序列号 FJ915739

IMAU10088 ←LABCC WH3-3-3-1. 分离源：内蒙古巴彦淖尔盟乌拉特后旗 山羊奶酪. 分离时间：2002 年. 培养基 0005, 37℃ GenBank 序列号 FJ915744

IMAU10090 ←LABCC WH6-1-2. 分离源：内蒙古巴彦淖尔盟乌拉特后旗 山羊奶. 分离时间：2002 年. 培养基 0005, 37℃ GenBank 序列号 FJ915746

IMAU10092 ←LABCC WH11-1. 分离源：内蒙古巴彦淖尔盟乌拉特后旗 山羊奶. 分离时间：2002 年. 培养基 0005, 37℃ GenBank 序列号 FJ915748

IMAU10097 ←LABCC WH22-2. 分离源：内蒙古巴彦淖尔盟乌拉特后旗 酸山羊

奶．分离时间：2002 年．培养基 0005，37℃ GenBank 序列号 FJ915753

IMAU10108 ←LABCC BTS1-1．分离源：内蒙古巴彦淖尔盟乌拉特后旗 酸驼奶．
分离时间：2002 年．培养基 0005，37℃ GenBank 序列号 FJ915764

IMAU10109 ←LABCC S4-4．分离源：内蒙古巴彦淖尔盟乌拉特后旗 酸驼奶．分离
时间：2002 年．培养基 0005，37℃ GenBank 序列号 FJ915765

IMAU10113 ←LABCC WZ20-1-1．分离源：内蒙古巴彦淖尔盟乌拉特中旗 酸山羊
奶．分离时间：2002 年．培养基 0005，37℃ GenBank 序列号 FJ915769

IMAU10116 ←LABCC WZ25-2-2-1．分离源：内蒙古巴彦淖尔盟乌拉特中旗 酸山
羊奶．分离时间：2002 年．培养基 0005，37℃ GenBank 序列号 FJ915772

IMAU10122 ←LABCC WZ31．分离源：内蒙古巴彦淖尔盟乌拉特中旗 酸山羊奶．
分离时间：2002 年．培养基 0005，37℃ GenBank 序列号 FJ915778

IMAU10127 ←LABCC WZ43-1-1．分离源：内蒙古巴彦淖尔盟乌拉特中旗 酸牛奶．
分离时间：2002 年．培养基 0005，37℃ GenBank 序列号 FJ915783

IMAU10132 ←LABCC WZ3-1．分离源：内蒙古巴彦淖尔盟乌拉特中旗 酸牛奶．分
离时间：2002 年．培养基 0005，37℃ GenBank 序列号 FJ915788

IMAU10167 ←LABCC WZ50-1-2-2．分离源：内蒙古巴彦淖尔盟乌拉特中旗 酸羊
奶．分离时间：2002 年．培养基 0005，37℃ GenBank 序列号 FJ915822

IMAU10230 ←LABCC LSBM5-3．分离源：内蒙古巴彦淖尔盟乌拉特前旗 酸面团．
分离时间：2009 年．培养基 0005，37℃ GenBank 序列号 GU138558

IMAU10612 ←LABCC NM75-1．分离源：内蒙古呼伦贝尔盟海拉尔市 酸马奶．分
离时间：2009 年．培养基 0005，37℃ GenBank 序列号 HM218336

IMAU10614 ←LABCC NM75-4．分离源：内蒙古呼伦贝尔盟海拉尔市 酸马奶．分
离时间：2009 年．培养基 0005，37℃ GenBank 序列号 HM218338

IMAU10616 ←LABCC NM76-3．分离源：内蒙古呼伦贝尔盟海拉尔市 酸马奶．分
离时间：2009 年．培养基 0005，37℃ GenBank 序列号 HM218339

IMAU10619 ←LABCC NM78-2．分离源：内蒙古呼伦贝尔盟海拉尔市 酸马奶．分
离时间：2009 年．培养基 0005，37℃ GenBank 序列号 HM218342

IMAU10769 ←LABCC NM120-4．分离源：内蒙古巴林右旗巴彦温度尔苏木 酸牛
奶．分离时间：2009 年．培养基 0005，37℃ GenBank 序列号 HM218490

IMAU10827 ←LABCC NM136-7．分离源：内蒙古巴林右旗巴彦温度尔苏木 酸牛
奶．分离时间：2009 年．培养基 0005，37℃ GenBank 序列号 HM218544

IMAU10913 ←LABCC NM156-5．分离源：内蒙古巴林右旗大板镇西拉木伦嘎查 酸
牛奶．分离时间：2009 年．培养基 0005，37℃ GenBank 序列号 HM218621

IMAU10920 ←LABCC NM157-6．分离源：内蒙古巴林右旗大板镇 酸牛奶．分离时

间: 2009 年. 培养基 0005, 37℃ GenBank 序列号 HM218628

IMAU10929 ←LABCC NM158-8. 分离源: 内蒙古巴林右旗大板镇 酸牛奶. 分离时间: 2009 年. 培养基 0005, 37℃ GenBank 序列号 HM218637

IMAU11037 ←LABCC NM179-1. 分离源: 内蒙古巴林右旗大板镇 酸牛奶. 分离时间: 2009 年. 培养基 0005, 37℃ GenBank 序列号 HM218738

IMAU20038 ←LABCC mgh11-3. 分离源: 蒙古国前杭盖省塔日雅图苏木 酸驼奶. 分离时间: 2006 年. 培养基 0005, 37℃ GenBank 序列号 FJ844963

IMAU20039 ←LABCC mgh11-4-2. 分离源: 蒙古国前杭盖省塔日雅图苏木 酸驼奶. 分离时间: 2006 年. 培养基 0005, 37℃ GenBank 序列号 FJ844964

IMAU20072 ←LABCC mgh5-5-1. 分离源: 蒙古国戈壁阿尔泰省图格日格苏木 酸驼奶. 分离时间: 2006 年. 培养基 0005, 37℃ GenBank 序列号 FJ844983

IMAU20244 ←LABCC MGA45-1. 分离源: 蒙古国肯特省诺罗布林苏木 酸牛奶. 分离时间: 2009 年. 培养基 0005, 37℃ GenBank 序列号 HM057978

IMAU20682 ←LABCC MGC7-1. 分离源: 蒙古前杭盖省胡西古图苏木 酸牛奶. 分离时间: 2009 年. 培养基 0005, 37℃ GenBank 序列号 HM058394

IMAU20684 ←LABCC MGC7-3. 分离源: 蒙古国前杭盖省胡西古图苏木 酸牛奶. 分离时间: 2009 年. 培养基 0005, 37℃ GenBank 序列号 HM058396

IMAU40026 ←LABCC QH9-6. 分离源: 青海省海南州共和县黑马乡 酸牦牛奶. 分离时间: 2005 年. 培养基 0005, 37℃ GenBank 序列号 FJ749302

IMAU40050 ←LABCC QH29-5. 分离源: 青海省海北州天峻县 酸牦牛奶. 分离时间: 2005 年. 培养基 0005, 37℃ GenBank 序列号 FJ749325

IMAU40067 ←LABCC QH11-2-1. 分离源: 青海省海南州共和县石乃亥乡 酸牦牛奶. 分离时间: 2005 年. 培养基 0005, 37℃ GenBank 序列号 FJ749342

IMAU40069 ←LABCC QH27-4. 分离源: 青海省海北州天峻县 酸牦牛奶. 分离时间: 2005 年. 培养基 0005, 37℃ GenBank 序列号 FJ749344

IMAU40075 ←LABCC QH40-4. 分离源: 青海省海北州西海镇 酸牦牛奶. 分离时间: 2005 年. 培养基 0005, 37℃ GenBank 序列号 FJ749350

IMAU40076 ←LABCC QH46-6. 分离源: 青海省海北州西海镇 酸牦牛奶. 分离时间: 2005 年. 培养基 0005, 37℃ GenBank 序列号 FJ749351

IMAU40110 ←LABCC QH41-2-1. 分离源: 青海省海北州西海镇 酸牦牛奶. 分离时间: 2005 年. 培养基 0005, 37℃ GenBank 序列号 FJ749382

IMAU50035 ←LABCC YN17-2. 分离源: 云南省洱源县邓川镇 乳扇酸乳清. 分离时间: 2006 年. 培养基 0005, 37℃ GenBank 序列号 FJ749436

IMAU50109 ←LABCC YND-3. 分离源: 云南省剑川县甸南镇 乳饼. 分离时间:

2006 年．培养基 0005, 37℃ GenBank 序列号 FJ749504

IMAU50135 ←LABCC YNH-3. 分离源：云南省剑川县甸南镇 乳饼．分离时间：
2006 年．培养基 0005, 37℃ GenBank 序列号 FJ749529

IMAU50138 ←LABCC YNI-2. 分离源：云南省剑川县甸南镇 乳饼．分离时间：
2006 年．培养基 0005, 37℃ GenBank 序列号 FJ749532

IMAU60012 ←LABCC XZ4302. 分离源：西藏日喀则地区江孜县东郊乡 酸黄牛奶．
分离时间：2007 年．培养基 0005, 37℃ GenBank 序列号 FJ749745

IMAU60013 ←LABCC XZ4303. 分离源：西藏日喀则地区江孜县东郊乡 酸黄牛奶．
分离时间：2007 年．培养基 0005, 37℃ GenBank 序列号 FJ749746

IMAU60014 ←LABCC XZ4304. 分离源：西藏日喀则地区江孜县东郊乡 酸黄牛奶．
分离时间：2007 年．培养基 0005, 37℃ GenBank 序列号 FJ749747

IMAU60020 ←LABCC XZ5305. 分离源：西藏日喀则地区江孜县东郊乡 酸黄牛奶．
分离时间：2007 年．培养基 0005, 37℃ GenBank 序列号 FJ749752

IMAU60041 ←LABCC XZ12301. 分离源：西藏日喀则地区白朗县巴扎乡 酸黄牛
奶．分离时间：2007 年．培养基 0005, 37℃ GenBank 序列号 FJ749767

IMAU60044 ←LABCC XZ12306. 分离源：西藏日喀则地区白朗县巴扎乡 酸黄牛
奶．分离时间：2007 年．培养基 0005, 37℃ GenBank 序列号 FJ749769

IMAU60060 ←LABCC XZ15303. 分离源：西藏日喀则地区白朗日喀则县江当乡 酸
黄牛奶．分离时间：2007 年．培养基 0005, 37℃ GenBank 序列号 FJ749784

IMAU60069 ←LABCC XZ18301. 分离源：西藏那曲县罗马镇 酸牦牛奶．分离时
间：2007 年．培养基 0005, 37℃ GenBank 序列号 FJ215668

IMAU60084 ←LABCC XZ22301. 分离源：西藏那曲县罗马镇 酸牦牛奶．分离时
间：2007 年．培养基 0005, 37℃ GenBank 序列号 FJ749805

IMAU60100 ←LABCC XZ26301. 分离源：西藏那曲县桑雄乡 酸牦牛奶．分离时
间：2007 年．培养基 0005, 37℃ GenBank 序列号 FJ215669

IMAU60118 ←LABCC XZ32302. 分离源：西藏那曲县古露镇 酸牦牛奶．分离时
间：2008 年．培养基 0005, 37℃ GenBank 序列号 FJ749836

IMAU60132 ←LABCC XZ35306. 分离源：西藏拉萨地区当雄县乌玛糖乡 酸牦牛
奶．分离时间：2007 年．培养基 0005, 37℃ GenBank 序列号 FJ749849

IMAU60133 ←LABCC XZ36302. 分离源：西藏拉萨地区当雄县龙仁乡 酸牦牛奶．
分离时间：2008 年．培养基 0005, 37℃ GenBank 序列号 FJ749850

IMAU60138 ←LABCC XZ38301. 分离源：西藏拉萨地区当雄县龙仁乡 酸牦牛奶．
分离时间：2007 年．培养基 0005, 37℃ GenBank 序列号 FJ749854

IMAU60139 ←LABCC XZ38302. 分离源：西藏拉萨地区当雄县龙仁乡 酸牦牛奶．

分离时间：2008 年．培养基 0005，37℃ GenBank 序列号 FJ749855

IMAU60172 ←LABCC ZLG1-1．分离源：西藏地区 藏灵菇．分离时间：2007 年．
培养基 0005，37℃ GenBank 序列号 FJ917726

IMAU60173 ←LABCC ZLG1-2．分离源：西藏地区 藏灵菇．分离时间：2007 年．
培养基 0005，37℃ GenBank 序列号 FJ917727

IMAU60174 ←LABCC ZLG2-2．分离源：西藏地区 藏灵菇．分离时间：2008 年．
培养基 0005，37℃ GenBank 序列号 FJ917728

IMAU60175 ←LABCC ZLG3-1．分离源：西藏地区 藏灵菇．分离时间：2007 年．
培养基 0005，37℃ GenBank 序列号 FJ917729

IMAU60177 ←LABCC ZLG3-3．分离源：西藏地区 藏灵菇．分离时间：2007 年．
培养基 0005，37℃ GenBank 序列号 FJ917730

IMAU60179 ←LABCC ZLG4-2．分离源：西藏地区 藏灵菇．分离时间：2007 年．
培养基 0005，37℃ GenBank 序列号 FJ917731

IMAU60181 ←LABCC ZLG5-1．分离源：西藏地区 藏灵菇．分离时间：2008 年．
培养基 0005，37℃ GenBank 序列号 FJ917732

IMAU60182 ←LABCC ZLG5-2．分离源：西藏地区 藏灵菇．分离时间：2007 年．
培养基 0005，37℃ GenBank 序列号 FJ917733

IMAU60183 ←LABCC ZLG6-1．分离源：西藏地区 藏灵菇．分离时间：2008 年．
培养基 0005，37℃ GenBank 序列号 FJ917734

IMAU60184 ←LABCC ZLG6-2．分离源：西藏地区 藏灵菇．分离时间：2007 年．
培养基 0005，37℃ GenBank 序列号 FJ917735

IMAU60185 ←LABCC ZLG6-3．分离源：西藏地区 藏灵菇．分离时间：2007 年．
培养基 0005，37℃ GenBank 序列号 FJ917736

IMAU60186 ←LABCC ZLG7-1．分离源：西藏地区 藏灵菇．分离时间：2007 年．
培养基 0005，37℃ GenBank 序列号 FJ917737

IMAU60188 ←LABCC ZLG7-2-2．分离源：西藏地区 藏灵菇．分离时间：2007 年．
培养基 0005，37℃ GenBank 序列号 FJ917738

IMAU60190 ←LABCC ZLG8-2．分离源：西藏地区 藏灵菇．分离时间：2008 年．
培养基 0005，37℃ GenBank 序列号 FJ917740

IMAU60191 ←LABCC ZLG9-1．分离源：西藏地区 藏灵菇．分离时间：2007 年．
培养基 0005，37℃ GenBank 序列号 FJ917741

IMAU60192 ←LABCC ZLG9-2．分离源：西藏地区 藏灵菇．分离时间：2007 年．
培养基 0005，37℃ GenBank 序列号 FJ917742

IMAU60200 ←LABCC XZ28202．分离源：西藏那曲县桑雄乡 酸黄牛奶．分离时

间：2007 年．培养基 0005，37℃ GenBank 序列号 FJ915645

IMAU80395 ←LABCC S44-1. 分离源：四川省阿坝州红原县安曲乡三村 曲拉．分离时间：2009 年．培养基 0005，37℃ GenBank 序列号 HM058661

IMAU80517 ←LABCC G5-3. 分离源：甘肃省夏河县桑科乡赛池村 奶油．分离时间：2009 年．培养基 0005，37℃ GenBank 序列号 HM058727

IMAU80518 ←LABCC G5-4. 分离源：甘肃省夏河县桑科乡赛池村 奶油．分离时间：2009 年．培养基 0005，37℃ GenBank 序列号 HM058728

IMAU80553 ←LABCC G15-1. 分离源：甘肃省夏河县桑科乡赛池村二队 曲拉．分离时间：2009 年．培养基 0005，37℃ GenBank 序列号 HM058750

IMAU80554 ←LABCC G15-2. 分离源：甘肃省夏河县桑科乡赛池村二队 曲拉．分离时间：2009 年．培养基 0005，37℃ GenBank 序列号 HM058751

IMAU80555 ←LABCC G15-4. 分离源：甘肃省夏河县桑科乡赛池村二队 曲拉．分离时间：2009 年．培养基 0005，37℃ GenBank 序列号 HM058752

IMAU80653 ←LABCC G37-1. 分离源：甘肃省夏河县桑科乡戈沟村 曲拉．分离时间：2009 年．培养基 0005，37℃ GenBank 序列号 HM058837

IMAU80672 ←LABCC G41-6. 分离源：甘肃省夏河县桑科乡刚渣二队 鲜牦牛奶．分离时间：2009 年．培养基 0005，37℃ GenBank 序列号 HM058854

IMAU80741 ←LABCC G56-4. 分离源：甘肃省录曲县晒银滩乡一队 鲜牦牛奶．分离时间：2009 年．培养基 0005，37℃ GenBank 序列号 HM058913

Enterococcus faecalis（**49 株**）（Andrewes and Horder, 1906; Schleifer and Kilpper-Bälz, 1984）**粪肠球菌**

IMAU10057 ←LABCC WZ11-3. 分离源：内蒙古巴彦淖尔盟乌拉特中旗 酸牛奶．分离时间：2002 年．培养基 0005，37℃ GenBank 序列号 FJ915713

IMAU10060 ←LABCC WZ21-1. 分离源：内蒙古巴彦淖尔盟乌拉特中旗 酸山羊奶．分离时间：2002 年．培养基 0005，37℃ GenBank 序列号 FJ915716

IMAU10063 ←LABCC WZ23-2. 分离源：内蒙古巴彦淖尔盟乌拉特中旗 酸山羊奶．分离时间：2002 年．培养基 0005，37℃ GenBank 序列号 FJ915719

IMAU10064 ←LABCC WZ26-1. 分离源：内蒙古巴彦淖尔盟乌拉特中旗 酸山羊奶．分离时间：2002 年．培养基 0005，37℃ GenBank 序列号 FJ915720

IMAU10069 ←LABCC WZ34-2. 分离源：内蒙古巴彦淖尔盟乌拉特中旗 酸驼奶．分离时间：2002 年．培养基 0005，37℃ GenBank 序列号 FJ915725

IMAU10074 ←LABCC WZ50-1-1. 分离源：内蒙古巴彦淖尔盟乌拉特中旗 酸山羊

奶. 分离时间: 2002 年. 培养基 0005, 37℃ GenBank 序列号 FJ915730

IMAU10075 ←LABCC WZ51-3. 分离源: 内蒙古巴彦淖尔盟乌拉特中旗 酸山羊奶. 分离时间: 2002 年. 培养基 0005, 37℃ GenBank 序列号 FJ915731

IMAU10076 ←LABCC WZ56-2-1. 分离源: 内蒙古巴彦淖尔盟乌拉特中旗 酸山羊奶. 分离时间: 2002 年. 培养基 0005, 37℃ GenBank 序列号 FJ915732

IMAU10078 ←LABCC WZ21-2. 分离源: 内蒙古巴彦淖尔盟乌拉特中旗 酸山羊奶. 分离时间: 2002 年. 培养基 0005, 37℃ GenBank 序列号 FJ915734

IMAU10080 ←LABCC WZ4-3. 分离源: 内蒙古巴彦淖尔盟乌拉特中旗 酸牛奶. 分离时间: 2002 年. 培养基 0005, 37℃ GenBank 序列号 FJ915736

IMAU10085 ←LABCC WH3-3-2. 分离源: 内蒙古巴彦淖尔盟乌拉特后旗 酸牛奶. 分离时间: 2002 年. 培养基 0005, 37℃ GenBank 序列号 FJ915741

IMAU10087 ←LABCC WZ47-1-1. 分离源: 内蒙古巴彦淖尔盟乌拉特中旗 奶油. 分离时间: 2002 年. 培养基 0005, 37℃ GenBank 序列号 FJ915743

IMAU10091 ←LABCC WH8-1-2. 分离源: 内蒙古巴彦淖尔盟乌拉特后旗 酸山羊奶. 分离时间: 2002 年. 培养基 0005, 37℃ GenBank 序列号 FJ915747

IMAU10094 ←LABCC WH16. 分离源: 内蒙古巴彦淖尔盟乌拉特后旗 酸山羊奶. 分离时间: 2002 年. 培养基 0005, 37℃ GenBank 序列号 FJ915750

IMAU10095 ←LABCC WH17-1-2. 分离源: 内蒙古巴彦淖尔盟乌拉特后旗 山羊奶酪. 分离时间: 2002 年. 培养基 0005, 37℃ GenBank 序列号 FJ915751

IMAU10098 ←LABCC WH23-1-2. 分离源: 内蒙古巴彦淖尔盟乌拉特后旗 酸山羊奶. 分离时间: 2002 年. 培养基 0005, 37℃ GenBank 序列号 FJ915754

IMAU10099 ←LABCC WH30-1. 分离源: 内蒙古巴彦淖尔盟乌拉特后旗 酸山羊奶. 分离时间: 2002 年. 培养基 0005, 37℃ GenBank 序列号 FJ915755

IMAU10100 ←LABCC WH8-1-1. 分离源: 内蒙古巴彦淖尔盟乌拉特后旗 酸山羊奶. 分离时间: 2002 年. 培养基 0005, 37℃ GenBank 序列号 FJ915756

IMAU10102 ←LABCC WH24-2-3. 分离源: 内蒙古巴彦淖尔盟乌拉特后旗 酸山羊奶. 分离时间: 2002 年. 培养基 0005, 37℃ GenBank 序列号 FJ915758

IMAU10103 ←LABCC WH29-1. 分离源: 内蒙古巴彦淖尔盟乌拉特后旗 酸山羊奶. 分离时间: 2002 年. 培养基 0005, 37℃ GenBank 序列号 FJ915759

IMAU10105 ←LABCC WH29-3-1-1. 分离源: 内蒙古巴彦淖尔盟乌拉特后旗 酸山羊奶. 分离时间: 2002 年. 培养基 0005, 37℃ GenBank 序列号 FJ915761

IMAU10106 ←LABCC WH28-1. 分离源: 内蒙古巴彦淖尔盟乌拉特后旗 酸山羊奶. 分离时间: 2002 年. 培养基 0005, 37℃ GenBank 序列号 FJ915762

IMAU10107 ←LABCC BTS2-2. 分离源: 内蒙古巴彦淖尔盟乌拉特后旗 酸山羊奶.

分离时间：2002 年．培养基 0005，37℃ GenBank 序列号 FJ915763

IMAU10111 ←LABCC WZ9-1-2．分离源：内蒙古巴彦淖尔盟乌拉特中旗 酸牛奶．
分离时间：2002 年．培养基 0005，37℃ GenBank 序列号 FJ915767

IMAU10112 ←LABCC WZ15-1．分离源：内蒙古巴彦淖尔盟乌拉特中旗 酸牛奶．
分离时间：2002 年．培养基 0005，37℃ GenBank 序列号 FJ915768

IMAU10119 ←LABCC WZ44-1-2．分离源：内蒙古巴彦淖尔盟乌拉特中旗 酸牛奶．
分离时间：2002 年．培养基 0005，37℃ GenBank 序列号 FJ915775

IMAU10123 ←LABCC WZ57-1．分离源：内蒙古巴彦淖尔盟乌拉特中旗 酸山羊
奶．分离时间：2002 年．培养基 0005，37℃ GenBank 序列号 FJ915779

IMAU10130 ←LABCC WZ56-2-2．分离源：内蒙古巴彦淖尔盟乌拉特中旗 酸山羊
奶．分离时间：2002 年．培养基 0005，37℃ GenBank 序列号 FJ915786

IMAU10131 ←LABCC WZ22-3-2．分离源：内蒙古巴彦淖尔盟乌拉特中旗 酸山羊
奶．分离时间：2002 年．培养基 0005，37℃ GenBank 序列号 FJ915787

IMAU10133 ←LABCC WZ49-1．分离源：内蒙古巴彦淖尔盟乌拉特中旗 酸山羊
奶．分离时间：2002 年．培养基 0005，37℃ GenBank 序列号 FJ915789

IMAU10134 ←LABCC WZ33-2．分离源：内蒙古巴彦淖尔盟乌拉特中旗 酸牛奶．
分离时间：2002 年．培养基 0005，37℃ GenBank 序列号 FJ915790

IMAU10135 ←LABCC WZ34-1．分离源：内蒙古巴彦淖尔盟乌拉特中旗 酸山羊
奶．分离时间：2002 年．培养基 0005，37℃ GenBank 序列号 FJ915791

IMAU10150 ←LABCC WZ17-2-2．分离源：内蒙古巴彦淖尔盟乌拉特中旗 奶酪．
分离时间：2002 年．培养基 0005，37℃ GenBank 序列号 FJ915806

IMAU10154 ←LABCC WZ24-2-2．分离源：内蒙古巴彦淖尔盟乌拉特中旗 酸山羊
奶．分离时间：2002 年．培养基 0005，37℃ GenBank 序列号 FJ915809

IMAU10351 ←LABCC NM15-4．分离源：内蒙古呼伦贝尔盟新巴尔虎左旗额布日
宝力格苏木萨茹拉图雅嘎查 酸牛奶．分离时间：2009 年．培养基 0005，37℃
GenBank 序列号 HM218077

IMAU10440 ←LABCC NM31-3．分离源：内蒙古呼伦贝尔盟新巴尔虎左旗巴音布
日特苏木那木恒嘎查 酸牛奶．分离时间：2009 年．培养基 0005，37℃ Gen-
Bank 序列号 HM218165

IMAU10483 ←LABCC NM45-5．分离源：内蒙古呼伦贝尔盟新巴尔虎左旗阿木古
楞镇伊和乌拉艾力 酸牛奶．分离时间：2009 年．培养基 0005，37℃ GenBank
序列号 HM218208

IMAU20243 ←LABCC MGA44-7．分离源：蒙古国肯特省诺罗布林苏木 酸牛奶．分
离时间：2009 年．培养基 0005，37℃ GenBank 序列号 HM057977

IMAU40025 ←LABCC QH9-5. 分离源：青海省海南州共和县黑马河乡 酸牦牛奶.
　　分离时间：2005 年. 培养基 0005, 37℃ GenBank 序列号 FJ749301

IMAU40027 ←LABCC QH29-4. 分离源：青海省海北州天峻县 酸牦牛奶. 分离时
　　间：2005 年. 培养基 0005, 37℃ GenBank 序列号 FJ749303

IMAU40046 ←LABCC QH5-5. 分离源：青海省海南州共和县江西沟乡 牦牛奶. 分
　　离时间：2005 年. 培养基 0005, 37℃ GenBank 序列号 FJ749321

IMAU40104 ←LABCC QH4-4. 分离源：青海省海南州共和县黑马河乡 酸牦牛奶.
　　分离时间：2005 年. 培养基 0005, 37℃ GenBank 序列号 FJ749377

IMAU40105 ←LABCC QH8-3-2. 分离源：青海省海南州共和县黑马河乡 酸牦牛
　　奶. 分离时间：2005 年. 培养基 0005, 37℃ GenBank 序列号 FJ749378

IMAU70078 ←LABCC HS5302. 分离源：内蒙古呼和浩特市托克托县双河镇 酸粥.
　　分离时间：2008 年. 培养基 0005, 37℃ GenBank 序列号 GQ131194

IMAU70121 ←LABCC HS5152. 分离源：内蒙古呼和浩特市托克托县双河镇 酸粥.
　　分离时间：2008 年. 培养基 0005, 37℃ GenBank 序列号 GQ131237

IMAU70122 ←LABCC HS5154. 分离源：内蒙古呼和浩特市托克托县双河镇 酸粥.
　　分离时间：2008 年. 培养基 0005, 37℃ GenBank 序列号 GQ131238

IMAU10826 ←LABCC NM136-5. 分离源：内蒙古巴林右旗巴彦温度尔苏木 酸牛
　　奶. 分离时间：2009 年. 培养基 0005, 37℃ GenBank 序列号 HM218543

IMAU10861 ←LABCC NM144-4. 分离源：内蒙古巴林右旗大板镇西拉木伦嘎查 酸
　　牛奶. 分离时间：2009 年. 培养基 0005, 37℃ GenBank 序列号 HM218571

IMAU10868 ←LABCC NM146-4. 分离源：内蒙古巴林右旗大板镇西拉木伦嘎查 酸
　　牛奶. 分离时间：2009 年. 培养基 0005, 37℃ GenBank 序列号 HM218578

Enterococcus faecium（**19 株**）（Orla-Jensen, 1919；Schleifer and Kilpper-Bälz,
1984）**屎肠球菌**

IMAU10052 ←LABCC WZ2-1. 分离源：内蒙古内蒙古巴彦淖尔盟乌拉特中旗 绵羊
　　朱克. 分离时间：2002 年. 培养基 0005, 37℃ GenBank 序列号 FJ915708

IMAU10104 ←LABCC WH25-1. 分离源：内蒙古巴彦淖尔盟乌拉特后旗 酸山羊
　　奶. 分离时间：2002 年. 培养基 0005, 37℃ GenBank 序列号 FJ915760

IMAU10427 ←LABCC NM29-3. 分离源：内蒙古呼伦贝尔盟新巴尔虎左旗巴音布
　　日特苏木那木恒嘎查 酸牛奶. 分离时间：2009 年. 培养基 0005, 37℃ Gen-
　　Bank 序列号 HM218152

IMAU10435 ←LABCC NM30-4. 分离源：内蒙古呼伦贝尔盟新巴尔虎左旗巴音布

日特苏木那木恒嘎查 酸牛奶．分离时间：2009 年．培养基 0005, 37℃ Gen-
Bank 序列号 HM218160

IMAU10442 ←LABCC NM31-5. 分离源：内蒙古呼伦贝尔盟新巴尔虎左旗巴音布
日特苏木那木恒嘎查 酸牛奶．分离时间：2009 年．培养基 0005, 37℃ Gen-
Bank 序列号 HM218167

IMAU10829 ←LABCC NM137-2. 分离源：内蒙古巴林右旗巴彦温度尔苏木 酸牛
奶．分离时间：2009 年．培养基 0005, 37℃ GenBank 序列号 HM218546

IMAU10917 ←LABCC NM157-3. 分离源：内蒙古巴林右旗大板镇 酸牛奶．分离时
间：2009 年．培养基 0005, 37℃ GenBank 序列号 HM218625

IMAU20109 ←LABCC ML11-2-2. 分离源：蒙古国戈壁阿尔泰省 酸驼奶．分离时
间：2005 年．培养基 0005, 37℃ GenBank 序列号 FJ845008

IMAU40164 ←LABCC QH25-2. 分离源：青海省海西州德令哈市蓄集乡 混合酸
奶．分离时间：2005 年．培养基 0005, 37℃ GenBank 序列号 FJ915701

IMAU60007 ←LABCC XZ2302. 分离源：西藏日喀则地区江孜县东郊乡 酸黄牛奶．
分离时间：2007 年．培养基 0005, 37℃ GenBank 序列号 FJ749740

IMAU60025 ←LABCC XZ7301. 分离源：西藏日喀则地区江孜县重孜乡 酸黄牛奶．
分离时间：2007 年．培养基 0005, 37℃ GenBank 序列号 FJ749756

IMAU60101 ←LABCC XZ27302. 分离源：西藏那曲县桑雄乡 牦牛奶．分离时间：
2007 年．培养基 0005, 37℃ GenBank 序列号 FJ749821

IMAU60129 ←LABCC XZ35303. 分离源：西藏拉萨地区当雄县乌玛糖乡 牦牛奶．
分离时间：2007 年．培养基 0005, 37℃ GenBank 序列号 FJ749846

IMAU60134 ←LABCC XZ37301. 分离源：西藏拉萨地区当雄县龙仁乡 牦牛奶．分
离时间：2007 年．培养基 0005, 37℃ GenBank 序列号 FJ749851

IMAU60135 ←LABCC XZ37302. 分离源：西藏地区拉萨地区当雄县龙仁乡 牦牛
奶．分离时间：2007 年．培养基 0005, 37℃ GenBank 序列号 FJ915637

IMAU60169 ←LABCC XZ45301. 分离源：西藏地区拉萨地区当雄县龙仁乡 牦牛
奶．分离时间：2007 年．培养基 0005, 37℃ GenBank 序列号 FJ749883

IMAU60196 ←LABCC XZ5203. 分离源：西藏日喀则地区江孜县东郊乡 酸黄牛奶．
分离时间：2007 年．培养基 0005, 37℃ GenBank 序列号 FJ915642

IMAU80275 ←LABCC S10-4. 分离源：四川省阿坝州诺尔盖县唐克乡南格藏寺 酸
牦牛奶．分离时间：2009 年．培养基 0005, 37℃ GenBank 序列号 HM058557

IMAU80788 ←LABCC G67-2. 分离源：甘肃省录曲县晒银滩乡二队 鲜牦牛奶．分
离时间：2009 年．培养基 0005, 37℃ GenBank 序列号 HM058954

Enterococcus gallinarum（**1 株**）（Bridge and Sneath，1982；Collins *et al.*，1984）
鹑鸡肠球菌

IMAU10084 ←LABCC WZ30-2. 分离源：内蒙古巴彦淖尔盟乌拉特中旗 酸山羊奶. 分离时间：2002 年. 培养基 0005，37℃ GenBank 序列号 FJ915740

Enterococcus italicus（**7 株**）（Fortina *et al.*，2004）**意大利肠球菌**

IMAU10840 ←LABCC NM138-8. 分离源：内蒙古巴林右旗巴彦温度尔苏木 酸牛奶. 分离时间：2009 年. 培养基 0005，37℃ GenBank 序列号 HM218552

IMAU20097 ←LABCC ML62-3. 分离源：蒙古国戈壁阿尔泰省 酸驼奶. 分离时间：2005 年. 培养基 0005，37℃，GenBank 序列号 FJ844997

IMAU50096 ←LABCC YNA-2. 分离源：云南省剑川县金华镇 山羊奶. 分离时间：2006 年. 培养基 0005，37℃ GenBank 序列号 FJ749491

IMAU50097 ←LABCC YNA-8. 分离源：云南省剑川县金华镇 山羊奶乳饼. 分离时间：2006 年. 培养基 0005，37℃ GenBank 序列号 FJ749492

IMAU50100 ←LABCC YNB-3. 分离源：云南省剑川县金华镇 山羊奶乳饼. 分离时间：2006 年. 培养基 0005，37℃ GenBank 序列号 FJ749495

IMAU70068 ←LABCC HS2301. 分离源：内蒙古呼和浩特市托克托县 酸粥. 分离时间：2008 年. 培养基 0005，37℃ GenBank 序列号 GQ131184

IMAU70070 ←LABCC HS2303. 分离源：内蒙古呼和浩特市托克托县 酸粥. 分离时间：2008 年. 培养基 0005，37℃ GenBank 序列号 GQ131186

Enterococcus thailandicus（**2 株**）（Tanasupawat *et al.*，2008，sp. nov.）

IMAU80024 ←LABCC PC13302. 分离源：四川省大邑县 泡菜. 分离时间：2008 年. 培养基 0005，37℃ GenBank 序列号 GU125446

IMAU80025 ←LABCC PC13303. 分离源：四川省大邑县 泡菜. 分离时间：2008 年. 培养基 0005，37℃ GenBank 序列号 GU125447

4.2　乳杆菌属

Lactobacillus acetotolerans（**1 株**）（Entani *et al.*，1986，sp. nov.）　**耐酸乳杆菌**

IMAU10775 ←LABCC NM122-2. 分离源：内蒙古巴林右旗巴彦温度尔苏木 酸牛

奶. 分离时间: 2009 年. 培养基 0006, 37℃ GenBank 序列号 HM218496

Lactobacillus acidophilus（2 株）（Moro, 1900; Hansen and Mocquot, 1970）**嗜酸乳杆菌**

IMAU30066 ←LABCC D1301-1. 分离源: 新疆伊犁哈萨克族自治州霍城县 酸马奶. 分离时间: 2004 年. 培养基 0006, 37℃ GenBank 序列号 FJ749654

IMAU30067 ←LABCC D1301-1-1. 分离源: 新疆伊犁哈萨克族自治州霍城县 酸马奶. 分离时间: 2004 年. 培养基 0006, 37℃ GenBank 序列号 FJ749655

Lactobacillus alimentarius（16 株）（ex Reuter, 1970; Reuter, 1983）**食品乳杆菌**

IMAU80014 ←LABCC PC9301. 分离源: 四川省邛崃市 泡菜. 分离时间: 2008 年. 培养基 0006, 37℃ GenBank 序列号 GU125436

IMAU80015 ←LABCC PC9302. 分离源: 四川省邛崃市 泡菜. 分离时间: 2008 年. 培养基 0006, 37℃ GenBank 序列号 GU125437

IMAU80027 ←LABCC PC14302. 分离源: 四川省大邑县 泡菜. 分离时间: 2008 年. 培养基 0006, 37℃ GenBank 序列号 GU125449

IMAU80035 ←LABCC PC16301. 分离源: 四川省大邑县 泡菜. 分离时间: 2008 年. 培养基 0006, 37℃ GenBank 序列号 GU125457

IMAU80036 ←LABCC PC16302. 分离源: 四川省大邑县 泡菜. 分离时间: 2008 年. 培养基 0006, 37℃ GenBank 序列号 GU125458

IMAU80037 ←LABCC PC16303. 分离源: 四川省大邑县 泡菜. 分离时间: 2008 年. 培养基 0006, 37℃ GenBank 序列号 GU125459

IMAU80041 ←LABCC PC17304. 分离源: 四川省大邑县 泡菜. 分离时间: 2008 年. 培养基 0006, 37℃ GenBank 序列号 GU125463

IMAU80068 ←LABCC PC22303. 分离源: 四川省崇州市怀远镇 泡菜. 分离时间: 2008 年. 培养基 0006, 37℃ GenBank 序列号 GU125490

IMAU80096 ←LABCC PC31301. 分离源: 四川省蒲江县甘溪镇 泡菜. 分离时间: 2008 年. 培养基 0006, 37℃ GenBank 序列号 GU125518

IMAU80098 ←LABCC PC32302. 分离源: 四川省邛崃市 泡菜. 分离时间: 2008 年. 培养基 0006, 37℃ GenBank 序列号 GU125520

IMAU80112 ←LABCC PC35301. 分离源: 四川省成都市高新区 泡菜. 分离时间: 2008 年. 培养基 0006, 37℃ GenBank 序列号 GU125534

IMAU80113 ←LABCC PC35302. 分离源：四川省成都市高新区 泡菜. 分离时间：
　　2008 年. 培养基 0006, 37℃ GenBank 序列号 GU125535

IMAU80114 ←LABCC PC35303. 分离源：四川省成都市高新区 泡菜. 分离时间：
　　2008 年. 培养基 0006, 37℃ GenBank 序列号 GU125536

IMAU80146 ←LABCC PC16151. 分离源：四川省大邑县 泡菜. 分离时间：2008
　　年. 培养基 0006, 37℃ GenBank 序列号 GU125568

IMAU80147 ←LABCC PC16152. 分离源：四川省大邑县 泡菜. 分离时间：2008
　　年. 培养基 0006, 37℃ GenBank 序列号 GU125569

IMAU80187 ←LABCC PC35152. 分离源：四川省成都市高新区 泡菜. 分离时间：
　　2008 年. 培养基 0006, 37℃ GenBank 序列号 GU125607

Lactobacillus brevis （41 株）（Orla-Jensen，1919；Bergey *et al.*，1934）**短乳杆菌**

IMAU10181 ←LABCC LSWH1-1. 分离源：内蒙古乌海市海勃湾区 酸面团. 分离
　　时间：2009 年. 培养基 0006, 37℃ GenBank 序列号 GU138509

IMAU10206 ←LABCC LSBM1-2. 分离源：内蒙古巴彦淖尔盟临河市 酸面团. 分离
　　时间：2009 年. 培养基 0006, 37℃ GenBank 序列号 GU138534

IMAU10581 ←LABCC NM67-7. 分离源：内蒙古呼伦贝尔盟陈旗巴彦库仁镇特尼
　　格尔蒙古艾力 酸马奶. 分离时间：2009 年. 培养基 0006, 37℃ GenBank 序
　　列号 HM218305

IMAU10582 ←LABCC NM68-1. 分离源：内蒙古呼伦贝尔盟陈旗巴彦库仁镇特尼
　　格尔蒙古艾力 酸马奶. 分离时间：2009 年. 培养基 0006, 37℃ GenBank 序
　　列号 HM218306

IMAU10699 ←LABCC NM101-1. 分离源：内蒙古呼伦贝尔盟阿鲁科尔沁旗 酸马
　　奶. 分离时间：2009 年. 培养基 0006, 37℃ GenBank 序列号 HM218421

IMAU10890 ←LABCC NM152-1. 分离源：内蒙古巴林右旗大板镇西拉木伦嘎查 酸
　　牛奶. 分离时间：2009 年. 培养基 0006, 37℃ GenBank 序列号 HM218598

IMAU20673 ←LABCC MGC5-1. 分离源：蒙古国前杭盖省哈拉和林镇 酸牛奶. 分
　　离时间：2009 年. 培养基 0006, 37℃ GenBank 序列号 HM058385

IMAU20686 ←LABCC MGC8-1. 分离源：蒙古国前杭盖省胡西古图苏木 酸牛奶.
　　分离时间：2009 年. 培养基 0006, 37℃ GenBank 序列号 HM058398

IMAU20688 ←LABCC MGC8-4. 分离源：蒙古国前杭盖省胡西古图苏木 酸牛奶.
　　分离时间：2009 年. 培养基 0006, 37℃ GenBank 序列号 HM058400

IMAU70025 ←LABCC BM8301. 分离源：内蒙古巴彦淖尔盟乌拉特中旗海流图镇

酸粥. 分离时间: 2008 年. 培养基 0006, 37℃ GenBank 序列号 GQ131141

IMAU70079 ←LABCC YM1301. 分离源: 内蒙古鄂尔多斯市准格尔旗沙圪堵镇 酸粥. 分离时间: 2008 年. 培养基 0006, 37℃ GenBank 序列号 GQ131195

IMAU70081 ←LABCC YM3303. 分离源: 内蒙古鄂尔多斯市伊金霍洛旗 酸粥. 分离时间: 2008 年. 培养基 0006, 37℃ GenBank 序列号 GQ131197

IMAU70082 ←LABCC YM3304. 分离源: 内蒙古鄂尔多斯市伊金霍洛旗 酸粥. 分离时间: 2008 年. 培养基 0006, 37℃ GenBank 序列号 GQ131198

IMAU80001 ←LABCC PC1301. 分离源: 四川省新津县 泡菜. 分离时间: 2008 年. 培养基 0006, 37℃ GenBank 序列号 GU125423

IMAU80008 ←LABCC PC4303. 分离源: 四川省大邑县苏场乡 泡菜. 分离时间: 2008 年. 培养基 0006, 37℃ GenBank 序列号 GU125430

IMAU80019 ←LABCC PC11301. 分离源: 四川省邛崃市 泡菜. 分离时间: 2008 年. 培养基 0006, 37℃ GenBank 序列号 GU125441

IMAU80022 ←LABCC PC12302. 分离源: 四川省邛崃市 泡菜. 分离时间: 2008 年. 培养基 0006, 37℃ GenBank 序列号 GU125444

IMAU80055 ←LABCC PC20302. 分离源: 四川省大邑县 泡菜. 分离时间: 2008 年. 培养基 0006, 37℃ GenBank 序列号 GU125477

IMAU80060 ←LABCC PC21302. 分离源: 四川省大邑县 泡菜. 分离时间: 2008 年. 培养基 0006, 37℃ GenBank 序列号 GU125482

IMAU80062 ←LABCC PC21304. 分离源: 四川省大邑县 泡菜. 分离时间: 2008 年. 培养基 0006, 37℃ GenBank 序列号 GU125484

IMAU80067 ←LABCC PC23302. 分离源: 四川省崇州市怀远镇 泡菜. 分离时间: 2008 年. 培养基 0006, 37℃ GenBank 序列号 GU125489

IMAU80069 ←LABCC PC22305. 分离源: 四川省崇州市怀远镇 泡菜. 分离时间: 2008 年. 培养基 0006, 37℃ GenBank 序列号 GU125491

IMAU80080 ←LABCC PC27301. 分离源: 四川省蒲江县甘溪镇 泡菜. 分离时间: 2008 年. 培养基 0006, 37℃ GenBank 序列号 GU125502

IMAU80081 ←LABCC PC27302. 分离源: 四川省蒲江县甘溪镇 泡菜. 分离时间: 2008 年. 培养基 0006, 37℃ GenBank 序列号 GU125503

IMAU80082 ←LABCC PC27303. 分离源: 四川省蒲江县甘溪镇 泡菜. 分离时间: 2008 年. 培养基 0006, 37℃ GenBank 序列号 GU125504

IMAU80083 ←LABCC PC27304. 分离源: 四川省蒲江县甘溪镇 泡菜. 分离时间: 2008 年. 培养基 0006, 37℃ GenBank 序列号 GU125505

IMAU80089 ←LABCC PC29302. 分离源: 四川省蒲江县甘溪镇 泡菜. 分离时间:

2008 年. 培养基 0006, 37℃ GenBank 序列号 GU125511

IMAU80121 ←LABCC PC1153. 分离源: 四川省新津县 泡菜. 分离时间: 2008 年.
培养基 0006, 37℃ GenBank 序列号 GU125543

IMAU80123 ←LABCC PC3152. 分离源: 四川省大邑县苏场乡 泡菜. 分离时间:
2008 年. 培养基 0006, 37℃ GenBank 序列号 GU125545

IMAU80135 ←LABCC PC11151. 分离源: 四川省邛崃市 泡菜. 分离时间: 2008
年. 培养基 0006, 37℃ GenBank 序列号 GU125557

IMAU80136 ←LABCC PC11152. 分离源: 四川省邛崃市 泡菜. 分离时间: 2008
年. 培养基 0006, 37℃ GenBank 序列号 GU125558

IMAU80138 ←LABCC PC12152. 分离源: 四川省邛崃市 泡菜. 分离时间: 2008
年. 培养基 0006, 37℃ GenBank 序列号 GU125560

IMAU80139 ←LABCC PC12153. 分离源: 四川省邛崃市 泡菜. 分离时间: 2008
年. 培养基 0006, 37℃ GenBank 序列号 GU125561

IMAU80140 ←LABCC PC12154. 分离源: 四川省邛崃市 泡菜. 分离时间: 2008
年. 培养基 0006, 37℃ GenBank 序列号 GU125562

IMAU80164 ←LABCC PC24151. 分离源: 四川省崇州市怀远镇 泡菜. 分离时间:
2008 年. 培养基 0006, 37℃ GenBank 序列号 GU125584

IMAU80172 ←LABCC PC27152. 分离源: 四川省蒲江县甘溪镇 泡菜. 分离时间:
2008 年. 培养基 0006, 37℃ GenBank 序列号 GU125592

IMAU80175 ←LABCC PC29151. 分离源: 四川省蒲江县甘溪镇 泡菜. 分离时间:
2008 年. 培养基 0006, 37℃ GenBank 序列号 GU125595

IMAU80562 ←LABCC G18-1. 分离源: 甘肃省夏河县桑科乡赛池村 奶油. 分离时
间: 2009 年. 培养基 0006, 37℃ GenBank 序列号 HM058758

IMAU80567 ←LABCC G18-6. 分离源: 甘肃省夏河县桑科乡赛池村 奶油. 分离时
间: 2009 年. 培养基 0006, 37℃ GenBank 序列号 HM058761

IMAU80581 ←LABCC G22-3. 分离源: 甘肃省夏河县桑科乡赛池村 酸牦牛奶. 分
离时间: 2009 年. 培养基 0006, 37℃ GenBank 序列号 HM058775

IMAU80808 ←LABCC G72-3. 分离源: 甘肃省录曲县晒银滩乡一队 曲拉. 分离时
间: 2009 年. 培养基 0006, 37℃ GenBank 序列号 HM058973

Lactobacillus buchneri (**3 株**) (Henneberg, 1903; Bergey *et al.*, 1923) **布氏乳杆菌**

IMAU20305 ←LABCC MGB14-1. 分离源: 蒙古国色楞格省查干陶路盖苏木 酸牛
奶. 分离时间: 2009 年. 培养基 0006, 37℃ GenBank 序列号 HM058035

IMAU205619 ←LABCC WMGB98-6. 分离源：蒙古国后杭盖省塔日亚特苏木 酸牛
奶. 分离时间：2009 年. 培养基 0006, 37℃ GenBank 序列号 HM058334

IMAU80233 ←LABCC S2-1. 分离源：四川省阿坝州诺尔盖县 鲜牦牛奶. 分离时
间：2009 年. 培养基 0006, 37℃ GenBank 序列号 HM058519

Lactobacillus casei (**319 株**) （Orla-Jensen, 1916; Hansen and Lessel, 1971）**干酪
乳杆菌**

IMAU10003 ←LABCC AG8-2. 分离源：内蒙古锡林郭勒盟阿巴嘎旗 酸马奶. 分离
时间：2002 年. 培养基 0006, 37℃ GenBank 序列号 FJ749567

IMAU10004 ←LABCC AG8-3. 分离源：内蒙古锡林郭勒盟阿巴嘎旗 酸马奶. 分离
时间：2002 年. 培养基 0006, 37℃ GenBank 序列号 FJ749568

IMAU10005 ←LABCC AG8-5. 分离源：内蒙古锡林郭勒盟阿巴嘎旗 酸马奶. 分离
时间：2002 年. 培养基 0006, 37℃ GenBank 序列号 FJ749569

IMAU10006 ←LABCC AG9-1. 分离源：内蒙古锡林郭勒盟阿巴嘎旗 酸马奶. 分离
时间：2002 年. 培养基 0006, 37℃ GenBank 序列号 FJ749570

IMAU10007 ←LABCC AG9-2. 分离源：内蒙古锡林郭勒盟阿巴嘎旗 酸马奶. 分离
时间：2002 年. 培养基 0006, 37℃ GenBank 序列号 FJ749571

IMAU10008 ←LABCC AG9-3. 分离源：内蒙古锡林郭勒盟阿巴嘎旗 酸马奶. 分离
时间：2002 年. 培养基 0006, 37℃ GenBank 序列号 FJ749572

IMAU10009 ←LABCC AG9-4. 分离源：内蒙古锡林郭勒盟阿巴嘎旗 酸马奶. 分离
时间：2002 年. 培养基 0006, 37℃ GenBank 序列号 FJ749573

IMAU10010 ←LABCC AG9-5. 分离源：内蒙古锡林郭勒盟阿巴嘎旗 酸马奶. 分离
时间：2002 年. 培养基 0006, 37℃ GenBank 序列号 FJ749574

IMAU10032 ←LABCC XM2-1. 分离源：内蒙古锡林郭勒盟 酸马奶. 分离时间：
2002 年. 培养基 0006, 37℃ GenBank 序列号 EU715321

IMAU10035 ←LABCC XM7-1. 分离源：内蒙古锡林郭勒盟 酸马奶. 分离时间：
2002 年. 培养基 0006, 37℃ GenBank 序列号 FJ749594

IMAU10043 ←LABCC ZL3-1. 分离源：内蒙古锡林郭勒盟正蓝旗 酸马奶. 分离时
间：2002 年. 培养基 0006, 37℃ GenBank 序列号 FJ749599

IMAU10046 ←LABCC ZL3-4. 分离源：内蒙古锡林郭勒盟正蓝旗 酸马奶. 分离时
间：2002 年. 培养基 0006, 37℃ GenBank 序列号 FJ749600

IMAU10047 ←LABCC ZL3-5. 分离源：内蒙古锡林郭勒盟正蓝旗 酸马奶. 分离时
间：2002 年. 培养基 0006, 37℃ GenBank 序列号 FJ749601

IMAU10048 ←LABCC Zhang. 分离源：内蒙古锡林郭勒盟正蓝旗 酸马奶. 分离时间：2002 年. 培养基 0006, 37℃ GenBank 序列号 EF536364

IMAU10126 ←LABCC WZ53-2. 分离源：内蒙古巴彦淖尔盟乌拉特中旗 山羊奶. 分离时间：2002 年. 培养基 0006, 37℃ GenBank 序列号 FJ915782

IMAU30160 ←LABCC XD4-1. 分离源：新疆地区 酸马奶. 分离时间：2004 年. 培养基 0006, 37℃ GenBank 序列号 FJ749717

IMAU10161 ←LABCC AZ43-3-4-2. 分离源：内蒙古阿拉善盟阿拉善左旗 酸驼奶. 分离时间：2002 年. 培养基 0006, 37℃ GenBank 序列号 FJ915816

IMAU10162 ←LABCC AZ43-3-4-1. 分离源：内蒙古阿拉善盟阿拉善左旗 酸驼奶. 分离时间：2002 年. 培养基 0006, 37℃ GenBank 序列号 FJ915817

IMAU10163 ←LABCC AY2-2. 分离源：内蒙古阿拉善盟阿拉善右旗 酸驼奶. 分离时间：2002 年. 培养基 0006, 37℃ GenBank 序列号 FJ915818

IMAU10164 ←LABCC AZ45-3. 分离源：内蒙古阿拉善盟阿拉善左旗 酸驼奶. 分离时间：2002 年. 培养基 0006, 37℃ GenBank 序列号 FJ915819

IMAU10300 ←LABCC NM4-1. 分离源：内蒙古锡林郭勒盟西乌珠穆沁旗巴拉嘎尔镇 酸牛奶. 分离时间：2009 年. 培养基 0006, 37℃ GenBank 序列号 HM218026

IMAU10316 ←LABCC NM8-1. 分离源：内蒙古锡林郭勒盟西乌珠穆沁旗巴音浩秀苏木布拉根嘎查 酸牛奶. 分离时间：2009 年. 培养基 0006, 37℃ GenBank 序列号 HM218042

IMAU10317 ←LABCC NM9-1. 分离源：内蒙古锡林郭勒盟东乌珠穆沁旗 酸牛奶. 分离时间：2009 年. 培养基 0006, 37℃ GenBank 序列号 HM218043

IMAU10319 ←LABCC NM9-3. 分离源：内蒙古锡林郭勒盟东乌珠穆沁旗 酸牛奶. 分离时间：2009 年. 培养基 0006, 37℃ GenBank 序列号 HM218045

IMAU10323 ←LABCC NM10-2. 分离源：内蒙古锡林郭勒盟东乌珠穆沁旗 酸牛奶. 分离时间：2009 年. 培养基 0006, 37℃ GenBank 序列号 HM218049

IMAU10325 ←LABCC NM10-4. 分离源：内蒙古锡林郭勒盟东乌珠穆沁旗 酸牛奶. 分离时间：2009 年. 培养基 0006, 37℃ GenBank 序列号 HM218051

IMAU10326 ←LABCC NM10-5. 分离源：内蒙古锡林郭勒盟东乌珠穆沁旗 酸牛奶. 分离时间：2009 年. 培养基 0006, 37℃ GenBank 序列号 HM218052

IMAU10333 ←LABCC NM11-5. 分离源：内蒙古锡林郭勒盟东乌珠穆沁旗东乌额吉淖尔苏木哈尔戈壁嘎查 酸牛奶. 分离时间：2009 年. 培养基 0006, 37℃ GenBank 序列号 HM218059

IMAU10336 ←LABCC NM12-3. 分离源：内蒙古锡林郭勒盟东乌珠穆沁旗东乌额

吉淖尔苏木哈尔戈壁嘎查 酸牛奶．分离时间：2009 年．培养基 0006,37℃
GenBank 序列号 HM218062

IMAU10339 ←LABCC NM12-6. 分离源：内蒙古锡林郭勒盟东乌珠穆沁旗东乌额
吉淖尔苏木哈尔戈壁嘎查 酸牛奶．分离时间：2009 年．培养基 0006,37℃
GenBank 序列号 HM218065

IMAU10340 ←LABCC NM13-1. 分离源：内蒙古锡林郭勒盟东乌珠穆沁旗东乌库
里叶图淖尔苏木 酸牛奶．分离时间：2009 年．培养基 0006,37℃ GenBank
序列号 HM218066

IMAU10342 ←LABCC NM13-4. 分离源：内蒙古锡林郭勒盟东乌珠穆沁旗东乌库
里叶图淖尔苏木 酸牛奶．分离时间：2009 年．培养基 0006,37℃ GenBank
序列号 HM218068

IMAU10356 ←LABCC NM16-4. 分离源：内蒙古呼伦贝尔盟新巴尔虎左旗额布日
宝力格苏木萨茹拉图雅嘎查 酸牛奶．分离时间：2009 年．培养基 0006,37℃
GenBank 序列号 HM218082

IMAU10360 ←LABCC NM17-5. 分离源：内蒙古呼伦贝尔盟新巴尔虎左旗额布日
宝力格苏木萨茹拉图雅嘎查 酸牛奶．分离时间：2009 年．培养基 0006,37℃
GenBank 序列号 HM218086

IMAU10365 ←LABCC NM18-6. 分离源：内蒙古呼伦贝尔盟新巴尔虎左旗额布日
宝力格苏木萨茹拉图雅嘎查 酸牛奶．分离时间：2009 年．培养基 0006,37℃
GenBank 序列号 HM218091

IMAU10368 ←LABCC NM19-3. 分离源：内蒙古呼伦贝尔盟新巴尔虎左旗额布日
宝力格苏木萨茹拉图雅嘎查 酸牛奶．分离时间：2009 年．培养基 0006,37℃
GenBank 序列号 HM218094

IMAU10370 ←LABCC NM19-5. 分离源：内蒙古呼伦贝尔盟新巴尔虎左旗额布日
宝力格苏木萨茹拉图雅嘎查 酸牛奶．分离时间：2009 年．培养基 0006,37℃
GenBank 序列号 HM218096

IMAU10387 ←LABCC NM23-3. 分离源：内蒙古呼伦贝尔盟新巴尔虎左旗额布日
宝力格苏木萨茹拉图雅嘎查 酸牛奶．分离时间：2009 年．培养基 0006,37℃
GenBank 序列号 HM218112

IMAU10388 ←LABCC NM23-4. 分离源：内蒙古呼伦贝尔盟新巴尔虎左旗额布日
宝力格苏木萨茹拉图雅嘎查 酸牛奶．分离时间：2009 年．培养基 0006,37℃
GenBank 序列号 HM218113

IMAU10389 ←LABCC NM23-5. 分离源：内蒙古呼伦贝尔盟新巴尔虎左旗额布日
宝力格苏木萨茹拉图雅嘎查 酸牛奶．分离时间：2009 年．培养基 0006,37℃

GenBank 序列号 HM218114

IMAU10399 ←LABCC NM25-3. 分离源：内蒙古呼伦贝尔盟新巴尔虎左旗额布日宝力格苏木萨茹拉图雅嘎查 酸牛奶．分离时间：2009 年．培养基 0006, 37℃ GenBank 序列号 HM218124

IMAU10403 ←LABCC NM26-2. 分离源：内蒙古呼伦贝尔盟新巴尔虎左旗额布日宝力格苏木萨茹拉图雅嘎查 酸牛奶．分离时间：2009 年．培养基 0006, 37℃ GenBank 序列号 HM218128

IMAU10408 ←LABCC NM26-7. 分离源：内蒙古呼伦贝尔盟新巴尔虎左旗额布日宝力格苏木萨茹拉图雅嘎查 酸牛奶．分离时间：2009 年．培养基 0006, 37℃ GenBank 序列号 HM218133

IMAU10409 ←LABCC NM27-1. 分离源：内蒙古呼伦贝尔盟新巴尔虎左旗额布日宝力格苏木萨茹拉图雅嘎查 酸牛奶．分离时间：2009 年．培养基 0006, 37℃ GenBank 序列号 HM218134

IMAU10410 ←LABCC NM27-2. 分离源：内蒙古呼伦贝尔盟新巴尔虎左旗额布日宝力格苏木萨茹拉图雅嘎查 酸牛奶．分离时间：2009 年．培养基 0006, 37℃ GenBank 序列号 HM218135

IMAU10411 ←LABCC NM27-3. 分离源：内蒙古呼伦贝尔盟新巴尔虎左旗额布日宝力格苏木萨茹拉图雅嘎查 酸牛奶．分离时间：2009 年．培养基 0006, 37℃ GenBank 序列号 HM218136

IMAU10414 ←LABCC NM27-6. 分离源：内蒙古呼伦贝尔盟新巴尔虎左旗额布日宝力格苏木萨茹拉图雅嘎查 酸牛奶．分离时间：2009 年．培养基 0006, 37℃ GenBank 序列号 HM218139

IMAU10417 ←LABCC NM28-1. 分离源：内蒙古呼伦贝尔盟新巴尔虎左旗额布日宝力格苏木萨茹拉图雅嘎查 酸牛奶．分离时间：2009 年．培养基 0006, 37℃ GenBank 序列号 HM218142

IMAU10424 ←LABCC NM28-8. 分离源：内蒙古呼伦贝尔盟新巴尔虎左旗额布日宝力格苏木萨茹拉图雅嘎查 酸牛奶．分离时间：2009 年．培养基 0006, 37℃ GenBank 序列号 HM218149

IMAU10425 ←LABCC NM29-1. 分离源：内蒙古呼伦贝尔盟新巴尔虎左旗巴音布日特苏木那木恒嘎查 酸牛奶．分离时间：2009 年．培养基 0006, 37℃ GenBank 序列号 HM218150

IMAU10426 ←LABCC NM29-2. 分离源：内蒙古呼伦贝尔盟新巴尔虎左旗巴音布日特苏木那木恒嘎查 酸牛奶．分离时间：2009 年．培养基 0006, 37℃ GenBank 序列号 HM218151

IMAU10421 ←LABCC NM28-5. 分离源：内蒙古呼伦贝尔盟新巴尔虎左旗额布日宝力格苏木萨茹拉图雅嘎查 酸牛奶. 分离时间：2009 年. 培养基 0006, 37℃ GenBank 序列号 HM218146

IMAU10419 ←LABCC NM28-3. 分离源：内蒙古呼伦贝尔盟新巴尔虎左旗额布日宝力格苏木萨茹拉图雅嘎查 酸牛奶. 分离时间：2009 年. 培养基 0006, 37℃ GenBank 序列号 HM218144

IMAU10428 ←LABCC NM29-4. 分离源：内蒙古呼伦贝尔盟新巴尔虎左旗巴音布日特苏木那木恒嘎查 酸牛奶. 分离时间：2009 年. 培养基 0006, 37℃ GenBank 序列号 HM218153

IMAU10430 ←LABCC NM29-6. 分离源：内蒙古呼伦贝尔盟新巴尔虎左旗巴音布日特苏木那木恒嘎查 酸牛奶. 分离时间：2009 年. 培养基 0006, 37℃ GenBank 序列号 HM218155

IMAU10431 ←LABCC NM29-7. 分离源：内蒙古呼伦贝尔盟新巴尔虎左旗巴音布日特苏木那木恒嘎查 酸牛奶. 分离时间：2009 年. 培养基 0006, 37℃ GenBank 序列号 HM218156

IMAU10432 ←LABCC NM30-1. 分离源：内蒙古呼伦贝尔盟新巴尔虎左旗巴音布日特苏木那木恒嘎查 酸牛奶. 分离时间：2009 年. 培养基 0006, 37℃ GenBank 序列号 HM218157

IMAU10433 ←LABCC NM30-2. 分离源：内蒙古呼伦贝尔盟新巴尔虎左旗巴音布日特苏木那木恒嘎查 酸牛奶. 分离时间：2009 年. 培养基 0006, 37℃ GenBank 序列号 HM218158

IMAU10434 ←LABCC NM30-3. 分离源：内蒙古呼伦贝尔盟新巴尔虎左旗巴音布日特苏木那木恒嘎查 酸牛奶. 分离时间：2009 年. 培养基 0006, 37℃ GenBank 序列号 HM218159

IMAU10436 ←LABCC NM30-5. 分离源：内蒙古呼伦贝尔盟新巴尔虎左旗巴音布日特苏木那木恒嘎查 酸牛奶. 分离时间：2009 年. 培养基 0006, 37℃ GenBank 序列号 HM218161

IMAU10438 ←LABCC NM31-1. 分离源：内蒙古呼伦贝尔盟新巴尔虎左旗巴音布日特苏木那木恒嘎查 酸牛奶. 分离时间：2009 年. 培养基 0006, 37℃ GenBank 序列号 HM218163

IMAU10439 ←LABCC NM31-2. 分离源：内蒙古呼伦贝尔盟新巴尔虎左旗巴音布日特苏木那木恒嘎查 酸牛奶. 分离时间：2009 年. 培养基 0006, 37℃ GenBank 序列号 HM218164

IMAU10441 ←LABCC NM31-4. 分离源：内蒙古呼伦贝尔盟新巴尔虎左旗巴音布

日特苏木那木恒嘎查 酸牛奶．分离时间：2009 年．培养基 0006，37℃ Gen-Bank 序列号 HM218166

IMAU10443 ←LABCC NM32-1．分离源：内蒙古呼伦贝尔盟新巴尔虎左旗巴音布日特苏木那木恒嘎查 酸牛奶．分离时间：2009 年．培养基 0006，37℃ Gen-Bank 序列号 HM218168

IMAU10444 ←LABCC NM32-2．分离源：内蒙古呼伦贝尔盟新巴尔虎左旗巴音布日特苏木那木恒嘎查 酸牛奶．分离时间：2009 年．培养基 0006，37℃ Gen-Bank 序列号 HM218169

IMAU10445 ←LABCC NM32-3．分离源：内蒙古呼伦贝尔盟新巴尔虎左旗巴音布日特苏木那木恒嘎查 酸牛奶．分离时间：2009 年．培养基 0006，37℃ Gen-Bank 序列号 HM218170

IMAU10446 ←LABCC NM32-4．分离源：内蒙古呼伦贝尔盟新巴尔虎左旗巴音布日特苏木那木恒嘎查 酸牛奶．分离时间：2009 年．培养基 0006，37℃ Gen-Bank 序列号 HM218171

IMAU10480 ←LABCC NM45-1．分离源：内蒙古呼伦贝尔盟新巴尔虎左旗阿木古楞镇伊和乌拉艾力 酸牛奶．分离时间：2009 年．培养基 0006，37℃ GenBank 序列号 HM218205

IMAU10487 ←LABCC NM46-4．分离源：内蒙古呼伦贝尔盟新巴尔虎左旗阿木古楞镇伊和乌拉艾力 酸牛奶．分离时间：2009 年．培养基 0006，37℃ GenBank 序列号 HM218212

IMAU10489 ←LABCC NM47-3．分离源：内蒙古呼伦贝尔盟新巴尔虎左旗阿木古楞镇伊和乌拉艾力 酸牛奶．分离时间：2009 年．培养基 0006，37℃ GenBank 序列号 HM218214

IMAU10491 ←LABCC NM48-1．分离源：内蒙古呼伦贝尔盟新巴尔虎左旗阿木古楞镇伊和乌拉艾力 酸牛奶．分离时间：2009 年．培养基 0006，37℃ GenBank 序列号 HM218216

IMAU10494 ←LABCC NM48-4．分离源：内蒙古呼伦贝尔盟新巴尔虎左旗阿木古楞镇伊和乌拉艾力 酸牛奶．分离时间：2009 年．培养基 0006，37℃ GenBank 序列号 HM218219

IMAU10510 ←LABCC NM53-3．分离源：内蒙古呼伦贝尔盟新巴尔虎左旗查干镇伊和乌拉嘎查 酸马奶．分离时间：2009 年．培养基 0006，37℃ GenBank 序列号 HM218235

IMAU10521 ←LABCC NM57-1．分离源：内蒙古呼伦贝尔盟新巴尔虎左旗查干镇伊和乌拉嘎查大路 酸马奶．分离时间：2009 年．培养基 0006，37℃ GenBank

序列号 HM218246

IMAU10524 ←LABCC NM57-4. 分离源：内蒙古呼伦贝尔盟新巴尔虎左旗查干镇
伊和乌拉嘎查大路 酸马奶．分离时间：2009 年．培养基 0006, 37℃ GenBank
序列号 HM218249

IMAU10526 ←LABCC NM57-6. 分离源：内蒙古呼伦贝尔盟新巴尔虎左旗查干镇
伊和乌拉嘎查 酸马奶．分离时间：2009 年．培养基 0006, 37℃ GenBank 序
列号 HM218251

IMAU10529 ←LABCC NM58-2. 分离源：内蒙古呼伦贝尔盟新巴尔虎左旗查干镇
伊和乌拉嘎查 酸马奶．分离时间：2009 年．培养基 0006, 37℃ GenBank 序
列号 HM218254

IMAU10530 ←LABCC NM58-3. 分离源：内蒙古呼伦贝尔盟新巴尔虎左旗查干镇
伊和乌拉嘎查 酸马奶．分离时间：2009 年．培养基 0006, 37℃ GenBank 序
列号 HM218255

IMAU10532 ←LABCC NM58-5. 分离源：内蒙古呼伦贝尔盟新巴尔虎左旗查干镇
伊和乌拉嘎查 酸马奶．分离时间：2009 年．培养基 0006, 37℃ GenBank 序
列号 HM218257

IMAU10533 ←LABCC NM58-6. 分离源：内蒙古呼伦贝尔盟新巴尔虎左旗查干镇
伊和乌拉嘎查 酸马奶．分离时间：2009 年．培养基 0006, 37℃ GenBank 序
列号 HM218258

IMAU10536 ←LABCC NM59-2. 分离源：内蒙古呼伦贝尔盟新巴尔虎左旗查干镇
伊和乌拉嘎查 酸马奶．分离时间：2009 年．培养基 0006, 37℃ GenBank 序
列号 HM218261

IMAU10541 ←LABCC NM60-1. 分离源：内蒙古呼伦贝尔盟新巴尔虎左旗查干镇
伊和乌拉嘎查 酸马奶．分离时间：2009 年．培养基 0006, 37℃ GenBank 序
列号 HM218266

IMAU10546 ←LABCC NM60-6. 分离源：内蒙古呼伦贝尔盟新巴尔虎左旗查干镇
伊和乌拉嘎查 酸马奶．分离时间：2009 年．培养基 0006, 37℃ GenBank 序
列号 HM218271

IMAU10554 ←LABCC NM62-3. 分离源：内蒙古呼伦贝尔盟陈旗巴彦库仁镇里 酸
马奶．分离时间：2009 年．培养基 0006, 37℃ GenBank 序列号 HM218279

IMAU10557 ←LABCC NM63-1. 分离源：内蒙古呼伦贝尔盟陈旗巴彦库仁镇里 酸
马奶．分离时间：2009 年．培养基 0006, 37℃ GenBank 序列号 HM218282

IMAU10573 ←LABCC NM66-4. 分离源：内蒙古呼伦贝尔盟陈旗巴彦库仁镇特尼
格尔蒙古艾力 酸马奶．分离时间：2009 年．培养基 0006, 37℃ GenBank 序

列号 HM218298

IMAU10584 ←LABCC NM68-3. 分离源：内蒙古呼伦贝尔盟陈旗巴彦库仁镇特尼
　　格尔蒙古艾力 酸马奶. 分离时间：2009 年. 培养基 0006, 37℃ GenBank 序
　　列号 HM218308

IMAU10588 ←LABCC NM68-7. 分离源：内蒙古呼伦贝尔盟陈旗巴彦库仁镇特尼
　　格尔蒙古艾力 酸马奶. 分离时间：2009 年. 培养基 0006, 37℃ GenBank 序
　　列号 HM218312

IMAU10604 ←LABCC NM71-7. 分离源：内蒙古呼伦贝尔盟海拉尔市 酸马奶. 分
　　离时间：2009 年. 培养基 0006, 37℃ GenBank 序列号 HM218328

IMAU10644 ←LABCC NM86-3. 分离源：内蒙古呼伦贝尔盟海拉尔市 酸马奶. 分
　　离时间：2009 年. 培养基 0006, 37℃ GenBank 序列号 HM218367

IMAU10647 ←LABCC NM88-1. 分离源：内蒙古呼伦贝尔盟海拉尔市 酸马奶. 分
　　离时间：2009 年. 培养基 0006, 37℃ GenBank 序列号 HM218370

IMAU10650 ←LABCC NM88-4. 分离源：内蒙古呼伦贝尔盟海拉尔市 酸马奶. 分
　　离时间：2009 年. 培养基 0006, 37℃ GenBank 序列号 HM218373

IMAU10652 ←LABCC NM89-3. 分离源：内蒙古呼伦贝尔盟海拉尔市 酸马奶. 分
　　离时间：2009 年. 培养基 0006, 37℃ GenBank 序列号 HM218375

IMAU10656 ←LABCC NM91-1. 分离源：内蒙古呼伦贝尔盟海拉尔市 酸马奶. 分
　　离时间：2009 年. 培养基 0006, 37℃ GenBank 序列号 HM218379

IMAU10664 ←LABCC NM93-2. 分离源：内蒙古呼伦贝尔盟阿鲁科尔沁旗天山镇
　　图雅 酸马奶. 分离时间：2009 年. 培养基 0006, 37℃ GenBank 序列
　　号 HM218387

IMAU10685 ←LABCC NM97-1. 分离源：内蒙古呼伦贝尔盟阿鲁科尔沁旗天山 酸
　　马奶. 分离时间：2009 年. 培养基 0006, 37℃ GenBank 序列号 HM218408

IMAU10706 ←LABCC NM101-8. 分离源：内蒙古阿鲁科尔沁旗天山镇 酸牛奶. 分
　　离时间：2009 年. 培养基 0006, 37℃ GenBank 序列号 HM218428

IMAU10710 ←LABCC NM102-4. 分离源：内蒙古阿鲁科尔沁旗天山镇 酸牛奶. 分
　　离时间：2009 年. 培养基 0006, 37℃ GenBank 序列号 HM218432

IMAU10713 ←LABCC NM102-7. 分离源：内蒙古阿鲁科尔沁旗天山镇 酸牛奶. 分
　　离时间：2009 年. 培养基 0006, 37℃ GenBank 序列号 HM218435

IMAU10719 ←LABCC NM103-6. 分离源：内蒙古阿鲁科尔沁旗天山镇 酸牛奶. 分
　　离时间：2009 年. 培养基 0006, 37℃ GenBank 序列号 HM218441

IMAU10720 ←LABCC NM103-7. 分离源：内蒙古阿鲁科尔沁旗天山镇 酸牛奶. 分
　　离时间：2009 年. 培养基 0006, 37℃ GenBank 序列号 HM218442

IMAU10723 ←LABCC NM104-3. 分离源：内蒙古阿鲁科尔沁旗天山镇 酸牛奶．分
离时间：2009 年．培养基 0006, 37℃ GenBank 序列号 HM218445

IMAU10726 ←LABCC NM104-6. 分离源：内蒙古阿鲁科尔沁旗天山镇 酸牛奶．分
离时间：2009 年．培养基 0006, 37℃ GenBank 序列号 HM218448

IMAU10728 ←LABCC NM105-1. 分离源：内蒙古巴林右旗巴彦温度尔苏木 酸牛
奶．分离时间：2009 年．培养基 0006, 37℃ GenBank 序列号 HM218450

IMAU10731 ←LABCC NM105-4. 分离源：内蒙古巴林右旗巴彦温度尔苏木 酸牛
奶．分离时间：2009 年．培养基 0006, 37℃ GenBank 序列号 HM218453

IMAU10733 ←LABCC NM106-1. 分离源：内蒙古巴林右旗巴彦温度尔苏木 酸牛
奶．分离时间：2009 年．培养基 0006, 37℃ GenBank 序列号 HM218455

IMAU10736 ←LABCC NM106-4. 分离源：内蒙古巴林右旗巴彦温度尔苏木 酸牛
奶．分离时间：2009 年．培养基 0006, 37℃ GenBank 序列号 HM218458

IMAU10737 ←LABCC NM106-5. 分离源：内蒙古巴林右旗巴彦温度尔苏木 酸牛
奶．分离时间：2009 年．培养基 0006, 37℃ GenBank 序列号 HM218459

IMAU10739 ←LABCC NM107-1. 分离源：内蒙古巴林右旗巴彦温度尔苏木 酸牛
奶．分离时间：2009 年．培养基 0006, 37℃ GenBank 序列号 HM218461

IMAU10743 ←LABCC NM107-5. 分离源：内蒙古巴林右旗巴彦温度尔苏木 酸牛
奶．分离时间：2009 年．培养基 0006, 37℃ GenBank 序列号 HM218465

IMAU10744 ←LABCC NM108-1. 分离源：内蒙古巴林右旗巴彦温度尔苏木 酸牛
奶．分离时间：2009 年．培养基 0006, 37℃ GenBank 序列号 HM218466

IMAU10742 ←LABCC NM107-4. 分离源：内蒙古巴林右旗巴彦温度尔苏木 酸牛
奶．分离时间：2009 年．培养基 0006, 37℃ GenBank 序列号 HM218464

IMAU10747 ←LABCC NM108-5. 分离源：内蒙古巴林右旗巴彦温度尔苏木 酸牛
奶．分离时间：2009 年．培养基 0006, 37℃ GenBank 序列号 HM218469

IMAU10787 ←LABCC NM124-4. 分离源：内蒙古巴林右旗巴彦温度尔苏木 酸牛
奶．分离时间：2009 年．培养基 0006, 37℃ GenBank 序列号 HM218507

IMAU10795 ←LABCC NM129-3. 分离源：内蒙古巴林右旗巴彦温度尔苏木 酸牛
奶．分离时间：2009 年．培养基 0006, 37℃ GenBank 序列号 HM218515

IMAU10798 ←LABCC NM130-1. 分离源：内蒙古巴林右旗巴彦温度尔苏木 酸牛
奶．分离时间：2009 年．培养基 0006, 37℃ GenBank 序列号 HM218516

IMAU10803 ←LABCC NM131-2. 分离源：内蒙古巴林右旗巴彦温度尔苏木 酸牛
奶．分离时间：2009 年．培养基 0006, 37℃ GenBank 序列号 HM218520

IMAU10814 ←LABCC NM134-1. 分离源：内蒙古巴林右旗巴彦温度尔苏木 酸牛
奶．分离时间：2009 年．培养基 0006, 37℃ GenBank 序列号 HM218531

IMAU10821 ←LABCC NM135-5. 分离源：内蒙古巴林右旗巴彦温度尔苏木 酸牛奶. 分离时间：2009 年. 培养基 0006, 37℃ GenBank 序列号 HM218538

IMAU10823 ←LABCC NM136-1. 分离源：内蒙古巴林右旗巴彦温度尔苏木 酸牛奶. 分离时间：2009 年. 培养基 0006, 37℃ GenBank 序列号 HM218540

IMAU10830 ←LABCC NM137-3. 分离源：内蒙古巴林右旗巴彦温度尔苏木 酸牛奶. 分离时间：2009 年. 培养基 0006, 37℃ GenBank 序列号 HM218547

IMAU10832 ←LABCC NM137-7. 分离源：内蒙古巴林右旗巴彦温度尔苏木 酸牛奶. 分离时间：2009 年. 培养基 0006, 37℃ GenBank 序列号 HM218548

IMAU10835 ←LABCC NM138-3. 分离源：内蒙古巴林右旗巴彦温度尔苏木 酸牛奶. 分离时间：2009 年. 培养基 0006, 37℃ GenBank 序列号 HM218550

IMAU10841 ←LABCC NM138-9. 分离源：内蒙古巴林右旗巴彦温度尔苏木 酸牛奶. 分离时间：2009 年. 培养基 0006, 37℃ GenBank 序列号 HM218553

IMAU10847 ←LABCC NM140-3. 分离源：内蒙古巴林右旗大板镇西拉木伦嘎查 酸牛奶. 分离时间：2009 年. 培养基 0006, 37℃ GenBank 序列号 HM218558

IMAU10970 ←LABCC NM167-2. 分离源：内蒙古巴林右旗大板镇 酸牛奶. 分离时间：2009 年. 培养基 0006, 37℃ GenBank 序列号 HM218674

IMAU10974 ←LABCC NM167-6. 分离源：内蒙古巴林右旗大板镇 酸牛奶. 分离时间：2009 年. 培养基 0006, 37℃ GenBank 序列号 HM218678

IMAU20048 ←LABCC mgh1-3-2. 分离源：蒙古国戈壁阿尔泰省比格尔苏木 酸羊奶. 分离时间：2006 年. 培养基 0006, 37℃ GenBank 序列号 FJ640995

IMAU20365 ←LABCC MGB30-2. 分离源：蒙古国布尔干省鄂尔汗苏木 酸牛奶. 分离时间：2009 年. 培养基 0006, 37℃ GenBank 序列号 HM058093

IMAU20411 ←LABCC MGB40-1. 分离源：蒙古国库苏古尔省塔日雅楞苏木 酸牛奶. 分离时间：2009 年. 培养基 0006, 37℃ GenBank 序列号 HM058135

IMAU20470 ←LABCC MGB63-1. 分离源：蒙古国扎布汗省耶赫乌拉苏木 酸牛奶. 分离时间：2009 年. 培养基 0006, 37℃ GenBank 序列号 HM058190

IMAU20497 ←LABCC MGB70-7. 分离源：蒙古国扎布汗省乌力雅思太 酸牛奶. 分离时间：2009 年. 培养基 0006, 37℃ GenBank 序列号 HM058216

IMAU20498 ←LABCC MGB70-8. 分离源：蒙古国扎布汗省乌力雅思太 酸牛奶. 分离时间：2009 年. 培养基 0006, 37℃ GenBank 序列号 HM058217

IMAU20505 ←LABCC WMGB71-7. 分离源：蒙古扎布汗省乌力雅思太 酸牛奶. 分离时间：2009 年. 培养基 0006, 37℃ GenBank 序列号 HM058224

IMAU20510 ←LABCC WMGB72-4. 分离源：蒙古扎布汗省查干海尔汗苏木 酸牛奶. 分离时间：2009 年. 培养基 0006, 37℃ GenBank 序列号 HM058229

IMAU20568 ←LABCC WMGB84-1. 分离源：蒙古扎布汗省奥特跟苏木 酸牛奶. 分离时间：2009 年. 培养基 0006，37℃ GenBank 序列号 HM058286

IMAU20570 ←LABCC WMGB84-5. 分离源：蒙古扎布汗省奥特跟苏木 酸牛奶. 分离时间：2009 年. 培养基 0006，37℃ GenBank 序列号 HM058288

IMAU20574 ←LABCC WMGB85-4. 分离源：蒙古扎布汗省奥特跟苏木 酸牛奶. 分离时间：2009 年. 培养基 0006，37℃ GenBank 序列号 HM058292

IMAU20575 ←LABCC WMGB85-6. 分离源：蒙古扎布汗省奥特跟苏木 酸牛奶. 分离时间：2009 年. 培养基 0006，37℃ GenBank 序列号 HM058293

IMAU20576 ←LABCC WMGB85-7. 分离源：蒙古扎布汗省奥特跟苏木 酸牛奶. 分离时间：2009 年. 培养基 0006，37℃ GenBank 序列号 HM058294

IMAU20578 ←LABCC WMGB86-2. 分离源：蒙古扎布汗省奥特跟苏木 酸牛奶. 分离时间：2009 年. 培养基 0006，37℃ GenBank 序列号 HM058296

IMAU20579 ←LABCC WMGB86-6. 分离源：蒙古扎布汗省奥特跟苏木 酸牛奶. 分离时间：2009 年. 培养基 0006，37℃ GenBank 序列号 HM058297

IMAU205606 ←LABCC WMGB95-1. 分离源：蒙古后杭盖省塔日亚特苏木塔日赫湖 酸牛奶. 分离时间：2009 年. 培养基 0006，37℃ GenBank 序列号 HM058321

IMAU20699 ←LABCC WMGC11-6. 分离源：蒙古布尔干省阿日希亚图苏木 酸牛奶. 分离时间：2009 年. 培养基 0006，37℃ GenBank 序列号 HM058411

IMAU30018 ←LABCC B3303-2. 分离源：新疆伊犁哈萨克族自治州乌苏市巴音沟 酸马奶. 分离时间：2004 年. 培养基 0006，37℃ GenBank 序列号 FJ749616

IMAU30101 ←LABCC E4305. 分离源：新疆伊犁哈萨克族自治州新源县 酸马奶. 分离时间：2004 年. 培养基 0006，37℃ GenBank 序列号 FJ749676

IMAU30153 ←LABCC XB2-3. 分离源：新疆地区 酸马奶. 分离时间：2004 年. 培养基 0006，37℃ GenBank 序列号 FJ749713

IMAU60001 ←LABCC XZ1301. 分离源：西藏日喀则地区江孜县加日部乡 酸黄牛奶. 分离时间：2007 年. 培养基 0006，37℃ GenBank 序列号 FJ749734

IMAU60002 ←LABCC XZ1302. 分离源：西藏日喀则地区江孜县加日部乡 酸黄牛奶. 分离时间：2007 年. 培养基 0006，37℃ GenBank 序列号 FJ749735

IMAU60003 ←LABCC XZ1305. 分离源：西藏日喀则地区江孜县加日部乡 酸黄牛奶. 分离时间：2007 年. 培养基 0006，37℃ GenBank 序列号 FJ749736

IMAU60004 ←LABCC XZ1306. 分离源：西藏日喀则地区江孜县加日部乡 酸黄牛奶. 分离时间：2007 年. 培养基 0006，37℃ GenBank 序列号 FJ749737

IMAU60005 ←LABCC XZ1307. 分离源：西藏日喀则地区江孜县加日部乡 酸黄牛奶. 分离时间：2007 年. 培养基 0006，37℃ GenBank 序列号 FJ749738

IMAU60006 ←LABCC XZ2301. 分离源：西藏日喀则地区江孜县东郊乡 酸黄牛奶.
分离时间：2007 年. 培养基 0006，37℃ GenBank 序列号 FJ749739

IMAU60008 ←LABCC XZ2303. 分离源：西藏日喀则地区江孜县东郊乡 酸黄牛奶.
分离时间：2007 年. 培养基 0006，37℃ GenBank 序列号 FJ749741

IMAU60015 ←LABCC XZ4305. 分离源：西藏日喀则地区江孜县东郊乡 酸黄牛奶.
分离时间：2007 年. 培养基 0006，37℃ GenBank 序列号 FJ749748

IMAU60016 ←LABCC XZ4306. 分离源：西藏日喀则地区江孜县东郊乡 酸黄牛奶.
分离时间：2007 年. 培养基 0006，37℃ GenBank 序列号 FJ749749

IMAU60017 ←LABCC XZ5301. 分离源：西藏日喀则地区江孜县东郊乡 酸黄牛奶.
分离时间：2007 年. 培养基 0006，37℃ GenBank 序列号 FJ749750

IMAU60021 ←LABCC XZ6301. 分离源：西藏日喀则地区江孜县娘对乡 酸黄牛奶.
分离时间：2007 年. 培养基 0006，37℃ GenBank 序列号 FJ749753

IMAU60023 ←LABCC XZ6304. 分离源：西藏日喀则地区江孜县娘对乡 酸黄牛奶.
分离时间：2007 年. 培养基 0006，37℃ GenBank 序列号 FJ749754

IMAU60032 ←LABCC XZ9303. 分离源：西藏日喀则地区江孜县重孜乡 酸黄牛奶.
分离时间：2007 年. 培养基 0006，37℃ GenBank 序列号 FJ749760

IMAU60033 ←LABCC XZ9307. 分离源：西藏日喀则地区江孜县重孜乡 酸黄牛奶.
分离时间：2007 年. 培养基 0006，37℃ GenBank 序列号 FJ749761

IMAU60038 ←LABCC XZ11301. 分离源：西藏日喀则地区白朗县巴扎乡 酸黄牛
奶. 分离时间：2007 年. 培养基 0006，37℃ GenBank 序列号 FJ749765

IMAU60048 ←LABCC XZ13303. 分离源：西藏日喀则地区白朗县巴扎乡 酸黄牛
奶. 分离时间：2007 年. 培养基 0006，37℃ GenBank 序列号 FJ749773

IMAU60053 ←LABCC XZ14302. 分离源：西藏日喀则地区白朗日喀则县甲雄乡 酸
黄牛奶. 分离时间：2007 年. 培养基 0006，37℃ GenBank 序列号 FJ749777

IMAU60054 ←LABCC XZ14303. 分离源：西藏日喀则地区白朗日喀则县甲雄乡 酸
黄牛奶. 分离时间：2007 年. 培养基 0006，37℃ GenBank 序列号 FJ749778

IMAU60056 ←LABCC XZ14306. 分离源：西藏日喀则地区白朗日喀则县甲雄乡 酸
黄牛奶. 分离时间：2007 年. 培养基 0006，37℃ GenBank 序列号 FJ749780

IMAU60058 ←LABCC XZ15301. 分离源：西藏日喀则地区白朗日喀则县江当乡 酸
黄牛奶. 分离时间：2007 年. 培养基 0006，37℃ GenBank 序列号 FJ749782

IMAU60059 ←LABCC XZ15302. 分离源：西藏日喀则地区白朗日喀则县江当乡 酸
黄牛奶. 分离时间：2007 年. 培养基 0006，37℃ GenBank 序列号 FJ749783

IMAU60061 ←LABCC XZ15304. 分离源：西藏日喀则地区白朗日喀则县江当乡 酸
黄牛奶. 分离时间：2007 年. 培养基 0006，37℃ GenBank 序列号 FJ749785

IMAU60062 ←LABCC XZ15305. 分离源：西藏日喀则地区白朗日喀则县江当乡 酸黄牛奶. 分离时间：2007 年. 培养基 0006, 37℃ GenBank 序列号 FJ749786

IMAU60063 ←LABCC XZ15306. 分离源：西藏日喀则地区白朗日喀则县江当乡 酸黄牛奶. 分离时间：2007 年. 培养基 0006, 37℃ GenBank 序列号 FJ749787

IMAU60074 ←LABCC XZ19303. 分离源：西藏那曲县罗马镇 酸牦牛奶. 分离时间：2007 年. 培养基 0006, 37℃ GenBank 序列号 FJ749797

IMAU60089 ←LABCC XZ23302. 分离源：西藏那曲县罗马镇 酸牦牛奶. 分离时间：2007 年. 培养基 0006, 37℃ GenBank 序列号 FJ749810

IMAU60095 ←LABCC XZ24304. 分离源：西藏那曲县罗马镇 酸牦牛奶. 分离时间：2007 年. 培养基 0006, 37℃ GenBank 序列号 FJ749816

IMAU60097 ←LABCC XZ25302. 分离源：西藏那曲县桑雄乡 酸牦牛奶. 分离时间：2007 年. 培养基 0006, 37℃ GenBank 序列号 FJ749818

IMAU60098 ←LABCC XZ25303. 分离源：西藏那曲县桑雄乡 酸牦牛奶. 分离时间：2007 年. 培养基 0006, 37℃ GenBank 序列号 FJ749819

IMAU60099 ←LABCC XZ25304. 分离源：西藏那曲县桑雄乡 酸牦牛奶. 分离时间：2007 年. 培养基 0006, 37℃ GenBank 序列号 FJ749820

IMAU60103 ←LABCC XZ29301. 分离源：西藏那曲县桑雄乡 酸牦牛奶. 分离时间：2007 年. 培养基 0006, 37℃ GenBank 序列号 FJ749823

IMAU60105 ←LABCC XZ29303. 分离源：西藏那曲县桑雄乡 酸牦牛奶. 分离时间：2007 年. 培养基 0006, 37℃ GenBank 序列号 FJ749825

IMAU60107 ←LABCC XZ29305. 分离源：西藏那曲县桑雄乡 酸牦牛奶. 分离时间：2007 年. 培养基 0006, 37℃ GenBank 序列号 FJ749827

IMAU60108 ←LABCC XZ29306. 分离源：西藏那曲县桑雄乡 酸牦牛奶. 分离时间：2007 年. 培养基 0006, 37℃ GenBank 序列号 FJ749828

IMAU60109 ←LABCC XZ29307. 分离源：西藏那曲县桑雄乡 酸牦牛奶. 分离时间：2007 年. 培养基 0006, 37℃ GenBank 序列号 FJ211394

IMAU60110 ←LABCC XZ29308. 分离源：西藏那曲县桑雄乡 酸牦牛奶. 分离时间：2007 年. 培养基 0006, 37℃ GenBank 序列号 FJ749829

IMAU60123 ←LABCC XZ33303. 分离源：西藏那曲县古露镇 酸牦牛奶. 分离时间：2007 年. 培养基 0006, 37℃ GenBank 序列号 FJ749841

IMAU60124 ←LABCC XZ33304. 分离源：西藏那曲县古露镇 酸牦牛奶. 分离时间：2007 年. 培养基 0006, 37℃ GenBank 序列号 FJ749842

IMAU60126 ←LABCC XZ34303. 分离源：西藏拉萨地区当雄县龙仁乡 酸牦牛奶. 分离时间：2007 年. 培养基 0006, 37℃ GenBank 序列号 FJ749843

IMAU60127 ←LABCC XZ34304. 分离源：西藏拉萨地区当雄县龙仁乡 酸牦牛奶.
　　分离时间：2007 年. 培养基 0006，37℃ GenBank 序列号 FJ749844

IMAU60128 ←LABCC XZ34306. 分离源：西藏拉萨地区当雄县龙仁乡 酸牦牛奶.
　　分离时间：2007 年. 培养基 0006，37℃ GenBank 序列号 FJ749845

IMAU60136 ←LABCC XZ37303. 分离源：西藏拉萨地区当雄县龙仁乡 酸牦牛奶.
　　分离时间：2007 年. 培养基 0006，37℃ GenBank 序列号 FJ749852

IMAU60143 ←LABCC XZ39305. 分离源：西藏拉萨地区当雄县龙仁乡 酸牦牛奶.
　　分离时间：2007 年. 培养基 0006，37℃ GenBank 序列号 FJ749859

IMAU60153 ←LABCC XZ41303. 分离源：西藏拉萨地区当雄县纳木错 酸牦牛奶.
　　分离时间：2007 年. 培养基 0006，37℃ GenBank 序列号 FJ749868

IMAU60160 ←LABCC XZ43301. 分离源：西藏拉萨地区当雄县纳木错 酸牦牛奶.
　　分离时间：2007 年. 培养基 0006，37℃ GenBank 序列号 FJ749874

IMAU60161 ←LABCC XZ43302. 分离源：西藏拉萨地区当雄县纳木错 酸牦牛奶.
　　分离时间：2007 年. 培养基 0006，37℃ GenBank 序列号 FJ749875

IMAU60163 ←LABCC XZ43304. 分离源：西藏拉萨地区当雄县纳木错 酸牦牛奶.
　　分离时间：2007 年. 培养基 0006，37℃ GenBank 序列号 FJ749877

IMAU60165 ←LABCC XZ43306. 分离源：西藏拉萨地区当雄县纳木错 酸牦牛奶.
　　分离时间：2007 年. 培养基 0006，37℃ GenBank 序列号 FJ749879

IMAU60203 ←LABCC XZ36404. 分离源：西藏拉萨地区当雄县龙仁乡 酸牦牛奶.
　　分离时间：2007 年. 培养基 0006，37℃ GenBank 序列号 FJ915648

IMAU60214 ←LABCC XZ45402. 分离源：西藏拉萨地区当雄县纳木错 酸牦牛奶.
　　分离时间：2007 年. 培养基 0006，37℃ GenBank 序列号 FJ915659

IMAU60217 ←LABCC XZ35405. 分离源：西藏拉萨地区当雄县乌玛糖乡 酸黄牛
　　奶. 分离时间：2007 年. 培养基 0006，37℃ GenBank 序列号 FJ915662

IMAU70001 ←LABCC BM1301. 分离源：内蒙古巴彦淖尔盟杭锦后旗陕坝镇 酸
　　粥. 分离时间：2008 年. 培养基 0006，37℃ GenBank 序列号 GQ131118

IMAU70002 ←LABCC BM1302. 分离源：内蒙古巴彦淖尔盟杭锦后旗陕坝镇 酸
　　粥. 分离时间：2008 年. 培养基 0006，37℃ GenBank 序列号 GQ131119

IMAU70007 ←LABCC BM2302. 分离源：内蒙古巴彦淖尔盟杭锦后旗陕坝镇 酸
　　粥. 分离时间：2008 年. 培养基 0006，37℃ GenBank 序列号 GQ131124

IMAU70011 ←LABCC BM3302. 分离源：内蒙古巴彦淖尔盟杭锦后旗陕坝镇 酸
　　粥. 分离时间：2008 年. 培养基 0006，37℃ GenBank 序列号 GQ131127

IMAU70014 ←LABCC BM4301. 分离源：内蒙古巴彦淖尔盟乌拉特后旗八音镇 酸
　　粥. 分离时间：2008 年. 培养基 0006，37℃ GenBank 序列号 GQ131130

IMAU70015 ←LABCC BM4302. 分离源：内蒙古巴彦淖尔盟乌拉特后旗八音镇 酸粥. 分离时间：2008 年. 培养基 0006, 37℃ GenBank 序列号 GQ131131

IMAU70017 ←LABCC BM4305. 分离源：内蒙古巴彦淖尔盟乌拉特后旗八音镇 酸粥. 分离时间：2008 年. 培养基 0006, 37℃ GenBank 序列号 GQ131133

IMAU70018 ←LABCC BM5301. 分离源：内蒙古巴彦淖尔盟临河 酸粥. 分离时间：2008 年. 培养基 0006, 37℃ GenBank 序列号 GQ131134

IMAU70019 ←LABCC BM5303. 分离源：内蒙古巴彦淖尔盟临河 酸粥. 分离时间：2008 年. 培养基 0006, 37℃ GenBank 序列号 GQ131135

IMAU70020 ←LABCC BM5304. 分离源：内蒙古巴彦淖尔盟临河 酸粥. 分离时间：2008 年. 培养基 0006, 37℃ GenBank 序列号 GQ131136

IMAU70024 ←LABCC BM7304. 分离源：内蒙古巴彦淖尔盟乌拉特中旗文更苏木 酸粥. 分离时间：2008 年. 培养基 0006, 37℃ GenBank 序列号 GQ131140

IMAU70026 ←LABCC BM8302. 分离源：内蒙古巴彦淖尔盟乌拉特中旗海流图镇 酸粥. 分离时间：2008 年. 培养基 0006, 37℃ GenBank 序列号 GQ131142

IMAU70027 ←LABCC BM9301. 分离源：内蒙古巴彦淖尔盟乌拉特前旗阿力奔苏木 酸粥. 分离时间：2008 年. 培养基 0006, 37℃ GenBank 序列号 GQ131143

IMAU70028 ←LABCC BM9302. 分离源：内蒙古巴彦淖尔盟乌拉特前旗阿力奔苏木 酸粥. 分离时间：2008 年. 培养基 0006, 37℃ GenBank 序列号 GQ131144

IMAU70029 ←LABCC BM9304. 分离源：内蒙古巴彦淖尔盟乌拉特前旗阿力奔苏木 酸粥. 分离时间：2008 年. 培养基 0006, 37℃ GenBank 序列号 GQ131145

IMAU70030 ←LABCC BM9305. 分离源：内蒙古巴彦淖尔盟乌拉特前旗阿力奔苏木 酸粥. 分离时间：2008 年. 培养基 0006, 37℃ GenBank 序列号 GQ131146

IMAU70033 ←LABCC BM10303. 分离源：内蒙古巴彦淖尔盟乌拉特前旗阿力奔苏木 酸粥. 分离时间：2008 年. 培养基 0006, 37℃ GenBank 序列号 GQ131149

IMAU70034 ←LABCC BM10304. 分离源：内蒙古巴彦淖尔盟乌拉特前旗阿力奔苏木 酸粥. 分离时间：2008 年. 培养基 0006, 37℃ GenBank 序列号 GQ131150

IMAU70036 ←LABCC BM10306. 分离源：内蒙古巴彦淖尔盟乌拉特前旗阿力奔苏木 酸粥. 分离时间：2008 年. 培养基 0006, 37℃ GenBank 序列号 GQ131152

IMAU70037 ←LABCC BM10307. 分离源：内蒙古巴彦淖尔盟乌拉特前旗阿力奔苏木 酸粥. 分离时间：2008 年. 培养基 0006, 37℃ GenBank 序列号 GQ131153

IMAU70038 ←LABCC BT1301. 分离源：内蒙古包头市青山区 酸粥. 分离时间：2008 年. 培养基 0006, 37℃ GenBank 序列号 GQ131154

IMAU70039 ←LABCC BT1302. 分离源：内蒙古包头市青山区 酸粥. 分离时间：2008 年. 培养基 0006, 37℃ GenBank 序列号 GQ131155

IMAU70040 ←LABCC BT1303. 分离源：内蒙古包头市青山区 酸粥．分离时间：
　2008 年．培养基 0006, 37℃ GenBank 序列号 GQ131156

IMAU70044 ←LABCC BT2302. 分离源：内蒙古包头市东河区 酸粥．分离时间：
　2008 年．培养基 0006, 37℃ GenBank 序列号 GQ131160

IMAU70045 ←LABCC BT2303. 分离源：内蒙古包头市东河区 酸粥．分离时间：
　2008 年．培养基 0006, 37℃ GenBank 序列号 GQ131161

IMAU70046 ←LABCC BT3301. 分离源：内蒙古包头市固阳县 酸粥．分离时间：
　2008 年．培养基 0006, 37℃ GenBank 序列号 GQ131162

IMAU70048 ←LABCC BT3303. 分离源：内蒙古包头市固阳县 酸粥．分离时间：
　2008 年．培养基 0006, 37℃ GenBank 序列号 GQ131164

IMAU70049 ←LABCC BT3304. 分离源：内蒙古包头市固阳县 酸粥．分离时间：
　2008 年．培养基 0006, 37℃ GenBank 序列号 GQ131165

IMAU70057 ←LABCC BT5302. 分离源：内蒙古包头市稀土开发区万水泉镇 酸粥．
　分离时间：2008 年．培养基 0006, 37℃ GenBank 序列号 GQ131173

IMAU70060 ←LABCC BT5305. 分离源：内蒙古包头市稀土开发区万水泉镇 酸粥．
　分离时间：2008 年．培养基 0006, 37℃ GenBank 序列号 GQ131176

IMAU70061 ←LABCC BT6302. 分离源：内蒙古包头市土默特右旗发彦申乡 酸粥．
　分离时间：2008 年．培养基 0006, 37℃ GenBank 序列号 GQ131177

IMAU70062 ←LABCC BT7301. 分离源：内蒙古包头市萨拉旗镇 酸粥．分离时间：
　2008 年．培养基 0006, 37℃ GenBank 序列号 GQ131178

IMAU70063 ←LABCC BT7302. 分离源：内蒙古包头市萨拉旗镇 酸粥．分离时间：
　2008 年．培养基 0006, 37℃ GenBank 序列号 GQ131179

IMAU70071 ←LABCC HS3301. 分离源：内蒙古呼和浩特市托克托县双河镇 酸粥．
　分离时间：2008 年．培养基 0006, 37℃ GenBank 序列号 GQ131187

IMAU70072 ←LABCC HS3302. 分离源：内蒙古呼和浩特市托克托县双河镇 酸粥．
　分离时间：2008 年．培养基 0006, 37℃ GenBank 序列号 GQ131188

IMAU70073 ←LABCC HS3303. 分离源：内蒙古呼和浩特市托克托县双河镇 酸粥．
　分离时间：2008 年．培养基 0006, 37℃ GenBank 序列号 GQ131189

IMAU70074 ←LABCC HS3304. 分离源：内蒙古呼和浩特市托克托县双河镇 酸粥．
　分离时间：2008 年．培养基 0006, 37℃ GenBank 序列号 GQ131190

IMAU70083 ←LABCC YM4302. 分离源：内蒙古鄂尔多斯市东胜区 酸粥．分离时
　间：2008 年．培养基 0006, 37℃ GenBank 序列号 GQ131199

IMAU70084 ←LABCC YM4303. 分离源：内蒙古鄂尔多斯市东胜区 酸粥．分离时
　间：2008 年．培养基 0006, 37℃ GenBank 序列号 GQ131200

IMAU70085 ←LABCC YM4304. 分离源：内蒙古鄂尔多斯市东胜区 酸粥. 分离时间：2008 年. 培养基 0006, 37℃ GenBank 序列号 GQ131201

IMAU70096 ←LABCC BM5154. 分离源：内蒙古巴彦淖尔盟临河 酸粥. 分离时间：2008 年. 培养基 0006, 37℃ GenBank 序列号 GQ131212

IMAU70102 ←LABCC BM9152. 分离源：内蒙巴彦淖尔盟乌拉特前旗阿力奔苏木 酸粥. 分离时间：2008 年. 培养基 0006, 37℃ GenBank 序列号 GQ131218

IMAU70106 ←LABCC BT2152. 分离源：内蒙古包头市东河区 酸粥. 分离时间：2008 年. 培养基 0006, 37℃ GenBank 序列号 GQ131222

IMAU70107 ←LABCC BT2154. 分离源：内蒙古包头市东河区 酸粥. 分离时间：2008 年. 培养基 0006, 37℃ GenBank 序列号 GQ131223

IMAU70108 ←LABCC BT3151. 分离源：内蒙古包头市固阳县 酸粥. 分离时间：2008 年. 培养基 0006, 37℃ GenBank 序列号 GQ131224

IMAU70109 ←LABCC BT3153. 分离源：内蒙古包头市固阳县 酸粥. 分离时间：2008 年. 培养基 0006, 37℃ GenBank 序列号 GQ131225

IMAU70110 ←LABCC BT5151. 分离源：内蒙包头市稀土开发区万水泉镇 酸粥. 分离时间：2008 年. 培养基 0006, 37℃ GenBank 序列号 GQ131226

IMAU70111 ←LABCC BT5153. 分离源：内蒙包头市稀土开发区万水泉镇 酸粥. 分离时间：2008 年. 培养基 0006, 37℃ GenBank 序列号 GQ131227

IMAU70112 ←LABCC BT5154. 分离源：内蒙包头市稀土开发区万水泉镇 酸粥. 分离时间：2008 年. 培养基 0006, 37℃ GenBank 序列号 GQ131228

IMAU70113 ←LABCC BT7151. 分离源：内蒙古包头市萨拉旗镇 酸粥. 分离时间：2008 年. 培养基 0006, 37℃ GenBank 序列号 GQ131229

IMAU70114 ←LABCC BT7152. 分离源：内蒙古包头市萨拉旗镇 酸粥. 分离时间：2008 年. 培养基 0006, 37℃ GenBank 序列号 GQ131230

IMAU70115 ←LABCC BT7153. 分离源：内蒙古包头市萨拉旗镇 酸粥. 分离时间：2008 年. 培养基 0006, 37℃ GenBank 序列号 GQ131231

IMAU70116 ←LABCC BT7154. 分离源：内蒙古包头市萨拉旗镇 酸粥. 分离时间：2008 年. 培养基 0006, 37℃ GenBank 序列号 GQ131232

IMAU70117 ←LABCC HS2153. 分离源：内蒙古呼和浩特市托克托县 酸粥. 分离时间：2008 年. 培养基 0006, 37℃ GenBank 序列号 GQ131233

IMAU70118 ←LABCC HS3151. 分离源：内蒙古呼和浩特市托克托县双河镇 酸粥. 分离时间：2008 年. 培养基 0006, 37℃ GenBank 序列号 GQ131234

IMAU70119 ←LABCC HS3153. 分离源：内蒙古呼和浩特市托克托县双河镇 酸粥. 分离时间：2008 年. 培养基 0006, 37℃ GenBank 序列号 GQ131235

IMAU70120 ←LABCC HS3154. 分离源：内蒙古呼和浩特市托克托县双河镇 酸粥.
分离时间：2008 年. 培养基 0006, 37℃ GenBank 序列号 GQ131236

IMAU70123 ←LABCC YM1151. 分离源：内蒙古鄂尔多斯市准格尔旗沙圪堵镇 酸
粥. 分离时间：2008 年. 培养基 0006, 37℃ GenBank 序列号 GQ131239

IMAU70124 ←LABCC YM1152. 分离源：内蒙古鄂尔多斯市准格尔旗沙圪堵镇 酸
粥. 分离时间：2008 年. 培养基 0006, 37℃ GenBank 序列号 GQ131240

IMAU70128 ←LABCC YM3156. 分离源：内蒙古鄂尔多斯市伊金霍洛旗 酸粥. 分
离时间：2008 年. 培养基 0006, 37℃ GenBank 序列号 GQ131243

IMAU70129 ←LABCC YM4151. 分离源：内蒙古鄂尔多斯市东胜区 酸粥. 分离时
间：2008 年. 培养基 0006, 37℃ GenBank 序列号 GQ131244

IMAU70130 ←LABCC YM4152. 分离源：内蒙古鄂尔多斯市东胜区 酸粥. 分离时
间：2008 年. 培养基 0006, 37℃ GenBank 序列号 GQ131245

IMAU70131 ←LABCC YM6153. 分离源：内蒙古鄂尔多斯市东胜区 酸粥. 分离时
间：2008 年. 培养基 0006, 37℃ GenBank 序列号 GQ131246

IMAU80010 ←LABCC PC5302. 分离源：四川省邛崃市 泡菜. 分离时间：2008 年.
培养基 0006, 37℃ GenBank 序列号 GU125432

IMAU80040 ←LABCC PC17303. 分离源：四川省大邑县 泡菜. 分离时间：2008
年. 培养基 0006, 37℃ GenBank 序列号 GU125462

IMAU80044 ←LABCC PC18302. 分离源：四川省大邑县 泡菜. 分离时间：2008
年. 培养基 0006, 37℃ GenBank 序列号 GU125466

IMAU80047 ←LABCC PC18305. 分离源：四川省大邑县 泡菜. 分离时间：2008
年. 培养基 0006, 37℃ GenBank 序列号 GU125469

IMAU80048 ←LABCC PC18306. 分离源：四川省大邑县 泡菜. 分离时间：2008
年. 培养基 0006, 37℃ GenBank 序列号 GU125470

IMAU80077 ←LABCC PC26302. 分离源：四川省崇州市怀远镇 泡菜. 分离时间：
2008 年. 培养基 0006, 37℃ GenBank 序列号 GU125499

IMAU80079 ←LABCC PC26304. 分离源：四川省崇州市怀远镇 泡菜. 分离时间：
2008 年. 培养基 0006, 37℃ GenBank 序列号 GU125501

IMAU80116 ←LABCC PC36302. 分离源：四川省成都市成华区 泡菜. 分离时间：
2008 年. 培养基 0006, 37℃ GenBank 序列号 GU125538

IMAU80118 ←LABCC PC36304. 分离源：四川省成都市成华区 泡菜. 分离时间：
2008 年. 培养基 0006, 37℃ GenBank 序列号 GU125540

IMAU80284 ←LABCC S13-3. 分离源：四川省阿坝州红原县瓦切乡二队 曲拉. 分
离时间：2009 年. 培养基 0006, 37℃ GenBank 序列号 HM058566

IMAU80291 ←LABCC S15-1. 分离源：四川省阿坝州红原县瓦切乡二队 酸牦牛奶. 分离时间：2009 年. 培养基 0006，37℃ GenBank 序列号 HM058573

IMAU80292 ←LABCC S15-3. 分离源：四川省阿坝州红原县瓦切乡二队 酸牦牛奶. 分离时间：2009 年. 培养基 0006，37℃ GenBank 序列号 HM058574

IMAU80294 ←LABCC S15-5. 分离源：四川省阿坝州红原县瓦切乡二队 酸牦牛奶. 分离时间：2009 年. 培养基 0006，37℃ GenBank 序列号 HM217975

IMAU80295 ←LABCC S15-7. 分离源：四川省阿坝州红原县瓦切乡二队 酸牦牛奶. 分离时间：2009 年. 培养基 0006，37℃ GenBank 序列号 HM058575

IMAU80303 ←LABCC S17-5. 分离源：四川省阿坝州红原县瓦切乡二队 曲拉. 分离时间：2009 年. 培养基 0006，37℃ GenBank 序列号 HM058583

IMAU80307 ←LABCC S18-2. 分离源：四川省阿坝州红原县瓦切乡二队 酸牦牛奶. 分离时间：2009 年. 培养基 0006，37℃ GenBank 序列号 HM058587

IMAU80310 ←LABCC S18-5. 分离源：四川省阿坝州红原县瓦切乡二队 酸牦牛奶. 分离时间：2009 年. 培养基 0006，37℃ GenBank 序列号 HM058590

IMAU80311 ←LABCC S18-6. 分离源：四川省阿坝州红原县瓦切乡二队 酸牦牛奶. 分离时间：2009 年. 培养基 0006，37℃ GenBank 序列号 HM058591

IMAU80317 ←LABCC S20-5. 分离源：四川省阿坝州红原县瓦切乡二队 乳清. 分离时间：2009 年. 培养基 0006，37℃ GenBank 序列号 HM058597

IMAU80320 ←LABCC S21-6. 分离源：四川省阿坝州红原县瓦切乡二队 曲拉. 分离时间：2009 年. 培养基 0006，37℃ GenBank 序列号 HM058600

IMAU80409 ←LABCC S50-1. 分离源：四川省阿坝州红原县安曲乡 F 村 曲拉. 分离时间：2009 年. 培养基 0006，37℃ GenBank 序列号 HM058669

IMAU80410 ←LABCC S50-2. 分离源：四川省阿坝州红原县安曲乡三村 曲拉. 分离时间：2009 年. 培养基 0006，37℃ GenBank 序列号 HM058670

IMAU80440 ←LABCC S58-2. 分离源：四川省阿坝州红原县安曲乡三村 鲜牦牛奶. 分离时间：2009 年. 培养基 0006，37℃ GenBank 序列号 HM058693

IMAU80444 ←LABCC S59-2. 分离源：四川省阿坝州红原县安曲乡三村 曲拉. 分离时间：2009 年. 培养基 0006，37℃ GenBank 序列号 HM058697

IMAU80452 ←LABCC S61-6. 分离源：四川省阿坝州红原县安曲乡三村 曲拉. 分离时间：2009 年. 培养基 0006，37℃ GenBank 序列号 HM058704

IMAU80541 ←LABCC G11-3. 分离源：甘肃省夏河县桑科乡赛池村 酸牦牛奶. 分离时间：2009 年. 培养基 0006，37℃ GenBank 序列号 HM058743

IMAU80543 ←LABCC G11-5. 分离源：甘肃省夏河县桑科乡赛池村 酸牦牛奶. 分离时间：2009 年. 培养基 0006，37℃ GenBank 序列号 HM058745

IMAU80564 ←LABCC G18-3. 分离源：甘肃省夏河县桑科乡赛池村 奶油．分离时间：2009 年．培养基 0006，37℃ GenBank 序列号 HM058759

IMAU80568 ←LABCC G18-7. 分离源：甘肃省夏河县桑科乡赛池村 奶油．分离时间：2009 年．培养基 0006，37℃ GenBank 序列号 HM058762

IMAU805603 ←LABCC G26-7. 分离源：甘肃省夏河县桑科乡赛池村四队 鲜牦牛奶．分离时间：2009 年．培养基 0006，37℃ GenBank 序列号 HM058794

IMAU80620 ←LABCC G30-6. 分离源：甘肃省夏河县桑科乡赛池村 曲拉．分离时间：2009 年．培养基 0006，37℃ GenBank 序列号 HM058810

IMAU80644 ←LABCC G35-5. 分离源：甘肃省夏河县桑科乡赛池村 鲜牦牛奶．分离时间：2009 年．培养基 0006，37℃ GenBank 序列号 HM058830

IMAU80655 ←LABCC G37-3. 分离源：甘肃省夏河县桑科乡戈沟村 曲拉．分离时间：2009 年．培养基 0006，37℃ GenBank 序列号 HM058839

IMAU80673 ←LABCC G42-1. 分离源：甘肃省夏河县桑科乡刚渣二队 鲜牦牛奶．分离时间：2009 年．培养基 0006，37℃ GenBank 序列号 HM058855

IMAU80676 ←LABCC G42-4. 分离源：甘肃省夏河县桑科乡刚渣二队 鲜牦牛奶．分离时间：2009 年．培养基 0006，37℃ GenBank 序列号 HM058858

IMAU80678 ←LABCC G42-6. 分离源：甘肃省夏河县桑科乡刚渣二队 鲜牛奶．分离时间：2009 年．培养基 0006，37℃ GenBank 序列号 HM058860

IMAU80684 ←LABCC G44-1. 分离源：甘肃省夏河县桑科乡刚渣二队 酸牦牛奶．分离时间：2009 年．培养基 0006，37℃ GenBank 序列号 HM058866

IMAU80685 ←LABCC G44-2. 分离源：甘肃省夏河县桑科乡刚渣二队 酸牦牛奶．分离时间：2009 年．培养基 0006，37℃ GenBank 序列号 HM058867

IMAU80689 ←LABCC G44-6. 分离源：甘肃省夏河县桑科乡刚渣二队 酸牦牛奶．分离时间：2009 年．培养基 0006，37℃ GenBank 序列号 HM058870

IMAU80697 ←LABCC G47-3. 分离源：甘肃省碌曲县红科乡 曲拉．分离时间：2009 年．培养基 0006，37℃ GenBank 序列号 HM058877

IMAU80717 ←LABCC G52-2. 分离源：甘肃省碌曲县麻艾乡 酸奶乳清．分离时间：2009 年．培养基 0006，37℃ GenBank 序列号 HM058896

IMAU80719 ←LABCC G52-4. 分离源：甘肃省碌曲县麻艾乡 酸奶乳清．分离时间：2009 年．培养基 0006，37℃ GenBank 序列号 HM058898

IMAU80728 ←LABCC G54-2. 分离源：甘肃省碌曲县麻艾乡 鲜牦牛奶．分离时间：2009 年．培养基 0006，37℃ GenBank 序列号 HM058905

IMAU80729 ←LABCC G54-3. 分离源：甘肃省碌曲县麻艾乡 鲜牦牛奶．分离时间：2009 年．培养基 0006，37℃ GenBank 序列号 HM217956

IMAU80730 ←LABCC G54-4. 分离源：甘肃省碌曲县麻艾乡 鲜牦牛奶．分离时间：2009 年．培养基 0006，37℃ GenBank 序列号 HM058906

IMAU80732 ←LABCC G54-6. 分离源：甘肃省碌曲县麻艾乡 鲜牦牛奶．分离时间：2009 年．培养基 0006，37℃ GenBank 序列号 HM058907

IMAU80733 ←LABCC G54-7. 分离源：甘肃省碌曲县麻艾乡 鲜牦牛奶．分离时间：2009 年．培养基 0006，37℃ GenBank 序列号 HM058908

IMAU80750 ←LABCC G59-1. 分离源：甘肃省碌曲县晒银滩乡四队 乳清．分离时间：2009 年．培养基 0006，37℃ GenBank 序列号 HM058921

IMAU80755 ←LABCC G59-6. 分离源：甘肃省碌曲县晒银滩乡四队 乳清．分离时间：2009 年．培养基 0006，37℃ GenBank 序列号 HM058925

IMAU80763 ←LABCC G61-2. 分离源：甘肃省碌曲县晒银滩乡四队 曲拉．分离时间：2009 年．培养基 0006，37℃ GenBank 序列号 HM058932

IMAU80793 ←LABCC G68-3. 分离源：甘肃省碌曲县晒银滩乡二队 乳清．分离时间：2009 年．培养基 0006，37℃ GenBank 序列号 HM058958

IMAU80810 ←LABCC G72-6. 分离源：甘肃省碌曲县晒银滩乡一队 曲拉．分离时间：2009 年．培养基 0006，37℃ GenBank 序列号 HM058975

IMAU80826 ←LABCC G76-2. 分离源：甘肃省玛曲县阿万仓乡 酸牦牛奶．分离时间：2009 年．培养基 0006，37℃ GenBank 序列号 HM058988

IMAU80832 ←LABCC G78-2. 分离源：甘肃省玛曲县阿万仓乡 乳清．分离时间：2009 年．培养基 0006，37℃ GenBank 序列号 HM058994

IMAU80850 ←LABCC G83-1. 分离源：甘肃省玛曲县阿尼玛乡 酸牦牛奶．分离时间：2009 年．培养基 0006，37℃ GenBank 序列号 HM059010

IMAU80853 ←LABCC G83-4. 分离源：甘肃省玛曲县阿尼玛乡 酸牦牛奶．分离时间：2009 年．培养基 0006，37℃ GenBank 序列号 HM059013

Lactobacillus coryniformis subsp. torquens（2 株）（Abo-Elnaga and Kandler，1965）

IMAU80563 ←LABCC G18-2. 分离源：甘肃省夏河县桑科乡赛池村 奶油．分离时间：2009 年．培养基 0006，37℃ GenBank 序列号 HM217943

IMAU80565 ←LABCC G18-4. 分离源：甘肃省夏河县桑科乡赛池村 奶油．分离时间：2009 年．培养基 0006，37℃ GenBank 序列号 HM217944

Lactobacillus crispatus（1 株）（Brygoo and Aladame，1953；Moore and Holdeman，1970）卷曲乳杆菌

IMAU11099 ←LABCC NM194-4. 分离源：内蒙古锡林郭勒盟蓝旗桑根达莱镇 酸牛奶. 分离时间：2009 年. 培养基 0006，37℃ GenBank 序列号 HM218799

Lactobacillus crustorum（4 株）（Scheirlinck *et al.*，2007）**面包乳杆菌**

IMAU10211 ←LABCC LSWM1-6. 分离源：内蒙古乌兰察布盟凉城县 酸面团. 分离时间：2009 年. 培养基 0006，37℃ GenBank 序列号 GU138539

IMAU10213 ←LABCC LSWM1-5. 分离源：内蒙古乌兰察布盟凉城县 酸面团. 分离时间：2009 年. 培养基 0006，37℃ GenBank 序列号 GU138541

IMAU60027 ←LABCC XZ7303. 分离源：西藏日喀则地区江孜县重孜乡 酸黄牛奶. 分离时间：2007 年. 培养基 0006，37℃ GenBank 序列号 FJ211393

IMAU60028 ←LABCC XZ7304. 分离源：西藏日喀则地区江孜县重孜乡 酸黄牛奶. 分离时间：2007 年. 培养基 0006，37℃ GenBank 序列号 FJ749757

Lactobacillus curvatus（4 株）（Troili-Petersson，1903；Abo-Elnaga and Kandler，1965）**弯曲乳杆菌**

IMAU10189 ←LABCC LSWM1-2. 分离源：内蒙古乌兰察布盟凉城县 酸面团. 分离时间：2009 年. 培养基 0006，37℃ GenBank 序列号 GU138517

IMAU10194 ←LABCC LSBM4-3. 分离源：内蒙古巴彦淖尔盟磴口县 酸面团. 分离时间：2009 年. 培养基 0006，37℃ GenBank 序列号 GU138522

IMAU10284 ←LABCC LSBT3-1. 分离源：内蒙古包头市东河区 酸面团. 分离时间：2009 年. 培养基 0006，37℃ GenBank 序列号 GU138612

IMAU10448 ←LABCC NM33-2. 分离源：内蒙古呼伦贝尔盟新巴尔虎左旗巴音布日特苏木巴音布日特嘎查 酸牛奶. 分离时间：2009 年. 培养基 0006，37℃ GenBank 序列号 HM218173

Lactobacillus delbrueckii subsp. bulgaricus（196 株）（Orla-Jensen，1919；Weiss *et al.*，1984）**德氏乳杆菌保加利亚亚种**

IMAU10476 ←LABCC NM44-1. 分离源：内蒙古呼伦贝尔盟新巴尔虎左旗阿木古楞镇布利亚特艾力 酸牛奶. 分离时间：2009 年. 培养基 0006，37℃ GenBank 序列号 HM218201

IMAU10622 ←LABCC NM79-3. 分离源：内蒙古呼伦贝尔盟海拉尔市 酸马奶. 分

离时间：2009 年．培养基 0006，37℃ GenBank 序列号 HM218345

IMAU10755 ←LABCC NM117-6. 分离源：内蒙古巴林右旗巴彦温度尔苏木 酸牛奶．分离时间：2009 年．培养基 0006，37℃ GenBank 序列号 HM218477

IMAU10816 ←LABCC NM134-4. 分离源：内蒙古巴林右旗巴彦温度尔苏木 酸牛奶．分离时间：2009 年．培养基 0006，37℃ GenBank 序列号 HM218533

IMAU20094 ←LABCC ML12-2-2. 分离源：蒙古国戈壁阿尔泰省 酸驼奶．分离时间：2005 年．培养基 0006，37℃ GenBank 序列号 FJ844994

IMAU20102 ←LABCC ML12-1. 分离源：蒙古国戈壁阿尔泰省 酸驼奶．分离时间：2005 年．培养基 0006，37℃ GenBank 序列号 FJ845002

IMAU20133 ←LABCC WMGA17-3. 分离源：蒙古国苏赫巴托尔省达里甘嘎苏木 酸牛奶．分离时间：2009 年．培养基 0006，37℃ GenBank 序列号 HM057871

IMAU20136 ←LABCC WMGA17-6. 分离源：蒙古国苏赫巴托尔省达里甘嘎苏木 酸牛奶．分离时间：2009 年．培养基 0006，37℃ GenBank 序列号 HM057874

IMAU20144 ←LABCC WMGA19-3. 分离源：蒙古国苏赫巴托尔省达里甘嘎苏木 酸牛奶．分离时间：2009 年．培养基 0006，37℃ GenBank 序列号 HM057882

IMAU20146 ←LABCC WMGA20-4. 分离源：蒙古国苏赫巴托尔省达里甘嘎苏木 酸牛奶．分离时间：2009 年．培养基 0006，37℃ GenBank 序列号 HM057884

IMAU20149 ←LABCC WMGA20-7. 分离源：蒙古国苏赫巴托尔省达里甘嘎苏木 酸牛奶．分离时间：2009 年．培养基 0006，37℃ GenBank 序列号 HM057887

IMAU20176 ←LABCC WMGA29-5. 分离源：蒙古国苏赫巴托尔省阿古拉巴音苏木 酸牛奶．分离时间：2009 年．培养基 0006，37℃ GenBank 序列号 HM057913

IMAU20179 ←LABCC WMGA30-6. 分离源：蒙古苏赫巴托尔省阿古拉巴音苏木 酸牛奶．分离时间：2009 年．培养基 0006，37℃ GenBank 序列号 HM057916

IMAU20180 ←LABCC WMGA31-2. 分离源：蒙古国苏赫巴托尔省阿古拉巴音苏木 酸牛奶．分离时间：2009 年．培养基 0006，37℃ GenBank 序列号 HM057917

IMAU20200 ←LABCC WMGA34-5. 分离源：蒙古国东方省布尔干苏木 酸牛奶．分离时间：2009 年．培养基 0006，37℃ GenBank 序列号 HM057936

IMAU20203 ←LABCC WMGA34-8. 分离源：蒙古国东方省布尔干苏木 酸牛奶．分离时间：2009 年．培养基 0006，37℃ GenBank 序列号 HM057939

IMAU20205 ←LABCC WMGA35-1. 分离源：蒙古国东方省布尔干苏木 酸牛奶．分离时间：2009 年．培养基 0006，37℃ GenBank 序列号 HM057941

IMAU20206 ←LABCC WMGA35-2. 分离源：蒙古国东方省布尔干苏木 酸牛奶．分离时间：2009 年．培养基 0006，37℃ GenBank 序列号 HM057942

IMAU20207 ←LABCC WMGA35-4. 分离源：蒙古国东方省布尔干苏木 酸牛奶．

分离时间：2009 年．培养基 0006，37℃ GenBank 序列号 HM057943

IMAU20208 ←LABCC WMGA35-5. 分离源：蒙古国东方省布尔干苏木 酸牛奶．
分离时间：2009 年．培养基 0006，37℃ GenBank 序列号 HM057944

IMAU20210 ←LABCC WMGA36-3. 分离源：蒙古国东方省布尔干苏木 酸牛奶．
分离时间：2009 年．培养基 0006，37℃ GenBank 序列号 HM057946

IMAU20214 ←LABCC WMGA37-1. 分离源：蒙古国东方省布尔干苏木 酸牛奶．
分离时间：2009 年．培养基 0006，37℃ GenBank 序列号 HM057949

IMAU20215 ←LABCC WMGA37-2. 分离源：蒙古国东方省布尔干苏木 酸牛奶．
分离时间：2009 年．培养基 0006，37℃ GenBank 序列号 HM057950

IMAU20216 ←LABCC WMGA37-3. 分离源：蒙古国东方省布尔干苏木 酸牛奶．
分离时间：2009 年．培养基 0006，37℃ GenBank 序列号 HM057951

IMAU20217 ←LABCC WMGA37-4. 分离源：蒙古国东方省布尔干苏木 酸牛奶．
分离时间：2009 年．培养基 0006，37℃ GenBank 序列号 HM057952

IMAU20220 ←LABCC WMGA38-3. 分离源：蒙古国东方省呼伦贝尔苏木 酸牛奶．
分离时间：2009 年．培养基 0006，37℃ GenBank 序列号 HM057954

IMAU20221 ←LABCC WMGA38-4. 分离源：蒙古国东方省呼伦贝尔苏木 酸牛奶．
分离时间：2009 年．培养基 0006，37℃ GenBank 序列号 HM057955

IMAU20222 ←LABCC WMGA38-5. 分离源：蒙古国东方省呼伦贝尔苏木 酸牛奶．
分离时间：2009 年．培养基 0006，37℃ GenBank 序列号 HM057956

IMAU20226 ←LABCC WMGA39-5. 分离源：蒙古东方省呼伦贝尔苏木 酸牛奶．
分离时间：2009 年．培养基 0006，37℃ GenBank 序列号 HM057960

IMAU20227 ←LABCC WMGA40-2. 分离源：蒙古国东方省呼伦贝尔苏木 酸牛奶．
分离时间：2009 年．培养基 0006，37℃ GenBank 序列号 HM057961

IMAU20228 ←LABCC WMGA40-4. 分离源：蒙古国东方省呼伦贝尔苏木 酸牛奶．
分离时间：2009 年．培养基 0006，37℃ GenBank 序列号 HM057962

IMAU20233 ←LABCC WMGA41-4. 分离源：蒙古国东方省呼伦贝尔苏木 酸牛奶．
分离时间：2009 年．培养基 0006，37℃ GenBank 序列号 HM057967

IMAU20234 ←LABCC WMGA41-5. 分离源：蒙古国东方省呼伦贝尔苏木 酸牛奶．
分离时间：2009 年．培养基 0006，37℃ GenBank 序列号 HM057968

IMAU20238 ←LABCC WMGA44-1. 分离源：蒙古国肯特省诺罗布林苏木 酸牛奶．
分离时间：2009 年．培养基 0006，37℃ GenBank 序列号 HM057972

IMAU20239 ←LABCC WMGA44-2. 分离源：蒙古国肯特省诺罗布林苏木 酸牛奶．
分离时间：2009 年．培养基 0006，37℃ GenBank 序列号 HM057973

IMAU20240 ←LABCC WMGA44-3. 分离源：蒙古国肯特省诺罗布林苏木 酸牛奶．

分离时间：2009 年．培养基 0006，37℃ GenBank 序列号 HM057974

IMAU20255 ←LABCC WMGA47-4. 分离源：蒙古国肯特省巴音敖包苏木 酸牛奶．
分离时间：2009 年．培养基 0006，37℃ GenBank 序列号 HM057989

IMAU20257 ←LABCC WMGA47-6. 分离源：蒙古国肯特省温都尔汗市 酸牛奶．
分离时间：2009 年．培养基 0006，37℃ GenBank 序列号 HM057991

IMAU20269 ←LABCC WMGA50-1. 分离源：蒙古国肯特省扎尔格朗特苏木 酸牛
奶．分离时间：2009 年．培养基 0006，37℃ GenBank 序列号 HM058003

IMAU20273 ←LABCC WMGA51-1. 分离源：蒙古国肯特省扎尔格朗特苏木 酸牛
奶．分离时间：2009 年．培养基 0006，37℃ GenBank 序列号 HM058007

IMAU20277 ←LABCC MGB2-1. 分离源：蒙古国色楞格省达尔汗市 酸牛奶．分离
时间：2009 年．培养基 0006，37℃ GenBank 序列号 HM058011

IMAU20278 ←LABCC MGB2-2. 分离源：蒙古国色楞格省达尔汗市 酸牛奶．分离
时间：2009 年．培养基 0006，37℃ GenBank 序列号 HM058012

IMAU20279 ←LABCC MGB2-4. 分离源：蒙古国色楞格省达尔汗市 酸牛奶．分离
时间：2009 年．培养基 0006，37℃ GenBank 序列号 HM058013

IMAU20281 ←LABCC MGB3-4. 分离源：蒙古国色楞格省达尔汗市 酸牛奶．分离
时间：2009 年．培养基 0006，37℃ GenBank 序列号 HM058015

IMAU20282 ←LABCC MGB4-1. 分离源：蒙古国色楞格省达尔汗市 酸牛奶．分离
时间：2009 年．培养基 0006，37℃ GenBank 序列号 HM058016

IMAU20287 ←LABCC MGB6-4. 分离源：蒙古国色楞格省鄂尔汗苏木 酸牛奶．分
离时间：2009 年．培养基 0006，37℃ GenBank 序列号 HM058018

IMAU20288 ←LABCC MGB7-3. 分离源：蒙古国色楞格省鄂尔汗苏木 酸牛奶．分
离时间：2009 年．培养基 0006，37℃ GenBank 序列号 HM058019

IMAU20289 ←LABCC MGB7-5. 分离源：蒙古国色楞格省鄂尔汗苏木 酸牛奶．分
离时间：2009 年．培养基 0006，37℃ GenBank 序列号 HM058020

IMAU20290 ←LABCC MGB7-6. 分离源：蒙古国色楞格省鄂尔汗苏木 酸牛奶．分
离时间：2009 年．培养基 0006，37℃ GenBank 序列号 HM058021

IMAU20291 ←LABCC MGB7-7. 分离源：蒙古国色楞格省鄂尔汗苏木 酸牛奶．分
离时间：2009 年．培养基 0006，37℃ GenBank 序列号 HM058022

IMAU20292 ←LABCC MGB8-1. 分离源：蒙古国色楞格省鄂尔汗苏木 酸牛奶．分
离时间：2009 年．培养基 0006，37℃ GenBank 序列号 HM058023

IMAU20293 ←LABCC MGB8-2. 分离源：蒙古国色楞格省鄂尔汗苏木 酸牛奶．分
离时间：2009 年．培养基 0006，37℃ GenBank 序列号 HM058024

IMAU20295 ←LABCC MGB8-5. 分离源：蒙古国色楞格省鄂尔汗苏木 酸牛奶．分

离时间：2009 年. 培养基 0006, 37℃ GenBank 序列号 HM058026

IMAU20298 ←LABCC MGB9-1. 分离源：蒙古国色楞格省鄂尔汗苏木 酸牛奶. 分离时间：2009 年. 培养基 0006, 37℃ GenBank 序列号 HM058029

IMAU20302 ←LABCC MGB10-2. 分离源：蒙古国色楞格省鄂尔汗苏木 酸牛奶. 分离时间：2009 年. 培养基 0006, 37℃ GenBank 序列号 HM058032

IMAU20310 ←LABCC MGB17-1. 分离源：蒙古国鄂尔汗省扎尔格朗特苏木 酸牛奶. 分离时间：2009 年. 培养基 0006, 37℃ GenBank 序列号 HM058040

IMAU20311 ←LABCC MGB17-2. 分离源：蒙古国鄂尔汗省扎尔格朗特苏木 酸牛奶. 分离时间：2009 年. 培养基 0006, 37℃ GenBank 序列号 HM058041

IMAU20312 ←LABCC MGB17-3. 分离源：蒙古国鄂尔汗省扎尔格朗特苏木 酸牛奶. 分离时间：2009 年. 培养基 0006, 37℃ GenBank 序列号 HM058042

IMAU20314 ←LABCC MGB18-1. 分离源：蒙古国鄂尔汗省扎尔格朗特苏木 酸牛奶. 分离时间：2009 年. 培养基 0006, 37℃ GenBank 序列号 HM058044

IMAU20327 ←LABCC MGB21-1. 分离源：蒙古国鄂尔汗省扎尔格朗特苏木 酸牛奶. 分离时间：2009 年. 培养基 0006, 37℃ GenBank 序列号 HM058057

IMAU20329 ←LABCC MGB21-3. 分离源：蒙古国鄂尔汗省扎尔格朗特苏木 酸牛奶. 分离时间：2009 年. 培养基 0006, 37℃ GenBank 序列号 HM058059

IMAU20331 ←LABCC MGB22-4. 分离源：蒙古国鄂尔汗省扎尔格朗特苏木 酸牛奶. 分离时间：2009 年. 培养基 0006, 37℃ GenBank 序列号 HM058061

IMAU20334 ←LABCC MGB23-3. 分离源：蒙古国鄂尔汗省扎尔格朗特苏木 酸马奶. 分离时间：2009 年. 培养基 0006, 37℃ GenBank 序列号 HM058064

IMAU20335 ←LABCC MGB23-4. 分离源：蒙古国鄂尔汗省扎尔格朗特苏木 酸马奶. 分离时间：2009 年. 培养基 0006, 37℃ GenBank 序列号 HM058514

IMAU20337 ←LABCC MGB23-7. 分离源：蒙古国鄂尔汗省扎尔格朗特苏木 酸马奶. 分离时间：2009 年. 培养基 0006, 37℃ GenBank 序列号 HM058066

IMAU20339 ←LABCC MGB23-9. 分离源：蒙古国鄂尔汗省扎尔格朗特苏木 酸马奶. 分离时间：2009 年. 培养基 0006, 37℃ GenBank 序列号 HM058068

IMAU20341 ←LABCC MGB24-1. 分离源：蒙古国鄂尔汗省扎尔格朗特苏木 酸马奶. 分离时间：2009 年. 培养基 0006, 37℃ GenBank 序列号 HM058070

IMAU20342 ←LABCC MGB24-2. 分离源：蒙古国鄂尔汗省扎尔格朗特苏木 酸马奶. 分离时间：2009 年. 培养基 0006, 37℃ GenBank 序列号 HM058071

IMAU20353 ←LABCC MGB27-2. 分离源：蒙古国布尔干省鄂尔汗苏木 酸牛奶. 分离时间：2009 年. 培养基 0006, 37℃ GenBank 序列号 HM058081

IMAU20355 ←LABCC MGB28-1. 分离源：蒙古国布尔干省鄂尔汗苏木 酸牛奶.

分离时间: 2009 年. 培养基 0006, 37℃ GenBank 序列号 HM058083

IMAU20360 ←LABCC MGB29-2. 分离源: 蒙古国布尔干省鄂尔汗苏木 酸牛奶.
分离时间: 2009 年. 培养基 0006, 37℃ GenBank 序列号 HM058088

IMAU20364 ←LABCC MGB30-1. 分离源: 蒙古国布尔干省鄂尔汗苏木 酸牛奶.
分离时间: 2009 年. 培养基 0006, 37℃ GenBank 序列号 HM058092

IMAU20366 ←LABCC MGB31-1. 分离源: 蒙古国布尔干省鄂尔汗苏木 酸牛奶.
分离时间: 2009 年. 培养基 0006, 37℃ GenBank 序列号 HM058094

IMAU20379 ←LABCC MGB34-1. 分离源: 蒙古国布尔干省乌那图苏木 酸牛奶.
分离时间: 2009 年. 培养基 0006, 37℃ GenBank 序列号 HM058104

IMAU20380 ←LABCC MGB34-3. 分离源: 蒙古国布尔干省乌那图苏木 酸牛奶.
分离时间: 2009 年. 培养基 0006, 37℃ GenBank 序列号 HM058105

IMAU20382 ←LABCC MGB34-6. 分离源: 蒙古国布尔干省乌那图苏木 酸牛奶.
分离时间: 2009 年. 培养基 0006, 37℃ GenBank 序列号 HM058107

IMAU20383 ←LABCC MGB35-3. 分离源: 蒙古国布尔干省乌那图苏木 酸牛奶.
分离时间: 2009 年. 培养基 0006, 37℃ GenBank 序列号 HM058108

IMAU20396 ←LABCC MGB37-6. 分离源: 蒙古国布尔干省呼塔格温都尔苏木 酸
牛奶. 分离时间: 2009 年. 培养基 0006, 37℃ GenBank 序列号 HM058120

IMAU20401 ←LABCC MGB38-4. 分离源: 蒙古国库苏古尔省塔日雅楞苏木 酸牛
奶. 分离时间: 2009 年. 培养基 0006, 37℃ GenBank 序列号 HM058125

IMAU20402 ←LABCC MGB38-5. 分离源: 蒙古国库苏古尔省塔日雅楞苏木 酸牛
奶. 分离时间: 2009 年. 培养基 0006, 37℃ GenBank 序列号 HM058126

IMAU20403 ←LABCC MGB38-6. 分离源: 蒙古国库苏古尔省塔日雅楞苏木 酸牛
奶. 分离时间: 2009 年. 培养基 0006, 37℃ GenBank 序列号 HM058127

IMAU20404 ←LABCC MGB38-7. 分离源: 蒙古国库苏古尔省塔日雅楞苏木 酸牛
奶. 分离时间: 2009 年. 培养基 0006, 37℃ GenBank 序列号 HM058128

IMAU20410 ←LABCC MGB39-7. 分离源: 蒙古国库苏古尔省塔日雅楞苏木 酸牛
奶. 分离时间: 2009 年. 培养基 0006, 37℃ GenBank 序列号 HM058134

IMAU20412 ←LABCC MGB40-2. 分离源: 蒙古国库苏古尔省塔日雅楞苏木 酸牛
奶. 分离时间: 2009 年. 培养基 0006, 37℃ GenBank 序列号 HM058136

IMAU20421 ←LABCC MGB44-1. 分离源: 蒙古国库苏古尔省耶赫阿古拉苏木 酸
牛奶. 分离时间: 2009 年. 培养基 0006, 37℃ GenBank 序列号 HM058145

IMAU20422 ←LABCC MGB44-3. 分离源: 蒙古国库苏古尔省耶赫阿古拉苏木 酸
牛奶. 分离时间: 2009 年. 培养基 0006, 37℃ GenBank 序列号 HM058146

IMAU20423 ←LABCC MGB45-5. 分离源: 蒙古国库苏古尔省耶赫阿古拉苏木 酸

牛奶. 分离时间：2009 年. 培养基 0006, 37℃ GenBank 序列号 HM058147

IMAU20425 ←LABCC MGB46-3. 分离源：蒙古国库苏古尔省陶松庆格勒苏木 酸牛奶. 分离时间：2009 年. 培养基 0006, 37℃ GenBank 序列号 HM058149

IMAU20426 ←LABCC MGB46-5. 分离源：蒙古国库苏古尔省陶松庆格勒苏木 酸牛奶. 分离时间：2009 年. 培养基 0006, 37℃ GenBank 序列号 HM058150

IMAU20427 ←LABCC MGB47-3. 分离源：蒙古国库苏古尔省陶松庆格勒苏木 酸牛奶. 分离时间：2009 年. 培养基 0006, 37℃ GenBank 序列号 HM058151

IMAU20428 ←LABCC MGB47-5. 分离源：蒙古国库苏古尔省陶松庆格勒苏木 酸牛奶. 分离时间：2009 年. 培养基 0006, 37℃ GenBank 序列号 HM058152

IMAU20429 ←LABCC MGB47-6. 分离源：蒙古国库苏古尔省陶松庆格勒苏木 酸牛奶. 分离时间：2009 年. 培养基 0006, 37℃ GenBank 序列号 HM058153

IMAU20435 ←LABCC MGB50-5. 分离源：蒙古国库苏古尔省库苏古尔湖 酸牛奶. 分离时间：2009 年. 培养基 0006, 37℃ GenBank 序列号 HM058159

IMAU20452 ←LABCC MGB58-7. 分离源：蒙古国库苏古尔省扎尔格朗特苏木 酸牦牛奶. 分离时间：2009 年. 培养基 0006, 37℃ GenBank 序列号 HM058175

IMAU20458 ←LABCC MGB59-7. 分离源：蒙古国库苏古尔省扎尔格朗特苏木 酸牦牛奶. 分离时间：2009 年. 培养基 0006, 37℃ GenBank 序列号 HM058179

IMAU20459 ←LABCC MGB59-10. 分离源：蒙古国库苏古尔省扎尔格朗特苏木 酸牦牛奶. 分离时间：2009 年. 培养基 0006, 37℃ GenBank 序列号 HM058180

IMAU20489 ←LABCC MGB69-1. 分离源：蒙古国扎布汗省伊德尔苏木 酸牦牛奶. 分离时间：2009 年. 培养基 0006, 37℃ GenBank 序列号 HM058208

IMAU20499 ←LABCC MGB70-9. 分离源：蒙古国扎布汗省乌力雅思太 酸牛奶. 分离时间：2009 年. 培养基 0006, 37℃ GenBank 序列号 HM058218

IMAU20501 ←LABCC MGB71-3. 分离源：蒙古国扎布汗省乌力雅思太 酸牛奶. 分离时间：2009 年. 培养基 0006, 37℃ GenBank 序列号 HM058220

IMAU20514 ←LABCC WMGB73-2. 分离源：蒙古国扎布汗省查干海尔汗苏木 酸牛奶. 分离时间：2009 年. 培养基 0006, 37℃ GenBank 序列号 HM058233

IMAU20515 ←LABCC WMGB73-3. 分离源：蒙古国扎布汗省查干海尔汗苏木 酸牛奶. 分离时间：2009 年. 培养基 0006, 37℃ GenBank 序列号 HM058234

IMAU20516 ←LABCC WMGB73-4. 分离源：蒙古国扎布汗省查干海尔汗苏木 酸牛奶. 分离时间：2009 年. 培养基 0006, 37℃ GenBank 序列号 HM058235

IMAU20525 ←LABCC WMGB75-6. 分离源：蒙古国扎布汗省查干海尔汗苏木 酸牛奶. 分离时间：2009 年. 培养基 0006, 37℃ GenBank 序列号 HM058244

IMAU20527 ←LABCC WMGB76-1. 分离源：蒙古国扎布汗省查干海尔汗苏木 酸

牛奶. 分离时间：2009 年. 培养基 0006，37℃ GenBank 序列号 HM058246

IMAU20528 ←LABCC WMGB76-2. 分离源：蒙古国扎布汗省查干海尔汗苏木 酸
牛奶. 分离时间：2009 年. 培养基 0006，37℃ GenBank 序列号 HM058247

IMAU20553 ←LABCC WMGB81-2. 分离源：蒙古国扎布汗省奥特跟苏木 酸牛奶.
分离时间：2009 年. 培养基 0006，37℃ GenBank 序列号 HM058272

IMAU20571 ←LABCC WMGB85-1. 分离源：蒙古国扎布汗省奥特跟苏木 酸牛奶.
分离时间：2009 年. 培养基 0006，37℃ GenBank 序列号 HM058289

IMAU20595 ←LABCC WMGB92-2. 分离源：蒙古国后杭盖省塔日亚特苏木 酸牛
奶. 分离时间：2009 年. 培养基 0006，37℃ GenBank 序列号 HM058312

IMAU20598 ←LABCC WMGB93-3. 分离源：蒙古国后杭盖省塔日亚特苏木 酸牛
奶. 分离时间：2009 年. 培养基 0006，37℃ GenBank 序列号 HM058314

IMAU20603 ←LABCC WMGB94-2. 分离源：蒙古国后杭盖省塔日亚特苏木 酸牛
奶. 分离时间：2009 年. 培养基 0006，37℃ GenBank 序列号 HM058319

IMAU205618 ←LABCC WMGB98-5. 分离源：蒙古国后杭盖省塔日亚特苏木 酸牛
奶. 分离时间：2009 年. 培养基 0006，37℃ GenBank 序列号 HM058333

IMAU205631 ←LABCC WMGB101-5. 分离源：蒙古国后杭盖省塔温都尔乌拉苏木 酸
牛奶. 分离时间：2009 年. 培养基 0006，37℃ GenBank 序列号 HM058345

IMAU20632 ←LABCC WMGB102-1. 分离源：蒙古国后杭盖省塔温都尔乌拉苏木 酸
牛奶. 分离时间：2009 年. 培养基 0006，37℃ GenBank 序列号 HM058346

IMAU20635 ←LABCC WMGB102-5. 分离源：蒙古国后杭盖省塔温都尔乌拉苏木 酸
牛奶. 分离时间：2009 年. 培养基 0006，37℃ GenBank 序列号 HM058349

IMAU20639 ←LABCC WMGB103-5. 分离源：蒙古后杭盖省耶赫塔米尔苏木 酸牛
奶. 分离时间：2009 年. 培养基 0006，37℃ GenBank 序列号 HM058353

IMAU20641 ←LABCC WMGB104-4. 分离源：蒙古国后杭盖省耶赫塔米尔苏木 酸
牛奶. 分离时间：2009 年. 培养基 0006，37℃ GenBank 序列号 HM058355

IMAU20658 ←LABCC WMGC1-4. 分离源：蒙古国前杭盖省哈拉和林镇 酸牛奶.
分离时间：2009 年. 培养基 0006，37℃ GenBank 序列号 HM058371

IMAU20670 ←LABCC WMGC4-1. 分离源：蒙古国前杭盖省哈拉和林镇 酸牛奶.
分离时间：2009 年. 培养基 0006，37℃ GenBank 序列号 HM058382

IMAU20674 ←LABCC WMGC5-3. 分离源：蒙古国前杭盖省哈拉和林镇 酸牛奶.
分离时间：2009 年. 培养基 0006，37℃ GenBank 序列号 HM058386

IMAU20679 ←LABCC WMGC6-2. 分离源：蒙古国前杭盖省哈拉和林镇 酸牛奶.
分离时间：2009 年. 培养基 0006，37℃ GenBank 序列号 HM058391

IMAU20706 ←LABCC WMGC113-2. 分离源：蒙古国布尔干省阿日希亚图苏木 酸

牛奶. 分离时间: 2009 年. 培养基 0006, 37℃ GenBank 序列号 HM058418

IMAU20708 ←LABCC WMGC13-4. 分离源: 蒙古国布尔干省阿日希亚图苏木 酸
牛奶. 分离时间: 2009 年. 培养基 0006, 37℃ GenBank 序列号 HM058420

IMAU20709 ←LABCC WMGC14-1. 分离源: 蒙古国布尔干省阿日希亚图苏木 酸
牛奶. 分离时间: 2009 年. 培养基 0006, 37℃ GenBank 序列号 HM058421

IMAU20724 ←LABCC MGC17-4. 分离源: 蒙古国中央省隆苏木 酸牛奶. 分离时
间: 2009 年. 培养基 0006, 37℃ GenBank 序列号 HM058435

IMAU20743 ←LABCC MGC22-1. 分离源: 蒙古国中央省巴音杭盖苏木 酸牛奶.
分离时间: 2009 年. 培养基 0006, 37℃ GenBank 序列号 HM058454

IMAU20745 ←LABCC MGC23-1. 分离源: 蒙古国中央省扎日嘎郎图苏木 酸牛奶.
分离时间: 2009 年. 培养基 0006, 37℃ GenBank 序列号 HM058456

IMAU20748 ←LABCC MGC24-1. 分离源: 蒙古国中央省扎日嘎郎图苏木 酸牛奶.
分离时间: 2009 年. 培养基 0006, 37℃ GenBank 序列号 HM058458

IMAU20753 ←LABCC MGD1-1. 分离源: 蒙古国乌兰巴托市海日玛特苏木 酸牛
奶. 分离时间: 2009 年. 培养基 0006, 37℃ GenBank 序列号 HM058463

IMAU20754 ←LABCC MGD1-2. 分离源: 蒙古国乌兰巴托市海日玛特苏木 酸牛
奶. 分离时间: 2009 年. 培养基 0006, 37℃ GenBank 序列号 HM058464

IMAU20755 ←LABCC MGD1-3. 分离源: 蒙古国乌兰巴托市海日玛特苏木 酸牛
奶. 分离时间: 2009 年. 培养基 0006, 37℃ GenBank 序列号 HM058465

IMAU20758 ←LABCC MGD2-4. 分离源: 蒙古国乌兰巴托市海日玛特苏木 酸牛
奶. 分离时间: 2009 年. 培养基 0006, 37℃ GenBank 序列号 HM058468

IMAU20760 ←LABCC MGD2-7. 分离源: 蒙古国乌兰巴托市海日玛特苏木 酸牛
奶. 分离时间: 2009 年. 培养基 0006, 37℃ GenBank 序列号 HM058470

IMAU20761 ←LABCC MGD3-1. 分离源: 蒙古国乌兰巴托市汗搭盖图苏木 酸牛
奶. 分离时间: 2009 年. 培养基 0006, 37℃ GenBank 序列号 HM058471

IMAU20762 ←LABCC MGD3-2. 分离源: 蒙古国乌兰巴托市汗搭盖图苏木 酸牛
奶. 分离时间: 2009 年. 培养基 0006, 37℃ GenBank 序列号 HM058472

IMAU20763 ←LABCC MGD3-3. 分离源: 蒙古国乌兰巴托市汗搭盖图苏木 酸牛
奶. 分离时间: 2009 年. 培养基 0006, 37℃ GenBank 序列号 HM058473

IMAU20769 ←LABCC MGD4-2. 分离源: 蒙古国乌兰巴托市汗搭盖图苏木 酸牛
奶. 分离时间: 2009 年. 培养基 0006, 37℃ GenBank 序列号 HM058479

IMAU20770 ←LABCC MGD4-3. 分离源: 蒙古国乌兰巴托市汗搭盖图苏木 酸牛
奶. 分离时间: 2009 年. 培养基 0006, 37℃ GenBank 序列号 HM058480

IMAU20775 ←LABCC MGD5-1. 分离源: 蒙古国乌兰巴托市汗搭盖图苏木 酸牛

奶．分离时间：2009 年．培养基 0006，37℃ GenBank 序列号 HM058485

IMAU20776 ←LABCC MGD5-2. 分离源：蒙古国乌兰巴托市汗搭盖图苏木 酸牛奶．分离时间：2009 年．培养基 0006，37℃ GenBank 序列号 HM058486

IMAU20777 ←LABCC MGD5-3. 分离源：蒙古国乌兰巴托市汗搭盖图苏木 酸牛奶．分离时间：2009 年．培养基 0006，37℃ GenBank 序列号 HM058487

IMAU20779 ←LABCC MGD5-7. 分离源：蒙古国乌兰巴托市汗搭盖图苏木 酸牛奶．分离时间：2009 年．培养基 0006，37℃ GenBank 序列号 HM058489

IMAU20783 ←LABCC MGD6-5. 分离源：蒙古国乌兰巴托市汗搭盖图苏木 酸牛奶．分离时间：2009 年．培养基 0006，37℃ GenBank 序列号 HM058493

IMAU20788 ←LABCC MGD8-3. 分离源：蒙古国乌兰巴托市查查古尔特苏木 酸牛奶．分离时间：2009 年．培养基 0006，37℃ GenBank 序列号 HM058498

IMAU20790 ←LABCC MGD8-5. 分离源：蒙古国乌兰巴托市查查古尔特苏木 酸牛奶．分离时间：2009 年．培养基 0006，37℃ GenBank 序列号 HM058500

IMAU20792 ←LABCC MGD9-2. 分离源：蒙古国乌兰巴托市查查古尔特苏木 酸牛奶．分离时间：2009 年．培养基 0006，37℃ GenBank 序列号 HM058502

IMAU20794 ←LABCC MGD9-4. 分离源：蒙古国乌兰巴托市查查古尔特苏木 酸牛奶．分离时间：2009 年．培养基 0006，37℃ GenBank 序列号 HM058504

IMAU20800 ←LABCC MGD10-2. 分离源：蒙古国乌兰巴托市查查古尔特苏木 酸牛奶．分离时间：2009 年．培养基 0006，37℃ GenBank 序列号 HM058510

IMAU20450 ←LABCC MGB58-5. 分离源：蒙古国库苏古尔省扎尔格朗特苏木 酸牦牛奶．分离时间：2009 年．培养基 0006，37℃ GenBank 序列号 HM218005

IMAU20457 ←LABCC MGB59-6. 分离源：蒙古国库苏古尔省扎尔格朗特苏木 酸牦牛奶．分离时间：2009 年．培养基 0006，37℃ GenBank 序列号 HM218006

IMAU20746 ←LABCC MGC23-3. 分离源：蒙古国中央省扎日嘎郎图苏木 酸牛奶．分离时间：2009 年．培养基 0006，37℃ GenBank 序列号 HM218014

IMAU40013 ←LABCC QH15-5-1. 分离源：青海省海西州德令哈市 酸马奶．分离时间：2005 年．培养基 0006，37℃ GenBank 序列号 FJ749732

IMAU40065 ←LABCC QH4-5. 分离源：青海省海南州共和县江西沟乡 酸牦牛奶．分离时间：2005 年．培养基 0006，37℃ GenBank 序列号 FJ749340

IMAU40073 ←LABCC QH38-1. 分离源：青海省海北州刚察县沙柳河镇 酸牦牛奶．分离时间：2005 年．培养基 0006，37℃ GenBank 序列号 FJ749348

IMAU40077 ←LABCC QH9-4-2. 分离源：青海省海南州共和县黑马河乡 酸牦牛奶．分离时间：2005 年．培养基 0006，37℃ GenBank 序列号 FJ749352

IMAU40078 ←LABCC QH11-3. 分离源：青海海南州共和县石乃亥乡 酸牦牛奶．

分离时间: 2005 年. 培养基 0006, 37℃ GenBank 序列号 FJ749353

IMAU40079 ←LABCC QH35-2-2. 分离源: 青海省海北州刚察县沙柳河镇 酸牦牛奶. 分离时间: 2005 年. 培养基 0006, 37℃ GenBank 序列号 FJ749354

IMAU40080 ←LABCC QH44-4. 分离源: 青海省海北州海晏县 酸牦牛奶. 分离时间: 2005 年. 培养基 0006, 37℃ GenBank 序列号 FJ749355

IMAU40081 ←LABCC QH32-2. 分离源: 青海省海北州天峻县亚胡乡 酸牦牛奶. 分离时间: 2005 年. 培养基 0006, 37℃ GenBank 序列号 FJ749356

IMAU40103 ←LABCC QH2-3. 分离源: 青海省海南州共和县江西沟乡 酸牦牛奶. 分离时间: 2005 年. 培养基 0006, 37℃ GenBank 序列号 FJ915627

IMAU40155 ←LABCC QH16-1. 分离源: 青海省海西州德令哈市嘎海镇 酸山羊奶. 分离时间: 2005 年. 培养基 0006, 37℃ GenBank 序列号 FJ915693

IMAU40156 ←LABCC QH16-3-1. 分离源: 青海省海西州德令哈市嘎海镇 酸山羊奶. 分离时间: 2005 年. 培养基 0006, 37℃ GenBank 序列号 FJ915694

IMAU40157 ←LABCC QH16-5-2. 分离源: 青海省海西州德令哈市嘎海镇 酸山羊奶. 分离时间: 2005 年. 培养基 0006, 37℃ GenBank 序列号 FJ915695

IMAU40158 ←LABCC QH17-2. 分离源: 青海省海西州德令哈市嘎海镇 酸山羊奶. 分离时间: 2005 年. 培养基 0006, 37℃ GenBank 序列号 FJ915696

IMAU40160 ←LABCC QH18-2. 分离源: 青海省海西州德令哈市嘎海镇 酸山羊奶. 分离时间: 2005 年. 培养基 0006, 37℃ GenBank 序列号 FJ915697

IMAU40161 ←LABCC QH18-4-2. 分离源: 青海省海西州德令哈市嘎海镇 酸山羊奶. 分离时间: 2005 年. 培养基 0006, 37℃ GenBank 序列号 FJ915698

IMAU40163 ←LABCC QH25-1. 分离源: 青海省海西州德令哈市蓄集乡 酸山羊、黄牛混合奶. 分离时间: 2005 年. 培养基 0006, 37℃ GenBank 序列号 FJ915700

IMAU40165 ←LABCC QH26-1. 分离源: 青海省海西州德令哈市蓄集乡 酸山羊奶. 分离时间: 2005 年. 培养基 0006, 37℃ GenBank 序列号 FJ915702

IMAU40166 ←LABCC QH17-1. 分离源: 青海省海西州德令哈市嘎海镇 酸山羊奶. 分离时间: 2005 年. 培养基 0006, 37℃ GenBank 序列号 FJ915703

IMAU40167 ←LABCC QH17-3. 分离源: 青海省海西州德令哈市嘎海镇 酸山羊奶. 分离时间: 2005 年. 培养基 0006, 37℃ GenBank 序列号 FJ915704

IMAU40168 ←LABCC QH19-1. 分离源: 青海省海西州德令哈市嘎海镇 酸山羊奶. 分离时间: 2005 年. 培养基 0006, 37℃ GenBank 序列号 FJ915705

IMAU40169 ←LABCC QH18-1. 分离源: 青海省海西州德令哈市嘎海镇 酸山羊奶. 分离时间: 2005 年. 培养基 0006, 37℃ GenBank 序列号 FJ915706

IMAU40106 ←LABCC QH13-3. 分离源：青海省海西州乌兰县 酸牦牛奶. 分离时间：2005 年. 培养基 0006，37℃ GenBank 序列号 FJ749379

IMAU40108 ←LABCC QH6-1. 分离源：青海省海南州共和县江西沟乡 酸牦牛奶. 分离时间：2005 年. 培养基 0006，37℃ GenBank 序列号 FJ749381

IMAU40111 ←LABCC QH36-1. 分离源：青海省海北州刚嚓县 酸牦牛奶. 分离时间：2005 年. 培养基 0006，37℃ GenBank 序列号 FJ749383

IMAU50127 ←LABCC YNF-5. 分离源：云南省剑川县甸南镇 山羊奶乳饼. 分离时间：2006 年. 培养基 0006，37℃ GenBank 序列号 FJ749521

IMAU80245 ←LABCC S4-1. 分离源：四川省阿坝州诺尔盖县下关一队 酸牦牛奶. 分离时间：2009 年. 培养基 0006，37℃ GenBank 序列号 HM058530

IMAU80265 ←LABCC S8-2. 分离源：四川省阿坝州诺尔盖县风业牧场 酸奶. 分离时间：2009 年. 培养基 0006，37℃ GenBank 序列号 HM058548

IMAU80266 ←LABCC S8-3. 分离源：四川省阿坝州诺尔盖县风业牧场 酸牦牛奶. 分离时间：2009 年. 培养基 0006，37℃ GenBank 序列号 HM058549

IMAU80314 ←LABCC S20-2. 分离源：四川省阿坝州红原县瓦切乡二队 乳清. 分离时间：2009 年. 培养基 0006，37℃ GenBank 序列号 HM058594

IMAU80315 ←LABCC S20-3. 分离源：四川省阿坝州红原县瓦切乡二队 乳清. 分离时间：2009 年. 培养基 0006，37℃ GenBank 序列号 HM058595

IMAU80318 ←LABCC S21-2. 分离源：四川省阿坝州红原县瓦切乡二队 曲拉. 分离时间：2009 年. 培养基 0006，37℃ GenBank 序列号 HM058598

IMAU80319 ←LABCC S21-4. 分离源：四川省阿坝州红原县瓦切乡二队 曲拉. 分离时间：2009 年. 培养基 0006，37℃ GenBank 序列号 HM058599

IMAU80385 ←LABCC S41-1. 分离源：四川省阿坝州红原县阿木曲河乡三队 酸牦牛奶. 分离时间：2009 年. 培养基 0006，37℃ GenBank 序列号 HM058654

IMAU80396 ←LABCC S44-2. 分离源：四川省阿坝州红原县安曲乡三村 曲拉. 分离时间：2009 年. 培养基 0006，37℃ GenBank 序列号 HM058662

IMAU80423 ←LABCC S55-1. 分离源：四川省阿坝州红原县安曲乡三村 曲拉. 分离时间：2009 年. 培养基 0006，37℃ GenBank 序列号 HM217994

IMAU80501 ←LABCC G1-1. 分离源：甘肃省合作市那吾乡早子村 酸牦牛奶. 分离时间：2009 年. 培养基 0006，37℃ GenBank 序列号 HM058717

IMAU80698 ←LABCC G49-1. 分离源：甘肃省碌曲县红科乡 酸牦牛奶. 分离时间：2009 年. 培养基 0006，37℃ GenBank 序列号 HM058878

IMAU80699 ←LABCC G49-2. 分离源：甘肃省碌曲县红科乡 酸牦牛奶. 分离时间：2009 年. 培养基 0006，37℃ GenBank 序列号 HM058879

IMAU80709 ←LABCC G51-1. 分离源：甘肃省碌曲县麻艾乡 酸牦牛奶. 分离时间：2009 年. 培养基 0006，37℃ GenBank 序列号 HM058889

IMAU80773 ←LABCC G64-2. 分离源：甘肃省碌曲县晒银滩乡三队 酸牦牛奶. 分离时间：2009 年. 培养基 0006，37℃ GenBank 序列号 HM058940

IMAU80797 ←LABCC G70-1. 分离源：甘肃省碌曲县晒银滩乡一队 酸牦牛奶. 分离时间：2009 年. 培养基 0006，37℃ GenBank 序列号 HM058962

IMAU80798 ←LABCC G70-2. 分离源：甘肃省碌曲县晒银滩乡一队 酸牦牛奶. 分离时间：2009 年. 培养基 0006，37℃ GenBank 序列号 HM058963

IMAU80825 ←LABCC G76-1. 分离源：甘肃省玛曲县阿万仓乡 酸牦牛奶. 分离时间：2009 年. 培养基 0006，37℃ GenBank 序列号 HM058987

IMAU80827 ←LABCC G76-4. 分离源：甘肃省玛曲县阿万仓乡 酸牦牛奶. 分离时间：2009 年. 培养基 0006，37℃ GenBank 序列号 HM058989

IMAU80828 ←LABCC G77-1. 分离源：甘肃省玛曲县阿万仓乡 酸牦牛奶. 分离时间：2009 年. 培养基 0006，37℃ GenBank 序列号 HM058990

IMAU80830 ←LABCC G77-3. 分离源：甘肃省玛曲县阿万仓乡 酸牦牛奶. 分离时间：2009 年. 培养基 0006，37℃ GenBank 序列号 HM058992

Lactobacillus diolivorans （88 株）（Krooneman _et al._，2002，sp. nov. ）

IMAU10018 ←LABCC SY5-2. 分离源：内蒙古锡林郭勒盟正蓝旗 酸马奶. 分离时间：2002 年. 培养基 0006，37℃ GenBank 序列号 FJ749581

IMAU10039 ←LABCC ZL2-1. 分离源：内蒙古锡林郭勒盟正蓝旗 酸马奶. 分离时间：2002 年. 培养基 0006，37℃ GenBank 序列号 FJ749597

IMAU10481 ←LABCC NM45-2. 分离源：内蒙古呼伦贝尔盟新巴尔虎左旗阿木古楞镇伊和乌拉艾力 酸牛奶. 分离时间：2009 年. 培养基 0006，37℃ GenBank 序列号 HM218206

IMAU10482 ←LABCC NM45-3. 分离源：内蒙古呼伦贝尔盟新巴尔虎左旗阿木古楞镇伊和乌拉艾力 酸牛奶. 分离时间：2009 年. 培养基 0006，37℃ GenBank 序列号 HM218207

IMAU10485 ←LABCC NM46-1. 分离源：内蒙古呼伦贝尔盟新巴尔虎左旗阿木古楞镇伊和乌拉艾力 酸牛奶. 分离时间：2009 年. 培养基 0006，37℃ GenBank 序列号 HM218210

IMAU10488 ←LABCC NM47-1. 分离源：内蒙古呼伦贝尔盟新巴尔虎左旗阿木古楞镇伊和乌拉艾力 酸牛奶. 分离时间：2009 年. 培养基 0006，37℃ Gen-

Bank 序列号 HM218213

IMAU10490 ←LABCC NM47-4. 分离源：内蒙古呼伦贝尔盟新巴尔虎左旗阿木古楞镇伊和乌拉艾力 酸牛奶．分离时间：2009 年．培养基 0006，37℃ GenBank 序列号 HM218215

IMAU10492 ←LABCC NM48-2. 分离源：内蒙古呼伦贝尔盟新巴尔虎左旗阿木古楞镇伊和乌拉艾力 酸牛奶．分离时间：2009 年．培养基 0006，37℃ GenBank 序列号 HM218217

IMAU10540 ←LABCC NM59-6. 分离源：内蒙古呼伦贝尔盟新巴尔虎左旗查干镇伊和乌拉嘎查 酸马奶．分离时间：2009 年．培养基 0006，37℃ GenBank 序列号 HM218265

IMAU10766 ←LABCC NM120-1. 分离源：内蒙古巴林右旗巴彦温度尔苏木 酸牛奶．分离时间：2009 年．培养基 0006，37℃ GenBank 序列号 HM218488

IMAU11092 ←LABCC NM191-2. 分离源：内蒙古锡林郭勒盟蓝旗桑根达莱镇 酸牛奶．分离时间：2009 年．培养基 0006，37℃ GenBank 序列号 HM218792

IMAU11093 ←LABCC NM191-3. 分离源：内蒙古锡林郭勒盟蓝旗桑根达莱镇 酸牛奶．分离时间：2009 年．培养基 0006，37℃ GenBank 序列号 HM218793

IMAU10522 ←LABCC NM57-2. 分离源：内蒙古呼伦贝尔盟新巴尔虎左旗查干镇伊和乌拉嘎查 酸马奶．分离时间：2009 年．培养基 0006，37℃ GenBank 序列号 HM218247

IMAU10523 ←LABCC NM57-3. 分离源：内蒙古呼伦贝尔盟新巴尔虎左旗查干镇伊和乌拉嘎查 酸马奶．分离时间：2009 年．培养基 0006，37℃ GenBank 序列号 HM218248

IMAU10527 ←LABCC NM57-7. 分离源：内蒙古呼伦贝尔盟新巴尔虎左旗查干镇伊和乌拉嘎查 酸马奶．分离时间：2009 年．培养基 0006，37℃ GenBank 序列号 HM218252

IMAU10531 ←LABCC NM58-4. 分离源：内蒙古呼伦贝尔盟新巴尔虎左旗查干镇伊和乌拉嘎查 酸马奶．分离时间：2009 年．培养基 0006，37℃ GenBank 序列号 HM218256

IMAU10537 ←LABCC NM59-3. 分离源：内蒙古呼伦贝尔盟新巴尔虎左旗查干镇伊和乌拉嘎查 酸马奶．分离时间：2009 年．培养基 0006，37℃ GenBank 序列号 HM218262

IMAU10538 ←LABCC NM59-4. 分离源：内蒙古呼伦贝尔盟新巴尔虎左旗查干镇伊和乌拉嘎查 酸马奶．分离时间：2009 年．培养基 0006，37℃ GenBank 序列号 HM218263

IMAU10543 ←LABCC NM60-3. 分离源：内蒙古呼伦贝尔盟新巴尔虎左旗查干镇伊和乌拉嘎查 酸马奶．分离时间：2009 年．培养基 0006，37℃ GenBank 序列号 HM218268

IMAU10544 ←LABCC NM60-4. 分离源：内蒙古呼伦贝尔盟新巴尔虎左旗查干镇伊和乌拉嘎查 酸马奶．分离时间：2009 年．培养基 0006，37℃ GenBank 序列号 HM218269

IMAU10547 ←LABCC NM60-7. 分离源：内蒙古呼伦贝尔盟新巴尔虎左旗查干镇伊和乌拉嘎查 酸马奶．分离时间：2009 年．培养基 0006，37℃ GenBank 序列号 HM218272

IMAU10611 ←LABCC NM74-2. 分离源：内蒙古呼伦贝尔盟海拉尔市 酸马奶．分离时间：2009 年．培养基 0006，37℃ GenBank 序列号 HM218335

IMAU10613 ←LABCC NM75-2. 分离源：内蒙古呼伦贝尔盟海拉尔市 酸马奶．分离时间：2009 年．培养基 0006，37℃ GenBank 序列号 HM218337

IMAU10617 ←LABCC NM77-3. 分离源：内蒙古呼伦贝尔盟海拉尔市 酸马奶．分离时间：2009 年．培养基 0006，37℃ GenBank 序列号 HM218340

IMAU10618 ←LABCC NM78-1. 分离源：内蒙古呼伦贝尔盟海拉尔市 酸马奶．分离时间：2009 年．培养基 0006，37℃ GenBank 序列号 HM218341

IMAU10620 ←LABCC NM78-3. 分离源：内蒙古呼伦贝尔盟海拉尔市 酸马奶．分离时间：2009 年．培养基 0006，37℃ GenBank 序列号 HM218343

IMAU10623 ←LABCC NM80-3. 分离源：内蒙古呼伦贝尔盟海拉尔市 酸马奶．分离时间：2009 年．培养基 0006，37℃ GenBank 序列号 HM218346

IMAU10651 ←LABCC NM89-2. 分离源：内蒙古呼伦贝尔盟海拉尔市 酸马奶．分离时间：2009 年．培养基 0006，37℃ GenBank 序列号 HM218374

IMAU10653 ←LABCC NM90-1. 分离源：内蒙古呼伦贝尔盟海拉尔市②号 H6 酸马奶．分离时间：2009 年．培养基 0006，37℃ GenBank 序列号 HM218376

IMAU10654 ←LABCC NM90-2. 分离源：内蒙古呼伦贝尔盟海拉尔市 酸马奶．分离时间：2009 年．培养基 0006，37℃ GenBank 序列号 HM218377

IMAU10657 ←LABCC NM91-2. 分离源：内蒙古呼伦贝尔盟海拉尔市 酸马奶．分离时间：2009 年．培养基 0006，37℃ GenBank 序列号 HM218380

IMAU10658 ←LABCC NM91-3. 分离源：内蒙古呼伦贝尔盟海拉尔市 酸马奶．分离时间：2009 年．培养基 0006，37℃ GenBank 序列号 HM218381

IMAU10659 ←LABCC NM91-4. 分离源：内蒙古呼伦贝尔盟海拉尔市 酸马奶．分离时间：2009 年．培养基 0006，37℃ GenBank 序列号 HM218382

IMAU10660 ←LABCC NM91-5. 分离源：内蒙古呼伦贝尔盟海拉尔市 酸马奶．分

离时间：2009 年．培养基 0006，37℃ GenBank 序列号 HM218383

IMAU10661 ←LABCC NM92-1．分离源：内蒙古呼伦贝尔盟海拉尔市 酸马奶．分
离时间：2009 年．培养基 0006，37℃ GenBank 序列号 HM218384

IMAU10662 ←LABCC NM92-2．分离源：内蒙古呼伦贝尔盟海拉尔市 酸马奶．分
离时间：2009 年．培养基 0006，37℃ GenBank 序列号 HM218385

IMAU10701 ←LABCC NM101-3．分离源：内蒙古呼伦贝尔盟阿鲁科尔沁旗 酸马
奶．分离时间：2009 年．培养基 0006，37℃ GenBank 序列号 HM218423

IMAU10750 ←LABCC NM117-1．分离源：内蒙古巴林右旗巴彦温度尔苏木 酸牛
奶．分离时间：2009 年．培养基 0006，37℃ GenBank 序列号 HM218472

IMAU10751 ←LABCC NM117-2．分离源：内蒙古巴林右旗巴彦温度尔苏木 酸牛
奶．分离时间：2009 年．培养基 0006，37℃ GenBank 序列号 HM218473

IMAU10753 ←LABCC NM117-4．分离源：内蒙古巴林右旗巴彦温度尔苏木 酸牛
奶．分离时间：2009 年．培养基 0006，37℃ GenBank 序列号 HM218475

IMAU10758 ←LABCC NM118-5．分离源：内蒙古巴林右旗巴彦温度尔苏木 酸牛
奶．分离时间：2009 年．培养基 0006，37℃ GenBank 序列号 HM218480

IMAU10760 ←LABCC NM118-7．分离源：内蒙古巴林右旗巴彦温度尔苏木 酸牛
奶．分离时间：2009 年．培养基 0006，37℃ GenBank 序列号 HM218482

IMAU10770 ←LABCC NM120-5．分离源：内蒙古巴林右旗巴彦温度尔苏木 酸牛
奶．分离时间：2009 年．培养基 0006，37℃ GenBank 序列号 HM218491

IMAU10771 ←LABCC NM121-1．分离源：内蒙古巴林右旗巴彦温度尔苏木 酸牛
奶．分离时间：2009 年．培养基 0006，37℃ GenBank 序列号 HM218492

IMAU10772 ←LABCC NM121-2．分离源：内蒙古巴林右旗巴彦温度尔苏木 酸牛
奶．分离时间：2009 年．培养基 0006，37℃ GenBank 序列号 HM218493

IMAU10773 ←LABCC NM121-4．分离源：内蒙古巴林右旗巴彦温度尔苏木 酸牛
奶．分离时间：2009 年．培养基 0006，37℃ GenBank 序列号 HM218494

IMAU10774 ←LABCC NM122-1．分离源：内蒙古巴林右旗巴彦温度尔苏木 酸牛
奶．分离时间：2009 年．培养基 0006，37℃ GenBank 序列号 HM218495

IMAU10776 ←LABCC NM122-3．分离源：内蒙古巴林右旗巴彦温度尔苏木 酸牛
奶．分离时间：2009 年．培养基 0006，37℃ GenBank 序列号 HM218497

IMAU10778 ←LABCC NM122-6．分离源：内蒙古巴林右旗巴彦温度尔苏木 酸牛
奶．分离时间：2009 年．培养基 0006，37℃ GenBank 序列号 HM218499

IMAU10780 ←LABCC NM123-2．分离源：内蒙古巴林右旗巴彦温度尔苏木 酸牛
奶．分离时间：2009 年．培养基 0006，37℃ GenBank 序列号 HM218501

IMAU10784 ←LABCC NM124-1．分离源：内蒙古巴林右旗巴彦温度尔苏木 酸牛

奶. 分离时间：2009 年. 培养基 0006, 37℃ GenBank 序列号 HM218504

IMAU10788 ←LABCC NM124-5. 分离源：内蒙古巴林右旗巴彦温度尔苏木 酸牛奶. 分离时间：2009 年. 培养基 0006, 37℃ GenBank 序列号 HM218508

IMAU10793 ←LABCC NM129-1. 分离源：内蒙古巴林右旗巴彦温度尔苏木 酸牛奶. 分离时间：2009 年. 培养基 0006, 37℃ GenBank 序列号 HM218513

IMAU10799 ←LABCC NM130-2. 分离源：内蒙古巴林右旗巴彦温度尔苏木 酸牛奶. 分离时间：2009 年. 培养基 0006, 37℃ GenBank 序列号 HM218517

IMAU10828 ←LABCC NM137-1. 分离源：内蒙古巴林右旗巴彦温度尔苏木 酸牛奶. 分离时间：2009 年. 培养基 0006, 37℃ GenBank 序列号 HM218545

IMAU10834 ←LABCC NM138-1. 分离源：内蒙古巴林右旗巴彦温度尔苏木 酸牛奶. 分离时间：2009 年. 培养基 0006, 37℃ GenBank 序列号 HM218549

IMAU10972 ←LABCC NM167-4. 分离源：内蒙古巴林右旗大板镇 酸牛奶. 分离时间：2009 年. 培养基 0006, 37℃ GenBank 序列号 HM218676

IMAU11030 ←LABCC NM177-6. 分离源：内蒙古巴林右旗大板镇 酸牛奶. 分离时间：2009 年. 培养基 0006, 37℃ GenBank 序列号 HM218731

IMAU20127 ←LABCC MGA11-4. 分离源：蒙古国苏赫巴托尔省巴音德力格尔苏木 酸山羊奶. 分离时间：2009 年. 培养基 0006, 37℃ GenBank 序列号 HM057865

IMAU20128 ←LABCC MGA11-6. 分离源：蒙古国苏赫巴托尔省巴音德力格尔苏木 酸山羊奶. 分离时间：2009 年. 培养基 0006, 37℃ GenBank 序列号 HM057866

IMAU20142 ←LABCC MGA19-1. 分离源：蒙古国苏赫巴托尔省达里甘嘎苏木 酸牛奶. 分离时间：2009 年. 培养基 0006, 37℃ GenBank 序列号 HM057880

IMAU20664 ←LABCC MGC2-4. 分离源：蒙古国前杭盖省哈拉和林镇 酸牛奶. 分离时间：2009 年. 培养基 0006, 37℃ GenBank 序列号 HM058377

IMAU20665 ←LABCC MGC2-5. 分离源：蒙古国前杭盖省哈拉和林镇 酸牛奶. 分离时间：2009 年. 培养基 0006, 37℃ GenBank 序列号 HM058378

IMAU20666 ←LABCC MGC3-3. 分离源：蒙古国前杭盖省哈拉和林镇 酸牛奶. 分离时间：2009 年. 培养基 0006, 37℃ GenBank 序列号 HM058379

IMAU20669 ←LABCC MGC3-7. 分离源：蒙古国前杭盖省哈拉和林镇 酸牛奶. 分离时间：2009 年. 培养基 0006, 37℃ GenBank 序列号 HM058381

IMAU20678 ←LABCC MGC6-1. 分离源：蒙古国前杭盖省哈拉和林镇 酸牛奶. 分离时间：2009 年. 培养基 0006, 37℃ GenBank 序列号 HM058390

IMAU20680 ←LABCC MGC6-4. 分离源：蒙古国前杭盖省哈拉和林镇 酸牛奶. 分离时间：2009 年. 培养基 0006, 37℃ GenBank 序列号 HM058392

IMAU20695 ←LABCC MGC11-2. 分离源：蒙古国布尔干省阿日希亚图苏木 酸牛

奶. 分离时间: 2009 年. 培养基 0006, 37℃ GenBank 序列号 HM058407

IMAU20696 ←LABCC MGC11-3. 分离源: 蒙古国布尔干省阿日希亚图苏木 酸牛
奶. 分离时间: 2009 年. 培养基 0006, 37℃ GenBank 序列号 HM058408

IMAU20701 ←LABCC MGC12-2. 分离源: 蒙古国布尔干省阿日希亚图苏木 酸牛
奶. 分离时间: 2009 年. 培养基 0006, 37℃ GenBank 序列号 HM058413

IMAU20702 ←LABCC MGC12-3. 分离源: 蒙古国布尔干省阿日希亚图苏木 酸牛
奶. 分离时间: 2009 年. 培养基 0006, 37℃ GenBank 序列号 HM058414

IMAU20703 ←LABCC MGC12-4. 分离源: 蒙古国布尔干省阿日希亚图苏木 酸牛
奶. 分离时间: 2009 年. 培养基 0006, 37℃ GenBank 序列号 HM058415

IMAU20705 ←LABCC MGC12-6. 分离源: 蒙古国布尔干省阿日希亚图苏木 酸牛
奶. 分离时间: 2009 年. 培养基 0006, 37℃ GenBank 序列号 HM058417

IMAU20719 ←LABCC MGC16-3. 分离源: 蒙古国国中央省额尔德尼桑图苏木 酸
牛奶. 分离时间: 2009 年. 培养基 0006, 37℃ GenBank 序列号 HM058431

IMAU20720 ←LABCC MGC16-5. 分离源: 蒙古国中央省额尔德尼桑图苏木 酸牛
奶. 分离时间: 2009 年. 培养基 0006, 37℃ GenBank 序列号 HM218013

IMAU80752 ←LABCC G59-3. 分离源: 甘肃省碌曲县晒银滩乡四队 乳清. 分离时
间: 2009 年. 培养基 0006, 37℃ GenBank 序列号 HM058922

IMAU11094 ←LABCC NM192-1. 分离源: 内蒙古锡林郭勒盟蓝旗桑根达莱镇 酸
牛奶. 分离时间: 2009 年. 培养基 0006, 37℃ GenBank 序列号 HM218794

IMAU11095 ←LABCC NM193-1. 分离源: 内蒙古锡林郭勒盟蓝旗桑根达莱镇 酸
牛奶. 分离时间: 2009 年. 培养基 0006, 37℃ GenBank 序列号 HM218795

IMAU11096 ←LABCC NM193-3. 分离源: 内蒙古锡林郭勒盟蓝旗桑根达莱镇 酸
牛奶. 分离时间: 2009 年. 培养基 0006, 37℃ GenBank 序列号 HM218796

IMAU11097 ←LABCC NM194-1. 分离源: 内蒙古锡林郭勒盟蓝旗桑根达莱镇 酸
牛奶. 分离时间: 2009 年. 培养基 0006, 37℃ GenBank 序列号 HM218797

IMAU11098 ←LABCC NM194-2. 分离源: 内蒙古锡林郭勒盟蓝旗桑根达莱镇 酸
牛奶. 分离时间: 2009 年. 培养基 0006, 37℃ GenBank 序列号 HM218798

IMAU11114 ←LABCC NM197-4. 分离源: 内蒙古锡林郭勒盟蓝旗桑根达莱镇 酸
牛奶. 分离时间: 2009 年. 培养基 0006, 37℃ GenBank 序列号 HM218814

IMAU10289 ←LABCC NM1-2. 分离源: 内蒙古锡林郭勒盟西乌珠穆沁旗巴拉嘎尔镇
酸牛奶. 分离时间: 2009 年. 培养基 0006, 37℃ GenBank 序列号 HM218015

IMAU10290 ←LABCC NM1-3. 分离源: 内蒙古锡林郭勒盟西乌珠穆沁旗巴拉嘎尔镇
酸牛奶. 分离时间: 2009 年. 培养基 0006, 37℃ GenBank 序列号 HM218016

IMAU10291 ←LABCC NM1-4. 分离源: 内蒙古锡林郭勒盟西乌珠穆沁旗巴拉嘎尔镇

酸牛奶. 分离时间：2009 年. 培养基 0006，37℃ GenBank 序列号 HM218017

IMAU10294 ←LABCC NM2-3. 分离源：内蒙古锡林郭勒盟西乌珠穆沁旗巴拉嘎尔镇
　　酸牛奶. 分离时间：2009 年. 培养基 0006，37℃ GenBank 序列号 HM218020

IMAU10295 ←LABCC NM2-4. 分离源：内蒙古锡林郭勒盟西乌珠穆沁旗巴拉嘎尔镇
　　酸牛奶. 分离时间：2009 年. 培养基 0006，37℃ GenBank 序列号 HM218021

Lactobacillus fermentum（230 株）（Beijerinck，1901） 发酵乳杆菌

IMAU10240 ←LABCC LSBM1-3. 分离源：内蒙古巴彦淖尔盟临河市 酸面团. 分
　　离时间：2009 年. 培养基 0006，37℃ GenBank 序列号 GU138568

IMAU10687 ←LABCC NM97-4. 分离源：内蒙古呼伦贝尔盟阿鲁科尔沁旗天山
　　（阿尔科尔沁都腾苏木）酸马奶. 分离时间：2009 年. 培养基 0006，37℃
　　GenBank 序列号 HM218410

IMAU10692 ←LABCC NM98-5. 分离源：内蒙古呼伦贝尔盟阿鲁科尔沁旗天山
　　（阿尔科尔沁都腾苏木）酸马奶. 分离时间：2009 年. 培养基 0006，37℃
　　GenBank 序列号 HM218414

IMAU10705 ←LABCC NM101-7. 分离源：内蒙古呼伦贝尔盟阿鲁科尔沁旗天山 酸马
　　奶. 分离时间：2009 年. 培养基 0006，37℃ GenBank 序列号 HM218427

IMAU10712 ←LABCC NM102-6. 分离源：内蒙古阿鲁科尔沁旗天山镇 酸牛奶.
　　分离时间：2009 年. 培养基 0006，37℃ GenBank 序列号 HM218434

IMAU10716 ←LABCC NM103-3. 分离源：内蒙古阿鲁科尔沁旗天山镇 酸牛奶.
　　分离时间：2009 年. 培养基 0006，37℃ GenBank 序列号 HM218438

IMAU20031 ←LABCC mgh10-2-1. 分离源：蒙古国前杭盖省塔日雅图苏木 酸驼
　　奶. 分离时间：2006 年. 培养基 0006，37℃ GenBank 序列号 FJ844958

IMAU20037 ←LABCC mgh11-1-1. 分离源：蒙古国前杭盖省塔日雅图苏木 酸驼
　　奶. 分离时间：2006 年. 培养基 0006，37℃ GenBank 序列号 FJ844962

IMAU20041 ←LABCC mgh1-2-1-1. 分离源：蒙古国戈壁阿尔泰省比格尔苏木 酸
　　驼奶. 分离时间：2006 年. 培养基 0006，37℃ GenBank 序列号 FJ844965

IMAU20043 ←LABCC mgh1-2-1-2. 分离源：蒙古国戈壁阿尔泰省比格尔苏木 酸
　　驼奶. 分离时间：2006 年. 培养基 0006，37℃ GenBank 序列号 FJ844967

IMAU20044 ←LABCC mgh1-2-2. 分离源：蒙古国戈壁阿尔泰省比格尔苏木 酸驼
　　奶. 分离时间：2006 年. 培养基 0006，37℃ GenBank 序列号 FJ640988

IMAU20045 ←LABCC mgh12-2-1. 分离源：蒙古国前杭盖省塔日雅图苏木 酸马
　　奶. 分离时间：2006 年. 培养基 0006，37℃ GenBank 序列号 FJ844968

IMAU20046 ←LABCC mgh12-4. 分离源：蒙古国前杭盖省塔日雅图苏木 酸马奶.
分离时间：2006 年. 培养基 0006，37℃ GenBank 序列号 FJ844969

IMAU20049 ←LABCC mgh13-2-1. 分离源：蒙古国前杭盖省阿尔拜何日苏木 酸驼
奶. 分离时间：2006 年. 培养基 0006，37℃ GenBank 序列号 FJ640987

IMAU20050 ←LABCC mgh13-3-1-1. 分离源：蒙古国前杭盖省阿尔拜何日苏木 酸
驼奶. 分离时间：2006 年. 培养基 0006，37℃ GenBank 序列号 FJ844970

IMAU20051 ←LABCC mgh13-3-1-2. 分离源：蒙古国前杭盖省阿尔拜何日苏木 酸
驼奶. 分离时间：2006 年. 培养基 0006，37℃ GenBank 序列号 FJ640989

IMAU20052 ←LABCC mgh13-4-1. 分离源：蒙古国前杭盖省阿尔拜何日苏木 酸驼
奶. 分离时间：2006 年. 培养基 0006，37℃ GenBank 序列号 FJ844971

IMAU20053 ←LABCC mgh1-4. 分离源：蒙古国戈壁阿尔泰省比格尔苏木 酸驼奶.
分离时间：2006 年. 培养基 0006，37℃ GenBank 序列号 FJ844972

IMAU20054 ←LABCC mgh14-1-2. 分离源：蒙古国前杭盖省阿尔拜何日苏木 酸驼
奶. 分离时间：2006 年. 培养基 0006，37℃ GenBank 序列号 FJ640990

IMAU20055 ←LABCC mgh14-3-1. 分离源：蒙古国前杭盖省阿尔拜何日苏木 酸驼
奶. 分离时间：2006 年. 培养基 0006，37℃ GenBank 序列号 FJ844973

IMAU20056 ←LABCC mgh15-3-1. 分离源：蒙古国前杭盖省阿尔拜何日苏木 酸驼
奶. 分离时间：2006 年. 培养基 0006，37℃ GenBank 序列号 FJ640991

IMAU20057 ←LABCC mgh15-3-2. 分离源：蒙古国前杭盖省阿尔拜何日苏木 酸驼
奶. 分离时间：2006 年. 培养基 0006，37℃ GenBank 序列号 FJ844974

IMAU20059 ←LABCC mgh16-2-2. 分离源：蒙古国前杭盖省朱恩乌兰苏木 酸驼
奶. 分离时间：2006 年. 培养基 0006，37℃ GenBank 序列号 FJ844976

IMAU20060 ←LABCC mgh16-3-2-2. 分离源：蒙古国前杭盖省朱恩乌兰苏木 酸驼
奶. 分离时间：2006 年. 培养基 0006，37℃ GenBank 序列号 FJ640993

IMAU20064 ←LABCC mgh18-1-2-1. 分离源：蒙古国前杭盖省朱恩乌兰苏木 酸驼
奶. 分离时间：2006 年. 培养基 0006，37℃ GenBank 序列号 FJ844979

IMAU20065 ←LABCC mgh18-2-2-2. 分离源：蒙古国前杭盖省朱恩乌兰苏木 酸驼
奶. 分离时间：2006 年. 培养基 0006，37℃ GenBank 序列号 FJ844980

IMAU20066 ←LABCC mgh18-3-2-1. 分离源：蒙古国前杭盖省朱恩乌兰苏木 酸驼
奶. 分离时间：2006 年. 培养基 0006，37℃ GenBank 序列号 FJ915622

IMAU20079 ←LABCC mgh10-1-1-2. 分离源：蒙古国前杭盖省塔日雅图苏木 酸驼
奶. 分离时间：2006 年. 培养基 0006，37℃ GenBank 序列号 FJ640992

IMAU20080 ←LABCC mgh10-5. 分离源：蒙古国前杭盖省塔日图雅苏木 酸驼奶.
分离时间：2006 年. 培养基 0006，37℃ GenBank 序列号 FJ640986

IMAU20081 ←LABCC mgh1-5. 分离源：蒙古国戈壁阿尔泰省比格尔苏木 酸羊奶. 分离时间：2006 年. 培养基 0006，37℃ GenBank 序列号 FJ844987

IMAU20083 ←LABCC mgh16-2-1. 分离源：蒙古国前杭盖省朱恩乌兰苏木 酸驼奶. 分离时间：2006 年. 培养基 0006，37℃ GenBank 序列号 FJ844988

IMAU20084 ←LABCC mgh17-2-1. 分离源：蒙古国前杭盖省朱恩乌兰苏木 酸驼奶. 分离时间：2006 年. 培养基 0006，37℃ GenBank 序列号 FJ844989

IMAU20085 ←LABCC mgh18-1-1. 分离源：蒙古国前杭盖省朱恩乌兰苏木 酸驼奶. 分离时间：2006 年. 培养基 0006，37℃ GenBank 序列号 FJ172345

IMAU20086 ←LABCC mgh18-1-2. 分离源：蒙古国前杭盖省朱恩乌兰苏木 酸驼奶. 分离时间：2006 年. 培养基 0006，37℃ GenBank 序列号 FJ844990

IMAU20087 ←LABCC mgh18-1-3. 分离源：蒙古国前杭盖省朱恩乌兰苏木 酸驼奶. 分离时间：2006 年. 培养基 0006，37℃ GenBank 序列号 FJ844991

IMAU20088 ←LABCC mgh18-3-1. 分离源：蒙古国前杭盖省朱恩乌兰苏木 酸驼奶. 分离时间：2006 年. 培养基 0006，37℃ GenBank 序列号 FJ844992

IMAU20091 ←LABCC mgh9-1. 分离源：蒙古国前杭盖省朱恩乌兰苏木 酸驼奶. 分离时间：2006 年. 培养基 0006，37℃ GenBank 序列号 FJ844993

IMAU20159 ←LABCC MGA22-4. 分离源：蒙古国苏赫巴托尔省达里甘嘎苏木 酸牛奶. 分离时间：2009 年. 培养基 0006，37℃ GenBank 序列号 HM057897

IMAU20162 ←LABCC MGA23-1. 分离源：蒙古国苏赫巴托尔省阿斯嘎图苏木 酸牛奶. 分离时间：2009 年. 培养基 0006，37℃ GenBank 序列号 HM057900

IMAU20219 ←LABCC MGA38-1. 分离源：蒙古国东方省呼伦贝尔苏木 酸牛奶. 分离时间：2009 年. 培养基 0006，37℃ GenBank 序列号 HM057953

IMAU20224 ←LABCC MGA39-4. 分离源：蒙古国东方省呼伦贝尔苏木 酸牛奶. 分离时间：2009 年. 培养基 0006，37℃ GenBank 序列号 HM057958

IMAU20225 ←LABCC MGA39-6. 分离源：蒙古国东方省呼伦贝尔苏木 酸牛奶. 分离时间：2009 年. 培养基 0006，37℃ GenBank 序列号 HM057959

IMAU20230 ←LABCC MGA40-6. 分离源：蒙古国东方省呼伦贝尔苏木 酸牛奶. 分离时间：2009 年. 培养基 0006，37℃ GenBank 序列号 HM057964

IMAU20232 ←LABCC MGA41-2. 分离源：蒙古国东方省呼伦贝尔苏木 酸牛奶. 分离时间：2009 年. 培养基 0006，37℃ GenBank 序列号 HM057966

IMAU20258 ←LABCC MGA48-1. 分离源：蒙古国肯特省巴音敖包苏木 酸牛奶. 分离时间：2009 年. 培养基 0006，37℃ GenBank 序列号 HM057992

IMAU20259 ←LABCC MGA48-2. 分离源：蒙古国肯特省巴音敖包苏木 酸牛奶. 分离时间：2009 年. 培养基 0006，37℃ GenBank 序列号 HM057993

IMAU20263 ←LABCC GA48-6. 分离源：蒙古国肯特省巴音敖包苏木 酸牛奶. 分离时间：2009 年. 培养基 0006, 37℃ GenBank 序列号 HM057997

IMAU20264 ←LABCC MGA48-7. 分离源：蒙古国肯特省巴音敖包苏木 酸牛奶. 分离时间：2009 年. 培养基 0006, 37℃ GenBank 序列号 HM057998

IMAU20268 ←LABCC MGA49-4. 分离源：蒙古国肯特省巴音敖包苏木 酸牛奶. 分离时间：2009 年. 培养基 0006, 37℃ GenBank 序列号 HM058002

IMAU20315 ←LABCC GB18-2. 分离源：蒙古国鄂尔汗省扎尔格朗特苏木 酸牛奶. 分离时间：2009 年. 培养基 0006, 37℃ GenBank 序列号 HM058045

IMAU20318 ←LABCC GB18-5. 分离源：蒙古国鄂尔汗省扎尔格朗特苏木 酸牛奶. 分离时间：2009 年. 培养基 0006, 37℃ GenBank 序列号 HM058048

IMAU20330 ←LABCC MGB21-4. 分离源：蒙古国鄂尔汗省扎尔格朗特苏木 酸牛奶. 分离时间：2009 年. 培养基 0006, 37℃ GenBank 序列号 HM058060

IMAU20371 ←LABCC MGB32-1. 分离源：蒙古国布尔干省鄂尔汗苏木 酸牛奶. 分离时间：2009 年. 培养基 0006, 37℃ GenBank 序列号 HM058097

IMAU20373 ←LABCC MGB32-3. 分离源：蒙古国布尔干省鄂尔汗苏木 酸牛奶. 分离时间：2009 年. 培养基 0006, 37℃ GenBank 序列号 HM058099

IMAU20374 ←LABCC MGB32-4. 分离源：蒙古国布尔干省鄂尔汗苏木 酸牛奶. 分离时间：2009 年. 培养基 0006, 37℃ GenBank 序列号 HM058100

IMAU20375 ←LABCC MGB32-5. 分离源：蒙古国布尔干省鄂尔汗苏木 酸牛奶. 分离时间：2009 年. 培养基 0006, 37℃ GenBank 序列号 HM058101

IMAU20376 ←LABCC MGB32-6. 分离源：蒙古国布尔干省鄂尔汗苏木 酸牛奶. 分离时间：2009 年. 培养基 0006, 37℃ GenBank 序列号 HM058102

IMAU20389 ←LABCC MGB36-4. 分离源：蒙古国布尔干省呼塔格温都尔苏木 酸牛奶. 分离时间：2009 年. 培养基 0006, 37℃ GenBank 序列号 HM058114

IMAU20392 ←LABCC MGB37-2. 分离源：蒙古国布尔干省呼塔格温都尔苏木 酸牛奶. 分离时间：2009 年. 培养基 0006, 37℃ GenBank 序列号 HM058116

IMAU20395 ←LABCC MGB37-5. 分离源：蒙古国布尔干省呼塔格温都尔苏木 酸牛奶. 分离时间：2009 年. 培养基 0006, 37℃ GenBank 序列号 HM058119

IMAU20413 ←LABCC MGB41-4. 分离源：蒙古国库苏古尔省塔日雅楞苏木 酸牛奶. 分离时间：2009 年. 培养基 0006, 37℃ GenBank 序列号 HM058137

IMAU20436 ←LABCC MGB51-1. 分离源：蒙古国库苏古尔省库苏古尔湖 酸牛奶. 分离时间：2009 年. 培养基 0006, 37℃ GenBank 序列号 HM058160

IMAU20439 ←LABCC MGB52-1. 分离源：蒙古国库苏古尔省库苏古尔湖 酸牛奶. 分离时间：2009 年. 培养基 0006, 37℃ GenBank 序列号 HM058163

IMAU20440 ←LABCC MGB52-2. 分离源：蒙古国库苏古尔省库苏古尔湖 酸牛奶.
分离时间：2009 年. 培养基 0006, 37℃ GenBank 序列号 HM058164

IMAU20442 ←LABCC MGB53-1. 分离源：蒙古国库苏古尔省库苏古尔湖 酸牛奶.
分离时间：2009 年. 培养基 0006, 37℃ GenBank 序列号 HM058166

IMAU20443 ←LABCC MGB53-3. 分离源：蒙古国库苏古尔省库苏古尔湖 酸牛奶.
分离时间：2009 年. 培养基 0006, 37℃ GenBank 序列号 HM058167

IMAU20522 ←LABCC MGB75-1. 分离源：蒙古扎布汗省查干海尔汗苏木 酸牛奶.
分离时间：2009 年. 培养基 0006, 37℃ GenBank 序列号 HM058241

IMAU20523 ←LABCC MGB75-4. 分离源：蒙古国扎布汗省查干海尔汗苏木 酸牛
奶. 分离时间：2009 年. 培养基 0006, 37℃ GenBank 序列号 HM058242

IMAU20651 ←LABCC MGB109-5. 分离源：蒙古国后杭盖省图布希日夫苏木 酸牛
奶. 分离时间：2009 年. 培养基 0006, 37℃ GenBank 序列号 HM058365

IMAU20652 ←LABCC MGB110-1. 分离源：蒙古国后杭盖省图布希日夫苏木 酸牛
奶. 分离时间：2009 年. 培养基 0006, 37℃ GenBank 序列号 HM058366

IMAU20653 ←LABCC MGB110-3. 分离源：蒙古国后杭盖省图布希日夫苏木 酸牛
奶. 分离时间：2009 年. 培养基 0006, 37℃ GenBank 序列号 HM058367

IMAU20675 ←LABCC MGC5-4. 分离源：蒙古国前杭盖省哈拉和林镇 酸牛奶. 分
离时间：2009 年. 培养基 0006, 37℃ GenBank 序列号 HM058387

IMAU20677 ←LABCC MGC5-6. 分离源：蒙古国前杭盖省哈拉和林镇 酸牛奶. 分
离时间：2009 年. 培养基 0006, 37℃ GenBank 序列号 HM058389

IMAU20681 ←LABCC MGC6-5. 分离源：蒙古国前杭盖省哈拉和林镇 酸牛奶. 分
离时间：2009 年. 培养基 0006, 37℃ GenBank 序列号 HM058393

IMAU20694 ←LABCC MGC11-1. 分离源：蒙古国布尔干省阿日希亚图苏木 酸牛
奶. 分离时间：2009 年. 培养基 0006, 37℃ GenBank 序列号 HM058406

IMAU20698 ←LABCC MGC11-5. 分离源：蒙古国布尔干省阿日希亚图苏木 酸牛
奶. 分离时间：2009 年. 培养基 0006, 37℃ GenBank 序列号 HM058410

IMAU20700 ←LABCC MGC12-1. 分离源：蒙古国布尔干省阿日希亚图苏木 酸牛
奶. 分离时间：2009 年. 培养基 0006, 37℃ GenBank 序列号 HM058412

IMAU20704 ←LABCC MGC12-5. 分离源：蒙古国布尔干省阿日希亚图苏木 酸牛
奶. 分离时间：2009 年. 培养基 0006, 37℃ GenBank 序列号 HM058416

IMAU20715 ←LABCC MGC15-4. 分离源：蒙古国中央省额尔德尼桑图苏木 酸牛
奶. 分离时间：2009 年. 培养基 0006, 37℃ GenBank 序列号 HM058427

IMAU20716 ←LABCC MGC15-5. 分离源：蒙古国中央省额尔德尼桑图苏木 酸牛
奶. 分离时间：2009 年. 培养基 0006, 37℃ GenBank 序列号 HM058428

IMAU20717 ←LABCC MGC16-1. 分离源：蒙古国中央省额尔德尼桑图苏木 酸牛奶. 分离时间：2009 年. 培养基 0006, 37℃ GenBank 序列号 HM058429

IMAU30108 ←LABCC E5305. 分离源：新疆伊犁哈萨克族自治州新源县 酸马奶. 分离时间：2004 年. 培养基 0006, 37℃ GenBank 序列号 FJ749678

IMAU50008 ←LABCC YN1-4-1. 分离源：云南省大理市上关镇 乳扇酸乳清. 分离时间：2006 年. 培养基 0006, 37℃ GenBank 序列号 FJ749411

IMAU40112 ←LABCC QH37-2. 分离源：青海省海北州刚察县 酸牦牛奶. 分离时间：2005 年. 培养基 0006, 37℃ GenBank 序列号 FJ749384

IMAU40124 ←LABCC QH37-1. 分离源：青海省海北州刚察县 酸牦牛奶. 分离时间：2005 年. 培养基 0006, 37℃ GenBank 序列号 FJ749393

IMAU40125 ←LABCC QH37-4. 分离源：青海省海北州刚察县 酸牦牛奶. 分离时间：2005 年. 培养基 0006, 37℃ GenBank 序列号 FJ749394

IMAU50071 ←LABCC YN3-1-1-2. 分离源：云南省大理市上关镇 乳扇酸乳清. 分离时间：2006 年. 培养基 0006, 37℃ GenBank 序列号 FJ749470

IMAU50074 ←LABCC YN3-1-2-1-1. 分离源：云南省大理市上关镇 乳扇酸乳清. 分离时间：2006 年. 培养基 0006, 37℃ GenBank 序列号 FJ749473

IMAU50076 ←LABCC YN3-1-2-2. 分离源：云南省大理市上关镇 乳扇酸乳清. 分离时间：2006 年. 培养基 0006, 37℃ GenBank 序列号 FJ749475

IMAU50077 ←LABCC YN3-1-2-3. 分离源：云南省大理市上关镇 乳扇酸乳清. 分离时间：2006 年. 培养基 0006, 37℃ GenBank 序列号 FJ749476

IMAU50078 ←LABCC YN3-1-2-4. 分离源：云南省大理市上关镇 乳扇酸乳清. 分离时间：2006 年. 培养基 0006, 37℃ GenBank 序列号 FJ749477

IMAU50081 ←LABCC YN3-3. 分离源：云南省大理市上关镇 乳扇酸乳清. 分离时间：2006 年. 培养基 0006, 37℃ GenBank 序列号 FJ749480

IMAU50086 ←LABCC YN3-4. 分离源：云南省大理市上关镇 乳扇酸乳清. 分离时间：2006 年. 培养基 0006, 37℃ GenBank 序列号 FJ749484

IMAU50087 ←LABCC YN35-1-1-1. 分离源：云南洱源县右所镇 乳扇酸乳清. 分离时间：2006 年. 培养基 0006, 37℃ GenBank 序列号 FJ749485

IMAU50088 ←LABCC YN35-1-1-2. 分离源：云南省洱源县右所镇 乳扇酸乳清. 分离时间：2006 年. 培养基 0006, 37℃ GenBank 序列号 FJ749486

IMAU60046 ←LABCC XZ13301. 分离源：西藏日喀则地区白朗县巴扎乡 酸黄牛奶. 分离时间：2007 年. 培养基 0006, 37℃ GenBank 序列号 FJ749771

IMAU60070 ←LABCC XZ18302. 分离源：西藏那曲县罗马镇 酸牦牛奶. 分离时间：2007 年. 培养基 0006, 37℃ GenBank 序列号 FJ749793

IMAU60071 ←LABCC XZ18303. 分离源：西藏那曲县罗马镇 酸牦牛奶. 分离时间：2007 年. 培养基 0006，37℃ GenBank 序列号 FJ749794

IMAU60072 ←LABCC XZ19301. 分离源：西藏那曲县罗马镇 酸牦牛奶. 分离时间：2007 年. 培养基 0006，37℃ GenBank 序列号 FJ749795

IMAU60073 ←LABCC XZ19302. 分离源：西藏那曲县罗马镇 酸牦牛奶. 分离时间：2007 年. 培养基 0006，37℃ GenBank 序列号 FJ749796

IMAU60075 ←LABCC XZ19304. 分离源：西藏那曲县罗马镇 酸牦牛奶. 分离时间：2007 年. 培养基 0006，37℃ GenBank 序列号 FJ749798

IMAU60076 ←LABCC XZ19305. 分离源：西藏那曲县罗马镇 酸牦牛奶. 分离时间：2007 年. 培养基 0006，37℃ GenBank 序列号 FJ749799

IMAU60077 ←LABCC XZ19307. 分离源：西藏那曲县罗马镇 酸牦牛奶. 分离时间：2007 年. 培养基 0006，37℃ GenBank 序列号 FJ749800

IMAU60078 ←LABCC XZ19308. 分离源：西藏那曲县罗马镇 酸牦牛奶. 分离时间：2007 年. 培养基 0006，37℃ GenBank 序列号 FJ211396

IMAU60079 ←LABCC XZ20302. 分离源：西藏那曲县罗马镇 酸牦牛奶. 分离时间：2007 年. 培养基 0006，37℃ GenBank 序列号 FJ749801

IMAU60080 ←LABCC XZ20303. 分离源：西藏那曲县罗马镇 酸牦牛奶. 分离时间：2007 年. 培养基 0006，37℃ GenBank 序列号 FJ749802

IMAU60082 ←LABCC XZ21302. 分离源：西藏那曲县罗马镇 酸牦牛奶. 分离时间：2007 年. 培养基 0006，37℃ GenBank 序列号 FJ749803

IMAU60083 ←LABCC XZ21303. 分离源：西藏那曲县罗马镇 酸牦牛奶. 分离时间：2007 年. 培养基 0006，37℃ GenBank 序列号 FJ749804

IMAU60085 ←LABCC XZ22302. 分离源：西藏那曲县罗马镇 酸牦牛奶. 分离时间：2007 年. 培养基 0006，37℃ GenBank 序列号 FJ749806

IMAU60086 ←LABCC XZ22303. 分离源：西藏那曲县罗马镇 酸牦牛奶. 分离时间：2007 年. 培养基 0006，37℃ GenBank 序列号 FJ749807

IMAU60087 ←LABCC XZ22304. 分离源：西藏那曲县罗马镇 酸牦牛奶. 分离时间：2007 年. 培养基 0006，37℃ GenBank 序列号 FJ749808

IMAU60088 ←LABCC XZ23301. 分离源：西藏那曲县罗马镇 酸牦牛奶. 分离时间：2007 年. 培养基 0006，37℃ GenBank 序列号 FJ749809

IMAU60090 ←LABCC XZ23303. 分离源：西藏那曲县罗马镇 酸牦牛奶. 分离时间：2007 年. 培养基 0006，37℃ GenBank 序列号 FJ749811

IMAU60091 ←LABCC XZ23304. 分离源：西藏那曲县罗马镇 酸牦牛奶. 分离时间：2007 年. 培养基 0006，37℃ GenBank 序列号 FJ749812

IMAU60092 ←LABCC XZ24301. 分离源：西藏那曲县罗马镇 酸牦牛奶. 分离时
间：2007 年. 培养基 0006，37℃ GenBank 序列号 FJ749813

IMAU60093 ←LABCC XZ24302. 分离源：西藏那曲县罗马镇 酸牦牛奶. 分离时
间：2007 年. 培养基 0006，37℃ GenBank 序列号 FJ749814

IMAU60094 ←LABCC XZ24303. 分离源：西藏那曲县罗马镇 酸牦牛奶. 分离时
间：2007 年. 培养基 0006，37℃ GenBank 序列号 FJ749815

IMAU60102 ←LABCC XZ27303. 分离源：西藏那曲县桑雄乡 酸牦牛奶 + 山羊奶.
分离时间：2007 年. 培养基 0006，37℃ GenBank 序列号 FJ749822

IMAU60104 ←LABCC XZ29302. 分离源：西藏那曲县桑雄乡 酸牦牛奶. 分离时
间：2007 年. 培养基 0006，37℃ GenBank 序列号 FJ749824

IMAU60111 ←LABCC XZ29309. 分离源：西藏那曲县桑雄乡 酸牦牛奶. 分离时
间：2007 年. 培养基 0006，37℃ GenBank 序列号 FJ749830

IMAU60112 ←LABCC XZ30301. 分离源：西藏那曲县桑雄乡 酸牦牛奶. 分离时
间：2007 年. 培养基 0006，37℃ GenBank 序列号 FJ749831

IMAU60113 ←LABCC XZ30303. 分离源：西藏那曲县桑雄乡 酸牦牛奶. 分离时
间：2007 年. 培养基 0006，37℃ GenBank 序列号 FJ749832

IMAU60114 ←LABCC XZ30305. 分离源：西藏那曲县桑雄乡 酸牦牛奶. 分离时
间：2007 年. 培养基 0006，37℃ GenBank 序列号 FJ749833

IMAU60115 ←LABCC XZ30306. 分离源：西藏那曲县桑雄乡 酸牦牛奶. 分离时
间：2007 年. 培养基 0006，37℃ GenBank 序列号 FJ749834

IMAU60119 ←LABCC XZ32303. 分离源：西藏那曲县古露镇 酸牦牛奶. 分离时
间：2007 年. 培养基 0006，37℃ GenBank 序列号 FJ749837

IMAU60120 ←LABCC XZ32304. 分离源：西藏那曲县古露镇 酸牦牛奶. 分离时
间：2007 年. 培养基 0006，37℃ GenBank 序列号 FJ749838

IMAU60121 ←LABCC XZ32305. 分离源：西藏那曲县古露镇 酸牦牛奶. 分离时
间：2007 年. 培养基 0006，37℃ GenBank 序列号 FJ749839

IMAU60125 ←LABCC XZ34301. 分离源：西藏拉萨地区当雄县龙仁乡 酸牦牛奶.
分离时间：2007 年. 培养基 0006，37℃ GenBank 序列号 FJ211395

IMAU60137 ←LABCC XZ37307. 分离源：西藏拉萨地区当雄县龙仁乡 酸牦牛奶.
分离时间：2007 年. 培养基 0006，37℃ GenBank 序列号 FJ749853

IMAU60140 ←LABCC XZ39301. 分离源：西藏拉萨地区当雄县龙仁乡 酸牦牛奶.
分离时间：2007 年. 培养基 0006，37℃ GenBank 序列号 FJ749856

IMAU60142 ←LABCC XZ39304. 分离源：西藏拉萨地区当雄县龙仁乡 酸牦牛奶
分离时间：2007 年. 培养基 0006，37℃ GenBank 序列号 FJ749858

IMAU60144 ←LABCC XZ40301. 分离源：西藏拉萨地区当雄县纳木错 酸牦牛奶.
分离时间：2007 年. 培养基 0006, 37℃ GenBank 序列号 FJ749860

IMAU60145 ←LABCC XZ40302. 分离源：西藏拉萨地区当雄县纳木错 酸牦牛奶.
分离时间：2007 年. 培养基 0006, 37℃ GenBank 序列号 FJ749861

IMAU60146 ←LABCC XZ40303. 分离源：西藏拉萨地区当雄县纳木错 酸牦牛奶.
分离时间：2007 年. 培养基 0006, 37℃ GenBank 序列号 FJ749862

IMAU60147 ←LABCC XZ40304. 分离源：西藏拉萨地区当雄县纳木错 酸牦牛奶.
分离时间：2007 年. 培养基 0006, 37℃ GenBank 序列号 FJ749863

IMAU60149 ←LABCC XZ40306. 分离源：西藏拉萨地区当雄县纳木错 酸牦牛奶.
分离时间：2007 年. 培养基 0006, 37℃ GenBank 序列号 FJ749864

IMAU60150 ←LABCC XZ40307. 分离源：西藏拉萨地区当雄县纳木错 酸牦牛奶.
分离时间：2007 年. 培养基 0006, 37℃ GenBank 序列号 FJ749865

IMAU60151 ←LABCC XZ41301. 分离源：西藏拉萨地区当雄县纳木错 酸牦牛奶.
分离时间：2007 年. 培养基 0006, 37℃ GenBank 序列号 FJ749866

IMAU60152 ←LABCC XZ41302. 分离源：西藏拉萨地区当雄县纳木错 酸牦牛奶.
分离时间：2007 年. 培养基 0006, 37℃ GenBank 序列号 FJ749867

IMAU60154 ←LABCC XZ41304. 分离源：西藏拉萨地区当雄县纳木错 酸牦牛奶.
分离时间：2007 年. 培养基 0006, 37℃ GenBank 序列号 FJ749869

IMAU60155 ←LABCC XZ41305. 分离源：西藏拉萨地区当雄县纳木错 酸牦牛奶.
分离时间：2007 年. 培养基 0006, 37℃ GenBank 序列号 FJ749870

IMAU60157 ←LABCC XZ42305. 分离源：西藏拉萨地区当雄县纳木错 酸牦牛奶.
分离时间：2007 年. 培养基 0006, 37℃ GenBank 序列号 FJ749872

IMAU60162 ←LABCC XZ43303. 分离源：西藏拉萨地区当雄县纳木错 酸牦牛奶.
分离时间：2007 年. 培养基 0006, 37℃ GenBank 序列号 FJ749876

IMAU60164 ←LABCC XZ43305. 分离源：西藏拉萨地区当雄县纳木错 酸牦牛奶.
分离时间：2007 年. 培养基 0006, 37℃ GenBank 序列号 FJ749878

IMAU60166 ←LABCC XZ43307. 分离源：西藏拉萨地区当雄县纳木错 酸牦牛奶.
分离时间：2007 年. 培养基 0006, 37℃ GenBank 序列号 FJ749880

IMAU60167 ←LABCC XZ44301. 分离源：西藏拉萨地区当雄县纳木错 酸牦牛奶.
分离时间：2007 年. 培养基 0006, 37℃ GenBank 序列号 FJ749881

IMAU60168 ←LABCC XZ44302. 分离源：西藏拉萨地区当雄县纳木错 酸牦牛奶.
分离时间：2007 年. 培养基 0006, 37℃ GenBank 序列号 FJ749882

IMAU60221 ←LABCC XZ24408. 分离源：西藏那曲县罗马镇 酸牦牛奶. 分离时
间：2007 年. 培养基 0006, 37℃ GenBank 序列号 FJ915666

IMAU70050 ←LABCC BT4301. 分离源：内蒙古包头市棉纺小区 酸粥. 分离时间：
2008 年. 培养基 0006, 37℃ GenBank 序列号 GQ131166

IMAU70059 ←LABCC BT5304. 分离源：内蒙古包头市稀土开发区万水泉镇 酸粥.
分离时间：2008 年. 培养基 0006, 37℃ GenBank 序列号 GQ131175

IMAU70003 ←LABCC BM1303. 分离源：内蒙古巴彦淖尔盟杭锦后旗陕坝镇 酸
粥. 分离时间：2008 年. 培养基 0006, 37℃ GenBank 序列号 GQ131120

IMAU70006 ←LABCC BM2301. 分离源：内蒙古巴彦淖尔盟杭锦后旗陕坝镇 酸
粥. 分离时间：2008 年. 培养基 0006, 37℃ GenBank 序列号 GQ131123

IMAU70008 ←LABCC BM2304. 分离源：内蒙古巴彦淖尔盟杭锦后旗陕坝镇 酸
粥. 分离时间：2008 年. 培养基 0006, 37℃ GenBank 序列号 GQ131125

IMAU70012 ←LABCC BM3303. 分离源：内蒙古巴彦淖尔盟杭锦后旗陕坝镇 酸
粥. 分离时间：2008 年. 培养基 0006, 37℃ GenBank 序列号 GQ131128

IMAU70013 ←LABCC BM3304. 分离源：内蒙古巴彦淖尔盟杭锦后旗陕坝镇 酸
粥. 分离时间：2008 年. 培养基 0006, 37℃ GenBank 序列号 GQ131129

IMAU70016 ←LABCC BM4303. 分离源：内蒙古巴彦淖尔盟乌拉特后旗八音镇 酸
粥. 分离时间：2008 年. 培养基 0006, 37℃ GenBank 序列号 GQ131132

IMAU70021 ←LABCC BM6302. 分离源：内蒙古巴彦淖尔盟临河 酸粥. 分离时
间：2008 年. 培养基 0006, 37℃ GenBank 序列号 GQ131137

IMAU70031 ←LABCC BM10301. 分离源：内蒙古巴彦淖尔盟乌拉特前旗阿力奔苏木
酸粥. 分离时间：2008 年. 培养基 0006, 37℃ GenBank 序列号 GQ131147

IMAU70032 ←LABCC BM10302. 分离源：内蒙古巴彦淖尔盟乌拉特前旗阿力奔苏木
酸粥. 分离时间：2008 年. 培养基 0006, 37℃ GenBank 序列号 GQ131148

IMAU70041 ←LABCC BT1304. 分离源：内蒙古包头市青山区 酸粥. 分离时间：
2008 年. 培养基 0006, 37℃ GenBank 序列号 GQ131157

IMAU70043 ←LABCC BT2301. 分离源：内蒙古包头市东河区 酸粥. 分离时间：
2008 年. 培养基 0006, 37℃ GenBank 序列号 GQ131159

IMAU70047 ←LABCC BT3302. 分离源：内蒙古包头市固阳县 酸粥. 分离时间：
2008 年. 培养基 0006, 37℃ GenBank 序列号 GQ131163

IMAU70051 ←LABCC BT4302. 分离源：内蒙古包头市棉纺小区 酸粥. 分离时间：
2008 年. 培养基 0006, 37℃ GenBank 序列号 GQ131167

IMAU70052 ←LABCC BT4303. 分离源：内蒙古包头市棉纺小区 酸粥. 分离时间：
2008 年. 培养基 0006, 37℃ GenBank 序列号 GQ131168

IMAU70053 ←LABCC BT4304. 分离源：内蒙古包头市棉纺小区 酸粥. 分离时间：
2008 年. 培养基 0006, 37℃ GenBank 序列号 GQ131169

IMAU70054 ←LABCC BT4305. 分离源：内蒙古包头市棉纺小区 酸粥. 分离时间：
2008 年. 培养基 0006, 37℃ GenBank 序列号 GQ131170

IMAU70055 ←LABCC BT4306. 分离源：内蒙古包头市棉纺小区 酸粥. 分离时间：
2008 年. 培养基 0006, 37℃ GenBank 序列号 GQ131171

IMAU70056 ←LABCC BT5301. 分离源：内蒙古包头市稀土开发区万水泉镇 酸粥.
分离时间：2008 年. 培养基 0006, 37℃ GenBank 序列号 GQ131172

IMAU70058 ←LABCC BT5303. 分离源：内蒙古包头市稀土开发区万水泉镇 酸粥.
分离时间：2008 年. 培养基 0006, 37℃ GenBank 序列号 GQ131174

IMAU70064 ←LABCC BT7304. 分离源：内蒙古包头市萨拉旗镇 酸粥. 分离时间：
2008 年. 培养基 0006, 37℃ GenBank 序列号 GQ131180

IMAU70065 ←LABCC BT7305. 分离源：内蒙古包头市萨拉旗镇 酸粥. 分离时间：
2008 年. 培养基 0006, 37℃ GenBank 序列号 GQ131181

IMAU70069 ←LABCC HS2302. 分离源：内蒙古呼和浩特市托克托县 酸粥. 分离
时间：2008 年. 培养基 0006, 37℃ GenBank 序列号 GQ131185

IMAU70075 ←LABCC HS4303. 分离源：内蒙古呼和浩特市托克托县双河镇 酸粥.
分离时间：2008 年. 培养基 0006, 37℃ GenBank 序列号 GQ131191

IMAU70076 ←LABCC HS4304. 分离源：内蒙古呼和浩特市托克托县双河镇 酸粥.
分离时间：2008 年. 培养基 0006, 37℃ GenBank 序列号 GQ131192

IMAU70077 ←LABCC HS5301. 分离源：内蒙古呼和浩特市托克托县双河镇 酸粥.
分离时间：2008 年. 培养基 0006, 37℃ GenBank 序列号 GQ131193

IMAU70086 ←LABCC YM6303. 分离源：内蒙古鄂尔多斯市达拉特旗树林召镇 酸
粥. 分离时间：2008 年. 培养基 0006, 37℃ GenBank 序列号 GQ131202

IMAU10129 ←LABCC WZ43-2-1. 分离源：内蒙古巴彦淖尔盟乌拉特中旗 鲜牛奶.
分离时间：2002 年. 培养基 0006, 37℃ GenBank 序列号 FJ915785

IMAU70132 ←LABCC BM2451. 分离源：内蒙古巴彦淖尔盟杭锦后旗陕坝镇 酸
粥. 分离时间：2008 年. 培养基 0006, 37℃ GenBank 序列号 GQ131247

IMAU70133 ←LABCC BM2452. 分离源：内蒙古巴彦淖尔盟杭锦后旗陕坝镇 酸
粥. 分离时间：2008 年. 培养基 0006, 37℃ GenBank 序列号 GQ131248

IMAU70134 ←LABCC BM2453. 分离源：内蒙古巴彦淖尔盟杭锦后旗陕坝镇 酸
粥. 分离时间：2008 年. 培养基 0006, 37℃ GenBank 序列号 GQ131249

IMAU70135 ←LABCC BM2454. 分离源：内蒙古巴彦淖尔盟杭锦后旗陕坝镇 酸
粥. 分离时间：2008 年. 培养基 0006, 37℃ GenBank 序列号 GQ131250

IMAU70136 ←LABCC BM3451. 分离源：内蒙古巴彦淖尔盟杭锦后旗陕坝镇 酸
粥. 分离时间：2008 年. 培养基 0006, 37℃ GenBank 序列号 GQ131251

IMAU70137 ←LABCC BM3452. 分离源：内蒙古巴彦淖尔盟杭锦后旗陕坝镇 酸粥. 分离时间：2008 年. 培养基 0006, 37℃ GenBank 序列号 GQ131252

IMAU70138 ←LABCC BM3453. 分离源：内蒙古巴彦淖尔盟杭锦后旗陕坝镇 酸粥. 分离时间：2008 年. 培养基 0006, 37℃ GenBank 序列号 GQ131253

IMAU70139 ←LABCC BM3454. 分离源：内蒙古巴彦淖尔盟杭锦后旗陕坝镇 酸粥. 分离时间：2008 年. 培养基 0006, 37℃ GenBank 序列号 GQ131254

IMAU70140 ←LABCC BM4451. 分离源：内蒙古巴彦淖尔盟乌拉特后旗八音镇 酸粥. 分离时间：2008 年. 培养基 0006, 37℃ GenBank 序列号 GQ131255

IMAU70141 ←LABCC BM5451. 分离源：内蒙古巴彦淖尔盟临河 酸粥. 分离时间：2008 年. 培养基 0006, 37℃ GenBank 序列号 GQ131256

IMAU70142 ←LABCC BM5452. 分离源：内蒙古巴彦淖尔盟临河 酸粥. 分离时间：2008 年. 培养基 0006, 37℃ GenBank 序列号 GQ131257

IMAU70143 ←LABCC BM7453. 分离源：内蒙古巴彦淖尔盟乌拉特中旗文更苏木 酸粥. 分离时间：2008 年. 培养基 0006, 37℃ GenBank 序列号 GQ131258

IMAU70144 ←LABCC BM7454. 分离源：内蒙古巴彦淖尔盟乌拉特中旗文更苏木 酸粥. 分离时间：2008 年. 培养基 0006, 37℃ GenBank 序列号 GQ131259

IMAU70145 ←LABCC BM9451. 分离源：内蒙古巴彦淖尔盟乌拉特前旗阿力奔苏木 酸粥. 分离时间：2008 年. 培养基 0006, 37℃ GenBank 序列号 GQ131260

IMAU70146 ←LABCC BM9453. 分离源：内蒙古巴彦淖尔盟乌拉特前旗阿力奔苏木 酸粥. 分离时间：2008 年. 培养基 0006, 37℃ GenBank 序列号 GQ131261

IMAU70147 ←LABCC BM10451. 分离源：内蒙古巴彦淖尔盟乌拉特前旗阿力奔苏木 酸粥. 分离时间：2008 年. 培养基 0006, 37℃ GenBank 序列号 GQ131262

IMAU70148 ←LABCC BM10452. 分离源：内蒙古巴彦淖尔盟乌拉特前旗阿力奔苏木 酸粥. 分离时间：2008 年. 培养基 0006, 37℃ GenBank 序列号 GQ131263

IMAU70149 ←LABCC BM10453. 分离源：内蒙古巴彦淖尔盟乌拉特前旗阿力奔苏木 酸粥. 分离时间：2008 年. 培养基 0006, 37℃ GenBank 序列号 GQ131264

IMAU70150 ←LABCC BM10454. 分离源：内蒙古巴彦淖尔盟乌拉特前旗阿力奔苏木 酸粥. 分离时间：2008 年. 培养基 0006, 37℃ GenBank 序列号 GQ131265

IMAU70151 ←LABCC BM10455. 分离源：内蒙古巴彦淖尔盟乌拉特前旗阿力奔苏木 酸粥. 分离时间：2008 年. 培养基 0006, 37℃ GenBank 序列号 GQ131266

IMAU70152 ←LABCC BT3451. 分离源：内蒙古包头市固阳县 酸粥. 分离时间：2008 年. 培养基 0006, 37℃ GenBank 序列号 GQ131267

IMAU70153 ←LABCC BT3452. 分离源：内蒙古包头市固阳县 酸粥. 分离时间：2008 年. 培养基 0006, 37℃ GenBank 序列号 GQ131268

IMAU70154 ←LABCC BT3453. 分离源：内蒙古包头市固阳县 酸粥．分离时间：
　　2008 年．培养基 0006，37℃ GenBank 序列号 GQ131269

IMAU70155 ←LABCC BT4451. 分离源：内蒙古包头市棉纺小区 酸粥．分离时间：
　　2008 年．培养基 0006，37℃ GenBank 序列号 GQ131270

IMAU70156 ←LABCC BT4453. 分离源：内蒙古包头市棉纺小区 酸粥．分离时间：
　　2008 年．培养基 0006，37℃ GenBank 序列号 GQ131271

IMAU70157 ←LABCC BT5451. 分离源：内蒙古包头市稀土开发区万水泉镇 酸粥．
　　分离时间：2008 年．培养基 0006，37℃ GenBank 序列号 GQ131272

IMAU70158 ←LABCC BT6451. 分离源：内蒙古包头市土默特右旗发彦申乡 酸粥．
　　分离时间：2008 年．培养基 0006，37℃ GenBank 序列号 GQ131273

IMAU70159 ←LABCC BT6452. 分离源：内蒙古包头市土默特右旗发彦申乡 酸粥．
　　分离时间：2008 年．培养基 0006，37℃ GenBank 序列号 GQ131274

IMAU70160 ←LABCC BT7451. 分离源：内蒙古包头市萨拉旗镇 酸粥．分离时间：
　　2008 年．培养基 0006，37℃ GenBank 序列号 GQ131275

IMAU70161 ←LABCC HS3451. 分离源：内蒙古呼和浩特市托克托县双河镇 酸粥．
　　分离时间：2008 年．培养基 0006，37℃ GenBank 序列号 GQ131276

IMAU70162 ←LABCC HS4451. 分离源：内蒙古呼和浩特市托克托县双河镇 酸粥．
　　分离时间：2008 年．培养基 0006，37℃ GenBank 序列号 GQ131277

IMAU70163 ←LABCC HS4452. 分离源：内蒙古呼和浩特市托克托县双河镇 酸粥．
　　分离时间：2008 年．培养基 0006，37℃ GenBank 序列号 GQ131278

IMAU70165 ←LABCC HS4454. 分离源：内蒙古呼和浩特市托克托县双河镇 酸粥．
　　分离时间：2008 年．培养基 0006，37℃ GenBank 序列号 GQ131280

IMAU70166 ←LABCC HS5452. 分离源：内蒙古呼和浩特市托克托县双河镇 酸粥．
　　分离时间：2008 年．培养基 0006，37℃ GenBank 序列号 GQ131281

IMAU70167 ←LABCC YM3452. 分离源：内蒙古鄂尔多斯市伊金霍洛旗 酸粥．分
　　离时间：2008 年．培养基 0006，37℃ GenBank 序列号 GQ131282

IMAU80304 ←LABCC S17-7. 分离源：四川省阿坝州红原县瓦切乡二队 曲拉．分
　　离时间：2009 年．培养基 0006，37℃ GenBank 序列号 HM058584

IMAU80316 ←LABCC S20-4. 分离源：四川省阿坝州红原县瓦切乡二队 乳清．分
　　离时间：2009 年．培养基 0006，37℃ GenBank 序列号 HM058596

IMAU80361 ←LABCC S34-1. 分离源：四川省阿坝州红原县阿木曲河乡三队 曲
　　拉．分离时间：2009 年．培养基 0006，37℃ GenBank 序列号 HM058634

IMAU80363 ←LABCC S34-3. 分离源：四川省阿坝州红原县阿木曲河乡三队 曲
　　拉．分离时间：2009 年．培养基 0006，37℃ GenBank 序列号 HM058636

IMAU80364 ←LABCC S34-4. 分离源：四川省阿坝州红原县阿木曲河乡三队 曲拉. 分离时间：2009 年. 培养基 0006, 37℃ GenBank 序列号 HM058637

IMAU80374 ←LABCC S38-4. 分离源：四川省阿坝州红原县阿木曲河乡三队 乳清. 分离时间：2009 年. 培养基 0006, 37℃ GenBank 序列号 HM058645

IMAU80464 ←LABCC S64-5. 分离源：四川省阿坝州红原县安曲乡三村 曲拉. 分离时间：2009 年. 培养基 0006, 37℃ GenBank 序列号 HM058716

IMAU80566 ←LABCC G18-5. 分离源：甘肃省夏河县桑科乡赛池村 奶油. 分离时间：2009 年. 培养基 0006, 37℃ GenBank 序列号 HM058760

IMAU80571 ←LABCC G19-5. 分离源：甘肃省夏河县桑科乡赛池村 酸牦牛奶. 分离时间：2009 年. 培养基 0006, 37℃ GenBank 序列号 HM058765

IMAU80601 ←LABCC G26-4. 分离源：甘肃省夏河县桑科乡赛池村四队 鲜牦牛奶. 分离时间：2009 年. 培养基 0006, 37℃ GenBank 序列号 HM058792

IMAU80607 ←LABCC G27-4. 分离源：甘肃省夏河县桑科乡赛池村 酸牛奶. 分离时间：2009 年. 培养基 0006, 37℃ GenBank 序列号 HM058798

IMAU80609 ←LABCC G28-1. 分离源：甘肃省夏河县桑科乡赛池村 曲拉. 分离时间：2009 年. 培养基 0006, 37℃ GenBank 序列号 HM058800

IMAU80778 ←LABCC G65-3. 分离源：甘肃省录曲县晒银滩乡三队 酸牦牛奶. 分离时间：2009 年. 培养基 0006, 37℃ GenBank 序列号 HM058945

IMAU80780 ←LABCC G65-6. 分离源：甘肃省录曲县晒银滩乡三队 酸牦牛奶. 分离时间：2009 年. 培养基 0006, 37℃ GenBank 序列号 HM058946

IMAU80796 ←LABCC G69-3. 分离源：甘肃省录曲县晒银滩乡一队 酸牦牛奶. 分离时间：2009 年. 培养基 0006, 37℃ GenBank 序列号 HM058961

IMAU80800 ←LABCC G70-4. 分离源：甘肃省录曲县晒银滩乡一队 酸牦牛奶. 分离时间：2009 年. 培养基 0006, 37℃ GenBank 序列号 HM058965

IMAU80814 ←LABCC G73-4. 分离源：甘肃省玛曲县阿万仓乡 乳清. 分离时间：2009 年. 培养基 0006, 37℃ GenBank 序列号 HM058978

IMAU80232 ←LABCC S1-3. 分离源：四川省阿坝州诺尔盖县 酸牦牛奶. 分离时间：2009 年. 培养基 0006, 37℃ GenBank 序列号 HM217971

Lactobacillus hamsteri (1 株) (Mitsuoka and Fujisawa, 1988) **哈氏乳杆菌**

IMAU70022 ←LABCC BM6303. 分离源：巴彦淖尔市临河区一苗树 酸粥. 分离时间：2008 年. 培养基 0006, 37℃ GenBank 序列号 GQ131138

Lactobacillus helveticus（**751** 株）（Bergey *et al.*，1925）瑞士乳杆菌

IMAU10001 ←LABCC AG10-1. 分离源：内蒙古锡林郭勒盟阿巴嘎旗 酸马奶. 分离时间：2002 年. 培养基 0006，37℃ GenBank 序列号 FJ749565

IMAU10002 ←LABCC AG10-2. 分离源：内蒙古锡林郭勒盟阿巴嘎旗 酸马奶. 分离时间：2002 年. 培养基 0006，37℃ GenBank 序列号 FJ749566

IMAU10026 ←LABCC XL1-2. 分离源：内蒙古锡林郭勒盟正蓝旗 酸马奶. 分离时间：2002 年. 培养基 0006，37℃ GenBank 序列号 FJ749586

IMAU10027 ←LABCC XL1-3. 分离源：内蒙古锡林郭勒盟正蓝旗 酸马奶. 分离时间：2002 年. 培养基 0006，37℃ GenBank 序列号 FJ749587

IMAU10028 ←LABCC XL3-1. 分离源：内蒙古锡林郭勒盟 酸马奶. 分离时间：2002 年. 培养基 0006，37℃ GenBank 序列号 FJ749588

IMAU10029 ←LABCC XL5-1. 分离源：内蒙古锡林郭勒盟 酸马奶. 分离时间：2002 年. 培养基 0006，37℃ GenBank 序列号 FJ749589

IMAU10030 ←LABCC XL5-2. 分离源：内蒙古锡林郭勒盟 酸马奶. 分离时间：2002 年. 培养基 0006，37℃ GenBank 序列号 FJ749590

IMAU10031 ←LABCC XL5-3. 分离源：内蒙古锡林郭勒盟 酸马奶. 分离时间：2002 年. 培养基 0006，37℃ GenBank 序列号 FJ749591

IMAU10033 ←LABCC XM2-2. 分离源：内蒙古锡林郭勒盟 酸马奶. 分离时间：2002 年. 培养基 0006，37℃ GenBank 序列号 FJ749592

IMAU10034 ←LABCC XM2-3. 分离源：内蒙古锡林郭勒盟 酸马奶. 分离时间：2002 年. 培养基 0006，37℃ GenBank 序列号 FJ749593

IMAU10049 ←LABCC ZL4-1. 分离源：内蒙古锡林郭勒盟正蓝旗 酸马奶. 分离时间：2002 年. 培养基 0006，37℃ GenBank 序列号 FJ749602

IMAU10050 ←LABCC ZL4-2. 分离源：内蒙古锡林郭勒盟正蓝旗 酸马奶. 分离时间：2002 年. 培养基 0006，37℃ GenBank 序列号 FJ749603

IMAU10089 ←LABCC WH4-2-1. 分离源：内蒙古巴彦淖尔盟乌拉特中旗 酸牛奶. 分离时间：2002 年. 培养基 0006，37℃ GenBank 序列号 FJ915745

IMAU10096 ←LABCC WH17-2-1. 分离源：内蒙古巴彦淖尔盟乌拉特中旗 混合奶酪. 分离时间：2002 年. 培养基 0006，37℃ GenBank 序列号 FJ915752

IMAU10136 ←LABCC WZ35-2-1. 分离源：内蒙古巴彦淖尔盟乌拉特中旗 鲜山羊奶. 分离时间：2002 年. 培养基 0006，37℃ GenBank 序列号 FJ915792

IMAU10138 ←LABCC WH4-2-2. 分离源：内蒙古巴彦淖尔市乌拉特中旗 酸牛奶. 分离时间：2002 年. 培养基 0006，37℃ GenBank 序列号 FJ915794

IMAU10139 ←LABCC WH5-2-1. 分离源：内蒙古巴彦淖尔市乌拉特中旗 酸牛奶．分离时间：2002 年．培养基 0006，37℃ GenBank 序列号 FJ915795

IMAU10142 ←LABCC WH11-2. 分离源：内蒙古巴彦淖尔市乌拉特中旗 酸山羊奶．分离时间：2002 年．培养基 0006，37℃ GenBank 序列号 FJ915798

IMAU10146 ←LABCC WH13-2-2. 分离源：内蒙古巴彦淖尔市乌拉特中旗 鲜山羊奶酪．分离时间：2002 年．培养基 0006，37℃ GenBank 序列号 FJ915802

IMAU10149 ←LABCC WH17-1-1. 分离源：内蒙古巴彦淖尔市乌拉特中旗 混合奶酪．分离时间：2002 年．培养基 0006，37℃ GenBank 序列号 FJ915805

IMAU10153 ←LABCC WH24-2-1. 分离源：内蒙古巴彦淖尔市乌拉特中旗 混合奶酪．分离时间：2002 年．培养基 0006，37℃ GenBank 序列号 FJ915808

IMAU10157 ←LABCC WH24-1-2. 分离源：内蒙古巴彦淖尔市乌拉特中旗 鲜山羊奶．分离时间：2002 年．培养基 0006，37℃ GenBank 序列号 FJ915812

IMAU10158 ←LABCC WH25-2-2. 分离源：内蒙古巴彦淖尔市乌拉特中旗 鲜山羊奶．分离时间：2002 年．培养基 0006，37℃ GenBank 序列号 FJ915813

IMAU10201 ←LABCC LSHS2-2. 分离源：内蒙古呼和浩特市清水河县 酸面团．分离时间：2009 年．培养基 0006，37℃ GenBank 序列号 GU138529

IMAU10207 ←LABCC LSBM3-2. 分离源：内蒙古巴彦淖尔市磴口县 酸面团．分离时间：2009 年．培养基 0006，37℃ GenBank 序列号 GU138535

IMAU10204 ←LABCC LSHS2-5. 分离源：内蒙古呼和浩特市清水河县 酸面团．分离时间：2009 年．培养基 0006，37℃ GenBank 序列号 GU138532

IMAU10250 ←LABCC LSYM3-2. 分离源：内蒙古包头市达茂旗 酸面团．分离时间：2009 年．培养基 0006，37℃ GenBank 序列号 GU138578

IMAU10253 ←LABCC LSYM7-2. 分离源：内蒙古鄂尔多斯市杭锦旗 酸面团．分离时间：2009 年．培养基 0006，37℃ GenBank 序列号 GU138581

IMAU10254 ←LABCC LSYM7-1. 分离源：内蒙古鄂尔多斯市杭锦旗 酸面团．分离时间：2009 年．培养基 0006，37℃ GenBank 序列号 GU138582

IMAU10260 ←LABCC LSYM7-3. 分离源：内蒙古鄂尔多斯市杭锦旗 酸面团．分离时间：2009 年．培养基 0006，37℃ GenBank 序列号 GU138588

IMAU10298 ←LABCC NM3-1. 分离源：内蒙古锡林郭勒盟西乌珠穆沁旗巴拉嘎尔镇 酸牛奶．分离时间：2009 年．培养基 0006，37℃ GenBank 序列号 HM218024

IMAU10301 ←LABCC NM4-2. 分离源：内蒙古锡林郭勒盟西乌珠穆沁旗巴拉嘎尔镇 酸牛奶．分离时间：2009 年．培养基 0006，37℃ GenBank 序列号 HM218027

IMAU10304 ←LABCC NM5-1. 分离源：内蒙古锡林郭勒盟西乌珠穆沁旗巴拉嘎尔镇 酸牛奶．分离时间：2009 年．培养基 0006，37℃ GenBank 序列号 HM218030

IMAU10305 ←LABCC NM5-2. 分离源：内蒙古锡林郭勒盟西乌珠穆沁旗巴拉嘎尔镇酸牛奶. 分离时间：2009 年. 培养基 0006，37℃ GenBank 序列号 HM218031

IMAU10306 ←LABCC NM5-3. 分离源：内蒙古锡林郭勒盟西乌珠穆沁旗巴拉嘎尔镇酸牛奶. 分离时间：2009 年. 培养基 0006，37℃ GenBank 序列号 HM218032

IMAU10308 ←LABCC NM5-6. 分离源：内蒙古锡林郭勒盟西乌珠穆沁旗巴拉嘎尔镇酸牛奶. 分离时间：2009 年. 培养基 0006，37℃ GenBank 序列号 HM218034

IMAU10309 ←LABCC NM6-1. 分离源：内蒙古锡林郭勒盟西乌珠穆沁旗巴拉嘎尔镇酸牛奶. 分离时间：2009 年. 培养基 0006，37℃ GenBank 序列号 HM218035

IMAU10310 ←LABCC NM6-2. 分离源：内蒙古锡林郭勒盟西乌珠穆沁旗巴拉嘎尔镇酸牛奶. 分离时间：2009 年. 培养基 0006，37℃ GenBank 序列号 HM218036

IMAU10311 ←LABCC NM6-3. 分离源：内蒙古锡林郭勒盟西乌珠穆沁旗巴拉嘎尔镇酸牛奶. 分离时间：2009 年. 培养基 0006，37℃ GenBank 序列号 HM218037

IMAU10313 ←LABCC NM6-5. 分离源：内蒙古锡林郭勒盟西乌珠穆沁旗巴拉嘎尔镇酸牛奶. 分离时间：2009 年. 培养基 0006，37℃ GenBank 序列号 HM218039

IMAU10314 ←LABCC NM6-6. 分离源：内蒙古锡林郭勒盟西乌珠穆沁旗巴拉嘎尔镇酸牛奶. 分离时间：2009 年. 培养基 0006，37℃ GenBank 序列号 HM218040

IMAU10321 ←LABCC NM9-6. 分离源：内蒙古锡林郭勒盟东乌珠穆沁旗 酸牛奶. 分离时间：2009 年. 培养基 0006，37℃ GenBank 序列号 HM218047

IMAU10348 ←LABCC NM15-1. 分离源：内蒙古呼伦贝尔盟新巴尔虎左旗额布日宝力格苏木萨茹拉图雅嘎查 酸牛奶. 分离时间：2009 年. 培养基 0006，37℃ GenBank 序列号 HM218074

IMAU10349 ←LABCC NM15-2. 分离源：内蒙古呼伦贝尔盟新巴尔虎左旗额布日宝力格苏木萨茹拉图雅嘎查 酸牛奶. 分离时间：2009 年. 培养基 0006，37℃ GenBank 序列号 HM218075

IMAU10352 ←LABCC NM15-5. 分离源：内蒙古呼伦贝尔盟新巴尔虎左旗额布日宝力格苏木萨茹拉图雅嘎查 酸牛奶. 分离时间：2009 年. 培养基 0006，37℃ GenBank 序列号 HM218078

IMAU10353 ←LABCC NM16-1. 分离源：内蒙古呼伦贝尔盟新巴尔虎左旗额布日宝力格苏木萨茹拉图雅嘎查 酸牛奶. 分离时间：2009 年. 培养基 0006，37℃ GenBank 序列号 HM218079

IMAU10354 ←LABCC NM16-2. 分离源：内蒙古呼伦贝尔盟新巴尔虎左旗额布日宝力格苏木萨茹拉图雅嘎查 酸牛奶. 分离时间：2009 年. 培养基 0006，37℃ GenBank 序列号 HM218080

IMAU10355 ←LABCC NM16-3. 分离源：内蒙古呼伦贝尔盟新巴尔虎左旗额布日

宝力格苏木萨茹拉图雅嘎查 酸牛奶．分离时间：2009 年．培养基 0006，37℃ GenBank 序列号 HM218081

IMAU10357 ←LABCC NM17-1. 分离源：内蒙古呼伦贝尔盟新巴尔虎左旗额布日宝力格苏木萨茹拉图雅嘎查 酸牛奶．分离时间：2009 年．培养基 0006，37℃ GenBank 序列号 HM218083

IMAU10358 ←LABCC NM17-2. 分离源：内蒙古呼伦贝尔盟新巴尔虎左旗额布日宝力格苏木萨茹拉图雅嘎查 酸牛奶．分离时间：2009 年．培养基 0006，37℃ GenBank 序列号 HM218084

IMAU10359 ←LABCC NM17-3. 分离源：内蒙古呼伦贝尔盟新巴尔虎左旗额布日宝力格苏木萨茹拉图雅嘎查 酸牛奶．分离时间：2009 年．培养基 0006，37℃ GenBank 序列号 HM218085

IMAU10361 ←LABCC NM17-6. 分离源：内蒙古呼伦贝尔盟新巴尔虎左旗额布日宝力格苏木萨茹拉图雅嘎查 酸牛奶．分离时间：2009 年．培养基 0006，37℃ GenBank 序列号 HM218087

IMAU10362 ←LABCC NM18-2. 分离源：内蒙古呼伦贝尔盟新巴尔虎左旗额布日宝力格苏木萨茹拉图雅嘎查 酸牛奶．分离时间：2009 年．培养基 0006，37℃ GenBank 序列号 HM218088

IMAU10363 ←LABCC NM18-3. 分离源：内蒙古呼伦贝尔盟新巴尔虎左旗额布日宝力格苏木萨茹拉图雅嘎查 酸牛奶．分离时间：2009 年．培养基 0006，37℃ GenBank 序列号 HM218089

IMAU10364 ←LABCC NM18-4. 分离源：内蒙古呼伦贝尔盟新巴尔虎左旗额布日宝力格苏木萨茹拉图雅嘎查 酸牛奶．分离时间：2009 年．培养基 0006，37℃ GenBank 序列号 HM218090

IMAU10366 ←LABCC NM19-1. 分离源：内蒙古呼伦贝尔盟新巴尔虎左旗额布日宝力格苏木萨茹拉图雅嘎查 酸牛奶．分离时间：2009 年．培养基 0006，37℃ GenBank 序列号 HM218092

IMAU10367 ←LABCC NM19-2. 分离源：内蒙古呼伦贝尔盟新巴尔虎左旗额布日宝力格苏木萨茹拉图雅嘎查 酸牛奶．分离时间：2009 年．培养基 0006，37℃ GenBank 序列号 HM218093

IMAU10369 ←LABCC NM19-4. 分离源：内蒙古呼伦贝尔盟新巴尔虎左旗额布日宝力格苏木萨茹拉图雅嘎查 酸牛奶．分离时间：2009 年．培养基 0006，37℃ GenBank 序列号 HM218095

IMAU10371 ←LABCC NM20-1. 分离源：内蒙古呼伦贝尔盟新巴尔虎左旗额布日宝力格苏木萨茹拉图雅嘎查 酸牛奶．分离时间：2009 年．培养基 0006，

37℃ GenBank 序列号 HM218097

IMAU10377 ←LABCC NM21-2. 分离源：内蒙古呼伦贝尔盟新巴尔虎左旗额布日宝力格苏木萨茹拉图雅嘎查 酸牛奶．分离时间：2009 年．培养基 0006，37℃ GenBank 序列号 HM218102

IMAU10381 ←LABCC NM22-1. 分离源：内蒙古呼伦贝尔盟新巴尔虎左旗额布日宝力格苏木萨茹拉图雅嘎查 酸牛奶．分离时间：2009 年．培养基 0006，37℃ GenBank 序列号 HM218106

IMAU10384 ←LABCC NM22-4. 分离源：内蒙古呼伦贝尔盟新巴尔虎左旗额布日宝力格苏木萨茹拉图雅嘎查 酸牛奶．分离时间：2009 年．培养基 0006，37℃ GenBank 序列号 HM218109

IMAU10390 ←LABCC NM23-6. 分离源：内蒙古呼伦贝尔盟新巴尔虎左旗额布日宝力格苏木萨茹拉图雅嘎查 酸牛奶．分离时间：2009 年．培养基 0006，37℃ GenBank 序列号 HM218115

IMAU10391 ←LABCC NM24-1. 分离源：内蒙古呼伦贝尔盟新巴尔虎左旗额布日宝力格苏木萨茹拉图雅嘎查 酸牛奶．分离时间：2009 年．培养基 0006，37℃ GenBank 序列号 HM218116

IMAU10394 ←LABCC NM24-4. 分离源：内蒙古呼伦贝尔盟新巴尔虎左旗额布日宝力格苏木萨茹拉图雅嘎查 酸牛奶．分离时间：2009 年．培养基 0006，37℃ GenBank 序列号 HM218119

IMAU10466 ←LABCC NM41-1. 分离源：内蒙古呼伦贝尔盟新巴尔虎左旗阿木古楞镇布利亚特艾力 酸牛奶．分离时间：2009 年．培养基 0006，37℃ GenBank 序列号 HM218191

IMAU10467 ←LABCC NM41-2. 分离源：内蒙古呼伦贝尔盟新巴尔虎左旗阿木古楞镇布利亚特艾力 酸牛奶．分离时间：2009 年．培养基 0006，37℃ GenBank 序列号 HM218192

IMAU10468 ←LABCC NM41-3. 分离源：内蒙古呼伦贝尔盟新巴尔虎左旗阿木古楞镇布利亚特艾力 酸牛奶．分离时间：2009 年．培养基 0006，37℃ GenBank 序列号 HM218193

IMAU10469 ←LABCC NM42-1. 分离源：内蒙古呼伦贝尔盟新巴尔虎左旗阿木古楞镇布利亚特艾力 酸牛奶．分离时间：2009 年．培养基 0006，37℃ GenBank 序列号 HM218194

IMAU10470 ←LABCC NM42-2. 分离源：内蒙古呼伦贝尔盟新巴尔虎左旗阿木古楞镇布利亚特艾力 酸牛奶．分离时间：2009 年．培养基 0006，37℃ GenBank 序列号 HM218195

IMAU10471 ←LABCC NM42-3. 分离源：内蒙古呼伦贝尔盟新巴尔虎左旗阿木古楞镇布利亚特艾力 酸牛奶. 分离时间：2009 年. 培养基 0006，37℃ Gen-Bank 序列号 HM218196

IMAU10472 ←LABCC NM43-1. 分离源：内蒙古呼伦贝尔盟新巴尔虎左旗阿木古楞镇布利亚特艾力 酸牛奶. 分离时间：2009 年. 培养基 0006，37℃ Gen-Bank 序列号 HM218197

IMAU10473 ←LABCC NM43-2. 分离源：内蒙古呼伦贝尔盟新巴尔虎左旗阿木古楞镇布利亚特艾力 酸牛奶. 分离时间：2009 年. 培养基 0006，37℃ Gen-Bank 序列号 HM218198

IMAU10474 ←LABCC NM43-3. 分离源：内蒙古呼伦贝尔盟新巴尔虎左旗阿木古楞镇布利亚特艾力 酸牛奶. 分离时间：2009 年. 培养基 0006，37℃ Gen-Bank 序列号 HM218199

IMAU10475 ←LABCC NM43-5. 分离源：内蒙古呼伦贝尔盟新巴尔虎左旗阿木古楞镇布利亚特艾力 酸牛奶. 分离时间：2009 年. 培养基 0006，37℃ Gen-Bank 序列号 HM218200

IMAU10477 ←LABCC NM44-2. 分离源：内蒙古呼伦贝尔盟新巴尔虎左旗阿木古楞镇布利亚特艾力 酸牛奶. 分离时间：2009 年. 培养基 0006，37℃ Gen-Bank 序列号 HM218202

IMAU10478 ←LABCC NM44-3. 分离源：内蒙古呼伦贝尔盟新巴尔虎左旗阿木古楞镇布利亚特艾力 酸牛奶. 分离时间：2009 年. 培养基 0006，37℃ Gen-Bank 序列号 HM218203

IMAU10479 ←LABCC NM44-4. 分离源：内蒙古呼伦贝尔盟新巴尔虎左旗阿木古楞镇布利亚特艾力 酸牛奶. 分离时间：2009 年. 培养基 0006，37℃ Gen-Bank 序列号 HM218204

IMAU10495 ←LABCC NM49-1. 分离源：内蒙古呼伦贝尔盟新巴尔虎左旗阿木楞镇锡林艾力 酸牛奶. 分离时间：2009 年. 培养基 0006，37℃ GenBank 序列号 HM218220

IMAU10496 ←LABCC NM49-2. 分离源：内蒙古呼伦贝尔盟新巴尔虎左旗阿木楞镇锡林艾力 酸牛奶. 分离时间：2009 年. 培养基 0006，37℃ GenBank 序列号 HM218221

IMAU10498 ←LABCC NM50-1. 分离源：内蒙古呼伦贝尔盟新巴尔虎左旗阿木楞镇锡林艾力 酸马奶. 分离时间：2009 年. 培养基 0006，37℃ GenBank 序列号 HM218223

IMAU10499 ←LABCC NM50-2. 分离源：内蒙古呼伦贝尔盟新巴尔虎左旗阿木楞

镇锡林艾力 酸马奶. 分离时间：2009 年. 培养基 0006，37℃ GenBank 序列
　　号 HM218224

IMAU10501 ←LABCC NM51-1. 分离源：内蒙古呼伦贝尔盟新巴尔虎左旗楞镇锡
　　林艾力 酸马奶. 分离时间：2009 年. 培养基 0006，37℃ GenBank 序列
　　号 HM218226

IMAU10503 ←LABCC NM51-3. 分离源：内蒙古呼伦贝尔盟新巴尔虎左旗阿木楞
　　镇锡林艾力 酸马奶. 分离时间：2009 年. 培养基 0006，37℃ GenBank 序列
　　号 HM218228

IMAU10504 ←LABCC NM52-1. 分离源：内蒙古呼伦贝尔盟新巴尔虎左旗楞镇锡
　　林艾力 酸马奶. 分离时间：2009 年. 培养基 0006，37℃ GenBank 序列
　　号 HM218229

IMAU10505 ←LABCC NM52-2. 分离源：内蒙古呼伦贝尔盟新巴尔虎左旗楞镇锡
　　林艾力 酸马奶. 分离时间：2009 年. 培养基 0006，37℃ GenBank 序列
　　号 HM218230

IMAU10508 ←LABCC NM53-1. 分离源：内蒙古呼伦贝尔盟新巴尔虎左旗查干镇
　　伊和乌拉嘎查 酸马奶. 分离时间：2009 年. 培养基 0006，37℃ GenBank 序
　　列号 HM218233

IMAU10513 ←LABCC NM54-1. 分离源：内蒙古呼伦贝尔盟新巴尔虎左旗查干镇
　　伊和乌拉嘎查 酸马奶. 分离时间：2009 年. 培养基 0006，37℃ GenBank 序
　　列号 HM218238

IMAU10515 ←LABCC NM55-1. 分离源：内蒙古呼伦贝尔盟新巴尔虎左旗查干镇
　　伊和乌拉嘎查 酸马奶. 分离时间：2009 年. 培养基 0006，37℃ GenBank 序
　　列号 HM218240

IMAU10516 ←LABCC NM55-2. 分离源：内蒙古呼伦贝尔盟新巴尔虎左旗查干镇
　　伊和乌拉嘎查 酸马奶. 分离时间：2009 年. 培养基 0006，37℃ GenBank 序
　　列号 HM218241

IMAU10517 ←LABCC NM55-3. 分离源：内蒙古呼伦贝尔盟新巴尔虎左旗查干镇
　　伊和乌拉嘎查 酸马奶. 分离时间：2009 年. 培养基 0006，37℃ GenBank 序
　　列号 HM218242

IMAU10518 ←LABCC NM56-1. 分离源：内蒙古呼伦贝尔盟新巴尔虎左旗查干镇
　　伊和乌拉嘎查 酸马奶. 分离时间：2009 年. 培养基 0006，37℃ GenBank 序
　　列号 HM218243

IMAU10565 ←LABCC NM65-1. 分离源：内蒙古呼伦贝尔盟陈旗巴彦库仁镇特尼
　　格尔蒙古艾力 酸马奶. 分离时间：2009 年. 培养基 0006，37℃ GenBank 序

列号 HM218290

IMAU10571 ←LABCC NM66-2. 分离源：内蒙古呼伦贝尔盟陈旗巴彦库仁镇特尼格尔蒙古艾力 酸马奶. 分离时间：2009 年. 培养基 0006，37℃ GenBank 序列号 HM218296

IMAU10575 ←LABCC NM66-6. 分离源：内蒙古呼伦贝尔盟陈旗巴彦库仁镇特尼格尔蒙古艾力 酸马奶. 分离时间：2009 年. 培养基 0006，37℃ GenBank 序列号 HM218300

IMAU10577 ←LABCC NM67-2. 分离源：内蒙古呼伦贝尔盟陈旗巴彦库仁镇特尼格尔蒙古艾力 酸马奶. 分离时间：2009 年. 培养基 0006，37℃ GenBank 序列号 HM218302

IMAU10589 ←LABCC NM69-1. 分离源：内蒙古呼伦贝尔盟海拉尔市①号 H1 酸马奶. 分离时间：2009 年. 培养基 0006，37℃ GenBank 序列号 HM218313

IMAU10590 ←LABCC NM69-2. 分离源：内蒙古呼伦贝尔盟海拉尔市①号 H1 酸马奶. 分离时间：2009 年. 培养基 0006，37℃ GenBank 序列号 HM218314

IMAU10592 ←LABCC NM69-4. 分离源：内蒙古呼伦贝尔盟海拉尔市①号 H1 酸马奶. 分离时间：2009 年. 培养基 0006，37℃ GenBank 序列号 HM218316

IMAU10593 ←LABCC NM69-6. 分离源：内蒙古呼伦贝尔盟海拉尔市①号 H1 酸马奶. 分离时间：2009 年. 培养基 0006，37℃ GenBank 序列号 HM218317

IMAU10594 ←LABCC NM70-1. 分离源：内蒙古呼伦贝尔盟海拉尔市①号 H1 酸马奶. 分离时间：2009 年. 培养基 0006，37℃ GenBank 序列号 HM218318

IMAU10595 ←LABCC NM70-2. 分离源：内蒙古呼伦贝尔盟海拉尔市①号 H1 酸马奶. 分离时间：2009 年. 培养基 0006，37℃ GenBank 序列号 HM218319

IMAU10597 ←LABCC NM70-4. 分离源：内蒙古呼伦贝尔盟海拉尔市①号 H1 酸马奶. 分离时间：2009 年. 培养基 0006，37℃ GenBank 序列号 HM218321

IMAU10598 ←LABCC NM70-5. 分离源：内蒙古呼伦贝尔盟海拉尔市①号 H1 酸马奶. 分离时间：2009 年. 培养基 0006，37℃ GenBank 序列号 HM218322

IMAU10599 ←LABCC NM71-1. 分离源：内蒙古呼伦贝尔盟海拉尔市①号 H1 酸马奶. 分离时间：2009 年. 培养基 0006，37℃ GenBank 序列号 HM218323

IMAU10600 ←LABCC NM71-2. 分离源：内蒙古呼伦贝尔盟海拉尔市①号 H1 酸马奶. 分离时间：2009 年. 培养基 0006，37℃ GenBank 序列号 HM218324

IMAU10603 ←LABCC NM71-6. 分离源：内蒙古呼伦贝尔盟海拉尔市①号 H1 酸马奶. 分离时间：2009 年. 培养基 0006，37℃ GenBank 序列号 HM218327

IMAU10605 ←LABCC NM72-1. 分离源：内蒙古呼伦贝尔盟海拉尔市①号 H1 酸马奶. 分离时间：2009 年. 培养基 0006，37℃ GenBank 序列号 HM218329

IMAU10606 ←LABCC NM72-2. 分离源：内蒙古呼伦贝尔盟海拉尔市①号 H1 酸
　　马奶. 分离时间：2009 年. 培养基 0006，37℃ GenBank 序列号 HM218330

IMAU10609 ←LABCC NM72-7. 分离源：内蒙古呼伦贝尔盟海拉尔市①号 H1 酸
　　马奶. 分离时间：2009 年. 培养基 0006，37℃ GenBank 序列号 HM218333

IMAU10665 ←LABCC NM93-3. 分离源：内蒙古呼伦贝尔盟阿鲁科尔沁旗天山镇
　　图雅（阿旗天山镇）酸马奶. 分离时间：2009 年. 培养基 0006，37℃ Gen-
　　Bank 序列号 HM218388

IMAU10667 ←LABCC NM93-5. 分离源：内蒙古呼伦贝尔盟阿鲁科尔沁旗天山镇
　　图雅（阿旗天山镇）酸马奶. 分离时间：2009 年. 培养基 0006，37℃ Gen-
　　Bank 序列号 HM218390

IMAU10668 ←LABCC NM93-6. 分离源：内蒙古呼伦贝尔盟阿鲁科尔沁旗天山镇
　　图雅（阿旗天山镇）酸马奶. 分离时间：2009 年. 培养基 0006，37℃ Gen-
　　Bank 序列号 HM218391

IMAU10670 ←LABCC NM94-2. 分离源：内蒙古呼伦贝尔盟阿鲁科尔沁旗天山镇
　　图雅（阿旗天山镇）酸马奶. 分离时间：2009 年. 培养基 0006，37℃ Gen-
　　Bank 序列号 HM218393

IMAU10671 ←LABCC NM94-3. 分离源：内蒙古呼伦贝尔盟阿鲁科尔沁旗天山镇
　　图雅（阿旗天山镇）酸马奶. 分离时间：2009 年. 培养基 0006，37℃ Gen-
　　Bank 序列号 HM218394

IMAU10691 ←LABCC NM98-4. 分离源：内蒙古呼伦贝尔盟阿鲁科尔沁旗天山
　　（阿尔科尔沁都腾苏木）酸马奶. 分离时间：2009 年. 培养基 0006，37℃
　　GenBank 序列号 HM218413

IMAU10693 ←LABCC NM98-6. 分离源：内蒙古呼伦贝尔盟阿鲁科尔沁旗天山
　　（阿尔科尔沁都腾苏木）酸马奶. 分离时间：2009 年. 培养基 0006，37℃
　　GenBank 序列号 HM218415

IMAU10695 ←LABCC NM99-2. 分离源：内蒙古呼伦贝尔盟阿鲁科尔沁旗天山
　　（阿尔科尔沁都腾苏木）酸马奶. 分离时间：2009 年. 培养基 0006，37℃
　　GenBank 序列号 HM218417

IMAU10697 ←LABCC NM100-1. 分离源：内蒙古呼伦贝尔盟阿鲁科尔沁旗天山
　　（阿尔科尔沁都腾苏木）酸马奶. 分离时间：2009 年. 培养基 0006，37℃
　　GenBank 序列号 HM218419

IMAU10700 ←LABCC NM101-2. 分离源：内蒙古呼伦贝尔盟阿鲁科尔沁旗天山 纯净
　　奶. 分离时间：2009 年. 培养基 0006，37℃ GenBank 序列号 HM218422

IMAU10672 ←LABCC NM94-4. 分离源：内蒙古呼伦贝尔盟阿鲁科尔沁旗天山镇

图雅（阿旗天山镇）酸马奶．分离时间：2009 年．培养基 0006，37℃ Gen-
Bank 序列号 HM218395

IMAU10676 ←LABCC NM95-2．分离源：内蒙古呼伦贝尔盟阿鲁科尔沁旗天山镇
图雅（阿旗天山镇）酸马奶．分离时间：2009 年．培养基 0006，37℃ Gen-
Bank 序列号 HM218399

IMAU10677 ←LABCC NM95-3．分离源：内蒙古呼伦贝尔盟阿鲁科尔沁旗天山镇
图雅（阿旗天山镇）酸马奶．分离时间：2009 年．培养基 0006，37℃ Gen-
Bank 序列号 HM218400

IMAU10678 ←LABCC NM95-4．分离源：内蒙古呼伦贝尔盟阿鲁科尔沁旗天山镇
图雅（阿旗天山镇）酸马奶．分离时间：2009 年．培养基 0006，37℃ Gen-
Bank 序列号 HM218401

IMAU10681 ←LABCC NM96-2．分离源：内蒙古呼伦贝尔盟阿鲁科尔沁旗天山镇
图雅（阿旗天山镇）酸马奶．分离时间：2009 年．培养基 0006，37℃ Gen-
Bank 序列号 HM218404

IMAU10682 ←LABCC NM96-3．分离源：内蒙古呼伦贝尔盟阿鲁科尔沁旗天山镇
图雅（阿旗天山镇）酸马奶．分离时间：2009 年．培养基 0006，37℃ Gen-
Bank 序列号 HM218405

IMAU10686 ←LABCC NM97-2．分离源：内蒙古呼伦贝尔盟阿鲁科尔沁旗天山
（阿尔科尔沁都腾苏木）酸马奶．分离时间：2009 年．培养基 0006，37℃
GenBank 序列号 HM218409

IMAU10703 ←LABCC NM101-5．分离源：内蒙古呼伦贝尔盟阿鲁科尔沁旗天山 纯净
奶．分离时间：2009 年．培养基 0006，37℃ GenBank 序列号 HM218425

IMAU10708 ←LABCC NM102-2．分离源：内蒙古阿鲁科尔沁旗天山镇 酸牛奶．
分离时间：2009 年．培养基 0006，37℃ GenBank 序列号 HM218430

IMAU10709 ←LABCC NM102-3．分离源：内蒙古阿鲁科尔沁旗天山镇 酸牛奶．
分离时间：2009 年．培养基 0006，37℃ GenBank 序列号 HM218431

IMAU10711 ←LABCC NM102-5．分离源：内蒙古阿鲁科尔沁旗天山镇 酸牛奶．
分离时间：2009 年．培养基 0006，37℃ GenBank 序列号 HM218433

IMAU10714 ←LABCC NM103-1．分离源：内蒙古阿鲁科尔沁旗天山镇 酸牛奶．
分离时间：2009 年．培养基 0006，37℃ GenBank 序列号 HM218436

IMAU10717 ←LABCC NM103-4．分离源：内蒙古阿鲁科尔沁旗天山镇 酸牛奶．
分离时间：2009 年．培养基 0006，37℃ GenBank 序列号 HM218439

IMAU10721 ←LABCC NM104-1．分离源：内蒙古阿鲁科尔沁旗天山镇 酸牛奶．
分离时间：2009 年．培养基 0006，37℃ GenBank 序列号 HM218443

IMAU10724 ←LABCC NM104-4. 分离源：内蒙古阿鲁科尔沁旗天山镇 酸牛奶.
　　分离时间：2009 年. 培养基 0006, 37℃ GenBank 序列号 HM218446

IMAU10727 ←LABCC NM104-7. 分离源：内蒙古阿鲁科尔沁旗天山镇 酸牛奶.
　　分离时间：2009 年. 培养基 0006, 37℃ GenBank 序列号 HM218449

IMAU10729 ←LABCC NM105-2. 分离源：内蒙古巴林右旗巴彦温度尔苏木 酸牛
　　奶. 分离时间：2009 年. 培养基 0006, 37℃ GenBank 序列号 HM218451

IMAU10732 ←LABCC NM105-5. 分离源：内蒙古巴林右旗巴彦温度尔苏木 酸牛
　　奶. 分离时间：2009 年. 培养基 0006, 37℃ GenBank 序列号 HM218454

IMAU10734 ←LABCC NM106-2. 分离源：内蒙古巴林右旗巴彦温度尔苏木 酸牛
　　奶. 分离时间：2009 年. 培养基 0006, 37℃ GenBank 序列号 HM218456

IMAU10735 ←LABCC NM106-3. 分离源：内蒙古巴林右旗巴彦温度尔苏木 酸牛
　　奶. 分离时间：2009 年. 培养基 0006, 37℃ GenBank 序列号 HM218457

IMAU10738 ←LABCC NM106-6. 分离源：内蒙古巴林右旗巴彦温度尔苏木 酸牛
　　奶. 分离时间：2009 年. 培养基 0006, 37℃ GenBank 序列号 HM218460

IMAU10740 ←LABCC NM107-2. 分离源：内蒙古巴林右旗巴彦温度尔苏木 酸牛
　　奶. 分离时间：2009 年. 培养基 0006, 37℃ GenBank 序列号 HM218462

IMAU10741 ←LABCC NM107-3. 分离源：内蒙古巴林右旗巴彦温度尔苏木 酸牛
　　奶. 分离时间：2009 年. 培养基 0006, 37℃ GenBank 序列号 HM218463

IMAU10745 ←LABCC NM108-2. 分离源：内蒙古巴林右旗巴彦温度尔苏木 酸牛
　　奶. 分离时间：2009 年. 培养基 0006, 37℃ GenBank 序列号 HM218467

IMAU10746 ←LABCC NM108-3. 分离源：内蒙古巴林右旗巴彦温度尔苏木 酸牛
　　奶. 分离时间：2009 年. 培养基 0006, 37℃ GenBank 序列号 HM218468

IMAU10748 ←LABCC NM108-6. 分离源：内蒙古巴林右旗巴彦温度尔苏木 酸牛
　　奶. 分离时间：2009 年. 培养基 0006, 37℃ GenBank 序列号 HM218470

IMAU10754 ←LABCC NM117-5. 分离源：内蒙古巴林右旗巴彦温度尔苏木 酸牛
　　奶. 分离时间：2009 年. 培养基 0006, 37℃ GenBank 序列号 HM218476

IMAU10761 ←LABCC NM119-1. 分离源：内蒙古巴林右旗巴彦温度尔苏木 酸牛
　　奶. 分离时间：2009 年. 培养基 0006, 37℃ GenBank 序列号 HM218483

IMAU10781 ←LABCC NM123-4. 分离源：内蒙古巴林右旗巴彦温度尔苏木 酸牛
　　奶. 分离时间：2009 年. 培养基 0006, 37℃ GenBank 序列号 HM218502

IMAU10817 ←LABCC NM135-1. 分离源：内蒙古巴林右旗巴彦温度尔苏木 酸牛
　　奶. 分离时间：2009 年. 培养基 0006, 37℃ GenBank 序列号 HM218534

IMAU10820 ←LABCC NM135-4. 分离源：内蒙古巴林右旗巴彦温度尔苏木 酸牛
　　奶. 分离时间：2009 年. 培养基 0006, 37℃ GenBank 序列号 HM218537

IMAU10824 ←LABCC NM136-2. 分离源：内蒙古巴林右旗巴彦温度尔苏木 酸牛奶. 分离时间：2009 年. 培养基 0006，37℃ GenBank 序列号 HM218541

IMAU10825 ←LABCC NM136-4. 分离源：内蒙古巴林右旗巴彦温度尔苏木 酸牛奶. 分离时间：2009 年. 培养基 0006，37℃ GenBank 序列号 HM218542

IMAU10849 ←LABCC NM141-2. 分离源：内蒙古巴林右旗大板镇西拉木伦嘎查照日格 酸牛奶. 分离时间：2009 年. 培养基 0006，37℃ GenBank 序列号 HM218560

IMAU10858 ←LABCC NM143-4. 分离源：内蒙古巴林右旗大板镇西拉木伦嘎查 酸牛奶. 分离时间：2009 年. 培养基 0006，37℃ GenBank 序列号 HM218568

IMAU10902 ←LABCC NM155-2. 分离源：内蒙古巴林右旗大板镇西拉木伦嘎查 酸牛奶. 分离时间：2009 年. 培养基 0006，37℃ GenBank 序列号 HM218610

IMAU10904 ←LABCC NM155-4. 分离源：内蒙古巴林右旗大板镇西拉木伦嘎查 酸牛奶. 分离时间：2009 年. 培养基 0006，37℃ GenBank 序列号 HM218612

IMAU10905 ←LABCC NM155-5. 分离源：内蒙古巴林右旗大板镇西拉木伦嘎查 酸牛奶. 分离时间：2009 年. 培养基 0006，37℃ GenBank 序列号 HM218613

IMAU10908 ←LABCC NM155-8. 分离源：内蒙古巴林右旗大板镇西拉木伦嘎查 酸牛奶. 分离时间：2009 年. 培养基 0006，37℃ GenBank 序列号 HM218616

IMAU10909 ←LABCC NM156-1. 分离源：内蒙古巴林右旗大板镇西拉木伦嘎查 酸牛奶. 分离时间：2009 年. 培养基 0006，37℃ GenBank 序列号 HM218617

IMAU10911 ←LABCC NM156-3. 分离源：内蒙古巴林右旗大板镇西拉木伦嘎查 酸牛奶. 分离时间：2009 年. 培养基 0006，37℃ GenBank 序列号 HM218619

IMAU10915 ←LABCC NM157-1. 分离源：内蒙古巴林右旗大板镇 酸牛奶. 分离时间：2009 年. 培养基 0006，37℃ GenBank 序列号 HM218623

IMAU10918 ←LABCC NM157-4. 分离源：内蒙古巴林右旗大板镇 酸牛奶. 分离时间：2009 年. 培养基 0006，37℃ GenBank 序列号 HM218626

IMAU10919 ←LABCC NM157-5. 分离源：内蒙古巴林右旗大板镇 酸牛奶. 分离时间：2009 年. 培养基 0006，37℃ GenBank 序列号 HM218627

IMAU10922 ←LABCC NM157-8. 分离源：内蒙古巴林右旗大板镇 酸牛奶. 分离时间：2009 年. 培养基 0006，37℃ GenBank 序列号 HM218630

IMAU10923 ←LABCC NM158-2. 分离源：内蒙古巴林右旗大板镇 酸牛奶. 分离时间：2009 年. 培养基 0006，37℃ GenBank 序列号 HM218631

IMAU10924 ←LABCC NM158-3. 分离源：内蒙古巴林右旗大板镇 酸牛奶. 分离时间：2009 年. 培养基 0006，37℃ GenBank 序列号 HM218632

IMAU10925 ←LABCC NM158-4. 分离源：内蒙古巴林右旗大板镇 酸牛奶. 分离

时间：2009 年．培养基 0006，37℃ GenBank 序列号 HM218633

IMAU10927 ←LABCC NM158-6．分离源：内蒙古巴林右旗大板镇 酸牛奶．分离
时间：2009 年．培养基 0006，37℃ GenBank 序列号 HM218635

IMAU10928 ←LABCC NM158-7．分离源：内蒙古巴林右旗大板镇 酸牛奶．分离
时间：2009 年．培养基 0006，37℃ GenBank 序列号 HM218636

IMAU10938 ←LABCC NM161-1．分离源：内蒙古巴林右旗大板镇 酸牛奶．分离
时间：2009 年．培养基 0006，37℃ GenBank 序列号 HM218645

IMAU10983 ←LABCC NM170-3．分离源：内蒙古巴林右旗大板镇 酸牛奶．分离
时间：2009 年．培养基 0006，37℃ GenBank 序列号 HM218687

IMAU11012 ←LABCC NM175-1．分离源：内蒙古巴林右旗大板镇 酸牛奶．分离
时间：2009 年．培养基 0006，37℃ GenBank 序列号 HM218713

IMAU11017 ←LABCC NM175-7．分离源：内蒙古巴林右旗大板镇 酸牛奶．分离
时间：2009 年．培养基 0006，37℃ GenBank 序列号 HM218718

IMAU11018 ←LABCC NM175-8．分离源：内蒙古巴林右旗大板镇 酸牛奶．分离
时间：2009 年．培养基 0006，37℃ GenBank 序列号 HM218719

IMAU11019 ←LABCC NM176-1．分离源：内蒙古巴林右旗大板镇 酸牛奶．分离
时间：2009 年．培养基 0006，37℃ GenBank 序列号 HM218720

IMAU11025 ←LABCC NM177-1．分离源：内蒙古巴林右旗大板镇 酸牛奶．分离
时间：2009 年．培养基 0006，37℃ GenBank 序列号 HM218726

IMAU11032 ←LABCC NM178-2．分离源：内蒙古巴林右旗大板镇 酸牛奶．分离
时间：2009 年．培养基 0006，37℃ GenBank 序列号 HM218733

IMAU11036 ←LABCC NM178-6．分离源：内蒙古巴林右旗大板镇 酸牛奶．分离
时间：2009 年．培养基 0006，37℃ GenBank 序列号 HM218737

IMAU11065 ←LABCC NM185-1．分离源：内蒙古锡盟蓝旗赛胡都格苏木 酸牛奶．
分离时间：2009 年．培养基 0006，37℃ GenBank 序列号 HM218766

IMAU11066 ←LABCC NM185-2．分离源：内蒙古锡盟蓝旗赛胡都格苏木 酸牛奶．
分离时间：2009 年．培养基 0006，37℃ GenBank 序列号 HM218767

IMAU11068 ←LABCC NM185-4．分离源：内蒙古锡盟蓝旗赛胡都格苏木 酸牛奶．
分离时间：2009 年．培养基 0006，37℃ GenBank 序列号 HM218769

IMAU20001 ←LABCC MG1-1．分离源：蒙古国乌兰巴托市周边地区 酸马奶．分
离时间：2002 年．培养基 0006，37℃ GenBank 序列号 FJ844933

IMAU20002 ←LABCC MG1-10．分离源：蒙古国乌兰巴托市周边地区 酸马奶．分
离时间：2002 年．培养基 0006，37℃ GenBank 序列号 FJ844934

IMAU20004 ←LABCC MG1-12．分离源：蒙古国乌兰巴托市周边地区 酸马奶．分

离时间：2002 年．培养基 0006，37℃ GenBank 序列号 FJ844935

IMAU20005 ←LABCC MG1-3. 分离源：蒙古国乌兰巴托市周边地区 酸马奶．分
离时间：2002 年．培养基 0006，37℃ GenBank 序列号 FJ844936

IMAU20006 ←LABCC MG1-4. 分离源：蒙古国乌兰巴托市周边地区 酸马奶．分
离时间：2002 年．培养基 0006，37℃ GenBank 序列号 FJ844937

IMAU20007 ←LABCC MG1-5. 分离源：蒙古国乌兰巴托市周边地区 酸马奶．分
离时间：2002 年．培养基 0006，37℃ GenBank 序列号 FJ844938

IMAU20010 ←LABCC MG1-8. 分离源：蒙古国乌兰巴托市周边地区 酸马奶．分
离时间：2002 年．培养基 0006，37℃ GenBank 序列号 FJ844940

IMAU20011 ←LABCC MG1-9. 分离源：蒙古国乌兰巴托市周边地区 酸马奶．分
离时间：2002 年．培养基 0006，37℃ GenBank 序列号 FJ844941

IMAU20012 ←LABCC MG2-1. 分离源：蒙古国乌兰巴托市周边地区 酸马奶．分
离时间：2002 年．培养基 0006，37℃ GenBank 序列号 FJ844942

IMAU20016 ←LABCC MG2-5. 分离源：蒙古国乌兰巴托市周边地区 酸马奶．分
离时间：2002 年．培养基 0006，37℃ GenBank 序列号 FJ844946

IMAU20017 ←LABCC MG2-6. 分离源：蒙古国乌兰巴托市周边地区 酸马奶．分
离时间：2002 年．培养基 0006，37℃ GenBank 序列号 FJ844947

IMAU20019 ←LABCC MG2-9. 分离源：蒙古国乌兰巴托市周边地区 酸马奶．分
离时间：2002 年．培养基 0006，37℃ GenBank 序列号 FJ844948

IMAU20021 ←LABCC MG3-2. 分离源：蒙古国乌兰巴托市周边地区 酸马奶．分
离时间：2002 年．培养基 0006，37℃ GenBank 序列号 FJ844950

IMAU20022 ←LABCC MG3-3. 分离源：蒙古国乌兰巴托市周边地区 酸马奶．分
离时间：2002 年．培养基 0006，37℃ GenBank 序列号 FJ844951

IMAU20023 ←LABCC MG3-4. 分离源：蒙古国乌兰巴托市周边地区 酸马奶．分
离时间：2002 年．培养基 0006，37℃ GenBank 序列号 FJ844952

IMAU20024 ←LABCC MG4-1. 分离源：蒙古国乌兰巴托市周边地区 酸马奶．分
离时间：2002 年．培养基 0006，37℃ GenBank 序列号 FJ844953

IMAU20025 ←LABCC MG4-2. 分离源：蒙古国乌兰巴托市周边地区 酸马奶．分
离时间：2002 年．培养基 0006，37℃ GenBank 序列号 FJ844954

IMAU20026 ←LABCC MG4-3. 分离源：蒙古国乌兰巴托市周边地区 酸马奶．分
离时间：2002 年．培养基 0006，37℃ GenBank 序列号 FJ844955

IMAU20027 ←LABCC MG4-4. 分离源：蒙古国乌兰巴托市周边地区 酸马奶．分
离时间：2002 年．培养基 0006，37℃ GenBank 序列号 FJ844956

IMAU20028 ←LABCC MG5-1. 分离源：蒙古国乌兰巴托市周边地区 酸马奶．分

离时间：2002 年. 培养基 0006, 37℃ GenBank 序列号 EF536362

IMAU20033 ←LABCC mgh10-6-1. 分离源：蒙古国前杭盖省塔日雅图 酸驼奶. 分离时间：2006 年. 培养基 0006, 37℃ GenBank 序列号 FJ844960

IMAU20034 ←LABCC mgh10-6-2. 分离源：蒙古国前杭盖省塔日雅图苏木 酸驼奶. 分离时间：2006 年. 培养基 0006, 37℃ GenBank 序列号 FJ641001

IMAU20035 ←LABCC mgh10-6-3. 分离源：蒙古国前杭盖省塔日雅图苏木 酸驼奶. 分离时间：2006 年. 培养基 0006, 37℃ GenBank 序列号 FJ641002

IMAU20036 ←LABCC mgh1-1. 分离源：蒙古国戈壁阿尔泰省比格尔苏木 酸驼奶. 分离时间：2006 年. 培养基 0006, 37℃ GenBank 序列号 FJ844961

IMAU20040 ←LABCC mgh12-1-1. 分离源：蒙古国前杭盖省塔日雅图苏木 酸驼奶. 分离时间：2006 年. 培养基 0006, 37℃ GenBank 序列号 FJ915621

IMAU20042 ←LABCC mgh12-1-2. 分离源：蒙古国前杭盖省塔日雅图苏木 酸驼奶. 分离时间：2006 年. 培养基 0006, 37℃ GenBank 序列号 FJ844966

IMAU20058 ←LABCC mgh15-4-2. 分离源：蒙古国前杭盖省阿尔拜何日苏木 酸驼奶. 分离时间：2006 年. 培养基 0006, 37℃ GenBank 序列号 FJ844975

IMAU20061 ←LABCC mgh16-4-2. 分离源：蒙古国前杭盖省朱恩乌兰苏木 酸驼奶. 分离时间：2006 年. 培养基 0006, 37℃ GenBank 序列号 FJ844977

IMAU20062 ←LABCC mgh17-1-1. 分离源：蒙古国前杭盖省朱恩乌兰苏木 酸驼奶. 分离时间：2006 年. 培养基 0005, 37℃ GenBank 序列号 FJ844978

IMAU20067 ←LABCC mgh2-3-1. 分离源：蒙古国戈壁阿尔泰省比格尔苏木 酸驼奶. 分离时间：2006 年. 培养基 0006, 37℃ GenBank 序列号 FJ640998

IMAU20074 ←LABCC mgh6-1-1. 分离源：蒙古国戈壁阿尔泰省 酸驼奶. 分离时间：2006 年. 培养基 0006, 37℃ GenBank 序列号 FJ641000

IMAU20076 ←LABCC mgh8-1-2-1. 分离源：蒙古国前杭盖省海尔汗苏木 酸驼奶. 分离时间：2006 年. 培养基 0006, 37℃ GenBank 序列号 FJ844985

IMAU20077 ←LABCC mgh8-3-2. 分离源：蒙古国前杭盖省海尔汗苏木 酸驼奶. 分离时间：2006 年. 培养基 0006, 37℃ GenBank 序列号 FJ844986

IMAU20078 ←LABCC mgh9-2. 分离源：蒙古国前杭盖省海尔汗苏木 酸驼奶. 分离时间：2006 年. 培养基 0006, 37℃ GenBank 序列号 FJ640999

IMAU20082 ←LABCC mgh14-3-2. 分离源：蒙古国阿尔拜何日苏木 酸驼奶. 分离时间：2006 年. 培养基 0006, 37℃ GenBank 序列号 FJ641003

IMAU20095 ←LABCC ML10-1. 分离源：蒙古国戈壁阿尔泰省 酸驼奶. 分离时间：2005 年. 培养基 0006, 37℃ GenBank 序列号 FJ844995

IMAU20098 ←LABCC ML8-2-2. 分离源：蒙古国戈壁阿尔泰省 酸驼奶. 分离时

间：2005 年．培养基 0006, 37℃ GenBank 序列号 FJ844998

IMAU20100 ←LABCC ML7-1. 分离源：蒙古国戈壁阿尔泰省 酸驼奶．分离时间：
2005 年．培养基 0006, 37℃ GenBank 序列号 FJ845000

IMAU20103 ←LABCC ML8-1. 分离源：蒙古国戈壁阿尔泰省 酸驼奶．分离时间：
2005 年．培养基 0006, 37℃ GenBank 序列号 FJ845003

IMAU20107 ←LABCC ML10-2. 分离源：蒙古国戈壁阿尔泰省 酸驼奶．分离时间：
2005 年．培养基 0006, 37℃ GenBank 序列号 FJ845006

IMAU20108 ←LABCC ML11-2-1. 分离源：蒙古国戈壁阿尔泰省 酸驼奶．分离时
间：2005 年．培养基 0006, 37℃ GenBank 序列号 FJ845007

IMAU20111 ←LABCC ML8-2-1. 分离源：蒙古国戈壁阿尔泰省 酸驼奶．分离时
间：2005 年．培养基 0006, 37℃ GenBank 序列号 FJ845009

IMAU20114 ←LABCC MGA8-3. 分离源：蒙古国东戈壁省赛音山达苏木 酸牛奶．
分离时间：2009 年．培养基 0006, 37℃ GenBank 序列号 HM057852

IMAU20116 ←LABCC MGA8-8. 分离源：蒙古东戈壁省赛音山达苏木 酸牛奶．分
离时间：2009 年．培养基 0006, 37℃ GenBank 序列号 HM057854

IMAU20122 ←LABCC MGA10-1. 分离源：蒙古国苏赫巴托尔省巴音德力格尔苏木
酸牛奶．分离时间：2009 年．培养基 0006, 37℃ GenBank 序列号 HM057860

IMAU20123 ←LABCC MGA10-2. 分离源：蒙古国苏赫巴托尔省巴音德力格尔苏木
酸牛奶．分离时间：2009 年．培养基 0006, 37℃ GenBank 序列号 HM057861

IMAU20124 ←LABCC MGA10-3. 分离源：蒙古国苏赫巴托尔省巴音德力格尔苏木
酸牛奶．分离时间：2009 年．培养基 0006, 37℃ GenBank 序列号 HM057862

IMAU20125 ←LABCC MGA10-4. 分离源：蒙古国苏赫巴托尔省巴音德力格尔苏木
酸牛奶．分离时间：2009 年．培养基 0006, 37℃ GenBank 序列号 HM057863

IMAU20129 ←LABCC MGA12-2. 分离源：蒙古国苏赫巴托尔省巴音德力格尔苏木
酸牛奶．分离时间：2009 年．培养基 0006, 37℃ GenBank 序列号 HM057867

IMAU20131 ←LABCC MGA12-6. 分离源：蒙古国苏赫巴托尔省巴音德力格尔苏木
酸牛奶．分离时间：2009 年．培养基 0006, 37℃ GenBank 序列号 HM057869

IMAU20209 ←LABCC MGA36-1. 分离源：蒙古国东方省布尔干苏木 酸牛奶．分
离时间：2009 年．培养基 0006, 37℃ GenBank 序列号 HM057945

IMAU20212 ←LABCC MGA36-5. 分离源：蒙古国东方省布尔干苏木 酸牛奶．分
离时间：2009 年．培养基 0006, 37℃ GenBank 序列号 HM057947

IMAU20235 ←LABCC MGA42-2. 分离源：蒙古国东方省呼伦贝尔苏木 酸牛奶．
分离时间：2009 年．培养基 0006, 37℃ GenBank 序列号 HM057969

IMAU20236 ←LABCC MGA43-1. 分离源：蒙古国东方省呼伦贝尔苏木 酸牛奶．

分离时间：2009 年．培养基 0006，37℃ GenBank 序列号 HM057970

IMAU20237 ←LABCC MGA43-5. 分离源：蒙古国东方省呼伦贝尔苏木 酸牛奶．分离时间：2009 年．培养基 0006，37℃ GenBank 序列号 HM057971

IMAU20143 ←LABCC MGA19-2. 分离源：蒙古国苏赫巴托尔省达里甘嘎苏木 酸牛奶．分离时间：2009 年．培养基 0006，37℃ GenBank 序列号 HM057881

IMAU20145 ←LABCC MGA19-4. 分离源：蒙古国苏赫巴托尔省达里甘嘎苏木 酸牛奶．分离时间：2009 年．培养基 0006，37℃ GenBank 序列号 HM057883

IMAU20147 ←LABCC MGA20-5. 分离源：蒙古国苏赫巴托尔省达里甘嘎苏木 酸牛奶．分离时间：2009 年．培养基 0006，37℃ GenBank 序列号 HM057885

IMAU20148 ←LABCC MGA20-6. 分离源：蒙古国苏赫巴托尔省达里甘嘎苏木 酸牛奶．分离时间：2009 年．培养基 0006，37℃ GenBank 序列号 HM057886

IMAU20150 ←LABCC MGA21-1. 分离源：蒙古国苏赫巴托尔省达里甘嘎苏木 酸牛奶．分离时间：2009 年．培养基 0006，37℃ GenBank 序列号 HM057888

IMAU20151 ←LABCC MGA21-2. 分离源：蒙古国苏赫巴托尔省达里甘嘎苏木 酸牛奶．分离时间：2009 年．培养基 0006，37℃ GenBank 序列号 HM057889

IMAU20155 ←LABCC MGA21-6. 分离源：蒙古国苏赫巴托尔省达里甘嘎苏木 酸牛奶．分离时间：2009 年．培养基 0006，37℃ GenBank 序列号 HM057893

IMAU20156 ←LABCC WMGA22-1. 分离源：蒙古国苏赫巴托尔省达里甘嘎苏木 酸牛奶．分离时间：2009 年．培养基 0006，37℃ GenBank 序列号 HM057894

IMAU20157 ←LABCC MGA22-2. 分离源：蒙古国苏赫巴托尔省达里甘嘎苏木 酸牛奶．分离时间：2009 年．培养基 0006，37℃ GenBank 序列号 HM057895

IMAU20160 ←LABCC MGA22-5. 分离源：蒙古国苏赫巴托尔省达里甘嘎苏木 酸牛奶．分离时间：2009 年．培养基 0006，37℃ GenBank 序列号 HM057898

IMAU20164 ←LABCC MGA25-1. 分离源：蒙古苏赫巴托尔省阿斯嘎图苏木 酸牛奶．分离时间：2009 年．培养基 0006，37℃ GenBank 序列号 HM057902

IMAU20165 ←LABCC MGA25-2. 分离源：蒙古国苏赫巴托尔省阿斯嘎图苏木 酸牛奶．分离时间：2009 年．培养基 0006，37℃ GenBank 序列号 HM057903

IMAU20167 ←LABCC MGA26-4. 分离源：蒙古国苏赫巴托尔省阿斯嘎图苏木 酸牛奶．分离时间：2009 年．培养基 0006，37℃ GenBank 序列号 HM057904

IMAU20168 ←LABCC MGA26-5. 分离源：蒙古国苏赫巴托尔省阿斯嘎图苏木 酸牛奶．分离时间：2009 年．培养基 0006，37℃ GenBank 序列号 HM057905

IMAU20169 ←LABCC MGA27-2. 分离源：蒙古苏赫巴托尔省阿古拉巴音苏木 酸牛奶．分离时间：2009 年．培养基 0006，37℃ GenBank 序列号 HM057906

IMAU20170 ←LABCC MGA27-3. 分离源：蒙古国苏赫巴托尔省阿古拉巴音苏木 酸

牛奶．分离时间：2009 年．培养基 0006，37℃ GenBank 序列号 HM057907

IMAU20171 ←LABCC MGA27-4．分离源：蒙古苏赫巴托尔省阿古拉巴音苏木 酸牛奶．分离时间：2009 年．培养基 0006，37℃ GenBank 序列号 HM057908

IMAU20172 ←LABCC MGA27-5．分离源：蒙古国苏赫巴托尔省阿古拉巴音苏木 酸牛奶．分离时间：2009 年．培养基 0006，37℃ GenBank 序列号 HM057909

IMAU20173 ←LABCC MGA28-1．分离源：蒙古苏赫巴托尔省阿古拉巴音苏木 酸牛奶．分离时间：2009 年．培养基 0006，37℃ GenBank 序列号 HM057910

IMAU20174 ←LABCC MGA28-2．分离源：蒙古国苏赫巴托尔省阿古拉巴音苏木 酸牛奶．分离时间：2009 年．培养基 0006，37℃ GenBank 序列号 HM057911

IMAU20175 ←LABCC MGA28-4．分离源：蒙古国苏赫巴托尔省阿古拉巴音苏木 酸牛奶．分离时间：2009 年．培养基 0006，37℃ GenBank 序列号 HM057912

IMAU20177 ←LABCC MGA30-2．分离源：蒙古国苏赫巴托尔省阿古拉巴音苏木 酸牛奶．分离时间：2009 年．培养基 0006，37℃ GenBank 序列号 HM057914

IMAU20178 ←LABCC MGA30-5．分离源：蒙古国苏赫巴托尔省阿古拉巴音苏木 酸牛奶．分离时间：2009 年．培养基 0006，37℃ GenBank 序列号 HM057915

IMAU20201 ←LABCC MGA34-6．分离源：蒙古东方省布尔干苏木 酸牛奶．分离时间：2009 年．培养基 0006，37℃ GenBank 序列号 HM057937

IMAU20204 ←LABCC MGA34-9．分离源：蒙古国东方省布尔干苏木 酸牛奶．分离时间：2009 年．培养基 0006，37℃ GenBank 序列号 HM057940

IMAU20248 ←LABCC MGA46-2．分离源：蒙古肯特省巴音敖包苏木 酸牛奶．分离时间：2009 年．培养基 0006，37℃ GenBank 序列号 HM057982

IMAU20249 ←LABCC MGA46-3．分离源：蒙古国肯特省巴音敖包苏木 酸牛奶．分离时间：2009 年．培养基 0006，37℃ GenBank 序列号 HM057983

IMAU20250 ←LABCC MGA46-5．分离源：蒙古肯特省巴音敖包苏木 酸牛奶．分离时间：2009 年．培养基 0006，37℃ GenBank 序列号 HM057984

IMAU20251 ←LABCC MGA46-6．分离源：蒙古国肯特省巴音敖包苏木 酸牛奶．分离时间：2009 年．培养基 0006，37℃ GenBank 序列号 HM057985

IMAU20253 ←LABCC MGA47-2．分离源：蒙古肯特省巴音敖包苏木 酸牛奶．分离时间：2009 年．培养基 0006，37℃ GenBank 序列号 HM057987

IMAU20260 ←LABCC MGA48-3．分离源：蒙古国肯特省巴音敖包苏木 酸牛奶．分离时间：2009 年．培养基 0006，37℃ GenBank 序列号 HM057994

IMAU20261 ←LABCC MGA48-4．分离源：蒙古国肯特省巴音敖包苏木 酸牛奶．分离时间：2009 年．培养基 0006，37℃ GenBank 序列号 HM057995

IMAU20262 ←LABCC MGA48-5．分离源：蒙古国肯特省巴音敖包苏木 酸牛奶．

分离时间：2009 年．培养基 0006，37℃ GenBank 序列号 HM057996

IMAU20265 ←LABCC MGA49-1. 分离源：蒙古国肯特省巴音敖包苏木 酸牛奶．
分离时间：2009 年．培养基 0006，37℃ GenBank 序列号 HM057999

IMAU20266 ←LABCC MGA49-2. 分离源：蒙古肯特省巴音敖包苏木 酸牛奶．分
离时间：2009 年．培养基 0006，37℃ GenBank 序列号 HM058000

IMAU20267 ←LABCC MGA49-3. 分离源：蒙古国肯特省巴音敖包苏木 酸牛奶．
分离时间：2009 年．培养基 0006，37℃ GenBank 序列号 HM058001

IMAU20270 ←LABCC MGA50-2. 分离源：蒙古肯特省扎尔格朗特苏木 酸牛奶．
分离时间：2009 年．培养基 0006，37℃ GenBank 序列号 HM058004

IMAU20274 ←LABCC MGA51-2. 分离源：蒙古国肯特省扎尔格朗特苏木 酸牛奶．
分离时间：2009 年．培养基 0006，37℃ GenBank 序列号 HM058008

IMAU20275 ←LABCC MGA51-3. 分离源：蒙古国肯特省扎尔格朗特苏木 酸牛奶．
分离时间：2009 年．培养基 0006，37℃ GenBank 序列号 HM058009

IMAU20276 ←LABCC MGA51-4. 分离源：蒙古国肯特省扎尔格朗特苏木 酸牛奶．
分离时间：2009 年．培养基 0006，37℃ GenBank 序列号 HM058010

IMAU20280 ←LABCC MGB3-3. 分离源：蒙古国色楞格省达尔汗市 酸牛奶．分离
时间：2009 年．培养基 0006，37℃ GenBank 序列号 HM058014

IMAU20294 ←LABCC MGB8-3. 分离源：蒙古国色楞格省鄂尔汗苏木 酸牛奶．分
离时间：2009 年．培养基 0006，37℃ GenBank 序列号 HM058025

IMAU20296 ←LABCC MGB8-7. 分离源：蒙古国色楞格省鄂尔汗苏木 酸牛奶．分
离时间：2009 年．培养基 0006，37℃ GenBank 序列号 HM058027

IMAU20297 ←LABCC MGB8-8. 分离源：蒙古国色楞格省鄂尔汗苏木 酸牛奶．分
离时间：2009 年．培养基 0006，37℃ GenBank 序列号 HM058028

IMAU20303 ←LABCC MGB10-3. 分离源：蒙古国色楞格省鄂尔汗苏木 酸牛奶．
分离时间：2009 年．培养基 0006，37℃ GenBank 序列号 HM058033

IMAU20306 ←LABCC MGB15-1. 分离源：蒙古国色楞格省查干陶路盖苏木 酸牛
奶．分离时间：2009 年．培养基 0006，37℃ GenBank 序列号 HM058036

IMAU20307 ←LABCC MGB15-2. 分离源：蒙古国色楞格省查干陶路盖苏木 酸牛
奶．分离时间：2009 年．培养基 0006，37℃ GenBank 序列号 HM058037

IMAU20308 ←LABCC MGB16-4. 分离源：蒙古国色楞格省查干陶路盖苏木 酸牛
奶．分离时间：2009 年．培养基 0006，37℃ GenBank 序列号 HM058038

IMAU20333 ←LABCC MGB23-1. 分离源：蒙古国鄂尔汗省扎尔格朗特苏木 酸马
奶．分离时间：2009 年．培养基 0006，37℃ GenBank 序列号 HM058063

IMAU20336 ←LABCC MGB23-5. 分离源：蒙古国鄂尔汗省扎尔格朗特苏木 酸马

奶. 分离时间：2009 年. 培养基 0006, 37℃ GenBank 序列号 HM058065

IMAU20344 ←LABCC MGB24-5. 分离源：蒙古国鄂尔汗省扎尔格朗特苏木 酸马奶. 分离时间：2009 年. 培养基 0006, 37℃ GenBank 序列号 HM058073

IMAU20351 ←LABCC MGB26-4. 分离源：蒙古国布尔干省鄂尔汗苏木 酸牛奶. 分离时间：2009 年. 培养基 0006, 37℃ GenBank 序列号

IMAU20352 ←LABCC MGB27-1. 分离源：蒙古国布尔干省鄂尔汗苏木 酸牛奶. 分离时间：2009 年. 培养基 0006, 37℃ GenBank 序列号 HM058080

IMAU20354 ←LABCC MGB27-3. 分离源：蒙古国布尔干省鄂尔汗苏木 酸牛奶. 分离时间：2009 年. 培养基 0006, 37℃ GenBank 序列号 HM058082

IMAU20356 ←LABCC MGB28-2. 分离源：蒙古国布尔干省鄂尔汗苏木 酸牛奶. 分离时间：2009 年. 培养基 0006, 37℃ GenBank 序列号 HM058084

IMAU20358 ←LABCC MGB28-6. 分离源：蒙古国布尔干省鄂尔汗苏木 酸牛奶. 分离时间：2009 年. 培养基 0006, 37℃ GenBank 序列号 HM058086

IMAU20359 ←LABCC MGB29-1. 分离源：蒙古国布尔干省鄂尔汗苏木 酸牛奶. 分离时间：2009 年. 培养基 0006, 37℃ GenBank 序列号 HM058087

IMAU20361 ←LABCC MGB29-3. 分离源：蒙古国布尔干省鄂尔汗苏木 酸牛奶. 分离时间：2009 年. 培养基 0006, 37℃ GenBank 序列号 HM058089

IMAU20367 ←LABCC MGB31-3. 分离源：蒙古国布尔干省鄂尔汗苏木 酸牛奶. 分离时间：2009 年. 培养基 0006, 37℃ GenBank 序列号 HM058095

IMAU20391 ←LABCC MGB36-7. 分离源：蒙古国布尔干省呼塔格温都尔苏木 酸牛奶. 分离时间：2009 年. 培养基 0006, 37℃ GenBank 序列号 HM058115

IMAU20393 ←LABCC MGB37-3. 分离源：蒙古国布尔干省呼塔格温都尔苏木 酸牛奶. 分离时间：2009 年. 培养基 0006, 37℃ GenBank 序列号 HM058117

IMAU20397 ←LABCC MGB37-7. 分离源：蒙古国布尔干省呼塔格温都尔苏木 酸牛奶. 分离时间：2009 年. 培养基 0006, 37℃ GenBank 序列号 HM058121

IMAU20414 ←LABCC MGB42-1. 分离源：蒙古国库苏古尔省耶赫阿古拉苏木 酸牛奶. 分离时间：2009 年. 培养基 0006, 37℃ GenBank 序列号 HM058138

IMAU20431 ←LABCC MGB49-1. 分离源：蒙古国库苏古尔省图内勒苏木 酸牛奶. 分离时间：2009 年. 培养基 0006, 37℃ GenBank 序列号 HM058155

IMAU20432 ←LABCC MGB49-2. 分离源：蒙古国库苏古尔省图内勒苏木 酸牛奶. 分离时间：2009 年. 培养基 0006, 37℃ GenBank 序列号 HM058156

IMAU20437 ←LABCC MGB51-2. 分离源：蒙古国库苏古尔省库苏古尔湖 酸牛奶. 分离时间：2009 年. 培养基 0006, 37℃ GenBank 序列号 HM058161

IMAU20445 ←LABCC MGB54-1. 分离源：蒙古国库苏古尔省嘎拉图苏木 酸牦牛

奶. 分离时间: 2009 年. 培养基 0006, 37℃ GenBank 序列号 HM058169

IMAU20446 ←LABCC MGB56-2. 分离源: 蒙古国库苏古尔省嘎拉图苏木 酸牦牛奶. 分离时间: 2009 年. 培养基 0006, 37℃ GenBank 序列号 HM058170

IMAU20469 ←LABCC MGB62-2. 分离源: 蒙古国扎布汗省耶赫乌拉苏木 酸牛奶. 分离时间: 2009 年. 培养基 0006, 37℃ GenBank 序列号 HM058189

IMAU20471 ←LABCC MGB63-3. 分离源: 蒙古国扎布汗省耶赫乌拉苏木 酸牛奶. 分离时间: 2009 年. 培养基 0006, 37℃ GenBank 序列号 HM058191

IMAU20474 ←LABCC MGB64-3. 分离源: 蒙古国扎布汗省耶赫乌拉苏木 酸牛奶. 分离时间: 2009 年. 培养基 0006, 37℃ GenBank 序列号 HM058194

IMAU20476 ←LABCC MGB64-7. 分离源: 蒙古国扎布汗省耶赫乌拉苏木 酸牛奶. 分离时间: 2009 年. 培养基 0006, 37℃ GenBank 序列号 HM058196

IMAU20478 ←LABCC MGB65-3. 分离源: 蒙古国扎布汗省耶赫乌拉苏木 酸牛奶. 分离时间: 2009 年. 培养基 0006, 37℃ GenBank 序列号 HM058197

IMAU20480 ←LABCC MGB66-1. 分离源: 蒙古国扎布汗省耶赫乌拉苏木 酸牦牛奶. 分离时间: 2009 年. 培养基 0006, 37℃ GenBank 序列号 HM058199

IMAU20481 ←LABCC MGB66-4. 分离源: 蒙古国扎布汗省耶赫乌拉苏木 酸牦牛奶. 分离时间: 2009 年. 培养基 0006, 37℃ GenBank 序列号 HM058200

IMAU20482 ←LABCC MGB67-1. 分离源: 蒙古国扎布汗省耶赫乌拉苏木 酸牦牛奶. 分离时间: 2009 年. 培养基 0006, 37℃ GenBank 序列号 HM058201

IMAU20483 ←LABCC MGB67-2. 分离源: 蒙古国扎布汗省耶赫乌拉苏木 酸牦牛奶. 分离时间: 2009 年. 培养基 0006, 37℃ GenBank 序列号 HM058202

IMAU20484 ←LABCC MGB67-3. 分离源: 蒙古国扎布汗省耶赫乌拉苏木 酸牦牛奶. 分离时间: 2009 年. 培养基 0006, 37℃ GenBank 序列号 HM058203

IMAU20485 ←LABCC MGB67-5. 分离源: 蒙古国扎布汗省耶赫乌拉苏木 酸牦牛奶. 分离时间: 2009 年. 培养基 0006, 37℃ GenBank 序列号 HM058204

IMAU20490 ←LABCC MGB69-5. 分离源: 蒙古国扎布汗省伊德尔苏木 酸牦牛奶. 分离时间: 2009 年. 培养基 0006, 37℃ GenBank 序列号 HM058209

IMAU20494 ←LABCC MGB70-4. 分离源: 蒙古国扎布汗省乌力雅思太 酸牛奶. 分离时间: 2009 年. 培养基 0006, 37℃ GenBank 序列号 HM058213

IMAU20507 ←LABCC MGB72-1. 分离源: 蒙古国扎布汗省查干海尔汗苏木 酸牛奶. 分离时间: 2009 年. 培养基 0006, 37℃ GenBank 序列号 HM058226

IMAU20508 ←LABCC MGB72-2. 分离源: 蒙古国扎布汗省查干海尔汗苏木 酸牛奶. 分离时间: 2009 年. 培养基 0006, 37℃ GenBank 序列号 HM058227

IMAU20509 ←LABCC MGB72-3. 分离源: 蒙古国扎布汗省查干海尔汗苏木 酸牛

奶．分离时间：2009 年．培养基 0006，37℃ GenBank 序列号 HM058228

IMAU20511 ←LABCC MGB72-5. 分离源：蒙古扎布汗省查干海尔汗苏木 酸牛奶．
分离时间：2009 年．培养基 0006，37℃ GenBank 序列号 HM058230

IMAU20512 ←LABCC MGB72-6. 分离源：蒙古国扎布汗省查干海尔汗苏木 酸牛
奶．分离时间：2009 年．培养基 0006，37℃ GenBank 序列号 HM058231

IMAU20513 ←LABCC MGB73-1. 分离源：蒙古国扎布汗省查干海尔汗苏木 酸牛
奶．分离时间：2009 年．培养基 0006，37℃ GenBank 序列号 HM058232

IMAU20517 ←LABCC MGB73-5. 分离源：蒙古扎布汗省查干海尔汗苏木 酸牛奶．
分离时间：2009 年．培养基 0006，37℃ GenBank 序列号 HM058236

IMAU20518 ←LABCC MGB74-2. 分离源：蒙古扎布汗省查干海尔汗苏木 酸牛奶．
分离时间：2009 年．培养基 0006，37℃ GenBank 序列号 HM058237

IMAU20519 ←LABCC MGB74-3. 分离源：蒙古国扎布汗省查干海尔汗苏木 酸牛
奶．分离时间：2009 年．培养基 0006，37℃ GenBank 序列号 HM058238

IMAU20520 ←LABCC MGB74-5. 分离源：蒙古国扎布汗省查干海尔汗苏木 酸牛
奶．分离时间：2009 年．培养基 0006，37℃ GenBank 序列号 HM058239

IMAU20521 ←LABCC MGB74-6. 分离源：蒙古国扎布汗省查干海尔汗苏木 酸牛
奶．分离时间：2009 年．培养基 0006，37℃ GenBank 序列号 HM058240

IMAU20524 ←LABCC MGB75-5. 分离源：蒙古扎布汗省查干海尔汗苏木 酸牛奶．
分离时间：2009 年．培养基 0006，37℃ GenBank 序列号 HM058243

IMAU20526 ←LABCC MGB75-8. 分离源：蒙古国扎布汗省查干海尔汗苏木 酸牛
奶．分离时间：2009 年．培养基 0006，37℃ GenBank 序列号 HM058245

IMAU20529 ←LABCC MGB76-3. 分离源：蒙古国扎布汗省查干海尔汗苏木 酸牛
奶．分离时间：2009 年．培养基 0006，37℃ GenBank 序列号 HM058248

IMAU20530 ←LABCC MGB76-4. 分离源：蒙古扎布汗省查干海尔汗苏木 酸牛奶．
分离时间：2009 年．培养基 0006，37℃ GenBank 序列号 HM058249

IMAU20531 ←LABCC MGB76-5. 分离源：蒙古国扎布汗省查干海尔汗苏木 酸牛
奶．分离时间：2009 年．培养基 0006，37℃ GenBank 序列号 HM058250

IMAU20532 ←LABCC MGB76-6. 分离源：蒙古扎布汗省查干海尔汗苏木 酸牛奶．
分离时间：2009 年．培养基 0006，37℃ GenBank 序列号 HM058251

IMAU20533 ←LABCC MGB77-1. 分离源：蒙古国扎布汗省查干海尔汗苏木 酸牛
奶．分离时间：2009 年．培养基 0006，37℃ GenBank 序列号 HM058252

IMAU20534 ←LABCC MGB77-2. 分离源：蒙古扎布汗省查干海尔汗苏木 酸牛奶．
分离时间：2009 年．培养基 0006，37℃ GenBank 序列号 HM058253

IMAU20535 ←LABCC MGB77-3. 分离源：蒙古国扎布汗省查干海尔汗苏木 酸牛

奶. 分离时间：2009 年. 培养基 0006，37℃ GenBank 序列号 HM058254

IMAU20544 ←LABCC MGB79-4. 分离源：蒙古国扎布汗省查干海尔汗苏木 酸牛奶. 分离时间：2009 年. 培养基 0006，37℃ GenBank 序列号 HM058263

IMAU20563 ←LABCC MGB83-1. 分离源：蒙古国扎布汗省奥特跟苏木 酸牛奶.
分离时间：2009 年. 培养基 0006，37℃ GenBank 序列号 HM058282

IMAU20565 ←LABCC MGB83-3. 分离源：蒙古扎布汗省奥特跟苏木 酸牛奶. 分离时间：2009 年. 培养基 0006，37℃ GenBank 序列号 HM058283

IMAU20566 ←LABCC MGB83-4. 分离源：蒙古国扎布汗省奥特跟苏木 酸牛奶.
分离时间：2009 年. 培养基 0006，37℃ GenBank 序列号 HM058284

IMAU20569 ←LABCC MGB84-2. 分离源：蒙古扎布汗省奥特跟苏木 酸牛奶. 分离时间：2009 年. 培养基 0006，37℃ GenBank 序列号 HM058287

IMAU20572 ←LABCC MGB85-2. 分离源：蒙古国扎布汗省奥特跟苏木 酸牛奶.
分离时间：2009 年. 培养基 0006，37℃ GenBank 序列号 HM058290

IMAU20573 ←LABCC MGB85-3. 分离源：蒙古扎布汗省奥特跟苏木 酸牛奶. 分离时间：2009 年. 培养基 0006，37℃ GenBank 序列号 HM058291

IMAU20577 ←LABCC MGB86-1. 分离源：蒙古国扎布汗省奥特跟苏木 酸牛奶.
分离时间：2009 年. 培养基 0006，37℃ GenBank 序列号 HM058295

IMAU20580 ←LABCC MGB88-5. 分离源：蒙古后杭盖省臣赫尔苏木 酸牛奶. 分离时间：2009 年. 培养基 0006，37℃ GenBank 序列号 HM058298

IMAU20581 ←LABCC MGB88-6. 分离源：蒙古国后杭盖省臣赫尔苏木 酸牛奶.
分离时间：2009 年. 培养基 0006，37℃ GenBank 序列号 HM058299

IMAU20582 ←LABCC MGB88-7. 分离源：蒙古国后杭盖省臣赫尔苏木 酸牛奶.
分离时间：2009 年. 培养基 0006，37℃ GenBank 序列号 HM058300

IMAU20583 ←LABCC MGB88-8. 分离源：蒙古后杭盖省臣赫尔苏木 酸牛奶. 分离时间：2009 年. 培养基 0006，37℃ GenBank 序列号 HM058301

IMAU20585 ←LABCC MGB89-4. 分离源：蒙古国后杭盖省臣赫尔苏木 酸牛奶.
分离时间：2009 年. 培养基 0006，37℃ GenBank 序列号 HM058303

IMAU20592 ←LABCC MGB91-3. 分离源：蒙古后杭盖省塔日亚特苏木 酸牛奶.
分离时间：2009 年. 培养基 0006，37℃ GenBank 序列号 HM058309

IMAU20600 ←LABCC MGB93-5. 分离源：蒙古国后杭盖省塔日亚特苏木 酸牛奶.
分离时间：2009 年. 培养基 0006，37℃ GenBank 序列号 HM058316

IMAU20604 ←LABCC MGB94-3. 分离源：蒙古后杭盖省塔日亚特苏木 酸牛奶.
分离时间：2009 年. 培养基 0006，37℃ GenBank 序列号 HM058515

IMAU205613 ←LABCC MGB97-3. 分离源：蒙古国后杭盖省塔日亚特苏木 酸牛

奶．分离时间：2009 年．培养基 0006，37℃ GenBank 序列号 HM058328

IMAU205614 ←LABCC MGB97-4．分离源：蒙古后杭盖省塔日亚特苏木 酸牛奶．
分离时间：2009 年．培养基 0006，37℃ GenBank 序列号 HM058329

IMAU205620 ←LABCC MGB98-7．分离源：蒙古国后杭盖省塔日亚特苏木 酸牛
奶．分离时间：2009 年．培养基 0006，37℃ GenBank 序列号 HM058335

IMAU205621 ←LABCC MGB98-8．分离源：蒙古国后杭盖省塔日亚特苏木 酸牛
奶．分离时间：2009 年．培养基 0006，37℃ GenBank 序列号 HM058336

IMAU205624 ←LABCC MGB99-3．分离源：蒙古国后杭盖省塔日亚特苏木次老图河
酸牛奶．分离时间：2009 年．培养基 0006，37℃ GenBank 序列号 HM058339

IMAU205625 ←LABCC MGB99-5．分离源：蒙古后杭盖省塔日亚特苏木次老图河 酸
牛奶．分离时间：2009 年．培养基 0006，37℃ GenBank 序列号 HM058340

IMAU205627 ←LABCC MGB100-2．分离源：蒙古国后杭盖省塔日亚特苏木次老图河
酸牛奶．分离时间：2009 年．培养基 0006，37℃ GenBank 序列号 HM058342

IMAU205628 ←LABCC MGB100-5．分离源：蒙古后杭盖省塔日亚特苏木次老图河
酸牛奶．分离时间：2009 年．培养基 0006，37℃ GenBank 序列号 HM058343

IMAU205629 ←LABCC MGB101-2．分离源：蒙古国后杭盖省塔温都尔乌拉苏木 酸
牛奶．分离时间：2009 年．培养基 0006，37℃ GenBank 序列号 HM058344

IMAU205630 ←LABCC MGB101-3．分离源：蒙古后杭盖省塔温都尔乌拉苏木 酸
牛奶．分离时间：2009 年．培养基 0006，37℃ GenBank 序列号 HM218011

IMAU20634 ←LABCC MGB102-4．分离源：蒙古国后杭盖省塔温都尔乌拉苏木 酸
牛奶．分离时间：2009 年．培养基 0006，37℃ GenBank 序列号 HM058348

IMAU20636 ←LABCC MGB103-2．分离源：蒙古后杭盖省耶赫塔米尔苏木 酸牛
奶．分离时间：2009 年．培养基 0006，37℃ GenBank 序列号 HM058350

IMAU20637 ←LABCC MGB103-3．分离源：蒙古国后杭盖省耶赫塔米尔苏木 酸牛
奶．分离时间：2009 年．培养基 0006，37℃ GenBank 序列号 HM058351

IMAU20638 ←LABCC MGB103-4．分离源：蒙古国后杭盖省耶赫塔米尔苏木 酸牛
奶．分离时间：2009 年．培养基 0006，37℃ GenBank 序列号 HM058352

IMAU20640 ←LABCC MGB104-3．分离源：蒙古国后杭盖省耶赫塔米尔苏木 酸牛
奶．分离时间：2009 年．培养基 0006，37℃ GenBank 序列号 HM058354

IMAU20642 ←LABCC MGB104-5．分离源：蒙古国后杭盖省耶赫塔米尔苏木 酸牛
奶．分离时间：2009 年．培养基 0006，37℃ GenBank 序列号 HM058356

IMAU20643 ←LABCC MGB104-6．分离源：蒙古国后杭盖省耶赫塔米尔苏木 酸牛
奶．分离时间：2009 年．培养基 0006，37℃ GenBank 序列号 HM058357

IMAU20644 ←LABCC MGB105-2．分离源：蒙古国后杭盖省耶赫塔米尔苏木 酸牛

奶. 分离时间：2009 年. 培养基 0006，37℃ GenBank 序列号 HM058358

IMAU20645 ←LABCC MGB105-3. 分离源：蒙古后杭盖省耶赫塔米尔苏木 酸牛奶. 分离时间：2009 年. 培养基 0006，37℃ GenBank 序列号 HM058359

IMAU20646 ←LABCC MGB105-5. 分离源：蒙古国后杭盖省耶赫塔米尔苏木 酸牛奶. 分离时间：2009 年. 培养基 0006，37℃ GenBank 序列号 HM058360

IMAU20647 ←LABCC MGB106-4. 分离源：蒙古国后杭盖省耶赫塔米尔苏木 酸牛奶. 分离时间：2009 年. 培养基 0006，37℃ GenBank 序列号 HM058361

IMAU20648 ←LABCC MGB106-6. 分离源：蒙古国后杭盖省耶赫塔米尔苏木 酸牛奶. 分离时间：2009 年. 培养基 0006，37℃ GenBank 序列号 HM058362

IMAU20649 ←LABCC MGB107-1. 分离源：蒙古国后杭盖省车车尔勒格（省府）酸牦牛奶. 分离时间：2009 年. 培养基 0006，37℃ GenBank 序列号 HM058363

IMAU20650 ←LABCC MGB109-3. 分离源：蒙古后杭盖省图布希日夫苏木 酸牛奶. 分离时间：2009 年. 培养基 0006，37℃ GenBank 序列号 HM058364

IMAU20654 ←LABCC MGB110-5. 分离源：蒙古后杭盖省图布希日夫苏木 酸牛奶. 分离时间：2009 年. 培养基 0006，37℃ GenBank 序列号 HM058368

IMAU20683 ←LABCC MGC7-2. 分离源：蒙古国前杭盖省胡西古图苏木 酸牛奶. 分离时间：2009 年. 培养基 0006，37℃ GenBank 序列号 HM058395

IMAU20685 ←LABCC MGC7-4. 分离源：蒙古国前杭盖省胡西古图苏木 酸牛奶. 分离时间：2009 年. 培养基 0006，37℃ GenBank 序列号 HM058397

IMAU20687 ←LABCC MGC8-2. 分离源：蒙古前杭盖省胡西古图苏木 酸牛奶. 分离时间：2009 年. 培养基 0006，37℃ GenBank 序列号 HM058399

IMAU20689 ←LABCC MGC9-2. 分离源：蒙古国前杭盖省布日特苏木 酸牛奶. 分离时间：2009 年. 培养基 0006，37℃ GenBank 序列号 HM058401

IMAU20690 ←LABCC MGC9-3. 分离源：蒙古国前杭盖省布日特苏木 酸牛奶. 分离时间：2009 年. 培养基 0006，37℃ GenBank 序列号 HM058402

IMAU20691 ←LABCC MGC10-1. 分离源：蒙古国前杭盖省布日特苏木 酸牛奶. 分离时间：2009 年. 培养基 0006，37℃ GenBank 序列号 HM058403

IMAU20692 ←LABCC MGC10-2. 分离源：蒙古国前杭盖省布日特苏木 酸牛奶. 分离时间：2009 年. 培养基 0006，37℃ GenBank 序列号 HM058404

IMAU20693 ←LABCC MGC10-4. 分离源：蒙古国前杭盖省布日特苏木 酸牛奶. 分离时间：2009 年. 培养基 0006，37℃ GenBank 序列号 HM058405

IMAU20707 ←LABCC MGC13-3. 分离源：蒙古布尔干省阿日希亚图苏木 酸牛奶. 分离时间：2009 年. 培养基 0006，37℃ GenBank 序列号 HM058419

IMAU20710 ←LABCC MGC14-3. 分离源：蒙古国布尔干省阿日希亚图苏木 酸牛

奶. 分离时间：2009 年. 培养基 0006, 37℃ GenBank 序列号 HM058422

IMAU20711 ←LABCC MGC14-5. 分离源：蒙古国布尔干省阿日希亚图苏木 酸牛奶. 分离时间：2009 年. 培养基 0006, 37℃ GenBank 序列号 HM058423

IMAU20718 ←LABCC MGC16-2. 分离源：蒙古国中央省额尔德尼桑图苏木 酸牛奶. 分离时间：2009 年. 培养基 0006, 37℃ GenBank 序列号 HM058430

IMAU20725 ←LABCC MGC17-5. 分离源：蒙古国中央省隆苏木 酸牛奶. 分离时间：2009 年. 培养基 0006, 37℃ GenBank 序列号 HM058436

IMAU20726 ←LABCC MGC18-1. 分离源：蒙古国中央省隆苏木 酸牛奶. 分离时间：2009 年. 培养基 0006, 37℃ GenBank 序列号 HM058437

IMAU20727 ←LABCC MGC18-2. 分离源：蒙古国中央省隆苏木 酸牛奶. 分离时间：2009 年. 培养基 0006, 37℃ GenBank 序列号 HM058438

IMAU20731 ←LABCC MGC19-2. 分离源：蒙古国中央省巴音杭盖苏木 酸牛奶. 分离时间：2009 年. 培养基 0006, 37℃ GenBank 序列号 HM058442

IMAU20732 ←LABCC MGC19-3. 分离源：蒙古国中央省巴音杭盖苏木 酸牛奶. 分离时间：2009 年. 培养基 0006, 37℃ GenBank 序列号 HM058443

IMAU20733 ←LABCC MGC19-4. 分离源：蒙古国中央省巴音杭盖苏木 酸牛奶. 分离时间：2009 年. 培养基 0006, 37℃ GenBank 序列号 HM058444

IMAU20740 ←LABCC MGC21-4. 分离源：蒙古国中央省巴音杭盖苏木 酸牛奶. 分离时间：2009 年. 培养基 0006, 37℃ GenBank 序列号 HM058451

IMAU20747 ←LABCC MGC23-5. 分离源：蒙古国中央省扎日嘎郎图苏木 酸牛奶. 分离时间：2009 年. 培养基 0006, 37℃ GenBank 序列号 HM058457

IMAU20749 ←LABCC MGC24-2. 分离源：蒙古国中央省扎日嘎郎图苏木 酸牛奶. 分离时间：2009 年. 培养基 0006, 37℃ GenBank 序列号 HM058459

IMAU20751 ←LABCC MGC24-4. 分离源：蒙古国中央省扎日嘎郎图苏木 酸牛奶. 分离时间：2009 年. 培养基 0006, 37℃ GenBank 序列号 HM058461

IMAU20752 ←LABCC MGC24-6. 分离源：蒙古国中央省扎日嘎郎图苏木 酸牛奶. 分离时间：2009 年. 培养基 0006, 37℃ GenBank 序列号 HM058462

IMAU20784 ←LABCC MGD6-6. 分离源：蒙古国乌兰巴托市汗搭盖图苏木 酸牛奶. 分离时间：2009 年. 培养基 0006, 37℃ GenBank 序列号 HM058494

IMAU20786 ←LABCC MGD8-1. 分离源：蒙古国乌兰巴托市查查古尔特苏木 酸牛奶. 分离时间：2009 年. 培养基 0006, 37℃ GenBank 序列号 HM058496

IMAU20787 ←LABCC MGD8-2. 分离源：蒙古国乌兰巴托市查查古尔特苏木 酸牛奶. 分离时间：2009 年. 培养基 0006, 37℃ GenBank 序列号 HM058497

IMAU20798 ←LABCC MGD9-8. 分离源：蒙古国乌兰巴托市查查古尔特苏木 酸牛

奶. 分离时间：2009 年. 培养基 0006, 37℃ GenBank 序列号 HM058508

IMAU30002 ←LABCC A1202. 分离源：新疆地区伊犁州乌苏市天山牧场 酸马奶.
分离时间：2004 年. 培养基 0006, 37℃ GenBank 序列号 FJ749605

IMAU30003 ←LABCC A1303. 分离源：新疆地区伊犁州乌苏市天山牧场 酸马奶.
分离时间：2004 年. 培养基 0006, 37℃ GenBank 序列号 FJ749606

IMAU30005 ←LABCC B1201-2. 分离源：新疆地区伊犁州乌苏市巴音沟卡子沙道湾
酸马奶. 分离时间：2004 年. 培养基 0006, 37℃ GenBank 序列号 FJ749607

IMAU30006 ←LABCC B1301. 分离源：新疆地区伊犁州乌苏市巴音沟卡子沙道湾 酸
马奶. 分离时间：2004 年. 培养基 0006, 37℃ GenBank 序列号 FJ749608

IMAU30008 ←LABCC B1302-1. 分离源：新疆地区伊犁州乌苏市巴音沟卡子沙道湾
酸马奶. 分离时间：2004 年. 培养基 0006, 37℃ GenBank 序列号 FJ749609

IMAU30009 ←LABCC B1302-2. 分离源：新疆地区伊犁州乌苏市巴音沟卡子沙道湾
酸马奶. 分离时间：2004 年. 培养基 0006, 37℃ GenBank 序列号 FJ749610

IMAU30010 ←LABCC B1304. 分离源：新疆地区伊犁州乌苏市巴音沟卡子沙道湾
酸马奶. 分离时间：2004 年. 培养基 0006, 37℃ GenBank 序列号 FJ749611

IMAU30011 ←LABCC B1402. 分离源：新疆地区伊犁州乌苏市巴音沟卡子沙道湾
酸马奶. 分离时间：2004 年. 培养基 0006, 37℃ GenBank 序列号 FJ749612

IMAU30014 ←LABCC B2303. 分离源：新疆地区伊犁州乌苏市巴音沟卡子林场 酸
马奶. 分离时间：2004 年. 培养基 0006, 37℃ GenBank 序列号 FJ749613

IMAU30015 ←LABCC B2304. 分离源：新疆地区伊犁州乌苏市巴音沟卡子林场 酸
马奶. 分离时间：2004 年. 培养基 0006, 37℃ GenBank 序列号 FJ749614

IMAU30016 ←LABCC B2401. 分离源：新疆地区伊犁州乌苏市巴音沟卡子林场 酸
马奶. 分离时间：2004 年. 培养基 0006, 37℃ GenBank 序列号 FJ749615

IMAU30019 ←LABCC B3304. 分离源：新疆地区伊犁州乌苏市巴音沟卡子九棵树
酸马奶. 分离时间：2004 年. 培养基 0006, 37℃ GenBank 序列号 FJ749617

IMAU30021 ←LABCC B3401-2. 分离源：新疆地区伊犁州乌苏市巴音沟卡子九棵树
酸马奶. 分离时间：2004 年. 培养基 0006, 37℃ GenBank 序列号 FJ749618

IMAU30022 ←LABCC B3402. 分离源：新疆地区伊犁州乌苏市巴音沟卡子九棵树
酸马奶. 分离时间：2004 年. 培养基 0006, 37℃ GenBank 序列号 FJ749619

IMAU30023 ←LABCC B4401. 分离源：新疆地区伊犁州乌苏市巴音沟卡子九棵树
酸马奶. 分离时间：2004 年. 培养基 0006, 37℃ GenBank 序列号 FJ749620

IMAU30024 ←LABCC C1302. 分离源：新疆地区伊犁州尼勒克县 酸马奶. 分离时
间：2004 年. 培养基 0006, 37℃ GenBank 序列号 FJ749621

IMAU30025 ←LABCC C1402. 分离源：新疆地区伊犁州尼勒克县 酸马奶. 分离时

间：2004 年．培养基 0006，37℃ GenBank 序列号 FJ749622

IMAU30026 ←LABCC C2202．分离源：新疆地区伊犁州尼勒克县 酸马奶．分离时间：2004 年．培养基 0006，37℃ GenBank 序列号 FJ749623

IMAU30028 ←LABCC C2203-2．分离源：新疆地区伊犁州尼勒克县 酸马奶．分离时间：2004 年．培养基 0006，37℃ GenBank 序列号 FJ749624

IMAU30029 ←LABCC C2303．分离源：新疆地区伊犁州尼勒克县 酸马奶．分离时间：2004 年．培养基 0006，37℃ GenBank 序列号 FJ749625

IMAU30030 ←LABCC C2304．分离源：新疆地区伊犁州尼勒克县 酸马奶．分离时间：2004 年．培养基 0006，37℃ GenBank 序列号 FJ749626

IMAU30031 ←LABCC C2401．分离源：新疆地区伊犁州尼勒克县 酸马奶．分离时间：2004 年．培养基 0006，37℃ GenBank 序列号 FJ749627

IMAU30032 ←LABCC C3202-1．分离源：新疆地区伊犁州尼勒克县 酸马奶．分离时间：2004 年．培养基 0006，37℃ GenBank 序列号 FJ749628

IMAU30033 ←LABCC C4404．分离源：新疆地区伊犁州尼勒克县 酸马奶．分离时间：2004 年．培养基 0006，37℃ GenBank 序列号 FJ749629

IMAU30034 ←LABCC C4403．分离源：新疆地区伊犁州尼勒克县 酸马奶．分离时间：2004 年．培养基 0006，37℃ GenBank 序列号 FJ749630

IMAU30035 ←LABCC C3203．分离源：新疆地区伊犁州尼勒克县 酸马奶．分离时间：2004 年．培养基 0006，37℃ GenBank 序列号 FJ749631

IMAU30036 ←LABCC C3301．分离源：新疆地区伊犁州尼勒克县 酸马奶．分离时间：2004 年．培养基 0006，37℃ GenBank 序列号 FJ749632

IMAU30037 ←LABCC C3401．分离源：新疆地区伊犁州尼勒克县 酸马奶．分离时间：2004 年．培养基 0006，37℃ GenBank 序列号 FJ749633

IMAU30038 ←LABCC C3401-1．分离源：新疆地区伊犁州尼勒克县 酸马奶．分离时间：2004 年．培养基 0006，37℃ GenBank 序列号 FJ749634

IMAU30040 ←LABCC C3402．分离源：新疆地区伊犁州尼勒克县 酸马奶．分离时间：2004 年．培养基 0006，37℃ GenBank 序列号 FJ749635

IMAU30041 ←LABCC C4301．分离源：新疆地区伊犁州尼勒克县 酸马奶．分离时间：2004 年．培养基 0006，37℃ GenBank 序列号 FJ749636

IMAU30044 ←LABCC C4401．分离源：新疆地区伊犁州尼勒克县 酸马奶．分离时间：2004 年．培养基 0006，37℃ GenBank 序列号 FJ749638

IMAU30045 ←LABCC C4402．分离源：新疆地区伊犁州尼勒克县 酸马奶．分离时间：2004 年．培养基 0006，37℃ GenBank 序列号 FJ749639

IMAU30046 ←LABCC C5201-1．分离源：新疆地区伊犁州尼勒克县 酸马奶．分离

时间：2004 年．培养基 0006, 37℃ GenBank 序列号 FJ749640

IMAU30047 ←LABCC C5301-1. 分离源：新疆地区伊犁州尼勒克县 酸马奶．分离时间：2004 年．培养基 0006, 37℃ GenBank 序列号 FJ749641

IMAU30049 ←LABCC C5401. 分离源：新疆地区伊犁州尼勒克县 酸马奶．分离时间：2004 年．培养基 0006, 37℃ GenBank 序列号 FJ749643

IMAU30052 ←LABCC C6203. 分离源：新疆地区伊犁州尼勒克县 酸马奶．分离时间：2004 年．培养基 0006, 37℃ GenBank 序列号 FJ749644

IMAU30053 ←LABCC C6202. 分离源：新疆地区伊犁州尼勒克县 酸马奶．分离时间：2004 年．培养基 0006, 37℃ GenBank 序列号 FJ749645

IMAU30054 ←LABCC C6303-1. 分离源：新疆地区伊犁州尼勒克县 酸马奶．分离时间：2004 年．培养基 0006, 37℃ GenBank 序列号 FJ749646

IMAU30056 ←LABCC C7303. 分离源：新疆地区伊犁州尼勒克县 酸马奶．分离时间：2004 年．培养基 0006, 37℃ GenBank 序列号 FJ749648

IMAU30057 ←LABCC C8301. 分离源：新疆地区伊犁州尼勒克县 酸马奶．分离时间：2004 年．培养基 0006, 37℃ GenBank 序列号 FJ749649

IMAU30059 ←LABCC C8401. 分离源：新疆地区伊犁州尼勒克县 酸马奶．分离时间：2004 年．培养基 0006, 37℃ GenBank 序列号 FJ749650

IMAU30062 ←LABCC C8402-2. 分离源：新疆地区伊犁州尼勒克县 酸马奶．分离时间：2004 年．培养基 0006, 37℃ GenBank 序列号 FJ749651

IMAU30063 ←LABCC C3202-2. 分离源：新疆地区伊犁州尼勒克县 酸马奶．分离时间：2004 年．培养基 0006, 37℃ GenBank 序列号 FJ749652

IMAU30064 ←LABCC C8304-1. 分离源：新疆地区伊犁州尼勒克县 酸马奶．分离时间：2004 年．培养基 0006, 37℃ GenBank 序列号 FJ749653

IMAU30068 ←LABCC D1301-1-2. 分离源：新疆地区伊犁州霍城县 酸马奶．分离时间：2004 年．培养基 0006, 37℃ GenBank 序列号 FJ749656

IMAU30069 ←LABCC D1303-2. 分离源：新疆地区伊犁州霍城县 酸马奶．分离时间：2004 年．培养基 0006, 37℃ GenBank 序列号 FJ749657

IMAU30070 ←LABCC D1401. 分离源：新疆地区伊犁州霍城县 酸马奶．分离时间：2004 年．培养基 0006, 37℃ GenBank 序列号 FJ749658

IMAU30071 ←LABCC D1402. 分离源：新疆地区伊犁州霍城县 酸马奶．分离时间：2004 年．培养基 0006, 37℃ GenBank 序列号 FJ749659

IMAU30073 ←LABCC D2302-2. 分离源：新疆地区博州赛里木湖牧场 酸马奶．分离时间：2004 年．培养基 0006, 37℃ GenBank 序列号 FJ749660

IMAU30074 ←LABCC D2203-1. 分离源：新疆地区博州赛里木湖牧场 酸马奶．分

离时间：2004 年．培养基 0006，37℃ GenBank 序列号 FJ749661

IMAU30075 ←LABCC D2203-2. 分离源：新疆地区博州赛里木湖牧场 酸马奶．分
离时间：2004 年．培养基 0006，37℃ GenBank 序列号 FJ749662

IMAU30076 ←LABCC D2401. 分离源：新疆地区博州赛里木湖牧场 酸马奶．分离
时间：2004 年．培养基 0006，37℃ GenBank 序列号 FJ749663

IMAU30077 ←LABCC D2402. 分离源：新疆地区博州赛里木湖牧场 酸马奶．分离
时间：2004 年．培养基 0006，37℃ GenBank 序列号 FJ749664

IMAU30078 ←LABCC D3302. 分离源：新疆地区博州赛里木湖牧场 酸马奶．分离
时间：2004 年．培养基 0006，37℃ GenBank 序列号 FJ749665

IMAU30079 ←LABCC D3401. 分离源：新疆地区博州赛里木湖牧场 酸马奶．分离
时间：2004 年．培养基 0006，37℃ GenBank 序列号 FJ749666

IMAU30082 ←LABCC D4401. 分离源：新疆地区博州赛里木湖牧场 酸马奶．分离
时间：2004 年．培养基 0006，37℃ GenBank 序列号 FJ749667

IMAU30083 ←LABCC D5301. 分离源：新疆地区博州赛里木湖牧场 酸马奶．分离
时间：2004 年．培养基 0006，37℃ GenBank 序列号 FJ749668

IMAU30086 ←LABCC D5401. 分离源：新疆地区博州赛里木湖牧场 酸马奶．分离
时间：2004 年．培养基 0006，37℃ GenBank 序列号 EU183494

IMAU30087 ←LABCC D5402. 分离源：新疆地区博州赛里木湖牧场 酸马奶．分离
时间：2004 年．培养基 0006，37℃ GenBank 序列号 FJ749669

IMAU30088 ←LABCC E6302. 分离源：新疆地区伊犁州新源县那拉提高山草原 酸
马奶．分离时间：2004 年．培养基 0006，37℃ GenBank 序列号 FJ749670

IMAU30093 ←LABCC E2303. 分离源：新疆地区伊犁州新源县那拉提高山草原 酸
马奶．分离时间：2004 年．培养基 0006，37℃ GenBank 序列号 EU273820

IMAU30094 ←LABCC E2401. 分离源：新疆地区伊犁州新源县那拉提高山草原 酸
马奶．分离时间：2004 年．培养基 0006，37℃ GenBank 序列号 FJ749672

IMAU30095 ←LABCC E2402. 分离源：新疆地区伊犁州新源县那拉提高山草原 酸
马奶．分离时间：2004 年．培养基 0006，37℃ GenBank 序列号 FJ749673

IMAU30097 ←LABCC E3305. 分离源：新疆地区伊犁州新源县那拉提高山草原 酸
马奶．分离时间：2004 年．培养基 0006，37℃ GenBank 序列号 FJ749674

IMAU30099 ←LABCC E3402. 分离源：新疆地区伊犁州新源县那拉提高山草原 酸
马奶．分离时间：2004 年．培养基 0006，37℃ GenBank 序列号 FJ749675

IMAU30109 ←LABCC E6201-1. 分离源：新疆地区伊犁州新源县那拉提高山草原
酸马奶．分离时间：2004 年．培养基 0006，37℃ GenBank 序列号 FJ749679

IMAU30110 ←LABCC E6301. 分离源：新疆地区伊犁州新源县那拉提高山草原 酸

马奶. 分离时间: 2004 年. 培养基 0006, 37℃ GenBank 序列号 FJ749680

IMAU30111 ←LABCC E6302-1. 分离源: 新疆地区伊犁州新源县那拉提高山草原酸马奶. 分离时间: 2004 年. 培养基 0006, 37℃ GenBank 序列号 FJ749681

IMAU30115 ←LABCC E7301-1. 分离源: 新疆地区伊犁州新源县那拉提高山草原酸马奶. 分离时间: 2004 年. 培养基 0006, 37℃ GenBank 序列号 FJ459815

IMAU30117 ←LABCC E7303. 分离源: 新疆地区伊犁州新源县那拉提高山草原 酸马奶. 分离时间: 2004 年. 培养基 0006, 37℃ GenBank 序列号 FJ749684

IMAU30120 ←LABCC F1302. 分离源: 新疆地区巴州巴音布鲁克 酸马奶. 分离时间: 2004 年. 培养基 0006, 37℃ GenBank 序列号 FJ749686

IMAU30121 ←LABCC F1303. 分离源: 新疆地区巴州巴音布鲁克 酸马奶. 分离时间: 2004 年. 培养基 0006, 37℃ GenBank 序列号 FJ749687

IMAU30122 ←LABCC F1304. 分离源: 新疆地区巴州巴音布鲁克 酸马奶. 分离时间: 2004 年. 培养基 0006, 37℃ GenBank 序列号 FJ749688

IMAU30123 ←LABCC F1402. 分离源: 新疆地区巴州巴音布鲁克 酸马奶. 分离时间: 2004 年. 培养基 0006, 37℃ GenBank 序列号 FJ749689

IMAU30124 ←LABCC F2301. 分离源: 新疆地区巴州巴音布鲁克达板 酸马奶. 分离时间: 2004 年. 培养基 0006, 37℃ GenBank 序列号 FJ749690

IMAU30125 ←LABCC F2301-1. 分离源: 新疆地区巴州巴音布鲁克达板 酸马奶. 分离时间: 2004 年. 培养基 0006, 37℃ GenBank 序列号 FJ749691

IMAU30126 ←LABCC F2301-2. 分离源: 新疆地区巴州巴音布鲁克达板 酸马奶. 分离时间: 2004 年. 培养基 0006, 37℃ GenBank 序列号 FJ749692

IMAU30127 ←LABCC F2304. 分离源: 新疆地区巴州巴音布鲁克达板 酸马奶. 分离时间: 2004 年. 培养基 0006, 37℃ GenBank 序列号 FJ749693

IMAU30128 ←LABCC F3301. 分离源: 新疆地区巴州巴音布鲁克 酸马奶. 分离时间: 2004 年. 培养基 0006, 37℃ GenBank 序列号 FJ749694

IMAU30131 ←LABCC F4301. 分离源: 新疆地区巴州巴伦台县 酸马奶. 分离时间: 2004 年. 培养基 0006, 37℃ GenBank 序列号 FJ749695

IMAU30132 ←LABCC F4303. 分离源: 新疆地区巴州巴伦台县 酸马奶. 分离时间: 2004 年. 培养基 0006, 37℃ GenBank 序列号 FJ749696

IMAU30134 ←LABCC F5301-1. 分离源: 新疆地区巴音布鲁克 酸马奶. 分离时间: 2004 年. 培养基 0006, 37℃ GenBank 序列号 FJ749697

IMAU30136 ←LABCC F5401. 分离源: 新疆地区巴音布鲁克 酸马奶. 分离时间: 2004 年. 培养基 0006, 37℃ GenBank 序列号 FJ749698

IMAU30137 ←LABCC F5401-1. 分离源: 新疆地区巴音布鲁克 酸马奶. 分离时

间：2004 年．培养基 0006，37℃ GenBank 序列号 FJ749699

IMAU30139 ←LABCC F5402-1. 分离源：新疆地区巴音布鲁克 酸马奶．分离时
间：2004 年．培养基 0006，37℃ GenBank 序列号 FJ749700

IMAU30140 ←LABCC F6301. 分离源：新疆地区巴音布鲁克 酸马奶．分离时间：
2004 年．培养基 0006，37℃ GenBank 序列号 FJ749701

IMAU30141 ←LABCC F6302. 分离源：新疆地区巴音布鲁克 酸马奶．分离时间：
2004 年．培养基 0006，37℃ GenBank 序列号 FJ749702

IMAU30142 ←LABCC F6304. 分离源：新疆地区巴音布鲁克 酸马奶．分离时间：
2004 年．培养基 0006，37℃ GenBank 序列号 FJ749703

IMAU30143 ←LABCC F6306. 分离源：新疆地区巴音布鲁克 酸马奶．分离时间：
2004 年．培养基 0006，37℃ GenBank 序列号 FJ749704

IMAU30144 ←LABCC F6307. 分离源：新疆地区巴音布鲁克 酸马奶．分离时间：
2004 年．培养基 0006，37℃ GenBank 序列号 FJ749705

IMAU30145 ←LABCC F6401. 分离源：新疆地区巴音布鲁克 酸马奶．分离时间：
2004 年．培养基 0006，37℃ GenBank 序列号 FJ749706

IMAU30146 ←LABCC F6402. 分离源：新疆地区巴音布鲁克 酸马奶．分离时间：
2004 年．培养基 0006，37℃ GenBank 序列号 FJ749707

IMAU30147 ←LABCC F6301-1. 分离源：新疆地区巴音布鲁克 酸马奶．分离时
间：2004 年．培养基 0006，37℃ GenBank 序列号 FJ749708

IMAU30148 ←LABCC F6301-2. 分离源：新疆地区巴音布鲁克 酸马奶．分离时
间：2004 年．培养基 0006，37℃ GenBank 序列号 FJ749709

IMAU30149 ←LABCC XA6-1. 分离源：新疆地区 酸马奶．分离时间：2004 年．
培养基 0006，37℃ GenBank 序列号 FJ749710

IMAU30152 ←LABCC XB1-2. 分离源：新疆地区 酸马奶．分离时间：2004 年．
培养基 0006，37℃ GenBank 序列号 FJ749712

IMAU30155 ←LABCC XC1-2. 分离源：新疆地区 酸马奶．分离时间：2004 年．
培养基 0006，37℃ GenBank 序列号 FJ749714

IMAU30156 ←LABCC XC4-2. 分离源：新疆地区 酸马奶．分离时间：2004 年．
培养基 0006，37℃ GenBank 序列号 FJ749715

IMAU40002 ←LABCC QH14-3-2. 分离源：青海省海西州乌兰县赛什克乡 酸马奶．
分离时间：2005 年．培养基 0006，37℃ GenBank 序列号 FJ749721

IMAU40006 ←LABCC QH14-3-1. 分离源：青海省海西州乌兰县赛什克乡 酸马奶．
分离时间：2005 年．培养基 0006，37℃ GenBank 序列号 FJ749725

IMAU40008 ←LABCC QH15-6. 分离源：青海省海西州乌兰县赛什克乡 酸马奶．

分离时间：2005 年．培养基 0006，37℃ GenBank 序列号 FJ749727

IMAU40084 ←LABCC QH1-1. 分离源：青海省海南州共和县江西沟乡 酸牦牛奶．分离时间：2005 年．培养基 0006，37℃ GenBank 序列号 FJ749359

IMAU40085 ←LABCC QH2-5. 分离源：青海省海南州共和县江西沟乡 酸牦牛奶．分离时间：2005 年．培养基 0006，37℃ GenBank 序列号 FJ749360

IMAU40086 ←LABCC QH3-1-1. 分离源：青海省海南州共和县江西沟乡 酸牦牛奶．分离时间：2005 年．培养基 0006，37℃ GenBank 序列号 FJ749361

IMAU40087 ←LABCC QH3-6-2. 分离源：青海省海南州共和县江西沟乡 酸牦牛奶．分离时间：2005 年．培养基 0006，37℃ GenBank 序列号 FJ749362

IMAU40088 ←LABCC QH5-6. 分离源：青海省海南州共和县江西沟乡 酸牦牛奶．分离时间：2005 年．培养基 0006，37℃ GenBank 序列号 FJ749363

IMAU40092 ←LABCC QH5-1. 分离源：青海省海南州共和县江西沟乡 酸牦牛奶．分离时间：2005 年．培养基 0006，37℃ GenBank 序列号 FJ749367

IMAU40093 ←LABCC QH7-2. 分离源：青海省海南州共和县黑马河乡 酸牦牛奶．分离时间：2005 年．培养基 0006，37℃ GenBank 序列号 FJ749368

IMAU40094 ←LABCC QH3-1-2. 分离源：青海省海南州共和县江西沟乡 酸牦牛奶．分离时间：2005 年．培养基 0006，37℃ GenBank 序列号 FJ749369

IMAU40095 ←LABCC QH5-3. 分离源：青海省海南州共和县江西沟乡 酸牦牛奶．分离时间：2005 年．培养基 0006，37℃ GenBank 序列号 FJ749370

IMAU40096 ←LABCC QH10-3-2. 分离源：青海省海南州共和县石乃亥乡 酸牦牛奶．分离时间：2005 年．培养基 0006，37℃ GenBank 序列号 FJ749371

IMAU40097 ←LABCC QH3-6-1. 分离源：青海省海南州共和县江西沟乡 酸牦牛奶．分离时间：2005 年．培养基 0006，37℃ GenBank 序列号 FJ749372

IMAU40098 ←LABCC QH9-7. 分离源：青海省海南州共和县黑马河乡 酸牦牛奶．分离时间：2005 年．培养基 0006，37℃ GenBank 序列号 FJ749373

IMAU40102 ←LABCC QH2-1-2. 分离源：青海省海南州共和县江西沟乡 酸牦牛奶．分离时间：2005 年．培养基 0006，37℃ GenBank 序列号 FJ749376

IMAU40107 ←LABCC QH41-6-1. 分离源：青海省海北州西海镇 酸牦牛奶．分离时间：2005 年．培养基 0006，37℃ GenBank 序列号 FJ749380

IMAU50001 ←LABCC YN1-1. 分离源：云南省大理市上关镇海潮河村 乳扇酸乳清．分离时间：2006 年．培养基 0006，37℃ GenBank 序列号 FJ749405

IMAU50005 ←LABCC YN1-2. 分离源：云南省大理市上关镇海潮河村 乳扇酸乳清．分离时间：2006 年．培养基 0006，37℃ GenBank 序列号 FJ915629

IMAU50009 ←LABCC YN1-4-2. 分离源：云南省大理市上关镇海潮河村 乳扇酸乳

清．分离时间：2006 年．培养基 0006，37℃ GenBank 序列号 FJ749412

IMAU50010 ←LABCC YN15-1．分离源：云南省洱源县邓川镇中和村 乳扇酸乳清．
分离时间：2006 年．培养基 0006，37℃ GenBank 序列号 FJ749413

IMAU50011 ←LABCC YN15-2．分离源：云南省洱源县邓川镇中和村 乳扇酸乳清．
分离时间：2006 年．培养基 0006，37℃ GenBank 序列号 FJ749414

IMAU50012 ←LABCC YN15-3．分离源：云南省洱源县邓川镇中和村 乳扇酸乳清．
分离时间：2006 年．培养基 0006，37℃ GenBank 序列号 FJ749415

IMAU50013 ←LABCC YN15-4-1-2．分离源：云南省洱源县邓川镇中和村 乳扇酸
乳清．分离时间：2006 年．培养基 0006，37℃ GenBank 序列号 FJ749416

IMAU50014 ←LABCC YN15-4-2-1．分离源：云南省洱源县邓川镇中和村 乳扇酸
乳清．分离时间：2006 年．培养基 0006，37℃ GenBank 序列号 FJ749417

IMAU50015 ←LABCC YN15-4-2-2．分离源：云南省洱源县邓川镇中和村 乳扇酸
乳清．分离时间：2006 年．培养基 0006，37℃ GenBank 序列号 FJ915630

IMAU50016 ←LABCC YN15-4-2-3．分离源：云南省洱源县邓川镇中和村 乳扇酸
乳清．分离时间：2006 年．培养基 0006，37℃ GenBank 序列号 FJ749418

IMAU50017 ←LABCC YN15-4-3-1．分离源：云南省洱源县邓川镇中和村 乳扇酸
乳清．分离时间：2006 年．培养基 0006，37℃ GenBank 序列号 FJ749419

IMAU50019 ←LABCC YN17-1-1-1-1．分离源：云南省洱源县邓川镇中和村 乳扇
酸乳清．分离时间：2006 年．培养基 0006，37℃ GenBank 序列号 FJ749420

IMAU50020 ←LABCC 17-1-1-1-2．分离源：云南省洱源县邓川镇中和村 乳扇酸乳
清．分离时间：2006 年．培养基 0006，37℃ GenBank 序列号 FJ749421

IMAU50021 ←LABCC YN17-1-1-1-3．分离源：云南省洱源县邓川镇中和村 乳扇
酸乳清．分离时间：2006 年．培养基 0006，37℃ GenBank 序列号 FJ749422

IMAU50022 ←LABCC YN17-1-1-2-1．分离源：云南省洱源县邓川镇中和村 乳扇
酸乳清．分离时间：2006 年．培养基 0006，37℃ GenBank 序列号 FJ749423

IMAU50023 ←LABCC YN17-1-1-2-2．分离源：云南省洱源县邓川镇中和村 乳扇
酸乳清．分离时间：2006 年．培养基 0006，37℃ GenBank 序列号 FJ749424

IMAU50024 ←LABCC YN17-1-1-3-1．分离源：云南省洱源县邓川镇中和村 乳扇
酸乳清．分离时间：2006 年．培养基 0006，37℃ GenBank 序列号 FJ749425

IMAU50025 ←LABCC YN17-1-1-3-2．分离源：云南省洱源县邓川镇中和村 乳扇
酸乳清．分离时间：2006 年．培养基 0006，37℃ GenBank 序列号 FJ749426

IMAU50026 ←LABCC YN17-1-1-3-3．分离源：云南省洱源县邓川镇中和村 乳扇
酸乳清．分离时间：2006 年．培养基 0006，37℃ GenBank 序列号 FJ749427

IMAU50027 ←LABCC YN17-1-2-1-1．分离源：云南省洱源县邓川镇中和村 乳扇

酸乳清. 分离时间: 2006 年. 培养基 0006, 37℃ GenBank 序列号 FJ749428

IMAU50028 ←LABCC YN17-1-2-1-2. 分离源: 云南省洱源县邓川镇中和村 乳扇酸乳清. 分离时间: 2005 年. 培养基 0006, 37℃ GenBank 序列号 FJ749429

IMAU50029 ←LABCC YN17-1-2-1-3. 分离源: 云南省洱源县邓川镇中和村 乳扇酸乳清. 分离时间: 2006 年. 培养基 0006, 37℃ GenBank 序列号 FJ749430

IMAU50030 ←LABCC YN17-1-2-2-1. 分离源: 云南省洱源县邓川镇中和村 乳扇酸乳清. 分离时间: 2006 年. 培养基 0006, 37℃ GenBank 序列号 FJ749431

IMAU50031 ←LABCC YN17-1-2-2-2. 分离源: 云南省洱源县邓川镇中和村 乳扇酸乳清. 分离时间: 2006 年. 培养基 0006, 37℃ GenBank 序列号 FJ749432

IMAU50032 ←LABCC YN17-1-2-2-3. 分离源: 云南省洱源县邓川镇中和村 乳扇酸乳清. 分离时间: 2006 年. 培养基 0006, 37℃ GenBank 序列号 FJ749433

IMAU50033 ←LABCC YN17-1-2-3-1. 分离源: 云南省洱源县邓川镇中和村 乳扇酸乳清. 分离时间: 2006 年. 培养基 0006, 37℃ GenBank 序列号 FJ749434

IMAU50034 ←LABCC YN17-1-2-3-2. 分离源: 云南省洱源县邓川镇中和村 乳扇酸乳清. 分离时间: 2006 年. 培养基 0006, 37℃ GenBank 序列号 FJ749435

IMAU50036 ←LABCC YN17-3. 分离源: 云南省洱源县邓川镇中和村 乳扇酸乳清. 分离时间: 2006 年. 培养基 0006, 37℃ GenBank 序列号 FJ749437

IMAU50040 ←LABCC YN19-3-1. 分离源: 云南省洱源县邓川镇腾龙村 乳扇酸乳清. 分离时间: 2006 年. 培养基 0006, 37℃ GenBank 序列号 FJ749441

IMAU50041 ←LABCC YN19-3-2. 分离源: 云南省洱源县邓川镇腾龙村 乳扇酸乳清. 分离时间: 2006 年. 培养基 0006, 37℃ GenBank 序列号 FJ749442

IMAU50044 ←LABCC YN2-2-1-1. 分离源: 云南省大理市上关镇海潮河村 乳扇酸乳清. 分离时间: 2006 年. 培养基 0006, 37℃ GenBank 序列号 FJ749444

IMAU50046 ←LABCC YN2-2-3-1. 分离源: 云南省大理市上关镇海潮河村 乳扇酸乳清. 分离时间: 2006 年. 培养基 0006, 37℃ GenBank 序列号 FJ749446

IMAU50047 ←LABCC YN2-2-3-2. 分离源: 云南省大理市上关镇海潮河村 乳扇酸乳清. 分离时间: 2006 年. 培养基 0006, 37℃ GenBank 序列号 FJ749447

IMAU50048 ←LABCC YN2-2-3-3. 分离源: 云南省大理市上关镇海潮河村 乳扇酸乳清. 分离时间: 2006 年. 培养基 0006, 37℃ GenBank 序列号 FJ749448

IMAU50050 ←LABCC YN23-1. 分离源: 云南省洱源县邓川镇松曲村 乳扇酸乳清. 分离时间: 2006 年. 培养基 0006, 37℃ GenBank 序列号 FJ749450

IMAU50051 ←LABCC YN23-2. 分离源: 云南省洱源县邓川镇松曲村 乳扇酸乳清. 分离时间: 2006 年. 培养基 0006, 37℃ GenBank 序列号 FJ749451

IMAU50052 ←LABCC YN2-4-1. 分离源: 云南省大理市上关镇海潮河村 乳扇酸乳

清．分离时间：2006 年．培养基 0006，37℃ GenBank 序列号 FJ749452

IMAU50053 ←LABCC YN2-4-2．分离源：云南省大理市上关镇海潮河村 乳扇酸乳清．分离时间：2006 年．培养基 0006，37℃ GenBank 序列号 FJ749453

IMAU50055 ←LABCC YN25-2-1-1．分离源：云南省洱源县邓川镇松曲村 乳扇酸乳清．分离时间：2006 年．培养基 0006，37℃ GenBank 序列号 FJ749455

IMAU50063 ←LABCC YN27-5-1-1．分离源：云南省洱源县右所镇 乳扇酸乳清．分离时间：2006 年．培养基 0006，37℃ GenBank 序列号 FJ749463

IMAU50064 ←LABCC YN27-5-1-2．分离源：云南省洱源县右所镇 乳扇酸乳清．分离时间：2006 年．培养基 0006，37℃ GenBank 序列号 FJ749464

IMAU50065 ←LABCC YN27-5-1-3．分离源：云南省洱源县右所镇 乳扇酸乳清．分离时间：2006 年．培养基 0006，37℃ GenBank 序列号 FJ749465

IMAU50066 ←LABCC YN27-5-2-1．分离源：云南省洱源县右所镇 乳扇酸乳清．分离时间：2006 年．培养基 0006，37℃ GenBank 序列号 FJ749466

IMAU50069 ←LABCC YN31-1．分离源：云南省洱源县右所镇鸡鸣村 乳扇酸乳清．分离时间：2006 年．培养基 0006，37℃ GenBank 序列号 FJ749468

IMAU50070 ←LABCC YN3-1-1-1．分离源：云南省大理市上关镇海潮河村 乳扇酸乳清．分离时间：2006 年．培养基 0006，37℃ GenBank 序列号 FJ749469

IMAU50072 ←LABCC YN3-1-1-3．分离源：云南省大理市上关镇海潮河村 乳扇酸乳清．分离时间：2006 年．培养基 0006，37℃ GenBank 序列号 FJ749471

IMAU50073 ←LABCC YN31-2．分离源：云南省洱源县右所镇鸡鸣村 乳扇酸乳清．分离时间：2006 年．培养基 0006，37℃ GenBank 序列号 FJ749472

IMAU50075 ←LABCC YN3-1-2-1-2．分离源：云南省大理市上关镇海潮河村 乳扇酸乳清．分离时间：2006 年．培养基 0006，37℃ GenBank 序列号 FJ749474

IMAU50079 ←LABCC YN31-3．分离源：云南省洱源县右所镇鸡鸣村 乳扇酸乳清．分离时间：2006 年．培养基 0006，37℃ GenBank 序列号 FJ749478

IMAU50080 ←LABCC YN3-2．分离源：云南省大理市上关镇海潮河村 乳扇酸乳清．分离时间：2006 年．培养基 0006，37℃ GenBank 序列号 FJ749479

IMAU50082 ←LABCC YN33-2-1．分离源：云南省洱源县右所镇鸡鸣村 乳扇酸乳清．分离时间：2006 年．培养基 0006，37℃ GenBank 序列号 FJ749481

IMAU50083 ←LABCC YN33-2-2．分离源：云南省洱源县右所镇鸡鸣村 乳扇酸乳清．分离时间：2006 年．培养基 0006，37℃ GenBank 序列号 FJ749482

IMAU50084 ←LABCC YN33-2-3．分离源：云南省洱源县右所镇鸡鸣村 乳扇酸乳清．分离时间：2006 年．培养基 0006，37℃ GenBank 序列号 FJ749483

IMAU50085 ←LABCC YN33-2-4．分离源：云南省洱源县右所镇鸡鸣村 乳扇酸乳

清. 分离时间: 2006 年. 培养基 0006, 37℃ GenBank 序列号 FJ915631

IMAU50091 ←LABCC YN5-1. 分离源: 云南省大理市上关镇东马厂村 乳扇酸乳清. 分离时间: 2006 年. 培养基 0006, 37℃ GenBank 序列号 FJ749488

IMAU50092 ←LABCC YN5-3. 分离源: 云南省大理市上关镇东马厂村 乳扇酸乳清. 分离时间: 2006 年. 培养基 0006, 37℃ GenBank 序列号 FJ749489

IMAU50151 ←LABCC YNK-2-1. 分离源: 云南省剑川县甸南镇 乳饼. 分离时间: 2006 年. 培养基 0006, 37℃ GenBank 序列号 FJ749545

IMAU60018 ←LABCC XZ5302. 分离源: 西藏地区日喀则江孜县东郊乡 酸黄牛奶. 分离时间: 2007 年. 培养基 0006, 37℃ GenBank 序列号 FJ211390

IMAU60030 ←LABCC XZ8304. 分离源: 西藏地区日喀则江孜县重孜乡 酸黄牛奶. 分离时间: 2007 年. 培养基 0006, 37℃ GenBank 序列号 FJ749758

IMAU60066 ←LABCC XZ16303. 分离源: 西藏地区那曲县罗马镇 酸牦牛奶. 分离时间: 2007 年. 培养基 0006, 37℃ GenBank 序列号 FJ749790

IMAU60068 ←LABCC XZ17302. 分离源: 西藏地区那曲县罗马镇 酸牦牛奶. 分离时间: 2007 年. 培养基 0006, 37℃ GenBank 序列号 FJ749792

IMAU60116 ←LABCC XZ31301. 分离源: 西藏地区那曲县古露镇 酸牦牛奶. 分离时间: 2007 年. 培养基 0006, 37℃ GenBank 序列号 FJ215675

IMAU60117 ←LABCC XZ31303. 分离源: 西藏地区那曲县古露镇 酸牦牛奶. 分离时间: 2007 年. 培养基 0006, 37℃ GenBank 序列号 FJ749835

IMAU50154 ←LABCC YNK-4-1-1. 分离源: 云南省剑川县甸南镇 乳饼. 分离时间: 2006 年. 培养基 0006, 37℃ GenBank 序列号 FJ749548

IMAU60198 ←LABCC XZ43201. 分离源: 西藏拉萨地区当雄县纳木错 酸牦牛奶. 分离时间: 2007 年. 培养基 0006, 37℃ GenBank 序列号 FJ915644

IMAU60201 ←LABCC XZ36402. 分离源: 西藏拉萨地区当雄县龙仁乡 酸牦牛奶. 分离时间: 2007 年. 培养基 0006, 37℃ GenBank 序列号 FJ915646

IMAU60202 ←LABCC XZ33403. 分离源: 西藏地区那曲县古露镇 酸牦牛奶. 分离时间: 2007 年. 培养基 0006, 37℃ GenBank 序列号 FJ915647

IMAU60204 ←LABCC XZ26401. 分离源: 西藏地区那曲县桑雄乡 酸牦牛奶. 分离时间: 2007 年. 培养基 0006, 37℃ GenBank 序列号 FJ915649

IMAU60205 ←LABCC XZ44401. 分离源: 西藏拉萨地区当雄县纳木错 酸牦牛奶. 分离时间: 2007 年. 培养基 0006, 37℃ GenBank 序列号 FJ915650

IMAU60206 ←LABCC XZ43401. 分离源: 西藏拉萨地区当雄县龙仁乡 酸牦牛奶. 分离时间: 2007 年. 培养基 0006, 37℃ GenBank 序列号 FJ915651

IMAU60207 ←LABCC XZ19405. 分离源: 西藏那曲县罗马镇 酸牦牛奶. 分离时

间：2007 年．培养基 0006，37℃ GenBank 序列号 FJ915652

IMAU60208 ←LABCC XZ16401. 分离源：西藏那曲县罗马镇 酸牦牛奶．分离时间：2007 年．培养基 0006，37℃ GenBank 序列号 FJ915653

IMAU60209 ←LABCC XZ33402. 分离源：西藏那曲县古露镇 酸牦牛奶．分离时间：2007 年．培养基 0006，37℃ GenBank 序列号 FJ915654

IMAU60210 ←LABCC XZ31401. 分离源：西藏那曲县古露镇 酸牦牛奶．分离时间：2007 年．培养基 0006，37℃ GenBank 序列号 FJ915655

IMAU60211 ←LABCC XZ26403. 分离源：西藏那曲县桑雄乡 酸牦牛奶．分离时间：2007 年．培养基 0006，37℃ GenBank 序列号 FJ915656

IMAU60212 ←LABCC XZ32402. 分离源：西藏那曲县古露镇 酸牦牛奶．分离时间：2007 年．培养基 0006，37℃ GenBank 序列号 FJ915657

IMAU60213 ←LABCC XZ6401. 分离源：西藏日喀则地区江孜县娘对乡 酸黄牛奶．分离时间：2007 年．培养基 0006，37℃ GenBank 序列号 FJ915658

IMAU60215 ←LABCC XZ7402. 分离源：西藏日喀则地区江孜县重孜乡 酸黄牛奶．分离时间：2007 年．培养基 0006，37℃ GenBank 序列号 FJ915660

IMAU60216 ←LABCC XZ10404. 分离源：西藏日喀则地区江孜县热索乡 酸黄牛奶．分离时间：2007 年．培养基 0006，37℃ GenBank 序列号 FJ915661

IMAU60218 ←LABCC XZ10403. 分离源：西藏日喀则地区江孜县热索乡 酸黄牛奶．分离时间：2007 年．培养基 0006，37℃ GenBank 序列号 FJ915663

IMAU60219 ←LABCC XZ5402. 分离源：西藏日喀则地区江孜县东郊乡 酸黄牛奶．分离时间：2007 年．培养基 0006，37℃ GenBank 序列号 FJ915664

IMAU60220 ←LABCC XZ1403. 分离源：西藏日喀则地区江孜县加日部乡 酸黄牛奶．分离时间：2007 年．培养基 0006，37℃ GenBank 序列号 FJ915665

IMAU60222 ←LABCC XZ25402. 分离源：西藏那曲县桑雄乡 酸牦牛奶．分离时间：2007 年．培养基 0006，37℃ GenBank 序列号 FJ915667

IMAU60223 ←LABCC XZ15402. 分离源：西藏日喀则地区白朗日喀则县江当乡 酸黄牛奶．分离时间：2007 年．培养基 0006，37℃ GenBank 序列号 FJ915668

IMAU60224 ←LABCC XZ6402. 分离源：西藏日喀则地区江孜县娘对乡 酸黄牛奶．分离时间：2007 年．培养基 0006，37℃ GenBank 序列号 FJ915669

IMAU60225 ←LABCC XZ1402. 分离源：西藏日喀则地区白朗日喀则县甲雄乡 酸黄牛奶．分离时间：2007 年．培养基 0006，37℃ GenBank 序列号 FJ915670

IMAU60226 ←LABCC XZ1404. 分离源：西藏日喀则地区白朗日喀则县甲雄乡 酸黄牛奶．分离时间：2007 年．培养基 0006，37℃ GenBank 序列号 FJ915671

IMAU60227 ←LABCC XZ8404. 分离源：西藏日喀则地区江孜县重孜乡 酸黄牛奶．

分离时间：2007 年．培养基 0006，37℃ GenBank 序列号 FJ915672

IMAU60228 ←LABCC XZ8402. 分离源：西藏日喀则地区江孜县重孜乡 酸黄牛奶．分离时间：2007 年．培养基 0006，37℃ GenBank 序列号 FJ915673

IMAU60229 ←LABCC XZ8401. 分离源：西藏日喀则地区江孜县重孜乡 酸黄牛奶．分离时间：2007 年．培养基 0006，37℃ GenBank 序列号 FJ915674

IMAU70168 ←LABCC YM6451. 分离源：鄂尔多斯市达拉特旗树林召镇 酸粥．分离时间：2008 年．培养基 0006，37℃ GenBank 序列号 GQ131283

IMAU70169 ←LABCC YM6452. 分离源：鄂尔多斯市达拉特旗树林召镇 酸粥．分离时间：2008 年．培养基 0006，37℃ GenBank 序列号 GQ131284

IMAU70170 ←LABCC YM6453. 分离源：鄂尔多斯市达拉特旗树林召镇 酸粥．分离时间：2008 年．培养基 0006，37℃ GenBank 序列号 GQ131285

IMAU70171 ←LABCC YM6454. 分离源：鄂尔多斯市达拉特旗树林召镇 酸粥．分离时间：2008 年．培养基 0006，37℃ GenBank 序列号 GQ131286

IMAU80230 ←LABCC S1-1. 分离源：四川省阿坝州诺尔盖县 酸牦牛奶．分离时间：2009 年．培养基 0006，37℃ GenBank 序列号 HM058517

IMAU80231 ←LABCC S1-2. 分离源：四川省阿坝州诺尔盖县 酸牦牛奶．分离时间：2009 年．培养基 0006，37℃ GenBank 序列号 HM058518

IMAU80234 ←LABCC S2-2. 分离源：四川省阿坝州诺尔盖县 鲜牦牛奶．分离时间：2009 年．培养基 0006，37℃ GenBank 序列号 HM058520

IMAU80238 ←LABCC S2-7. 分离源：四川省阿坝州诺尔盖县 鲜牦牛奶．分离时间：2009 年．培养基 0006，37℃ GenBank 序列号 HM058524

IMAU80246 ←LABCC S4-2. 分离源：四川省阿坝州诺尔盖县下关一队 酸牦牛奶．分离时间：2009 年．培养基 0006，37℃ GenBank 序列号 HM058531

IMAU80252 ←LABCC S5-5. 分离源：四川省阿坝州诺尔盖县下关一队 曲拉．分离时间：2009 年．培养基 0006，37℃ GenBank 序列号 HM058537

IMAU80282 ←LABCC S13-1. 分离源：四川省阿坝州红原县瓦切乡二队 曲拉．分离时间：2009 年．培养基 0006，37℃ GenBank 序列号 HM058564

IMAU80283 ←LABCC S13-2. 分离源：四川省阿坝州红原县瓦切乡二队 曲拉．分离时间：2009 年．培养基 0006，37℃ GenBank 序列号 HM058565

IMAU80302 ←LABCC S17-4. 分离源：四川省阿坝州红原县瓦切乡二队 曲拉．分离时间：2009 年．培养基 0006，37℃ GenBank 序列号 HM058582

IMAU80306 ←LABCC S18-1. 分离源：四川省阿坝州红原县瓦切乡二队 酸牦牛奶．分离时间：2009 年．培养基 0006，37℃ GenBank 序列号 HM058586

IMAU80312 ←LABCC S19-2. 分离源：四川省阿坝州红原县瓦切乡二队 曲拉．分

离时间：2009 年. 培养基 0006，37℃ GenBank 序列号 HM058592

IMAU80313 ←LABCC S19-3. 分离源：四川省阿坝州红原县瓦切乡二队 曲拉. 分
离时间：2009 年. 培养基 0006，37℃ GenBank 序列号 HM058593

IMAU80322 ←LABCC S22-3. 分离源：四川省阿坝州红原县瓦切乡二队 曲拉. 分
离时间：2009 年. 培养基 0006，37℃ GenBank 序列号 HM058602

IMAU80328 ←LABCC S23-6. 分离源：四川省阿坝州红原县阿木可乡 鲜牦牛奶.
分离时间：2009 年. 培养基 0006，37℃ GenBank 序列号 HM058608

IMAU80368 ←LABCC S36-3. 分离源：四川省阿坝州红原县阿木曲河乡三队 酸牦
牛奶. 分离时间：2009 年. 培养基 0006，37℃ GenBank 序列号 HM058640

IMAU80372 ←LABCC S38-2. 分离源：四川省阿坝州红原县阿木曲河乡三队 乳
清. 分离时间：2009 年. 培养基 0006，37℃ GenBank 序列号 HM058643

IMAU80373 ←LABCC S38-3. 分离源：四川省阿坝州红原县阿木曲河乡三队 乳
清. 分离时间：2009 年. 培养基 0006，37℃ GenBank 序列号 HM058644

IMAU80381 ←LABCC S40-2. 分离源：四川省阿坝州红原县阿木曲河乡三队 曲
拉. 分离时间：2009 年. 培养基 0006，37℃ GenBank 序列号 HM058650

IMAU80382 ←LABCC S40-3. 分离源：四川省阿坝州红原县阿木曲河乡三队 曲
拉. 分离时间：2009 年. 培养基 0006，37℃ GenBank 序列号 HM058651

IMAU80383 ←LABCC S40-4. 分离源：四川省阿坝州红原县阿木曲河乡三队 曲
拉. 分离时间：2009 年. 培养基 0006，37℃ GenBank 序列号 HM058652

IMAU80384 ←LABCC S40-5. 分离源：四川省阿坝州红原县阿木曲河乡三队 曲
拉. 分离时间：2009 年. 培养基 0006，37℃ GenBank 序列号 HM058653

IMAU80392 ←LABCC S43-4. 分离源：四川省阿坝州红原县安曲乡三村 酸牦牛
奶. 分离时间：2009 年. 培养基 0006，37℃ GenBank 序列号 HM058658

IMAU80393 ←LABCC S43-5. 分离源：四川省阿坝州红原县安曲乡三村 酸牦牛
奶. 分离时间：2009 年. 培养基 0006，37℃ GenBank 序列号 HM058659

IMAU80394 ←LABCC S43-6. 分离源：四川省阿坝州红原县安曲乡三村 酸牦牛
奶. 分离时间：2009 年. 培养基 0006，37℃ GenBank 序列号 HM058660

IMAU80411 ←LABCC S50-3. 分离源：四川省阿坝州红原县安曲乡三村 曲拉. 分
离时间：2009 年. 培养基 0006，37℃ GenBank 序列号 HM058671

IMAU80413 ←LABCC S50-5. 分离源：四川省阿坝州红原县安曲乡三村 曲拉. 分
离时间：2009 年. 培养基 0006，37℃ GenBank 序列号 HM058672

IMAU80414 ←LABCC S50-6. 分离源：四川省阿坝州红原县安曲乡三村 曲拉. 分
离时间：2009 年. 培养基 0006，37℃ GenBank 序列号 HM058673

IMAU80415 ←LABCC S51-3. 分离源：四川省阿坝州红原县安曲乡三村 乳清. 分

离时间：2009 年．培养基 0006，37℃ GenBank 序列号 HM058674

IMAU80417 ←LABCC S51-5. 分离源：四川省阿坝州红原县安曲乡三村 乳清．分离时间：2009 年．培养基 0006，37℃ GenBank 序列号 HM058676

IMAU80418 ←LABCC S51-6. 分离源：四川省阿坝州红原县安曲乡三村 乳清．分离时间：2009 年．培养基 0006，37℃ GenBank 序列号 HM058677

IMAU80425 ←LABCC S55-3. 分离源：四川省阿坝州红原县安曲乡三村 曲拉．分离时间：2009 年．培养基 0006，37℃ GenBank 序列号 HM058682

IMAU80443 ←LABCC S59-1. 分离源：四川省阿坝州红原县安曲乡三村 曲拉．分离时间：2009 年．培养基 0006，37℃ GenBank 序列号 HM058696

IMAU80445 ←LABCC S59-3. 分离源：四川省阿坝州红原县安曲乡三村 曲拉．分离时间：2009 年．培养基 0006，37℃ GenBank 序列号 HM058698

IMAU80447 ←LABCC S60-2. 分离源：四川省阿坝州红原县安曲乡三村 乳清．分离时间：2009 年．培养基 0006，37℃ GenBank 序列号 HM058700

IMAU80448 ←LABCC S60-3. 分离源：四川省阿坝州红原县安曲乡三村 乳清．分离时间：2009 年．培养基 0006，37℃ GenBank 序列号 HM217999

IMAU80450 ←LABCC S61-3. 分离源：四川省阿坝州红原县安曲乡三村 曲拉．分离时间：2009 年．培养基 0006，37℃ GenBank 序列号 HM058702

IMAU80454 ←LABCC S62-3. 分离源：四川省阿坝州红原县安曲乡三村 鲜牦牛奶．分离时间：2009 年．培养基 0006，37℃ GenBank 序列号 HM058706

IMAU80459 ←LABCC S63-4. 分离源：四川省阿坝州红原县安曲乡三村 乳清．分离时间：2009 年．培养基 0006，37℃ GenBank 序列号 HM058711

IMAU80461 ←LABCC S64-2. 分离源：四川省阿坝州红原县安曲乡三村 曲拉．分离时间：2009 年．培养基 0006，37℃ GenBank 序列号 HM058713

IMAU80462 ←LABCC S64-3. 分离源：四川省阿坝州红原县安曲乡三村 曲拉．分离时间：2009 年．培养基 0006，37℃ GenBank 序列号 HM058714

IMAU80463 ←LABCC S64-4. 分离源：四川省阿坝州红原县安曲乡三村 曲拉．分离时间：2009 年．培养基 0006，37℃ GenBank 序列号 HM058715

IMAU80509 ←LABCC G4-1. 分离源：甘肃省甘肃省夏河县桑科乡赛池村 鲜牦牛奶．分离时间：2009 年．培养基 0006，37℃ GenBank 序列号 HM058721

IMAU80512 ←LABCC G4-5. 分离源：甘肃省甘肃省夏河县桑科乡赛池村 鲜牦牛奶．分离时间：2009 年．培养基 0006，37℃ GenBank 序列号 HM058722

IMAU80514 ←LABCC G4-8. 分离源：甘肃省夏河县桑科乡赛池村 鲜牦牛奶．分离时间：2009 年．培养基 0006，37℃ GenBank 序列号 HM058724

IMAU80520 ←LABCC G7-1. 分离源：甘肃省甘肃省夏河县桑科乡赛池村 酸牦牛

奶．分离时间：2009 年．培养基 0006，37℃ GenBank 序列号 HM058729

IMAU80521 ←LABCC G7-2. 分离源：甘肃省甘肃省夏河县桑科乡赛池村 酸牦牛奶．分离时间：2009 年．培养基 0006，37℃ GenBank 序列号 HM058730

IMAU80522 ←LABCC G7-4. 分离源：甘肃省夏河县桑科乡赛池村 酸牦牛奶．分离时间：2009 年．培养基 0006，37℃ GenBank 序列号 HM058731

IMAU80524 ←LABCC G7-7. 分离源：甘肃省夏河县桑科乡赛池村 酸牦牛奶．分离时间：2009 年．培养基 0006，37℃ GenBank 序列号 HM058733

IMAU80531 ←LABCC G9-2. 分离源：甘肃省夏河县桑科乡赛池村 曲拉．分离时间：2009 年．培养基 0006，37℃ GenBank 序列号 HM058737

IMAU80537 ←LABCC G10-4. 分离源：甘肃省夏河县桑科乡赛池村 酸牦牛奶．分离时间：2009 年．培养基 0006，37℃ GenBank 序列号 HM058740

IMAU80538 ←LABCC G10-6. 分离源：甘肃省夏河县桑科乡赛池村 酸牦牛奶．分离时间：2009 年．培养基 0006，37℃ GenBank 序列号 HM058741

IMAU80560 ←LABCC G17-2. 分离源：甘肃省夏河县桑科乡赛池村 酸牦牛奶．分离时间：2009 年．培养基 0006，37℃ GenBank 序列号 HM058756

IMAU80561 ←LABCC G17-3. 分离源：甘肃省夏河县桑科乡赛池村 酸牦牛奶．分离时间：2009 年．培养基 0006，37℃ GenBank 序列号 HM058757

IMAU80569 ←LABCC G19-2. 分离源：甘肃省夏河县桑科乡赛池村 酸牦牛奶．分离时间：2009 年．培养基 0006，37℃ GenBank 序列号 HM058763

IMAU80572 ←LABCC G20-1. 分离源：甘肃省夏河县桑科乡赛池村 酸牦牛奶．分离时间：2009 年．培养基 0006，37℃ GenBank 序列号 HM058766

IMAU80573 ←LABCC G20-2. 分离源：甘肃省夏河县桑科乡赛池村 酸牦牛奶．分离时间：2009 年．培养基 0006，37℃ GenBank 序列号 HM058767

IMAU80574 ←LABCC G20-3. 分离源：甘肃省夏河县桑科乡赛池村 酸牦牛奶．分离时间：2009 年．培养基 0006，37℃ GenBank 序列号 HM058768

IMAU80575 ←LABCC G21-1. 分离源：甘肃省夏河县桑科乡赛池村 酸牦牛奶．分离时间：2009 年．培养基 0006，37℃ GenBank 序列号 HM058769

IMAU80576 ←LABCC G21-2. 分离源：甘肃省夏河县桑科乡赛池村 酸牦牛奶．分离时间：2009 年．培养基 0006，37℃ GenBank 序列号 HM058770

IMAU80577 ←LABCC G21-3. 分离源：甘肃省夏河县桑科乡赛池村 酸牦牛奶．分离时间：2009 年．培养基 0006，37℃ GenBank 序列号 HM058771

IMAU80578 ←LABCC G21-4. 分离源：甘肃省夏河县桑科乡赛池村 酸牦牛奶．分离时间：2009 年．培养基 0006，37℃ GenBank 序列号 HM058772

IMAU80580 ←LABCC G22-2. 分离源：甘肃省夏河县桑科乡赛池村 酸牦牛奶．分

离时间：2009 年．培养基 0006，37℃ GenBank 序列号 HM058774

IMAU80583 ←LABCC G22-5．分离源：甘肃省夏河县桑科乡赛池村 酸牦牛奶．分离时间：2009 年．培养基 0006，37℃ GenBank 序列号 HM058777

IMAU80590 ←LABCC G24-1．分离源：甘肃省夏河县桑科乡赛池村四队 酸牦牛奶．分离时间：2009 年．培养基 0006，37℃ GenBank 序列号 HM058784

IMAU80596 ←LABCC G25-1．分离源：甘肃省夏河县桑科乡赛池村 曲拉．分离时间：2009 年．培养基 0006，37℃ GenBank 序列号 HM058788

IMAU80604 ←LABCC G27-1．分离源：甘肃省夏河县桑科乡赛池村 酸牦牛奶．分离时间：2009 年．培养基 0006，37℃ GenBank 序列号 HM058795

IMAU80605 ←LABCC G27-2．分离源：甘肃省夏河县桑科乡赛池村 酸牛奶．分离时间：2009 年．培养基 0006，37℃ GenBank 序列号 HM058796

IMAU80606 ←LABCC G27-3．分离源：甘肃省夏河县桑科乡赛池村 酸牦牛奶．分离时间：2009 年．培养基 0006，37℃ GenBank 序列号 HM058797

IMAU80608 ←LABCC G27-5．分离源：甘肃省夏河县桑科乡赛池村 酸牦牛奶．分离时间：2009 年．培养基 0006，37℃ GenBank 序列号 HM058799

IMAU80611 ←LABCC G28-3．分离源：甘肃省夏河县桑科乡赛池村 曲拉．分离时间：2009 年．培养基 0006，37℃ GenBank 序列号 HM058802

IMAU80617 ←LABCC G30-1．分离源：甘肃省夏河县桑科乡赛池村 曲拉．分离时间：2009 年．培养基 0006，37℃ GenBank 序列号 HM058807

IMAU80618 ←LABCC G30-2．分离源：甘肃省夏河县桑科乡赛池村 曲拉．分离时间：2009 年．培养基 0006，37℃ GenBank 序列号 HM058808

IMAU80619 ←LABCC G30-4．分离源：甘肃省夏河县桑科乡赛池村 曲拉．分离时间：2009 年．培养基 0006，37℃ GenBank 序列号 HM058809

IMAU80621 ←LABCC G31-1．分离源：甘肃省夏河县桑科乡赛池村 酸牦牛奶．分离时间：2009 年．培养基 0006，37℃ GenBank 序列号 HM058811

IMAU80622 ←LABCC G31-2．分离源：甘肃省夏河县桑科乡赛池村 酸牦牛奶．分离时间：2009 年．培养基 0006，37℃ GenBank 序列号 HM058812

IMAU80623 ←LABCC G31-3．分离源：甘肃省夏河县桑科乡赛池村 酸牦牛奶．分离时间：2009 年．培养基 0006，37℃ GenBank 序列号 HM058813

IMAU80624 ←LABCC G31-4．分离源：甘肃省夏河县桑科乡赛池村 酸牦牛奶．分离时间：2009 年．培养基 0006，37℃ GenBank 序列号 HM058814

IMAU80625 ←LABCC G31-5．分离源：甘肃省夏河县桑科乡赛池村 酸牦牛奶．分离时间：2009 年．培养基 0006，37℃ GenBank 序列号 HM058815

IMAU80627 ←LABCC G31-7．分离源：甘肃省夏河县桑科乡赛池村 酸牦牛奶．分

离时间：2009 年．培养基 0006，37℃ GenBank 序列号 HM058816

IMAU80633 ←LABCC G33-1. 分离源：甘肃省夏河县桑科乡赛池村 曲拉．分离时间：2009 年．培养基 0006，37℃ GenBank 序列号 HM058822

IMAU80634 ←LABCC G33-2. 分离源：甘肃省夏河县桑科乡赛池村 曲拉．分离时间：2009 年．培养基 0006，37℃ GenBank 序列号 HM058823

IMAU80635 ←LABCC G33-5. 分离源：甘肃省夏河县桑科乡赛池村 曲拉．分离时间：2009 年．培养基 0006，37℃ GenBank 序列号 HM058824

IMAU80636 ←LABCC G34-1. 分离源：甘肃省夏河县桑科乡赛池村 曲拉．分离时间：2009 年．培养基 0006，37℃ GenBank 序列号 HM058825

IMAU80637 ←LABCC G34-3. 分离源：甘肃省夏河县桑科乡赛池村 曲拉．分离时间：2009 年．培养基 0006，37℃ GenBank 序列号 HM217948

IMAU80638 ←LABCC G34-4. 分离源：甘肃省夏河县桑科乡赛池村 曲拉．分离时间：2009 年．培养基 0006，37℃ GenBank 序列号 HM058826

IMAU80646 ←LABCC G36-1. 分离源：甘肃省夏河县桑科才乡戈沟村 酸牦牛奶．分离时间：2009 年．培养基 0006，37℃ GenBank 序列号 HM058832

IMAU80647 ←LABCC G36-2. 分离源：甘肃省夏河县桑科才乡戈沟村 酸牦牛奶．分离时间：2009 年．培养基 0006，37℃ GenBank 序列号 HM058833

IMAU80652 ←LABCC G36-8. 分离源：甘肃省夏河县桑科才乡戈沟村 酸牦牛奶．分离时间：2009 年．培养基 0006，37℃ GenBank 序列号 HM058836

IMAU80659 ←LABCC G38-2. 分离源：甘肃省夏河县桑科乡戈沟村 曲拉．分离时间：2009 年．培养基 0006，37℃ GenBank 序列号 HM058843

IMAU80660 ←LABCC G38-3. 分离源：甘肃省夏河县桑科乡戈沟村 曲拉．分离时间：2009 年．培养基 0006，37℃ GenBank 序列号 HM058844

IMAU80666 ←LABCC G40-1. 分离源：甘肃省夏河县桑科乡戈沟村 酸奶．分离时间：2009 年．培养基 0006，37℃ GenBank 序列号 HM058849

IMAU80667 ←LABCC G40-2. 分离源：甘肃省夏河县桑科乡戈沟村 酸奶．分离时间：2009 年．培养基 0006，37℃ GenBank 序列号 HM058850

IMAU80668 ←LABCC G40-4. 分离源：甘肃省夏河县桑科乡戈沟村 酸奶．分离时间：2009 年．培养基 0006，37℃ GenBank 序列号 HM058851

IMAU80674 ←LABCC G42-2. 分离源：甘肃省夏河县桑科乡刚渣二队 鲜牦牛奶．分离时间：2009 年．培养基 0006，37℃ GenBank 序列号 HM058856

IMAU80675 ←LABCC G42-3. 分离源：甘肃省夏河县桑科乡刚渣二队 鲜牦牛奶．分离时间：2009 年．培养基 0006，37℃ GenBank 序列号 HM058857

IMAU80694 ←LABCC G45-6. 分离源：甘肃省录曲县红科乡 酸奶乳清．分离时

间：2009 年．培养基 0006，37℃ GenBank 序列号 HM058874

IMAU80695 ←LABCC G46-2．分离源：甘肃省录曲县红科乡 乳清蛋白沉淀物．分离时间：2009 年．培养基 0006，37℃ GenBank 序列号 HM058875

IMAU80696 ←LABCC G47-2．分离源：甘肃省录曲县红科乡 曲拉．分离时间：2009 年．培养基 0006，37℃ GenBank 序列号 HM058876

IMAU80705 ←LABCC G50-4．分离源：甘肃省录曲县红科乡 鲜牦牛奶．分离时间：2009 年．培养基 0006，37℃ GenBank 序列号 HM058885

IMAU80724 ←LABCC G52-9．分离源：甘肃省录曲县麻艾乡 酸奶．分离时间：2009 年．培养基 0006，37℃ GenBank 序列号 HM058901

IMAU80725 ←LABCC G53-1．分离源：甘肃省录曲县麻艾乡 曲拉．分离时间：2009 年．培养基 0006，37℃ GenBank 序列号 HM058902

IMAU80726 ←LABCC G53-5．分离源：甘肃省录曲县麻艾乡 曲拉．分离时间：2009 年．培养基 0006，37℃ GenBank 序列号 HM058903

IMAU80753 ←LABCC G59-4．分离源：甘肃省录曲县晒银滩乡四队 乳清．分离时间：2009 年．培养基 0006，37℃ GenBank 序列号 HM058923

IMAU80756 ←LABCC G59-7．分离源：甘肃省录曲县晒银滩乡四队 乳清．分离时间：2009 年．培养基 0006，37℃ GenBank 序列号 HM058926

IMAU80757 ←LABCC G60-1．分离源：甘肃省录曲县晒银滩乡四队 鲜牦牛奶．分离时间：2009 年．培养基 0006，37℃ GenBank 序列号 HM058927

IMAU80762 ←LABCC G61-1．分离源：甘肃省录曲县晒银滩乡四队 曲拉．分离时间：2009 年．培养基 0006，37℃ GenBank 序列号 HM058931

IMAU80765 ←LABCC G61-5．分离源：甘肃省录曲县晒银滩乡四队 曲拉．分离时间：2009 年．培养基 0006，37℃ GenBank 序列号 HM217962

IMAU80768 ←LABCC G63-3．分离源：甘肃省录曲县晒银滩乡三队 鲜牦牛奶．分离时间：2009 年．培养基 0006，37℃ GenBank 序列号 HM058936

IMAU80769 ←LABCC G63-4．分离源：甘肃省录曲县晒银滩乡三队 鲜牦牛奶．分离时间：2009 年．培养基 0006，37℃ GenBank 序列号 HM058937

IMAU80776 ←LABCC G65-1．分离源：甘肃省录曲县晒银滩乡三队 酸牦牛奶．分离时间：2009 年．培养基 0006，37℃ GenBank 序列号 HM058943

IMAU80790 ←LABCC G67-4．分离源：甘肃省录曲县晒银滩乡二队 鲜牦牛奶．分离时间：2009 年．培养基 0006，37℃ GenBank 序列号 HM058956

IMAU80792 ←LABCC G68-1．分离源：甘肃省录曲县晒银滩乡二队 乳清．分离时间：2009 年．培养基 0006，37℃ GenBank 序列号 HM058957

IMAU80794 ←LABCC G69-1．分离源：甘肃省录曲县晒银滩乡一队 酸牦牛奶．分

离时间：2009 年．培养基 0006，37℃ GenBank 序列号 HM058959

IMAU80795 ←LABCC G69-2. 分离源：甘肃省录曲县晒银滩乡一队 酸牦牛奶．分
离时间：2009 年．培养基 0006，37℃ GenBank 序列号 HM058960

IMAU80803 ←LABCC G71-2. 分离源：甘肃省录曲县晒银滩乡一队 鲜牦牛奶．分
离时间：2009 年．培养基 0006，37℃ GenBank 序列号 HM058968

IMAU80811 ←LABCC G73-1. 分离源：甘肃省玛曲县阿万仓乡 乳清．分离时间：
2009 年．培养基 0006，37℃ GenBank 序列号 HM058976

IMAU80851 ←LABCC G83-2. 分离源：甘肃省玛曲县阿尼玛乡 酸牦牛奶．分离时
间：2009 年．培养基 0006，37℃ GenBank 序列号 HM059011

IMAU80852 ←LABCC G83-3. 分离源：甘肃省玛曲县阿尼玛乡 酸牦牛奶．分离时
间：2009 年．培养基 0006，37℃ GenBank 序列号 HM059012

IMAU80855 ←LABCC G84-1. 分离源：甘肃省玛曲县阿尼玛乡 酸牦牛奶．分离时
间：2009 年．培养基 0006，37℃ GenBank 序列号 HM059015

IMAU80856 ←LABCC G84-4. 分离源：甘肃省玛曲县阿尼玛乡 酸牦牛奶．分离时
间：2009 年．培养基 0006，37℃ GenBank 序列号 HM059016

IMAU80859 ←LABCC G85-1. 分离源：甘肃省玛曲县阿尼玛乡 曲拉．分离时间：
2009 年．培养基 0006，37℃ GenBank 序列号 HM059019

IMAU80860 ←LABCC G85-2. 分离源：甘肃省玛曲县阿尼玛乡 曲拉．分离时间：
2009 年．培养基 0006，37℃ GenBank 序列号 HM059020

IMAU80861 ←LABCC G85-3. 分离源：甘肃省玛曲县阿尼玛乡 曲拉．分离时间：
2009 年．培养基 0006，37℃ GenBank 序列号 HM059021

IMAU80862 ←LABCC G85-5. 分离源：甘肃省玛曲县阿尼玛乡 曲拉．分离时间：
2009 年．培养基 0006，37℃ GenBank 序列号 HM059022

IMAU80868 ←LABCC G87-1. 分离源：甘肃省玛曲县阿尼玛乡 曲拉．分离时间：
2009 年．培养基 0006，37℃ GenBank 序列号 HM059025

IMAU80869 ←LABCC G88-2. 分离源：甘肃省玛曲县阿尼玛乡 酸牦牛奶．分离时
间：2009 年．培养基 0006，37℃ GenBank 序列号 HM059026

IMAU80870 ←LABCC G88-4. 分离源：甘肃省玛曲县阿尼玛乡 酸牦牛奶．分离时
间：2009 年．培养基 0006，37℃ GenBank 序列号 HM059027

IMAU80871 ←LABCC G88-5. 分离源：甘肃省玛曲县阿尼玛乡 酸牦牛奶．分离时
间：2009 年．培养基 0006，37℃ GenBank 序列号 HM059028

IMAU80872 ←LABCC G88-6. 分离源：甘肃省玛曲县阿尼玛乡 酸牦牛奶．分离时
间：2009 年．培养基 0006，37℃ GenBank 序列号 HM059029

Lactobacillus hilgardii（6 株）（Douglas and Cruess，1936）希氏乳杆菌

IMAU10806 ←LABCC NM131-5. 分离源：内蒙古巴林右旗巴彦温度尔苏木 酸牛奶. 分离时间：2009 年. 培养基 0006，37℃ GenBank 序列号 HM218523

IMAU10813 ←LABCC NM133-4. 分离源：内蒙古巴林右旗巴彦温度尔苏木 酸牛奶. 分离时间：2009 年. 培养基 0006，37℃ GenBank 序列号 HM218530

IMAU10528 ←LABCC NM58-1. 分离源：内蒙古呼伦贝尔盟新巴尔虎左旗查干镇伊和乌拉嘎查 酸马奶. 分离时间：2009 年. 培养基 0006，37℃ GenBank 序列号 HM218253

IMAU10535 ←LABCC NM59-1. 分离源：内蒙古呼伦贝尔盟新巴尔虎左旗查干镇伊和乌拉嘎查 酸马奶. 分离时间：2009 年. 培养基 0006，37℃ GenBank 序列号 HM218260

IMAU50061 ←LABCC YN27-3. 分离源：云南省洱源县右所镇 乳扇酸乳清. 分离时间：2006 年. 培养基 0006，37℃ GenBank 序列号 FJ749461

IMAU80691 ←LABCC G45-2. 分离源：甘肃省碌曲县红科乡 酸奶乳清. 分离时间：2009 年. 培养基 0006，37℃ GenBank 序列号 HM217953

Lactobacillus kefiranofaciens subsp. *kefiranofaciens*（8 株）（Fujisawa et al.，1988）马乳样乳杆菌马乳酒样亚种

IMAU10137 ←LABCC WH1-2. 分离源：内蒙古巴彦淖尔盟乌拉特后旗 酸羊奶. 分离时间：2002 年. 培养基 0006，37℃ GenBank 序列号 FJ915793

IMAU10506 ←LABCC NM52-3. 分离源：内蒙古呼伦贝尔盟新巴尔虎左旗阿木楞镇锡林艾力 酸马奶. 分离时间：2009 年. 培养基 0006，37℃ GenBank 序列号 HM218231

IMAU10807 ←LABCC NM131-6. 分离源：内蒙古巴林右旗巴彦温度尔苏木 酸牛奶. 分离时间：2009 年. 培养基 0006，37℃ GenBank 序列号 HM218524

IMAU20104 ←LABCC ML61-1. 分离源：蒙古国戈壁阿尔泰省 酸驼奶. 分离时间：2005 年. 培养基 0006，37℃ GenBank 序列号 FJ845004

IMAU30048 ←LABCC C5301-2. 分离源：新疆地区伊犁州尼勒克县唐布拉牧场 酸马奶. 分离时间：2004 年. 培养基 0006，37℃ GenBank 序列号 FJ749642

IMAU30154 ←LABCC XB4-1. 分离源：新疆地区伊犁州乌苏市巴音沟卡子九棵树酸马奶. 分离时间：2004 年. 培养基 0006，37℃ GenBank 序列号 FJ172344

IMAU50002 ←LABCC YN11-1. 分离源：云南大理市上关镇 乳扇酸乳清. 分离时

间：2006 年．培养基 0006，37℃ GenBank 序列号 FJ749406

IMAU50056 ←LABCC YN25-2-2-1. 分离源：云南省洱源县邓川镇松曲村 乳扇酸乳清．分离时间：2006 年．培养基 0006，37℃ GenBank 序列号 FJ749456

***Lactobacillus kefiranofaciens* subsp. *kefirgranum*（13 株）（Takizawa *et al.*，1994；Vancanneyt *et al.*）马乳样乳杆菌高加索酸奶粒亚种**

IMAU10302 ←LABCC NM4-3. 分离源：内蒙古锡林郭勒盟西乌珠穆沁旗巴拉嘎尔镇酸牛奶．分离时间：2009 年．培养基 0006，37℃ GenBank 序列号 HM218028

IMAU10500 ←LABCC NM50-3. 分离源：内蒙古呼伦贝尔盟新巴尔虎左旗阿木楞镇锡林艾力 酸马奶．分离时间：2009 年．培养基 0006，37℃ GenBank 序列号 HM218225

IMAU10502 ←LABCC NM51-2. 分离源：内蒙古呼伦贝尔盟新巴尔虎左旗楞镇锡林艾力 酸马奶．分离时间：2009 年．培养基 0006，37℃ GenBank 序列号 HM218227

IMAU10715 ←LABCC NM103-2. 分离源：内蒙古阿鲁科尔沁旗天山镇 酸牛奶．分离时间：2009 年．培养基 0006，37℃ GenBank 序列号 HM218437

IMAU10752 ←LABCC NM117-3. 分离源：内蒙古巴林右旗巴彦温度尔苏木 酸牛奶．分离时间：2009 年．培养基 0006，37℃ GenBank 序列号 HM218474

IMAU10763 ←LABCC NM119-3. 分离源：内蒙古巴林右旗巴彦温度尔苏木 酸牛奶．分离时间：2009 年．培养基 0006，37℃ GenBank 序列号 HM218485

IMAU10792 ←LABCC NM128-1. 分离源：内蒙古巴林右旗巴彦温度尔苏木 酸牛奶．分离时间：2009 年．培养基 0006，37℃ GenBank 序列号 HM218512

IMAU10811 ←LABCC NM133-1. 分离源：内蒙古巴林右旗巴彦温度尔苏木 酸牛奶．分离时间：2009 年．培养基 0006，37℃ GenBank 序列号 HM218528

IMAU10812 ←LABCC NM133-3. 分离源：内蒙古巴林右旗巴彦温度尔苏木 酸牛奶．分离时间：2009 年．培养基 0006，37℃ GenBank 序列号 HM218529

IMAU10818 ←LABCC NM135-2. 分离源：内蒙古巴林右旗巴彦温度尔苏木 酸牛奶．分离时间：2009 年．培养基 0006，37℃ GenBank 序列号 HM218535

IMAU50039 ←LABCC YN19-2. 分离源：云南省洱源县邓川镇腾龙村 乳扇酸乳清．分离时间：2006 年．培养基 0006，37℃ GenBank 序列号 FJ749440

IMAU50060 ←LABCC YN27-2. 分离源：云南省洱源县右所镇 乳扇酸乳清．分离时间：2006 年．培养基 0006，37℃ GenBank 序列号 FJ749460

IMAU50067 ←LABCC YN27-6. 分离源：云南省洱源县右所镇小南营村 乳扇酸乳清．分离时间：2006 年．培养基 0006，37℃ GenBank 序列号 FJ749467

Lactobacillus kefirgranum（**18** 株）（Takizawa *et al.*, 1994）**高加索酸奶. 粒状乳杆菌**

IMAU10299 ←LABCC NM3-3. 分离源：内蒙古锡林郭勒盟西乌珠穆沁旗巴拉嘎尔镇酸牛奶. 分离时间：2009 年. 培养基 0006, 37℃ GenBank 序列号 HM218025

IMAU10303 ←LABCC NM4-4. 分离源：内蒙古锡林郭勒盟西乌珠穆沁旗巴拉嘎尔镇酸牛奶. 分离时间：2009 年. 培养基 0006, 37℃ GenBank 序列号 HM218029

IMAU10519 ←LABCC NM56-3. 分离源：内蒙古呼伦贝尔盟新巴尔虎左旗查干镇伊和乌拉嘎查 酸马奶. 分离时间：2009 年. 培养基 0006, 37℃ GenBank 序列号 HM218244

IMAU10696 ←LABCC NM99-3. 分离源：内蒙古呼伦贝尔盟阿鲁科尔沁旗天山（阿尔科尔沁都腾苏木）酸马奶. 分离时间：2009 年. 培养基 0006, 37℃ GenBank 序列号 HM218418

IMAU10764 ←LABCC NM119-4. 分离源：内蒙古巴林右旗巴彦温度尔苏木 酸牛奶. 分离时间：2009 年. 培养基 0006, 37℃ GenBank 序列号 HM218486

IMAU10768 ←LABCC NM120-3. 分离源：内蒙古巴林右旗巴彦温度尔苏木 酸牛奶. 分离时间：2009 年. 培养基 0006, 37℃ GenBank 序列号 HM218489

IMAU10786 ←LABCC NM124-3. 分离源：内蒙古巴林右旗巴彦温度尔苏木 酸牛奶. 分离时间：2009 年. 培养基 0006, 37℃ GenBank 序列号 HM218506

IMAU10802 ←LABCC NM131-1. 分离源：内蒙古巴林右旗巴彦温度尔苏木 酸牛奶. 分离时间：2009 年. 培养基 0006, 37℃ GenBank 序列号 HM218519

IMAU10815 ←LABCC NM134-3. 分离源：内蒙古巴林右旗巴彦温度尔苏木 酸牛奶. 分离时间：2009 年. 培养基 0006, 37℃ GenBank 序列号 HM218532

IMAU10822 ←LABCC NM135-6. 分离源：内蒙古巴林右旗巴彦温度尔苏木 酸牛奶. 分离时间：2009 年. 培养基 0006, 37℃ GenBank 序列号 HM218539

IMAU50003 ←LABCC YN11-2. 分离源：云南省大理市上关镇 乳扇酸乳清. 分离时间：2006 年. 培养基 0006, 37℃ GenBank 序列号 FJ749407

IMAU50004 ←LABCC YN11-3. 分离源：云南省大理市上关镇 乳扇酸乳清. 分离时间：2006 年. 培养基 0006, 37℃ GenBank 序列号 FJ749408

IMAU50006 ←LABCC YN13-2-1-2. 分离源：云南省大理市上关镇 乳扇酸乳清. 分离时间：2006 年. 培养基 0006, 37℃ GenBank 序列号 FJ749409

IMAU50054 ←LABCC YN25-1. 分离源：云南省洱源县邓川镇 乳扇酸乳清. 分离时间：2006 年. 培养基 0006, 37℃ GenBank 序列号 FJ749454

IMAU50057 ←LABCC YN25-2-2-2. 分离源：云南省洱源县邓川镇 乳扇酸乳清.

分离时间：2006 年．培养基 0006，37℃ GenBank 序列号 FJ749457

IMAU50058 ←LABCC YN25-2-2-3. 分离源：云南省洱源县邓川镇 乳扇酸乳清．分离时间：2006 年．培养基 0006，37℃ GenBank 序列号 FJ749458

IMAU50059 ←LABCC YN25-3. 分离源：云南省洱源县邓川镇 乳扇酸乳清．分离时间：2006 年．培养基 0006，37℃ GenBank 序列号 FJ749459

IMAU50089 ←LABCC YN37-1-1. 分离源：云南省洱源县右所镇 乳扇酸乳清．分离时间：2006 年．培养基 0006，37℃ GenBank 序列号 FJ749487

Lactobacillus kefiri（41 株）corrig.（Kandler and Kunath，1983）**高加索奶乳杆菌**

IMAU10042 ←LABCC ZL2-4. 分离源：内蒙古锡林郭勒盟正蓝旗 酸马奶．分离时间：2002 年．培养基 0006，37℃ GenBank 序列号 FJ749598

IMAU10350 ←LABCC NM15-3. 分离源：内蒙古呼伦贝尔盟新巴尔虎左旗额布日宝力格苏木萨茹拉图雅嘎查 酸牛奶．分离时间：2009 年．培养基 0006，37℃ GenBank 序列号 HM218076

IMAU10486 ←LABCC NM46-2. 分离源：内蒙古呼伦贝尔盟新巴尔虎左旗阿木古楞镇伊和乌拉艾力 酸牛奶．分离时间：2009 年．培养基 0006，37℃ GenBank 序列号 HM218211

IMAU10493 ←LABCC NM48-3. 分离源：内蒙古呼伦贝尔盟新巴尔虎左旗阿木古楞镇伊和乌拉艾力 酸牛奶．分离时间：2009 年．培养基 0006，37℃ GenBank 序列号 HM218218

IMAU10497 ←LABCC NM49-3. 分离源：内蒙古呼伦贝尔盟新巴尔虎左旗阿木楞镇锡林艾力 酸马奶．分离时间：2009 年．培养基 0006，37℃ GenBank 序列号 HM218222

IMAU10514 ←LABCC NM54-2. 分离源：内蒙古呼伦贝尔盟新巴尔虎左旗查干镇伊和乌拉嘎查 酸马奶．分离时间：2009 年．培养基 0006，37℃ GenBank 序列号 HM218239

IMAU10569 ←LABCC NM65-6. 分离源：内蒙古呼伦贝尔盟陈旗巴彦库仁镇特尼格尔蒙古艾力 酸马奶．分离时间：2009 年．培养基 0006，37℃ GenBank 序列号 HM218294

IMAU10583 ←LABCC NM68-2. 分离源：内蒙古呼伦贝尔盟陈旗巴彦库仁镇特尼格尔蒙古艾力 酸马奶．分离时间：2009 年．培养基 0006，37℃ GenBank 序列号 HM218307

IMAU10621 ←LABCC NM78-5. 分离源：内蒙古呼伦贝尔盟海拉尔市②号 H3 酸

马奶. 分离时间: 2009 年. 培养基 0006, 37℃ GenBank 序列号 HM218344

IMAU10641 ←LABCC NM85-2. 分离源: 内蒙古呼伦贝尔盟海拉尔市②号 H5 酸
马奶. 分离时间: 2009 年. 培养基 0006, 37℃ GenBank 序列号 HM218364

IMAU10643 ←LABCC NM86-2. 分离源: 内蒙古呼伦贝尔盟海拉尔市②号 H5 酸
马奶. 分离时间: 2009 年. 培养基 0006, 37℃ GenBank 序列号 HM218366

IMAU10646 ←LABCC NM87-2. 分离源: 内蒙古呼伦贝尔盟海拉尔市②号 H5 酸
马奶. 分离时间: 2009 年. 培养基 0006, 37℃ GenBank 序列号 HM218369

IMAU10655 ←LABCC NM90-3. 分离源: 内蒙古呼伦贝尔盟海拉尔市②号 H6 酸
马奶. 分离时间: 2009 年. 培养基 0006, 37℃ GenBank 序列号 HM218378

IMAU10757 ←LABCC NM118-4. 分离源: 内蒙古巴林右旗巴彦温度尔苏木 酸牛
奶. 分离时间: 2009 年. 培养基 0006, 37℃ GenBank 序列号 HM218479

IMAU10762 ←LABCC NM119-2. 分离源: 内蒙古巴林右旗巴彦温度尔苏木 酸牛
奶. 分离时间: 2009 年. 培养基 0006, 37℃ GenBank 序列号 HM218484

IMAU10777 ←LABCC NM122-4. 分离源: 内蒙古巴林右旗巴彦温度尔苏木 酸牛
奶. 分离时间: 2009 年. 培养基 0006, 37℃ GenBank 序列号 HM218498

IMAU10782 ←LABCC NM123-5. 分离源: 内蒙古巴林右旗巴彦温度尔苏木 酸牛
奶. 分离时间: 2009 年. 培养基 0006, 37℃ GenBank 序列号 HM218503

IMAU10785 ←LABCC NM124-2. 分离源: 内蒙古巴林右旗巴彦温度尔苏木 酸牛
奶. 分离时间: 2009 年. 培养基 0006, 37℃ GenBank 序列号 HM218505

IMAU10789 ←LABCC NM126-1. 分离源: 内蒙古巴林右旗巴彦温度尔苏木 酸牛
奶. 分离时间: 2009 年. 培养基 0006, 37℃ GenBank 序列号 HM218509

IMAU10790 ←LABCC NM126-3. 分离源: 内蒙古巴林右旗巴彦温度尔苏木 酸牛
奶. 分离时间: 2009 年. 培养基 0006, 37℃ GenBank 序列号 HM218510

IMAU10804 ←LABCC NM131-3. 分离源: 内蒙古巴林右旗巴彦温度尔苏木 酸牛
奶. 分离时间: 2009 年. 培养基 0006, 37℃ GenBank 序列号 HM218521

IMAU10805 ←LABCC NM131-4. 分离源: 内蒙古巴林右旗巴彦温度尔苏木 酸牛
奶. 分离时间: 2009 年. 培养基 0006, 37℃ GenBank 序列号 HM218522

IMAU10808 ←LABCC NM131-7. 分离源: 内蒙古巴林右旗巴彦温度尔苏木 酸牛
奶. 分离时间: 2009 年. 培养基 0006, 37℃ GenBank 序列号 HM218525

IMAU10809 ←LABCC NM132-2. 分离源: 内蒙古巴林右旗巴彦温度尔苏木 酸牛
奶. 分离时间: 2009 年. 培养基 0006, 37℃ GenBank 序列号 HM218526

IMAU10810 ←LABCC NM132-3. 分离源: 内蒙古巴林右旗巴彦温度尔苏木 酸牛
奶. 分离时间: 2009 年. 培养基 0006, 37℃ GenBank 序列号 HM218527

IMAU10837 ←LABCC NM138-5. 分离源: 内蒙古巴林右旗巴彦温度尔苏木 酸牛

奶．分离时间：2009 年．培养基 0006，37℃ GenBank 序列号 HM218551

IMAU10853 ←LABCC NM142-1. 分离源：内蒙古巴林右旗大板镇西拉木伦嘎查照日格酸牛奶．分离时间：2009 年．培养基 0006，37℃ GenBank 序列号 HM218563

IMAU11044 ←LABCC NM180-3. 分离源：内蒙古巴林右旗大板镇 酸牛奶．分离时间：2009 年．培养基 0006，37℃ GenBank 序列号 HM218745

IMAU20126 ←LABCC MGA11-3. 分离源：蒙古国苏赫巴托尔省巴音德力格尔苏木酸山羊奶．分离时间：2009 年．培养基 0006，37℃ GenBank 序列号 HM057864

IMAU20130 ←LABCC MGA12-4. 分离源：蒙古国苏赫巴托尔省巴音德力格尔苏木酸牛奶．分离时间：2009 年．培养基 0006，37℃ GenBank 序列号 HM057868

IMAU20135 ←LABCC MGA17-5. 分离源：蒙古国苏赫巴托尔省达里甘嘎苏木 酸牛奶．分离时间：2009 年．培养基 0006，37℃ GenBank 序列号 HM057873

IMAU20223 ←LABCC MGA39-2. 分离源：蒙古国东方省呼伦贝尔苏木 酸牛奶．分离时间：2009 年．培养基 0006，37℃ GenBank 序列号 HM057957

IMAU20304 ←LABCC MGB12-1. 分离源：蒙古国国色楞格省鄂尔汗苏木 酸牛奶．分离时间：2009 年．培养基 0006，37℃ GenBank 序列号 HM058034

IMAU20121 ←LABCC MGA9-6. 分离源：蒙古国东戈壁省赛音山达苏木 酸牛奶．分离时间：2009 年．培养基 0006，37℃ GenBank 序列号 HM057859

IMAU50007 ←LABCC YN13-3. 分离源：云南省大理市上关镇 乳扇酸乳清．分离时间：2006 年．培养基 0006，37℃ GenBank 序列号 FJ749410

IMAU80579 ←LABCC G22-1. 分离源：甘肃省夏河县桑科乡赛池村 酸牦牛奶．分离时间：2009 年．培养基 0006，37℃ GenBank 序列号 HM058773

IMAU80582 ←LABCC G22-4. 分离源：甘肃省夏河县桑科乡赛池村 酸牦牛奶．分离时间：2009 年．培养基 0006，37℃ GenBank 序列号 HM058776

IMAU80591 ←LABCC G24-2. 分离源：甘肃省夏河县桑科乡赛池村四队 酸牦牛奶．分离时间：2009 年．培养基 0006，37℃ GenBank 序列号 HM058785

IMAU80649 ←LABCC G36-4. 分离源：甘肃省夏河县桑科才乡戈沟村 牦酸牛奶．分离时间：2009 年．培养基 0006，37℃ GenBank 序列号 HM058834

IMAU80718 ←LABCC G52-3. 分离源：甘肃省碌曲县麻艾乡 酸奶．分离时间：2009 年．培养基 0006，37℃ GenBank 序列号 HM058897

IMAU80720 ←LABCC G52-5. 分离源：甘肃省碌曲县麻艾乡 酸奶．分离时间：2009 年．培养基 0006，37℃ GenBank 序列号 HM058899

Lactobacillus mindensis （4 株）（Ehrmann *et al.*，2003）明登乳杆菌

IMAU10197 ←LABCC LSHS1-2. 分离源：内蒙古呼和浩特市回民区 酸面团. 分离
时间：2009 年. 培养基 0006，37℃ GenBank 序列号 GU138525

IMAU10199 ←LABCC LSHS1-4. 分离源：内蒙古呼和浩特玉泉区 酸面团. 分离时
间：2009 年. 培养基 0006，37℃ GenBank 序列号 GU138527

IMAU10214 ←LABCC LSWM1-4. 分离源：内蒙古巴乌兰察布盟凉城县 酸面团.
分离时间：2009 年. 培养基 0006，37℃ GenBank 序列号 GU138542

IMAU10215 ←LABCC LSWM2-4. 分离源：内蒙古巴乌兰察布盟凉城县 酸面团.
分离时间：2009 年. 培养基 0006，37℃ GenBank 序列号 GU138543

Lactobacillus parabuchneri（16 株）（Farrow *et al.*，1989）类布氏乳杆菌

IMAU10548 ←LABCC NM61-1. 分离源：内蒙古呼伦贝尔盟陈旗巴彦库仁镇里 酸
马奶. 分离时间：2009 年. 培养基 0006，37℃ GenBank 序列号 HM218273

IMAU10525 ←LABCC NM57-5. 分离源：内蒙古呼伦贝尔盟新巴尔虎左旗查干镇
伊和乌拉嘎查 酸马奶. 分离时间：2009 年. 培养基 0006，37℃ GenBank 序
列号 HM218250

IMAU10549 ←LABCC NM61-2. 分离源：内蒙古呼伦贝尔盟陈旗巴彦库仁镇里 酸
马奶. 分离时间：2009 年. 培养基 0006，37℃ GenBank 序列号 HM218274

IMAU10550 ←LABCC NM61-3. 分离源：内蒙古呼伦贝尔盟陈旗巴彦库仁镇里 酸
马奶. 分离时间：2009 年. 培养基 0006，37℃ GenBank 序列号 HM218275

IMAU10551 ←LABCC NM61-4. 分离源：内蒙古呼伦贝尔盟陈旗巴彦库仁镇里 酸
马奶. 分离时间：2009 年. 培养基 0006，37℃ GenBank 序列号 HM218276

IMAU10552 ←LABCC NM62-1. 分离源：内蒙古呼伦贝尔盟陈旗巴彦库仁镇里 酸
马奶. 分离时间：2009 年. 培养基 0006，37℃ GenBank 序列号 HM218277

IMAU10553 ←LABCC NM62-2. 分离源：内蒙古呼伦贝尔盟陈旗巴彦库仁镇里 酸
马奶. 分离时间：2009 年. 培养基 0006，37℃ GenBank 序列号 HM218278

IMAU10556 ←LABCC NM62-5. 分离源：内蒙古呼伦贝尔盟陈旗巴彦库仁镇里 酸
马奶. 分离时间：2009 年. 培养基 0006，37℃ GenBank 序列号 HM218281

IMAU10558 ←LABCC NM63-2. 分离源：内蒙古呼伦贝尔盟陈旗巴彦库仁镇里 酸
马奶. 分离时间：2009 年. 培养基 0006，37℃ GenBank 序列号 HM218283

IMAU10559 ←LABCC NM63-3. 分离源：内蒙古呼伦贝尔盟陈旗巴彦库仁镇里 酸
马奶. 分离时间：2009 年. 培养基 0006，37℃ GenBank 序列号 HM218284

IMAU10560 ←LABCC NM63-5. 分离源：内蒙古呼伦贝尔盟陈旗巴彦库仁镇里 酸
马奶. 分离时间：2009 年. 培养基 0006，37℃ GenBank 序列号 HM218285

IMAU10561 ←LABCC NM63-6. 分离源：内蒙古呼伦贝尔盟陈旗巴彦库仁镇里 酸马奶. 分离时间：2009 年. 培养基 0006, 37℃ GenBank 序列号 HM218286

IMAU10563 ←LABCC NM64-2. 分离源：内蒙古呼伦贝尔盟陈旗巴彦库仁镇里 酸马奶. 分离时间：2009 年. 培养基 0006, 37℃ GenBank 序列号 HM218288

IMAU10564 ←LABCC NM64-4. 分离源：内蒙古呼伦贝尔盟陈旗巴彦库仁镇里 酸马奶. 分离时间：2009 年. 培养基 0006, 37℃ GenBank 序列号 HM218289

IMAU10779 ←LABCC NM123-1. 分离源：内蒙古巴林右旗巴彦温度尔苏木 酸牛奶. 分离时间：2009 年. 培养基 0006, 37℃ GenBank 序列号 HM218500

IMAU80816 ←LABCC G74-1. 分离源：甘肃省玛曲县阿万仓乡 曲拉. 分离时间：2009 年. 培养基 0006, 37℃ GenBank 序列号 HM058979

Lactobacillus paralimentarius（8 株）（Cai _et al._, 1999）类消化乳杆菌

IMAU10185 ←LABCC LSWM1-7. 分离源：内蒙古乌兰察布盟凉城县 酸面团. 分离时间：2009 年. 培养基 0006, 37℃ GenBank 序列号 GU138513

IMAU10192 ←LABCC SWM2-2. 分离源：内蒙古乌兰察布盟四子王旗 酸面团. 分离时间：2009 年. 培养基 0006, 37℃ GenBank 序列号 GU138520

IMAU10195 ←LABCC LSHS2-6. 分离源：内蒙古呼和浩特托克托县 酸面团. 分离时间：2009 年. 培养基 0006, 37℃ GenBank 序列号 GU138523

IMAU10200 ←LABCC LSHS1-5. 分离源：内蒙古呼和浩特市清水河县 酸面团. 分离时间：2009 年. 培养基 0006, 37℃ GenBank 序列号 GU138528

IMAU10202 ←LABCC LSHS2-3. 分离源：内蒙古呼和浩特市清水河县 酸面团. 分离时间：2009 年. 培养基 0006, 37℃ GenBank 序列号 GU138530

IMAU10212 ←LABCC LSWM2-3. 分离源：内蒙古乌兰察布盟四子王旗 酸面团. 分离时间：2009 年. 培养基 0006, 37℃ GenBank 序列号 GU138540

IMAU10279 ←LABCC LSBT3-5. 分离源：内蒙古包头市东河区 酸面团. 分离时间：2009 年. 培养基 0006, 37℃ GenBank 序列号 GU138607

IMAU10281 ←LABCC LSBT1-4. 分离源：内蒙古包头市青山区 酸面团. 分离时间：2009 年. 培养基 0006, 37℃ GenBank 序列号 GU138609

Lactobacillus plantarum（347 株）（Orla-Jensen, 1919；Bergey _et al._, 1923）植物乳杆菌

IMAU10011 ←LABCC BX6-1. 分离源：内蒙古白音锡勒牧场 酸马奶. 分离时间：

2002 年. 培养基 0006，37℃ GenBank 序列号 FJ749575

IMAU10012 ←LABCC BX6-2. 分离源：内蒙古白音锡勒牧场 酸马奶. 分离时间：2002 年. 培养基 0006，37℃ GenBank 序列号 FJ749576

IMAU10013 ←LABCC BX6-3. 分离源：内蒙古白音锡勒牧场 酸马奶. 分离时间：2002 年. 培养基 0006，37℃ GenBank 序列号 FJ749577

IMAU10014 ←LABCC BX6-4. 分离源：内蒙古白音锡勒牧场 酸马奶. 分离时间：2002 年. 培养基 0006，37℃ GenBank 序列号 FJ749578

IMAU10015 ←LABCC BX6-5. 分离源：内蒙古白音锡勒牧场 酸马奶. 分离时间：2002 年. 培养基 0006，37℃ GenBank 序列号 FJ749579

IMAU10016 ←LABCC BX6-6. 分离源：内蒙古白音锡勒牧场 酸马奶. 分离时间：2002 年. 培养基 0006，37℃ GenBank 序列号 FJ749580

IMAU10022 ←LABCC WZ25-2-2. 分离源：内蒙古巴彦淖尔盟乌拉特中旗 酸山羊奶. 分离时间：2002 年. 培养基 0006，37℃ GenBank 序列号 FJ749582

IMAU10023 ←LABCC WZ35-2-2. 分离源：内蒙古巴彦淖尔盟乌拉特中旗 酸山羊奶. 分离时间：2002 年. 培养基 0006，37℃ GenBank 序列号 FJ749583

IMAU10024 ←LABCC WZ48-2-1. 分离源：内蒙古巴彦淖尔盟乌拉特中旗 酸牛奶. 分离时间：2002 年. 培养基 0006，37℃ GenBank 序列号 FJ749584

IMAU10025 ←LABCC XL1-1. 分离源：内蒙古锡林郭勒盟正蓝旗 酸马奶. 分离时间：2002 年. 培养基 0006，37℃ GenBank 序列号 FJ749585

IMAU10053 ←LABCC WZ3-2. 分离源：内蒙古巴彦淖尔盟乌拉特中旗 酸羊奶. 分离时间：2002 年. 培养基 0006，37℃ GenBank 序列号 FJ915709

IMAU10058 ←LABCC WZ20-1-2. 分离源：内蒙古巴彦淖尔盟乌拉特中旗 酸山羊奶. 分离时间：2002 年. 培养基 0006，37℃ GenBank 序列号 FJ915714

IMAU10062 ←LABCC WZ23-1. 分离源：内蒙古巴彦淖尔盟乌拉特中旗 酸山羊奶. 分离时间：2002 年. 培养基 0006，37℃ GenBank 序列号 FJ915718

IMAU10070 ←LABCC WZ38-2-1. 分离源：内蒙古巴彦淖尔盟乌拉特中旗 酸牛奶. 分离时间：2002 年. 培养基 0006，37℃ GenBank 序列号 FJ915726

IMAU10079 ←LABCC WZ4-1-1. 分离源：内蒙古巴彦淖尔盟乌拉特中旗 酸牛奶. 分离时间：2002 年. 培养基 0006，37℃ GenBank 序列号 FJ915735

IMAU10114 ←LABCC WZ20-3. 分离源：内蒙古巴彦淖尔盟乌拉特中旗 酸山羊奶. 分离时间：2002 年. 培养基 0006，37℃ GenBank 序列号 FJ915770

IMAU10115 ←LABCC WZ25-2-1. 分离源：内蒙古巴彦淖尔盟乌拉特中旗 酸山羊奶. 分离时间：2002 年. 培养基 0006，37℃ GenBank 序列号 FJ915771

IMAU10117 ←LABCC WZ28-1-1. 分离源：内蒙古巴彦淖尔盟乌拉特中旗 鲜山羊

奶. 分离时间：2002 年. 培养基 0006，37℃ GenBank 序列号 FJ915773

IMAU10118 ←LABCC WZ29-2. 分离源：内蒙古巴彦淖尔盟乌拉特中旗 酸山羊奶. 分离时间：2002 年. 培养基 0006，37℃ GenBank 序列号 FJ915774

IMAU10120 ←LABCC WZ48-2. 分离源：内蒙古巴彦淖尔盟乌拉特中旗 酸牛奶. 分离时间：2002 年. 培养基 0006，37℃ GenBank 序列号 FJ915776

IMAU10121 ←LABCC WZ50-1-2-1. 分离源：内蒙古巴彦淖尔盟乌拉特中旗 酸山羊奶. 分离时间：2002 年. 培养基 0006，37℃ GenBank 序列号 FJ915777

IMAU10124 ←LABCC WZ32-1. 分离源：内蒙古巴彦淖尔盟乌拉特中旗 发酵奶油. 分离时间：2002 年. 培养基 0006，37℃ GenBank 序列号 FJ915780

IMAU10125 ←LABCC WZ40-2-2. 分离源：内蒙古巴彦淖尔盟乌拉特中旗 酸牛奶. 分离时间：2002 年. 培养基 0006，37℃ GenBank 序列号 FJ915781

IMAU10128 ←LABCC WZ43-1-2. 分离源：内蒙古巴彦淖尔盟乌拉特中旗 鲜牛奶. 分离时间：2002 年. 培养基 0006，37℃ GenBank 序列号 FJ915784

IMAU10140 ←LABCC WH6-1-1. 分离源：内蒙古巴彦淖尔盟乌拉特中旗 酸牛奶. 分离时间：2002 年. 培养基 0006，37℃ GenBank 序列号 FJ915796

IMAU10141 ←LABCC WH5-1. 分离源：内蒙古巴彦淖尔盟乌拉特后旗 酸山羊奶. 分离时间：2002 年. 培养基 0006，37℃ GenBank 序列号 FJ915797

IMAU10144 ←LABCC WH12-2-3. 分离源：内蒙古巴彦淖尔盟乌拉特后旗 酸山羊奶. 分离时间：2002 年. 培养基 0006，37℃ GenBank 序列号 FJ915800

IMAU10145 ←LABCC WH13-1. 分离源：内蒙古巴彦淖尔盟乌拉特后旗 鲜山羊奶. 分离时间：2002 年. 培养基 0006，37℃ GenBank 序列号 FJ915801

IMAU10155 ←LABCC WH24-2-5. 分离源：内蒙古巴彦淖尔盟乌拉特后旗 酸山羊奶. 分离时间：2002 年. 培养基 0006，37℃ GenBank 序列号 FJ915810

IMAU10156 ←LABCC WH24-1-1. 分离源：内蒙古巴彦淖尔盟乌拉特后旗 酸山羊奶. 分离时间：2002 年. 培养基 0006，37℃ GenBank 序列号 FJ915811

IMAU10159 ←LABCC WH29-3-2. 分离源：内蒙古巴彦淖尔盟乌拉特后旗 酸山羊奶. 分离时间：2002 年. 培养基 0006，37℃ GenBank 序列号 FJ915814

IMAU10160 ←LABCC WH31. 分离源：内蒙古巴彦淖尔盟乌拉特后旗 酸山羊奶. 分离时间：2002 年. 培养基 0006，37℃ GenBank 序列号 FJ915815

IMAU10166 ←LABCC WH29-3-1-2. 分离源：内蒙古巴彦淖尔盟乌拉特后旗 酸山羊奶. 分离时间：2002 年. 培养基 0006，37℃ GenBank 序列号 FJ915821

IMAU10188 ←LABCC LSWH1-2. 分离源：内蒙古乌海市海勃湾区 酸面团. 分离时间：2009 年. 培养基 0006，37℃ GenBank 序列号 GU138516

IMAU10180 ←LABCC LSAM1-1. 分离源：内蒙古阿拉善盟阿左旗 酸面团. 分离

时间：2009 年. 培养基 0006, 37℃ GenBank 序列号 GU138508

IMAU10191 ←LABCC SHS1-8. 分离源：内蒙古呼和浩特市玉泉区 酸面团. 分离
　　时间：2009 年. 培养基 0006, 37℃ GenBank 序列号 GU138519

IMAU10196 ←LABCC LSHS1-1. 分离源：内蒙古呼和浩特市玉泉区 酸面团. 分离
　　时间：2009 年. 培养基 0006, 37℃ GenBank 序列号 GU138524

IMAU10209 ←LABCC LSAM2-3. 分离源：内蒙古阿拉善盟吉兰泰 酸面团. 分离
　　时间：2009 年. 培养基 0006, 37℃ GenBank 序列号 GU138537

IMAU10216 ←LABCC LSBM6-4. 分离源：内蒙古巴彦淖尔盟乌拉特中旗 酸面团.
　　分离时间：2009 年. 培养基 0006, 37℃ GenBank 序列号 GU138544

IMAU10217 ←LABCC LSBM6-1. 分离源：内蒙古巴彦淖尔盟杭锦后旗 酸面团.
　　分离时间：2009 年. 培养基 0006, 37℃ GenBank 序列号 GU138545

IMAU10218 ←LABCC LSBM2-5. 分离源：内蒙古巴彦淖尔盟五原县 酸面团. 分
　　离时间：2009 年. 培养基 0006, 37℃ GenBank 序列号 GU138546

IMAU10221 ←LABCC LSWH1-6. 分离源：内蒙古乌海海勃湾区 酸面团. 分离时
　　间：2009 年. 培养基 0006, 37℃ GenBank 序列号 GU138549

IMAU10222 ←LABCC LSWH1-5. 分离源：内蒙古乌海海勃湾区 酸面团. 分离时
　　间：2009 年. 培养基 0006, 37℃ GenBank 序列号 GU138550

IMAU10223 ←LABCC LSBM6-3. 分离源：内蒙古巴彦淖尔盟乌拉特中旗 酸面团.
　　分离时间：2009 年. 培养基 0006, 37℃ GenBank 序列号 GU138551

IMAU10224 ←LABCC LSBM2-1. 分离源：内蒙古巴彦淖尔盟五原县 酸面团. 分
　　离时间：2009 年. 培养基 0006, 37℃ GenBank 序列号 GU138552

IMAU10228 ←LABCC LSBM2-6. 分离源：内蒙古巴彦淖尔盟五原县 酸面团. 分
　　离时间：2009 年. 培养基 0006, 37℃ GenBank 序列号 GU138556

IMAU10235 ←LABCC LSBM6-6. 分离源：内蒙古巴彦淖尔盟乌拉特中旗 酸面团.
　　分离时间：2009 年. 培养基 0006, 37℃ GenBank 序列号 GU138563

IMAU10236 ←LABCC LSBM6-5. 分离源：内蒙古巴彦淖尔盟乌拉特中旗 酸面团.
　　分离时间：2009 年. 培养基 0006, 37℃ GenBank 序列号 GU138564

IMAU10237 ←LABCC LSBM2-7. 分离源：内蒙古巴彦淖尔盟五原县 酸面团. 分
　　离时间：2009 年. 培养基 0006, 37℃ GenBank 序列号 GU138565

IMAU10239 ←LABCC LSBM4-4. 分离源：内蒙古巴彦淖尔盟磴口县 酸面团. 分
　　离时间：2009 年. 培养基 0006, 37℃ GenBank 序列号 GU138567

IMAU10246 ←LABCC LSYM8-7. 分离源：内蒙古鄂尔多斯市乌审旗 酸面团. 分
　　离时间：2009 年. 培养基 0006, 37℃ GenBank 序列号 GU138574

IMAU10247 ←LABCC LSYM8-2. 分离源：内蒙古鄂尔多斯市乌审旗 酸面团. 分

离时间：2009 年. 培养基 0006，37℃ GenBank 序列号 GU138575

IMAU10255 ←LABCC LSYM8-4. 分离源：内蒙古鄂尔多斯市乌审旗 酸面团. 分离时间：2009 年. 培养基 0006，37℃ GenBank 序列号 GU138583

IMAU10256 ←LABCC LSYM6-3. 分离源：内蒙古鄂尔多斯市鄂托克旗 酸面团. 分离时间：2009 年. 培养基 0006，37℃ GenBank 序列号 GU138584

IMAU10258 ←LABCC LSYM4-6. 分离源：内蒙古鄂尔多斯市准格尔旗 酸面团. 分离时间：2009 年. 培养基 0006，37℃ GenBank 序列号 GU138586

IMAU10259 ←LABCC LSYM4-5. 分离源：内蒙古鄂尔多斯市准格尔旗 酸面团. 分离时间：2009 年. 培养基 0006，37℃ GenBank 序列号 GU138587

IMAU10261 ←LABCC LSYM8-6. 分离源：内蒙古鄂尔多斯市乌审旗 酸面团. 分离时间：2009 年. 培养基 0006，37℃ GenBank 序列号 GU138589

IMAU10262 ←LABCC LSYM8-5. 分离源：内蒙古鄂尔多斯市乌审旗 酸面团. 分离时间：2009 年. 培养基 0006，37℃ GenBank 序列号 GU138590

IMAU10263 ←LABCC LSYM2-7. 分离源：内蒙古鄂尔多斯市鄂尔多斯市东胜区 酸面团. 分离时间：2009 年. 培养基 0006，37℃ GenBank 序列号 GU138591

IMAU10265 ←LABCC LSYM2-4. 分离源：内蒙古鄂尔多斯市东胜区 酸面团. 分离时间：2009 年. 培养基 0006，37℃ GenBank 序列号 GU138593

IMAU10266 ←LABCC LMSE-7. 分离源：内蒙古鄂尔多斯市东胜区 酸面团. 分离时间：2009 年. 培养基 0006，37℃ GenBank 序列号 GU138594

IMAU10267 ←LABCC LSBT1-3. 分离源：内蒙古包头市青山区 酸面团. 分离时间：2009 年. 培养基 0006，37℃ GenBank 序列号 GU138595

IMAU10269 ←LABCC LSBT3-4. 分离源：内蒙古包头市东河区 酸面团. 分离时间：2009 年. 培养基 0006，37℃ GenBank 序列号 GU138597

IMAU10272 ←LABCC LSBT4-1. 分离源：内蒙古包头市土右旗 酸面团. 分离时间：2009 年. 培养基 0006，37℃ GenBank 序列号 GU138600

IMAU10273 ←LABCC LSBT4-2. 分离源：内蒙古包头市土右旗 酸面团. 分离时间：2009 年. 培养基 0006，37℃ GenBank 序列号 GU138601

IMAU10276 ←LABCC LSBT3-6. 分离源：内蒙古包头市东河区 酸面团. 分离时间：2009 年. 培养基 0006，37℃ GenBank 序列号 GU138604

IMAU10277 ←LABCC LMSE1. 分离源：内蒙古鄂尔多斯市东胜区 酸面团. 分离时间：2009 年. 培养基 0006，37℃ GenBank 序列号 GU138605

IMAU10278 ←LABCC LSBT3-3. 分离源：内蒙古包头市东河区 酸面团. 分离时间：2009 年. 培养基 0006，37℃ GenBank 序列号 GU138606

IMAU10282 ←LABCC LSBT1-7. 分离源：内蒙古包头市青山区 酸面团. 分离时

间：2009 年．培养基 0006，37℃ GenBank 序列号 GU138610

IMAU10285 ←LABCC LSBT4-3．分离源：内蒙古包头市土右旗 酸面团．分离时间：2009 年．培养基 0006，37℃ GenBank 序列号 GU138613

IMAU10307 ←LABCC NM5-4．分离源：内蒙古锡林郭勒盟西乌珠穆沁旗巴拉嘎尔镇酸牛奶．分离时间：2009 年．培养基 0006，37℃ GenBank 序列号 HM218033

IMAU10312 ←LABCC NM6-4．分离源：内蒙古锡林郭勒盟西乌珠穆沁旗巴拉嘎尔镇酸牛奶．分离时间：2009 年．培养基 0006，37℃ GenBank 序列号 HM218038

IMAU10324 ←LABCC NM10-3．分离源：内蒙古锡林郭勒盟东乌珠穆沁旗 酸牛奶．分离时间：2009 年．培养基 0006，37℃ GenBank 序列号 HM218050

IMAU10327 ←LABCC NM10-6．分离源：内蒙古锡林郭勒盟东乌珠穆沁旗 酸牛奶．分离时间：2009 年．培养基 0006，37℃ GenBank 序列号 HM218053

IMAU10330 ←LABCC NM11-2．分离源：内蒙古锡林郭勒盟东乌珠穆沁旗东乌额吉淖尔苏木哈尔戈壁嘎查 酸牛奶．分离时间：2009 年．培养基 0006，37℃ GenBank 序列号 HM218056

IMAU10335 ←LABCC NM12-2．分离源：内蒙古锡林郭勒盟东乌珠穆沁旗东乌额吉淖尔苏木哈尔戈壁嘎查 酸牛奶．分离时间：2009 年．培养基 0006，37℃ GenBank 序列号 HM218061

IMAU10372 ←LABCC NM20-2．分离源：内蒙古呼伦贝尔盟新巴尔虎左旗额布日宝力格苏木萨茹拉图雅嘎查 酸牛奶．分离时间：2009 年．培养基 0006，37℃ GenBank 序列号 HM218098

IMAU10373 ←LABCC NM20-3．分离源：内蒙古呼伦贝尔盟新巴尔虎左旗额布日宝力格苏木萨茹拉图雅嘎查 酸牛奶．分离时间：2009 年．培养基 0006，37℃ GenBank 序列号 HM218099

IMAU10374 ←LABCC NM20-4．分离源：内蒙古呼伦贝尔盟新巴尔虎左旗额布日宝力格苏木萨茹拉图雅嘎查 酸牛奶．分离时间：2009 年．培养基 0006，37℃ GenBank 序列号 HM218100

IMAU10378 ←LABCC NM21-3．分离源：内蒙古呼伦贝尔盟新巴尔虎左旗额布日宝力格苏木萨茹拉图雅嘎查 酸牛奶．分离时间：2009 年．培养基 0006，37℃ GenBank 序列号 HM218103

IMAU10379 ←LABCC NM21-4．分离源：内蒙古呼伦贝尔盟新巴尔虎左旗额布日宝力格苏木萨茹拉图雅嘎查 酸牛奶．分离时间：2009 年．培养基 0006，37℃ GenBank 序列号 HM218104

IMAU10380 ←LABCC NM21-5．分离源：内蒙古呼伦贝尔盟新巴尔虎左旗额布日宝力格苏木萨茹拉图雅嘎查 酸牛奶．分离时间：2009 年．培养基 0006，

37℃ GenBank 序列号 HM218105

IMAU10382 ←LABCC NM22-2. 分离源：内蒙古呼伦贝尔盟新巴尔虎左旗额布日宝力格苏木萨茹拉图雅嘎查 酸牛奶．分离时间：2009 年．培养基 0006，37℃ GenBank 序列号 HM218107

IMAU10386 ←LABCC NM23-2. 分离源：内蒙古呼伦贝尔盟新巴尔虎左旗额布日宝力格苏木萨茹拉图雅嘎查 酸牛奶．分离时间：2009 年．培养基 0006，37℃ GenBank 序列号 HM218111

IMAU10392 ←LABCC NM24-2. 分离源：内蒙古呼伦贝尔盟新巴尔虎左旗额布日宝力格苏木萨茹拉图雅嘎查 酸牛奶．分离时间：2009 年．培养基 0006，37℃ GenBank 序列号 HM218117

IMAU10393 ←LABCC NM24-3. 分离源：内蒙古呼伦贝尔盟新巴尔虎左旗额布日宝力格苏木萨茹拉图雅嘎查 酸牛奶．分离时间：2009 年．培养基 0006，37℃ GenBank 序列号 HM218118

IMAU10395 ←LABCC NM24-5. 分离源：内蒙古呼伦贝尔盟新巴尔虎左旗额布日宝力格苏木萨茹拉图雅嘎查 酸牛奶．分离时间：2009 年．培养基 0006，37℃ GenBank 序列号 HM218120

IMAU10398 ←LABCC NM25-2. 分离源：内蒙古呼伦贝尔盟新巴尔虎左旗额布日宝力格苏木萨茹拉图雅嘎查 酸牛奶．分离时间：2009 年．培养基 0006，37℃ GenBank 序列号 HM218123

IMAU10405 ←LABCC NM26-4. 分离源：内蒙古呼伦贝尔盟新巴尔虎左旗额布日宝力格苏木萨茹拉图雅嘎查 酸牛奶．分离时间：2009 年．培养基 0006，37℃ GenBank 序列号 HM218130

IMAU10413 ←LABCC NM27-5. 分离源：内蒙古呼伦贝尔盟新巴尔虎左旗额布日宝力格苏木萨茹拉图雅嘎查 酸牛奶．分离时间：2009 年．培养基 0006，37℃ GenBank 序列号 HM218138

IMAU10418 ←LABCC NM28-2. 分离源：内蒙古呼伦贝尔盟新巴尔虎左旗额布日宝力格苏木萨茹拉图雅嘎查 酸牛奶．分离时间：2009 年．培养基 0006，37℃ GenBank 序列号 HM218143

IMAU10542 ←LABCC NM60-2. 分离源：内蒙古呼伦贝尔盟新巴尔虎左旗查干镇伊和乌拉嘎查大路 酸马奶．分离时间：2009 年．培养基 0006，37℃ GenBank 序列号 HM218267

IMAU10566 ←LABCC NM65-2. 分离源：内蒙古呼伦贝尔盟陈旗巴彦库仁镇特尼格尔蒙古艾力 酸马奶．分离时间：2009 年．培养基 0006，37℃ GenBank 序列号 HM218291

IMAU10567 ←LABCC NM65-3. 分离源：内蒙古呼伦贝尔盟陈旗巴彦库仁镇特尼格尔蒙古艾力 酸马奶. 分离时间：2009 年. 培养基 0006，37℃ GenBank 序列号 HM218292

IMAU10568 ←LABCC NM65-5. 分离源：内蒙古呼伦贝尔盟陈旗巴彦库仁镇特尼格尔蒙古艾力 酸马奶. 分离时间：2009 年. 培养基 0006，37℃ GenBank 序列号 HM218293

IMAU10570 ←LABCC NM66-1. 分离源：内蒙古呼伦贝尔盟陈旗巴彦库仁镇特尼格尔蒙古艾力 酸马奶. 分离时间：2009 年. 培养基 0006，37℃ GenBank 序列号 HM218295

IMAU10572 ←LABCC NM66-3. 分离源：内蒙古呼伦贝尔盟陈旗巴彦库仁镇特尼格尔蒙古艾力 酸马奶. 分离时间：2009 年. 培养基 0006，37℃ GenBank 序列号 HM218297

IMAU10574 ←LABCC NM66-5. 分离源：内蒙古呼伦贝尔盟陈旗巴彦库仁镇特尼格尔蒙古艾力 酸马奶. 分离时间：2009 年. 培养基 0006，37℃ GenBank 序列号 HM218299

IMAU10576 ←LABCC NM67-1. 分离源：内蒙古呼伦贝尔盟陈旗巴彦库仁镇特尼格尔蒙古艾力 酸马奶. 分离时间：2009 年. 培养基 0006，37℃ GenBank 序列号 HM218301

IMAU10578 ←LABCC NM67-3. 分离源：内蒙古呼伦贝尔盟陈旗巴彦库仁镇特尼格尔蒙古艾力 酸马奶. 分离时间：2009 年. 培养基 0006，37℃ GenBank 序列号 HM218303

IMAU10580 ←LABCC NM67-5. 分离源：内蒙古呼伦贝尔盟陈旗巴彦库仁镇特尼格尔蒙古艾力 酸马奶. 分离时间：2009 年. 培养基 0006，37℃ GenBank 序列号 HM218304

IMAU10585 ←LABCC NM68-4. 分离源：内蒙古呼伦贝尔盟陈旗巴彦库仁镇特尼格尔蒙古艾力 酸马奶. 分离时间：2009 年. 培养基 0006，37℃ GenBank 序列号 HM218309

IMAU10586 ←LABCC NM68-5. 分离源：内蒙古呼伦贝尔盟陈旗巴彦库仁镇特尼格尔蒙古艾力 酸马奶. 分离时间：2009 年. 培养基 0006，37℃ GenBank 序列号 HM218310

IMAU10591 ←LABCC NM69-3. 分离源：内蒙古呼伦贝尔盟海拉尔市①号 H1 酸马奶. 分离时间：2009 年. 培养基 0006，37℃ GenBank 序列号 HM218315

IMAU10596 ←LABCC NM70-3. 分离源：内蒙古呼伦贝尔盟海拉尔市①号 H1 酸马奶. 分离时间：2009 年. 培养基 0006，37℃ GenBank 序列号 HM218320

IMAU10602 ←LABCC NM71-4. 分离源：内蒙古呼伦贝尔盟海拉尔市①号 H1 酸马奶. 分离时间：2009 年. 培养基 0006, 37℃ GenBank 序列号 HM218326

IMAU10608 ←LABCC NM72-5. 分离源：内蒙古呼伦贝尔盟海拉尔市①号 H1 酸马奶. 分离时间：2009 年. 培养基 0006, 37℃ GenBank 序列号 HM218332

IMAU10702 ←LABCC NM101-4. 分离源：内蒙古呼伦贝尔盟阿鲁科尔沁旗天山 纯净奶. 分离时间：2009 年. 培养基 0006, 37℃ GenBank 序列号 HM218424

IMAU10704 ←LABCC NM101-6. 分离源：内蒙古呼伦贝尔盟阿鲁科尔沁旗天山 纯净奶. 分离时间：2009 年. 培养基 0006, 37℃ GenBank 序列号 HM218426

IMAU10707 ←LABCC NM102-1. 分离源：内蒙古阿鲁科尔沁旗天山镇 酸牛奶. 分离时间：2009 年. 培养基 0006, 37℃ GenBank 序列号 HM218429

IMAU10718 ←LABCC NM103-5. 分离源：内蒙古阿鲁科尔沁旗天山镇 酸牛奶. 分离时间：2009 年. 培养基 0006, 37℃ GenBank 序列号 HM218440

IMAU10722 ←LABCC NM104-2. 分离源：内蒙古阿鲁科尔沁旗天山镇 酸牛奶. 分离时间：2009 年. 培养基 0006, 37℃ GenBank 序列号 HM218444

IMAU10725 ←LABCC NM104-5. 分离源：内蒙古阿鲁科尔沁旗天山镇 酸牛奶. 分离时间：2009 年. 培养基 0006, 37℃ GenBank 序列号 HM218447

IMAU10931 ←LABCC NM159-1. 分离源：内蒙古巴林右旗大板镇 酸牛奶. 分离时间：2009 年. 培养基 0006, 37℃ GenBank 序列号 HM218639

IMAU10932 ←LABCC NM159-2. 分离源：内蒙古巴林右旗大板镇 酸牛奶. 分离时间：2009 年. 培养基 0006, 37℃ GenBank 序列号 HM218640

IMAU10935 ←LABCC NM160-3. 分离源：内蒙古巴林右旗大板镇 酸牛奶. 分离时间：2009 年. 培养基 0006, 37℃ GenBank 序列号 HM218642

IMAU10942 ←LABCC NM162-1. 分离源：内蒙古巴林右旗大板镇 酸牛奶. 分离时间：2009 年. 培养基 0006, 37℃ GenBank 序列号 HM218649

IMAU10953 ←LABCC NM164-1. 分离源：内蒙古巴林右旗大板镇 酸牛奶. 分离时间：2009 年. 培养基 0006, 37℃ GenBank 序列号 HM218660

IMAU10969 ←LABCC NM167-1. 分离源：内蒙古巴林右旗大板镇 酸牛奶. 分离时间：2009 年. 培养基 0006, 37℃ GenBank 序列号 HM218673

IMAU10971 ←LABCC NM167-3. 分离源：内蒙古巴林右旗大板镇 酸牛奶. 分离时间：2009 年. 培养基 0006, 37℃ GenBank 序列号 HM218675

IMAU10973 ←LABCC NM167-5. 分离源：内蒙古巴林右旗大板镇 酸牛奶. 分离时间：2009 年. 培养基 0006, 37℃ GenBank 序列号 HM218677

IMAU10996 ←LABCC NM172-4. 分离源：内蒙古巴林右旗大板镇 酸牛奶. 分离时间：2009 年. 培养基 0006, 37℃ GenBank 序列号 HM218698

IMAU11006 ←LABCC NM174-1. 分离源：内蒙古巴林右旗大板镇 酸牛奶．分离时间：2009 年．培养基 0006，37℃ GenBank 序列号 HM218707

IMAU11014 ←LABCC NM175-4. 分离源：内蒙古巴林右旗大板镇 酸牛奶．分离时间：2009 年．培养基 0006，37℃ GenBank 序列号 HM218715

IMAU11016 ←LABCC NM175-6. 分离源：内蒙古巴林右旗大板镇 酸牛奶．分离时间：2009 年．培养基 0006，37℃ GenBank 序列号 HM218717

IMAU11020 ←LABCC NM176-2. 分离源：内蒙古巴林右旗大板镇 酸牛奶．分离时间：2009 年．培养基 0006，37℃ GenBank 序列号 HM218721

IMAU11022 ←LABCC NM176-4. 分离源：内蒙古巴林右旗大板镇 酸牛奶．分离时间：2009 年．培养基 0006，37℃ GenBank 序列号 HM218723

IMAU11023 ←LABCC NM176-5. 分离源：内蒙古巴林右旗大板镇 酸牛奶．分离时间：2009 年．培养基 0006，37℃ GenBank 序列号 HM218724

IMAU11024 ←LABCC NM176-6. 分离源：内蒙古巴林右旗大板镇 酸牛奶．分离时间：2009 年．培养基 0006，37℃ GenBank 序列号 HM218725

IMAU11026 ←LABCC NM177-2. 分离源：内蒙古巴林右旗大板镇 酸牛奶．分离时间：2009 年．培养基 0006，37℃ GenBank 序列号 HM218727

IMAU11027 ←LABCC NM177-3. 分离源：内蒙古巴林右旗大板镇 酸牛奶．分离时间：2009 年．培养基 0006，37℃ GenBank 序列号 HM218728

IMAU11029 ←LABCC NM177-5. 分离源：内蒙古巴林右旗大板镇 酸牛奶．分离时间：2009 年．培养基 0006，37℃ GenBank 序列号 HM218730

IMAU11033 ←LABCC NM178-3. 分离源：内蒙古巴林右旗大板镇 酸牛奶．分离时间：2009 年．培养基 0006，37℃ GenBank 序列号 HM218734

IMAU11035 ←LABCC NM178-5. 分离源：内蒙古巴林右旗大板镇 酸牛奶．分离时间：2009 年．培养基 0006，37℃ GenBank 序列号 HM218736

IMAU11038 ←LABCC NM179-2. 分离源：内蒙古巴林右旗大板镇 酸牛奶．分离时间：2009 年．培养基 0006，37℃ GenBank 序列号 HM218739

IMAU11041 ←LABCC NM179-5. 分离源：内蒙古巴林右旗大板镇 酸牛奶．分离时间：2009 年．培养基 0006，37℃ GenBank 序列号 HM218742

IMAU11048 ←LABCC NM181-2. 分离源：内蒙古巴林右旗大板镇 酸牛奶．分离时间：2009 年．培养基 0006，37℃ GenBank 序列号 HM218749

IMAU11053 ←LABCC NM182-2. 分离源：内蒙古巴林右旗大板镇 酸牛奶．分离时间：2009 年．培养基 0006，37℃ GenBank 序列号 HM218754

IMAU20009 ←LABCC MG1-7. 分离源：蒙古国乌兰巴托市周边地区 酸马奶．分离时间：2003 年．培养基 0006，37℃ GenBank 序列号 FJ844939

IMAU20013 ←LABCC MG2-2. 分离源：蒙古国乌兰巴托市周边地区 酸马奶. 分离时间：2003 年. 培养基 0006，37℃ GenBank 序列号 FJ844943

IMAU20014 ←LABCC MG2-3. 分离源：蒙古国乌兰巴托市周边地区 酸马奶. 分离时间：2003 年. 培养基 0006，37℃ GenBank 序列号 FJ844944

IMAU20015 ←LABCC MG2-4. 分离源：蒙古国乌兰巴托市周边地区 酸马奶. 分离时间：2003 年. 培养基 0006，37℃ GenBank 序列号 FJ844945

IMAU20020 ←LABCC MG3-1. 分离源：蒙古国乌兰巴托市周边地区 酸马奶. 分离时间：2003 年. 培养基 0006，37℃ GenBank 序列号 FJ844949

IMAU20029 ←LABCC MG5-2. 分离源：蒙古国乌兰巴托市周边地区 酸马奶. 分离时间：2003 年. 培养基 0006，37℃ GenBank 序列号 FJ844957

IMAU20063 ←LABCC mgh17-2-2. 分离源：蒙古国前杭盖省朱恩乌兰苏木 酸驼奶. 分离时间：2006 年. 培养基 0006，37℃ GenBank 序列号 FJ640996

IMAU20089 ←LABCC mgh7-3-1. 分离源：蒙古国前杭盖省海尔汗苏木 酸驼奶. 分离时间：2006 年. 培养基 0006，37℃ GenBank 序列号 FJ640997

IMAU20113 ←LABCC MGA8-1. 分离源：蒙古东戈壁省赛音山达苏木 酸牛奶. 分离时间：2009 年. 培养基 0006，37℃ GenBank 序列号 HM057851

IMAU20115 ←LABCC MGA8-6. 分离源：蒙古国东戈壁省赛音山达苏木 酸牛奶. 分离时间：2009 年. 培养基 0006，37℃ GenBank 序列号 HM057853

IMAU20117 ←LABCC MGA9-2. 分离源：蒙古国东戈壁省赛音山达苏木 酸牛奶. 分离时间：2009 年. 培养基 0006，37℃ GenBank 序列号 HM057855

IMAU20118 ←LABCC MGA9-3. 分离源：蒙古东戈壁省赛音山达苏木 酸牛奶. 分离时间：2009 年. 培养基 0006，37℃ GenBank 序列号 HM057856

IMAU20119 ←LABCC MGA9-4. 分离源：蒙古国东戈壁省赛音山达苏木 酸牛奶. 分离时间：2009 年. 培养基 0006，37℃ GenBank 序列号 HM057857

IMAU20120 ←LABCC MGA9-5. 分离源：蒙古国东戈壁省赛音山达苏木 酸牛奶. 分离时间：2009 年. 培养基 0006，37℃ GenBank 序列号 HM057858

IMAU20697 ←LABCC MGC11-4. 分离源：蒙古布尔干省阿日希亚图苏木 酸牛奶. 分离时间：2009 年. 培养基 0006，37℃ GenBank 序列号 HM058409

IMAU30001 ←LABCC A2303. 分离源：新疆地区伊犁州乌苏市天山牧场 酸马奶. 分离时间：2004 年. 培养基 0006，37℃ GenBank 序列号 FJ749604

IMAU30043 ←LABCC C4304-2. 分离源：新疆地区伊犁州尼勒克县 酸马奶. 分离时间：2004 年. 培养基 0006，37℃ GenBank 序列号 FJ749637

IMAU30055 ←LABCC C6303-2. 分离源：新疆地区伊犁州尼勒克县 酸马奶. 分离时间：2004 年. 培养基 0006，37℃ GenBank 序列号 FJ749647

IMAU30106 ←LABCC E5304-1. 分离源：新疆地区伊犁州新源县那拉提高山草原 酸马奶. 分离时间：2004 年. 培养基 0006，37℃ GenBank 序列号 FJ749677

IMAU30114 ←LABCC E7301. 分离源：新疆地区伊犁州新源县那拉提高山草原 酸 马奶. 分离时间：2004 年. 培养基 0006，37℃ GenBank 序列号 FJ749682

IMAU30116 ←LABCC E7301-2. 分离源：新疆地区伊犁州新源县那拉提高山草原 酸马奶. 分离时间：2004 年. 培养基 0006，37℃ GenBank 序列号 FJ749683

IMAU30118 ←LABCC E7304. 分离源：新疆地区伊犁州新源县那拉提高山草原 酸 马奶. 分离时间：2004 年. 培养基 0006，37℃ GenBank 序列号 FJ749685

IMAU30151 ←LABCC XA2-1. 分离源：新疆地区 酸马奶. 分离时间：2004 年. 培养基 0006，37℃ GenBank 序列号 FJ749711

IMAU30159 ←LABCC XC7-3-1. 分离源：新疆地区 酸马奶. 分离时间：2004 年. 培养基 0006，37℃ GenBank 序列号 FJ749716

IMAU30162 ←LABCC XE5-2-1. 分离源：新疆地区 酸马奶. 分离时间：2004 年. 培养基 0006，37℃ GenBank 序列号 FJ749719

IMAU40001 ←LABCC QH14-5-3. 分离源：青海省海西州乌兰县赛什克乡 酸马奶. 分离时间：2005 年. 培养基 0006，37℃ GenBank 序列号 FJ749720

IMAU40003 ←LABCC QH14-8. 分离源：青海省海西州乌兰县赛什克乡 酸马奶. 分离时间：2005 年. 培养基 0006，37℃ GenBank 序列号 FJ749722

IMAU40005 ←LABCC QH14-2-1. 分离源：青海省海西州乌兰县 酸牦牛奶. 分离 时间：2005 年. 培养基 0006，37℃ GenBank 序列号 FJ749724

IMAU40007 ←LABCC QH15-1-2-1. 分离源：青海省海西州乌兰县赛什克乡 酸马 奶. 分离时间：2005 年. 培养基 0006，37℃ GenBank 序列号 FJ749726

IMAU40009 ←LABCC QH15-1-2-2. 分离源：青海省海西州乌兰县赛什克乡 酸马 奶. 分离时间：2005 年. 培养基 0006，37℃ GenBank 序列号 FJ749728

IMAU40010 ←LABCC QH15-5-2. 分离源：青海省海西州乌兰县赛什克乡 酸马奶. 分离时间：2005 年. 培养基 0006，37℃ GenBank 序列号 FJ749729

IMAU40014 ←LABCC QH14-2-2. 分离源：青海省海西州乌兰县赛什克乡 酸牦牛奶. 分离时间：2005 年. 培养基 0006，37℃ GenBank 序列号 FJ749733

IMAU40070 ←LABCC QH30-1. 分离源：青海省海北州天峻县 酸牦牛奶. 分离时 间：2005 年. 培养基 0006，37℃ GenBank 序列号 FJ749345

IMAU40072 ←LABCC QH35-3-1. 分离源：青海省海北州刚嚓县 酸牦牛奶. 分离 时间：2005 年. 培养基 0006，37℃ GenBank 序列号 FJ749347

IMAU40082 ←LABCC QH35-3-2. 分离源：青海省海北州刚嚓县 酸牦牛奶. 分离 时间：2005 年. 培养基 0006，37℃ GenBank 序列号 FJ749357

IMAU40089 ←LABCC QH28-1-1. 分离源：青海省海北州天峻县 酸牦牛奶. 分离时间：2005 年. 培养基 0006，37℃ GenBank 序列号 FJ749364

IMAU40090 ←LABCC QH35-1-2-1. 分离源：青海省海北州刚嚓县 酸牦牛奶. 分离时间：2005 年. 培养基 0006，37℃ GenBank 序列号 FJ749365

IMAU40091 ←LABCC QH36-5. 分离源：青海省海北州刚嚓县 酸牦牛奶. 分离时间：2005 年. 培养基 0006，37℃ GenBank 序列号 FJ749366

IMAU40099 ←LABCC QH14-2-2-1. 分离源：青海省海西州乌兰县赛什克乡 酸马奶. 分离时间：2005 年. 培养基 0006，37℃ GenBank 序列号 FJ749374

IMAU40100 ←LABCC QH35-1-2-2. 分离源：青海省海北州刚嚓县 酸牦牛奶. 分离时间：2005 年. 培养基 0006，37℃ GenBank 序列号 FJ749375

IMAU40116 ←LABCC QH9-1-1. 分离源：青海省海南州共和县 酸牦牛奶. 分离时间：2005 年. 培养基 0006，37℃ GenBank 序列号 FJ749387

IMAU40117 ←LABCC QH35-1-2-3. 分离源：青海省海北州刚嚓县 酸牦牛奶. 分离时间：2005 年. 培养基 0006，37℃ GenBank 序列号 FJ749388

IMAU40122 ←LABCC QH46-5-1-2. 分离源：青海省海北州西海镇 酸牦牛奶. 分离时间：2005 年. 培养基 0006，37℃ GenBank 序列号 FJ749392

IMAU40126 ←LABCC QH46-5-1-1. 分离源：青海省海北州西海镇 酸牦牛奶. 分离时间：2005 年. 培养基 0006，37℃ GenBank 序列号 FJ749395

IMAU50045 ←LABCC YN2-2-1-2. 分离源：云南省大理市上关镇海潮河村 乳扇酸乳清. 分离时间：2006 年. 培养基 0006，37℃ GenBank 序列号 FJ749445

IMAU60026 ←LABCC XZ7302. 分离源：西藏日喀则地区江孜县东郊乡 酸黄牛奶. 分离时间：2007 年. 培养基 0006，37℃ GenBank 序列号 FJ211392

IMAU60042 ←LABCC XZ12302. 分离源：西藏日喀地区白朗县巴扎乡 酸黄牛奶. 分离时间：2007 年. 培养基 0006，37℃ GenBank 序列号 FJ211391

IMAU60045 ←LABCC XZ12307. 分离源：西藏日喀地区白朗县巴扎乡 酸黄牛奶. 分离时间：2007 年. 培养基 0006，37℃ GenBank 序列号 FJ749770

IMAU60047 ←LABCC XZ13302. 分离源：西藏日喀地区白朗县巴扎乡 酸黄牛奶. 分离时间：2007 年. 培养基 0006，37℃ GenBank 序列号 FJ749772

IMAU60049 ←LABCC XZ13304. 分离源：西藏日喀地区白朗县巴扎乡 酸黄牛奶. 分离时间：2007 年. 培养基 0006，37℃ GenBank 序列号 FJ749774

IMAU60051 ←LABCC XZ13306. 分离源：西藏日喀地区白朗县巴扎乡 酸黄牛奶. 分离时间：2007 年. 培养基 0006，37℃ GenBank 序列号 FJ749776

IMAU60055 ←LABCC XZ14305. 分离源：西藏日喀地区白朗日喀则县甲雄乡 酸黄牛奶. 分离时间：2007 年. 培养基 0006，37℃ GenBank 序列号 FJ749779

IMAU60057 ←LABCC XZ14307. 分离源：西藏日喀地区白朗日喀则县甲雄乡 酸黄牛奶．分离时间：2007 年．培养基 0006，37℃ GenBank 序列号 FJ749781

IMAU60170 ←LABCC XZ45302. 分离源：西藏拉萨地区当雄县纳木错 酸牦牛奶．分离时间：2007 年．培养基 0006，37℃ GenBank 序列号 FJ749884

IMAU60171 ←LABCC XZ45304. 分离源：西藏拉萨地区当雄县纳木错 酸牦牛奶．分离时间：2007 年．培养基 0006，37℃ GenBank 序列号 FJ749885

IMAU70004 ←LABCC BM1304. 分离源：内蒙古巴彦淖尔盟黄锦后旗陕坝镇 酸粥．分离时间：2008 年．培养基 0006，37℃ GenBank 序列号 GQ131121

IMAU70005 ←LABCC BM1305. 分离源：内蒙古巴彦淖尔盟黄锦后旗陕坝镇 酸粥．分离时间：2008 年．培养基 0006，37℃ GenBank 序列号 GQ131122

IMAU70010 ←LABCC BM3301. 分离源：内蒙古巴彦淖尔盟杭锦后旗陕坝镇 酸粥．分离时间：2008 年．培养基 0006，37℃ GenBank 序列号 GQ131126

IMAU70023 ←LABCC BM7301. 分离源：内蒙古巴彦淖尔盟乌拉特中旗八音镇 酸粥．分离时间：2008 年．培养基 0006，37℃ GenBank 序列号 GQ131139

IMAU70035 ←LABCC BM10305. 分离源：内蒙古巴彦淖尔盟乌拉特前旗阿力苯苏木公忽洞嘎查 酸粥．分离时间：2008 年．培养基 0006，37℃ GenBank 序列号 GQ131151

IMAU70042 ←LABCC BT1305. 分离源：内蒙古巴彦淖尔盟黄锦后旗陕坝镇 酸粥．分离时间：2008 年．培养基 0006，37℃ GenBank 序列号 GQ131158

IMAU70080 ←LABCC YM3302. 分离源：内蒙古鄂尔多斯市伊金霍洛旗 酸粥．分离时间：2008 年．培养基 0006，37℃ GenBank 序列号 GQ131196

IMAU70087 ←LABCC BM1151. 分离源：内蒙古巴彦淖尔盟黄锦后旗陕坝镇 酸粥．分离时间：2008 年．培养基 0006，37℃ GenBank 序列号 GQ131203

IMAU70088 ←LABCC BM1152. 分离源：内蒙古巴彦淖尔盟黄锦后旗陕坝镇 酸粥．分离时间：2008 年．培养基 0006，37℃ GenBank 序列号 GQ131204

IMAU70089 ←LABCC BM3151. 分离源：内蒙古巴彦淖尔盟杭锦后旗陕坝镇南 酸粥．分离时间：2008 年．培养基 0006，37℃ GenBank 序列号 GQ131205

IMAU70090 ←LABCC BM3152. 分离源：内蒙古巴彦淖尔盟杭锦后旗陕坝镇南 酸粥．分离时间：2008 年．培养基 0006，37℃ GenBank 序列号 GQ131206

IMAU70091 ←LABCC BM3153. 分离源：内蒙古巴彦淖尔盟杭锦后旗陕坝镇南 酸粥．分离时间：2008 年．培养基 0006，37℃ GenBank 序列号 GQ131207

IMAU70092 ←LABCC BM4151. 分离源：内蒙古巴彦淖尔盟乌拉特后旗八音镇 酸粥．分离时间：2008 年．培养基 0006，37℃ GenBank 序列号 GQ131208

IMAU70093 ←LABCC BM4152. 分离源：内蒙古巴彦淖尔盟乌拉特后旗八音镇 酸

粥．分离时间：2008 年．培养基 0006，37℃ GenBank 序列号 GQ131209

IMAU70094 ←LABCC BM4153．分离源：内蒙古巴彦淖尔盟乌拉特后旗八音镇 酸粥．分离时间：2008 年．培养基 0006，37℃ GenBank 序列号 GQ131210

IMAU70095 ←LABCC BM5152．分离源：内蒙古内蒙古巴彦淖尔盟临河 酸粥．分离时间：2008 年．培养基 0006，37℃ GenBank 序列号 GQ131211

IMAU70098 ←LABCC BM7153．分离源：内蒙古巴彦淖尔盟乌拉特中旗文更苏木 酸粥．分离时间：2008 年．培养基 0006，37℃ GenBank 序列号 GQ131214

IMAU70099 ←LABCC BM7154．分离源：内蒙古内蒙古巴彦淖尔盟乌拉特中旗文更苏木巴音满都呼嘎查 酸粥．分离时间：2008 年．培养基 0006，37℃ Gen-Bank 序列号 GQ131215

IMAU70100 ←LABCC BM8151．分离源：内蒙古内蒙古巴彦淖尔盟乌拉特中旗海流图镇 酸粥．分离时间：2008 年．培养基 0006，37℃ GenBank 序列号 GQ131216

IMAU70101 ←LABCC BM9151．分离源：内蒙古内蒙古巴彦淖尔盟乌拉特前旗阿力奔苏木公忽洞嘎查 酸粥．分离时间：2008 年．培养基 0006，37℃ Gen-Bank 序列号 GQ131217

IMAU70103 ←LABCC BT1151．分离源：内蒙古包头市青山区 酸粥．分离时间：2008 年．培养基 0006，37℃ GenBank 序列号 GQ131219

IMAU70104 ←LABCC BT1152．分离源：内蒙古包头市青山区 酸粥．分离时间：2008 年．培养基 0006，37℃ GenBank 序列号 GQ131220

IMAU70105 ←LABCC BT2151．分离源：内蒙古包头市东河区南海子村 酸粥．分离时间：2008 年．培养基 0006，37℃ GenBank 序列号 GQ131221

IMAU70125 ←LABCC YM3151．分离源：鄂尔多斯市伊金霍洛旗 酸粥．分离时间：2008 年．培养基 0006，37℃ GenBank 序列号 GQ131241

IMAU70126 ←LABCC YM3153．分离源：内蒙古鄂尔多斯市伊金霍洛旗 酸粥．分离时间：2008 年．培养基 0006，37℃ GenBank 序列号 GQ131242

IMAU70164 ←LABCC HS4453．分离源：内蒙古呼和浩特市托克托县双河镇 酸粥．分离时间：2008 年．培养基 0006，37℃ GenBank 序列号 GQ131279

IMAU80002 ←LABCC PC1302．分离源：四川省新津县 泡菜．分离时间：2008 年．培养基 0006，37℃ GenBank 序列号 GU125424

IMAU80005 ←LABCC PC3301．分离源：四川省大邑县苏场乡 泡菜．分离时间：2008 年．培养基 0006，37℃ GenBank 序列号 GU125427

IMAU80006 ←LABCC PC4301．分离源：四川省大邑县苏场乡 泡菜．分离时间：2008 年．培养基 0006，37℃ GenBank 序列号 GU125428

IMAU80007 ←LABCC PC4302．分离源：四川省大邑县苏场乡 泡菜．分离时间：

2008 年．培养基 0006, 37℃ GenBank 序列号 GU125429

IMAU80009 ←LABCC PC5301. 分离源: 四川省邛崃市 泡菜．分离时间: 2008
年. 培养基 0006, 37℃ GenBank 序列号 GU125431

IMAU80013 ←LABCC PC8301. 分离源: 四川省蒲江县西崃镇 泡菜．分离时间:
2008 年．培养基 0006, 37℃ GenBank 序列号 GU125435

IMAU80016 ←LABCC PC9303. 分离源: 四川省邛崃市 泡菜．分离时间: 2008
年. 培养基 0006, 37℃ GenBank 序列号 GU125438

IMAU80020 ←LABCC PC11302. 分离源: 四川省邛崃市 泡菜．分离时间: 2008
年. 培养基 0006, 37℃ GenBank 序列号 GU125442

IMAU80021 ←LABCC PC12301. 分离源: 四川省邛崃市 泡菜．分离时间: 2008
年. 培养基 0006, 37℃ GenBank 序列号 GU125443

IMAU80023 ←LABCC PC13301. 分离源: 四川省大邑县 泡菜．分离时间: 2008
年. 培养基 0006, 37℃ GenBank 序列号 GU125445

IMAU80026 ←LABCC PC14301. 分离源: 四川省大邑县 泡菜．分离时间: 2008
年. 培养基 0006, 37℃ GenBank 序列号 GU125448

IMAU80028 ←LABCC PC14303. 分离源: 四川省大邑县 泡菜．分离时间: 2008
年. 培养基 0006, 37℃ GenBank 序列号 GU125450

IMAU80029 ←LABCC PC14304. 分离源: 四川省大邑县 泡菜．分离时间: 2008
年. 培养基 0006, 37℃ GenBank 序列号 GU125451

IMAU80030 ←LABCC PC15301. 分离源: 四川省大邑县 泡菜．分离时间: 2008
年. 培养基 0006, 37℃ GenBank 序列号 GU125452

IMAU80031 ←LABCC PC15302. 分离源: 四川省大邑县 泡菜．分离时间: 2008
年. 培养基 0006, 37℃ GenBank 序列号 GU125453

IMAU80032 ←LABCC PC15303. 分离源: 四川省大邑县 泡菜．分离时间: 2008
年. 培养基 0006, 37℃ GenBank 序列号 GU125454

IMAU80033 ←LABCC PC15304. 分离源: 四川省大邑县 泡菜．分离时间: 2008
年. 培养基 0006, 37℃ GenBank 序列号 GU125455

IMAU80034 ←LABCC PC15305. 分离源: 四川省大邑县 泡菜．分离时间: 2008
年. 培养基 0006, 37℃ GenBank 序列号 GU125456

IMAU80038 ←LABCC PC17301. 分离源: 四川省大邑县 泡菜．分离时间: 2008
年. 培养基 0006, 37℃ GenBank 序列号 GU125460

IMAU80042 ←LABCC PC17305. 分离源: 四川省大邑县 泡菜．分离时间: 2008
年. 培养基 0006, 37℃ GenBank 序列号 GU125464

IMAU80043 ←LABCC PC18301. 分离源：四川省大邑县 泡菜. 分离时间：2008
年. 培养基 0006, 37℃ GenBank 序列号 GU125465

IMAU80045 ←LABCC PC18303. 分离源：四川省大邑县 泡菜. 分离时间：2008
年. 培养基 0006, 37℃ GenBank 序列号 GU125467

IMAU80046 ←LABCC PC18304. 分离源：四川省大邑县 泡菜. 分离时间：2008
年. 培养基 0006, 37℃ GenBank 序列号 GU125468

IMAU80049 ←LABCC PC19301. 分离源：四川省大邑县 泡菜. 分离时间：2008
年. 培养基 0006, 37℃ GenBank 序列号 GU125471

IMAU80050 ←LABCC PC19302. 分离源：四川省大邑县 泡菜. 分离时间：2008
年. 培养基 0006, 37℃ GenBank 序列号 GU125472

IMAU80051 ←LABCC PC19303. 分离源：四川省大邑县 泡菜. 分离时间：2008
年. 培养基 0006, 37℃ GenBank 序列号 GU125473

IMAU80052 ←LABCC PC19304. 分离源：四川省大邑县 泡菜. 分离时间：2008
年. 培养基 0006, 37℃ GenBank 序列号 GU125474

IMAU80053 ←LABCC PC19305. 分离源：四川省大邑县 泡菜. 分离时间：2008
年. 培养基 0006, 37℃ GenBank 序列号 GU125475

IMAU80054 ←LABCC PC20301. 分离源：四川省大邑县 泡菜. 分离时间：2008
年. 培养基 0006, 37℃ GenBank 序列号 GU125476

IMAU80056 ←LABCC PC20303. 分离源：四川省大邑县 泡菜. 分离时间：2008
年. 培养基 0006, 37℃ GenBank 序列号 GU125478

IMAU80057 ←LABCC PC20304. 分离源：四川省大邑县 泡菜. 分离时间：2008
年. 培养基 0006, 37℃ GenBank 序列号 GU125479

IMAU80058 ←LABCC PC20305. 分离源：四川省大邑县 泡菜. 分离时间：2008
年. 培养基 0006, 37℃ GenBank 序列号 GU125480

IMAU80059 ←LABCC PC21301. 分离源：四川省大邑县 泡菜. 分离时间：2008
年. 培养基 0006, 37℃ GenBank 序列号 GU125481

IMAU80063 ←LABCC PC21305. 分离源：四川省大邑县 泡菜. 分离时间：2008
年. 培养基 0006, 37℃ GenBank 序列号 GU125485

IMAU80064 ←LABCC PC21306. 分离源：四川省大邑县 泡菜. 分离时间：2008
年. 培养基 0006, 37℃ GenBank 序列号 GU125486

IMAU80065 ←LABCC PC22301. 分离源：四川省大邑县 泡菜. 分离时间：2008
年. 培养基 0006, 37℃ GenBank 序列号 GU125487

IMAU80066 ←LABCC PC22304. 分离源：四川省大邑县 泡菜. 分离时间：2008
年. 培养基 0006, 37℃ GenBank 序列号 GU125488

IMAU80070 ←LABCC PC24301. 分离源：四川省崇州市怀远镇 泡菜. 分离时间：
　2008 年. 培养基 0006，37℃ GenBank 序列号 GU125492

IMAU80071 ←LABCC PC24302. 分离源：四川省崇州市怀远镇 泡菜. 分离时间：
　2008 年. 培养基 0006，37℃ GenBank 序列号 GU125493

IMAU80072 ←LABCC PC24303. 分离源：四川省崇州市怀远镇 泡菜. 分离时间：
　2008 年. 培养基 0006，37℃ GenBank 序列号 GU125494

IMAU80078 ←LABCC PC26303. 分离源：四川省崇州市怀远镇 泡菜. 分离时间：
　2008 年. 培养基 0006，37℃ GenBank 序列号 GU125500

IMAU80076 ←LABCC PC26301. 分离源：四川省崇州市怀远镇 泡菜. 分离时间：
　2008 年. 培养基 0006，37℃ GenBank 序列号 GU125498

IMAU80084 ←LABCC PC28301. 分离源：四川省蒲江县甘溪镇 泡菜. 分离时间：
　2008 年. 培养基 0006，37℃ GenBank 序列号 GU125506

IMAU80085 ←LABCC PC28302. 分离源：四川省蒲江县甘溪镇 泡菜. 分离时间：
　2008 年. 培养基 0006，37℃ GenBank 序列号 GU125507

IMAU80086 ←LABCC PC28303. 分离源：四川省蒲江县甘溪镇 泡菜. 分离时间：
　2008 年. 培养基 0006，37℃ GenBank 序列号 GU125508

IMAU80087 ←LABCC PC28304. 分离源：四川省蒲江县甘溪镇 泡菜. 分离时间：
　2008 年. 培养基 0006，37℃ GenBank 序列号 GU125509

IMAU80088 ←LABCC PC29301. 分离源：四川省蒲江县甘溪镇 泡菜. 分离时间：
　2008 年. 培养基 0006，37℃ GenBank 序列号 GU125510

IMAU80090 ←LABCC PC29303. 分离源：四川省蒲江县甘溪镇 泡菜. 分离时间：
　2008 年. 培养基 0006，37℃ GenBank 序列号 GU125512

IMAU80091 ←LABCC PC30301. 分离源：四川省蒲江县甘溪镇 泡菜. 分离时间：
　2008 年. 培养基 0006，37℃ GenBank 序列号 GU125513

IMAU80092 ←LABCC PC30302. 分离源：四川省蒲江县甘溪镇 泡菜. 分离时间：
　2008 年. 培养基 0006，37℃ GenBank 序列号 GU125514

IMAU80093 ←LABCC PC30303. 分离源：四川省蒲江县甘溪镇 泡菜. 分离时间：
　2008 年. 培养基 0006，37℃ GenBank 序列号 GU125515

IMAU80094 ←LABCC PC30304. 分离源：四川省蒲江县甘溪镇 泡菜. 分离时间：
　2008 年. 培养基 0006，37℃ GenBank 序列号 GU125516

IMAU80095 ←LABCC PC30305. 分离源：四川省蒲江县甘溪镇 泡菜. 分离时间：
　2008 年. 培养基 0006，37℃ GenBank 序列号 GU125517

IMAU80097 ←LABCC PC32301. 分离源：四川省邛崃市 泡菜. 分离时间：2008
　年. 培养基 0006，37℃ GenBank 序列号 GU125519

IMAU80099 ←LABCC PC32303. 分离源：四川省邛崃市 泡菜. 分离时间：2008 年. 培养基 0006, 37℃ GenBank 序列号 GU125521

IMAU80100 ←LABCC PC32304. 分离源：四川省邛崃市 泡菜. 分离时间：2008 年. 培养基 0006, 37℃ GenBank 序列号 GU125522

IMAU80101 ←LABCC PC32305. 分离源：四川省邛崃市 泡菜. 分离时间：2008 年. 培养基 0006, 37℃ GenBank 序列号 GU125523

IMAU80102 ←LABCC PC33301. 分离源：四川省邛崃市 泡菜. 分离时间：2008 年. 培养基 0006, 37℃ GenBank 序列号 GU125524

IMAU80103 ←LABCC PC33302. 分离源：四川省邛崃市 泡菜. 分离时间：2008 年. 培养基 0006, 37℃ GenBank 序列号 GU125525

IMAU80104 ←LABCC PC33303. 分离源：四川省邛崃市 泡菜. 分离时间：2008 年. 培养基 0006, 37℃ GenBank 序列号 GU125526

IMAU80105 ←LABCC PC33304. 分离源：四川省邛崃市 泡菜. 分离时间：2008 年. 培养基 0006, 37℃ GenBank 序列号 GU125527

IMAU80106 ←LABCC PC33305. 分离源：四川省邛崃市 泡菜. 分离时间：2008 年. 培养基 0006, 37℃ GenBank 序列号 GU125528

IMAU80107 ←LABCC PC34301. 分离源：四川省成都市武侯区 泡菜. 分离时间：2008 年. 培养基 0006, 37℃ GenBank 序列号 GU125529

IMAU80108 ←LABCC PC34302. 分离源：四川省成都市武侯区 泡菜. 分离时间：2008 年. 培养基 0006, 37℃ GenBank 序列号 GU125530

IMAU80109 ←LABCC PC34303. 分离源：四川省成都市武侯区 泡菜. 分离时间：2008 年. 培养基 0006, 37℃ GenBank 序列号 GU125531

IMAU80110 ←LABCC PC34304. 分离源：四川省成都市武侯区 泡菜. 分离时间：2008 年. 培养基 0006, 37℃ GenBank 序列号 GU125532

IMAU80111 ←LABCC PC34305. 分离源：四川省成都市武侯区 泡菜. 分离时间：2008 年. 培养基 0006, 37℃ GenBank 序列号 GU125533

IMAU80115 ←LABCC PC36301. 分离源：四川省成都市成华区 泡菜. 分离时间：2008 年. 培养基 0006, 37℃ GenBank 序列号 GU125537

IMAU80117 ←LABCC PC36303. 分离源：四川省成都市成华区 泡菜. 分离时间：2008 年. 培养基 0006, 37℃ GenBank 序列号 GU125539

IMAU80119 ←LABCC PC1151. 分离源：四川省新津县 泡菜. 分离时间：2008 年. 培养基 0006, 37℃ GenBank 序列号 GU125541

IMAU80120 ←LABCC PC1152. 分离源：四川省新津县 泡菜. 分离时间：2008 年. 培养基 0006, 37℃ GenBank 序列号 GU125542

IMAU80122 ←LABCC PC3151. 分离源：四川省大邑县苏场乡 泡菜. 分离时间：2008 年. 培养基 0006, 37℃ GenBank 序列号 GU125544

IMAU80124 ←LABCC PC4151. 分离源：四川省大邑县苏场乡 泡菜. 分离时间：2008 年. 培养基 0006, 37℃ GenBank 序列号 GU125546

IMAU80125 ←LABCC PC4152. 分离源：四川省大邑县苏场乡 泡菜. 分离时间：2008 年. 培养基 0006, 37℃ GenBank 序列号 GU125547

IMAU80126 ←LABCC PC4153. 分离源：四川省大邑县苏场乡 泡菜. 分离时间：2008 年. 培养基 0006, 37℃ GenBank 序列号 GU125548

IMAU80127 ←LABCC PC5151. 分离源：四川省邛崃市 泡菜. 分离时间：2008 年. 培养基 0006, 37℃ GenBank 序列号 GU125549

IMAU80128 ←LABCC PC5152. 分离源：四川省邛崃市 泡菜. 分离时间：2008 年. 培养基 0006, 37℃ GenBank 序列号 GU125550

IMAU80129 ←LABCC PC5154. 分离源：四川省邛崃市 泡菜. 分离时间：2008 年. 培养基 0006, 37℃ GenBank 序列号 GU125551

IMAU80130 ←LABCC PC8151. 分离源：四川省蒲江县西崃镇 泡菜. 分离时间：2008 年. 培养基 0006, 37℃ GenBank 序列号 GU125552

IMAU80131 ←LABCC PC8152. 分离源：四川省蒲江县西崃镇 泡菜. 分离时间：2008 年. 培养基 0006, 37℃ GenBank 序列号 GU125553

IMAU80132 ←LABCC PC9151. 分离源：四川省邛崃市 泡菜. 分离时间：2008 年. 培养基 0006, 37℃ GenBank 序列号 GU125554

IMAU80133 ←LABCC PC9152. 分离源：四川省邛崃市 泡菜. 分离时间：2008 年. 培养基 0006, 37℃ GenBank 序列号 GU125555

IMAU80134 ←LABCC PC9153. 分离源：四川省邛崃市 泡菜. 分离时间：2008 年. 培养基 0006, 37℃ GenBank 序列号 GU125556

IMAU80141 ←LABCC PC13151. 分离源：四川省大邑县 泡菜. 分离时间：2008 年. 培养基 0006, 37℃ GenBank 序列号 GU125563

IMAU80142 ←LABCC PC14151. 分离源：四川省大邑县 泡菜. 分离时间：2008 年. 培养基 0006, 37℃ GenBank 序列号 GU125564

IMAU80143 ←LABCC PC14152. 分离源：四川省大邑县 泡菜. 分离时间：2008 年. 培养基 0006, 37℃ GenBank 序列号 GU125565

IMAU80144 ←LABCC PC14153. 分离源：四川省大邑县 泡菜. 分离时间：2008 年. 培养基 0006, 37℃ GenBank 序列号 GU125566

IMAU80145 ←LABCC PC15151. 分离源：四川省大邑县 泡菜. 分离时间：2008 年. 培养基 0006, 37℃ GenBank 序列号 GU125567

IMAU80148 ←LABCC PC17151. 分离源：四川省大邑县 泡菜. 分离时间：2008年. 培养基 0006, 37℃ GenBank 序列号 GU125570

IMAU80149 ←LABCC PC17152. 分离源：四川省大邑县 泡菜. 分离时间：2008年. 培养基 0006, 37℃ GenBank 序列号 GU125571

IMAU80150 ←LABCC PC17153. 分离源：四川省大邑县 泡菜. 分离时间：2008年. 培养基 0006, 37℃ GenBank 序列号 GU125572

IMAU80151 ←LABCC PC18151. 分离源：四川省大邑县 泡菜. 分离时间：2008年. 培养基 0006, 37℃ GenBank 序列号 GU125573

IMAU80152 ←LABCC PC18152. 分离源：四川省大邑县 泡菜. 分离时间：2008年. 培养基 0006, 37℃ GenBank 序列号 GU125574

IMAU80153 ←LABCC PC18153. 分离源：四川省大邑县 泡菜. 分离时间：2008年. 培养基 0006, 37℃ GenBank 序列号 GU125575

IMAU80156 ←LABCC PC20152. 分离源：四川省大邑县 泡菜. 分离时间：2008年. 培养基 0006, 37℃ GenBank 序列号 GU125576

IMAU80157 ←LABCC PC20153. 分离源：四川省大邑县 泡菜. 分离时间：2008年. 培养基 0006, 37℃ GenBank 序列号 GU125577

IMAU80158 ←LABCC PC21152. 分离源：四川省大邑县 泡菜. 分离时间：2008年. 培养基 0006, 37℃ GenBank 序列号 GU125578

IMAU80159 ←LABCC PC22151. 分离源：四川省大邑县 泡菜. 分离时间：2008年. 培养基 0006, 37℃ GenBank 序列号 GU125579

IMAU80160 ←LABCC PC22152. 分离源：四川省大邑县 泡菜. 分离时间：2008年. 培养基 0006, 37℃ GenBank 序列号 GU125580

IMAU80161 ←LABCC PC23151. 分离源：四川省崇州市怀远镇 泡菜. 分离时间：2008 年. 培养基 0006, 37℃ GenBank 序列号 GU125581

IMAU80162 ←LABCC PC23152. 分离源：四川省崇州市怀远镇 泡菜. 分离时间：2008 年. 培养基 0006, 37℃ GenBank 序列号 GU125582

IMAU80163 ←LABCC PC23153. 分离源：四川省崇州市怀远镇 泡菜. 分离时间：2008 年. 培养基 0006, 37℃ GenBank 序列号 GU125583

IMAU80169 ←LABCC PC26151. 分离源：四川省崇州市怀远镇 泡菜. 分离时间：2008 年. 培养基 0006, 37℃ GenBank 序列号 GU125589

IMAU80170 ←LABCC PC26152. 分离源：四川省崇州市怀远镇 泡菜. 分离时间：2008 年. 培养基 0006, 37℃ GenBank 序列号 GU125590

IMAU80171 ←LABCC PC26153. 分离源：四川省崇州市怀远镇 泡菜. 分离时间：2008 年. 培养基 0006, 37℃ GenBank 序列号 GU125591

IMAU80173 ←LABCC PC28151. 分离源：四川省蒲江县甘溪镇 泡菜. 分离时间：
　　2008 年. 培养基 0006，37℃ GenBank 序列号 GU125593

IMAU80174 ←LABCC PC28152. 分离源：四川省蒲江县甘溪镇 泡菜. 分离时间：
　　2008 年. 培养基 0006，37℃ GenBank 序列号 GU125594

IMAU80176 ←LABCC PC29152. 分离源：四川省蒲江县甘溪镇 泡菜. 分离时间：
　　2008 年. 培养基 0006，37℃ GenBank 序列号 GU125596

IMAU80177 ←LABCC PC30151. 分离源：四川省蒲江县甘溪镇 泡菜. 分离时间：
　　2008 年. 培养基 0006，37℃ GenBank 序列号 GU125597

IMAU80178 ←LABCC PC30152. 分离源：四川省蒲江县甘溪镇 泡菜. 分离时间：
　　2008 年. 培养基 0006，37℃ GenBank 序列号 GU125598

IMAU80179 ←LABCC PC30153. 分离源：四川省蒲江县甘溪镇 泡菜. 分离时间：
　　2008 年. 培养基 0006，37℃ GenBank 序列号 GU125599

IMAU80180 ←LABCC PC30154. 分离源：四川省蒲江县甘溪镇 泡菜. 分离时间：
　　2008 年. 培养基 0006，37℃ GenBank 序列号 GU125600

IMAU80181 ←LABCC PC32151. 分离源：四川省邛崃市 泡菜. 分离时间：2008
　　年. 培养基 0006，37℃ GenBank 序列号 GU125601

IMAU80182 ←LABCC PC32152. 分离源：四川省邛崃市 泡菜. 分离时间：2008
　　年. 培养基 0006，37℃ GenBank 序列号 GU125602

IMAU80183 ←LABCC PC32153. 分离源：四川省邛崃市 泡菜. 分离时间：2008
　　年. 培养基 0006，37℃ GenBank 序列号 GU125603

IMAU80184 ←LABCC PC33151. 分离源：四川省邛崃市 泡菜. 分离时间：2008
　　年. 培养基 0006，37℃ GenBank 序列号 GU125604

IMAU80185 ←LABCC PC33152. 分离源：四川省邛崃市 泡菜. 分离时间：2008
　　年. 培养基 0006，37℃ GenBank 序列号 GU125605

IMAU80186 ←LABCC PC34151. 分离源：四川省成都市武侯区 泡菜. 分离时间：
　　2008 年. 培养基 0006，37℃ GenBank 序列号 GU125606

IMAU80188 ←LABCC PC36152. 分离源：四川省成都市成华区 泡菜. 分离时间：
　　2008 年. 培养基 0006，37℃ GenBank 序列号 GU125608

IMAU80296 ←LABCC S16-1. 分离源：四川省阿坝州红原县瓦切乡二队 鲜牦牛
　　奶. 分离时间：2009 年. 培养基 0006，37℃ GenBank 序列号 HM058576

IMAU80297 ←LABCC S16-2. 分离源：四川省阿坝州红原县瓦切乡二队 鲜牦牛
　　奶. 分离时间：2009 年. 培养基 0006，37℃ GenBank 序列号 HM058577

IMAU80323 ←LABCC S23-1. 分离源：四川省阿坝州红原县阿木可乡 鲜牦牛奶.
　　分离时间：2009 年. 培养基 0006，37℃ GenBank 序列号 HM058603

IMAU80325 ←LABCC S23-3. 分离源：四川省阿坝州红原县阿木可乡 鲜牦牛奶.
　分离时间：2009 年. 培养基 0006，37℃ GenBank 序列号 HM058605

IMAU80441 ←LABCC S58-3. 分离源：四川省阿坝州红原县安曲乡三村 鲜牦牛
　奶. 分离时间：2009 年. 培养基 0006，37℃ GenBank 序列号 HM058694

IMAU80597 ←LABCC G25-3. 分离源：甘肃省夏河县桑科乡赛池村 曲拉. 分离时
　间：2009 年. 培养基 0006，37℃ GenBank 序列号 HM058789

IMAU80807 ←LABCC G72-2. 分离源：甘肃省碌曲县晒银滩乡一队 曲拉. 分离时
　间：2009 年. 培养基 0006，37℃ GenBank 序列号 HM058972

IMAU80823 ←LABCC G75-5. 分离源：甘肃省玛曲县阿万仓乡 鲜牦牛奶. 分离时
　间：2009 年. 培养基 0006，37℃ GenBank 序列号 HM058985

IMAU80824 ←LABCC G75-7. 分离源：甘肃省玛曲县阿万仓乡 鲜牦牛奶. 分离时
　间：2009 年. 培养基 0006，37℃ GenBank 序列号 HM058986

Lactobacillus pontis（6 株）（Vogel *et al.*，1994）

IMAU30161 ←LABCC XE5-2. 分离源：新疆地区 酸马奶. 分离时间：2004 年. 培
　养基 0006，37℃ GenBank 序列号 FJ749718

IMAU10341 ←LABCC NM13-2. 分离源：内蒙古锡林郭勒盟东乌珠穆沁旗东乌库
　里叶图淖尔苏木 酸牛奶. 分离时间：2009 年. 培养基 0006，37℃ GenBank
　序列号 HM218067

IMAU10345 ←LABCC NM14-2. 分离源：内蒙古锡林郭勒盟东乌珠穆沁旗东乌库
　里叶图淖尔苏木 酸牛奶. 分离时间：2009 年. 培养基 0006，37℃ GenBank
　序列号 HM218071

IMAU10690 ←LABCC NM98-3. 分离源：内蒙古呼伦贝尔盟阿鲁科尔沁旗天山
　（阿尔科尔沁都腾苏木）酸马奶. 分离时间：2009 年. 培养基 0006，37℃
　GenBank 序列号 HM218412

IMAU10698 ←LABCC NM100-2. 分离源：内蒙古呼伦贝尔盟阿鲁科尔沁旗天山
　（阿尔科尔沁都腾苏木）酸马奶. 分离时间：2009 年. 培养基 0006，37℃
　GenBank 序列号 HM218420

IMAU10794 ←LABCC NM129-2. 分离源：内蒙古巴林右旗巴彦温度尔苏木 酸牛
　奶. 分离时间：2009 年. 培养基 0006，37℃ GenBank 序列号 HM218514

***Lactobacillus rapi*（1 株）**（Watanabe *et al.*，2009）

IMAU80584 ←LABCC G22-6. 分离源：甘肃省夏河县桑科乡赛池村 酸牦牛奶．分离时间：2009 年．培养基 0006，37℃ GenBank 序列号 HM058778

***Lactobacillus reuteri*（15 株）**（Watanabe *et al.*，2009）

IMAU10037 ←LABCC ZL12-1-1. 分离源：内蒙古锡林浩特 酸马奶．分离时间：2002 年．培养基 0006，37℃ GenBank 序列号 FJ749595

IMAU10038 ←LABCC ZL12-2. 分离源：内蒙古锡林郭勒盟正蓝旗 酸马奶．分离时间：2002 年．培养基 0006，37℃ GenBank 序列号 FJ749596

IMAU10663 ←LABCC NM93-1. 分离源：内蒙古呼伦贝尔盟阿鲁科尔沁旗天山镇 酸马奶．分离时间：2009 年．培养基 0006，37℃ GenBank 序列号 HM218386

IMAU10669 ←LABCC NM94-1. 分离源：内蒙古呼伦贝尔盟阿鲁科尔沁旗天山镇 酸马奶．分离时间：2009 年．培养基 0006，37℃ GenBank 序列号 HM218392

IMAU10607 ←LABCC NM72-4. 分离源：内蒙古呼伦贝尔盟海拉尔市①号 H1 酸马奶．分离时间：2009 年．培养基 0006，37℃ GenBank 序列号 HM218331

IMAU10674 ←LABCC NM94-6. 分离源：内蒙古呼伦贝尔盟阿鲁科尔沁旗天山镇 酸马奶．分离时间：2009 年．培养基 0006，37℃ GenBank 序列号 HM218397

IMAU10675 ←LABCC NM95-1. 分离源：内蒙古呼伦贝尔盟阿鲁科尔沁旗天山镇 酸马奶．分离时间：2009 年．培养基 0006，37℃ GenBank 序列号 HM218398

IMAU10679 ←LABCC NM95-6. 分离源：内蒙古呼伦贝尔盟阿鲁科尔沁旗天山镇 酸马奶．分离时间：2009 年．培养基 0006，37℃ GenBank 序列号 HM218402

IMAU10680 ←LABCC NM96-1. 分离源：内蒙古呼伦贝尔盟阿鲁科尔沁旗天山镇 酸马奶．分离时间：2009 年．培养基 0006，37℃ GenBank 序列号 HM218403

IMAU10683 ←LABCC NM96-4. 分离源：内蒙古呼伦贝尔盟阿鲁科尔沁旗天山镇 酸马奶．分离时间：2009 年．培养基 0006，37℃ GenBank 序列号 HM218406

IMAU10684 ←LABCC NM96-5. 分离源：内蒙古呼伦贝尔盟阿鲁科尔沁旗天山镇 酸马奶．分离时间：2009 年．培养基 0006，37℃ GenBank 序列号 HM218407

IMAU10694 ←LABCC NM99-1. 分离源：内蒙古呼伦贝尔盟阿鲁科尔沁旗天山（阿尔科尔沁都腾苏木）酸马奶．分离时间：2009 年．培养基 0006，37℃ GenBank 序列号 HM218416

IMAU10688 ←LABCC NM98-1. 分离源：内蒙古呼伦贝尔盟阿鲁科尔沁旗天山（阿尔科尔沁都腾苏木）酸马奶．分离时间：2009 年．培养基 0006，37℃

GenBank 序列号 HM218411

IMAU70066 ←LABCC HS1301. 分离源：内蒙古呼和浩特市土默特右旗善岱镇 酸粥. 分离时间：2008 年. 培养基 0006, 37℃ GenBank 序列号 GQ131182

IMAU70067 ←LABCC HS1302. 分离源：内蒙古呼和浩特市土默特右旗善岱镇 酸粥. 分离时间：2008 年. 培养基 0006, 37℃ GenBank 序列号 GQ131183

Lactobacillus rhamnosus（4 株）（Hansen, 1968；Collins *et al.*, 1989）**鼠李糖乳杆菌**

IMAU10640 ←LABCC NM85-1. 分离源：内蒙古呼伦贝尔盟海拉尔市②号 H5 酸马奶. 分离时间：2009 年. 培养基 0006, 37℃ GenBank 序列号 HM218363

IMAU10642 ←LABCC NM86-1. 分离源：内蒙古呼伦贝尔盟海拉尔市②号 H5 酸马奶. 分离时间：2009 年. 培养基 0006, 37℃ GenBank 序列号 HM218365

IMAU10666 ←LABCC NM93-4. 分离源：内蒙古呼伦贝尔盟阿鲁科尔沁旗天山镇 酸马奶. 分离时间：2009 年. 培养基 0006, 37℃ GenBank 序列号 HM218389

IMAU10673 ←LABCC NM94-5. 分离源：内蒙古呼伦贝尔盟阿鲁科尔沁旗天山镇 酸马奶. 分离时间：2009 年. 培养基 0006, 37℃ GenBank 序列号 HM218396

Lactobacillus rossiae（3 株）corrig.（Corsetti *et al.*, 2005）**红色乳杆菌**

IMAU10187 ←LABCC LSWM2-5. 分离源：内蒙古乌兰察布盟四子王旗 酸面团. 分离时间：2009 年. 培养基 0006, 37℃ GenBank 序列号 GU138515

IMAU10233 ←LABCC LSAM1-2. 分离源：内蒙古巴彦淖尔盟阿左旗 酸面团. 分离时间：2009 年. 培养基 0006, 37℃ GenBank 序列号 GU138561

IMAU10234 ←LABCC LSBM2-3. 分离源：内蒙古巴彦淖尔盟五原县 酸面团. 分离时间：2009 年. 培养基 0006, 37℃ GenBank 序列号 GU138562

Lactobacillus sakei（8 株）corrig.（Katagiri *et al.*, 1934）（Approved Lists 1980）. **清酒乳杆菌**

IMAU80073 ←LABCC PC25301. 分离源：四川省崇州市怀远镇 泡菜. 分离时间：2008 年. 培养基 0006, 37℃ GenBank 序列号 GU125495

IMAU80074 ←LABCC PC25302. 分离源：四川省崇州市怀远镇 泡菜. 分离时间：2008 年. 培养基 0006, 37℃ GenBank 序列号 GU125496

IMAU80075 ←LABCC PC25303. 分离源：四川省崇州市怀远镇 泡菜. 分离时间：
2008 年. 培养基 0006，37℃ GenBank 序列号 GU125497

IMAU80165 ←LABCC PC25151. 分离源：四川省崇州市怀远镇 泡菜. 分离时间：
2008 年. 培养基 0006，37℃ GenBank 序列号 GU125585

IMAU80166 ←LABCC PC25152. 分离源：四川省崇州市怀远镇 泡菜. 分离时间：
2008 年. 培养基 0006，37℃ GenBank 序列号 GU125586

IMAU80167 ←LABCC PC25153. 分离源：四川省崇州市怀远镇 泡菜. 分离时间：
2008 年. 培养基 0006，37℃ GenBank 序列号 GU125587

IMAU80168 ←LABCC PC25154. 分离源：四川省崇州市怀远镇 泡菜. 分离时间：
2008 年. 培养基 0006，37℃ GenBank 序列号 GU125588

IMAU80189 ←LABCC PC36153. 分离源：四川省成都市成华区 泡菜. 分离时间：
2008 年. 培养基 0006，37℃ GenBank 序列号 GU125609

Lactobacillus sanfrancisco（2 株）（ex Kline and Sugihara，1971）**旧金山乳杆菌**

IMAU10198 ←LABCC LSHS1-3. 分离源：内蒙古呼和浩特市赛罕区 酸面团. 分离
时间：2009 年. 培养基 0006，37℃ GenBank 序列号 GU138526

IMAU10203 ←LABCC LSHS2-4. 分离源：内蒙古呼和浩特市清水河县 酸面团. 分
离时间：2009 年. 培养基 0006，37℃ GenBank 序列号 GU138531

Lactobacillus spicheri（1 株）（Meroth et al.，2004）

IMAU80039 ←LABCC PC17302. 分离源：四川省大邑县 泡菜. 分离时间：2008
年. 培养基 0006，37℃ GenBank 序列号 GU125461

Lactobacillus uvarum（6 株）（Mañes-Lázaro et al.，2009）

IMAU20477 ←LABCC MGB65-2. 分离源：蒙古国扎布汗省耶赫乌拉苏木 酸牛奶.
分离时间：2009 年. 培养基 0006，37℃ GenBank 序列号 HM218007

IMAU80416 ←LABCC S51-4. 分离源：四川省阿坝州红原县安曲乡三村 乳清. 分
离时间：2009 年. 培养基 0006，37℃ GenBank 序列号 HM058675

IMAU80542 ←LABCC G11-4. 分离源：甘肃省夏河县桑科乡赛池村 酸牦牛奶. 分
离时间：2009 年. 培养基 0006，37℃ GenBank 序列号 HM058744

IMAU80556 ←LABCC G16-2. 分离源：甘肃省夏河县桑科乡赛池村 酸牦牛奶. 分

离时间：2009 年．培养基 0006，37℃ GenBank 序列号 HM058753

IMAU80559 ←LABCC G16-5. 分离源：甘肃省夏河县桑科乡赛池村 酸牦牛奶．分离时间：2009 年．培养基 0006，37℃ GenBank 序列号 HM058755

IMAU80777 ←LABCC G65-2. 分离源：甘肃省碌曲县晒银滩乡三队 酸牦牛奶．分离时间：2009 年．培养基 0006，37℃ GenBank 序列号 HM058944

4.3 乳球菌属

Lactococcus garvieae （**10 株**）（Collins *et al.*，1984；Schleifer *et al.*，1986）**格氏乳球菌**

IMAU50093 ←LABCC YN9-1-2-1-2. 分离源：云南省大理市上关镇 乳扇酸乳清．分离时间：2006 年．培养基 0005，37℃ GenBank 序列号 FJ915634

IMAU50125 ←LABCC YNF-2-2. 分离源：云南省剑川县甸南镇 乳饼．分离时间：2006 年．培养基 0005，37℃ GenBank 序列号 FJ749519

IMAU50139 ←LABCC YNI-3. 分离源：云南省剑川县甸南镇 乳饼．分离时间：2006 年．培养基 0005，37℃ GenBank 序列号 FJ749533

IMAU50143 ←LABCC YNJ-1-1. 分离源：云南省剑川县甸南镇 乳饼．分离时间：2006 年．培养基 0005，37℃ GenBank 序列号 FJ749537

IMAU50145 ←LABCC YNJ-1-2-2. 分离源：云南省剑川县甸南镇 乳饼．分离时间：2006 年．培养基 0005，37℃ GenBank 序列号 FJ749539

IMAU50147 ←LABCC YNJ-3-3. 分离源：云南省剑川县甸南镇 乳饼．分离时间：2006 年．培养基 0005，37℃ GenBank 序列号 FJ749541

IMAU50157 ←LABCC YNK-5-2. 分离源：云南省剑川县甸南镇 乳饼．分离时间：2006 年．培养基 0005，37℃ GenBank 序列号 FJ749551

IMAU50158 ←LABCC YNK-5-3-1. 分离源：云南省剑川县甸南镇 乳扇酸乳清．分离时间：2006 年．培养基 0005，37℃ GenBank 序列号 FJ749552

IMAU50169 ←LABCC YNN-7-1. 分离源：云南省剑川县金华镇文华行政村 乳扇酸乳清．分离时间：2006 年．培养基 0005，37℃ GenBank 序列号 FJ749562

IMAU60022 ←LABCC XZ6302. 分离源：西藏日喀则地区江孜县娘对乡 酸黄牛奶．分离时间：2007 年．培养基 0005，37℃ GenBank 序列号 FJ215671

Lactococcus lactis* subsp. *cremoris（32 株）（Orla-Jensen，1919；Schleifer *et al.*，1986）乳酸乳球菌乳脂亚种

IMAU11075 ←LABCC NM187-1. 分离源：内蒙古锡盟蓝旗赛胡都格苏木 酸牛奶. 分离时间：2009 年. 培养基 0005，37℃ GenBank 序列号 HM218776

IMAU11109 ←LABCC NM196-4. 分离源：内蒙古锡林郭勒盟蓝旗桑根达莱镇 酸牛奶. 分离时间：2009 年. 培养基 0005，37℃ GenBank 序列号 HM218809

IMAU11111 ←LABCC NM197-1. 分离源：内蒙古锡林郭勒盟蓝旗桑根达莱镇 酸牛奶. 分离时间：2009 年. 培养基 0005，37℃ GenBank 序列号 HM218811

IMAU11112 ←LABCC NM197-2. 分离源：内蒙古锡林郭勒盟蓝旗桑根达莱镇 酸牛奶. 分离时间：2009 年. 培养基 0005，37℃ GenBank 序列号 HM218812

IMAU11113 ←LABCC NM197-3. 分离源：内蒙古锡林郭勒盟蓝旗桑根达莱镇 酸牛奶. 分离时间：2009 年. 培养基 0005，37℃ GenBank 序列号 HM218813

IMAU11120 ←LABCC NM198-4. 分离源：内蒙古锡林郭勒盟蓝旗桑根达莱镇 酸牛奶. 分离时间：2009 年. 培养基 0005，37℃ GenBank 序列号 HM218820

IMAU40004 ←LABCC QH14-5-2-2. 分离源：青海省海西州乌兰县赛什克乡 酸马奶. 分离时间：2005 年. 培养基 0005，37℃ GenBank 序列号 FJ749723

IMAU40011 ←LABCC QH14-5-1-2. 分离源：青海省海西州乌兰县赛什克乡 酸马奶. 分离时间：2005 年. 培养基 0005，37℃ GenBank 序列号 FJ749730

IMAU40012 ←LABCC QH14-5-2. 分离源：青海省海西州乌兰县赛什克乡 酸马奶. 分离时间：2005 年. 培养基 0005，37℃ GenBank 序列号 FJ749731

IMAU40057 ←LABCC QH42-2. 分离源：青海省海北州西海镇 酸牦牛奶. 分离时间：2005 年. 培养基 0005，37℃ GenBank 序列号 FJ749332

IMAU40058 ←LABCC QH42-4-1. 分离源：青海省海北州西海镇 酸牦牛奶. 分离时间：2005 年. 培养基 0005，37℃ GenBank 序列号 FJ749333

IMAU40061 ←LABCC QH44-2. 分离源：青海省海北州西海镇 酸牦牛奶. 分离时间：2005 年. 培养基 0005，37℃ GenBank 序列号 FJ749336

IMAU40132 ←LABCC QH43-4. 分离源：青海省海北州西海镇 酸牦牛奶. 分离时间：2005 年. 培养基 0005，37℃ GenBank 序列号 FJ749400

IMAU40135 ←LABCC QH42-4-3. 分离源：青海省海北州西海镇 酸牦牛奶. 分离时间：2005 年. 培养基 0005，37℃ GenBank 序列号 FJ749403

IMAU50149 ←LABCC YNK-1-1. 分离源：云南省省剑川县甸南镇 乳饼. 分离时间：2006 年. 培养基 0005，37℃ GenBank 序列号 FJ749543

IMAU50150 ←LABCC YNK-1-2. 分离源：云南省剑川县甸南镇 乳饼. 分离时间：

2006 年．培养基 0005，37℃ GenBank 序列号 FJ749544

IMAU50155 ←LABCC YNK-4-1-2. 分离源：云南省剑川县甸南镇 乳饼．分离时间：2006 年．培养基 0005，37℃ GenBank 序列号 FJ749549

IMAU60019 ←LABCC XZ5304. 分离源：西藏日喀则地区江孜县东郊乡 酸黄牛奶．分离时间：2007 年．培养基 0005，37℃ GenBank 序列号 FJ749751

IMAU60024 ←LABCC XZ6307. 分离源：西藏日喀则地区江孜县娘对乡 酸黄牛奶．分离时间：2007 年．培养基 0005，37℃ GenBank 序列号 FJ749755

IMAU60040 ←LABCC XZ11305. 分离源：西藏日喀则地区白朗县巴扎乡 酸黄牛奶．分离时间：2007 年．培养基 0005，37℃ GenBank 序列号 FJ215673

IMAU60064 ←LABCC XZ16301. 分离源：西藏那曲县罗玛镇 酸牦牛奶．分离时间：2007 年．培养基 0005，37℃ GenBank 序列号 FJ749788

IMAU60065 ←LABCC XZ16302. 分离源：西藏那曲县罗玛镇 酸牦牛奶．分离时间：2007 年．培养基 0005，37℃ GenBank 序列号 FJ749789

IMAU60067 ←LABCC XZ17301. 分离源：西藏那曲县罗马镇 酸牦牛奶．分离时间：2007 年．培养基 0005，37℃ GenBank 序列号 FJ749791

IMAU60106 ←LABCC XZ29304. 分离源：西藏那曲县桑雄乡 酸牦牛奶．分离时间：2007 年．培养基 0005，37℃ GenBank 序列号 FJ749826

IMAU60131 ←LABCC XZ35305. 分离源：西藏拉萨地区当雄县龙仁乡 酸牦牛奶．分离时间：2007 年．培养基 0005，37℃ GenBank 序列号 FJ749848

IMAU80338 ←LABCC S27-1. 分离源：四川省阿坝州红原县群旗镇一队 鲜牦牛奶．分离时间：2009 年．培养基 0005，37℃ GenBank 序列号 HM058613

IMAU80642 ←LABCC G35-3. 分离源：甘肃省夏河县桑科乡赛池村 鲜牦牛奶．分离时间：2009 年．培养基 0005，37℃ GenBank 序列号 HM058828

IMAU80645 ←LABCC G35-6. 分离源：甘肃省夏河县桑科乡赛池村 鲜牦牛奶．分离时间：2009 年．培养基 0005，37℃ GenBank 序列号 HM058831

IMAU80692 ←LABCC G45-4. 分离源：甘肃省碌曲县红科乡 酸奶乳清．分离时间：2009 年．培养基 0005，37℃ GenBank 序列号 HM058872

IMAU80693 ←LABCC G45-5. 分离源：甘肃省碌曲县红科乡 酸奶乳清．分离时间：2009 年．培养基 0005，37℃ GenBank 序列号 HM058873

IMAU80703 ←LABCC G50-2. 分离源：甘肃省碌曲县红科乡 鲜牦牛奶．分离时间：2009 年．培养基 0005，37℃ GenBank 序列号 HM058883

IMAU80708 ←LABCC G50-7. 分离源：甘肃省碌曲县红科乡 鲜牦牛奶．分离时间：2009 年．培养基 0005，37℃ GenBank 序列号 HM058888

***Lactococcus lactis* subsp. *Lactis*（275 株）**（Lister 1873）（Schleifer *et al.* , 1986）
乳酸乳球菌乳酸亚种

IMAU10051 ←LABCC WZ1-2. 分离源：内蒙古巴彦淖尔盟乌拉特中旗 酸驼奶. 分
　　离时间：2002 年. 培养基 0005, 37℃ GenBank 序列号 FJ915707

IMAU10056 ←LABCC WZ11-2. 分离源：内蒙古巴彦淖尔盟乌拉特中旗 酸驼奶.
　　分离时间：2002 年. 培养基 0005, 37℃ GenBank 序列号 FJ915712

IMAU10059 ←LABCC WZ20-2. 分离源：内蒙古巴彦淖尔盟乌拉特中旗 酸驼奶.
　　分离时间：2002 年. 培养基 0005, 37℃ GenBank 序列号 FJ915715

IMAU10061 ←LABCC WZ22-3-1. 分离源：内蒙古巴彦淖尔盟乌拉特中旗 酸驼
　　奶. 分离时间：2002 年. 培养基 0005, 37℃ GenBank 序列号 FJ915717

IMAU10065 ←LABCC WZ27-2. 分离源：内蒙古巴彦淖尔盟乌拉特中旗 酸驼奶.
　　分离时间：2002 年. 培养基 0005, 37℃ GenBank 序列号 FJ915721

IMAU10066 ←LABCC WZ28-1-2. 分离源：内蒙古巴彦淖尔盟乌拉特中旗 酸驼
　　奶. 分离时间：2002 年. 培养基 0005, 37℃ GenBank 序列号 FJ915722

IMAU10067 ←LABCC WZ28-3. 分离源：内蒙古巴彦淖尔盟乌拉特中旗 酸驼奶.
　　分离时间：2002 年. 培养基 0005, 37℃ GenBank 序列号 FJ915723

IMAU10068 ←LABCC WZ32-2. 分离源：内蒙古巴彦淖尔盟乌拉特中旗 酸驼奶.
　　分离时间：2002 年. 培养基 0005, 37℃ GenBank 序列号 FJ915724

IMAU10071 ←LABCC WZ40-2-1. 分离源：内蒙古巴彦淖尔盟乌拉特中旗 酸驼
　　奶. 分离时间：2002 年. 培养基 0005, 37℃ GenBank 序列号 FJ915727

IMAU10072 ←LABCC WZ47-1-2. 分离源：内蒙古巴彦淖尔盟乌拉特中旗 酸驼
　　奶. 分离时间：2002 年. 培养基 0005, 37℃ GenBank 序列号 FJ915728

IMAU10086 ←LABCC WZ27-1. 分离源：内蒙古巴彦淖尔盟乌拉特中旗 酸驼奶.
　　分离时间：2002 年. 培养基 0005, 37℃ GenBank 序列号 FJ915742

IMAU10093 ←LABCC WH13-2-1. 分离源：内蒙古巴彦淖尔盟乌拉特后旗 酸驼
　　奶. 分离时间：2002 年. 培养基 0005, 37℃ GenBank 序列号 FJ915749

IMAU10101 ←LABCC WH32-2. 分离源：内蒙古巴彦淖尔盟乌拉特后旗 酸驼奶.
　　分离时间：2002 年. 培养基 0005, 37℃ GenBank 序列号 FJ915757

IMAU10110 ←LABCC WZ6-2. 分离源：内蒙古巴彦淖尔盟乌拉特中旗 酸驼奶. 分
　　离时间：2002 年. 培养基 0005, 37℃ GenBank 序列号 FJ915766

IMAU10143 ←LABCC WH12-2-1. 分离源：内蒙古巴彦淖尔盟乌拉特后旗 酸驼
　　奶. 分离时间：2002 年. 培养基 0005, 37℃ GenBank 序列号 FJ915799

IMAU10147 ←LABCC WH15-3-2. 分离源：内蒙古巴彦淖尔盟乌拉特后旗 酸驼

奶．分离时间：2002 年．培养基 0005，37℃ GenBank 序列号 FJ915803

IMAU10242 ←LABCC LSYM1-1．分离源：内蒙古鄂尔多斯市东胜区 酸面团．分
离时间：2009 年．培养基 0005，37℃ GenBank 序列号 GU138570

IMAU10274 ←LABCC LSYM1-4．分离源：内蒙古鄂尔多斯市东胜区 酸面团．分
离时间：2009 年．培养基 0005，37℃ GenBank 序列号 GU138602

IMAU10283 ←LABCC LMSE5．分离源：内蒙古鄂尔多斯市东胜区 酸面团．分离
时间：2009 年．培养基 0005，37℃ GenBank 序列号 GU138611

IMAU10347 ←LABCC NM14-4．分离源：内蒙古锡林郭勒盟东乌珠穆沁旗东乌库
里叶图淖尔苏木 酸牛奶．分离时间：2009 年．培养基 0005，37℃ GenBank
序列号 HM218073

IMAU10407 ←LABCC NM26-6．分离源：内蒙古呼伦贝尔盟新巴尔虎左旗额布日
宝力格苏木萨茹拉图雅嘎查 酸牛奶．分离时间：2009 年．培养基 0005，
37℃ GenBank 序列号 HM218132

IMAU10400 ←LABCC NM25-4．分离源：内蒙古呼伦贝尔盟新巴尔虎左旗额布日
宝力格苏木萨茹拉图雅嘎查 酸牛奶．分离时间：2009 年．培养基 0005，
37℃ GenBank 序列号 HM218125

IMAU10416 ←LABCC NM27-8．分离源：内蒙古呼伦贝尔盟新巴尔虎左旗额布日
宝力格苏木萨茹拉图雅嘎查 酸牛奶．分离时间：2009 年．培养基 0005，
37℃ GenBank 序列号 HM218141

IMAU10420 ←LABCC NM28-4．分离源：内蒙古呼伦贝尔盟新巴尔虎左旗额布日
宝力格苏木萨茹拉图雅嘎查 酸牛奶．分离时间：2009 年．培养基 0005，
37℃ GenBank 序列号 HM218145

IMAU10422 ←LABCC NM28-6．分离源：内蒙古呼伦贝尔盟新巴尔虎左旗额布日
宝力格苏木萨茹拉图雅嘎查 酸牛奶．分离时间：2009 年．培养基 0005，
37℃ GenBank 序列号 HM218147

IMAU10449 ←LABCC NM33-3．分离源：内蒙古呼伦贝尔盟新巴尔虎左旗巴音布
日特苏木巴音布日特嘎查 酸牛奶．分离时间：2009 年．培养基 0005，37℃
GenBank 序列号 HM218174

IMAU10451 ←LABCC NM33-5．分离源：内蒙古呼伦贝尔盟新巴尔虎左旗巴音布
日特苏木巴音布日特嘎查 酸牛奶．分离时间：2009 年．培养基 0005，37℃
GenBank 序列号 HM218176

IMAU10453 ←LABCC NM34-2．分离源：内蒙古呼伦贝尔盟新巴尔虎左旗巴音布
日特苏木巴音布日特嘎查 酸牛奶．分离时间：2009 年．培养基 0005，37℃
GenBank 序列号 HM218178

IMAU10455 ←LABCC NM34-4. 分离源：内蒙古呼伦贝尔盟新巴尔虎左旗巴音布
日特苏木巴音布日特嘎查 酸牛奶. 分离时间：2009 年. 培养基 0005，37℃
GenBank 序列号 HM218180

IMAU10456 ←LABCC NM34-5. 分离源：内蒙古呼伦贝尔盟新巴尔虎左旗巴音布
日特苏木巴音布日特嘎查 酸牛奶. 分离时间：2009 年. 培养基 0005，37℃
GenBank 序列号 HM218181

IMAU10458 ←LABCC NM35-2. 分离源：内蒙古呼伦贝尔盟新巴尔虎左旗巴音布
日特苏木巴音布日特嘎查 酸牛奶. 分离时间：2009 年. 培养基 0005，37℃
GenBank 序列号 HM218183

IMAU10460 ←LABCC NM35-4. 分离源：内蒙古呼伦贝尔盟新巴尔虎左旗巴音布
日特苏木巴音布日特嘎查 酸牛奶. 分离时间：2009 年. 培养基 0005，37℃
GenBank 序列号 HM218185

IMAU10462 ←LABCC NM36-2. 分离源：内蒙古呼伦贝尔盟新巴尔虎左旗巴音布
日特苏木巴音布日特嘎查 酸牛奶. 分离时间：2009 年. 培养基 0005，37℃
GenBank 序列号 HM218187

IMAU10464 ←LABCC NM36-4. 分离源：内蒙古呼伦贝尔盟新巴尔虎左旗巴音布
日特苏木巴音布日特嘎查 酸牛奶. 分离时间：2009 年. 培养基 0005，37℃
GenBank 序列号 HM218189

IMAU10484 ←LABCC NM45-6. 分离源：内蒙古呼伦贝尔盟新巴尔虎左旗阿木古
楞镇伊和乌拉艾力 酸牛奶. 分离时间：2009 年. 培养基 0005，37℃ Gen-
Bank 序列号 HM218209

IMAU10507 ←LABCC NM52-4. 分离源：内蒙古呼伦贝尔盟新巴尔虎左旗阿木楞
镇锡林艾力 酸马奶. 分离时间：2009 年. 培养基 0005，37℃ GenBank 序列
号 HM218232

IMAU10509 ←LABCC NM53-2. 分离源：内蒙古呼伦贝尔盟新巴尔虎左旗查干镇
伊和乌拉嘎查 酸马奶. 分离时间：2009 年. 培养基 0005，37℃ GenBank 序
列号 HM218234

IMAU10511 ←LABCC NM53-4. 分离源：内蒙古呼伦贝尔盟新巴尔虎左旗查干镇
伊和乌拉嘎查 酸马奶. 分离时间：2009 年. 培养基 0005，37℃ GenBank 序
列号 HM218236

IMAU10587 ←LABCC NM68-6. 分离源：内蒙古呼伦贝尔盟陈旗巴彦库仁镇特尼
格尔蒙古艾力 酸马奶. 分离时间：2009 年. 培养基 0005，37℃ GenBank 序
列号 HM218311

IMAU10765 ←LABCC NM119-6. 分离源：内蒙古巴林右旗巴彦温度尔苏木 酸牛

奶. 分离时间: 2009 年. 培养基 0005, 37℃ GenBank 序列号 HM218487

IMAU10842 ←LABCC NM139-1. 分离源: 内蒙古巴林右旗大板镇西拉木伦嘎查 酸牛奶. 分离时间: 2009 年. 培养基 0005, 37℃ GenBank 序列号 HM218554

IMAU10844 ←LABCC NM139-3. 分离源: 内蒙古巴林右旗大板镇西拉木伦嘎查 酸牛奶. 分离时间: 2009 年. 培养基 0005, 37℃ GenBank 序列号 HM218555

IMAU10845 ←LABCC NM140-1. 分离源: 内蒙古巴林右旗大板镇西拉木伦嘎查 酸牛奶. 分离时间: 2009 年. 培养基 0005, 37℃ GenBank 序列号 HM218556

IMAU10848 ←LABCC NM141-1. 分离源: 内蒙古巴林右旗大板镇西拉木伦嘎查 酸牛奶. 分离时间: 2009 年. 培养基 0005, 37℃ GenBank 序列号 HM218559

IMAU10850 ←LABCC NM141-3. 分离源: 内蒙古巴林右旗大板镇西拉木伦嘎查 酸牛奶. 分离时间: 2009 年. 培养基 0005, 37℃ GenBank 序列号 HM218561

IMAU10852 ←LABCC NM141-5. 分离源: 内蒙古巴林右旗大板镇西拉木伦嘎查 酸牛奶. 分离时间: 2009 年. 培养基 0005, 37℃ GenBank 序列号 HM218562

IMAU10854 ←LABCC NM142-2. 分离源: 内蒙古巴林右旗大板镇西拉木伦嘎查照日格 酸牛奶. 分离时间: 2009 年. 培养基 0005, 37℃ GenBank 序列号 HM218564

IMAU10855 ←LABCC NM142-3. 分离源: 内蒙古巴林右旗大板镇西拉木伦嘎查 酸牛奶. 分离时间: 2009 年. 培养基 0005, 37℃ GenBank 序列号 HM218565

IMAU10856 ←LABCC NM143-1. 分离源: 内蒙古巴林右旗大板镇西拉木伦嘎查 酸牛奶. 分离时间: 2009 年. 培养基 0005, 37℃ GenBank 序列号 HM218566

IMAU10857 ←LABCC NM143-2. 分离源: 内蒙古巴林右旗大板镇西拉木伦嘎查 酸牛奶. 分离时间: 2009 年. 培养基 0005, 37℃ GenBank 序列号 HM218567

IMAU10859 ←LABCC NM144-1. 分离源: 内蒙古巴林右旗大板镇西拉木伦嘎查 酸牛奶. 分离时间: 2009 年. 培养基 0005, 37℃ GenBank 序列号 HM218569

IMAU10860 ←LABCC NM144-2. 分离源: 内蒙古巴林右旗大板镇西拉木伦嘎查 酸牛奶. 分离时间: 2009 年. 培养基 0005, 37℃ GenBank 序列号 HM218570

IMAU10862 ←LABCC NM144-5. 分离源: 内蒙古巴林右旗大板镇西拉木伦嘎查 酸牛奶. 分离时间: 2009 年. 培养基 0005, 37℃ GenBank 序列号 HM218572

IMAU10864 ←LABCC NM145-2. 分离源: 内蒙古巴林右旗大板镇西拉木伦嘎查 酸牛奶. 分离时间: 2009 年. 培养基 0005, 37℃ GenBank 序列号 HM218574

IMAU10865 ←LABCC NM145-3. 分离源: 内蒙古巴林右旗大板镇西拉木伦嘎查 酸牛奶. 分离时间: 2009 年. 培养基 0005, 37℃ GenBank 序列号 HM218575

IMAU10866 ←LABCC NM146-2. 分离源: 内蒙古巴林右旗大板镇西拉木伦嘎查 酸牛奶. 分离时间: 2009 年. 培养基 0005, 37℃ GenBank 序列号 HM218576

IMAU10867 ←LABCC NM146-3. 分离源: 内蒙古巴林右旗大板镇西拉木伦嘎查 酸

牛奶．分离时间：2009 年．培养基 0005，37℃ GenBank 序列号 HM218577

IMAU10869 ←LABCC NM146-5. 分离源：内蒙古巴林右旗大板镇西拉木伦嘎查 酸牛奶．分离时间：2009 年．培养基 0005，37℃ GenBank 序列号 HM218579

IMAU10872 ←LABCC NM147-3. 分离源：内蒙古巴林右旗大板镇西拉木伦嘎查 酸牛奶．分离时间：2009 年．培养基 0005，37℃ GenBank 序列号 HM218581

IMAU10874 ←LABCC NM147-5. 分离源：内蒙古巴林右旗大板镇西拉木伦嘎查 酸牛奶．分离时间：2009 年．培养基 0005，37℃ GenBank 序列号 HM218582

IMAU10876 ←LABCC NM148-2. 分离源：内蒙古巴林右旗大板镇西拉木伦嘎查 酸牛奶．分离时间：2009 年．培养基 0005，37℃ GenBank 序列号 HM218584

IMAU10877 ←LABCC NM148-3. 分离源：内蒙古巴林右旗大板镇西拉木伦嘎查 酸牛奶．分离时间：2009 年．培养基 0005，37℃ GenBank 序列号 HM218585

IMAU10878 ←LABCC NM148-4. 分离源：内蒙古巴林右旗大板镇西拉木伦嘎查 酸牛奶．分离时间：2009 年．培养基 0005，37℃ GenBank 序列号 HM218586

IMAU10880 ←LABCC NM149-2. 分离源：内蒙古巴林右旗大板镇西拉木伦嘎查 酸牛奶．分离时间：2009 年．培养基 0005，37℃ GenBank 序列号 HM218588

IMAU10881 ←LABCC NM149-5. 分离源：内蒙古巴林右旗大板镇西拉木伦嘎查 酸牛奶．分离时间：2009 年．培养基 0005，37℃ GenBank 序列号 HM218589

IMAU10882 ←LABCC NM150-2. 分离源：内蒙古巴林右旗大板镇西拉木伦嘎查 酸牛奶．分离时间：2009 年．培养基 0005，37℃ GenBank 序列号 HM218590

IMAU10884 ←LABCC NM150-5. 分离源：内蒙古巴林右旗大板镇西拉木伦嘎查 酸牛奶．分离时间：2009 年．培养基 0005，37℃ GenBank 序列号 HM218592

IMAU10885 ←LABCC NM150-6. 分离源：内蒙古巴林右旗大板镇西拉木伦嘎查 酸牛奶．分离时间：2009 年．培养基 0005，37℃ GenBank 序列号 HM218593

IMAU10886 ←LABCC NM151-1. 分离源：内蒙古巴林右旗大板镇西拉木伦嘎查 酸牛奶．分离时间：2009 年．培养基 0005，37℃ GenBank 序列号 HM218594

IMAU10887 ←LABCC NM151-2. 分离源：内蒙古巴林右旗大板镇西拉木伦嘎查 酸牛奶．分离时间：2009 年．培养基 0005，37℃ GenBank 序列号 HM218595

IMAU10888 ←LABCC NM151-3. 分离源：内蒙古巴林右旗大板镇西拉木伦嘎查 酸牛奶．分离时间：2009 年．培养基 0005，37℃ GenBank 序列号 HM218596

IMAU10889 ←LABCC NM151-4. 分离源：内蒙古巴林右旗大板镇西拉木伦嘎查 酸牛奶．分离时间：2009 年．培养基 0005，37℃ GenBank 序列号 HM218597

IMAU10892 ←LABCC NM152-3. 分离源：内蒙古巴林右旗大板镇西拉木伦嘎查 酸牛奶．分离时间：2009 年．培养基 0005，37℃ GenBank 序列号 HM218600

IMAU10893 ←LABCC NM152-4. 分离源：内蒙古巴林右旗大板镇西拉木伦嘎查 酸

牛奶. 分离时间：2009 年. 培养基 0005, 37℃ GenBank 序列号 HM218601

IMAU10894 ←LABCC NM153-1. 分离源：内蒙古巴林右旗大板镇西拉木伦嘎查 酸牛奶. 分离时间：2009 年. 培养基 0005, 37℃ GenBank 序列号 HM218602

IMAU10895 ←LABCC NM153-2. 分离源：内蒙古巴林右旗大板镇西拉木伦嘎查 酸牛奶. 分离时间：2009 年. 培养基 0005, 37℃ GenBank 序列号 HM218603

IMAU10896 ←LABCC NM153-3. 分离源：内蒙古巴林右旗大板镇西拉木伦嘎查 酸牛奶. 分离时间：2009 年. 培养基 0005, 37℃ GenBank 序列号 HM218604

IMAU10897 ←LABCC NM153-4. 分离源：内蒙古巴林右旗大板镇西拉木伦嘎查 酸牛奶. 分离时间：2009 年. 培养基 0005, 37℃ GenBank 序列号 HM218605

IMAU10898 ←LABCC NM154-1. 分离源：内蒙古巴林右旗大板镇西拉木伦嘎查 酸牛奶. 分离时间：2009 年. 培养基 0005, 37℃ GenBank 序列号 HM218606

IMAU10899 ←LABCC NM154-2. 分离源：内蒙古巴林右旗大板镇西拉木伦嘎查 酸牛奶. 分离时间：2009 年. 培养基 0005, 37℃ GenBank 序列号 HM218607

IMAU10900 ←LABCC NM154-3. 分离源：内蒙古巴林右旗大板镇西拉木伦嘎查 酸牛奶. 分离时间：2009 年. 培养基 0005, 37℃ GenBank 序列号 HM218608

IMAU10906 ←LABCC NM155-6. 分离源：内蒙古巴林右旗大板镇西拉木伦嘎查 酸牛奶. 分离时间：2002 年. 培养基 0005, 37℃ GenBank 序列号 HM218614

IMAU10921 ←LABCC NM157-7. 分离源：内蒙古巴林右旗大板镇 酸牛奶. 分离时间：2009 年. 培养基 0005, 37℃ GenBank 序列号 HM218629

IMAU10936 ←LABCC NM160-4. 分离源：内蒙古巴林右旗大板镇 酸牛奶. 分离时间：2009 年. 培养基 0005, 37℃ GenBank 序列号 HM218643

IMAU10937 ←LABCC NM160-5. 分离源：内蒙古巴林右旗大板镇 酸牛奶. 分离时间：2009 年. 培养基 0005, 37℃ GenBank 序列号 HM218644

IMAU10939 ←LABCC NM161-2. 分离源：内蒙古巴林右旗大板镇 酸牛奶. 分离时间：2009 年. 培养基 0005, 37℃ GenBank 序列号 HM218646

IMAU10940 ←LABCC NM161-3. 分离源：内蒙古巴林右旗大板镇 酸牛奶. 分离时间：2009 年. 培养基 0005, 37℃ GenBank 序列号 HM218647

IMAU10941 ←LABCC NM161-4. 分离源：内蒙古巴林右旗大板镇 酸牛奶. 分离时间：2009 年. 培养基 0005, 37℃ GenBank 序列号 HM218648

IMAU10943 ←LABCC NM162-2. 分离源：内蒙古巴林右旗大板镇 酸牛奶. 分离时间：2009 年. 培养基 0005, 37℃ GenBank 序列号 HM218650

IMAU10944 ←LABCC NM162-3. 分离源：内蒙古巴林右旗大板镇 酸牛奶. 分离时间：2009 年. 培养基 0005, 37℃ GenBank 序列号 HM218651

IMAU10945 ←LABCC NM162-4. 分离源：内蒙古巴林右旗大板镇 酸牛奶. 分离时

间：2009 年．培养基 0005，37℃ GenBank 序列号 HM218652

IMAU10946 ←LABCC NM162-5. 分离源：内蒙古巴林右旗大板镇 酸牛奶．分离时间：2009 年．培养基 0005，37℃ GenBank 序列号 HM218653

IMAU10947 ←LABCC NM162-6. 分离源：内蒙古巴林右旗大板镇 酸牛奶．分离时间：2009 年．培养基 0005，37℃ GenBank 序列号 HM218654

IMAU10949 ←LABCC NM163-2. 分离源：内蒙古巴林右旗大板镇 酸牛奶．分离时间：2009 年．培养基 0005，37℃ GenBank 序列号 HM218656

IMAU10950 ←LABCC NM163-3. 分离源：内蒙古巴林右旗大板镇 酸牛奶．分离时间：2009 年．培养基 0005，37℃ GenBank 序列号 HM218657

IMAU10951 ←LABCC NM163-4. 分离源：内蒙古巴林右旗大板镇 酸牛奶．分离时间：2009 年．培养基 0005，37℃ GenBank 序列号 HM218658

IMAU10955 ←LABCC NM164-3. 分离源：内蒙古巴林右旗大板镇 酸牛奶．分离时间：2009 年．培养基 0005，37℃ GenBank 序列号 HM218662

IMAU10957 ←LABCC NM164-5. 分离源：内蒙古巴林右旗大板镇 酸牛奶．分离时间：2009 年．培养基 0005，37℃ GenBank 序列号 HM218664

IMAU10959 ←LABCC NM164-7. 分离源：内蒙古巴林右旗大板镇 酸牛奶．分离时间：2009 年．培养基 0005，37℃ GenBank 序列号 HM218666

IMAU10962 ←LABCC NM165-3. 分离源：内蒙古巴林右旗大板镇 酸牛奶．分离时间：2009 年．培养基 0005，37℃ GenBank 序列号 HM218668

IMAU10968 ←LABCC NM166-5. 分离源：内蒙古巴林右旗大板镇 酸牛奶．分离时间：2009 年．培养基 0005，37℃ GenBank 序列号 HM218672

IMAU10978 ←LABCC NM169-2. 分离源：内蒙古巴林右旗大板镇 酸牛奶．分离时间：2009 年．培养基 0005，37℃ GenBank 序列号 HM218682

IMAU10979 ←LABCC NM169-3. 分离源：内蒙古巴林右旗大板镇 酸牛奶．分离时间：2009 年．培养基 0005，37℃ GenBank 序列号 HM218683

IMAU10982 ←LABCC NM170-2. 分离源：内蒙古巴林右旗大板镇 酸牛奶．分离时间：2009 年．培养基 0005，37℃ GenBank 序列号 HM218686

IMAU10984 ←LABCC NM170-4. 分离源：内蒙古巴林右旗大板镇 酸牛奶．分离时间：2009 年．培养基 0005，37℃ GenBank 序列号 HM218688

IMAU10987 ←LABCC NM171-2. 分离源：内蒙古巴林右旗大板镇 酸牛奶．分离时间：2009 年．培养基 0005，37℃ GenBank 序列号 HM218691

IMAU10989 ←LABCC NM171-4. 分离源：内蒙古巴林右旗大板镇 酸牛奶．分离时间：2009 年．培养基 0005，37℃ GenBank 序列号 HM218692

IMAU10994 ←LABCC NM172-2. 分离源：内蒙古巴林右旗大板镇 酸牛奶．分离时

间：2009 年．培养基 0005，37℃ GenBank 序列号 HM218696

IMAU11001 ←LABCC NM173-3. 分离源：内蒙古巴林右旗大板镇 酸牛奶. 分离时
间：2009 年．培养基 0005，37℃ GenBank 序列号 HM218703

IMAU11003 ←LABCC NM173-5. 分离源：内蒙古巴林右旗大板镇 酸牛奶. 分离时
间：2009 年．培养基 0005，37℃ GenBank 序列号 HM218704

IMAU11008 ←LABCC NM174-3. 分离源：内蒙古巴林右旗大板镇 酸牛奶. 分离时
间：2009 年．培养基 0005，37℃ GenBank 序列号 HM218709

IMAU11009 ←LABCC NM174-4. 分离源：内蒙古巴林右旗大板镇 酸牛奶. 分离时
间：2009 年．培养基 0005，37℃ GenBank 序列号 HM218710

IMAU11039 ←LABCC NM179-3. 分离源：内蒙古巴林右旗大板镇 酸牛奶. 分离时
间：2009 年．培养基 0005，37℃ GenBank 序列号 HM218740

IMAU11040 ←LABCC NM179-4. 分离源：内蒙古巴林右旗大板镇 酸牛奶. 分离时
间：2009 年．培养基 0005，37℃ GenBank 序列号 HM218741

IMAU11043 ←LABCC NM180-2. 分离源：内蒙古巴林右旗大板镇 酸牛奶. 分离时
间：2009 年．培养基 0005，37℃ GenBank 序列号 HM218744

IMAU11045 ←LABCC NM180-4. 分离源：内蒙古巴林右旗大板镇 酸牛奶. 分离时
间：2009 年．培养基 0005，37℃ GenBank 序列号 HM218746

IMAU11049 ←LABCC NM181-3. 分离源：内蒙古巴林右旗大板镇 酸牛奶. 分离时
间：2009 年．培养基 0005，37℃ GenBank 序列号 HM218750

IMAU11051 ←LABCC NM181-5. 分离源：内蒙古巴林右旗大板镇 酸牛奶. 分离时
间：2009 年．培养基 0005，37℃ GenBank 序列号 HM218752

IMAU11054 ←LABCC NM182-3. 分离源：内蒙古巴林右旗大板镇 酸牛奶. 分离时
间：2009 年．培养基 0005，37℃ GenBank 序列号 HM218755

IMAU11055 ←LABCC NM182-4. 分离源：内蒙古巴林右旗大板镇 酸牛奶. 分离时
间：2009 年．培养基 0005，37℃ GenBank 序列号 HM218756

IMAU11058 ←LABCC NM183-2. 分离源：内蒙古锡林郭勒盟蓝旗赛胡都格苏木 酸
牛奶. 分离时间：2009 年．培养基 0005，37℃ GenBank 序列号 HM218759

IMAU11059 ←LABCC NM183-3. 分离源：内蒙古锡林郭勒盟蓝旗赛胡都格苏木 酸
牛奶. 分离时间：2009 年．培养基 0005，37℃ GenBank 序列号 HM218760

IMAU11060 ←LABCC NM183-4. 分离源：内蒙古锡林郭勒盟蓝旗赛胡都格苏木 酸
牛奶. 分离时间：2009 年．培养基 0005，37℃ GenBank 序列号 HM218761

IMAU11062 ←LABCC NM184-1. 分离源：内蒙古锡林郭勒盟蓝旗赛胡都格苏木 酸
牛奶. 分离时间：2009 年．培养基 0005，37℃ GenBank 序列号 HM218763

IMAU11064 ←LABCC NM184-3. 分离源：内蒙古锡林郭勒盟蓝旗赛胡都格苏木 酸

牛奶. 分离时间: 2009 年. 培养基 0005, 37℃ GenBank 序列号 HM218765

IMAU11067 ←LABCC NM185-3. 分离源: 内蒙古锡林郭勒盟蓝旗赛胡都格苏木 酸牛奶. 分离时间: 2009 年. 培养基 0005, 37℃ GenBank 序列号 HM218768

IMAU11069 ←LABCC NM185-5. 分离源: 内蒙古锡林郭勒盟蓝旗赛胡都格苏木 酸牛奶. 分离时间: 2009 年. 培养基 0005, 37℃ GenBank 序列号 HM218770

IMAU11070 ←LABCC NM186-1. 分离源: 内蒙古锡林郭勒盟蓝旗赛胡都格苏木 酸牛奶. 分离时间: 2009 年. 培养基 0005, 37℃ GenBank 序列号 HM218771

IMAU11072 ←LABCC NM186-3. 分离源: 内蒙古锡林郭勒盟蓝旗赛胡都格苏木 酸牛奶. 分离时间: 2009 年. 培养基 0005, 37℃ GenBank 序列号 HM218773

IMAU11073 ←LABCC NM186-4. 分离源: 内蒙古锡林郭勒盟蓝旗赛胡都格苏木 酸牛奶. 分离时间: 2009 年. 培养基 0005, 37℃ GenBank 序列号 HM218774

IMAU11076 ←LABCC NM187-2. 分离源: 内蒙古锡林郭勒盟蓝旗赛胡都格苏木 酸牛奶. 分离时间: 2009 年. 培养基 0005, 37℃ GenBank 序列号 HM218777

IMAU11077 ←LABCC NM187-3. 分离源: 内蒙古锡林郭勒盟蓝旗赛胡都格苏木 酸牛奶. 分离时间: 2009 年. 培养基 0005, 37℃ GenBank 序列号 HM218778

IMAU11078 ←LABCC NM187-4. 分离源: 内蒙古锡林郭勒盟蓝旗赛胡都格苏木 酸牛奶. 分离时间: 2009 年. 培养基 0005, 37℃ GenBank 序列号 HM218779

IMAU11079 ←LABCC NM188-1. 分离源: 内蒙古锡盟蓝旗赛胡都格苏木 酸牛奶. 分离时间: 2009 年. 培养基 0005, 37℃ GenBank 序列号 HM218780

IMAU11081 ←LABCC NM188-3. 分离源: 内蒙古锡林郭勒盟蓝旗赛胡都格苏木 酸牛奶. 分离时间: 2009 年. 培养基 0005, 37℃ GenBank 序列号 HM218782

IMAU11082 ←LABCC NM188-4. 分离源: 内蒙古锡林郭勒盟蓝旗赛胡都格苏木 酸牛奶. 分离时间: 2009 年. 培养基 0005, 37℃ GenBank 序列号 HM218783

IMAU11083 ←LABCC NM189-1. 分离源: 内蒙古锡林郭勒盟蓝旗赛胡都格苏木 酸牛奶. 分离时间: 2009 年. 培养基 0005, 37℃ GenBank 序列号 HM218784

IMAU11085 ←LABCC NM189-3. 分离源: 内蒙古锡林郭勒盟蓝旗赛胡都格苏木 酸牛奶. 分离时间: 2009 年. 培养基 0005, 37℃ GenBank 序列号 HM218786

IMAU11086 ←LABCC NM189-4. 分离源: 内蒙古锡林郭勒盟蓝旗赛胡都格苏木 酸牛奶. 分离时间: 2009 年. 培养基 0005, 37℃ GenBank 序列号 HM218787

IMAU11087 ←LABCC NM189-5. 分离源: 内蒙古锡林郭勒盟蓝旗赛胡都格苏木 酸牛奶. 分离时间: 2009 年. 培养基 0005, 37℃ GenBank 序列号 HM218788

IMAU11089 ←LABCC NM190-2. 分离源: 内蒙古锡林郭勒盟蓝旗赛胡都格苏木 酸牛奶. 分离时间: 2009 年. 培养基 0005, 37℃ GenBank 序列号 HM218790

IMAU11091 ←LABCC NM190-4. 分离源: 内蒙古锡林郭勒盟蓝旗赛胡都格苏木 酸

牛奶．分离时间：2009 年．培养基 0005, 37℃ GenBank 序列号 HM218791

IMAU11100 ←LABCC NM195-1. 分离源：内蒙古锡林郭勒盟蓝旗桑根达莱镇 酸牛奶．分离时间：2009 年．培养基 0005, 37℃ GenBank 序列号 HM218800

IMAU11103 ←LABCC NM195-4. 分离源：内蒙古锡林郭勒盟蓝旗桑根达莱镇 酸牛奶．分离时间：2009 年．培养基 0005, 37℃ GenBank 序列号 HM218803

IMAU11105 ←LABCC NM195-6. 分离源：内蒙古锡林郭勒盟蓝旗桑根达莱镇 酸牛奶．分离时间：2009 年．培养基 0005, 37℃ GenBank 序列号 HM218805

IMAU11107 ←LABCC NM196-2. 分离源：内蒙古锡林郭勒盟蓝旗桑根达莱镇 酸牛奶．分离时间：2009 年．培养基 0005, 37℃ GenBank 序列号 HM218807

IMAU11110 ←LABCC NM196-5. 分离源：内蒙古锡林郭勒盟蓝旗桑根达莱镇 酸牛奶．分离时间：2009 年．培养基 0005, 37℃ GenBank 序列号 HM218810

IMAU11115 ←LABCC NM197-5. 分离源：内蒙古锡林郭勒盟蓝旗桑根达莱镇 酸牛奶．分离时间：2009 年．培养基 0005, 37℃ GenBank 序列号 HM218815

IMAU11116 ←LABCC NM197-6. 分离源：内蒙古锡林郭勒盟蓝旗桑根达莱镇 酸牛奶．分离时间：2009 年．培养基 0005, 37℃ GenBank 序列号 HM218816

IMAU11118 ←LABCC NM198-2. 分离源：内蒙古锡林郭勒盟蓝旗桑根达莱镇 酸牛奶．分离时间：2009 年．培养基 0005, 37℃ GenBank 序列号 HM218818

IMAU11119 ←LABCC NM198-3. 分离源：内蒙古锡林郭勒盟蓝旗桑根达莱镇 酸牛奶．分离时间：2009 年．培养基 0005, 37℃ GenBank 序列号 HM218819

IMAU20096 ←LABCC ML9-2. 分离源：蒙古国戈壁阿尔泰省 酸驼奶．分离时间：2005 年．培养基 0005, 37℃ GenBank 序列号 FJ844996

IMAU20099 ←LABCC ML61-3-1. 分离源：蒙古国戈壁阿尔泰省 酸驼奶．分离时间：2005 年．培养基 0005, 37℃ GenBank 序列号 FJ844999

IMAU20105 ←LABCC ML9-1-1. 分离源：蒙古国戈壁阿尔泰省 酸驼奶．分离时间：2005 年．培养基 0005, 37℃ GenBank 序列号 FJ845005

IMAU20110 ←LABCC ML9-1-2. 分离源：蒙古国戈壁阿尔泰省 酸驼奶．分离时间：2005 年．培养基 0005, 37℃ GenBank 序列号 FJ915624

IMAU20283 ←LABCC MGB4-2. 分离源：蒙古国色楞格省达尔汗市 酸牛奶．分离时间：2009 年．培养基 0005, 37℃ GenBank 序列号 HM058017

IMAU20567 ←LABCC MGB83-5. 分离源：蒙古国扎布汗省奥特跟苏木 酸牛奶．分离时间：2009 年．培养基 0005, 37℃ GenBank 序列号 HM058285

IMAU20676 ←LABCC MGC5-5. 分离源：蒙古前杭盖省哈拉和林镇 酸牛奶．分离时间：2009 年．培养基 0005, 37℃ GenBank 序列号 HM058388

IMAU20795 ←LABCC MGD9-5. 分离源：蒙古国乌兰巴托市查查古尔特苏木 酸牛

奶．分离时间：2009 年．培养基 0005，37℃ GenBank 序列号 HM058505

IMAU20799 ←LABCC MGD10-1．分离源：蒙古国乌兰巴托市查查古尔特苏木 酸牛奶．分离时间：2009 年．培养基 0005，37℃ GenBank 序列号 HM058509

IMAU20801 ←LABCC MGD10-3．分离源：蒙古国乌兰巴托市查查古尔特苏木 酸牛奶．分离时间：2009 年．培养基 0005，37℃ GenBank 序列号 HM058511

IMAU20667 ←LABCC MGC3-4．分离源：蒙古国前杭盖省哈拉和林镇 酸牛奶．分离时间：2009 年．培养基 0005，37℃ GenBank 序列号 HM218012

IMAU40019 ←LABCC QH30-2．分离源：青海省海北州天峻县 酸牦牛奶．分离时间：2005 年．培养基 0005，37℃ GenBank 序列号 FJ749295

IMAU40029 ←LABCC QH44-3．分离源：青海省海北州西海镇 酸牦牛奶．分离时间：2005 年．培养基 0005，37℃ GenBank 序列号 FJ749305

IMAU40049 ←LABCC QH29-3．分离源：青海省海北州天峻县 酸牦牛奶．分离时间：2005 年．培养基 0005，37℃ GenBank 序列号 FJ749324

IMAU40053 ←LABCC QH39-3-1．分离源：青海省海北州刚察县 酸牦牛奶．分离时间：2005 年．培养基 0005，37℃ GenBank 序列号 FJ749328

IMAU40054 ←LABCC QH39-4．分离源：青海省海北州刚察县 酸牦牛奶．分离时间：2005 年．培养基 0005，37℃ GenBank 序列号 FJ749329

IMAU40055 ←LABCC QH39-5．分离源：青海省海北州刚察县 酸牦牛奶．分离时间：2005 年．培养基 0005，37℃ GenBank 序列号 FJ749330

IMAU40056 ←LABCC QH40-2．分离源：青海省海北州西海镇 酸牦牛奶．分离时间：2005 年．培养基 0005，37℃ GenBank 序列号 FJ749331

IMAU40059 ←LABCC QH43-5．分离源：青海海北州西海镇 酸牦牛奶．分离时间：2005 年．培养基 0005，37℃ GenBank 序列号 FJ749334

IMAU40064 ←LABCC QH46-4-2．分离源：青海省海北州西海镇 酸牦牛奶．分离时间：2005 年．培养基 0005，37℃ GenBank 序列号 FJ749339

IMAU40066 ←LABCC QH9-4-1．分离源：青海省海南州共和县黑马河乡 牦牛奶．分离时间：2005 年．培养基 0005，37℃ GenBank 序列号 FJ749341

IMAU40121 ←LABCC QH41-6-2．分离源：青海省海北州西海镇 酸牦牛奶．分离时间：2005 年．培养基 0005，37℃ GenBank 序列号 FJ749391

IMAU40130 ←LABCC QH39-1．分离源：青海省海北州刚嚓县 酸牦牛奶．分离时间：2005 年．培养基 0005，37℃ GenBank 序列号 FJ749398

IMAU40131 ←LABCC QH40-5．分离源：青海省海北州西海镇 酸牦牛奶．分离时间：2005 年．培养基 0005，37℃ GenBank 序列号 FJ749399

IMAU40134 ←LABCC QH39-3-2．分离源：青海海北州刚嚓县酸 牦牛奶．分离时

间：2005 年．培养基 0005，37℃ GenBank 序列号 FJ749402

IMAU40136 ←LABCC QH27-1. 分离源：青海省海北州天峻县酸 牦牛奶．分离时间：2005 年．培养基 0005，37℃ GenBank 序列号 FJ749404

IMAU50037 ←LABCC YN19-1-1. 分离源：云南省洱源县邓川镇 乳扇酸乳清．分离时间：2006 年．培养基 0005，37℃ GenBank 序列号 FJ749438

IMAU50038 ←LABCC YN19-1-2. 分离源：云南省洱源县邓川镇 乳扇酸乳清．分离时间：2006 年．培养基 0005，37℃ GenBank 序列号 FJ749439

IMAU50043 ←LABCC YN2-1. 分离源：云南省大理市上关镇 乳扇酸乳清．分离时间：2006 年．培养基 0005，37℃ GenBank 序列号 FJ749443

IMAU50049 ←LABCC YN2-3. 分离源：云南省大理市上关镇 乳扇酸乳清．分离时间：2006 年．培养基 0005，37℃ GenBank 序列号 FJ749449

IMAU50095 ←LABCC YNA-10. 分离源：云南省剑川县金华镇地区 乳饼．分离时间：2006 年．培养基 0005，37℃ GenBank 序列号 FJ749490

IMAU50099 ←LABCC YNB-2. 分离源：云南省剑川县金华镇 乳饼．分离时间：2006 年．培养基 0005，37℃ GenBank 序列号 FJ749494

IMAU50101 ←LABCC YNB-4. 分离源：云南省剑川县金华镇 乳饼．分离时间：2006 年．培养基 0005，37℃ GenBank 序列号 FJ749496

IMAU50103 ←LABCC YNC-1. 分离源：云南省剑川县金华镇 乳饼．分离时间：2006 年．培养基 0005，37℃ GenBank 序列号 FJ749498

IMAU50104 ←LABCC YNC-4. 分离源：云南省剑川县金华镇 乳饼．分离时间：2006 年．培养基 0005，37℃ GenBank 序列号 FJ749499

IMAU50105 ←LABCC YNC-5. 分离源：云南省剑川县金华镇 乳饼．分离时间：2006 年．培养基 0005，37℃ GenBank 序列号 FJ749500

IMAU50106 ←LABCC YNC-6. 分离源：云南省剑川县金华镇 乳饼．分离时间：2006 年．培养基 0005，37℃ GenBank 序列号 FJ749501

IMAU50107 ←LABCC YND-1. 分离源：云南省剑川县甸南镇 乳饼．分离时间：2006 年．培养基 0005，37℃ GenBank 序列号 FJ749502

IMAU50108 ←LABCC YND-2. 分离源：云南省剑川县甸南镇 乳饼．分离时间：2006 年．培养基 0005，37℃ GenBank 序列号 FJ749503

IMAU50110 ←LABCC YND-4-1-1. 分离源：云南省剑川县甸南镇 乳饼．分离时间：2006 年．培养基 0005，37℃ GenBank 序列号 FJ749505

IMAU50111 ←LABCC YND-4-1-2. 分离源：云南省剑川县甸南镇 乳饼．分离时间：2006 年．培养基 0005，37℃ GenBank 序列号 FJ749506

IMAU50112 ←LABCC YND-4-2. 分离源：云南省剑川县甸南镇 乳饼．分离时间：

2006 年．培养基 0005，37℃ GenBank 序列号 FJ749507

IMAU50113 ←LABCC YND-4-3-1. 分离源：云南省剑川县甸南镇 乳饼．分离时间：2006 年．培养基 0005，37℃ GenBank 序列号 FJ749508

IMAU50114 ←LABCC YND-4-3-2. 分离源：云南省剑川县甸南镇 乳饼．分离时间：2006 年．培养基 0005，37℃ GenBank 序列号 FJ749509

IMAU50115 ←LABCC YND-5-1. 分离源：云南省剑川县甸南镇 乳饼．分离时间：2006 年．培养基 0005，37℃ GenBank 序列号 FJ749510

IMAU50117 ←LABCC YNE-2. 分离源：云南省剑川县甸南镇 乳饼．分离时间：2006 年．培养基 0005，37℃ GenBank 序列号 FJ749511

IMAU50118 ←LABCC YNE-3. 分离源：云南省剑川县甸南镇 乳饼．分离时间：2006 年．培养基 0005，37℃ GenBank 序列号 FJ749512

IMAU50119 ←LABCC YNE-4-1. 分离源：云南省剑川县甸南镇 乳饼．分离时间：2006 年．培养基 0005，37℃ GenBank 序列号 FJ749513

IMAU50120 ←LABCC YNE-4-2. 分离源：云南省剑川县甸南镇 乳饼．分离时间：2006 年．培养基 0005，37℃ GenBank 序列号 FJ749514

IMAU50121 ←LABCC YNE-5-2. 分离源：云南省剑川县甸南镇 乳饼．分离时间：2006 年．培养基 0005，37℃ GenBank 序列号 FJ749515

IMAU50122 ←LABCC YNE-6. 分离源：云南省剑川县甸南镇 乳饼．分离时间：2006 年．培养基 0005，37℃ GenBank 序列号 FJ749516

IMAU50123 ←LABCC YNF-1-1. 分离源：云南省剑川县甸南镇 乳饼．分离时间：2006 年．培养基 0005，37℃ GenBank 序列号 FJ749517

IMAU50124 ←LABCC YNF-2-1. 分离源：云南省剑川县甸南镇 乳饼．分离时间：2006 年．培养基 0005，37℃ GenBank 序列号 FJ749518

IMAU50126 ←LABCC YNF-4. 分离源：云南省剑川县甸南镇 乳饼．分离时间：2006 年．培养基 0005，37℃ GenBank 序列号 FJ749520

IMAU50128 ←LABCC YNG-2. 分离源：云南省剑川县甸南镇 乳饼．分离时间：2006 年．培养基 0005，37℃ GenBank 序列号 FJ749522

IMAU50129 ←LABCC YNG-3. 分离源：云南省剑川县甸南镇 乳饼．分离时间：2006 年．培养基 0005，37℃ GenBank 序列号 FJ749523

IMAU50130 ←LABCC YNG-4-1. 分离源：云南省剑川县甸南镇 乳饼．分离时间：2006 年．培养基 0005，37℃ GenBank 序列号 FJ749524

IMAU50131 ←LABCC YNG-4-2. 分离源：云南省剑川县甸南镇 乳饼．分离时间：2006 年．培养基 0005，37℃ GenBank 序列号 FJ749525

IMAU50132 ←LABCC YNG-4-3. 分离源：云南省剑川县甸南镇 乳饼．分离时间：

2006 年．培养基 0005，37℃ GenBank 序列号 FJ749526

IMAU50133 ←LABCC YNG-5. 分离源：云南省剑川县甸南镇 乳饼．分离时间：
2006 年．培养基 0005，37℃ GenBank 序列号 FJ749527

IMAU50134 ←LABCC YNH-1. 分离源：云南省剑川县甸南镇 乳饼．分离时间：
2006 年．培养基 0005，37℃ GenBank 序列号 FJ749528

IMAU50136 ←LABCC YNH-4. 分离源：云南省剑川县甸南镇 乳饼．分离时间：
2006 年．培养基 0005，37℃ GenBank 序列号 FJ749530

IMAU50137 ←LABCC YNI-1. 分离源：云南省剑川县甸南镇 乳饼．分离时间：
2006 年．培养基 0005，37℃ GenBank 序列号 FJ749531

IMAU50140 ←LABCC YNI-4. 分离源：云南省剑川县甸南镇 乳饼．分离时间：
2006 年．培养基 0005，37℃ GenBank 序列号 FJ749534

IMAU50141 ←LABCC YNI-5. 分离源：云南省剑川县甸南镇 乳饼．分离时间：
2006 年．培养基 0005，37℃ GenBank 序列号 FJ749535

IMAU50142 ←LABCC YNI-6. 分离源：云南省剑川县甸南镇 乳饼．分离时间：
2006 年．培养基 0005，37℃ GenBank 序列号 FJ749536

IMAU50144 ←LABCC YNJ-1-2-1. 分离源：云南省剑川县甸南镇 乳饼．分离时间：
2006 年．培养基 0005，37℃ GenBank 序列号 FJ749538

IMAU50146 ←LABCC YNJ-2. 分离源：云南省剑川县甸南镇 乳饼．分离时间：
2006 年．培养基 0005，37℃ GenBank 序列号 FJ749540

IMAU50148 ←LABCC YNJ-4. 分离源：云南省剑川县甸南镇 乳饼．分离时间：
2006 年．培养基 0005，37℃ GenBank 序列号 FJ749542

IMAU50152 ←LABCC YNK-2-2. 分离源：云南省剑川县甸南镇龙们村 乳饼．分离
时间：2006 年．培养基 0005，37℃ GenBank 序列号 FJ749546

IMAU50153 ←LABCC YNK-3. 分离源：云南省剑川县甸南镇 乳饼．分离时间：
2006 年．培养基 0005，37℃ GenBank 序列号 FJ749547

IMAU50156 ←LABCC YNK-4-2. 分离源：云南省剑川县甸南镇 乳饼．分离时间：
2006 年．培养基 0005，37℃ GenBank 序列号 FJ749550

IMAU50159 ←LABCC YNM-1-1. 分离源：云南省剑川县甸南镇 乳饼．分离时间：
2006 年．培养基 0005，37℃ GenBank 序列号 FJ749553

IMAU50160 ←LABCC YNM-1-2-1. 分离源：云南省剑川县甸南镇 乳饼．分离时
间：2006 年．培养基 0005，37℃ GenBank 序列号 FJ749554

IMAU50161 ←LABCC YNM-1-2-2. 分离源：云南省剑川县甸南镇 乳饼．分离时
间：2006 年．培养基 0005，37℃ GenBank 序列号 FJ749555

IMAU50162 ←LABCC YNM-3-1-1. 分离源：云南省剑川县甸南镇 乳饼．分离时

间：2006 年．培养基 0005，37℃ GenBank 序列号 FJ749556

IMAU50163 ←LABCC YNM-3-1-2. 分离源：云南省剑川县甸南镇 乳饼．分离时间：2006 年．培养基 0005，37℃ GenBank 序列号 FJ749557

IMAU50164 ←LABCC YNM-3-2-2. 分离源：云南省剑川县甸南镇 乳饼．分离时间：2006 年．培养基 0005，37℃ GenBank 序列号 FJ749558

IMAU50165 ←LABCC YNN-2-1-2. 分离源：云南省剑南县金华镇 乳饼．分离时间：2006 年．培养基 0005，37℃ GenBank 序列号 FJ749559

IMAU50166 ←LABCC YNN-3. 分离源：云南省剑南县金花镇 乳饼．分离时间：2006 年．培养基 0005，37℃ GenBank 序列号 FJ749560

IMAU50167 ←LABCC YNN-4-1. 分离源：云南省剑南县金华镇 乳饼．分离时间：2006 年．培养基 0005，37℃ GenBank 序列号 FJ749561

IMAU50170 ←LABCC YNN-7-2. 分离源：云南省剑南县金华镇 乳饼．分离时间：2006 年．培养基 0005，37℃ GenBank 序列号 FJ749563

IMAU50171 ←LABCC YNM-1-3-1-1. 分离源：云南省剑川县甸南镇 乳饼．分离时间：2006 年．培养基 0005，37℃ GenBank 序列号 FJ749564

IMAU60009 ←LABCC XZ3302. 分离源：西藏日喀则地区江孜县东郊乡 酸黄牛奶．分离时间：2007 年．培养基 0005，37℃ GenBank 序列号 FJ749742

IMAU60010 ←LABCC XZ3303. 分离源：西藏日喀则地区江孜县东郊乡 酸黄牛奶．分离时间：2007 年．培养基 0005，37℃ GenBank 序列号 FJ749743

IMAU60011 ←LABCC XZ4301. 分离源：西藏日喀则地区江孜县东郊乡 酸黄牛奶．分离时间：2007 年．培养基 0005，37℃ GenBank 序列号 FJ749744

IMAU60034 ←LABCC XZ10301. 分离源：西藏日喀则地区江孜县热索乡 酸黄牛奶．分离时间：2007 年．培养基 0005，37℃ GenBank 序列号 FJ749762

IMAU60035 ←LABCC XZ10302. 分离源：西藏日喀则地区江孜县热索乡 酸黄牛奶．分离时间：2007 年．培养基 0005，37℃ GenBank 序列号 FJ749763

IMAU60036 ←LABCC XZ10303. 分离源：西藏日喀则地区江孜县热索乡 酸黄牛奶．分离时间：2007 年．培养基 0005，37℃ GenBank 序列号 FJ749764

IMAU60037 ←LABCC XZ10304. 分离源：西藏日喀则地区江孜县热索乡 酸黄牛奶．分离时间：2007 年．培养基 0005，37℃ GenBank 序列号 FJ215672

IMAU60050 ←LABCC XZ13305. 分离源：西藏日喀则地区白朗县巴扎乡 酸黄牛奶．分离时间：2007 年．培养基 0005，37℃ GenBank 序列号 FJ749775

IMAU60096 ←LABCC XZ25301. 分离源：西藏那曲县桑雄乡 酸牦牛奶．分离时间：2007 年．培养基 0005，37℃ GenBank 序列号 FJ749817

IMAU60122 ←LABCC XZ33301. 分离源：西藏那曲县古露镇 酸牦牛奶．分离时

间: 2007 年. 培养基 0005, 37℃ GenBank 序列号 FJ749840

IMAU60130 ←LABCC XZ35304. 分离源: 西藏拉萨地区当雄县乌玛塘乡 酸牦牛奶. 分离时间: 2007 年. 培养基 0005, 37℃ GenBank 序列号 FJ749847

IMAU60156 ←LABCC XZ42302. 分离源: 西藏拉萨地区当雄县纳木错 酸牦牛奶. 分离时间: 2007 年. 培养基 0005, 37℃ GenBank 序列号 FJ749871

IMAU60195 ←LABCC XZ5201. 分离源: 西藏日喀则地区江孜县东郊乡 酸黄牛奶. 分离时间: 2008 年. 培养基 0005, 37℃ GenBank 序列号 FJ915641

IMAU70097 ←LABCC BM7151. 分离源: 内蒙古巴彦淖尔盟乌拉特中旗文根苏木巴音满都呼嘎查 酸粥. 分离时间: 2008 年. 培养基 0005, 37℃ GenBank 序列号 GQ131213

IMAU80260 ←LABCC S6-7. 分离源: 四川省阿坝州诺尔盖县风业牧场 酸牦牛奶. 分离时间: 2009 年. 培养基 0005, 37℃ GenBank 序列号 HM058543

IMAU80270 ←LABCC S9-1. 分离源: 四川省阿坝州诺尔盖县唐克乡南格藏寺 酸牦牛奶. 分离时间: 2009 年. 培养基 0005, 37℃ GenBank 序列号 HM058552

IMAU80272 ←LABCC S9-3. 分离源: 四川省阿坝州诺尔盖县唐克乡南格藏寺 酸牦牛奶. 分离时间: 2009 年. 培养基 0005, 37℃ GenBank 序列号 HM058554

IMAU80273 ←LABCC S9-4. 分离源: 四川省阿坝州诺尔盖县唐克乡南格藏寺 酸牦牛奶. 分离时间: 2009 年. 培养基 0005, 37℃ GenBank 序列号 HM058555

IMAU80281 ←LABCC S12-1. 分离源: 四川省阿坝州红原县瓦切乡二队 鲜牦牛奶. 分离时间: 2009 年. 培养基 0005, 37℃ GenBank 序列号 HM058563

IMAU80309 ←LABCC S18-4. 分离源: 四川省阿坝州红原县瓦切乡二队 酸牦牛奶. 分离时间: 2009 年. 培养基 0005, 37℃ GenBank 序列号 HM058589

IMAU80406 ←LABCC S49-2. 分离源: 四川省阿坝州红原县安曲乡三村 乳清. 分离时间: 2009 年. 培养基 0005, 37℃ GenBank 序列号 HM058666

IMAU80460 ←LABCC S64-1. 分离源: 四川省阿坝州红原县安曲乡三村 曲拉. 分离时间: 2009 年. 培养基 0005, 37℃ GenBank 序列号 HM058712

IMAU80587 ←LABCC G23-3. 分离源: 甘肃省夏河县桑科乡赛池村四队 鲜牦牛奶. 分离时间: 2009 年. 培养基 0005, 37℃ GenBank 序列号 HM058781

IMAU80600 ←LABCC G26-3. 分离源: 甘肃省夏河县桑科乡赛池村四队 鲜牦牛奶. 分离时间: 2009 年. 培养基 0005, 37℃ GenBank 序列号 HM058791

IMAU80628 ←LABCC G32-1. 分离源: 甘肃省夏河县桑科乡赛池村 鲜牦牛奶. 分离时间: 2009 年. 培养基 0005, 37℃ GenBank 序列号 HM058817

IMAU80632 ←LABCC G32-5. 分离源: 甘肃省夏河县桑科乡赛池村 鲜牦牛奶. 分离时间: 2009 年. 培养基 0005, 37℃ GenBank 序列号 HM058821

IMAU80670 ←LABCC G41-1. 分离源：甘肃省夏河县桑科乡刚渣二队 鲜牦牛奶．
分离时间：2009 年．培养基 0005，37℃ GenBank 序列号 HM058852

IMAU80680 ←LABCC G43-2. 分离源：甘肃省夏河县桑科乡刚渣二队 鲜牦牛奶．
分离时间：2009 年．培养基 0005，37℃ GenBank 序列号 HM058862

IMAU80686 ←LABCC G44-3. 分离源：甘肃省夏河县桑科乡刚渣二队 酸牦牛奶．
分离时间：2009 年．培养基 0005，37℃ GenBank 序列号 HM058868

IMAU80707 ←LABCC G50-6. 分离源：甘肃省碌曲县红科乡 鲜牦牛奶．分离时
间：2009 年．培养基 0005，37℃ GenBank 序列号 HM058887

IMAU80737 ←LABCC G55-4. 分离源：甘肃省碌曲县晒银滩乡一队 酸牦牛奶．分
离时间：2009 年．培养基 0005，37℃ GenBank 序列号 HM058909

IMAU80742 ←LABCC G56-5. 分离源：甘肃省碌曲县晒银滩乡一队 鲜牦牛奶．分
离时间：2009 年．培养基 0005，37℃ GenBank 序列号 HM058914

IMAU80747 ←LABCC G57-4. 分离源：甘肃省碌曲县晒银滩乡三队 鲜牦牛奶．分
离时间：2009 年．培养基 0005，37℃ GenBank 序列号 HM058919

IMAU80754 ←LABCC G59-5. 分离源：甘肃省碌曲县晒银滩乡四队 乳清．分离时
间：2009 年．培养基 0005，37℃ GenBank 序列号 HM058924

IMAU80767 ←LABCC G63-2. 分离源：甘肃省碌曲县晒银滩乡三队 鲜牦牛奶．分
离时间：2009 年．培养基 0005，37℃ GenBank 序列号 HM058935

IMAU80782 ←LABCC G66-2. 分离源：甘肃省碌曲县晒银滩乡二队 鲜牦牛奶．分
离时间：2009 年．培养基 0005，37℃ GenBank 序列号 HM058948

IMAU80785 ←LABCC G66-5. 分离源：甘肃省碌曲县晒银滩乡二队 鲜牦牛奶．分
离时间：2009 年．培养基 0005，37℃ GenBank 序列号 HM058951

IMAU80786 ←LABCC G66-6. 分离源：甘肃省碌曲县晒银滩乡二队 鲜牦牛奶．分
离时间：2009 年．培养基 0005，37℃ GenBank 序列号 HM058952

IMAU80789 ←LABCC G67-3. 分离源：甘肃省碌曲县晒银滩乡二队 鲜奶．分离时
间：2009 年．培养基 0005，37℃ GenBank 序列号 HM058955

IMAU80857 ←LABCC G84-5. 分离源：甘肃省玛曲县阿尼玛乡 酸牦牛奶．分离时
间：2009 年．培养基 0005，37℃ GenBank 序列号 HM059017

IMAU80867 ←LABCC G86-5. 分离源：甘肃省玛曲县阿尼玛乡 酸牦牛奶乳清．分
离时间：2009 年．培养基 0005，37℃ GenBank 序列号 HM059024

Lactococcus raffinolactis（19 株）（Orla-Jensen and Hansen，1932；Schleifer _et al._，1988）**棉籽糖乳球菌**

IMAU10995 ←LABCC NM172-3. 分离源：内蒙古巴林右旗大板镇 酸牛奶．分离时

间：2009 年．培养基 0005，37℃ GenBank 序列号 HM218697

IMAU11011 ←LABCC NM174-6. 分离源：内蒙古巴林右旗大板镇 酸牛奶．分离时间：2009 年．培养基 0005，37℃ GenBank 序列号 HM218712

IMAU11121 ←LABCC NM198-5. 分离源：内蒙古锡林郭勒盟蓝旗桑根达莱镇 酸牛奶．分离时间：2009 年．培养基 0005，37℃ GenBank 序列号 HM218821

IMAU80402 ←LABCC S47-2. 分离源：四川省阿坝州红原县安曲乡三村 乳清．分离时间：2009 年．培养基 0005，37℃ GenBank 序列号 HM058664

IMAU80428 ←LABCC S55-7. 分离源：四川省阿坝州红原县安曲乡三村 曲拉．分离时间：2009 年．培养基 0005，37℃ GenBank 序列号 HM058685

IMAU80429 ←LABCC S56-2. 分离源：四川省阿坝州红原县安曲乡三村 鲜牦牛奶．分离时间：2009 年．培养基 0005，37℃ GenBank 序列号 HM217995

IMAU80527 ←LABCC G8-3. 分离源：甘肃省夏河县桑科乡赛池村五队 鲜牦牛奶．分离时间：2009 年．培养基 0005，37℃ GenBank 序列号 HM058735

IMAU80528 ←LABCC G8-5. 分离源：甘肃省夏河县桑科乡赛池村五队 鲜牦牛奶．分离时间：2009 年．培养基 0005，37℃ GenBank 序列号 HM058736

IMAU80558 ←LABCC G16-4. 分离源：甘肃省夏河县桑科乡赛池村 酸牦牛奶．分离时间：2009 年．培养基 0005，37℃ GenBank 序列号 HM058754

IMAU805602 ←LABCC G26-6. 分离源：甘肃省夏河县桑科乡赛池村四队 鲜牦牛奶．分离时间：2009 年．培养基 0005，37℃ GenBank 序列号 HM058793

IMAU80662 ←LABCC G39-2. 分离源：甘肃省夏河县桑科乡戈沟村 鲜牦牛奶．分离时间：2009 年．培养基 0005，37℃ GenBank 序列号 HM058845

IMAU80665 ←LABCC G39-6. 分离源：甘肃省夏河县桑科乡戈沟村 鲜牦牛奶．分离时间：2009 年．培养基 0005，37℃ GenBank 序列号 HM058848

IMAU80682 ←LABCC G43-5. 分离源：甘肃省夏河县桑科乡刚渣二队 鲜牦牛奶．分离时间：2009 年．培养基 0005，37℃ GenBank 序列号 HM058864

IMAU80683 ←LABCC G43-6. 分离源：甘肃省夏河县桑科乡刚渣二队 鲜牦牛奶．分离时间：2009 年．培养基 0005，37℃ GenBank 序列号 HM058865

IMAU80688 ←LABCC G44-5. 分离源：甘肃省夏河县桑科乡刚渣二队 酸牦牛奶．分离时间：2009 年．培养基 0005，37℃ GenBank 序列号 HM058869

IMAU80740 ←LABCC G56-3. 分离源：甘肃省碌曲县晒银滩乡一队 鲜牦牛奶．分离时间：2009 年．培养基 0005，37℃ GenBank 序列号 HM058912

IMAU80743 ←LABCC G56-6. 分离源：甘肃省碌曲县晒银滩乡一队 鲜牦牛奶．分离时间：2009 年．培养基 0005，37℃ GenBank 序列号 HM058915

IMAU80761 ←LABCC G60-6. 分离源：甘肃省碌曲县晒银滩乡四队 鲜牦牛奶．分

离时间：2009 年．培养基 0005，37℃ GenBank 序列号 HM058930

IMAU80822 ←LABCC G75-4. 分离源：甘肃省玛曲县阿万仓乡 鲜牦牛奶．分离时间：2009 年．培养基 0005，37℃ GenBank 序列号 HM058984

4.4 明串珠球菌属

Leuconostoc citreum（19 株）（Farrow _et al._，1989）**柠檬明串珠菌**

IMAU10182 ←LABCC LSBM3-4. 分离源：内蒙古巴彦淖尔盟临河区 酸面团．分离时间：2009 年．培养基 0005，37℃ GenBank 序列号 GU138510

IMAU10183 ←LABCC LSAM3-4. 分离源：内蒙古阿拉善盟吉兰泰 酸面团．分离时间：2009 年．培养基 0005，37℃ GenBank 序列号 GU138511

IMAU10184 ←LABCC LSWM2-1. 分离源：内蒙古乌兰察布盟四子王旗 酸面团．分离时间：2009 年．培养基 0005，37℃ GenBank 序列号 GU138512

IMAU10186 ←LABCC LSAM3-3. 分离源：内蒙古阿拉善盟吉兰泰 酸面团．分离时间：2009 年．培养基 0005，37℃ GenBank 序列号 GU138514

IMAU10193 ←LABCC SBM2-2. 分离源：内蒙古巴彦淖尔盟五原县 酸面团．分离时间：2009 年．培养基 0005，37℃ GenBank 序列号 GU138521

IMAU10208 ←LABCC LSAM1-3. 分离源：内蒙古阿拉善盟阿左旗 酸面团．分离时间：2009 年．培养基 0005，37℃ GenBank 序列号 GU138536

IMAU10210 ←LABCC LSBM3-5. 分离源：内蒙古巴彦淖尔盟临河区 酸面团．分离时间：2009 年．培养基 0005，37℃ GenBank 序列号 GU138538

IMAU10220 ←LABCC LSAM3-5. 分离源：内蒙古阿拉善盟阿右旗 酸面团．分离时间：2009 年．培养基 0005，37℃ GenBank 序列号 GU138548

IMAU10225 ←LABCC LSBM2-4. 分离源：内蒙古巴彦淖尔盟五原县 酸面团．分离时间：2009 年．培养基 0005，37℃ GenBank 序列号 GU138553

IMAU10227 ←LABCC LSBM4-1. 分离源：内蒙古巴彦淖尔盟乌拉特前旗 酸面团．分离时间：2009 年．培养基 0005，37℃ GenBank 序列号 GU138555

IMAU10229 ←LABCC LSBM3-3. 分离源：内蒙古巴彦淖尔盟磴口县 酸面团．分离时间：2009 年．培养基 0005，37℃ GenBank 序列号 GU138557

IMAU10238 ←LABCC LSAM3-1. 分离源：内蒙古阿拉善盟阿右旗 酸面团．分离时间：2009 年．培养基 0005，37℃ GenBank 序列号 GU138566

IMAU10241 ←LABCC LSBM3-3. 分离源：内蒙古阿拉善盟阿右旗 酸面团．分离时间：2009 年．培养基 0005，37℃ GenBank 序列号 GU138569

IMAU10257 ←LABCC LSYM5-4. 分离源：内蒙古鄂尔多斯市伊金霍洛旗 酸面团.
分离时间：2009 年. 培养基 0005, 37℃ GenBank 序列号 GU138585

IMAU50062 ←LABCC YN27-4-2. 分离源：云南省洱源县右所镇 乳扇酸乳清. 分
离时间：2006 年. 培养基 0005, 37℃ GenBank 序列号 FJ749462

IMAU80242 ←LABCC S3-4. 分离源：四川省阿坝州诺尔盖县下关一队 鲜牦牛奶.
分离时间：2009 年. 培养基 0005, 37℃ GenBank 序列号 HM058527

IMAU80421 ←LABCC S52-5. 分离源：四川省阿坝州红原县安曲乡三村 乳清. 分
离时间：2009 年. 培养基 0005, 37℃ GenBank 序列号 HM058680

IMAU80432 ←LABCC S56-6. 分离源：四川省阿坝州红原县安曲乡三村 鲜奶. 分
离时间：2009 年. 培养基 0005, 37℃ GenBank 序列号 HM058687

IMAU80833 ←LABCC G78-4. 分离源：甘肃省玛曲县阿万仓乡 乳清. 分离时间：
2009 年. 培养基 0005, 37℃ GenBank 序列号 HM058995

Leuconostoc lactis（77 株）（Garvie, 1960）乳明串珠球菌

IMAU11004 ←LABCC NM173-6. 分离源：内蒙古巴林右旗大板镇 酸牛奶. 分离时
间：2009 年. 培养基 0005, 37℃ GenBank 序列号 HM218705

IMAU20181 ←LABCC MGA31-3. 分离源：蒙古国苏赫巴托尔省阿古拉巴音苏木 酸
牛奶. 分离时间：2009 年. 培养基 0005, 37℃ GenBank 序列号 HM057918

IMAU20182 ←LABCC MGA31-4. 分离源：蒙古国苏赫巴托尔省阿古拉巴音苏木 酸
牛奶. 分离时间：2009 年. 培养基 0005, 37℃ GenBank 序列号 HM057919

IMAU20184 ←LABCC MGA31-6. 分离源：蒙古国苏赫巴托尔省阿古拉巴音苏木 酸
牛奶. 分离时间：2009 年. 培养基 0005, 37℃ GenBank 序列号 HM057921

IMAU20185 ←LABCC MGA31-7. 分离源：蒙古国苏赫巴托尔省阿古拉巴音苏木 酸
牛奶. 分离时间：2009 年. 培养基 0005, 37℃ GenBank 序列号 HM057922

IMAU20186 ←LABCC MGA32-1. 分离源：蒙古国苏赫巴托尔省阿古拉巴音苏木 酸
牛奶. 分离时间：2009 年. 培养基 0005, 37℃ GenBank 序列号 HM057923

IMAU20187 ←LABCC MGA32-2. 分离源：蒙古国苏赫巴托尔省阿古拉巴音苏木 酸
牛奶. 分离时间：2009 年. 培养基 0005, 37℃ GenBank 序列号 HM057924

IMAU20188 ←LABCC MGA32-3. 分离源：蒙古国苏赫巴托尔省阿古拉巴音苏木 酸
牛奶. 分离时间：2009 年. 培养基 0005, 37℃ GenBank 序列号 HM057925

IMAU20189 ←LABCC MGA32-4. 分离源：蒙古国苏赫巴托尔省阿古拉巴音苏木 酸
牛奶. 分离时间：2009 年. 培养基 0005, 37℃ GenBank 序列号 HM057926

IMAU20190 ←LABCC MGA32-5. 分离源：蒙古国苏赫巴托尔省阿古拉巴音苏木 酸

牛奶. 分离时间：2009 年. 培养基 0005，37℃ GenBank 序列号 HM057927

IMAU20191 ←LABCC MGA32-6. 分离源：蒙古国苏赫巴托尔省阿古拉巴音苏木 酸牛奶. 分离时间：2009 年. 培养基 0005，37℃ GenBank 序列号 HM057928

IMAU20192 ←LABCC MGA32-7. 分离源：蒙古国苏赫巴托尔省阿古拉巴音苏木 酸牛奶. 分离时间：2009 年. 培养基 0005，37℃ GenBank 序列号 HM057929

IMAU20193 ←LABCC MGA32-8. 分离源：蒙古国苏赫巴托尔省阿古拉巴音苏木 酸牛奶. 分离时间：2009 年. 培养基 0005，37℃ GenBank 序列号 HM057930

IMAU20199 ←LABCC MGA34-1. 分离源：蒙古国东方省布尔干苏木 酸牛奶. 分离时间：2009 年. 培养基 0005，37℃ GenBank 序列号 HM057935

IMAU20202 ←LABCC MGA34-7. 分离源：蒙古国东方省布尔干苏木 酸牛奶. 分离时间：2009 年. 培养基 0005，37℃ GenBank 序列号 HM057938

IMAU20272 ←LABCC MGA50-4. 分离源：蒙古肯特省扎尔格朗特苏木 酸牛奶. 分离时间：2009 年. 培养基 0005，37℃ GenBank 序列号 HM058006

IMAU20369 ←LABCC MGB31-5. 分离源：蒙古国布尔干省鄂尔汗苏木 酸牛奶. 分离时间：2009 年. 培养基 0005，37℃ GenBank 序列号 HM058096

IMAU20385 ←LABCC MGB35-5. 分离源：蒙古国布尔干省乌那图苏木 酸牛奶. 分离时间：2009 年. 培养基 0005，37℃ GenBank 序列号 HM058110

IMAU205617 ←LABCC MGB98-3. 分离源：蒙古国后杭盖省塔日亚特苏木 酸牛奶. 分离时间：2009 年. 培养基 0005，37℃ GenBank 序列号 HM058332

IMAU20633 ←LABCC MGB102-3. 分离源：蒙古国后杭盖省塔温都尔乌拉苏木 酸牛奶. 分离时间：2009 年. 培养基 0005，37℃ GenBank 序列号 HM058347

IMAU20661 ←LABCC MGC1-7. 分离源：蒙古国前杭盖省哈拉和林镇 酸牛奶. 分离时间：2009 年. 培养基 0005，37℃ GenBank 序列号 HM058374

IMAU20662 ←LABCC MGC2-2. 分离源：蒙古国前杭盖省哈拉和林镇 酸牛奶. 分离时间：2009 年. 培养基 0005，37℃ GenBank 序列号 HM058375

IMAU40031 ←LABCC QH2-4. 分离源：青海省海南州共和县江西沟乡 酸牦牛奶. 分离时间：2005 年. 培养基 0005，37℃ GenBank 序列号 FJ749307

IMAU40032 ←LABCC QH4-1. 分离源：青海省海南州共和县江西沟乡 酸牦牛奶. 分离时间：2005 年. 培养基 0005，37℃ GenBank 序列号 FJ749308

IMAU40033 ←LABCC QH4-6-1. 分离源：青海省海南州共和县江西沟乡 酸马奶. 分离时间：2005 年. 培养基 0005，37℃ GenBank 序列号 FJ749309

IMAU40034 ←LABCC QH4-6-2. 分离源：青海省海南州共和县江西沟乡 酸牦牛奶. 分离时间：2005 年. 培养基 0005，37℃ GenBank 序列号 FJ749310

IMAU40035 ←LABCC QH46-4-1. 分离源：青海省海北州西海镇 酸牦牛奶. 分离

时间：2005 年．培养基 0005，37℃ GenBank 序列号 FJ749311

IMAU40042 ←LABCC QH6-2. 分离源：青海省海南州共和县江西沟乡 酸牦牛奶．分离时间：2005 年．培养基 0005，37℃ GenBank 序列号 FJ749317

IMAU40043 ←LABCC QH4-3-1. 分离源：青海省海南州共和县江西沟乡 酸牦牛奶．分离时间：2005 年．培养基 0005，37℃ GenBank 序列号 FJ749318

IMAU40120 ←LABCC QH41-2-2. 分离源：青海省海北州西海镇 酸牦牛奶．分离时间：2005 年．培养基 0005，37℃ GenBank 序列号 FJ749390

IMAU50090 ←LABCC YN37-2-2-2. 分离源：青海省海北州刚嚓县 酸牦牛奶．分离时间：2005 年．培养基 0005，37℃ GenBank 序列号 FJ915632

IMAU50098 ←LABCC YNA-9. 分离源：云南省剑川县金华镇 乳饼．分离时间：2005 年．培养基 0005，37℃ GenBank 序列号 FJ749493

IMAU60039 ←LABCC XZ11304. 分离源：西藏日喀则地区白朗县巴扎乡 酸黄牛奶．分离时间：2007 年．培养基 0005，37℃ GenBank 序列号 FJ749766

IMAU60081 ←LABCC XZ21301. 分离源：西藏那曲县罗玛镇地区 酸牦牛奶．分离时间：2007 年．培养基 0005，37℃ GenBank 序列号 FJ215667

IMAU80137 ←LABCC PC12151. 分离源：四川省邛崃市 泡菜．分离时间：2008 年．培养基 0005，37℃ GenBank 序列号 GU125559

IMAU80253 ←LABCC S5-6. 分离源：四川省阿坝州诺尔盖县下关一队 曲拉．分离时间：2009 年．培养基 0005，37℃ GenBank 序列号 HM217973

IMAU80256 ←LABCC S6-3. 分离源：四川省阿坝州诺尔盖县风业牧场 酸奶．分离时间：2009 年．培养基 0005，37℃ GenBank 序列号 HM058539

IMAU80258 ←LABCC S6-5. 分离源：四川省阿坝州诺尔盖县风业牧场 酸牦牛奶．分离时间：2009 年．培养基 0005，37℃ GenBank 序列号 HM058541

IMAU80271 ←LABCC S9-2. 分离源：四川省阿坝州诺尔盖县唐克乡南格藏寺 酸牦牛奶．分离时间：2009 年．培养基 0005，37℃ GenBank 序列号 HM058553

IMAU80276 ←LABCC S10-5. 分离源：四川省阿坝州诺尔盖县唐克乡南格藏寺 酸牦牛奶．分离时间：2009 年．培养基 0005，37℃ GenBank 序列号 HM058558

IMAU80288 ←LABCC S14-3. 分离源：四川省阿坝州红原县瓦切乡二队 鲜牦牛奶．分离时间：2009 年．培养基 0005，37℃ GenBank 序列号 HM058570

IMAU80289 ←LABCC S14-4. 分离源：四川省阿坝州红原县瓦切乡二队 鲜牦牛奶．分离时间：2009 年．培养基 0005，37℃ GenBank 序列号 HM058571

IMAU80324 ←LABCC S23-2. 分离源：四川省阿坝州红原县阿木可乡 鲜牦牛奶．分离时间：2009 年．培养基 0005，37℃ GenBank 序列号 HM058604

IMAU80326 ←LABCC S23-4. 分离源：四川省阿坝州红原县阿木可乡 鲜牦牛奶．

分离时间：2009 年. 培养基 0005，37℃ GenBank 序列号 HM058606

IMAU80360 ←LABCC S33-6. 分离源：四川省阿坝州红原县阿木曲河乡三队 鲜牦
牛奶. 分离时间：2009 年. 培养基 0005，37℃ GenBank 序列号 HM058633

IMAU80375 ←LABCC S39-1. 分离源：四川省阿坝州红原县阿木曲河乡三队 鲜牦
牛奶. 分离时间：2009 年. 培养基 0005，37℃ GenBank 序列号 HM217985

IMAU80376 ←LABCC S39-2. 分离源：四川省阿坝州红原县阿木曲河乡三队 鲜
奶. 分离时间：2009 年. 培养基 0005，37℃ GenBank 序列号 HM058646

IMAU80377 ←LABCC S39-3. 分离源：四川省阿坝州红原县阿木曲河乡三队 鲜牦
牛奶. 分离时间：2009 年. 培养基 0005，37℃ GenBank 序列号 HM058647

IMAU80378 ←LABCC S39-4. 分离源：四川省阿坝州红原县阿木曲河乡三队 鲜牦
牛奶. 分离时间：2009 年. 培养基 0005，37℃ GenBank 序列号 HM217986

IMAU80380 ←LABCC S39-6. 分离源：四川省阿坝州红原县阿木曲河乡三队 鲜牦
牛奶. 分离时间：2009 年. 培养基 0005，37℃ GenBank 序列号 HM058649

IMAU80390 ←LABCC S42-3. 分离源：四川省阿坝州红原县安曲乡三村 酸牦牛
奶. 分离时间：2009 年. 培养基 0005，37℃ GenBank 序列号 HM058656

IMAU80408 ←LABCC S49-4. 分离源：四川省阿坝州红原县安曲乡三村 曲拉. 分
离时间：2009 年. 培养基 0005，37℃ GenBank 序列号 HM058668

IMAU80431 ←LABCC S56-5. 分离源：四川省阿坝州红原县安曲乡三村 鲜牦牛
奶. 分离时间：2009 年. 培养基 0005，37℃ GenBank 序列号 HM217996

IMAU80435 ←LABCC S57-3. 分离源：四川省阿坝州红原县安曲乡三村 曲拉. 分
离时间：2009 年. 培养基 0005，37℃ GenBank 序列号 HM217997

IMAU80437 ←LABCC S57-5. 分离源：四川省阿坝州红原县安曲乡三村 曲拉. 分
离时间：2009 年. 培养基 0005，37℃ GenBank 序列号 HM217998

IMAU80449 ←LABCC S60-4. 分离源：四川省阿坝州红原县安曲乡三村 乳清. 分
离时间：2009 年. 培养基 0005，37℃ GenBank 序列号 HM058701

IMAU80455 ←LABCC S62-4. 分离源：四川省阿坝州红原县安曲乡三村 鲜牦牛
奶. 分离时间：2009 年. 培养基 0005，37℃ GenBank 序列号 HM058707

IMAU80456 ←LABCC S62-5. 分离源：四川省阿坝州红原县安曲乡三村 鲜牦牛
奶. 分离时间：2009 年. 培养基 0005，37℃ GenBank 序列号 HM058708

IMAU80516 ←LABCC G5-2. 分离源：甘肃省夏河县桑科乡赛池村 奶油. 分离时
间：2009 年. 培养基 0005，37℃ GenBank 序列号 HM058726

IMAU80551 ←LABCC G13-4. 分离源：甘肃省夏河县桑科乡赛池村 鲜牦牛奶. 分
离时间：2009 年. 培养基 0005，37℃ GenBank 序列号 HM217942

IMAU80589 ←LABCC G23-5. 分离源：甘肃省夏河县桑科乡赛池村四队 鲜牛奶.

分离时间：2009 年．培养基 0005，37℃ GenBank 序列号 HM058783

IMAU80615 ←LABCC G29-6. 分离源：甘肃省夏河县桑科乡赛池村四队 鲜牦牛奶．分离时间：2009 年．培养基 0005，37℃ GenBank 序列号 HM058805

IMAU80630 ←LABCC G32-3. 分离源：甘肃省夏河县桑科乡赛池村 鲜牦牛奶．分离时间：2009 年．培养基 0005，37℃ GenBank 序列号 HM058819

IMAU80654 ←LABCC G37-2. 分离源：甘肃省夏河县桑科乡戈沟村 曲拉．分离时间：2009 年．培养基 0005，37℃ GenBank 序列号 HM058838

IMAU80656 ←LABCC G37-4. 分离源：甘肃省夏河县桑科乡戈沟村 曲拉．分离时间：2009 年．培养基 0005，37℃ GenBank 序列号 HM058840

IMAU80657 ←LABCC G37-5. 分离源：甘肃省夏河县桑科乡戈沟村 曲拉．分离时间：2009 年．培养基 0005，37℃ GenBank 序列号 HM058841

IMAU80658 ←LABCC G37-6. 分离源：甘肃省夏河县桑科乡戈沟村 曲拉．分离时间：2009 年．培养基 0005，37℃ GenBank 序列号 HM058842

IMAU80671 ←LABCC G41-4. 分离源：甘肃省夏河县桑科乡刚渣二队 鲜牦牛奶．分离时间：2009 年．培养基 0005，37℃ GenBank 序列号 HM058853

IMAU80711 ←LABCC G51-5. 分离源：甘肃省碌曲县麻艾乡 酸牦牛奶．分离时间：2009 年．培养基 0005，37℃ GenBank 序列号 HM058890

IMAU80716 ←LABCC G52-11. 分离源：甘肃省碌曲县麻艾乡 酸奶乳清．分离时间：2009 年．培养基 0005，37℃ GenBank 序列号 HM058895

IMAU80760 ←LABCC G60-5. 分离源：甘肃省碌曲县晒银滩乡四队 鲜牛奶．分离时间：2009 年．培养基 0005，37℃ GenBank 序列号 HM058929

IMAU80802 ←LABCC G71-1. 分离源：甘肃省碌曲县晒银滩乡一队 鲜牦牛奶．分离时间：2009 年．培养基 0005，37℃ GenBank 序列号 HM058967

IMAU80805 ←LABCC G71-4. 分离源：甘肃省碌曲县晒银滩乡一队 鲜牦牛奶．分离时间：2009 年．培养基 0005，37℃ GenBank 序列号 HM058970

IMAU80817 ←LABCC G74-2. 分离源：甘肃省玛曲县阿万仓乡 曲拉．分离时间：2009 年．培养基 0005，37℃ GenBank 序列号 HM058980

IMAU80818 ←LABCC G74-4. 分离源：甘肃省玛曲县阿万仓乡 曲拉．分离时间：2009 年．培养基 0005，37℃ GenBank 序列号 HM058981

IMAU80821 ←LABCC G75-3. 分离源：甘肃省玛曲县阿万仓乡 鲜牦牛奶．分离时间：2009 年．培养基 0005，37℃ GenBank 序列号 HM058983

IMAU80865 ←LABCC G86-3. 分离源：甘肃省玛曲县阿尼玛乡 酸奶乳清．分离时间：2009 年．培养基 0005，37℃ GenBank 序列号 HM059023

Leuconostoc mesenteroides （8 株）（Tsenkovskii, 1878; van Tieghem, 1878）肠膜明串珠球菌

IMAU10232 ←LABCC LSBM5-1. 分离源：内蒙古巴彦淖尔盟乌拉特前旗 酸面团. 分离时间：2009 年. 培养基 0005, 37℃ GenBank 序列号 GU138560

IMAU11007 ←LABCC NM174-2. 分离源：内蒙古巴林右旗大板镇 酸牛奶. 分离时间：2009 年. 培养基 0005, 37℃ GenBank 序列号 HM218708

IMAU11010 ←LABCC NM174-5. 分离源：内蒙古巴林右旗大板镇 酸牛奶. 分离时间：2009 年. 培养基 0005, 37℃ GenBank 序列号 HM218711

IMAU10903 ←LABCC NM155-3. 分离源：内蒙古巴林右旗大板镇西拉木伦嘎查 酸牛奶. 分离时间：2009 年. 培养基 0005, 37℃ GenBank 序列号 HM218611

IMAU11080 ←LABCC NM188-2. 分离源：内蒙古锡林郭勒盟蓝旗赛胡都格苏木 酸牛奶. 分离时间：2009 年. 培养基 0005, 37℃ GenBank 序列号 HM218781

IMAU10916 ←LABCC NM157-2. 分离源：内蒙古巴林右旗大板镇 酸牛奶. 分离时间：2009 年. 培养基 0005, 37℃ GenBank 序列号 HM218624

IMAU11102 ←LABCC NM195-3. 分离源：内蒙古锡林郭勒盟蓝旗桑根达莱镇 酸牛奶. 分离时间：2009 年. 培养基 0005, 37℃ GenBank 序列号 HM218802

IMAU60148 ←LABCC XZ40305. 分离源：西藏拉萨地区当雄县纳木错 酸牦牛奶. 分离时间：2007 年. 培养基 0005, 37℃ GenBank 序列号 FJ215670

Leuconostoc mesenteroides* subsp. *mesenteroides （241 株）（Tsenkovskii, 1878; van Tieghem, 1878）肠膜明串珠球菌肠膜亚种

IMAU10165 ←LABCC AY2-5-1. 分离源：内蒙古阿拉善盟阿拉善右旗 酸驼奶. 分离时间：2002 年. 培养基 0005, 37℃ GenBank 序列号 FJ915820

IMAU10231 ←LABCC LSBM5-2. 分离源：内蒙古巴彦淖尔盟乌拉特前旗 酸面团. 分离时间：2009 年. 培养基 0005, 37℃ GenBank 序列号 GU138559

IMAU10296 ←LABCC NM2-5. 分离源：内蒙古锡林郭勒盟西乌珠穆沁旗巴拉嘎尔镇 酸牛奶. 分离时间：2009 年. 培养基 0005, 37℃ GenBank 序列号 HM218022

IMAU10297 ←LABCC NM2-6. 分离源：内蒙古锡林郭勒盟西乌珠穆沁旗巴拉嘎尔镇 酸牛奶. 分离时间：2009 年. 培养基 0005, 37℃ GenBank 序列号 HM218023

IMAU10318 ←LABCC NM9-2. 分离源：内蒙古锡林郭勒盟东乌珠穆沁旗 酸牛奶. 分离时间：2009 年. 培养基 0005, 37℃ GenBank 序列号 HM218044

IMAU10320 ←LABCC NM9-5. 分离源：内蒙古锡林郭勒盟东乌珠穆沁旗 酸牛奶.

分离时间：2009 年．培养基 0005，37℃ GenBank 序列号 HM218046

IMAU10322 ←LABCC NM10-1. 分离源：内蒙古锡林郭勒盟东乌珠穆沁旗 酸牛奶．分离时间：2009 年．培养基 0005，37℃ GenBank 序列号 HM218048

IMAU10328 ←LABCC NM10-7. 分离源：内蒙古锡林郭勒盟东乌珠穆沁旗 酸牛奶．分离时间：2009 年．培养基 0005，37℃ GenBank 序列号 HM218054

IMAU10329 ←LABCC NM11-1. 分离源：内蒙古锡林郭勒盟东乌珠穆沁旗东乌额吉淖尔苏木哈尔戈壁嘎查 酸牛奶．分离时间：2009 年．培养基 0005，37℃ GenBank 序列号 HM218055

IMAU10331 ←LABCC NM11-3. 分离源：内蒙古锡林郭勒盟东乌珠穆沁旗东乌额吉淖尔苏木哈尔戈壁嘎查 酸牛奶．分离时间：2009 年．培养基 0005，37℃ GenBank 序列号 HM218057

IMAU10332 ←LABCC NM11-4. 分离源：内蒙古锡林郭勒盟东乌珠穆沁旗东乌额吉淖尔苏木哈尔戈壁嘎查 酸牛奶．分离时间：2009 年．培养基 0005，37℃ GenBank 序列号 HM218058

IMAU10334 ←LABCC NM12-1. 分离源：内蒙古锡林郭勒盟东乌珠穆沁旗东乌额吉淖尔苏木哈尔戈壁嘎查 酸牛奶．分离时间：2009 年．培养基 0005，37℃ GenBank 序列号 HM218060

IMAU10337 ←LABCC NM12-4. 分离源：内蒙古锡林郭勒盟东乌珠穆沁旗东乌额吉淖尔苏木哈尔戈壁嘎查 酸牛奶．分离时间：2009 年．培养基 0005，37℃ GenBank 序列号 HM218063

IMAU10338 ←LABCC NM12-5. 分离源：内蒙古锡林郭勒盟东乌珠穆沁旗东乌额吉淖尔苏木哈尔戈壁嘎查 酸牛奶．分离时间：2009 年．培养基 0005，37℃ GenBank 序列号 HM218064

IMAU10343 ←LABCC NM13-5. 分离源：内蒙古锡林郭勒盟东乌珠穆沁旗东乌库里叶图淖尔苏木 酸牛奶．分离时间：2009 年．培养基 0005，37℃ GenBank 序列号 HM218069

IMAU10344 ←LABCC NM14-1. 分离源：内蒙古锡林郭勒盟东乌珠穆沁旗东乌库里叶图淖尔苏木 酸牛奶．分离时间：2009 年．培养基 0005，37℃ GenBank 序列号 HM218070

IMAU10346 ←LABCC NM14-3. 分离源：内蒙古锡林郭勒盟东乌珠穆沁旗东乌库里叶图淖尔苏木 酸牛奶．分离时间：2009 年．培养基 0005，37℃ GenBank 序列号 HM218072

IMAU40030 ←LABCC QH2-2. 分离源：青海海南州共和县江西沟乡 酸牦牛奶．分离时间：2005 年．培养基 0005，37℃ GenBank 序列号 FJ749306

IMAU10375 ←LABCC NM20-5. 分离源：内蒙古呼伦贝尔盟新巴尔虎左旗额布日宝力格苏木萨茹拉图雅嘎查 酸牛奶．分离时间：2009 年．培养基 0005，37℃ GenBank 序列号 HM218101

IMAU10383 ←LABCC NM22-3. 分离源：内蒙古呼伦贝尔盟新巴尔虎左旗额布日宝力格苏木萨茹拉图雅嘎查 酸牛奶．分离时间：2009 年．培养基 0005，37℃ GenBank 序列号 HM218108

IMAU10397 ←LABCC NM25-1. 分离源：内蒙古呼伦贝尔盟新巴尔虎左旗额布日宝力格苏木萨茹拉图雅嘎查 酸牛奶．分离时间：2009 年．培养基 0005，37℃ GenBank 序列号 HM218122

IMAU10401 ←LABCC NM25-5. 分离源：内蒙古呼伦贝尔盟新巴尔虎左旗额布日宝力格苏木萨茹拉图雅嘎查 酸牛奶．分离时间：2009 年．培养基 0005，37℃ GenBank 序列号 HM218126

IMAU10402 ←LABCC NM26-1. 分离源：内蒙古呼伦贝尔盟新巴尔虎左旗额布日宝力格苏木萨茹拉图雅嘎查 酸牛奶．分离时间：2009 年．培养基 0005，37℃ GenBank 序列号 HM218127

IMAU10404 ←LABCC NM26-3. 分离源：内蒙古呼伦贝尔盟新巴尔虎左旗额布日宝力格苏木萨茹拉图雅嘎查 酸牛奶．分离时间：2009 年．培养基 0005，37℃ GenBank 序列号 HM218129

IMAU10406 ←LABCC NM26-5. 分离源：内蒙古呼伦贝尔盟新巴尔虎左旗额布日宝力格苏木萨茹拉图雅嘎查 酸牛奶．分离时间：2009 年．培养基 0005，37℃ GenBank 序列号 HM218131

IMAU10412 ←LABCC NM27-4. 分离源：内蒙古呼伦贝尔盟新巴尔虎左旗额布日宝力格苏木萨茹拉图雅嘎查 酸牛奶．分离时间：2009 年．培养基 0005，37℃ GenBank 序列号 HM218137

IMAU10415 ←LABCC NM27-7. 分离源：内蒙古呼伦贝尔盟新巴尔虎左旗额布日宝力格苏木萨茹拉图雅嘎查 酸牛奶．分离时间：2009 年．培养基 0005，37℃ GenBank 序列号 HM218140

IMAU10423 ←LABCC NM28-7. 分离源：内蒙古呼伦贝尔盟新巴尔虎左旗额布日宝力格苏木萨茹拉图雅嘎查 酸牛奶．分离时间：2009 年．培养基 0005，37℃ GenBank 序列号 HM218148

IMAU10429 ←LABCC NM29-5. 分离源：内蒙古呼伦贝尔盟新巴尔虎左旗巴音布日特苏木那木恒嘎查 酸牛奶．分离时间：2009 年．培养基 0005，37℃ GenBank 序列号 HM218154

IMAU10447 ←LABCC NM33-1. 分离源：内蒙古呼伦贝尔盟新巴尔虎左旗巴音布

日特苏木巴音布日特嘎查 酸牛奶．分离时间：2009 年．培养基 0005，37℃
GenBank 序列号 HM218172

IMAU10450 ←LABCC NM33-4. 分离源：内蒙古呼伦贝尔盟新巴尔虎左旗巴音布
日特苏木巴音布日特嘎查 酸牛奶．分离时间：2009 年．培养基 0005，37℃
GenBank 序列号 HM218175

IMAU10452 ←LABCC NM34-1. 分离源：内蒙古呼伦贝尔盟新巴尔虎左旗巴音布
日特苏木巴音布日特嘎查 酸牛奶．分离时间：2009 年．培养基 0005，37℃
GenBank 序列号 HM218177

IMAU10454 ←LABCC NM34-3. 分离源：内蒙古呼伦贝尔盟新巴尔虎左旗巴音布
日特苏木巴音布日特嘎查 酸牛奶．分离时间：2009 年．培养基 0005，37℃
GenBank 序列号 HM218179

IMAU10457 ←LABCC NM35-1. 分离源：内蒙古呼伦贝尔盟新巴尔虎左旗巴音布
日特苏木巴音布日特嘎查 酸牛奶．分离时间：2009 年．培养基 0005，37℃
GenBank 序列号 HM218182

IMAU10459 ←LABCC NM35-3. 分离源：内蒙古呼伦贝尔盟新巴尔虎左旗巴音布
日特苏木巴音布日特嘎查 酸牛奶．分离时间：2009 年．培养基 0005，37℃
GenBank 序列号 HM218184

IMAU10461 ←LABCC NM36-1. 分离源：内蒙古呼伦贝尔盟新巴尔虎左旗巴音布
日特苏木巴音布日特嘎查 酸牛奶．分离时间：2009 年．培养基 0005，37℃
GenBank 序列号 HM218186

IMAU10512 ←LABCC NM53-5. 分离源：内蒙古呼伦贝尔盟新巴尔虎左旗查干镇
伊和乌拉嘎查 酸马奶．分离时间：2009 年．培养基 0005，37℃ GenBank 序
列号 HM218237

IMAU10539 ←LABCC NM59-5. 分离源：内蒙古呼伦贝尔盟新巴尔虎左旗查干镇
伊和乌拉嘎查大路 酸马奶．分离时间：2009 年．培养基 0005，37℃ Gen-
Bank 序列号 HM218264

IMAU10545 ←LABCC NM60-5. 分离源：内蒙古呼伦贝尔盟新巴尔虎左旗查干镇
伊和乌拉嘎查大路 酸马奶．分离时间：2009 年．培养基 0005，37℃ Gen-
Bank 序列号 HM218270

IMAU10645 ←LABCC NM87-1. 分离源：内蒙古呼伦贝尔盟海拉尔市②号 H5 酸马
奶．分离时间：2009 年．培养基 0005，37℃ GenBank 序列号 HM218368

IMAU10819 ←LABCC NM135-3. 分离源：内蒙古巴林右旗巴彦温度尔苏木 酸牛
奶．分离时间：2009 年．培养基 0005，37℃ GenBank 序列号 HM218536

IMAU10846 ←LABCC NM140-2. 分离源：内蒙古巴林右旗大板镇西拉木伦嘎查照日

格 酸牛奶. 分离时间: 2009 年. 培养基 0005, 37℃ GenBank 序列号 HM218557

IMAU10863 ←LABCC NM145-1. 分离源: 内蒙古巴林右旗大板镇西拉木伦嘎查 酸牛奶. 分离时间: 2009 年. 培养基 0005, 37℃ GenBank 序列号 HM218573

IMAU10870 ←LABCC NM147-1. 分离源: 内蒙古巴林右旗大板镇西拉木伦嘎查 酸牛奶. 分离时间: 2009 年. 培养基 0005, 37℃ GenBank 序列号 HM218580

IMAU10875 ←LABCC NM148-1. 分离源: 内蒙古巴林右旗大板镇西拉木伦嘎查 酸牛奶. 分离时间: 2009 年. 培养基 0005, 37℃ GenBank 序列号 HM218583

IMAU10879 ←LABCC NM149-1. 分离源: 内蒙古巴林右旗大板镇西拉木伦嘎查 酸牛奶. 分离时间: 2009 年. 培养基 0005, 37℃ GenBank 序列号 HM218587

IMAU10883 ←LABCC NM150-4. 分离源: 内蒙古巴林右旗大板镇西拉木伦嘎查 酸牛奶. 分离时间: 2009 年. 培养基 0005, 37℃ GenBank 序列号 HM218591

IMAU10891 ←LABCC NM152-2. 分离源: 内蒙古巴林右旗大板镇西拉木伦嘎查 酸牛奶. 分离时间: 2009 年. 培养基 0005, 37℃ GenBank 序列号 HM218599

IMAU10901 ←LABCC NM155-1. 分离源: 内蒙古巴林右旗大板镇西拉木伦嘎查 酸牛奶. 分离时间: 2009 年. 培养基 0005, 37℃ GenBank 序列号 HM218609

IMAU10907 ←LABCC NM155-7. 分离源: 内蒙古巴林右旗大板镇西拉木伦嘎查 酸牛奶. 分离时间: 2009 年. 培养基 0005, 37℃ GenBank 序列号 HM218615

IMAU10910 ←LABCC NM156-2. 分离源: 内蒙古巴林右旗大板镇西拉木伦嘎查 酸牛奶. 分离时间: 2009 年. 培养基 0005, 37℃ GenBank 序列号 HM218618

IMAU10914 ←LABCC NM156-6. 分离源: 内蒙古巴林右旗大板镇 酸牛奶. 分离时间: 2009 年. 培养基 0005, 37℃ GenBank 序列号 HM218622

IMAU10926 ←LABCC NM158-5. 分离源: 内蒙古巴林右旗大板镇 酸牛奶. 分离时间: 2009 年. 培养基 0005, 37℃ GenBank 序列号 HM218634

IMAU10930 ←LABCC NM158-9. 分离源: 内蒙古巴林右旗大板镇 酸牛奶. 分离时间: 2009 年. 培养基 0005, 37℃ GenBank 序列号 HM218638

IMAU10952 ←LABCC NM163-5. 分离源: 内蒙古巴林右旗大板镇 酸牛奶. 分离时间: 2009 年. 培养基 0005, 37℃ GenBank 序列号 HM218659

IMAU10463 ←LABCC NM36-3. 分离源: 内蒙古呼伦贝尔盟新巴尔虎左旗巴音布日特苏木巴音布日特嘎查 酸牛奶. 分离时间: 2009 年. 培养基 0005, 37℃ GenBank 序列号 HM218188

IMAU10954 ←LABCC NM164-2. 分离源: 内蒙古巴林右旗大板镇 酸牛奶. 分离时间: 2009 年. 培养基 0005, 37℃ GenBank 序列号 HM218661

IMAU10956 ←LABCC NM164-4. 分离源: 内蒙古巴林右旗大板镇 酸牛奶. 分离时间: 2009 年. 培养基 0005, 37℃ GenBank 序列号 HM218663

IMAU10960 ←LABCC NM165-1. 分离源：内蒙古巴林右旗大板镇 酸牛奶. 分离时间：2009 年. 培养基 0005，37℃ GenBank 序列号 HM218667

IMAU10964 ←LABCC NM165-6. 分离源：内蒙古巴林右旗大板镇 酸牛奶. 分离时间：2009 年. 培养基 0005，37℃ GenBank 序列号 HM218669

IMAU10967 ←LABCC NM166-4. 分离源：内蒙古巴林右旗大板镇 酸牛奶. 分离时间：2009 年. 培养基 0005，37℃ GenBank 序列号 HM218671

IMAU10975 ←LABCC NM168-1. 分离源：内蒙古巴林右旗大板镇 酸牛奶. 分离时间：2009 年. 培养基 0005，37℃ GenBank 序列号 HM218679

IMAU10976 ←LABCC NM168-5. 分离源：内蒙古巴林右旗大板镇 酸牛奶. 分离时间：2009 年. 培养基 0005，37℃ GenBank 序列号 HM218680

IMAU10977 ←LABCC NM169-1. 分离源：内蒙古巴林右旗大板镇 酸牛奶. 分离时间：2009 年. 培养基 0005，37℃ GenBank 序列号 HM218681

IMAU10980 ←LABCC NM169-5. 分离源：内蒙古巴林右旗大板镇 酸牛奶. 分离时间：2009 年. 培养基 0005，37℃ GenBank 序列号 HM218684

IMAU10981 ←LABCC NM170-1. 分离源：内蒙古巴林右旗大板镇 酸牛奶. 分离时间：2009 年. 培养基 0005，37℃ GenBank 序列号 HM218685

IMAU10985 ←LABCC NM170-5. 分离源：内蒙古巴林右旗大板镇 酸牛奶. 分离时间：2009 年. 培养基 0005，37℃ GenBank 序列号 HM218689

IMAU10986 ←LABCC NM171-1. 分离源：内蒙古巴林右旗大板镇 酸牛奶. 分离时间：2009 年. 培养基 0005，37℃ GenBank 序列号 HM218690

IMAU10991 ←LABCC NM171-6. 分离源：内蒙古巴林右旗大板镇 酸牛奶. 分离时间：2009 年. 培养基 0005，37℃ GenBank 序列号 HM218693

IMAU10992 ←LABCC NM171-7. 分离源：内蒙古巴林右旗大板镇 酸牛奶. 分离时间：2009 年. 培养基 0005，37℃ GenBank 序列号 HM218694

IMAU10997 ←LABCC NM172-6. 分离源：内蒙古巴林右旗大板镇 酸牛奶. 分离时间：2009 年. 培养基 0005，37℃ GenBank 序列号 HM218699

IMAU10998 ←LABCC NM172-7. 分离源：内蒙古巴林右旗大板镇 酸牛奶. 分离时间：2009 年. 培养基 0005，37℃ GenBank 序列号 HM218700

IMAU10999 ←LABCC NM173-1. 分离源：内蒙古巴林右旗大板镇 酸牛奶. 分离时间：2009 年. 培养基 0005，37℃ GenBank 序列号 HM218701

IMAU11000 ←LABCC NM173-2. 分离源：内蒙古巴林右旗大板镇 酸牛奶. 分离时间：2009 年. 培养基 0005，37℃ GenBank 序列号 HM218702

IMAU11005 ←LABCC NM173-7. 分离源：内蒙古巴林右旗大板镇 酸牛奶. 分离时间：2009 年. 培养基 0005，37℃ GenBank 序列号 HM218706

IMAU11013 ←LABCC NM175-3. 分离源：内蒙古巴林右旗大板镇 酸牛奶. 分离时间：2009 年. 培养基 0005，37℃ GenBank 序列号 HM218714

IMAU11015 ←LABCC NM175-5. 分离源：内蒙古巴林右旗大板镇 酸牛奶. 分离时间：2009 年. 培养基 0005，37℃ GenBank 序列号 HM218716

IMAU11021 ←LABCC NM176-3. 分离源：内蒙古巴林右旗大板镇 酸牛奶. 分离时间：2009 年. 培养基 0005，37℃ GenBank 序列号 HM218722

IMAU11028 ←LABCC NM177-4. 分离源：内蒙古巴林右旗大板镇 酸牛奶. 分离时间：2009 年. 培养基 0005，37℃ GenBank 序列号 HM218729

IMAU11031 ←LABCC NM178-1. 分离源：内蒙古巴林右旗大板镇 酸牛奶. 分离时间：2009 年. 培养基 0005，37℃ GenBank 序列号 HM218732

IMAU11034 ←LABCC NM178-4. 分离源：内蒙古巴林右旗大板镇 酸牛奶. 分离时间：2009 年. 培养基 0005，37℃ GenBank 序列号 HM218735

IMAU11042 ←LABCC NM180-1. 分离源：内蒙古巴林右旗大板镇 酸牛奶. 分离时间：2009 年. 培养基 0005，37℃ GenBank 序列号 HM218743

IMAU11046 ←LABCC NM180-5. 分离源：内蒙古巴林右旗大板镇 酸牛奶. 分离时间：2009 年. 培养基 0005，37℃ GenBank 序列号 HM218747

IMAU11047 ←LABCC NM181-1. 分离源：内蒙古巴林右旗大板镇 酸牛奶. 分离时间：2009 年. 培养基 0005，37℃ GenBank 序列号 HM218748

IMAU11050 ←LABCC NM181-4. 分离源：内蒙古巴林右旗大板镇 酸牛奶. 分离时间：2009 年. 培养基 0005，37℃ GenBank 序列号 HM218751

IMAU11052 ←LABCC NM182-1. 分离源：内蒙古巴林右旗大板镇 酸牛奶. 分离时间：2009 年. 培养基 0005，37℃ GenBank 序列号 HM218753

IMAU11056 ←LABCC NM182-5. 分离源：内蒙古巴林右旗大板镇 酸牛奶. 分离时间：2009 年. 培养基 0005，37℃ GenBank 序列号 HM218757

IMAU11057 ←LABCC NM183-1. 分离源：内蒙古锡林郭勒盟蓝旗赛胡都格苏木 酸牛奶. 分离时间：2009 年. 培养基 0005，37℃ GenBank 序列号 HM218758

IMAU11061 ←LABCC NM183-5. 分离源：内蒙古锡林郭勒盟蓝旗赛胡都格苏木 酸牛奶. 分离时间：2009 年. 培养基 0005，37℃ GenBank 序列号 HM218762

IMAU11063 ←LABCC NM184-2. 分离源：内蒙古锡林郭勒盟蓝旗赛胡都格苏木 酸牛奶. 分离时间：2009 年. 培养基 0005，37℃ GenBank 序列号 HM218764

IMAU11071 ←LABCC NM186-2. 分离源：内蒙古锡林郭勒盟蓝旗赛胡都格苏木 酸牛奶. 分离时间：2009 年. 培养基 0005，37℃ GenBank 序列号 HM218772

IMAU11074 ←LABCC NM186-5. 分离源：内蒙古锡林郭勒盟蓝旗赛胡都格苏木 酸牛奶. 分离时间：2009 年. 培养基 0005，37℃ GenBank 序列号 HM218775

IMAU11084 ←LABCC NM189-2. 分离源：内蒙古锡林郭勒盟蓝旗赛胡都格苏木 酸牛奶. 分离时间：2009 年. 培养基 0005，37℃ GenBank 序列号 HM218785

IMAU11088 ←LABCC NM190-1. 分离源：内蒙古锡林郭勒盟蓝旗赛胡都格苏木 酸 牛奶. 分离时间：2009 年. 培养基 0005，37℃ GenBank 序列号 HM218789

IMAU11101 ←LABCC NM195-2. 分离源：内蒙古锡林郭勒盟蓝旗桑根达莱镇 酸 牛奶. 分离时间：2009 年. 培养基 0005，37℃ GenBank 序列号 HM218801

IMAU11104 ←LABCC NM195-5. 分离源：内蒙古锡林郭勒盟蓝旗桑根达莱镇 酸 牛奶. 分离时间：2009 年. 培养基 0005，37℃ GenBank 序列号 HM218804

IMAU11106 ←LABCC NM196-1. 分离源：内蒙古锡林郭勒盟蓝旗桑根达莱镇 酸 牛奶. 分离时间：2009 年. 培养基 0005，37℃ GenBank 序列号 HM218806

IMAU11108 ←LABCC NM196-3. 分离源：内蒙古锡林郭勒盟蓝旗桑根达莱镇 酸 牛奶. 分离时间：2009 年. 培养基 0005，37℃ GenBank 序列号 HM218808

IMAU11117 ←LABCC NM198-1. 分离源：内蒙古锡林郭勒盟蓝旗桑根达莱镇 酸 牛奶. 分离时间：2009 年. 培养基 0005，37℃ GenBank 序列号 HM218817

IMAU20300 ←LABCC MGB9-3. 分离源：蒙古国色楞格省鄂尔汗苏木 酸牛奶. 分 离时间：2009 年. 培养基 0005，37℃ GenBank 序列号 HM058031

IMAU20309 ←LABCC MGB16-6. 分离源：蒙古国色楞格省查干陶路盖苏木 酸牛 奶. 分离时间：2009 年. 培养基 0005，37℃ GenBank 序列号 HM058039

IMAU20340 ←LABCC MGB23-10. 分离源：蒙古国鄂尔汗省扎尔格朗特苏木 酸马 奶. 分离时间：2009 年. 培养基 0005，37℃ GenBank 序列号 HM058069

IMAU20343 ←LABCC MGB24-4. 分离源：蒙古国鄂尔汗省扎尔格朗特苏木 酸马 奶. 分离时间：2009 年. 培养基 0005，37℃ GenBank 序列号 HM058072

IMAU20415 ←LABCC MGB42-2. 分离源：蒙古国库苏古尔省耶赫阿古拉苏木 酸 牛奶. 分离时间：2009 年. 培养基 0005，37℃ GenBank 序列号 HM058139

IMAU20417 ←LABCC MGB43-1. 分离源：蒙古国库苏古尔省耶赫阿古拉苏木 酸 牛奶. 分离时间：2009 年. 培养基 0005，37℃ GenBank 序列号 HM058141

IMAU20462 ←LABCC MGB60-3. 分离源：蒙古国库苏古尔省扎尔格朗特苏木 酸 牛奶. 分离时间：2009 年. 培养基 0005，37℃ GenBank 序列号 HM058182

IMAU20491 ←LABCC MGB69-7. 分离源：蒙古国扎布汗省伊德尔苏木 酸牦牛奶. 分离时间：2009 年. 培养基 0005，37℃ GenBank 序列号 HM058210

IMAU20597 ←LABCC WMGB93-2. 分离源：蒙古国后杭盖省塔日亚特苏木 酸牛 奶. 分离时间：2009 年. 培养基 0005，37℃ GenBank 序列号 HM058313

IMAU20656 ←LABCC WMGC1-2. 分离源：蒙古国前杭盖省哈拉和林镇 酸牛奶. 分离时间：2009 年. 培养基 0005，37℃ GenBank 序列号 HM058369

IMAU20657 ←LABCC MGC1-3. 分离源：蒙古国前杭盖省哈拉和林镇 酸牛奶. 分离时间：2009 年. 培养基 0005, 37℃ GenBank 序列号 HM058370

IMAU20659 ←LABCC MGC1-5. 分离源：蒙古国前杭盖省哈拉和林镇 酸牛奶. 分离时间：2009 年. 培养基 0005, 37℃ GenBank 序列号 HM058372

IMAU20660 ←LABCC MGC1-6. 分离源：蒙古国前杭盖省哈拉和林镇 酸牛奶. 分离时间：2009 年. 培养基 0005, 37℃ GenBank 序列号 HM058373

IMAU20663 ←LABCC MGC2-3. 分离源：蒙古国前杭盖省哈拉和林镇 酸牛奶. 分离时间：2009 年. 培养基 0005, 37℃ GenBank 序列号 HM058376

IMAU20671 ←LABCC MGC4-2. 分离源：蒙古国前杭盖省哈拉和林镇 酸牛奶. 分离时间：2009 年. 培养基 0005, 37℃ GenBank 序列号 HM058383

IMAU20793 ←LABCC MGD9-3. 分离源：蒙古国乌兰巴托市查查古尔特苏木 酸牛奶. 分离时间：2009 年. 培养基 0005, 37℃ GenBank 序列号 HM058503

IMAU20797 ←LABCC MGD9-7. 分离源：蒙古国乌兰巴托市查查古尔特苏木 酸牛奶. 分离时间：2009 年. 培养基 0005, 37℃ GenBank 序列号 HM058507

IMAU20802 ←LABCC MGD10-4. 分离源：蒙古国乌兰巴托市查查古尔特苏木 酸牛奶. 分离时间：2009 年. 培养基 0005, 37℃ GenBank 序列号 HM058512

IMAU20804 ←LABCC MGD10-6. 分离源：蒙古国乌兰巴托市查查古尔特苏木 酸牛奶. 分离时间：2009 年. 培养基 0005, 37℃ GenBank 序列号 HM058513

IMAU20596 ←LABCC MGB93-1. 分离源：蒙古国后杭盖省塔日亚特苏木 酸牛奶. 分离时间：2009 年. 培养基 0005, 37℃ GenBank 序列号 HM218010

IMAU40039 ←LABCC QH38-5. 分离源：青海省海北州刚察县 酸牦牛奶. 分离时间：2005 年. 培养基 0005, 37℃ GenBank 序列号 FJ749315

IMAU40045 ←LABCC QH31-1-2. 分离源：青海省海北州天峻县 酸牦牛奶. 分离时间：2005 年. 培养基 0005, 37℃ GenBank 序列号 FJ749320

IMAU40083 ←LABCC QH38-2. 分离源：青海省海北州刚察县 酸牦牛奶. 分离时间：2005 年. 培养基 0005, 37℃ GenBank 序列号 FJ749358

IMAU60031 ←LABCC XZ9302. 分离源：西藏日喀则地区江孜县重孜乡 酸黄牛奶. 分离时间：2007 年. 培养基 0005, 37℃ GenBank 序列号 FJ749759

IMAU60052 ←LABCC XZ13307. 分离源：西藏日喀则地区白朗县巴扎乡 酸黄牛奶. 分离时间：2007 年. 培养基 0005, 37℃ GenBank 序列号 FJ215674

IMAU60141 ←LABCC XZ39303. 分离源：西藏拉萨地区当雄县纳木错 酸牦牛奶. 分离时间：2007 年. 培养基 0005, 37℃ GenBank 序列号 FJ749857

IMAU60158 ←LABCC XZ42306. 分离源：西藏拉萨地区当雄县纳木错 酸牦牛奶. 分离时间：2007 年. 培养基 0005, 37℃ GenBank 序列号 FJ749873

IMAU60159 ←LABCC XZ42307. 分离源：西藏拉萨地区当雄县纳木错 酸牦牛奶.
分离时间：2007 年. 培养基 0005，37℃ GenBank 序列号 FJ915638

IMAU60193 ←LABCC XZ6205. 分离源：西藏日喀则地区江孜县娘对乡 酸黄牛
奶. 分离时间：2007 年. 培养基 0005，37℃ GenBank 序列号 FJ915639

IMAU60194 ←LABCC XZ7202. 分离源：西藏日喀则地区江孜县重孜乡 酸黄牛
奶. 分离时间：2007 年. 培养基 0005，37℃ GenBank 序列号 FJ915640

IMAU60197 ←LABCC XZ6204. 分离源：西藏日喀则地区江孜县娘对乡 酸黄牛
奶. 分离时间：2007 年. 培养基 0005，37℃ GenBank 序列号 FJ915643

IMAU80235 ←LABCC S2-3. 分离源：四川省阿坝州诺尔盖县 鲜牦牛奶. 分离时
间：2009 年. 培养基 0005，37℃ GenBank 序列号 HM058521

IMAU80236 ←LABCC S2-4. 分离源：四川省阿坝州诺尔盖县 鲜牦牛奶. 分离时
间：2009 年. 培养基 0005，37℃ GenBank 序列号 HM058522

IMAU80237 ←LABCC S2-5. 分离源：四川省阿坝州诺尔盖县 鲜牦牛奶. 分离时
间：2009 年. 培养基 0005，37℃ GenBank 序列号 HM058523

IMAU80239 ←LABCC S3-1. 分离源：四川省阿坝州诺尔盖县下关一队 鲜牦牛奶.
分离时间：2009 年. 培养基 0005，37℃ GenBank 序列号 HM058525

IMAU80240 ←LABCC S3-2. 分离源：四川省阿坝州诺尔盖县下关一队 鲜牦牛奶.
分离时间：2009 年. 培养基 0005，37℃ GenBank 序列号 HM217972

IMAU80241 ←LABCC S3-3. 分离源：四川省阿坝州诺尔盖县下关一队 鲜牦牛奶.
分离时间：2009 年. 培养基 0005，37℃ GenBank 序列号 HM058526

IMAU80243 ←LABCC S3-5. 分离源：四川省阿坝州诺尔盖县下关一队 鲜牦牛奶.
分离时间：2009 年. 培养基 0005，37℃ GenBank 序列号 HM058528

IMAU80244 ←LABCC S3-7. 分离源：四川省阿坝州诺尔盖县下关一队 鲜牦牛奶.
分离时间：2009 年. 培养基 0005，37℃ GenBank 序列号 HM058529

IMAU80248 ←LABCC S5-1. 分离源：四川省阿坝州诺尔盖县下关一队 曲拉. 分
离时间：2009 年. 培养基 0005，37℃ GenBank 序列号 HM058533

IMAU80249 ←LABCC S5-2. 分离源：四川省阿坝州诺尔盖县下关一队 曲拉. 分
离时间：2009 年. 培养基 0005，37℃ GenBank 序列号 HM058534

IMAU80250 ←LABCC S5-3. 分离源：四川省阿坝州诺尔盖县下关一队 曲拉. 分
离时间：2009 年. 培养基 0005，37℃ GenBank 序列号 HM058535

IMAU80251 ←LABCC S5-4. 分离源：四川省阿坝州诺尔盖县下关一队 曲拉. 分
离时间：2009 年. 培养基 0005，37℃ GenBank 序列号 HM058536

IMAU80261 ←LABCC S7-1. 分离源：四川省阿坝州诺尔盖县风业牧场 鲜牦牛奶.
分离时间：2009 年. 培养基 0005，37℃ GenBank 序列号 HM058544

IMAU80262 ←LABCC S7-4. 分离源：四川省阿坝州诺尔盖县风业牧场 鲜牦牛奶.
　　分离时间：2009 年. 培养基 0005，37℃ GenBank 序列号 HM058545

IMAU80263 ←LABCC S7-5. 分离源：四川省阿坝州诺尔盖县风业牧场 鲜奶. 分
　　离时间：2009 年. 培养基 0005，37℃ GenBank 序列号 HM058546

IMAU80264 ←LABCC S8-1. 分离源：四川省阿坝州诺尔盖县风业牧场 酸牦牛奶.
　　分离时间：2009 年. 培养基 0005，37℃ GenBank 序列号 HM058547

IMAU80274 ←LABCC S10-1. 分离源：四川省阿坝州诺尔盖县唐克乡南格藏寺 酸牦
　　牛奶. 分离时间：2009 年. 培养基 0005，37℃ GenBank 序列号 HM058556

IMAU80286 ←LABCC S13-5. 分离源：四川省阿坝州红原县瓦切乡二队 曲拉. 分
　　离时间：2009 年. 培养基 0005，37℃ GenBank 序列号 HM058568

IMAU80290 ←LABCC S14-5. 分离源：四川省阿坝州红原县瓦切乡二队 鲜牦牛
　　奶. 分离时间：2009 年. 培养基 0005，37℃ GenBank 序列号 HM058572

IMAU80298 ←LABCC S16-3. 分离源：四川省阿坝州红原县瓦切乡二队 鲜牦牛
　　奶. 分离时间：2009 年. 培养基 0005，37℃ GenBank 序列号 HM058578

IMAU80305 ←LABCC S17-8. 分离源：四川省阿坝州红原县瓦切乡二队 曲拉. 分
　　离时间：2009 年. 培养基 0005，37℃ GenBank 序列号 HM058585

IMAU80308 ←LABCC S18-3. 分离源：四川省阿坝州红原县瓦切乡二队 酸牦牛
　　奶. 分离时间：2009 年. 培养基 0005，37℃ GenBank 序列号 HM058588

IMAU80327 ←LABCC S23-5. 分离源：四川省阿坝州红原县阿木可乡 鲜牦牛奶.
　　分离时间：2009 年. 培养基 0005，37℃ GenBank 序列号 HM058607

IMAU80329 ←LABCC S24-1. 分离源：四川省阿坝州红原县阿木可河乡 乳清. 分
　　离时间：2009 年. 培养基 0005，37℃ GenBank 序列号 HM058609

IMAU80332 ←LABCC S24-4. 分离源：四川省阿坝州红原县阿木可河乡 乳清. 分
　　离时间：2009 年. 培养基 0005，37℃ GenBank 序列号 HM058610

IMAU80333 ←LABCC S25-3. 分离源：四川省阿坝州红原县群旗镇一队 奶油. 分
　　离时间：2009 年. 培养基 0005，37℃ GenBank 序列号 HM058611

IMAU80337 ←LABCC S26-6. 分离源：四川省阿坝州红原县群旗镇一队 乳清. 分
　　离时间：2009 年. 培养基 0005，37℃ GenBank 序列号 HM058612

IMAU80339 ←LABCC S27-2. 分离源：四川省阿坝州红原县群旗镇一队 鲜牦牛
　　奶. 分离时间：2009 年. 培养基 0005，37℃ GenBank 序列号 HM058614

IMAU80340 ←LABCC S27-3. 分离源：四川省阿坝州红原县群旗镇一队 鲜牦牛
　　奶. 分离时间：2009 年. 培养基 0005，37℃ GenBank 序列号 HM058615

IMAU80341 ←LABCC S27-5. 分离源：四川省阿坝州红原县群旗镇一队 鲜牦牛
　　奶. 分离时间：2009 年. 培养基 0005，37℃ GenBank 序列号 HM058616

IMAU80342 ←LABCC S28-4. 分离源：四川省阿坝州红原县阿木可河乡二队 酸牦牛奶. 分离时间：2009 年. 培养基 0005，37℃ GenBank 序列号 HM058617

IMAU80346 ←LABCC S29-3. 分离源：四川省阿坝州红原县群旗镇一队 鲜牦牛奶. 分离时间：2009 年. 培养基 0005，37℃ GenBank 序列号 HM058621

IMAU80347 ←LABCC S29-4. 分离源：四川省阿坝州红原县群旗镇一队 鲜牦牛奶. 分离时间：2009 年. 培养基 0005，37℃ GenBank 序列号 HM058622

IMAU80350 ←LABCC S31-1. 分离源：四川省阿坝州红原县群旗镇二队 曲拉. 分离时间：2009 年. 培养基 0005，37℃ GenBank 序列号 HM058624

IMAU80351 ←LABCC S31-2. 分离源：四川省阿坝州红原县群旗镇二队 曲拉. 分离时间：2009 年. 培养基 0005，37℃ GenBank 序列号 HM058625

IMAU80352 ←LABCC S31-3. 分离源：四川省阿坝州红原县群旗镇二队 曲拉. 分离时间：2009 年. 培养基 0005，37℃ GenBank 序列号 HM058626

IMAU80353 ←LABCC S31-4. 分离源：四川省阿坝州红原县群旗镇二队 曲拉. 分离时间：2009 年. 培养基 0005，37℃ GenBank 序列号 HM058627

IMAU80357 ←LABCC S33-2. 分离源：四川省阿坝州红原县阿木曲河乡三队 鲜牦牛奶. 分离时间：2009 年. 培养基 0005，37℃ GenBank 序列号 HM058630

IMAU80358 ←LABCC S33-3. 分离源：四川省阿坝州红原县阿木曲河乡三队 鲜牦牛奶. 分离时间：2009 年. 培养基 0005，37℃ GenBank 序列号 HM058631

IMAU80359 ←LABCC S33-4. 分离源：四川省阿坝州红原县阿木曲河乡三队 鲜牦牛奶. 分离时间：2009 年. 培养基 0005，37℃ GenBank 序列号 HM058632

IMAU80367 ←LABCC S36-2. 分离源：四川省阿坝州红原县阿木曲河乡三队 酸牦牛奶. 分离时间：2009 年. 培养基 0005，37℃ GenBank 序列号 HM058639

IMAU80369 ←LABCC S36-4. 分离源：四川省阿坝州红原县阿木曲河乡三队 酸牦牛奶. 分离时间：2009 年. 培养基 0005，37℃ GenBank 序列号 HM058641

IMAU80371 ←LABCC S36-6. 分离源：四川省阿坝州红原县阿木曲河乡三队 酸牦牛奶. 分离时间：2009 年. 培养基 0005，37℃ GenBank 序列 HM058642

IMAU80379 ←LABCC S39-5. 分离源：四川省阿坝州红原县阿木曲河乡三队 鲜牦牛奶. 分离时间：2009 年. 培养基 0005，37℃ GenBank 序列号 HM058648

IMAU80391 ←LABCC S43-3. 分离源：四川省阿坝州红原县安曲乡三村 酸牦牛奶. 分离时间：2009 年. 培养基 0005，37℃ GenBank 序列号 HM058657

IMAU80407 ←LABCC S49-3. 分离源：四川省阿坝州红原县安曲乡三村 乳清. 分离时间：2009 年. 培养基 0005，37℃ GenBank 序列号 HM058667

IMAU80419 ←LABCC S52-1. 分离源：四川省阿坝州红原县安曲乡三村 乳清. 分离时间：2009 年. 培养基 0005，37℃ GenBank 序列号 HM058678

IMAU80420 ←LABCC S52-3. 分离源：四川省阿坝州红原县安曲乡三村 乳清. 分离时间：2009 年. 培养基 0005，37℃ GenBank 序列号 HM058679

IMAU80426 ←LABCC S55-4. 分离源：四川省阿坝州红原县安曲乡三村 曲拉. 分离时间：2009 年. 培养基 0005，37℃ GenBank 序列号 HM058683

IMAU80430 ←LABCC S56-3. 分离源：四川省阿坝州红原县安曲乡三村 鲜牦牛奶. 分离时间：2009 年. 培养基 0005，37℃ GenBank 序列号 HM058686

IMAU80433 ←LABCC S57-1. 分离源：四川省阿坝州红原县安曲乡三村 曲拉. 分离时间：2009 年. 培养基 0005，37℃ GenBank 序列号 HM058688

IMAU80434 ←LABCC S57-2. 分离源：四川省阿坝州红原县安曲乡三村 曲拉. 分离时间：2009 年. 培养基 0005，37℃ GenBank 序列号 HM058689

IMAU80436 ←LABCC S57-4. 分离源：四川省阿坝州红原县安曲乡三村 曲拉. 分离时间：2009 年. 培养基 0005，37℃ GenBank 序列号 HM058690

IMAU80438 ←LABCC S57-6. 分离源：四川省阿坝州红原县安曲乡三村 曲拉. 分离时间：2009 年. 培养基 0005，37℃ GenBank 序列号 HM058691

IMAU80439 ←LABCC S58-1. 分离源：四川省阿坝州红原县安曲乡三村 鲜奶. 分离时间：2009 年. 培养基 0005，37℃ GenBank 序列号 HM058692

IMAU80442 ←LABCC S58-6. 分离源：四川省阿坝州红原县安曲乡三村 鲜牦牛奶. 分离时间：2009 年. 培养基 0005，37℃ GenBank 序列号 HM058695

IMAU80446 ←LABCC S60-1. 分离源：四川省阿坝州红原县安曲乡三村 乳清. 分离时间：2009 年. 培养基 0005，37℃ GenBank 序列号 HM058699

IMAU80451 ←LABCC S61-4. 分离源：四川省阿坝州红原县安曲乡三村 曲拉. 分离时间：2009 年. 培养基 0005，37℃ GenBank 序列号 HM058703

IMAU80453 ←LABCC S62-1. 分离源：四川省阿坝州红原县安曲乡三村 鲜牦牛奶. 分离时间：2009 年. 培养基 0005，37℃ GenBank 序列号 HM058705

IMAU80457 ←LABCC S62-6. 分离源：四川省阿坝州红原县安曲乡三村 鲜牦牛奶. 分离时间：2009 年. 培养基 0005，37℃ GenBank 序列号 HM058709

IMAU80458 ←LABCC S63-2. 分离源：四川省阿坝州红原县安曲乡三村 乳清. 分离时间：2009 年. 培养基 0005，37℃ GenBank 序列号 HM058710

IMAU80515 ←LABCC G5-1. 分离源：甘肃省夏河县桑科乡赛池村 奶油. 分离时间：2009 年. 培养基 0005，37℃ GenBank 序列号 HM058725

IMAU80525 ←LABCC G8-1. 分离源：甘肃省夏河县桑科乡赛池村五队 鲜牦牛奶. 分离时间：2009 年. 培养基 0005，37℃ GenBank 序列号 HM058734

IMAU80540 ←LABCC G11-2. 分离源：甘肃省夏河县桑科乡赛池村 酸牦牛奶. 分离时间：2009 年. 培养基 0005，37℃ GenBank 序列号

IMAU80544 ←LABCC G11-6. 分离源：甘肃省夏河县桑科乡赛池村 酸牦牛奶. 分离时间：2009 年. 培养基 0005，37℃ GenBank 序列号 HM058746

IMAU80549 ←LABCC G13-1. 分离源：甘肃省夏河县桑科乡赛池村 鲜奶. 分离时间：2009 年. 培养基 0005，37℃ GenBank 序列号 HM058748

IMAU80585 ←LABCC G23-1. 分离源：甘肃省夏河县桑科乡赛池村四队 鲜牦牛奶. 分离时间：2009 年. 培养基 0005，37℃ GenBank 序列号 HM058779

IMAU80586 ←LABCC G23-2. 分离源：甘肃省夏河县桑科乡赛池村四队 鲜牦牛奶. 分离时间：2009 年. 培养基 0005，37℃ GenBank 序列号 HM058780

IMAU80592 ←LABCC G24-3. 分离源：甘肃省夏河县桑科乡赛池村四队 酸牦牛奶. 分离时间：2009 年. 培养基 0005，37℃ GenBank 序列号 HM058786

IMAU80595 ←LABCC G24-6. 分离源：甘肃省夏河县桑科乡赛池村四队 酸牦牛奶. 分离时间：2009 年. 培养基 0005，37℃ GenBank 序列号 HM058787

IMAU80598 ←LABCC G26-1. 分离源：甘肃省夏河县桑科乡赛池村四队 鲜牦牛奶. 分离时间：2009 年. 培养基 0005，37℃ GenBank 序列号 HM058790

IMAU80610 ←LABCC G28-2. 分离源：甘肃省夏河县桑科乡赛池村 曲拉. 分离时间：2009 年. 培养基 0005，37℃ GenBank 序列号 HM058801

IMAU80613 ←LABCC G29-1. 分离源：甘肃省夏河县桑科乡赛池村四队 鲜牦牛奶. 分离时间：2009 年. 培养基 0005，37℃ GenBank 序列号 HM058803

IMAU80614 ←LABCC G29-5. 分离源：甘肃省夏河县桑科乡赛池村四队 鲜牦牛奶. 分离时间：2009 年. 培养基 0005，37℃ GenBank 序列号 HM058804

IMAU80616 ←LABCC G29-7. 分离源：甘肃省夏河县桑科乡赛池村四队 鲜牦牛奶. 分离时间：2009 年. 培养基 0005，37℃ GenBank 序列号 HM058806

IMAU80629 ←LABCC G32-2. 分离源：甘肃省夏河县桑科乡赛池村 鲜牦牛奶. 分离时间：2009 年. 培养基 0005，37℃ GenBank 序列号 HM058818

IMAU80631 ←LABCC G32-4. 分离源：甘肃省夏河县桑科乡赛池村 鲜牦牛奶. 分离时间：2009 年. 培养基 0005，37℃ GenBank 序列号 HM058820

IMAU80641 ←LABCC G35-2. 分离源：甘肃省夏河县桑科乡赛池村 鲜牦牛奶. 分离时间：2009 年. 培养基 0005，37℃ GenBank 序列号 HM058827

IMAU80643 ←LABCC G35-4. 分离源：甘肃省夏河县桑科乡赛池村 鲜牦牛奶. 分离时间：2009 年. 培养基 0005，37℃ GenBank 序列号 HM058829

IMAU80663 ←LABCC G39-3. 分离源：甘肃省夏河县桑科乡戈沟村 鲜牦牛奶. 分离时间：2009 年. 培养基 0005，37℃ GenBank 序列号 HM058846

IMAU80664 ←LABCC G39-5. 分离源：甘肃省夏河县桑科乡戈沟村 鲜牦牛奶. 分离时间：2009 年. 培养基 0005，37℃ GenBank 序列号 HM058847

IMAU80677 ←LABCC G42-5. 分离源：甘肃省夏河县桑科乡刚渣二队 鲜牛奶．分
离时间：2009 年．培养基 0005，37℃ GenBank 序列号 HM058859

IMAU80679 ←LABCC G43-1. 分离源：甘肃省夏河县桑科乡刚渣二队 鲜牦牛奶.
分离时间：2009 年．培养基 0005，37℃ GenBank 序列号 HM058861

IMAU80681 ←LABCC G43-4. 分离源：甘肃省夏河县桑科乡刚渣二队 鲜牦牛奶.
分离时间：2009 年．培养基 0005，37℃ GenBank 序列号 HM058863

IMAU80690 ←LABCC G45-1. 分离源：甘肃省碌曲县红科乡 酸奶乳清．分离时
间：2009 年．培养基 0005，37℃ GenBank 序列号 HM058871

IMAU80702 ←LABCC G50-1. 分离源：甘肃省碌曲县红科乡 鲜牦牛奶．分离时
间：2009 年．培养基 0005，37℃ GenBank 序列号 HM058882

IMAU80704 ←LABCC G50-3. 分离源：甘肃省碌曲县红科乡 鲜牦牛奶．分离时
间：2009 年．培养基 0005，37℃ GenBank 序列号 HM058884

IMAU80706 ←LABCC G50-5. 分离源：甘肃省碌曲县红科乡 鲜牦牛奶．分离时
间：2009 年．培养基 0005，37℃ GenBank 序列号 HM058886

IMAU80714 ←LABCC G52-1. 分离源：甘肃省碌曲县麻艾乡 酸奶乳清．分离时
间：2009 年．培养基 0005，37℃ GenBank 序列号 HM058893

IMAU80722 ←LABCC G52-7. 分离源：甘肃省碌曲县麻艾乡 酸奶乳清．分离时
间：2009 年．培养基 0005，37℃ GenBank 序列号 HM058900

IMAU80727 ←LABCC G54-1. 分离源：甘肃省碌曲县麻艾乡 鲜牦牛奶．分离时
间：2009 年．培养基 0005，37℃ GenBank 序列号 HM058904

IMAU80738 ←LABCC G56-1. 分离源：甘肃省碌曲县晒银滩乡一队 鲜牦牛奶．分
离时间：2009 年．培养基 0005，37℃ GenBank 序列号 HM058910

IMAU80739 ←LABCC G56-2. 分离源：甘肃省碌曲县晒银滩乡一队 鲜牦牛奶．分
离时间：2009 年．培养基 0005，37℃ GenBank 序列号 HM058911

IMAU80744 ←LABCC G56-7. 分离源：甘肃省碌曲县晒银滩乡一队 鲜牦牛奶．分
离时间：2009 年．培养基 0005，37℃ GenBank 序列号 HM058916

IMAU80745 ←LABCC G57-1. 分离源：甘肃省碌曲县晒银滩乡三队 鲜牦牛奶．分
离时间：2009 年．培养基 0005，37℃ GenBank 序列号 HM058917

IMAU80746 ←LABCC G57-3. 分离源：甘肃省碌曲县晒银滩乡三队 鲜牦牛奶．分
离时间：2009 年．培养基 0005，37℃ GenBank 序列号 HM058918

IMAU80748 ←LABCC G57-5. 分离源：甘肃省碌曲县晒银滩乡三队 鲜牦牛奶．分
离时间：2009 年．培养基 0005，37℃ GenBank 序列号 HM058920

IMAU80758 ←LABCC G60-2. 分离源：甘肃省碌曲县晒银滩乡四队 鲜牦牛奶．分
离时间：2009 年．培养基 0005，37℃ GenBank 序列号 HM058928

IMAU80766 ←LABCC G63-1. 分离源：甘肃省碌曲县晒银滩乡三队 鲜牦牛奶. 分离时间：2009 年. 培养基 0005，37℃ GenBank 序列号 HM058934

IMAU80770 ←LABCC G63-5. 分离源：甘肃省碌曲县晒银滩乡三队 鲜牦牛奶. 分离时间：2009 年. 培养基 0005，37℃ GenBank 序列号 HM058938

IMAU80781 ←LABCC G66-1. 分离源：甘肃省碌曲县晒银滩乡二队 鲜牦牛奶. 分离时间：2009 年. 培养基 0005，37℃ GenBank 序列号 HM058947

IMAU80783 ←LABCC G66-3. 分离源：甘肃省碌曲县晒银滩乡二队 鲜牦牛奶. 分离时间：2009 年. 培养基 0005，37℃ GenBank 序列号 HM058949

IMAU80784 ←LABCC G66-4. 分离源：甘肃省碌曲县晒银滩乡二队 鲜牦牛奶. 分离时间：2009 年. 培养基 0005，37℃ GenBank 序列号 HM058950

IMAU80787 ←LABCC G67-1. 分离源：甘肃省碌曲县晒银滩乡二队 鲜牦牛奶. 分离时间：2009 年. 培养基 0005，37℃ GenBank 序列号 HM058953

IMAU80804 ←LABCC G71-3. 分离源：甘肃省碌曲县晒银滩乡一队 鲜牦牛奶. 分离时间：2009 年. 培养基 0005，37℃ GenBank 序列号 HM058969

IMAU80812 ←LABCC G73-2. 分离源：甘肃省玛曲县阿万仓乡 乳清. 分离时间：2009 年. 培养基 0005，37℃ GenBank 序列号 HM058977

IMAU80819 ←LABCC G75-1. 分离源：甘肃省玛曲县阿万仓乡 鲜牦牛奶. 分离时间：2009 年. 培养基 0005，37℃ GenBank 序列号 HM058982

IMAU80834 ←LABCC G78-5. 分离源：甘肃省玛曲县阿万仓乡 乳清. 分离时间：2009 年. 培养基 0005，37℃ GenBank 序列号 HM058996

IMAU80848 ←LABCC G82-2. 分离源：甘肃省玛曲县阿尼玛乡 鲜牦牛奶. 分离时间：2009 年. 培养基 0005，37℃ GenBank 序列号 HM059008

IMAU80849 ←LABCC G82-4. 分离源：甘肃省玛曲县阿尼玛乡 鲜牦牛奶. 分离时间：2009 年. 培养基 0005，37℃ GenBank 序列号 HM059009

Leuconostoc pseudomesenteroides （7 株）（Farrow *et al.*，1989）类肠膜明串珠球菌

IMAU10151 ←LABCC WH23-1-3. 分离源：内蒙古巴彦淖尔盟乌拉特中旗 酸驼奶. 分离时间：2002 年. 培养基 0005，37℃ GenBank 序列号 FJ915807

IMAU10437 ←LABCC NM30-6. 分离源：内蒙古呼伦贝尔盟新巴尔虎左旗巴音布日特苏木那木恒嘎查 酸牛奶. 分离时间：2009 年. 培养基 0005，37℃ Gen-Bank 序列号 HM218162

IMAU10948 ←LABCC NM163-1. 分离源：内蒙古巴林右旗大板镇 酸牛奶. 分离时间：2009 年. 培养基 0005，37℃ GenBank 序列号 HM218655

IMAU10958 ←LABCC NM164-6. 分离源：内蒙古巴林右旗大板镇 酸牛奶. 分离时
　　间：2009 年. 培养基 0005，37℃ GenBank 序列号 HM218665

IMAU10965 ←LABCC NM166-1. 分离源：内蒙古巴林右旗大板镇 酸牛奶. 分离时
　　间：2009 年. 培养基 0005，37℃ GenBank 序列号 HM218670

IMAU10993 ←LABCC NM172-1. 分离源：内蒙古巴林右旗大板镇 酸牛奶. 分离时
　　间：2009 年. 培养基 0005，37℃ GenBank 序列号 HM218695

IMAU60043 ←LABCC XZ12303. 分离源：西藏日喀则地区白朗县巴扎乡 酸黄牛
　　奶. 分离时间：2007 年. 培养基 0005，37℃ GenBank 序列号 FJ749768

4.5　片球菌属

Pediococcus acidilactici （7 株） （Lindner，1887） **乳酸片球菌**

IMAU10073 ←LABCC WZ49-2. 分离源：内蒙古巴彦淖尔盟乌拉特中旗 酸羊奶.
　　分离时间：2002 年. 培养基 0005，37℃ GenBank 序列号 FJ915729

IMAU10082 ←LABCC WZ9-2. 分离源：内蒙古巴彦淖尔盟乌拉特中旗 酸羊奶. 分
　　离时间：2002 年. 培养基 0005，37℃ GenBank 序列号 FJ915738

IMAU20068 ←LABCC mgh4-1. 分离源：蒙古国戈壁阿尔泰省 酸驼奶. 分离时间：
　　2006 年. 培养基 0005，37℃ GenBank 序列号 FJ844981

IMAU20070 ←LABCC mgh4-4. 分离源：蒙古国戈壁阿尔泰省 酸驼奶. 分离时间：
　　2006 年. 培养基 0005，37℃ GenBank 序列号 FJ844982

IMAU20075 ←LABCC mgh6-4-2. 分离源：蒙古国戈壁阿尔泰省 酸驼奶. 分离时
　　间：2006 年. 培养基 0005，37℃ GenBank 序列号 FJ844984

IMAU20090 ←LABCC mgh10-7-2. 分离源：蒙古国戈壁阿尔泰省 酸驼奶. 分离时
　　间：2006 年. 培养基 0005，37℃ GenBank 序列号 FJ915623

IMAU60189 ←LABCC ZLG8-1. 分离源：西藏地区 藏灵菇. 分离时间：2007 年.
　　培养基 0005，37℃ GenBank 序列号 FJ917739

Pediococcus damnosus （1 株） （Claussen，1903） **有害片球菌**

IMAU80012 ←LABCC PC7301. 分离源：四川省邛崃市 泡菜. 分离时间：2008
　　年. 培养基 0005，37℃ GenBank 序列号 GU125434

Pediococcus ethanolidurans（4 株）（Liu *et al.*，2006）

IMAU80017 ←LABCC PC10301. 分离源：四川省邛崃市 泡菜. 分离时间：2008
年. 培养基 0005，37℃ GenBank 序列号 GU125439

IMAU80018 ←LABCC PC10302. 分离源：四川省邛崃市 泡菜. 分离时间：2008
年. 培养基 0005，37℃ GenBank 序列号 GU125440

IMAU80061 ←LABCC PC21303. 分离源：四川省大邑县 泡菜. 分离时间：2008
年. 培养基 0005，37℃ GenBank 序列号 GU125483

IMAU80011 ←LABCC PC6301. 分离源：四川省邛崃市 泡菜. 分离时间：2008
年. 培养基 0005，37℃ GenBank 序列号 GU125433

Pediococcus pentosaceus（1 株）（Mees，1934）**戊糖片球菌**

IMAU20032 ←LABCC mgh10-4-3. 分离源：蒙古国前杭盖省塔日雅图苏木 酸驼
奶. 分离时间：2006 年. 培养基 0005，37℃ GenBank 序列号 FJ844959

4.6 链球菌属

Streptococcus bovis（2 株）（Orla-Jensen，1919）**牛链球菌**

IMAU80519 ←LABCC G5-5. 分离源：甘肃省夏河县桑科乡赛池村 奶油. 分离时
间：2009 年. 培养基 0005，37℃ GenBank 序列号 HM217936

IMAU80866 ←LABCC G86-4. 分离源：甘肃省玛曲县阿尼玛乡 酸奶乳清. 分离时
间：2009 年. 培养基 0005，37℃ GenBank 序列号 HM217969

Streptococcus thermophilus（333 株）（Orla-Jensen，1919）**嗜热链球菌**

IMAU10562 ←LABCC NM64-1. 分离源：内蒙古呼伦贝尔盟陈旗巴彦库仁镇里 酸
马奶. 分离时间：2009 年. 培养基 0005，37℃ GenBank 序列号 HM218287

IMAU10624 ←LABCC NM81-1. 分离源：内蒙古呼伦贝尔盟海拉尔市②号 H3 酸马
奶. 分离时间：2009 年. 培养基 0005，37℃ GenBank 序列号 HM218347

IMAU10625 ←LABCC NM81-2. 分离源：内蒙古呼伦贝尔盟海拉尔市②号 H4 酸马
奶. 分离时间：2009 年. 培养基 0005，37℃ GenBank 序列号 HM218348

IMAU10626 ←LABCC NM81-3. 分离源：内蒙古呼伦贝尔盟海拉尔市②号 H4 酸马

奶．分离时间：2009 年．培养基 0005，37℃ GenBank 序列号 HM218349

IMAU10627 ←LABCC NM81-4. 分离源：内蒙古呼伦贝尔盟海拉尔市②号 H4 酸马奶．分离时间：2009 年．培养基 0005，37℃ GenBank 序列号 HM218350

IMAU10628 ←LABCC NM82-1. 分离源：内蒙古呼伦贝尔盟海拉尔市②号 H4 酸马奶．分离时间：2009 年．培养基 0005，37℃ GenBank 序列号 HM218351

IMAU10629 ←LABCC NM82-2. 分离源：内蒙古呼伦贝尔盟海拉尔市②号 H4 酸马奶．分离时间：2009 年．培养基 0005，37℃ GenBank 序列号 HM218352

IMAU10630 ←LABCC NM82-3. 分离源：内蒙古呼伦贝尔盟海拉尔市②号 H4 酸马奶．分离时间：2009 年．培养基 0005，37℃ GenBank 序列号 HM218353

IMAU10631 ←LABCC NM82-4. 分离源：内蒙古呼伦贝尔盟海拉尔市②号 H4 酸马奶．分离时间：2009 年．培养基 0005，37℃ GenBank 序列号 HM218354

IMAU10632 ←LABCC NM83-1. 分离源：内蒙古呼伦贝尔盟海拉尔市②号 H4 酸马奶．分离时间：2009 年．培养基 0005，37℃ GenBank 序列号 HM218355

IMAU10633 ←LABCC NM83-2. 分离源：内蒙古呼伦贝尔盟海拉尔市②号 H4 酸马奶．分离时间：2009 年．培养基 0005，37℃ GenBank 序列号 HM218356

IMAU10634 ←LABCC NM83-3. 分离源：内蒙古呼伦贝尔盟海拉尔市②号 H4 酸马奶．分离时间：2009 年．培养基 0005，37℃ GenBank 序列号 HM218357

IMAU10635 ←LABCC NM83-4. 分离源：内蒙古呼伦贝尔盟海拉尔市②号 H4 酸马奶．分离时间：2009 年．培养基 0005，37℃ GenBank 序列号 HM218358

IMAU10636 ←LABCC NM84-1. 分离源：内蒙古呼伦贝尔盟海拉尔市②号 H4 酸马奶．分离时间：2009 年．培养基 0005，37℃ GenBank 序列号 HM218359

IMAU10637 ←LABCC NM84-2. 分离源：内蒙古呼伦贝尔盟海拉尔市②号 H4 酸马奶．分离时间：2009 年．培养基 0005，37℃ GenBank 序列号 HM218360

IMAU10638 ←LABCC NM84-3. 分离源：内蒙古呼伦贝尔盟海拉尔市②号 H4 酸马奶．分离时间：2009 年．培养基 0005，37℃ GenBank 序列号 HM218361

IMAU10639 ←LABCC NM84-4. 分离源：内蒙古呼伦贝尔盟海拉尔市②号 H4 酸马奶．分离时间：2009 年．培养基 0005，37℃ GenBank 序列号 HM218362

IMAU10801 ←LABCC NM130-5. 分离源：内蒙古巴林右旗巴彦温度尔苏木 酸牛奶．分离时间：2009 年．培养基 0005，37℃ GenBank 序列号 HM218518

IMAU20101 ←LABCC ML11-3. 分离源：蒙古国戈壁阿尔泰省 酸驼奶．分离时间：2005 年．培养基 0005，37℃ GenBank 序列号 FJ845001

IMAU20132 ←LABCC WMGA17-1. 分离源：蒙古国苏赫巴托尔省达里甘嘎苏木 酸牛奶．分离时间：2009 年．培养基 0005，37℃ GenBank 序列号 HM057870

IMAU20134 ←LABCC MGA17-4. 分离源：蒙古国苏赫巴托尔省达里甘嘎苏木 酸

牛奶. 分离时间：2009 年. 培养基 0005，37℃ GenBank 序列号 HM057872

IMAU20137 ←LABCC MGA18-1. 分离源：蒙古国苏赫巴托尔省达里甘嘎苏木 酸牛奶. 分离时间：2009 年. 培养基 0005，37℃ GenBank 序列号 HM057875

IMAU20138 ←LABCC MGA18-2. 分离源：蒙古国苏赫巴托尔省达里甘嘎苏木 酸牛奶. 分离时间：2009 年. 培养基 0005，37℃ GenBank 序列号 HM057876

IMAU20139 ←LABCC MGA18-3. 分离源：蒙古国苏赫巴托尔省达里甘嘎苏木 酸牛奶. 分离时间：2009 年. 培养基 0005，37℃ GenBank 序列号 HM057877

IMAU20140 ←LABCC MGA18-4. 分离源：蒙古国苏赫巴托尔省达里甘嘎苏木 酸牛奶. 分离时间：2009 年. 培养基 0005，37℃ GenBank 序列号 HM057878

IMAU20141 ←LABCC MGA18-5. 分离源：蒙古国苏赫巴托尔省达里甘嘎苏木 酸牛奶. 分离时间：2009 年. 培养基 0005，37℃ GenBank 序列号 HM057879

IMAU20152 ←LABCC MGA21-3. 分离源：蒙古苏赫巴托尔省达里甘嘎苏木 酸牛奶. 分离时间：2009 年. 培养基 0005，37℃ GenBank 序列号 HM057890

IMAU20153 ←LABCC MGA21-4. 分离源：蒙古国苏赫巴托尔省达里甘嘎苏木 酸牛奶. 分离时间：2009 年. 培养基 0005，37℃ GenBank 序列号 HM057891

IMAU20154 ←LABCC MGA21-5. 分离源：蒙古苏赫巴托尔省达里甘嘎苏木 酸牛奶. 分离时间：2009 年. 培养基 0005，37℃ GenBank 序列号 HM057892

IMAU20158 ←LABCC MGA22-3. 分离源：蒙古国苏赫巴托尔省达里甘嘎苏木 酸牛奶. 分离时间：2009 年. 培养基 0005，37℃ GenBank 序列号 HM057896

IMAU20161 ←LABCC MGA22-6. 分离源：蒙古苏赫巴托尔省达里甘嘎苏木 酸牛奶. 分离时间：2009 年. 培养基 0005，37℃ GenBank 序列号 HM057899

IMAU20163 ←LABCC MGA24-1. 分离源：蒙古国苏赫巴托尔省阿斯嘎图苏木 酸牛奶. 分离时间：2009 年. 培养基 0005，37℃ GenBank 序列号 HM057901

IMAU20183 ←LABCC MGA31-5. 分离源：蒙古苏赫巴托尔省阿古拉巴音苏木 酸牛奶. 分离时间：2009 年. 培养基 0005，37℃ GenBank 序列号 HM057920

IMAU20194 ←LABCC MGA33-1. 分离源：蒙古国苏赫巴托尔省阿古拉巴音苏木 酸牛奶. 分离时间：2009 年. 培养基 0005，37℃ GenBank 序列号 HM057931

IMAU20196 ←LABCC MGA33-3. 分离源：蒙古国苏赫巴托尔省阿古拉巴音苏木 酸牛奶. 分离时间：2009 年. 培养基 0005，37℃ GenBank 序列号 HM057932

IMAU20197 ←LABCC MGA33-4. 分离源：蒙古国苏赫巴托尔省阿古拉巴音苏木 酸牛奶. 分离时间：2009 年. 培养基 0005，37℃ GenBank 序列号 HM057933

IMAU20198 ←LABCC MGA33-5. 分离源：蒙古国苏赫巴托尔省阿古拉巴音苏木 酸牛奶. 分离时间：2009 年. 培养基 0005，37℃ GenBank 序列号 HM057934

IMAU20213 ←LABCC MGA36-7. 分离源：蒙古国东方省布尔干苏木 酸牛奶. 分

离时间：2009 年．培养基 0005，37℃ GenBank 序列号 HM057948

IMAU20229 ←LABCC MGA40-5. 分离源：蒙古国东方省呼伦贝尔苏木 酸牛奶．
分离时间：2009 年．培养基 0005，37℃ GenBank 序列号 HM057963

IMAU20231 ←LABCC MGA41-1. 分离源：蒙古国东方省呼伦贝尔苏木 酸牛奶．
分离时间：2009 年．培养基 0005，37℃ GenBank 序列号 HM057965

IMAU20241 ←LABCC MGA44-5. 分离源：蒙古国肯特省诺罗布林苏木 酸牛奶．
分离时间：2009 年．培养基 0005，37℃ GenBank 序列号 HM057975

IMAU20242 ←LABCC MGA44-6. 分离源：蒙古国肯特省诺罗布林苏木 酸牛奶．
分离时间：2009 年．培养基 0005，37℃ GenBank 序列号 HM057976

IMAU20245 ←LABCC MGA45-2. 分离源：蒙古国肯特省诺罗布林苏木 酸牛奶．
分离时间：2009 年．培养基 0005，37℃ GenBank 序列号 HM057979

IMAU20246 ←LABCC MGA45-4. 分离源：蒙古国肯特省诺罗布林苏木 酸牛奶．
分离时间：2009 年．培养基 0005，37℃ GenBank 序列号 HM057980

IMAU20247 ←LABCC MGA46-1. 分离源：蒙古国肯特省巴音敖包苏木 酸牛奶．
分离时间：2009 年．培养基 0005，37℃ GenBank 序列号 HM057981

IMAU20252 ←LABCC MGA47-1. 分离源：蒙古国肯特省巴音敖包苏木 酸牛奶．
分离时间：2009 年．培养基 0005，37℃ GenBank 序列号 HM057986

IMAU20254 ←LABCC MGA47-3. 分离源：蒙古国肯特省巴音敖包苏木 酸牛奶．
分离时间：2009 年．培养基 0005，37℃ GenBank 序列号 HM057988

IMAU20271 ←LABCC MGA50-3. 分离源：蒙古国肯特省扎尔格朗特苏木 酸牛奶．
分离时间：2009 年．培养基 0005，37℃ GenBank 序列号 HM058005

IMAU20299 ←LABCC MGB9-2. 分离源：蒙古国国色楞格省鄂尔汗苏木 酸牛奶．
分离时间：2009 年．培养基 0005，37℃ GenBank 序列号 HM058030

IMAU20301 ←LABCC MGB9-5. 分离源：蒙古国色楞格省鄂尔汗苏木 酸牛奶．分
离时间：2009 年．培养基 0005，37℃ GenBank 序列号 HM058516

IMAU20313 ←LABCC MGB17-4. 分离源：蒙古国鄂尔汗省扎尔格朗特苏木 酸牛
奶．分离时间：2009 年．培养基 0005，37℃ GenBank 序列号 HM058043

IMAU20316 ←LABCC MGB18-3. 分离源：蒙古国鄂尔汗省扎尔格朗特苏木 酸牛
奶．分离时间：2009 年．培养基 0005，37℃ GenBank 序列号 HM058046

IMAU20317 ←LABCC MGB18-4. 分离源：蒙古国鄂尔汗省扎尔格朗特苏木 酸牛
奶．分离时间：2009 年．培养基 0005，37℃ GenBank 序列号 HM058047

IMAU20319 ←LABCC MGB18-6. 分离源：蒙古国鄂尔汗省扎尔格朗特苏木 酸牛
奶．分离时间：2009 年．培养基 0005，37℃ GenBank 序列号 HM058049

IMAU20320 ←LABCC MGB19-1. 分离源：蒙古国鄂尔汗省扎尔格朗特苏木 酸牛

奶．分离时间：2009 年．培养基 0005，37℃ GenBank 序列号 HM058050

IMAU20321 ←LABCC MGB19-3．分离源：蒙古国鄂尔汗省扎尔格朗特苏木 酸牛奶．分离时间：2009 年．培养基 0005，37℃ GenBank 序列号 HM058051

IMAU20322 ←LABCC MGB19-4．分离源：蒙古国鄂尔汗省扎尔格朗特苏木 酸牛奶．分离时间：2009 年．培养基 0005，37℃ GenBank 序列号 HM058052

IMAU20323 ←LABCC MGB19-5．分离源：蒙古国鄂尔汗省扎尔格朗特苏木 酸牛奶．分离时间：2009 年．培养基 0005，37℃ GenBank 序列号 HM058053

IMAU20324 ←LABCC MGB20-1．分离源：蒙古国鄂尔汗省扎尔格朗特苏木 酸牛奶．分离时间：2009 年．培养基 0005，37℃ GenBank 序列号 HM058054

IMAU20325 ←LABCC MGB20-2．分离源：蒙古国鄂尔汗省扎尔格朗特苏木 酸牛奶．分离时间：2009 年．培养基 0005，37℃ GenBank 序列号 HM058055

IMAU20326 ←LABCC MGB20-5．分离源：蒙古国鄂尔汗省扎尔格朗特苏木 酸牛奶．分离时间：2009 年．培养基 0005，37℃ GenBank 序列号 HM058056

IMAU20328 ←LABCC MGB21-2．分离源：蒙古国鄂尔汗省扎尔格朗特苏木 酸牛奶．分离时间：2009 年．培养基 0005，37℃ GenBank 序列号 HM058058

IMAU20332 ←LABCC MGB22-6．分离源：蒙古国鄂尔汗省扎尔格朗特苏木 酸牛奶．分离时间：2009 年．培养基 0005，37℃ GenBank 序列号 HM058062

IMAU20338 ←LABCC MGB23-8．分离源：蒙古国鄂尔汗省扎尔格朗特苏木 酸马奶．分离时间：2009 年．培养基 0005，37℃ GenBank 序列号 HM058067

IMAU20345 ←LABCC MGB24-7．分离源：蒙古国鄂尔汗省扎尔格朗特苏木 酸马奶．分离时间：2009 年．培养基 0005，37℃ GenBank 序列号 HM058074

IMAU20346 ←LABCC MGB24-8．分离源：蒙古国鄂尔汗省扎尔格朗特苏木 酸马奶．分离时间：2009 年．培养基 0005，37℃ GenBank 序列号 HM058075

IMAU20347 ←LABCC MGB25-1．分离源：蒙古国布尔干省鄂尔汗苏木 酸牛奶．分离时间：2009 年．培养基 0005，37℃ GenBank 序列号 HM058076

IMAU20348 ←LABCC MGB25-2．分离源：蒙古国布尔干省鄂尔汗苏木 酸牛奶．分离时间：2009 年．培养基 0005，37℃ GenBank 序列号 HM058077

IMAU20349 ←LABCC MGB25-3．分离源：蒙古国布尔干省鄂尔汗苏木 酸牛奶．分离时间：2009 年．培养基 0005，37℃ GenBank 序列号 HM058078

IMAU20350 ←LABCC MGB25-4．分离源：蒙古国布尔干省鄂尔汗苏木 酸牛奶．分离时间：2009 年．培养基 0005，37℃ GenBank 序列号 HM058079

IMAU20357 ←LABCC MGB28-3．分离源：蒙古国布尔干省鄂尔汗苏木 酸牛奶．分离时间：2009 年．培养基 0005，37℃ GenBank 序列号 HM058085

IMAU20362 ←LABCC MGB29-4．分离源：蒙古国布尔干省鄂尔汗苏木 酸牛奶．

分离时间：2009 年. 培养基 0005，37℃ GenBank 序列号 HM058090

IMAU20363 ←LABCC MGB29-5. 分离源：蒙古国布尔干省鄂尔汗苏木 酸牛奶.
分离时间：2009 年. 培养基 0005，37℃ GenBank 序列号 HM058091

IMAU20370 ←LABCC MGB31-7. 分离源：蒙古国布尔干省鄂尔汗苏木 酸牛奶.
分离时间：2009 年. 培养基 0005，37℃ GenBank 序列号 HM218002

IMAU20372 ←LABCC MGB32-2. 分离源：蒙古国布尔干省鄂尔汗苏木 酸牛奶.
分离时间：2009 年. 培养基 0005，37℃ GenBank 序列号 HM058098

IMAU20377 ←LABCC MGB33-2. 分离源：蒙古国布尔干省鄂尔汗苏木 酸牛奶.
分离时间：2009 年. 培养基 0005，37℃ GenBank 序列号 HM058103

IMAU20381 ←LABCC MGB34-5. 分离源：蒙古国布尔干省乌那图苏木 酸牛奶.
分离时间：2009 年. 培养基 0005，37℃ GenBank 序列号 HM058106

IMAU20384 ←LABCC MGB35-4. 分离源：蒙古国布尔干省乌那图苏木 酸牛奶.
分离时间：2009 年. 培养基 0005，37℃ GenBank 序列号 HM058109

IMAU20386 ←LABCC MGB35-6. 分离源：蒙古国布尔干省乌那图苏木 酸牛奶.
分离时间：2009 年. 培养基 0005，37℃ GenBank 序列号 HM058111

IMAU20387 ←LABCC MGB36-2. 分离源：蒙古国布尔干省呼塔格温都尔苏木 酸
牛奶. 分离时间：2009 年. 培养基 0005，37℃ GenBank 序列号 HM058112

IMAU20388 ←LABCC MGB36-3. 分离源：蒙古国布尔干省呼塔格温都尔苏木 酸
牛奶. 分离时间：2009 年. 培养基 0005，37℃ GenBank 序列号 HM058113

IMAU20394 ←LABCC MGB37-4. 分离源：蒙古国布尔干省呼塔格温都尔苏木 酸
牛奶. 分离时间：2009 年. 培养基 0005，37℃ GenBank 序列号 HM058118

IMAU20398 ←LABCC MGB37-8. 分离源：蒙古国布尔干省呼塔格温都尔苏木 酸
牛奶. 分离时间：2009 年. 培养基 0005，37℃ GenBank 序列号 HM058122

IMAU20399 ←LABCC MGB38-2. 分离源：蒙古国库苏古尔省塔日雅楞苏木 酸牛
奶. 分离时间：2009 年. 培养基 0005，37℃ GenBank 序列号 HM058123

IMAU20400 ←LABCC MGB38-3. 分离源：蒙古国库苏古尔省塔日雅楞苏木 酸牛
奶. 分离时间：2009 年. 培养基 0005，37℃ GenBank 序列号 HM058124

IMAU20405 ←LABCC MGB39-1. 分离源：蒙古国库苏古尔省塔日雅楞苏木 酸牛
奶. 分离时间：2009 年. 培养基 0005，37℃ GenBank 序列号 HM058129

IMAU20406 ←LABCC MGB39-2. 分离源：蒙古国库苏古尔省塔日雅楞苏木 酸牛
奶. 分离时间：2009 年. 培养基 0005，37℃ GenBank 序列号 HM058130

IMAU20407 ←LABCC MGB39-3. 分离源：蒙古国库苏古尔省塔日雅楞苏木 酸牛
奶. 分离时间：2009 年. 培养基 0005，37℃ GenBank 序列号 HM058131

IMAU20408 ←LABCC MGB39-4. 分离源：蒙古国库苏古尔省塔日雅楞苏木 酸牛

奶．分离时间：2009 年．培养基 0005，37℃ GenBank 序列号 HM058132

IMAU20409 ←LABCC MGB39-5．分离源：蒙古国库苏古尔省塔日雅楞苏木 酸牛
奶．分离时间：2009 年．培养基 0005，37℃ GenBank 序列号 HM058133

IMAU20416 ←LABCC MGB42-3．分离源：蒙古国库苏古尔省耶赫阿古拉苏木 酸
牛奶．分离时间：2009 年．培养基 0005，37℃ GenBank 序列号 HM058140

IMAU20418 ←LABCC MGB43-3．分离源：蒙古国库苏古尔省耶赫阿古拉苏木 酸
牛奶．分离时间：2009 年．培养基 0005，37℃ GenBank 序列号 HM058142

IMAU20419 ←LABCC MGB43-4．分离源：蒙古国库苏古尔省耶赫阿古拉苏木 酸
牛奶．分离时间：2009 年．培养基 0005，37℃ GenBank 序列号 HM058143

IMAU20420 ←LABCC MGB43-5．分离源：蒙古国库苏古尔省耶赫阿古拉苏木 酸
牛奶．分离时间：2009 年．培养基 0005，37℃ GenBank 序列号 HM058144

IMAU20424 ←LABCC MGB46-2．分离源：蒙古国库苏古尔省陶松庆格勒苏木 酸
牛奶．分离时间：2009 年．培养基 0005，37℃ GenBank 序列号 HM058148

IMAU20430 ←LABCC MGB48-1．分离源：蒙古国库苏古尔省图内勒苏木 酸牛奶．
分离时间：2009 年．培养基 0005，37℃ GenBank 序列号 HM058154

IMAU20433 ←LABCC MGB50-2．分离源：蒙古国库苏古尔省库苏古尔湖 酸牛奶．
分离时间：2009 年．培养基 0005，37℃ GenBank 序列号 HM058157

IMAU20438 ←LABCC MGB51-5．分离源：蒙古国库苏古尔省库苏古尔湖 酸牛奶．
分离时间：2009 年．培养基 0005，37℃ GenBank 序列号 HM058162

IMAU20441 ←LABCC MGB52-3．分离源：蒙古国库苏古尔省库苏古尔湖 酸牛奶．
分离时间：2009 年．培养基 0005，37℃ GenBank 序列号 HM058165

IMAU20444 ←LABCC MGB53-5．分离源：蒙古国库苏古尔省库苏古尔湖 酸牛奶．
分离时间：2009 年．培养基 0005，37℃ GenBank 序列号 HM058168

IMAU20447 ←LABCC MGB58-2．分离源：蒙古国库苏古尔省扎尔格朗特苏木 酸牦
牛奶．分离时间：2009 年．培养基 0005，37℃ GenBank 序列号 HM058171

IMAU20448 ←LABCC MGB58-3．分离源：蒙古国库苏古尔省扎尔格朗特苏木 酸牦
牛奶．分离时间：2009 年．培养基 0005，37℃ GenBank 序列号 HM058172

IMAU20449 ←LABCC MGB58-4．分离源：蒙古国库苏古尔省扎尔格朗特苏木 酸牦
牛奶．分离时间：2009 年．培养基 0005，37℃ GenBank 序列号 HM058173

IMAU20451 ←LABCC MGB58-6．分离源：蒙古国库苏古尔省扎尔格朗特苏木 酸牦
牛奶．分离时间：2009 年．培养基 0005，37℃ GenBank 序列号 HM058174

IMAU20453 ←LABCC MGB59-1．分离源：蒙古国库苏古尔省扎尔格朗特苏木 酸牦
牛奶．分离时间：2009 年．培养基 0005，37℃ GenBank 序列号 HM058176

IMAU20455 ←LABCC MGB59-4．分离源：蒙古国库苏古尔省扎尔格朗特苏木 酸牦

牛奶. 分离时间: 2009 年. 培养基 0005, 37℃ GenBank 序列号 HM058178

IMAU20461 ←LABCC MGB60-2. 分离源: 蒙古国库苏古尔省扎尔格朗特苏木 酸牛奶. 分离时间: 2009 年. 培养基 0005, 37℃ GenBank 序列号 HM058181

IMAU20463 ←LABCC MGB60-5. 分离源: 蒙古国库苏古尔省扎尔格朗特苏木 酸牛奶. 分离时间: 2009 年. 培养基 0005, 37℃ GenBank 序列号 HM058183

IMAU20464 ←LABCC MGB61-2. 分离源: 蒙古国库苏古尔省扎尔格朗特苏木 酸牛奶. 分离时间: 2009 年. 培养基 0005, 37℃ GenBank 序列号 HM058184

IMAU20465 ←LABCC MGB61-4. 分离源: 蒙古国库苏古尔省扎尔格朗特苏木 酸牛奶. 分离时间: 2009 年. 培养基 0005, 37℃ GenBank 序列号 HM058185

IMAU20466 ←LABCC MGB61-5. 分离源: 蒙古国库苏古尔省扎尔格朗特苏木 酸牛奶. 分离时间: 2009 年. 培养基 0005, 37℃ GenBank 序列号 HM058186

IMAU20467 ←LABCC MGB61-6. 分离源: 蒙古国库苏古尔省扎尔格朗特苏木 酸牛奶. 分离时间: 2009 年. 培养基 0005, 37℃ GenBank 序列号 HM058187

IMAU20468 ←LABCC MGB61-7. 分离源: 蒙古国库苏古尔省扎尔格朗特苏木 酸牛奶. 分离时间: 2009 年. 培养基 0005, 37℃ GenBank 序列号 HM058188

IMAU20472 ←LABCC MGB64-1. 分离源: 蒙古国扎布汗省耶赫乌拉苏木 酸牛奶. 分离时间: 2009 年. 培养基 0005, 37℃ GenBank 序列号 HM058192

IMAU20473 ←LABCC MGB64-2. 分离源: 蒙古国扎布汗省耶赫乌拉苏木 酸牛奶. 分离时间: 2009 年. 培养基 0005, 37℃ GenBank 序列号 HM058193

IMAU20475 ←LABCC MGB64-6. 分离源: 蒙古国扎布汗省耶赫乌拉苏木 酸牛奶. 分离时间: 2009 年. 培养基 0005, 37℃ GenBank 序列号 HM058195

IMAU20479 ←LABCC MGB65-5. 分离源: 蒙古国扎布汗省耶赫乌拉苏木 酸牛奶. 分离时间: 2009 年. 培养基 0005, 37℃ GenBank 序列号 HM058198

IMAU20486 ←LABCC MGB68-3. 分离源: 蒙古国扎布汗省伊德尔苏木 酸牦牛奶. 分离时间: 2009 年. 培养基 0005, 37℃ GenBank 序列号 HM058205

IMAU20487 ←LABCC MGB68-6. 分离源: 蒙古国扎布汗省伊德尔苏木 酸牦牛奶. 分离时间: 2009 年. 培养基 0005, 37℃ GenBank 序列号 HM058206

IMAU20488 ←LABCC MGB68-7. 分离源: 蒙古国扎布汗省伊德尔苏木 酸牦牛奶. 分离时间: 2009 年. 培养基 0005, 37℃ GenBank 序列号 HM058207

IMAU20492 ←LABCC MGB70-1. 分离源: 蒙古国扎布汗省乌力雅思太 酸牛奶. 分离时间: 2009 年. 培养基 0005, 37℃ GenBank 序列号 HM058211

IMAU20493 ←LABCC MGB70-2. 分离源: 蒙古国扎布汗省乌力雅思太 酸牛奶. 分离时间: 2009 年. 培养基 0005, 37℃ GenBank 序列号 HM058212

IMAU20495 ←LABCC MGB70-5. 分离源: 蒙古国扎布汗省乌力雅思太 酸牛奶.

　　分离时间：2009 年．培养基 0005，37℃ GenBank 序列号 HM058214

IMAU20496 ←LABCC MGB70-6. 分离源：蒙古国扎布汗省乌力雅思太 酸牛奶．
　　分离时间：2009 年．培养基 0005，37℃ GenBank 序列号 HM058215

IMAU20500 ←LABCC MGB71-2. 分离源：蒙古国扎布汗省乌力雅思太 酸牛奶．
　　分离时间：2009 年．培养基 0005，37℃ GenBank 序列号 HM058219

IMAU20502 ←LABCC MGB71-4. 分离源：蒙古国扎布汗省乌力雅思太 酸牛奶．
　　分离时间：2009 年．培养基 0005，37℃ GenBank 序列号 HM058221

IMAU20503 ←LABCC MGB71-5. 分离源：蒙古扎布汗省乌力雅思太 酸牛奶．分
　　离时间：2009 年．培养基 0005，37℃ GenBank 序列号 HM058222

IMAU20504 ←LABCC MGB71-6. 分离源：蒙古国扎布汗省乌力雅思太 酸牛奶．
　　分离时间：2009 年．培养基 0005，37℃ GenBank 序列号 HM058223

IMAU20506 ←LABCC MGB71-8. 分离源：蒙古国扎布汗省乌力雅思太 酸牛奶．
　　分离时间：2009 年．培养基 0005，37℃ GenBank 序列号 HM058225

IMAU20536 ←LABCC MGB78-1. 分离源：蒙古国扎布汗省查干海尔汗苏木 酸牛
　　奶．分离时间：2009 年．培养基 0005，37℃ GenBank 序列号 HM058255

IMAU20537 ←LABCC MGB78-2. 分离源：蒙古国扎布汗省查干海尔汗苏木 酸牛
　　奶．分离时间：2009 年．培养基 0005，37℃ GenBank 序列号 HM058256

IMAU20538 ←LABCC MGB78-3. 分离源：蒙古国扎布汗省查干海尔汗苏木 酸牛
　　奶．分离时间：2009 年．培养基 0005，37℃ GenBank 序列号 HM058257

IMAU20539 ←LABCC MGB78-4. 分离源：蒙古扎布汗省查干海尔汗苏木 酸牛奶．
　　分离时间：2009 年．培养基 0005，37℃ GenBank 序列号 HM058258

IMAU20540 ←LABCC MGB78-5. 分离源：蒙古国扎布汗省查干海尔汗苏木 酸牛
　　奶．分离时间：2009 年．培养基 0005，37℃ GenBank 序列号 HM058259

IMAU20541 ←LABCC MGB78-6. 分离源：蒙古扎布汗省查干海尔汗苏木 酸牛奶．
　　分离时间：2009 年．培养基 0005，37℃ GenBank 序列号 HM058260

IMAU20542 ←LABCC MGB79-1. 分离源：蒙古扎布汗省查干海尔汗苏木 酸牛
　　奶．分离时间：2009 年．培养基 0005，37℃ GenBank 序列号 HM058261

IMAU20543 ←LABCC MGB79-3. 分离源：蒙古扎布汗省查干海尔汗苏木 酸牛奶．
　　分离时间：2009 年．培养基 0005，37℃ GenBank 序列号 HM058262

IMAU20545 ←LABCC MGB79-6. 分离源：蒙古扎布汗省查干海尔汗苏木 酸牛
　　奶．分离时间：2009 年．培养基 0005，37℃ GenBank 序列号 HM058264

IMAU20546 ←LABCC MGB80-1. 分离源：蒙古国扎布汗省奥特跟苏木 酸牛奶．
　　分离时间：2009 年．培养基 0005，37℃ GenBank 序列号 HM058265

IMAU20547 ←LABCC MGB80-2. 分离源：蒙古国扎布汗省奥特跟苏木 酸牛奶．

分离时间：2009 年．培养基 0005，37℃ GenBank 序列号 HM058266

IMAU20548 ←LABCC MGB80-4. 分离源：蒙古国扎布汗省奥特跟苏木 酸牛奶．
分离时间：2009 年．培养基 0005，37℃ GenBank 序列号 HM058267

IMAU20549 ←LABCC MGB80-5. 分离源：蒙古扎布汗省奥特跟苏木 酸牛奶．分
离时间：2009 年．培养基 0005，37℃ GenBank 序列号 HM058268

IMAU20550 ←LABCC MGB80-6. 分离源：蒙古国扎布汗省奥特跟苏木 酸牛奶．
分离时间：2009 年．培养基 0005，37℃ GenBank 序列号 HM058269

IMAU20551 ←LABCC MGB80-7. 分离源：蒙古国扎布汗省奥特跟苏木 酸牛奶．
分离时间：2009 年．培养基 0005，37℃ GenBank 序列号 HM058270

IMAU20552 ←LABCC MGB81-1. 分离源：蒙古扎布汗省奥特跟苏木 酸牛奶．分
离时间：2009 年．培养基 0005，37℃ GenBank 序列号 HM058271

IMAU20554 ←LABCC MGB81-3. 分离源：蒙古国扎布汗省奥特跟苏木 酸牛奶．
分离时间：2009 年．培养基 0005，37℃ GenBank 序列号 HM058273

IMAU20555 ←LABCC MGB81-4. 分离源：蒙古扎布汗省奥特跟苏木 酸牛奶．分
离时间：2009 年．培养基 0005，37℃ GenBank 序列号 HM058274

IMAU20556 ←LABCC MGB81-5. 分离源：蒙古扎布汗省奥特跟苏木 酸牛奶．
分离时间：2009 年．培养基 0005，37℃ GenBank 序列号 HM058275

IMAU20557 ←LABCC MGB82-1. 分离源：蒙古国扎布汗省奥特跟苏木 酸牛奶．
分离时间：2009 年．培养基 0005，37℃ GenBank 序列号 HM058276

IMAU20558 ←LABCC MGB82-2. 分离源：蒙古扎布汗省奥特跟苏木 酸牛奶．分
离时间：2009 年．培养基 0005，37℃ GenBank 序列号 HM058277

IMAU20559 ←LABCC MGB82-3. 分离源：蒙古国扎布汗省奥特跟苏木 酸牛奶．
分离时间：2009 年．培养基 0005，37℃ GenBank 序列号 HM058278

IMAU20560 ←LABCC MGB82-4. 分离源：蒙古国扎布汗省奥特跟苏木 酸牛奶．
分离时间：2009 年．培养基 0005，37℃ GenBank 序列号 HM058279

IMAU20561 ←LABCC MGB82-5. 分离源：蒙古国扎布汗省奥特跟苏木 酸牛奶．
分离时间：2009 年．培养基 0005，37℃ GenBank 序列号 HM058280

IMAU20562 ←LABCC MGB82-6. 分离源：蒙古扎布汗省奥特跟苏木 酸牛奶．分
离时间：2009 年．培养基 0005，37℃ GenBank 序列号 HM058281

IMAU20584 ←LABCC MGB89-3. 分离源：蒙古国后杭盖省臣赫尔苏木 酸牛奶．
分离时间：2009 年．培养基 0005，37℃ GenBank 序列号 HM058302

IMAU20586 ←LABCC MGB89-5. 分离源：蒙古国后杭盖省臣赫尔苏木 酸牛奶．
分离时间：2009 年．培养基 0005，37℃ GenBank 序列号 HM058304

IMAU20587 ←LABCC MGB90-3. 分离源：蒙古国后杭盖省臣赫尔苏木 酸牛奶．

分离时间：2009 年．培养基 0005，37℃ GenBank 序列号 HM058305

IMAU20588 ←LABCC MGB90-4．分离源：蒙古国后杭盖省臣赫尔苏木 酸牛奶．
分离时间：2009 年．培养基 0005，37℃ GenBank 序列号 HM058306

IMAU20589 ←LABCC MGB90-5．分离源：蒙古国后杭盖省臣赫尔苏木 酸牛奶．
分离时间：2009 年．培养基 0005，37℃ GenBank 序列号 HM218009

IMAU20590 ←LABCC MGB91-1．分离源：蒙古国后杭盖省塔日亚特苏木 酸牛奶．
分离时间：2009 年．培养基 0005，37℃ GenBank 序列号 HM058307

IMAU20591 ←LABCC MGB91-2．分离源：蒙古国后杭盖省塔日亚特苏木 酸牛奶．
分离时间：2009 年．培养基 0005，37℃ GenBank 序列号 HM058308

IMAU20594 ←LABCC MGB92-1．分离源：蒙古国后杭盖省塔日亚特苏木 酸牛奶．
分离时间：2009 年．培养基 0005，37℃ GenBank 序列号 HM058311

IMAU20601 ←LABCC MGB93-6．分离源：蒙古国后杭盖省塔日亚特苏木 酸牛奶．
分离时间：2009 年．培养基 0005，37℃ GenBank 序列号 HM058317

IMAU20602 ←LABCC MGB94-1．分离源：蒙古国后杭盖省塔日亚特苏木 酸牛奶．
分离时间：2009 年．培养基 0005，37℃ GenBank 序列号 HM058318

IMAU20605 ←LABCC MGB94-4．分离源：蒙古国后杭盖省塔日亚特苏木 酸牛奶．
分离时间：2009 年．培养基 0005，37℃ GenBank 序列号 HM058320

IMAU205607 ←LABCC MGB95-2．分离源：蒙古国后杭盖省塔日亚特苏木塔日赫湖
酸牛奶．分离时间：2009 年．培养基 0005，37℃ GenBank 序列号 HM058322

IMAU205609 ←LABCC MGB96-5．分离源：蒙古国后杭盖省塔日亚特苏木塔日赫湖
酸牛奶．分离时间：2009 年．培养基 0005，37℃ GenBank 序列号 HM058324

IMAU205610 ←LABCC MGB96-6．分离源：蒙古国后杭盖省塔日亚特苏木塔日赫湖
酸牛奶．分离时间：2009 年．培养基 0005，37℃ GenBank 序列号 HM058325

IMAU205611 ←LABCC MGB97-1．分离源：蒙古国后杭盖省塔日亚特苏木 酸牛
奶．分离时间：2009 年．培养基 0005，37℃ GenBank 序列号 HM058326

IMAU205612 ←LABCC MGB97-2．分离源：蒙古国后杭盖省塔日亚特苏木 酸牛
奶．分离时间：2009 年．培养基 0005，37℃ GenBank 序列号 HM058327

IMAU205615 ←LABCC MGB97-6．分离源：蒙古国后杭盖省塔日亚特苏木 酸牛
奶．分离时间：2009 年．培养基 0005，37℃ GenBank 序列号 HM058330

IMAU205616 ←LABCC MGB98-1．分离源：蒙古国后杭盖省塔日亚特苏木 酸牛
奶．分离时间：2009 年．培养基 0005，37℃ GenBank 序列号 HM058331

IMAU205622 ←LABCC MGB99-1．分离源：蒙古国后杭盖省塔日亚特苏木次老图河
酸牛奶．分离时间：2009 年．培养基 0005，37℃ GenBank 序列号 HM058337

IMAU205623 ←LABCC MGB99-2．分离源：蒙古国后杭盖省塔日亚特苏木次老图河

酸牛奶. 分离时间: 2009 年. 培养基 0005, 37℃ GenBank 序列号 HM058338

IMAU205626 ←LABCC MGB99-6. 分离源: 蒙古国后杭盖省塔日亚特苏木次老图河
　　酸牛奶. 分离时间: 2009 年. 培养基 0005, 37℃ GenBank 序列号 HM058341

IMAU20672 ←LABCC MGC4-4. 分离源: 蒙古国前杭盖省哈拉和林镇 酸牛奶. 分
　　离时间: 2009 年. 培养基 0005, 37℃ GenBank 序列号 HM058384

IMAU20712 ←LABCC MGC15-1. 分离源: 蒙古国中央省额尔德尼桑图苏木 酸牛
　　奶. 分离时间: 2009 年. 培养基 0005, 37℃ GenBank 序列号 HM058424

IMAU20713 ←LABCC MGC15-2. 分离源: 蒙古国中央省额尔德尼桑图苏木 酸牛
　　奶. 分离时间: 2009 年. 培养基 0005, 37℃ GenBank 序列号 HM058425

IMAU20714 ←LABCC MGC15-3. 分离源: 蒙古国中央省额尔德尼桑图苏木 酸牛
　　奶. 分离时间: 2009 年. 培养基 0005, 37℃ GenBank 序列号 HM058426

IMAU20721 ←LABCC MGC17-1. 分离源: 蒙古国中央省隆苏木 酸牛奶. 分离时
　　间: 2009 年. 培养基 0005, 37℃ GenBank 序列号 HM058432

IMAU20722 ←LABCC MGC17-2. 分离源: 蒙古国中央省隆苏木 酸牛奶. 分离时
　　间: 2009 年. 培养基 0005, 37℃ GenBank 序列号 HM058433

IMAU20723 ←LABCC MGC17-3. 分离源: 蒙古国中央省隆苏木 酸牛奶. 分离时
　　间: 2009 年. 培养基 0005, 37℃ GenBank 序列号 HM058434

IMAU20728 ←LABCC MGC18-3. 分离源: 蒙古国中央省隆苏木 酸牛奶. 分离时
　　间: 2009 年. 培养基 0005, 37℃ GenBank 序列号 HM058439

IMAU20729 ←LABCC MGC18-4. 分离源: 蒙古国中央省隆苏木 酸牛奶. 分离时
　　间: 2009 年. 培养基 0005, 37℃ GenBank 序列号 HM058440

IMAU20730 ←LABCC MGC19-1. 分离源: 蒙古国中央省巴音杭盖苏木 酸牛奶.
　　分离时间: 2009 年. 培养基 0005, 37℃ GenBank 序列号 HM058441

IMAU20734 ←LABCC MGC20-1. 分离源: 蒙古国中央省巴音杭盖苏木 酸牛奶.
　　分离时间: 2009 年. 培养基 0005, 37℃ GenBank 序列号 HM058445

IMAU20735 ←LABCC MGC20-3. 分离源: 蒙古国中央省巴音杭盖苏木 酸牛奶.
　　分离时间: 2009 年. 培养基 0005, 37℃ GenBank 序列号 HM058446

IMAU20736 ←LABCC MGC20-4. 分离源: 蒙古国中央省巴音杭盖苏木 酸牛奶.
　　分离时间: 2009 年. 培养基 0005, 37℃ GenBank 序列号 HM058447

IMAU20737 ←LABCC MGC21-1. 分离源: 蒙古国中央省巴音杭盖苏木 酸牛奶.
　　分离时间: 2009 年. 培养基 0005, 37℃ GenBank 序列号 HM058448

IMAU20738 ←LABCC MGC21-2. 分离源: 蒙古国中央省巴音杭盖苏木 酸牛奶.
　　分离时间: 2009 年. 培养基 0005, 37℃ GenBank 序列号 HM058449

IMAU20739 ←LABCC MGC21-3. 分离源: 蒙古国中央省巴音杭盖苏木 酸牛奶.

分离时间：2009 年．培养基 0005，37℃ GenBank 序列号 HM058450

IMAU20741 ←LABCC MGC21-5．分离源：蒙古国中央省巴音杭盖苏木 酸牛奶．
分离时间：2009 年．培养基 0005，37℃ GenBank 序列号 HM058452

IMAU20742 ←LABCC MGC21-6．分离源：蒙古国中央省巴音杭盖苏木 酸牛奶．
分离时间：2009 年．培养基 0005，37℃ GenBank 序列号 HM058453

IMAU20744 ←LABCC MGC22-3．分离源：蒙古国中央省巴音杭盖苏木 酸牛奶．
分离时间：2009 年．培养基 0005，37℃ GenBank 序列号 HM058455

IMAU20750 ←LABCC MGC24-3．分离源：蒙古国中央省扎日嘎郎图苏木 酸牛奶．
分离时间：2009 年．培养基 0005，37℃ GenBank 序列号 HM058460

IMAU20756 ←LABCC MGD1-4．分离源：蒙古国乌兰巴托市海日玛特苏木 酸牛
奶．分离时间：2009 年．培养基 0005，37℃ GenBank 序列号 HM058466

IMAU20757 ←LABCC MGD1-5．分离源：蒙古国乌兰巴托市海日玛特苏木 酸牛
奶．分离时间：2009 年．培养基 0005，37℃ GenBank 序列号 HM058467

IMAU20759 ←LABCC MGD2-6．分离源：蒙古国乌兰巴托市海日玛特苏木 酸牛
奶．分离时间：2009 年．培养基 0005，37℃ GenBank 序列号 HM058469

IMAU20764 ←LABCC MGD3-4．分离源：蒙古国乌兰巴托市汗搭盖图苏木 酸牛
奶．分离时间：2009 年．培养基 0005，37℃ GenBank 序列号 HM058474

IMAU20765 ←LABCC MGD3-5．分离源：蒙古国乌兰巴托市汗搭盖图苏木 酸牛
奶．分离时间：2009 年．培养基 0005，37℃ GenBank 序列号 HM058475

IMAU20766 ←LABCC MGD3-6．分离源：蒙古国乌兰巴托市汗搭盖图苏木 酸牛
奶．分离时间：2009 年．培养基 0005，37℃ GenBank 序列号 HM058476

IMAU20767 ←LABCC MGD3-7．分离源：蒙古国乌兰巴托市汗搭盖图苏木 酸牛
奶．分离时间：2009 年．培养基 0005，37℃ GenBank 序列号 HM058477

IMAU20768 ←LABCC MGD4-1．分离源：蒙古国乌兰巴托市汗搭盖图苏木 酸牛
奶．分离时间：2009 年．培养基 0005，37℃ GenBank 序列号 HM058478

IMAU20772 ←LABCC MGD4-5．分离源：蒙古国乌兰巴托市汗搭盖图苏木 酸牛
奶．分离时间：2009 年．培养基 0005，37℃ GenBank 序列号 HM058482

IMAU20773 ←LABCC MGD4-6．分离源：蒙古国乌兰巴托市汗搭盖图苏木 酸牛
奶．分离时间：2009 年．培养基 0005，37℃ GenBank 序列号 HM058483

IMAU20774 ←LABCC MGD4-7．分离源：蒙古国乌兰巴托市汗搭盖图苏木 酸牛
奶．分离时间：2009 年．培养基 0005，37℃ GenBank 序列号 HM058484

IMAU20778 ←LABCC MGD5-5．分离源：蒙古国乌兰巴托市汗搭盖图苏木 酸牛
奶．分离时间：2009 年．培养基 0005，37℃ GenBank 序列号 HM058488

IMAU20780 ←LABCC MGD6-1．分离源：蒙古国乌兰巴托市汗搭盖图苏木 酸牛

奶．分离时间：2009 年．培养基 0005，37℃ GenBank 序列号 HM058490

IMAU20781 ←LABCC MGD6-2．分离源：蒙古国乌兰巴托市汗搭盖图苏木 酸牛奶．分离时间：2009 年．培养基 0005，37℃ GenBank 序列号 HM058491

IMAU20782 ←LABCC MGD6-3．分离源：蒙古国乌兰巴托市汗搭盖图苏木 酸牛奶．分离时间：2009 年．培养基 0005，37℃ GenBank 序列号 HM058492

IMAU20785 ←LABCC MGD7-5．分离源：蒙古国乌兰巴托市查查古尔特苏木 酸牛奶．分离时间：2009 年．培养基 0005，37℃ GenBank 序列号 HM058495

IMAU20789 ←LABCC MGD8-4．分离源：蒙古国乌兰巴托市查查古尔特苏木 酸牛奶．分离时间：2009 年．培养基 0005，37℃ GenBank 序列号 HM058499

IMAU20791 ←LABCC MGD9-1．分离源：蒙古国乌兰巴托市查查古尔特苏木 酸牛奶．分离时间：2009 年．培养基 0005，37℃ GenBank 序列号 HM058501

IMAU20796 ←LABCC MGD9-6．分离源：蒙古国乌兰巴托市查查古尔特苏木 酸牛奶．分离时间：2009 年．培养基 0005，37℃ GenBank 序列号 HM058506

IMAU40015 ←LABCC QH9-1-2-1．分离源：青海省海南州共和县黑马河乡 酸牦牛奶．分离时间：2005 年．培养基 0005，37℃ GenBank 序列号 FJ749291

IMAU40016 ←LABCC QH9-1-2-2．分离源：青海省海南州共和县黑马河乡 酸牦牛奶．分离时间：2005 年．培养基 0005，37℃ GenBank 序列号 FJ749292

IMAU40017 ←LABCC QH10-4-1．分离源：青海省海南州共和县石乃亥乡 酸牦牛奶．分离时间：2005 年．培养基 0005，37℃ GenBank 序列号 FJ749293

IMAU40018 ←LABCC QH11-3-1．分离源：青海省海南州共和县石乃亥乡 酸牦牛奶．分离时间：2005 年．培养基 0005，37℃ GenBank 序列号 FJ749294

IMAU40020 ←LABCC QH12-1-2．分离源：青海省海西州乌兰县 酸牦牛奶．分离时间：2005 年．培养基 0005，37℃ GenBank 序列号 FJ749296

IMAU40021 ←LABCC QH13-6．分离源：青海省海西州乌兰县 酸马奶．分离时间：2005 年．培养基 0005，37℃ GenBank 序列号 FJ749297

IMAU40022 ←LABCC QH13-2．分离源：青海省海西州乌兰县 酸牦牛奶．分离时间：2005 年．培养基 0005，37℃ GenBank 序列号 FJ749298

IMAU40023 ←LABCC QH45-2．分离源：青海省海北州西海镇 酸马奶．分离时间：2005 年．培养基 0005，37℃ GenBank 序列号 FJ749299

IMAU40024 ←LABCC QH2-7-1．分离源：青海省海南州共和县江西沟乡 酸牦牛奶．分离时间：2005 年．培养基 0005，37℃ GenBank 序列号 FJ749300

IMAU40028 ←LABCC QH35-1-1．分离源：青海省海北州刚察县 酸牦牛奶．分离时间：2005 年．培养基 0005，37℃ GenBank 序列号 FJ749304

IMAU40036 ←LABCC QH9-3-2．分离源：青海省海南州共和县黑马河乡 酸牦牛

奶.分离时间：2005 年.培养基 0005，37℃ GenBank 序列号 FJ749312

IMAU40037 ←LABCC QH31-4.分离源：青海省海北州天峻县 酸牦牛奶.分离时间：2005 年.培养基 0005，37℃ GenBank 序列号 FJ749313

IMAU40038 ←LABCC QH31-3-2.分离源：青海省海北州天峻县 酸牦牛奶.分离时间：2005 年.培养基 0005，37℃ GenBank 序列号 FJ749314

IMAU40040 ←LABCC QH38-6.分离源：青海省海北州刚察县 酸牦牛奶.分离时间：2005 年.培养基 0005，37℃ GenBank 序列号 FJ749316

IMAU40044 ←LABCC QH27-2.分离源：青海省海北州天峻县 酸牦牛奶.分离时间：2005 年.培养基 0005，37℃ GenBank 序列号 FJ749319

IMAU40047 ←LABCC QH10-5.分离源：青海省海南州共和县石乃亥乡 酸牦牛奶.分离时间：2005 年.培养基 0005，37℃ GenBank 序列号 FJ749322

IMAU40048 ←LABCC QH28-2.分离源：青海省海北州天峻县 酸牦牛奶.分离时间：2005 年.培养基 0005，37℃ GenBank 序列号 FJ749323

IMAU40051 ←LABCC QH34-2.分离源：青海省海北州天峻县 酸牦牛奶.分离时间：2005 年.培养基 0005，37℃ GenBank 序列号 FJ749326

IMAU40052 ←LABCC QH36-2.分离源：青海省海北州刚察县 酸牦牛奶.分离时间：2005 年.培养基 0005，37℃ GenBank 序列号 FJ749327

IMAU40060 ←LABCC QH44-1.分离源：青海省海北州西海镇 酸牦牛奶.分离时间：2005 年.培养基 0005，37℃ GenBank 序列号 FJ749335

IMAU40062 ←LABCC QH45-3.分离源：青海省海北州西海镇 酸牦牛奶.分离时间：2005 年.培养基 0005，37℃ GenBank 序列号 FJ749337

IMAU40063 ←LABCC QH46-1-1.分离源：青海省海北州西海镇 酸牦牛奶.分离时间：2005 年.培养基 0005，37℃ GenBank 序列号 FJ749338

IMAU40068 ←LABCC QH46-1-2.分离源：青海省海北州西海镇 酸牦牛奶.分离时间：2005 年.培养基 0005，37℃ GenBank 序列号 FJ749343

IMAU40071 ←LABCC QH33-2.分离源：青海省海北州天峻县 酸牦牛奶.分离时间：2005 年.培养基 0005，37℃ GenBank 序列号 FJ749346

IMAU40074 ←LABCC QH38-3.分离源：青海省海北州刚察县 酸牦牛奶.分离时间：2005 年.培养基 0005，37℃ GenBank 序列号 FJ749349

IMAU40113 ←LABCC QH8-3-1.分离源：青海省海南州共和县黑马河乡 酸牦牛奶.分离时间：2005 年.培养基 0005，37℃ GenBank 序列号 FJ915628

IMAU40114 ←LABCC QH8-5-2.分离源：青海省海南州共和县黑马河乡 酸牦牛奶.分离时间：2005 年.培养基 0005，37℃ GenBank 序列号 FJ749385

IMAU40115 ←LABCC QH11-2-2.分离源：青海省海岸州共和县石乃亥乡 酸牦牛

奶.分离时间：2005 年.培养基 0005，37℃ GenBank 序列号 FJ749386

IMAU40119 ←LABCC QH31-2. 分离源：青海省海北州天峻县 酸牦牛奶.分离时间：2005 年.培养基 0005，37℃ GenBank 序列号 FJ749389

IMAU40127 ←LABCC QH10-4-2. 分离源：青海省海南州共和县石乃亥乡 酸牦牛奶.分离时间：2005 年.培养基 0005，37℃ GenBank 序列号 FJ749396

IMAU40128 ←LABCC QH13-5. 分离源：青海省海西州乌兰县 酸牦牛奶.分离时间：2005 年.培养基 0005，37℃ GenBank 序列号 FJ749397

IMAU40133 ←LABCC QH46-3-2. 分离源：青海省海北州西海镇 酸牦牛奶.分离时间：2005 年.培养基 0005，37℃ GenBank 序列号 FJ749401

IMAU40137 ←LABCC QH18-3. 分离源：青海省海西州德令哈市嘎海镇 酸山羊奶.分离时间：2005 年.培养基 0005，37℃ GenBank 序列号 FJ915675

IMAU40138 ←LABCC QH20-1-1. 分离源：青海省海西州德令哈市嘎海镇 酸山羊奶.分离时间：2005 年.培养基 0005，37℃ GenBank 序列号 FJ915676

IMAU40139 ←LABCC QH20-2. 分离源：青海省海西州德令哈市嘎海镇 酸山羊奶.分离时间：2005 年.培养基 0005，37℃ GenBank 序列号 FJ915677

IMAU40140 ←LABCC QH21-1. 分离源：青海省海西州德令哈市嘎海镇 酸山羊奶.分离时间：2005 年.培养基 0005，37℃ GenBank 序列号 FJ915678

IMAU40141 ←LABCC QH21-2-1. 分离源：青海省海西州德令哈市嘎海镇 酸山羊奶.分离时间：2005 年.培养基 0005，37℃ GenBank 序列号 FJ915679

IMAU40142 ←LABCC QH21-2-2. 分离源：青海省海西州德令哈市嘎海镇 酸山羊奶.分离时间：2005 年.培养基 0005，37℃ GenBank 序列号 FJ915680

IMAU40143 ←LABCC QH22-2. 分离源：青海省海西州德令哈市嘎海镇 酸山羊奶.分离时间：2005 年.培养基 0005，37℃ GenBank 序列号 FJ915681

IMAU40144 ←LABCC QH23-2. 分离源：青海省海西州德令哈市嘎海镇 酸山羊奶.分离时间：2005 年.培养基 0005，37℃ GenBank 序列号 FJ915682

IMAU40145 ←LABCC QH25-3. 分离源：青海省海西州德令哈市蓄集乡 酸山羊奶.分离时间：2005 年.培养基 0005，37℃ GenBank 序列号 FJ915683

IMAU401446 ←LABCC QH26-3. 分离源：青海省海西州德令哈市蓄集乡 酸山羊奶.分离时间：2005 年.培养基 0005，37℃ GenBank 序列号 FJ915684

IMAU40147 ←LABCC QH23-4. 分离源：青海省海西州德令哈市嘎海镇 酸山羊奶.分离时间：2005 年.培养基 0005，37℃ GenBank 序列号 FJ915685

IMAU40148 ←LABCC QH26-2. 分离源：青海省海西州德令哈市蓄集乡 酸山羊奶.分离时间：2005 年.培养基 0005，37℃ GenBank 序列号 FJ915686

IMAU40149 ←LABCC QH24-3. 分离源：青海省海西州德令哈市嘎海镇 酸山羊

奶．分离时间：2005 年．培养基 0005，37℃ GenBank 序列号 FJ915687

IMAU40150 ←LABCC QH18-5．分离源：青海省海西州德令哈市嘎海镇 酸山羊奶．分离时间：2005 年．培养基 0005，37℃ GenBank 序列号 FJ915688

IMAU40151 ←LABCC QH19-2．分离源：青海省海西州德令哈市嘎海镇 酸山羊奶．分离时间：2005 年．培养基 0005，37℃ GenBank 序列号 FJ915689

IMAU40152 ←LABCC QH20-1-2．分离源：青海省海西州德令哈市嘎海镇 酸山羊奶．分离时间：2005 年．培养基 0005，37℃ GenBank 序列号 FJ915690

IMAU40153 ←LABCC QH23-3．分离源：青海省海西州德令哈市嘎海镇 酸山羊奶．分离时间：2005 年．培养基 0005，37℃ GenBank 序列号 FJ915691

IMAU40154 ←LABCC QH24-2．分离源：青海省海西州德令哈市嘎海镇 酸山羊奶．分离时间：2005 年．培养基 0005，37℃ GenBank 序列号 FJ915692

IMAU40162 ←LABCC QH22-3．分离源：青海省海西州德令哈市嘎海镇 酸山羊奶．分离时间：2005 年．培养基 0005，37℃ GenBank 序列号 FJ915699

IMAU50102 ←LABCC YNB-5．分离源：云南省剑川县金华镇 乳饼．分离时间：2006 年．培养基 0005，37℃ GenBank 序列号 FJ749497

IMAU80247 ←LABCC S4-3．分离源：四川省阿坝州诺尔盖县下关一队 酸牦牛奶．分离时间：2009 年．培养基 0005，37℃ GenBank 序列号 HM058532

IMAU80255 ←LABCC S6-2．分离源：四川省阿坝州诺尔盖县风业牧场 酸牦牛奶．分离时间：2009 年．培养基 0005，37℃ GenBank 序列号 HM058538

IMAU80257 ←LABCC S6-4．分离源：四川省阿坝州诺尔盖县风业牧场 酸牦牛奶．分离时间：2009 年．培养基 0005，37℃ GenBank 序列号 HM058540

IMAU80259 ←LABCC S6-6．分离源：四川省阿坝州诺尔盖县风业牧场 酸牦牛奶．分离时间：2009 年．培养基 0005，37℃ GenBank 序列号 HM058542

IMAU80268 ←LABCC S8-5．分离源：四川省阿坝州诺尔盖县风业牧场 酸牦牛奶．分离时间：2009 年．培养基 0005，37℃ GenBank 序列号 HM058550

IMAU80269 ←LABCC S8-6．分离源：四川省阿坝州诺尔盖县风业牧场 酸牦牛奶．分离时间：2009 年．培养基 0005，37℃ GenBank 序列号 HM058551

IMAU80277 ←LABCC S10-6．分离源：四川省阿坝州诺尔盖县唐克乡南格藏寺 酸奶．分离时间：2009 年．培养基 0005，37℃ GenBank 序列号 HM058559

IMAU80278 ←LABCC S11-3．分离源：四川省阿坝州红原县瓦切乡二队 酸牦牛奶．分离时间：2009 年．培养基 0005，37℃ GenBank 序列号 HM058560

IMAU80279 ←LABCC S11-5．分离源：四川省阿坝州红原县瓦切乡二队 酸牦牛奶．分离时间：2009 年．培养基 0005，37℃ GenBank 序列号 HM058561

IMAU80280 ←LABCC S11-6．分离源：四川省阿坝州红原县瓦切乡二队 酸牦牛

奶. 分离时间：2009 年. 培养基 0005，37℃ GenBank 序列号 HM058562

IMAU80285 ←LABCC S13-4. 分离源：四川省阿坝州红原县瓦切乡二队 曲拉. 分
离时间：2009 年. 培养基 0005，37℃ GenBank 序列号 HM058567

IMAU80287 ←LABCC S13-6. 分离源：四川省阿坝州红原县瓦切乡二队 曲拉. 分
离时间：2009 年. 培养基 0005，37℃ GenBank 序列号 HM058569

IMAU80299 ←LABCC S17-1. 分离源：四川省阿坝州红原县瓦切乡二队 曲拉. 分
离时间：2009 年. 培养基 0005，37℃ GenBank 序列号 HM058579

IMAU80300 ←LABCC S17-2. 分离源：四川省阿坝州红原县瓦切乡二队 曲拉. 分
离时间：2009 年. 培养基 0005，37℃ GenBank 序列号 HM058580

IMAU80321 ←LABCC S22-1. 分离源：四川省阿坝州红原县瓦切乡二队 曲拉. 分
离时间：2009 年. 培养基 0005，37℃ GenBank 序列号 HM058601

IMAU80343 ←LABCC S28-5. 分离源：四川省阿坝州红原县阿木可河乡二队 酸牦
牛奶. 分离时间：2009 年. 培养基 0005，37℃ GenBank 序列号 HM058618

IMAU80344 ←LABCC S28-6. 分离源：四川省阿坝州红原县阿木可河乡二队 酸牦
牛奶. 分离时间：2009 年. 培养基 0005，37℃ GenBank 序列号 HM058619

IMAU80345 ←LABCC S29-1. 分离源：四川省阿坝州红原县群旗镇一队 鲜牦牛
奶. 分离时间：2009 年. 培养基 0005，37℃ GenBank 序列号 HM058620

IMAU80349 ←LABCC S30-6. 分离源：四川省阿坝州红原县群旗镇二队 酸牦牛
奶. 分离时间：2009 年. 培养基 0005，37℃ GenBank 序列号 HM058623

IMAU80355 ←LABCC S32-5. 分离源：四川省阿坝州红原县阿木曲河乡三队 酸牦
牛奶. 分离时间：2009 年. 培养基 0005，37℃ GenBank 序列号 HM058628

IMAU80356 ←LABCC S32-6. 分离源：四川省阿坝州红原县阿木曲河乡三队 酸牦
牛奶. 分离时间：2009 年. 培养基 0005，37℃ GenBank 序列号 HM058629

IMAU80362 ←LABCC S34-2. 分离源：四川省阿坝州红原县阿木曲河乡三队 曲
拉. 分离时间：2009 年. 培养基 0005，37℃ GenBank 序列号 HM058635

IMAU80365 ←LABCC S35-5. 分离源：四川省阿坝州红原县阿木曲河乡三队 酸牦
牛奶. 分离时间：2009 年. 培养基 0005，37℃ GenBank 序列号 HM058638

IMAU80388 ←LABCC S41-5. 分离源：四川省阿坝州红原县阿木曲河乡三队 酸牦
牛奶. 分离时间：2009 年. 培养基 0005，37℃ GenBank 序列号 HM058655

IMAU80401 ←LABCC S46-4. 分离源：四川省阿坝州红原县安曲乡三村 酸牦牛
奶. 分离时间：2009 年. 培养基 0005，37℃ GenBank 序列号 HM058663

IMAU80403 ←LABCC S48-5. 分离源：四川省阿坝州红原县安曲乡三村 酸牦牛
奶. 分离时间：2009 年. 培养基 0005，37℃ GenBank 序列号 HM058665

IMAU80422 ←LABCC S54-5. 分离源：四川省阿坝州红原县安曲乡三村 酸牦牛

奶. 分离时间: 2009 年. 培养基 0005, 37℃ GenBank 序列号 HM058681

IMAU80427 ←LABCC S55-6. 分离源: 四川省阿坝州红原县安曲乡三村 曲拉. 分离时间: 2009 年. 培养基 0005, 37℃ GenBank 序列号 HM058684

IMAU80502 ←LABCC G1-2. 分离源: 甘肃省合作市那吾乡早子村 酸牦牛奶. 分离时间: 2009 年. 培养基 0005, 37℃ GenBank 序列号 HM058718

IMAU80503 ←LABCC G1-3. 分离源: 甘肃省合作市那吾乡早子村 酸牦牛奶. 分离时间: 2009 年. 培养基 0005, 37℃ GenBank 序列号 HM058719

IMAU80504 ←LABCC G1-4. 分离源: 甘肃省合作市那吾乡早子村 酸牛奶. 分离时间: 2009 年. 培养基 0005, 37℃ GenBank 序列号 HM058720

IMAU80523 ←LABCC G7-6. 分离源: 甘肃省夏河县桑科乡赛池村 酸牦牛奶. 分离时间: 2009 年. 培养基 0005, 37℃ GenBank 序列号 HM058732

IMAU80535 ←LABCC G10-2. 分离源: 甘肃省夏河县桑科乡赛池村 酸牦牛奶. 分离时间: 2009 年. 培养基 0005, 37℃ GenBank 序列号 HM058738

IMAU80536 ←LABCC G10-3. 分离源: 甘肃省夏河县桑科乡赛池村 酸牦牛奶. 分离时间: 2009 年. 培养基 0005, 37℃ GenBank 序列号 HM058739

IMAU80545 ←LABCC G11-7. 分离源: 甘肃省夏河县桑科乡赛池村 酸牦牛奶. 分离时间: 2009 年. 培养基 0005, 37℃ GenBank 序列号 HM058747

IMAU80550 ←LABCC G13-3. 分离源: 甘肃省夏河县桑科乡赛池村鲜 牦牛奶. 分离时间: 2009 年. 培养基 0005, 37℃ GenBank 序列号 HM058749

IMAU80570 ←LABCC G19-3. 分离源: 甘肃省夏河县桑科乡赛池村 酸牦牛奶. 分离时间: 2009 年. 培养基 0005, 37℃ GenBank 序列号 HM058764

IMAU80588 ←LABCC G23-4. 分离源: 甘肃省夏河县桑科乡赛池村四队 鲜牛奶. 分离时间: 2009 年. 培养基 0005, 37℃ GenBank 序列号 HM058782

IMAU80651 ←LABCC G36-7. 分离源: 甘肃省夏河县桑科才乡戈沟村 酸牦牛奶. 分离时间: 2009 年. 培养基 0005, 37℃ GenBank 序列号 HM058835

IMAU80700 ←LABCC G49-4. 分离源: 甘肃省碌曲县红科乡 酸牦牛奶. 分离时间: 2009 年. 培养基 0005, 37℃ GenBank 序列号 HM058880

IMAU80701 ←LABCC G49-5. 分离源: 甘肃省碌曲县红科乡 酸牦牛奶. 分离时间: 2009 年. 培养基 0005, 37℃ GenBank 序列号 HM058881

IMAU80712 ←LABCC G51-6. 分离源: 甘肃省碌曲县麻艾乡 酸牦牛奶. 分离时间: 2009 年. 培养基 0005, 37℃ GenBank 序列号 HM058891

IMAU80713 ←LABCC G51-7. 分离源: 甘肃省碌曲县麻艾乡 酸牦牛奶. 分离时间: 2009 年. 培养基 0005, 37℃ GenBank 序列号 HM058892

IMAU80715 ←LABCC G52-10. 分离源: 甘肃省碌曲县麻艾乡 酸奶乳清. 分离时

间：2009 年．培养基 0005，37℃ GenBank 序列号 HM058894

IMAU80764 ←LABCC G61-4. 分离源：甘肃省碌曲县晒银滩乡四队 曲拉．分离时间：2009 年．培养基 0005，37℃ GenBank 序列号 HM058933

IMAU80772 ←LABCC G64-1. 分离源：甘肃省碌曲县晒银滩乡三队 酸牦牛奶．分离时间：2009 年．培养基 0005，37℃ GenBank 序列号 HM058939

IMAU80774 ←LABCC G64-3. 分离源：甘肃省碌曲县晒银滩乡三队 酸牦牛奶．分离时间：2009 年．培养基 0005，37℃ GenBank 序列号 HM058941

IMAU80775 ←LABCC G64-5. 分离源：甘肃省碌曲县晒银滩乡三队 酸牦牛奶．分离时间：2009 年．培养基 0005，37℃ GenBank 序列号 HM058942

IMAU80799 ←LABCC G70-3. 分离源：甘肃省碌曲县晒银滩乡一队 酸牦牛奶．分离时间：2009 年．培养基 0005，37℃ GenBank 序列号 HM058964

IMAU80801 ←LABCC G70-5. 分离源：甘肃省碌曲县晒银滩乡一队 酸牦牛奶．分离时间：2009 年．培养基 0005，37℃ GenBank 序列号 HM058966

IMAU80806 ←LABCC G72-1. 分离源：甘肃省碌曲县晒银滩乡一队 曲拉．分离时间：2009 年．培养基 0005，37℃ GenBank 序列号 HM058971

IMAU80809 ←LABCC G72-5. 分离源：甘肃省碌曲县晒银滩乡一队 曲拉．分离时间：2009 年．培养基 0005，37℃ GenBank 序列号 HM058974

IMAU80831 ←LABCC G77-5. 分离源：甘肃省玛曲县阿万仓乡 酸牦牛奶．分离时间：2009 年．培养基 0005，37℃ GenBank 序列号 HM058993

IMAU80836 ←LABCC G78-7. 分离源：甘肃省玛曲县阿万仓乡 乳清．分离时间：2009 年．培养基 0005，37℃ GenBank 序列号 HM058997

IMAU80837 ←LABCC G79-1. 分离源：甘肃省玛曲县阿万仓乡 鲜牦牛奶．分离时间：2009 年．培养基 0005，37℃ GenBank 序列号 HM058998

IMAU80838 ←LABCC G79-2. 分离源：甘肃省玛曲县阿万仓乡 鲜牦牛奶．分离时间：2009 年．培养基 0005，37℃ GenBank 序列号 HM058999

IMAU80839 ←LABCC G79-4. 分离源：甘肃省玛曲县阿万仓乡 鲜牦牛奶．分离时间：2009 年．培养基 0005，37℃ GenBank 序列号 HM059000

IMAU80840 ←LABCC G80-1. 分离源：甘肃省玛曲县阿尼玛乡 酸牦牛奶．分离时间：2009 年．培养基 0005，37℃ GenBank 序列号 HM059001

IMAU80842 ←LABCC G80-3. 分离源：甘肃省玛曲县阿尼玛乡 酸牦牛奶．分离时间：2009 年．培养基 0005，37℃ GenBank 序列号 HM059002

IMAU80843 ←LABCC G80-5. 分离源：甘肃省玛曲县阿尼玛乡 酸牦牛奶．分离时间：2009 年．培养基 0005，37℃ GenBank 序列号 HM059003

IMAU80844 ←LABCC G81-1. 分离源：甘肃省玛曲县阿尼玛乡 曲拉．分离时间：

2009 年. 培养基 0005, 37℃ GenBank 序列号 HM059004

IMAU80845 ←LABCC G81-2. 分离源: 甘肃省玛曲县阿尼玛乡 曲拉. 分离时间:
  2009 年. 培养基 0005, 37℃ GenBank 序列号 HM059005

IMAU80846 ←LABCC G81-3. 分离源: 甘肃省玛曲县阿尼玛乡 曲拉. 分离时间:
  2009 年. 培养基 0005, 37℃ GenBank 序列号 HM059006

IMAU80847 ←LABCC G81-4. 分离源: 甘肃省玛曲县阿尼玛乡 曲拉. 分离时间:
  2009 年. 培养基 0005, 37℃ GenBank 序列号 HM059007

IMAU80854 ←LABCC G83-5. 分离源: 甘肃省玛曲县阿尼玛乡 酸牦牛奶. 分离时
  间: 2009 年. 培养基 0005, 37℃ GenBank 序列号 HM059014

IMAU80858 ←LABCC G84-6. 分离源: 甘肃省玛曲县阿尼玛乡 酸牦牛奶. 分离时
  间: 2009 年. 培养基 0005, 37℃ GenBank 序列号 HM059018

4.7 魏斯氏菌属

Weissella cibaria (12 株) (Björkroth *et al.*, 2002) 食窦魏斯氏菌

IMAU10219 ←LABCC LSAM2-2. 分离源: 内蒙古阿拉善盟吉兰泰 酸面团. 分离
  时间: 2009 年. 培养基 0005, 37℃ GenBank 序列号 GU138547

IMAU10226 ←LABCC LSBM4-2. 分离源: 内蒙古巴彦淖尔盟乌拉特前旗 酸面团.
  分离时间: 2009 年. 培养基 0005, 37℃ GenBank 序列号 GU138554

IMAU10243 ←LABCC LSYM1-2. 分离源: 内蒙古鄂尔多斯市东胜区 酸面团. 分
  离时间: 2009 年. 培养基 0005, 37℃ GenBank 序列号 GU138571

IMAU10244 ←LABCC LSYM2-1. 分离源: 内蒙古鄂尔多斯市东胜区 酸面团. 分
  离时间: 2009 年. 培养基 0005, 37℃ GenBank 序列号 GU138572

IMAU10251 ←LABCC LSYM6-2. 分离源: 内蒙古鄂尔多斯市鄂托克旗 酸面团.
  分离时间: 2009 年. 培养基 0005, 37℃ GenBank 序列号 GU138579

IMAU10252 ←LABCC LSYM8-1. 分离源: 内蒙古鄂尔多斯市乌审旗 酸面团. 分
  离时间: 2009 年. 培养基 0005, 37℃ GenBank 序列号 GU138580

IMAU10270 ←LABCC LSBT1-1. 分离源: 内蒙古包头市青山区 酸面团. 分离时
  间: 2009 年. 培养基 0005, 37℃ GenBank 序列号 GU138598

IMAU10275 ←LABCC LSBT3-2. 分离源: 内蒙古包头市东河区 酸面团. 分离时
  间: 2009 年. 培养基 0005, 37℃ GenBank 序列号 GU138603

IMAU10288 ←LABCC LSBT1-6. 分离源: 内蒙古包头市青山区 酸面团. 分离时
  间: 2009 年. 培养基 0005, 37℃ GenBank 序列号 GU138616

IMAU10287 ←LABCC SBT1-2. 分离源：内蒙古包头市青山区 酸面团. 分离时间：
　　2009 年. 培养基 0005，37℃ GenBank 序列号 GU138615

IMAU80370 ←LABCC S36-5. 分离源：四川省阿坝州红原县阿木曲河乡三队 酸牦
　　牛奶. 分离时间：2009 年. 培养基 0005，37℃ GenBank 序列号 HM217984

IMAU20771 ←LABCC MGD4-4. 分离源：蒙古国乌兰巴托市汗搭盖图苏木 酸牛
　　奶. 分离时间：2009 年. 培养基 0005，37℃ GenBank 序列号 HM058481

Weissella confusa（**7 株**）（Holzapfel and Kandler，1969；Collins *et al.*，1994）**融
合魏斯氏菌**

IMAU10190 ←LABCC LSBM3-1. 分离源：内蒙古巴彦淖尔盟临河区 酸面团. 分离
　　时间：2009 年. 培养基 0005，37℃ GenBank 序列号 GU138518

IMAU10245 ←LABCC LSYM2-2. 分离源：内蒙古鄂尔多斯市东胜区 酸面团. 分
　　离时间：2009 年. 培养基 0005，37℃ GenBank 序列号 GU138573

IMAU10264 ←LABCC LSYM2-6. 分离源：内蒙古鄂尔多斯市东胜区 酸面团. 分
　　离时间：2009 年. 培养基 0005，37℃ GenBank 序列号 GU138592

IMAU10268 ←LABCC LSYM2-3. 分离源：内蒙古鄂尔多斯市东胜区 酸面团. 分
　　离时间：2009 年. 培养基 0005，37℃ GenBank 序列号 GU138596

IMAU10271 ←LABCC LSYM1-5. 分离源：内蒙古鄂尔多斯市东胜区 酸面团. 分
　　离时间：2009 年. 培养基 0005，37℃ GenBank 序列号 GU138599

IMAU10280 ←LABCC LMSE2. 分离源：内蒙古鄂尔多斯市东胜区 酸面团. 分离
　　时间：2009 年. 培养基 0005，37℃ GenBank 序列号 GU138608

IMAU10286 ←LABCC LMSE6. 分离源：内蒙古鄂尔多斯市东胜区 酸面团. 分离
　　时间：2009 年. 培养基 0005，37℃ GenBank 序列号 GU138617

Weissella viridescens（**2 株**）（Niven and Evans，1957；Collins *et al.*，1994）

IMAU80791 ←LABCC G67-5. 分离源：甘肃省碌曲县晒银滩乡二队 鲜牦牛奶. 分
　　离时间：2009 年. 培养基 0005，37℃ GenBank 序列号 HM217964

IMAU80835 ←LABCC G78-6. 分离源：甘肃省玛曲县阿万仓乡 乳清. 分离时间：
　　2009 年. 培养基 0005，37℃ GenBank 序列号 HM217967

附录　乳酸菌常用培养基及配方

0001 培养基：Briggs liver broch（BLB）

培养基组成	用量
西红柿浸汁 *1	400 mL
Neopeptone	15.0 g
酵母浸膏粉	6.0 g
肝脏浸出液 *2	75.0 mL
葡萄糖	20.0 g
淀粉（soluble starch）	0.5 g
NaCl	5.0 g
吐温-80（Tween-80）	1.0 g
L-半胱氨酸盐酸盐	0.2 g
蒸馏水	525 mL

（pH6.8，115℃，20 min 灭菌）

＊1 西红柿浸汁：①西红柿汁：蒸馏水＝1:3；②沸水中加热1.5 h；③用滤纸过滤；④用10%的 NaOH 将 pH 调到7.0，并冷冻保存。

＊2 肝脏抽出液：①肝脏末10 g，蒸馏水170 mL；②50～60℃加热保温1 h；③100℃加热数分钟；④用滤纸过滤；⑤将 pH 调到7.2，并冷冻保存

0002 培养基：Lactic broch 培养液

培养基组成	用量
胰蛋白胨（tryptone）	20.0 g
酵母膏粉（yeast extract）	5.0 g
明胶（gelatin）	2.5 g
乳糖（lactose）	5.0 g
葡萄糖（dextrose）	5.0 g
蔗糖（sucrose）	5.0 g

培养基组成	用量
NaCl	4.0 g
乙酸钠	1.5 g
抗坏血酸	0.5 g
琼脂	15.0 g
蒸馏水	1000 mL

（pH6.8，115℃，15 min 灭菌）

0003 培养基：TPY 培养基

培养基组成（1000 mL）	用量
胰蛋白胨	8.0 g
植物蛋白胨	3.0 g
酵母膏粉（DIFCO）	5.0 g
NaCl	5.0 g
K_2HPO_4	2.0 g
KH_2PO_4	3.0 g
$MgCl_2 \cdot 6H_2O$	0.5 g
L-半胱氨酸盐酸盐	0.5 g
$FeSO_4 \cdot 7H_2O$	10.0 mg
吐温-80	1.0 g
葡萄糖	20.0 g
蒸馏水	1000 ml

（pH6.5，121℃，15 min 灭菌）

0004 培养基：BCP 培养基

培养基组成（1000 mL）	用量
酵母膏粉	2.5 g
蛋白胨	5.0 g
葡萄糖	5.0 g
溴甲酚紫	0.04 g
蒸馏水	1000 ml

（pH7.0，121℃，15 min 灭菌）

0005 培养基：M17 培养基（OXOID）

培养基组成（1000 mL）	用量
胰蛋白胨	5.0 g
大豆蛋白胨	5.0 g
牛肉膏	5.0 g
酵母膏粉	2.5 g
抗坏血酸	0.5 g
硫酸镁	0.25 g
β-甘油磷酸二钠	5 g
琼脂	11.0 g

（pH6.9±0.2）

注：500g 可以制备 10.3L 培养基

0006 培养基：MRS 培养基

MRS 培养基组成（1000 ml）	用量
细菌蛋白胨（DIFCO）	10.0 g
LAB-LEMCO-POWDER	10.0 g
酵母膏粉（DIFCO）	5.0 g
D-葡萄糖	20.0 g
吐温－80	1.0 g
K_2HPO_4	2.0 g
醋酸钠	5.0 g
柠檬酸三钠水和物	2.0 g
$MgSO_4 \cdot 7H_2O$	200 mg
$MnSO_4 \cdot 5H_2O$	54.0 mg
蒸馏水	1000 mL

（pH6.5，121℃，15 min 灭菌）

注：若配固体培养基，加 1.5% 的琼脂

附图一

自然发酵乳制品和采样图集

1. 内蒙古地区自然发酵乳制品

附图1-1 内蒙古草原上的羊群和马群
（2011 年 8 月 内蒙古自治区）

附图1-2 内蒙古呼伦贝尔采样地的马群
（2009 年 9 月 内蒙古自治区）

附图1-3 酸马奶的发酵——将瓦缸的1/3 落入
土层中，保持较低的发酵温度（2002 年 8 月内蒙
古自治区）

附图1-4 发酵酸马奶的缸、搅拌棒及小布袋
（装一些谷物促进发酵）（2002 年 8 月内蒙古自
治区）

附图1-5 牛奶发酵后加热制作奶豆腐
（2011 年 8 月内蒙古自治区）

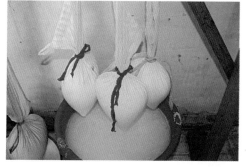

附图1-6 奶豆腐、奶干等制作过程中经布袋
悬挂排除乳清（2011 年 8 月内蒙古自治区）

附图1-7 牛奶发酵完成排除乳清后制作奶豆腐、
奶干的凝乳（2011年8月内蒙古自治区）

附图1-8 鲜牛奶经搅拌分离、纯化奶油
（2011年8月内蒙古自治区）

附图1-9 牛奶加热冷却后制作奶皮子
（2011年8月内蒙古自治区）

附图1-10 制作好的奶皮子、奶豆腐等
乳制品（2009年8月内蒙古自治区）

附图1-11 牧民家庭加热炼制黄油
（2011年8月内蒙古自治区）

附图1-12 将黄油装入处理干净的羊瘤胃
中储藏（2009年8月内蒙古自治区）

附图1-13 牧民家庭制作的奶酪
（2002年8月内蒙古自治区）

附图1-14 经晾晒干燥的成品奶干
（2006年8月内蒙古自治区）

2. 新疆地区自然发酵乳制品

附图 1-15　新疆采样地的马群
（2004 年 8 月新疆维吾尔自治区）

附图 1-16　新疆牧民的营地及牲畜
（2004 年 8 月新疆维吾尔自治区）

附图 1-17　新疆牧民挤驼奶
（2004 年 8 月新疆维吾尔自治区）

附图 1-18　马奶在悬挂的囊中发酵制作
酸马奶（2004 年 8 月新疆维吾尔自治区）

附图 1-19　酸马奶在特定的容器中发酵
（2004 年 8 月新疆维吾尔自治区）

附图 1-20　盛有酸马奶的容器
（2004 年 8 月新疆维吾尔自治区）

附图 1-21　驼奶在陶瓷罐中搅拌发酵制作

酸驼奶（2004 年 8 月新疆维吾尔自治区）

附图 1-22　加热熬制奶制品

（2004 年 8 月新疆维吾尔自治区）

3. 青海省藏区自然发酵乳制品

附图 1-23　青海高原上的牦牛及羊群

（2005 年 8 月青海省）

附图 1-24　青海藏民夏天居住的帐篷

（2005 年 8 月青海省）

附图 1-25　青海藏民挤牦牛奶

（2005 年 8 月青海省）

附图 1-26　藏民蒙古包内的发酵乳及

其制作用具（2005 年 8 月青海省）

附图 1-27　发酵中的酸牦牛奶

（2005 年 8 月青海省）

附图 1-28　牦牛奶发酵凝乳后通过过

滤排除乳清（2005 年 8 月青海省）

附图 1-29　牦牛奶在木桶中搅打分离奶油
（2005 年 8 月青海省）

附图 1-30　用手动奶油分离机脱脂获得
稀奶油（2005 年 8 月青海省）

附图 1-31　黏度较高的酸牦牛奶
（2005 年 8 月青海省）

附图 1-32　制作好的酸羊奶
（2005 年 8 月青海省）

附图 1-33　牦牛奶发酵完排除乳清后的
凝乳（2005 年 8 月青海省）

附图 1-34　发酵成熟的酸牦牛奶
（2005 年 8 月青海省）

4. 甘肃省和四川省藏区自然发酵乳制品

附图 1-35　甘南高原上的牦牛群
（2009 年 8 月甘肃省）

附图 1-36　四川藏民夏季居住的帐篷
（2009 年 8 月四川省）

附图 1-37　四川藏族妇女挤牦牛奶
（2009 年 8 月四川省）

附图 1-38　传统乳制品加工容器及
奶油分离机（2009 年 8 月甘肃省）

附图 1-39　牦牛奶经搅拌发酵制作酸牦
牛奶（2009 年 8 月四川省）

附图 1-40　发酵后的牦牛奶凝乳经过
滤排除乳清（2009 年 8 月甘肃省）

附图 1-41　制作好的酸牦牛奶
（2009 年 8 月甘肃省）

附图 1-42　制作好的曲拉在室外自然
干燥（2009 年 8 月甘肃省）

5. 西藏地区自然发酵乳制品

附图 1-43　西藏采样地的牦牛群
（2007 年 8 月西藏自治区）

附图 1-44　西藏牧民挤牦牛奶
（2007 年 8 月西藏自治区）

附图 1-45　通过手动搅拌发酵酸奶
（2007 年 8 月西藏自治区）

附图 1-46　通过电动搅拌器搅拌发酵
酸奶（2007 年 8 月西藏自治区）

附图 1-47　通过传统奶油分离容器
分离奶油（2007 年 8 月西藏自治区）

附图 1-48　传统方法制作的干奶酪、曲拉
等乳制品（2007 年 8 月西藏自治区）

附图1-49　传统工艺制作的牦牛奶奶酪
（2007年8月西藏自治区）

附图1-50　藏北牧民制作的酸牦牛奶制品
（2007年8月西藏自治区）

附图1-51　酸牦牛奶奶酪
（2007年8月西藏自治区）

附图1-52　成熟的自然发酵酸牦牛奶
（2007年8月西藏自治区）

附图1-53　牛奶经发酵后制作的新鲜
奶干半成品（2007年8月西藏自治区）

附图1-54　传统工艺制作的奶酪悬挂在
室内自然干燥（2007年8月西藏自治区）

6. 云南省白族地区自然发酵乳制品

附图1-55　制作乳扇时经酸化加热凝乳
（2006年7月云南省）

附图1-56　将搓揉成型的凝乳缠绕在干
燥架上制作乳扇（2006年7月云南省）

附图 1-57　乳扇在木架上自然干燥
（2006 年 7 月云南省）

附图 1-58　干燥好的成品乳扇
（2006 年 7 月云南省）

附图 1-59　发酵完毕的羊奶凝固后排除
乳清用于制作乳饼（2006 年 7 月云南省）

附图 1-60　乳饼通过碾压成型
（2006 年 7 月云南省）

7. 蒙古国牧区自然发酵乳制品

附图 1-61　蒙古草原上的骆驼群
（2009 年 8 月蒙古国）

附图 1-62　蒙古草原上的蒙古牛
（2009 年 8 月蒙古国）

附图 1-63　牧民挤驼奶

（2006 年 9 月蒙古国）

附图 1-64　牧民挤马奶

（2006 年 9 月蒙古国）

附图 1-65　发酵酸奶用的木制奶桶

（2009 年 8 月蒙古国）

附图 1-66　传统工艺制作奶酒的蒸馏装置

（2009 年 8 月蒙古国）

附图 1-67　盛酸奶的容器及发酵乳制品

（2009 年 8 月蒙古国）

附图 1-68　发酵成熟的酸驼乳

（2009 年 8 月蒙古国）

附图 1-69　将形成的奶皮分离收集后搅混在一起的乳制品（2009 年 8 月蒙古国）

附图 1-70　牛乳的静置发酵（2009 年 8 月蒙古国）

附图 1-71　牛乳在塑料桶里发酵（2009 年 8 月蒙古国）

附图 1-72　凝固的酸奶经加热后吊起滤除乳清（2009 年 8 月蒙古国）

附图 1-73　酸牛奶经挤压排除乳清（2009 年 8 月蒙古国）

附图 1-74　自然发酵酸奶经挤压成型后自然干燥制作奶干（2009 年 8 月蒙古国）

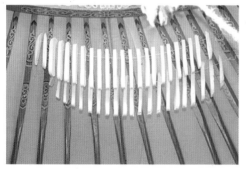

附图 1-75　蒙古包内干燥奶酪（2009 年 8 月蒙古国）

附图 1-76　牧民用塑料桶搅拌发酵酸奶（2009 年 8 月蒙古国）

8. 研究人员在不同地区采样图集

附图 1-77　研究人员在甘肃藏区采样

（2009 年 7 月甘肃省）

附图 1-78　研究人员在新疆采样

（2004 年 8 月新疆维吾尔自治区）

附图 1-79　研究人员在青海采样

（2005 年 8 月青海省）

附图 1-80　研究人员在内蒙古西部区采样

（2008 年 7 月内蒙古自治区）

附图 1-81　研究人员在青海南部藏区采样

（2004 年 8 月青海省）

附图 1-82　研究人员在蒙古国采样

（2009 年 8 月蒙古国）

附图 1-83　研究人员在西藏藏北地区采样
（2007 年 8 月西藏自治区）

附图 1-84　研究人员在西藏藏南地区采样
（2007 年 8 月西藏自治区）

附图 1-85　研究人员在西藏拉萨地区采样
（2007 年 8 月西藏自治区）

附图 1-86　研究人员采样时与蒙古国驼奶
疗养院的工作人员（2006 年 8 月蒙古国）

附图 1-87　研究人员在内蒙古兴安盟采样
（2009 年 8 月内蒙古自治区）

附图 1-88　研究人员在内蒙古呼伦贝尔
地区采样（2009 年 8 月内蒙古自治区）

附图 1-89　研究人员在四川藏区采样
（2009 年 8 月四川省）

附图 1-90　研究人员在云南白族地区
采样（2006 年 7 月云南省）

内蒙古农业大学乳酸菌菌种资源库（LABCC）

附图 2-1　内蒙古农业大学乳酸菌菌种资源库

附图 2-2　菌种资源库
乳酸菌保存盒

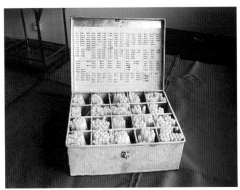

附图 2-3　真空冷冻干燥保存的
乳酸菌冻干管

附图 2-4　编号保存的乳酸菌保存盒

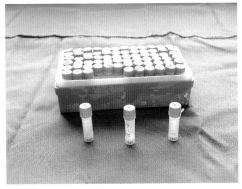

附图 2-5　超低温（−80℃）
保存的乳酸菌冻存管

附图 2-6　低温（4℃）真空冻干燥
保存的乳酸菌冻干管

内蒙古农业大学"乳品生物技术与工程"教育部重点实验室已完成的乳酸菌基因组图谱

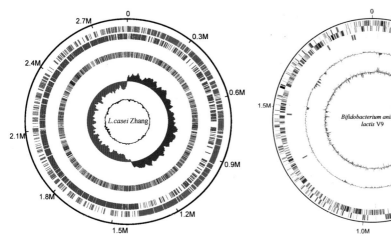

附图 3-1 *Lb. casei* Zhang 基因组图谱

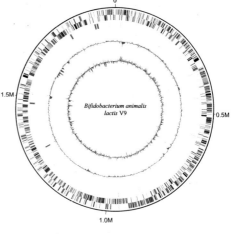

附图 3-2 *B. animalis* subsp. *lactis* V9 基因组图谱

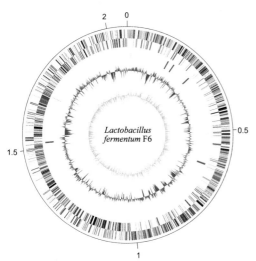

附图 3-3 *Lb. fermentum* F6 基因组图谱

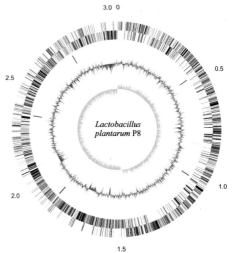

附图 3-4 *Lb. plantarum* P8 基因组图谱

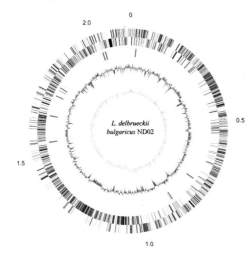

附图 3-5　*Lb. delbrueckii* subsp. *bulgaricus*
ND02 基因组图谱

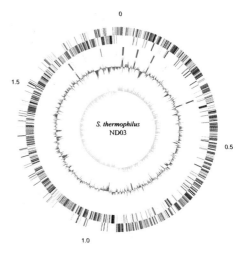

附图 3-6　*S. thermophilus* ND03
基因组图谱

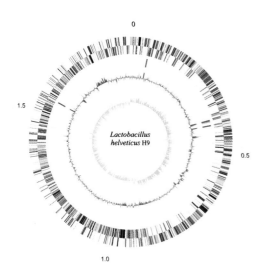

附图 3-7　*Lb. helveticus* H9 基因组图谱

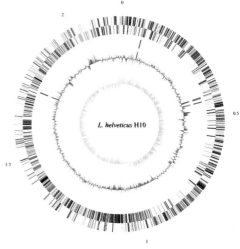

附图 3-8　*Lb. helveticus* H10 基因组图谱